世界名著名译文库 柳鸣九 主编

李辉凡 编选

World Classics in Chinese Translation Series

悬 崖

〔俄罗斯〕冈察洛夫 著　严永兴 译

下

江西教育出版社

第三部

一

赖斯基认为自己并非最新派的人,也就是并非年轻人,但绝非落在后面的人。鉴于刚出现的 quasi① 新思想的曙光,以及那些多少有点出色和敏锐的假设,引得一帮饥渴的青年趋之若鹜,他公开宣称他相信进步,甚至抱怨他那"乌龟爬似的"步子,但他本人并不急于把自己的一切,纳入无足轻重、刚显现的十年范畴里,而轻易摈弃历史遗留下来的和依靠科学所获得的东西,并进而抛弃由自己的生活所养成的坚定看法、考察结果和经验。

他借口自己的年岁,说对他而言,到了等待和谨慎的时候:那些想象力吸引不了他的地方,他耐着性子慢慢走。

他对共同进程、思想发展、胜利、科学感兴趣,但他等待结果,不迈 pas de geants②,不急于对提出形形色色抽象议论和往往无法进行尝试的新信仰画十字。

他欢迎艺术的大胆步骤,赞扬改变生活但不破坏生活的新启示和新发现,庆祝生活新规则的合乎情理而并非强制性的产生,如同庆祝带着新绿的春天的来临,但他不用毫无结果和徒劳无益的敌视,为消亡的制度和过时的方式送行,他相信它们的历史必然性,相信它们同"春天的新绿"不容置疑的继承性,无论它多么新,多么鲜绿。

---

① 拉丁文:假装的,虚假的。
② 法语:大步。

为此，他在激烈的争论中向毫不退让的老人营垒，向一意孤行的专横霸道，向大地主们的贪婪成性扔出一颗颗炸弹，同时在社会上寻找人们，信奉和宣扬人道主义，他和善地、故作宽容地同祖母争吵，同时发现在呆板的老规矩下面，隐藏着合理的思想和日常生活的智慧，存在着那些无疑被新生活据为己有的生活方式的种子，但是过去，它只是被错误的形式和老妇人身上的赘疣弄得一团糟。

在韦拉身上发现的思维的大胆，精神的自由，对某种新事物的渴望，起先令他惊异，继而为她那美的双重力量——外表美和内心美而目眩，最后在她否认自己有"智慧"之后，又使他极度惊慌。

"我不是聪明姑娘！"她战栗一下说。

"难以琢磨的姑娘！"他思考一下，判定道。

是的，这不是像玛尔芬卡那样心地朴直、天真无邪的孩子，也不是什么"小姐"。她艰难而尴尬地处在这陈腐的、矫揉造作的生活模式里，那些思维方式、风尚习俗、教育和姑娘出嫁前的一切教养，都早已在那个模式里表现出来。

她感觉到这个模式暗含的虚伪，便将它摆脱而达真实。她身上的许多东西，恰恰是他在娜塔莎，在别洛沃多娃身上徒劳无功地寻求过的：善饮、独特的禀赋，与众不同的智慧和性格，所有这些能力就该造就出一个有独立精神的真正女性，并给自己的和他人的生活，给许多人的生活以方向，命运将她安置在使周围人温暖的位置上。

眼下她尚显幼稚，但具有非凡的力量：只是应该让这一力量得以正确发展和有理智的引导。

他想尽力帮她找到她所寻求的东西，往如此富饶而大有可为的土壤上撒下自己知识、经验和考察的种子：这并非海市蜃楼，而是人性化的功勋，是我们天赋的职责，舍此任何进步都难以想象。

但是，他遇到的主要障碍是什么呢？首先是她疏远他，避而不见，行使自己的权利，躲在自己闺房里，可见……不愿意。同时，她又不满自己的处境，想从那里挣脱开，可见，她需要另一种空气，另一种养料，另一些人。谁会给她提供新的养料和空气呢？另一些人在何处呢？

按血缘关系，她是亲戚：对她而言，无论偶然或是顺理成章，他都可以并且应该成为这种权威。祖母也曾写信，说他是这种角色。

韦拉聪明，有头脑，但他比她更有经验，并且懂得生活。他可以预先警告她别犯愚蠢错误，教她辨别谎言和真理，他将作为思想家和艺术家来调教她；给这种对自由的渴望提供养料：提供善的思想，真理的思想，如同艺术家那样在她身上唤起向往光明的内心之美！他能推测她的命运，她人生的一课，并且……并且……共同来完成这一课！

这"共同"两字，便是他梦寐以求的！对此愿望，他既无法摆脱，又不可能无私地采取行动：这便是第二大障碍。第三大障碍说实在的是最主要的，虽然还有点模糊不清，还只是一种猜测，但引人注目：这，暂且猜疑是已经有谁赶在他前头去了，她把自己的命运委托给此人来预测，来"共同"完成人生的一课。

"这多可恶：这比什么都糟糕！"他说，并决定，他甚至不等有关这第三大障碍和"第三者"的猜测得到表白和证实，便该头也不回地跑开，而不必硬与她要好。

那个微不足道的维肯季耶夫使自己受骗上当还情有可原，可是他，经验丰富，坏透了，难道不知所有爱的幻想和眼泪，所有的柔情，都是一丛花儿，花儿底下隐藏着虫豸和粉蝶？……

倘若虫豸和粉蝶没有变成人，也即变成丈夫和妻子，或是变为终身的朋友，这一切的后果可想而知：一切都将消失，不留任何痕迹。

"我的女神并没有想挑选我为情郎，"他叹息道，"自然也就没有变成丈夫和妻子的希望，没有幸福和天长地久的希望！我要战胜她的美貌：她对我反正都一样，无所谓……"

早晨，他总是感到自己精神饱满，对任何斗争充满勇气；早晨给自己带来力量，带来蕴积的全部希望和一整天的想法与打算——一个人将更为努力地去劳动，更有勇气去承受生活的重担。

401

于是赖斯基忘却对韦拉的思念,一早起,一闪而过的念头,清晨的凉爽空气,家中的会面,新面孔,田野,报纸,新书或是自己长篇小说中的一个章节,都将他引向不同方向。只是到晚上,白天所经历的一切,开始缩成一个结,有人是自觉地,有人是无意识地对"当前大众所关心的问题"做出总结。

瞧,此刻赖斯基也在检查自己,看日间所积累的思想、愿望、感觉、会面和人物的储备,是否消失。结果,全消失了——剩下的只是韦拉。他烦恼地在床上辗转反侧,并且怀着一个想法睡着,又带着同样的想法醒来。

"需要工作。"他决定道,并且由于无"事"可做而扑向"海市蜃楼":与祖母一起去割草场,燕麦田,在田野上漫步,与玛尔芬卡一起去拜访村子,深入了解农夫们的需求,同样还去散散心——到伏尔加河对岸,去科尔青诺,上维肯季耶夫母亲家,同马克一起去钓鱼,两人又吵了一阵嘴,互相厌烦,再去打猎——其实他是去解闷。

"这就好了:再在自己屋里工作一会儿,对韦拉做出的承诺就算履行了。"他心想,已有三天没见她了。

有人往韦拉的房间里给她送咖啡;他有时不在家吃饭,一切进行得不能再好了。

他甚至在镇上某处发现了一个娇好的女子,并且有一回顺路朝她鞠了一躬,她笑了一下,便躲了起来。他得知,她是某个管理员的女儿,他没追问出是什么管理员,因为我们这里的管理员太多。

他只发现这个管理员并不管自己的女儿,因为他随后见到,小姐对别的行人也嫣然微笑。

他用手给了她一个飞吻,得到的回礼是讨人喜欢的行点头礼。他已经两次骑马经过她窗前,并同她搭话,告诉她,她如何美好,他如何钟情于她。

"你撒——谎!"她拖长声音道,"我多么相信您哪!谁都知道,男人全是下流东西。"

"全是吗?"

"当然——男人们全是!到我们这里来的多的是——我可了解他们!别招摇撞骗了!别再纠缠了!"

从这种尝试中得来的小市民的"智慧",使他乐了好一阵子。

为了取得对自己的胜利,说实话,他竭尽了全力,只是他并没问问自己,在这一热望下隐藏着什么:是诚心诚意打算不去打扰韦拉并且离去,还是投她所好,遭受"牺牲",当个"豁达大度之人"——他还为此答应祖母同她一起去拜访,甚至还同意在星期天来过命名日吃"大馅饼"的、她城里的客人中露面。

二

星期天,他在塔季扬娜·马尔科夫娜的大客厅里遇见了许多人。那里一切都发出光泽。罩布从包着深红色花缎子的家具上揭去;雅科夫用湿抹布把家族肖像上的眼睛擦干净——于是它们看上去较平日里更为锐利。地板上过蜡。

雅科夫身穿黑色燕尾服,系白领结,而叶戈尔卡、彼得鲁什卡和刚从村里招来当仆人、还不会笔直站立的斯乔普卡,都穿上不合身的仆役们的旧燕尾服,散发出一股贮藏室的霉味儿。正当晌午,大厅里和客厅里满是咝咝作响的烟草味,混合着某种甜调味品的气味。

别列日科娃本人,身穿绸连衣裙,后脑勺上戴顶包发帽,披着披巾坐在沙发上。她身旁,客人们依次呈半圆形坐在安乐椅上。

上首为尼尔·安德烈耶维奇·特奇科夫,身穿燕尾服,胸佩星形勋章,是个傲慢的老头,两条浓眉连在一起,一张臃肿的大脸盘,下巴深陷在领结里,说话架子十足又充满深意,举手投足一副尊严感。

随后是总谦恭有礼的季特·尼孔内奇,同样身穿燕尾服,一副对祖母视若神明的目光,对众人面含微笑;以及身穿丝绸长袍、腰缠绣花宽腰带的神甫，局里的高级文官们和卫戍部队的一名上校，此人又矮又胖，脸庞和双目充血，故而别人见到他都会有"此人多可怕"的感觉；接着是两三个城里来的小姐，几个在角落里低声耳语的年轻官吏和几个未成年少女，她们是玛尔芬卡的熟人，怯生生地东张西望，互相紧握着因胆怯而汗津津发红的纤手，并且始终红着脸。

最后，是位离城很近、带着三个少年儿郎来城里拜客的地主。三个儿子——父亲的骄傲和幸福——就像大种犬未满周岁的狗崽，爪子和脑袋已经长成，而身子还未成形，双耳在前额上晃荡，小尾巴还没长得拖地，它们白白地到处乱滚，自己也无法制服那长长的、不合身且极难看的爪子；它们分不清自己人和外人，朝自己的亲爸乱吠，还打算吃掉扔掉的纤维团或亲兄弟的耳朵，倘若落到它们的嘴里的话。

父亲将这几个十四岁的孩子一起介绍给众人，又逐一介绍给每个客人，因自己未来的希望而显得呆头呆脑。他向大伙叙述有关他们出生和受教育的详情细节，谁有什么样能力，关于他们的机敏、恶作剧，并请大家考核他们，同他们说说法语。

他们作为小男孩被安排在僻静角落里，于是他们带着少年的蠢相，半张着嘴望着大家，犹如黄嘴小乌鸦，蹲在巢里，不停地张开嘴等待喂食。

他们的两条腿在桌底下容不下，而伸直了则可以够到屋子中央，彼此绊在一起又妨碍行走。曾吩咐他们要举止持重，说话轻声细语，可是从十四岁毛孩子肚子里发出来的并非细声细语声，而是响起雷鸣般的男低音；父亲叮嘱他们坐要有规有矩，两只小手紧贴肚子上，可是在这两只还很细嫩的"小手"上，已经长出一对巨大而棱角分明的拳头。

可怜的孩子们不知往哪儿待，如何收缩身子，急得面红耳赤，气喘吁吁，汗流满面，直至塔季扬娜·马尔科夫娜部分是出于恻隐之心，部分是因为他们在屋子里太挤，憋气，并且"散发出一股鲟鱼味"，于是便悄声对玛尔芬卡说，让他们上果园，在那里等着叫他们吃早饭。

到了果园，他们感到随便多了，便开始跑啊，跳啊，只见灌木丛的树枝四散长舞。

赖斯基在众人之后走进客厅，那时大家已经吃过大馅饼，开始尝某种肉汁。他觉得自己处于某种境地，好似一个外地演员头一次出现在省城舞台上，在此之前那里充塞着各种议论和传闻。蓦地大家全不作声了，停止咀嚼，将注意力全集中到他身上。

"我的侄孙，我已故侄女索涅奇卡的儿子！"塔季扬娜·马尔科夫娜介绍道，虽说大家全都清楚他是谁。

有人欠欠身子致意，尼尔·安德烈伊奇宽厚地望着他，等待他走到自己身边，女士们装腔作势，开始哆嗦起来，迅速瞥一眼镜子。

年轻的小官吏站在角落里用早餐，手端盘子，把重心换到另一只脚上；少女们脸红得厉害，大难临头似的互相紧握着手；安安静静地等待饭食的十四岁毛孩子们，突然间将自己早熟的双腿伸开，从墙边直至窗前，又哗啦一下飞快地缩了回去，并把手中的便帽丢掉。

赖斯基向大伙儿微微鞠躬后，便一屁股坐到沙发上，紧挨祖母身旁。全体活动起来。

"嗨，啪的一声就坐下了！"一个年轻小官吏对他人说，"而大人阁下正望着他呢……"

"那是尼尔·安德烈伊奇，"祖母说，"早就想见见你……他——得叫他阁下，别忘了。"她悄声道。

"这位太太：多可爱的牙齿和丰满的乳房，她是谁？"赖斯基轻声问祖母。

"真害臊，真害臊，鲍里斯·帕夫雷奇：我都脸红！"她悄声道。"瞧，尼尔·安德烈伊奇，"她说，"鲍留什卡早就想向您做自我介绍……"

赖斯基张开嘴想反驳，但塔季扬娜·马尔科夫娜踩了他一脚。

"怎么不赏光来拜访一下老人啊：善良的人们我喜欢！"尼尔·安德烈伊奇温厚地道，"是啊，同我们在一起很无聊，如今我们不讨人喜欢：是这样吗？您可是属于新派人？说说真话。"

"我不把人们分什么新派老派。"赖斯基说,动手吃大馅儿饼。

"你等等再吃,同他说会儿话,"祖母小声道,"来得及!"

"我边吃边谈。"赖斯基出声答道。祖母很难为情,生气地扭过肩。

"别打扰他,亲爱的,"尼尔·安德烈伊奇说,"祝你健康,年轻人!那么你是如何理解和对待人们的呢,老兄?"他问赖斯基,"这很有趣!"

"我是看他们对我所作所为的印象,采取相应的方法!"

"值得称赞!我喜欢实话!那么比如您怎么理解我?"

"我怕您。"

尼尔·安德烈伊奇满意地笑起来。

"您说说,怕什么?我允许直言不讳!"他说。

"我怕什么?您瞧……"

"叫'大人'。"祖母提醒道,但赖斯基没听。

"听说您对谁都训斥:有人没去做日祷,您就将他的头擦满肥皂,奶奶说的……"

塔季扬娜·马尔科夫娜怎么也不记得。她甚至摘下包发帽,将它放在身旁:突然觉得十分燥热。

"得啦,得啦,鲍里斯·帕夫雷奇,落到我头上!……"她制止道。

"别打扰,别打扰,亲爱的!谢天谢地,您提到我:我喜欢人家对我说实话!"尼尔·安德烈伊奇干预道。

但祖母已经不知所措:她很不高兴,后悔请客人们来。

"不错,我训斥人:你记得吗?"他说,朝门那边望了一眼,小官吏们在那里聚集起来。

"是这样的,大人!"一个小官吏急忙答道,一只脚往前伸,双手放在背后,"有一天我就被训过……"

"为什么事?"

"我穿得花里胡哨……"

"是的,星期天你做完日祷光临舍下:为此我得谢谢——甚至很表感激！可你不穿燕尾服，却穿了件常礼服……"

"是否我身上穿的那样？"赖斯基问。

"是的，差不多：方格子裤子，条纹西装背心——真见鬼！"

"那么我训过你吗？"他又问另一位。

"我有罪，大人。"此人道，谦恭地垂下头，用手抚摸着。

"因为什么？"

"当时是因为我爸……"

"是啊，他居然责骂父亲：老人有弱点——贪杯。他使老人，一个父亲，感到惭愧，还抢走他的钱！所以我训斥了他。好吧，您问问他们：他们对我感谢不尽呢！"

小官吏们在这番赞扬下，高兴得直倒脚，用舌头舔嘴唇。

"我问你们：有好处还是坏处！你听听：'所有老东西全不好，越老越糊涂，该让他们滚蛋！'"特奇科夫继续道，"听其自然，他们便会……打算将所有人统统活埋了，而他们便将坐到我们的位子上——瞧，这一切目的何在！正如法语里有句俗话是怎么说的，娜塔里娅·伊万诺夫娜？"他问一位太太。

"Ote-toi de la pour que je m y mette...①"她说。

"不错，他们就是想这么做的，这些穿短小衣服的聪明人！而这种衣服法语是怎么说的，娜塔里娅·伊万诺夫娜？"他问，又朝向那位太太，并且朝赖斯基的单排扣短外衣瞥了一眼。

"我不知道！"她故作谦虚道。

"噢，你知道的，亲爱的！"尼尔·安德烈伊奇用手指威吓着狡黠道，"只是在众人面前不好意思说罢了。对此我十分赞赏！"

"那么请看：我在年轻人身上只发现这样的麻利劲儿，"他转向赖斯基继续道，"说什么'本人脑瓜子灵，任何人我也不想了解'，因此我才要训斥，再训斥，请您别见怪！"

---

① 法语：从这里滚开，我将占据你的位子。

"的确，所有的新玩意儿都没什么好处，"地主说，"即使是匈牙利人和波兰人的暴动[①]：这因为什么？全是因为这些新规矩！"

"您这么以为？"赖斯基问。

"是啊，我就这么想：我倒是想知道您的意见……"地主说，坐得离赖斯基靠近些，"我们一辈子待在乡下，什么也不知道，因此能听听有学问人的高见不胜荣幸……"

赖斯基嘲讽地欠了欠身子。

"要不就是读读报纸，比如昨天我就读到瑞典国王访问克里斯蒂安尼亚城[②]，你不知道这是因为什么原因？"

"这您也有兴趣知道？"

"为何写这条消息，倘若国王没有特殊原因访问克里斯蒂安尼亚的话。"

"那么有无大火灾：这没报道吗？"赖斯基问。

地主伊万·彼得罗维奇瞪大双眼。

"没有，没写关于大火的消息，而只是说'陛下莅临民众集会'。"

季特·尼孔内奇与厅里的一位高级文官互使眼色，冷冷一笑。此后便默不作声。

"我还有一事想请教，"那位来客开始道，"如今法国是拿破仑[③]当政……"

"那又怎么啦？"

"要知道他是强行上台的……"

"怎么强行：人家选举的……"

"这算什么选举！说是派遣士兵强迫，收买……得了吧，这算什么选举：荒唐透顶！"

[①] 指1848—1849年的匈牙利革命和1846—1848年的波兰解放运动。

[②] 即奥斯陆1624—1924年的旧称。

[③] 拿破仑三世（1808—1873），1851年12月2日发动政变，翌年1月通过新宪法，授以总统独裁大权。12月2日恢复帝制，自称皇帝。

"倘若部分强行，那又拿他怎么样？"赖斯基好奇地问道，对这位乡下政治家有了兴趣。

"这可怎么忍受得了，不武装起来反对他？"

"你试试！"尼尔·安德烈伊奇打断道，"喂：怎么样？"

"从所有国家集中军队，开进去，像对付已故的波拿巴那样……当时有个神圣同盟①……"

"您最好提出一个运动纲要，"赖斯基说，"也许能采纳……"

"我哪能啊？"客人谦虚地反对道，"我只是出于好奇……瞧，眼下我还想问您……"他对着赖斯基继续道。

"为何问我？"

"您住在京城，消息灵通，可以说是……不像我们，乡下人……我想问：现在土耳其人自古以来压迫基督徒，焚毁，割啊，女人的那个……"

"喏，留神，伊万·彼得罗维奇，你谈到了什么……纳斯塔西娅·彼得罗夫娜脸都红了……"尼尔·安德烈伊奇干涉道。

"您说什么哪，大人……我干吗脸红？我都没听见他说些什么……"一个太太机敏道，扭扭捏捏地理了理披巾。

"滑头！"尼尔·安德烈伊奇说，用指头威胁她，"怎么样，神甫，"他转身向神甫道，"她没在向您做忏悔时抱怨过丈夫，说他……"

"哎哟，哪能啊，大人！"太太急忙打断道。

"是啊，正是如此！好吧，伊万·彼得罗维奇：土耳其人在那里是如何压迫妇女的？有关此事你读到过什么？你看，纳斯塔西娅·彼得罗夫娜很想了解。不过小心，你可别上土耳其去啊，纳斯塔西娅·彼得罗夫娜！"

伊万·彼得罗维奇急切地等待尼尔·安德烈伊奇结束讲话，并重

---

① 拿破仑帝国瓦解后欧洲各国君主于1815年组成的反动同盟，旨在镇压欧洲解放运动。

新向赖斯基固执地提出问题。

"因此我想问您:为何不去制止土耳其人?……"

"妇女们很袒护他们!"尼尔·安德烈伊奇宽厚地开玩笑道,"她就是头一个……"

他指了指那位夫人。

"嗨,塔季扬娜·马尔科夫娜……这位大人今天怎么心情那么好啊?……"

她装出一副不好意思的样子。

"我就是想问您,为何大家都不起来反抗土耳其人,"伊万·彼得罗维奇跟赖斯基纠缠不休,"并且不去解救属于上帝的灵柩?"

"坦白对您说,我很少考虑这问题,"赖斯基说,"但现在我会给予特别关注,如果您把想法告诉我,那么我准备千方百计协助您去解决东方问题……"

"请允许问一句话,"客人赶忙表示异议,"您说'**东方问题**',并且报纸上也连续不断提到**东方问题**:这个**东方问题**究竟是什么?"

"瞧,您现在说的有关土耳其人的问题便是啊!"

"是这样……"他若有所思道,"毫无任何问题!"

"如今什么都是'问题'!"红光满面的上校嘎哑着嗓子插嘴道,"我收到我们团的副官从彼得堡寄来的信,他写道,如今人人感兴趣的'问题'是体制改革……"

大伙不再说话。

"或是,譬如说伊朗吧!"伊万·彼得罗维奇沉默一会儿,又重新振奋精神开始道,"报上说那是个穷国,没什么吃的,除了土豆,那玩意儿并不适合经常当饭吃……①"

"嗯,那又怎么样?"

"伊朗是英国籍,可是英国是富国:像英国那样富的地主,哪儿

---

① 此处指发生于1845—1847年间伊朗的大饥荒,粮食颗粒无收,连土豆也歉收。

也没有。现如今他们为何不拿点哪怕一半的粮食、牲口给伊朗？"

"老兄，这是干什么，你宣传造反吗？"尼尔·安德烈伊奇突然道。

"什么造反，大人……我只是出于好奇嘛。"

"是吗，如果在维亚特卡或是佩尔米亚闹饥荒，让你无代价拿出一半粮食送那儿去呢？……"

"这怎么可能！我们——完全是另一码事……"

"是吗，那农夫们听到你这番话会怎么样？"尼尔·安德烈伊奇步步进逼，"啊？那时怎么办？"

"嘿，可千万别！"地主说。

"没有的事！"塔季扬娜·马尔科夫娜道。

"眼下他们还什么也没遇到，可都竖起耳朵听着哩！"尼尔·安德烈伊奇继续道。

"为什么？"别列日科娃惊恐地问。

"那不是，他们有时就谈论起自由。省长曾接到过报告，说是马梅舍夫村不安定……"

"可千万别！"地主和塔季扬娜·马尔科夫娜又说。

"大人说的是实话，是实话！"地主说，"只要一放纵，只要一给他们自由，他们便上小酒馆，弹巴拉莱卡琴；喝得大醉，从你身旁大摇大摆过去，也不再脱帽鞠躬了！"

"祸害倒并非从农夫开始的，"尼尔·安德烈伊奇说，斜眼朝赖斯基瞟了一眼，"它后来才像流行病那样到处蔓延。开始是年轻人不再去做彻夜祈祷，说什么'太无聊'；然后发现按上司规定过假日也是多余，说这是'奴隶制度'；再后来穿着有伤大雅的衣服做礼拜，还把胡子留得长长的（他又斜眼瞟了赖斯基一眼），再以后，再以后，便更其放纵，他会向你偷偷报告，说天上没有上帝，没有谁可祈祷的了！……"

大厅里发生了一种共同变化。

"是的，是的，一点不错。邻居家就有这样一名教师，让您大吃一惊的是,他还是位神甫,来自宗教学校!"地主面对着神甫说,"起先一切都很安静,对大孩子们说悄悄话,细声细气的,谁知道他在说什么,只是有一天,一个小女孩,他们的妹妹对母亲说:'有人说没有上帝,尼基塔·谢尔盖伊奇从别人那里听说的。'对他进行讯问:'怎么会没有上帝:怎么会这样?'父亲去找高级僧侣:于是将整个宗教学校逐个查看了一遍……"

"是的,我记得,"神甫道,"找到了一些禁书。"

"嘿,您瞧!"

"请问,"伊万·彼得罗维奇又面朝赖斯基,"人们总是骚动不安,这是为什么?①"

"什么人?"

"哦,就是那些印第安人;这可全是些坏蛋,不是基督徒,是败类,光着身子行走,一帮酒鬼,据说那国家很富庶,菠萝长得像黄瓜……他们还想要什么?"

赖斯基不吭声。他陷入忧郁中。

"多么可憎的毛病,这斯拉夫人的美德,殷勤好客!"他思忖,"奶奶家里,你什么样的酒囊饭袋遇不上啊!"

其他人都缄默不语,吃过饱饱的一顿早餐都懒得说话。伊万·彼得罗维奇替大伙说。

"瞧,如今我们从中国人那里夺取了阿穆尔②,那也是个很富饶的国家,我们将会有自己的茶叶,不用花钱去买,多有好处,多叫人高兴……"他又开始自己的那套。

"嗨,伊万·彼得罗维奇老兄:竹篮子打水一场空啊……"特奇科夫说。

---

① 19世纪中叶,在印度(此处作品中的地主,将印度人 индийцы 和印第安人 индейцы 搞混了)发生了多起大规模反对不列颠殖民统治的起义。(见俄文原著第494页编者注)

② 即我国的黑龙江。

"我只是出于好奇想同他们聊聊,他们住在京城……现在又在写罗马教皇……"

此刻,从大厅里吵吵嚷嚷进来了波林娜·卡尔波夫娜,身穿双袖宽大的细纱连衣裙,这样她那丰腴白皙的双臂几乎直至肩部都看得很清楚。武备中学学生紧随其后。

"太热啦!Bonjur,Bonjur①。"她说,朝四周点头,在赖斯基身旁坐下。

"我们这里太挤了!"赖斯基挪到沙发旁的椅子上。

"Non,non,ne vous dérangez pas②。"她拦他,但没拦住。"多没趣儿!"她来得及对他悄声道,"您这里有这么多客人,可我只想单独见您……"

"为什么?"他大声问道,"有事?"

"是啊,有事!"她笑着竭力小声道。

"什么事?"

"那肖像?"

"肖像,什么肖像?"

"我的肖像!您答应给我画的:忘啦——ingrat③!"

"啊!大利拉④·卡尔波夫娜!"尼尔·安德烈伊奇拖长声音叫道,"您好,近况如何?"

"您好!"她干巴巴道,竭力扭过身子不理他。

"为何不赏我一个温柔的目光?让我欣赏欣赏天鹅绒般的脖颈……"

门旁的人群里传来笑声,太太们也莞尔笑着。

---

① 法语:你们好,你们好。
② 法语:不,不,您放心。
③ 法语:忘恩负义的人。
④ 其实卡尔波夫娜名波林娜,尼尔故意以此讽刺她。大利拉为《圣经》中一个非利士妓女,诱大力士参孙说出大力的秘密,使非利士人将其抓获,投入监牢,最后参孙倾覆神室,与敌人同归于尽。

"粗鲁无礼：张嘴就说蠢话！……"她对赖斯基小声道。

"你嫌恶老头，我怎么求婚呢？未婚夫哪点不配——或是老了？您将是将军夫人……"

"我不'贪图'这种荣耀……"她说，不看他一眼。"Bonjur，纳塔利娅·伊万诺夫娜：这么招人喜爱的女帽您是在哪儿买的：在 m-me Pichet①那里？"

"这是我丈夫从莫斯科订购的，"纳塔利娅说，怯生生地望了赖斯基一眼，"意外的礼物……"

"非常非常好看！"

"您看我一眼：说实话，我要求婚了，"尼尔·安德烈伊奇纠缠不休道，"我需要一位女主人在家里，温雅端庄，而不是卖弄风情，放荡，喜欢打扮……除了我，对别的男人都不屑一顾……嗜，要知道，您在我们这里是个典范……"

波林娜·卡尔波夫娜好像没听见似的，摇着小扇子，竭力同赖斯基说话。

"你在我们这里，"尼尔·安德烈伊奇坚定不移继续道，"是母亲和女儿们的榜样，您站在教堂里，目光没离开过神像，不东张西望，不注意年轻男子……"

门旁的笑声响得更大，太太们挤眉弄眼，掩饰笑容。

塔季扬娜·马尔科夫娜竭力阻止尼尔·安德烈伊奇对她客人的攻击。

"吃大馅饼吧，波林娜·卡尔波夫娜，我给您盛！"她说。

"Merci②，Merci，不，我刚用过早餐！"

但这也无补于事。尼尔·安德烈伊奇重新开始进攻。

"您穿得像个修女：粉肩和玉臂是不陈列出来给人看的……您举止得体，与您那可尊敬的年龄十分相称……"他说。

---

① 法语：皮谢夫人。
② 法语：谢谢。

"您对我纠缠不休干什么！"波林娜·卡尔波夫娜说。"Est-il bête, grossier①？"她对赖斯基说。

"对，对，'парле ву франсе'②，"特奇科夫打断道，"夫人，我想结婚，所以缠住不放：而我和您是一对！"

"您未必找得到有谁同您配对！"克里茨卡娅答道，不望着他。

"请问，怎么不是一对：当您嫁给已故的伊万·叶戈雷奇时，我还是个八等文官。而这将……"

"天真热——on étouffe ici：allons au jardin③！米舍利，把大披肩给我！……"她对武备中学学生道。

这时韦拉出现。

大家站起身，将她围住，谈话便转到别的方向。这整个场面和这些人令赖斯基讨厌，他已经打算离去，但随着韦拉的到来，在他身上迸发出这样一股强烈的"友情"，使他留了下来，好像被钉在了椅子上。

韦拉将众人匆匆扫了一眼，在有的地方停下说上两三句，和几个死盯着她连衣裙和短披肩的姑娘握了握手，朝太太们冷淡地笑笑，便在炉子旁的椅子上坐下。

小官吏们整了整衣服。尼尔·安德烈伊奇尽情地带着响声吻了她的手，姑娘们目不转睛地盯着她。

玛尔芬卡没在座位上待着：时而给谁斟酒，时而请人吃下酒菜，或是竭力去同自己的女友们聊天。

"韦拉·瓦西里耶夫娜！"尼尔·安德烈伊奇说，"我的美人儿，您来替我说说情吧！"

"难道他们得罪了您？"

"可不是吗！达利拉……不，是彼拉盖娅·卡尔波夫娜。"

---

① 法语：他是个蠢货，还是粗坯。

② 意为您讲法语。

③ 法语：这里很闷；您上果园吧。

415

"Impertinent①！"克里茨卡娅大声说着悄悄话，从座位上站起身，朝门口走去。

"您上哪儿，波林娜·卡尔波夫娜？可大馅饼呢？玛尔芬卡，留住她！波林娜·卡尔波夫娜！"塔季扬娜·马尔科夫娜挡住她。

"不，不，塔季扬娜·马尔科夫娜：我一直很高兴，并且感谢您，"克里茨卡娅说，已经在大厅里，"但是，我永远不同这种粗野无礼的人待在一起了，无论在您家里，还是任何地方……倘若我已故的丈夫还活着，他怎么也不敢……"

"嗨，别生老头子的气：他并无恶意；他那么受人尊敬……"

"不，不，我请求，您让我走——我下次再来，他不在的时候……"她深深地受到侮辱，含泪走了。

客厅里人人兴高采烈，尼尔·安德烈伊奇面露傲慢的笑容，接受众人赞许的笑意。只有赖斯基和韦拉没笑。不管波林娜·卡尔波夫娜多么滑稽可笑，这帮人的习性的粗鲁和老头的狂妄自大使他愤怒。他阴沉着脸晃着腿，默然不语。

"怎么，她怒气冲冲地走了？"当被这场闹剧搅得忧心忡忡的塔季扬娜·马尔科夫娜返回，并默默在自己座位上坐下时，尼尔·安德烈伊奇说道。

"没关系，随她便吧！"老头继续道，"在众人面前光着身子成何体统：这里又不是澡堂子！"

太太们垂下双眸，姑娘们面红耳赤，互相使劲握住手。

"别在教堂里四处转悠，别在身后带着一帮小年轻……怎么样，伊万·伊万内奇：你经常在她那里待着，连大门也不出！现在如何：还总去吗？"他严厉地问一个小伙子。

"早就断绝来往了，大人：恭维话说得都叫人腻味了。"

"断了就好！对年轻妇女和姑娘树什么榜样？她可是早就四十出

---

① 法语：无耻之徒。

头了吧！还穿粉红衣服，扎蝴蝶结和绦带……怎么能不数落几句！您看到吗，"他冲赖斯基道，"我只是对放荡行为才声色俱厉，可您却怕我！这是谁对您咬舌头，把我说得那么可怕！"

"谁吗？是马克。"赖斯基道。

大家紧张起来。有些人战栗一下。

"哪个马克？"特奇科夫蹙眉问道。

"马克·沃洛霍夫，就是被打发到此地居住的那位。"

"就是那个强盗？难道您与他认识？"

"我们是朋友。"

"朋友？"老头吃惊道，吹了下口哨，"塔季扬娜·马尔科夫娜，我听到了什么？"

"别信他的，尼尔·安德烈伊奇：他自己也不知道在说什么……"祖母开始道，"马克哪是你的什么朋友啊……"

"得了，奶奶！他不是在我那里吃的晚饭，过的夜？不是您盼咐给他铺的柔软的被褥……"

"鲍里斯·帕夫洛维奇！得了，闭嘴吧！"祖母激烈地低声道。

但是为时已晚。特奇科夫扬起吃惊的目光，瞥一眼塔季扬娜·马尔科夫娜，太太们同情地望着她，男人们张着大嘴，姑娘们相互紧挨在一起。

韦拉笑得下巴直颤。她心满意足地望一眼众人，并为这意想不到的满足以友好目光感谢赖斯基，而玛尔芬卡则躲到祖母身后。

"我听到了什么！"尼尔·安德烈伊奇吃惊道，"您让这个巴拉巴[①]进自己家！"

"不是我，尼尔·安德烈伊奇，是鲍留什卡晚上把他领来的。我都不知道他那里睡的是谁！"

"您就同他在夜里闲逛！"他对赖斯基说，"可您是否知道他是个

[①] 据《圣经·福音书》，巴拉巴是耶稣时代的一个著名强盗。

形迹可疑的人，是政府的敌人，是被教会和社会排斥的人？"

"真可怕！"太太们说。

"是他向您介绍我的？"尼尔·安德烈伊奇追问道。

"是啊，是他。"

"那么，他把我描绘成野兽：说我吃人？……"

"不，您不吃人，而是允许自己根据某种权利侮辱他们。"

"您信吗？"

"今天前——不信。"

"而如今呢？"

"如今我信。"

共同的恐惧和惊讶。一些官吏悄悄溜进大厅，并从那里谛听接下来会有什么动静。

"原来如此，"特奇科夫皱起眉头，惊讶而傲然地问道，"为什么？"

"因为刚才您侮辱了一个女人。"

"您听听，塔季扬娜·马尔科夫娜！"

"鲍留什卡！鲍里斯·帕夫雷奇！"她阻止道。

"侮辱了这个……这个老妖婆，狐狸精，骚货……"尼尔·安德烈伊奇说道。

"她关您什么事？谁给您评判别人放荡行为的权利？"

"那么您，年轻人，你凭什么权利胆敢申斥我？您知道吗，我担任公职五十年，还没有一个大臣对我做过哪怕最轻微的责备？……"

"凭什么权利？就凭您在我家里侮辱妇女，倘若我容许您这么做，那我便是个可悲的废物。您不懂得这一点，那对您更糟！……"

"全城谁不知她是个轻佻女人，水性杨花，不合年岁打扮得花枝招展，不履行对家庭的职责……"

"哼，那又怎么样？"

"怎么样，您和塔季扬娜·马尔科夫娜，都应该受到谴责。是的，亲爱的，我早就想对您说……您在自己家里接待她……"

"哼，水性杨花，轻佻，卖弄风情还算不得什么重大罪行，"赖斯基说，"而全城也都知道您受贿捞了一大笔钱，还骗光了亲侄女的钱财，并将她关进了疯人院——可是奶奶和我还是接纳您，要知道这可比卖弄风情严重得多！瞧，为此您倒是可以训斥我们！"

来宾中无法想象的惊恐场面！太太们站起身,挤成一堆拥向大厅；姑娘们像群绵羊似的跟在她们身后冲了出去，所有人都乘马车离去。祖母向玛尔芬卡和韦拉指指门。

玛尔芬卡离开，而韦拉留了下来。

尼尔·安德烈伊奇脸色煞白。

"谁，是谁向你传播这些流言的，说！是这个强盗马克吗？我现在就去找省长。塔季扬娜·马尔科夫娜，或是我与您不再交往，或是让这个年轻人的脚（他指了指赖斯基）永远别再踏进您家的门！否则我在二十四小时内便将他和你们全家发配到天涯海角……"

特奇科夫气得气喘吁吁，连自己都不知说些什么。

"谁，是谁把这告诉他的，我想知道？是谁……说！……"他声音嘶哑道。

塔季扬娜·马尔科夫娜突然从座位上站起身。

"尼尔·安德烈伊奇，你别再胡说八道！瞧你脸完全变成了紫红色：你瞧着吧，你会气炸肺的。最好喝口水！什么样的秘密，谁说的？是我说的，我说的是实话！"她补充道，"这全城都知道。"

"塔季扬娜·马尔科夫娜！怎么样！……"尼尔·安德烈伊奇吼叫起来。

"人们尊敬地称呼我塔季扬娜·马尔科夫娜已经六十五年。嘿，你一句'怎么样'算什么？你活该！你朝大家狂吠什么；事实上是你在别人家里攻击一位妇女——主人制止你——你表现得不像个贵族！……"

"您怎么敢这样对我说话！"特奇科夫又吼叫起来。

赖斯基朝他扑去，但祖母用那种要求绝对服从的手势制止他，使他愣住了，等待事态发展。她突然挺直身子，戴上包发帽，围上披巾，走到尼尔·安德烈伊奇身前。

赖斯基吃惊地望着祖母。是她，而非尼尔·安德烈伊奇吸引了他的注意力。突然间她的身影变得高大，充满威严，使他也胆怯起来。

"你是谁？"她说，"一个微不足道的小官员，Parvenu①，你敢对妇女大喊大叫，并且还对着一个世袭女贵族！你太自高自大：想受顿教训！我就给你来一次永久性的：让你记住！你忘了，年轻时你经常从衙门带着公文来见我父亲，你当着我面都不敢坐下，每逢节日你不止一次从我手里得到礼物。如果你为人正直，谁也不会为此数落你，可你大把大把地盗窃钱财——我孙儿说得对——在这件事上，大家因为不果断，容忍了你，而你本该保持沉默，并且最后为不光彩的生活而悔过。可你不停止，因自高自大而自我膨胀起来，而自高自大是醉鬼的恶习，使人忘乎所以。清醒清醒吧，起来，鞠一躬：站在你面前的是塔季扬娜·马尔科夫娜·别列日科娃！您瞧，这里是我孙儿，鲍里斯·帕夫雷奇·赖斯基：我不拦住他，他早就把你从台阶上扔下去了，但我不想让他弄脏手——对付你，仆人们便足够了！我有保护人，而你也替自己找一个！"她挺直全身，双目炯炯有神，拍了一掌，高喊道，"来人哪！"

她恰如挂在这里墙上，她家族中庄严傲慢女士画像中的一位。

特奇科夫转动变痴呆的眼珠子。

"我要写信到彼得堡……城市处在危险之中……"他急忙道，弯腰曲背，在她炯炯发光的目光下匆匆离去，都不敢回头看一眼。

他走了，而塔季扬娜·马尔科夫娜依然以自己的架势站着，目光中闪烁着愤怒，激动得将披肩往身上拉。赖斯基从惊讶中清醒过来，怯生生地走近她，仿佛不认识似的，见到的并非祖母，而是一位迄今为止他尚未认识的女士。

---

① 法语：靠钻营而飞黄腾达的家伙。

"您想从这个笨蛋那里要求对您应有的尊重和乞求,是徒劳无益的,"他说,"他不明白您的伟大。请接受我的这份敬意,并非像祖母接受孙儿,而是如女士接受男士那样。我为女士中最出色的塔季扬娜·马尔科夫娜感到惊奇,并为她女性的尊严致敬!"

他亲吻她的手。

"鲍里斯·帕夫雷奇,我接受你的敬意,把它作为巨大的荣誉——而且并非平白无故接受——而是应得的。而我要给你,为你的正直行为,我的吻——并非来自奶奶,而是来自女性……"

她亲吻他的脸颊。

与此同时,有人亲了下另一边脸颊。

"而这来自另一个女性!"韦拉边亲吻他边轻声道,并飞快地躲进门里。

"哎呀!"赖斯基充满激情,向她伸出手去。

"我与她没有商量好,但我们俩都理解你。我同她很少说话,但彼此相像!"塔季扬娜·马尔科夫娜道。

"奶奶!您是个非凡的女性!"赖斯基欣喜地望着她说,仿佛还是头一次见到她。

"但你是个乖戾的人,不过是个乖戾的好人!"她最后说道,使劲拍拍他肩膀,"去,上省长那里,实话告诉他出了什么事,免得此人胡诌些废话,而我去波林娜·卡尔波夫娜家,请求她原谅。"

三

当尼尔·安德烈伊奇回到家,几乎是从轻便马车上给拽下来的。女管家用醋擦他的太阳穴,往他肚子上敷芥末膏,并且将塔季扬娜·马尔科夫娜"大骂特骂"了一通。

但是,家庭的药剂并未使老头儿安静。他等待明天省长顺便上他家,得知事情真相,并表同情,而他将向省长建议把使人不安的赖斯基驱逐出城,而让别列日科娃具结保证不再在自己家接待马克·沃洛霍夫。

但是三天过去:无论省长、副省长,还是高级文官,都没有来顺便看望他。他开始抱怨自己,把过去的回忆挖掘了一番——不知为何觉得不太对头。

前省长帕丰季耶夫老头,太太们到他那里做客,在此之前,甚至只要他不就座,她们也不坐下,否则将追究不尊重上司的罪名;但现任省长对此却不感兴趣。他甚至不在意他的官员们穿什么,他自己就穿身旧常礼服,他只关心"别让任何事情传到彼得堡去"。

尼尔·安德烈伊奇·特奇科夫等待着他过去的部下、年轻的官员中有谁去见他,以便打听敌方阵营中都在干什么。但谁也没出现。

他屈尊到这样地步,仿佛散步,亲自去了几家,却遭到了拒绝。仆役们都好奇地打量他。

"事情不妙。"他心想,便在家里待着。

星期天他派人去请大夫,那位既在省长家,也在马林诺夫卡给人治病。

大夫竭力不看着尼尔·安德烈伊奇,如果看也像仆役那样用一种"好奇"的神色。他匆匆忙忙,当特奇科夫请他吃早饭时,他说他已经被邀请上别列日科娃家"用早餐"①,省长大人也将光临她家,大家都去,他见到高级僧侣已经直接从大教堂驱车上她家,因此他得赶紧……他给尼尔·安德烈伊奇开了易消化的饮食和镇静剂,便走了。

"一切皆空!"特奇科夫深深叹息道,耷拉下脑袋。

他明白,他的威信永远消失了,他成了最后一个莫希干人②,成

---

① 此处为德语:Frühstück。
② 莫希干人为北美印第安人的最后一个种族,由于欧洲人的殖民政策而衰亡。最后一个莫希干人,原为美国作家库柏(1789—1851)于1826年创作的小说名,意喻衰亡种族最后的残余。

了特奇科夫家族中最后一位将军!

其他人,不久前还因他的夸奖而乐得舔嘴唇的他原先那些部下,突然间好像恍然大悟,并从赖斯基的举动中明白了"真相",为自己徒劳无益地长期崇拜一个虚假的稻草人的权威而感到脸红。他们都先后到赖斯基那里拜访。

赖斯基在自己长篇小说提纲中,也对他作了简短描述,自己也不知为什么。

"如奥片金那样偶然落到了手中!"他说着,写完最后一行,在自己的那些主人公中,并没把他当作什么角色。

三天来,赖斯基仍处在星期天那顿早餐的影响下。塔季扬娜·马尔科夫娜从祖母和一个殷勤好客的女主人变成头母狮,使他大吃一惊。

她那突然透过成见和倦怠习性爆发出来的炯炯有神的目光,高傲的姿态,正直、率真和健全的理智,使他难以忘怀。

他绷上一块粗麻布,成功地画了一幅她的肖像速写,他打算在画布上捕捉到她的姿态、愤怒、庄严与傲慢,并将它放到家族肖像的画廊里。

也许可以说,他更加爱她了。她同样用比原先更温和亲切的目光注视他,虽说很显然,她内心里并没少担心如她自己所说的"心直口快",并且尽力默默改变身上如赖斯基所称的那种"自相矛盾"之处。

把一个人尊敬了四十年,称他为"令人敬重的"的"正派"人,对他的一言一行有几分畏惧,还用他来吓唬别人——突然间又立刻将他驱逐!对自己的举动她并不后悔,她认为这是正义的,但她首先想到的是,四十年来她自觉自愿容忍着虚伪,而她的孙儿……却做……对了。

但是,这一点她将无论如何不对他提及:他还年轻,有可能自高自大起来,而她要按另一种方式,按自己的方式向他表示关注,不使自己在孙子面前陷入困境,不让他太过得意。

这便是她为何更亲切地看待赖斯基,并且暗自比原先更喜欢他的原因。

但她依旧感到很难堪——并非只是因为内心的"自相矛盾"之处，而是因为事情出在她家中，是她赶走了一个老人，一个受人尊敬的……不，一个"正派的""佩星形勋章的"老人……

她唉声叹气，但又不愿回到过去，而只是希望将这一事件推前十年，那它便会变成某桩早已过去的怪事，被人彻底遗忘。

韦拉那突如其来的一吻，令赖斯基最为兴奋激动。他深受感动，差点没掉下热泪，并在此基础上筑起了他进一步的希望，认为一件平平常常的事情，一段毫无准备的插曲：他只不过从一旁无意地、诚实而体面地说出了自己的看法，将使他与韦拉亲近起来，为达此目的，他原本要经过缓慢而困难的途径。

可是他错了。亲吻并未将他引向某种亲近。这只是韦拉嘉许他的行为而迸发的意外火花，犹如他行为本身那样突如其来。一道电光在她身上一闪，随即熄灭。

当然，这道电光是由良好行为引起的，但她从没怀疑过他性格上的优点，她只是不想如他所希望那样更亲密接近，并且除了最有限的权利，她不愿给他任何别的权利来关注自己。

他非常遵守诺言：不去她那里，只在午饭时见她一面，很少说话，绝不跟随她。

"我得同她谈两次，彻底解决自己的问题，如同与别洛沃多娃，与玛尔芬卡那样，并且照例感到失望，便离开！"他决定道。

"叶戈尔！"他说，"把皮箱拿来，看看锁和皮带是否完好无损：我在这儿待不长久。"

家里很静，同马克打赌后已经过了两星期，鲍里斯·帕夫雷奇没有发生爱情，没有发疯，没有干蠢事，日间坚决把韦拉忘了，只是夜晚和清晨她才在头脑里出现，仿佛应声而来似的。他竭力不让她看出他还对她着迷，并且做到了。他甚至想把他曾冒冒失失和可笑地说过的关于倾慕她的话从记忆中抹去。

"瞧我已经到了这种地步:对自己的痴迷感到羞愧,这也就意味着胜利在望!"他暗自高兴,虽说他察觉和揭穿自己:他始终还记得有关她的最小细节,虽目不斜视却对她如何进来,说些什么,为何默不作声,如何东张西望全一清二楚。

"这一切都无足轻重,是幻象,是幻影!"他说,"印象一经具体分析便化为乌有!"

他着手画塔季扬娜·马尔科夫娜的画像和写容量很大的长篇小说提纲。他扼要记叙同韦拉的初次会面,自己的印象,作为衬托,在那里增补各式人物,伏尔加河的景色,自己庄园的详细记载——于是小说渐渐活跃起来。他的"幻影"开始变得有血有肉。创作的奥秘在他面前展现。

他变得快乐,毫不拘束,并两次同韦拉一起散步,犹如同一个局外人,一个可爱而聪颖的交谈者在一起,在她面前他滔滔不绝,绝非故意和希望达到什么目的,整个儿是他思想、知识、趣闻的蕴积,他任想象力奔放驰骋,在笑谑中口若悬河,或是在若有所思的猜想中阐明自己的宇宙观——总之,他过着平静而又惬意的生活,毫无所求,毫不强加于她。

他高兴地注意到,她不再怕他,开始信任他,不再把自己锁在屋里不见他,在果园里见到他不再离去,他同她待上几分钟,自己离去;她大胆地向他借书,甚至亲自去他房间里挑书,而他给她所要的书,也不留她,不强要当她"思想指导",不问她看过的书,而她有时亲自对他说自己的读后感。

用过午饭后的一段时光,他们俩常常一起待在祖母那里——而韦拉听他说话并不觉得无聊,有时甚至对他的笑话报以微笑。而有时她偶尔也会突然不等听他读完一页,不等谈话结束,便轻轻说声对不起悄然离去——不知上哪儿,并且过一小时、两小时再回来,或是根本不回到他那里——他也从不过问。

除了他的著作,吸引他的是他在城里结识的几个熟人。有时他在省长家用午餐,甚至同玛尔芬卡和韦拉一起到城外包税商家度夏天假日,但令塔季扬娜·马尔科夫娜遗憾的是,他并没迷恋上包税商的女儿,干巴巴回答祖母的问话,说她是位"小姐"。

韦拉对他并不钟情,且态度泰然:对此他确信无疑,并听天由命。尽管他在取得她的信任和友谊方面做出了成效,但这种友谊还是消极的,而信任也仅限于她不再害怕他对她所做的有失体面的窥探。

他俏皮地把自己比作已康复的疯子,对这种疯子人们已经不怕让他单独待着,不再将他屋子的窗户闩上,并让他用刀叉吃饭,甚至允许他自己刮脸——但是家里所有人依旧记得不久前的一些狂暴行为,因此心里谁也不敢担保在一个阳光明媚的早晨他不会从窗口跳下去,或是割断自己的喉咙。韦拉听后笑得前仰后合,下巴剧烈颤动。

她的友谊尚未达到信赖他的地步,别说是自己的秘密,就连征求他意见,依靠他在某些方面的丰富经验,向他表示友情,以及告诉他,她对什么感兴趣,喜欢谁,不喜欢谁,她都讳莫如深。

她从不暴露自己的真挚思想,不流露自己的愿望,只有一条是她斩钉截铁说过的,那便是要当个自由的人,也就是让她自己待着,别去留意她,忘了她的存在。

"嗯,您瞧,如今全照办了:接着干什么?难道一切就将如此?"他说,"该做得更小心谨慎些!……"

他见到她开始叫他哥,而不再是表哥,但尚未改为以**你**相称,说是**你**这个称谓本身毫无理由地授予许多含义,有时为这方和另一方所不愿,它会产生亲密感,有时甚至会用不必要的、常常为对方所无法接受的友谊来束缚。

"噢,你对我满意吗?"有一天喝完茶,剩下他们两人时,他说。

"指的是什么?满意什么?"她好奇地朝他瞥一眼问。

"怎么满意什么?"他惊讶地重复道,"对我身上的变化?"

"是变化吗?"

"是啊!恳请!我工作,抑制自己的目光和愿望,默默无言,不去注意你：费了多少心血！而她却……这就是奖赏！"

"我以为，您忘却此事了呢！"她淡漠道。

"可你忘了吗？"

"是啊，这便是奖赏。"

他吃惊地盯着她。

"多好的奖赏：你忘了！"

"是啊，我忘了您曾让我腻烦，而眼下见到您，就好像您初来时应该的那样。"

"仅此而已？"

"您还想要什么？"

"那友谊呢？"

"这就是友谊啊。我同您非常友好……"

"咳！这样不行，不！……"他暗自急躁道，又立刻暗自揭穿自己，他这是因自己行事的"正确"，在向韦拉要"小费"。

"友谊很不错：可我对你什么也不了解，你对我什么也不信任，一点也不推心置腹——像陌生人似的……"他说。

"我对谁都什么也不说：无论奶奶，还是玛尔芬卡……"

"这对：奶奶，玛尔芬卡——她们都是可爱而善良的人，但在她们和你之间有条鸿沟……而在我和你之间有许多共同的……"

"是啊，我忘了，我是个'智者'。"她嘲讽道。

"你是个有见识的人：你不露智慧，倘若心儿未说话，那么已经充满期望……这我见过……"

"您见过什么？"

"你好像在躲避，并且在隐忍什么……上帝知道！"

"那就让他一人知道我有什么吧！"

"你是个有性格的人，韦拉！"

"怎么，这是毛病吗？"

"是一种罕见的优点——如果一个人有性格，而又不自命不凡的话。"

她微微耸耸肩，好像不赐以答复。

"你就没有强烈愿望当着谁的面说出自己的思想，与人分享，用别人的智慧或经验来检验生活中某种不清楚的事物，模糊的现象，难解的谜？要知道对于你还有许多新的……"

"不，哥，我暂时没有这种愿望，而如果有了，也许到那时我会去找您……"

"你记住，韦拉，你有一个哥哥，朋友，他打算为你做一切，甚至做出牺牲……"

"为了什么您将做出牺牲？"

"为了你是那样的……'美丽'，"他本想说，但她严肃地望着他。"为了你是那样的……聪颖，与众不同……再说我是那么愿意！"他说。

"可如果我不愿意呢？"

"哦，就是说没有友谊。"

"莫非友谊便是这样自私的感情，而朋友之所以为人珍惜，只是因为他做了这样或那样的事情吗？难道人们就不能因性格和智慧而相互爱慕，我甚至得避免加惠于他，或受他加惠……"

"因为什么？"

"我已经说过一回了，因为什么：为的是不损害友谊。这将没有平等，维系友情的将不是感情，而是恩惠，友谊一经包含恩惠——便将一人高，另一人低：哪来的自由？"

"你很左啊，韦拉：处处是自由！那是谁不断给你灌输的这自由啊？……这显然是某个对自由一知半解者，你若不当农奴，大概是无法互相请吸雪茄，或是让他替你捡起这块你掉在脚下的手帕的！你要小心啊：从自由到奴役，如同从理智到荒谬——只是一步之遥！这是谁向你灌输的？"

"谁也没有。"她说，打着哈欠从位置上站起身。

"我没令你厌烦吧，韦拉？"他急忙问，"请别将此看作是盘问，是讯问；你别把每一个细小错误都不放过。这就是平常的聊天……"

"哥,我这么'聪明',能分清黑白,而且我很乐意同你说话。倘若您不觉得枯燥无味,请您今晚再去我那儿,或是去果园:我们再继续……"

他高兴得差点没跳起来。

"可爱的韦拉!"

"我只是怕,我不会使您有兴趣:我总是缄默不语,你不得不独自说话……"

"不,不——你就按你本来面目,想怎样便怎样……"

"您允许吗,哥?"

"你别见笑,对天起誓,我不开玩笑……"

"喏,您也像维肯季耶夫那样对天发誓……现在该记住诺言啰。晚上见。"

四

晚上,赖斯基并无任何更多的收获。他说着,幻想着,刹那间被她那天鹅绒般深棕色的明眸引得精神勃发,此后又因她冷淡的目光而顿时热情消退。

他面前是个极美妙的人,不过具有强烈的、令人痛苦而疯狂的幸福天性,但这幸福他享受不到:他不仅被剥夺了表达愿望的权利,甚至也无权看她一眼,除非将她看成妹妹,或是一个不熟悉的陌生女人。

这也是理所当然的事情:对此他已表同意。倘若这疏远落在他身上,仅仅如玛尔芬卡那样,出于少女纯洁的持重,或者不知什么是邪恶的天真无邪,那么他会很快便放心下来,无条件尊重那懵懂无知的神圣。

但是,韦拉身上并没有这种天真无邪:在她身上和言谈中所表露出来的,如果说不是经验(当然不是经验:他深信这一点),不是知识,那么便是一种经验和知识的预感,并且她并非用懵懂无知,而是用高傲回击他不礼貌的目光和主宰她的愿望。那么,她已经知道迷恋的目光,及对美的向往意味着什么,将会导致什么后果,知道何时及为何崇拜可能带来侮辱感。

不管怎样,她猜到或发现了所感受到的前途,情感的斗争,并事先知道热烈爱情的过程,也可能预感到爱情的悲剧,懂得这一悲剧会给女人的一生带来的深刻影响。

这种为时尚早的敏感并非经验丰富的必然结果。一般来说,善于观察、机智的人对生活未来步骤的预见和预感是容易掌握的,尤其是女人,她们常常没有经验,可她们性格细腻,本能就成了她们的先知。

他打算按照某种暗示对她们做试验,对天性质朴的女性而言,那暗示她们是无法理解的,但对于真诚敏锐的目光却是一目了然的,它们能在刺穿乌云的闪电光辉下抓住被照亮地区的整个轮廓,并将它留在记忆里。

而韦拉恰恰具有这样的目光:她只要朝人群、教堂、街道瞥上一眼,立刻便能见到她所需要的人,同样她朝伏尔加河看一眼,便能发现在别处的舰船、小舟、岛上放牧的马群,平底船上的纤夫,飞翔的海鸥和远处小村庄烟囱里冒出的轻烟。而她的头脑,好像也如目光那样,迅捷得什么也不放过。

当然,在内心感情的变化或斗争上,韦拉并非什么都知道,但是总的看来,她明白那里包藏着所有的欢乐和痛苦,明白智慧、自尊心、羞耻心、爱抚和温存全都加入到这股急流中,令人激动和焦躁不安。她那灵敏的感觉远远走在经验的前头。

赖斯基想同她聊的就是这个问题,他想打听出她为何对那个躁动不安的世界仿佛十分熟悉,她为何那么故意高傲而执拗地拒绝他的爱慕。

但她丝毫也不表露出她已经觉察他企图识破她秘密的愿望,倘若他冒出一点儿迹象,她便默不作声,倘若他借作品提到这一点,她便冷漠地听着赖斯基如何在此将声音加重。

由于他竭力想看透韦拉,并将她引向生活("而并非出于爱情。"他想),他的神经重新受到刺激,满腔怒气,变得尖刻和恼火。此时愉快的心情消失,所做的努力令他厌烦,娱乐也无济于事。

"这并非体验,而是受折磨!"在这些阴郁的日子里他说道,并怯生生地问自己,这整个策略会有什么结果,它起因于何处。

有时,当他冷静地环顾四周时,他觉得问心有愧,怎么会使自己在一个小女孩面前变成这样的一个次要角色?她竟然像嘲弄一个中学生似的嘲弄他,讥笑他,对他的全部友情报以无望的冷漠。

他偶然发现自己投向韦拉的目光是疑心重重的,他一次或两次地问马林娜,小姐是否在家,有一天没在家里遇见她,他便在悬崖旁坐了半天,没等到,便去她那里,竭力装出一副漫不经心的样子问她待在何处。

"在那边,在伏尔加河岸上。"她更加漫不经心地答道。

他想当场揭穿她,他在那里等待过,她并没在,但他忍住了,可是目光中却表露出惊奇,并让她觉察到。但她甚至都不愿做解释,怎么会出现差错,她是走哪条路从河岸返回的。

不过她曾在那里或是更远些的什么地方待过,因为有点儿疲乏,回来后她穿的不是皮鞋而是便鞋,不是连衣裙而是宽大的短上衣,而且她的双臂有些发热。

但他继续自我修养,以便彻底获得安宁,他又经常进城,又同巡视员的女儿说起话来,并且因她的回话而沉湎于不可遏止的欢愉中。有时,他甚至试图在玛尔芬卡身上重新唤起某种火花,那富有诗意的、有点儿好幻想又有点儿热烈的感情火花,并非对自己,而只是让她感到一股生活的清新空气,但都被这个开朗纯洁、性情温和的姑娘碰了回来。

有时,他似乎打动了她,她同他约好,若有所思地听完他说的话,倘若他将对她说些"有道理的"或是"费思考的"话,可是过了五分钟,他便听到某个高处响起她的歌声:"我心爱的你,我多么的爱你。"或是在画一束花,画一群鸽子,画自己猫的肖像,不然便是不声不响地待在什么地方,读一本"带开心结局"的书,或是不停息地絮絮叨叨,同维肯季耶夫没完没了地争论。

再过一星期,马克愚蠢的预言便该满一个月,而赖斯基感到自己并没有"受爱情"的约束。对自己的爱情他并不相信,并且将一切归于受到"想象力和好奇心的刺激"。

甚至碰巧有好几天没有刺激,于是韦拉对他来说如同玛尔芬卡一样毫无区别:两姊妹好像一对非常可爱的贵族女子中学的毕业生,有着贵族女生的秘密和爱好,对生活怀有贵族女生头脑里所固有的空想理论和观点——在没有经验之前,把一切搞得乱七八糟。

韦拉来来去去,进进出出,他发现了这一点,但不战栗,也不激动,不在意她的目光,也不套她的话,并且有天早晨起来,感到自己十分坚定,也即十分冷漠、心平气和及不受约束,不仅毫无愿望想从韦拉那里得到些什么,甚至连她的友谊都不想。

"现在我十分冷淡平静,根据约定,我最终可以向她宣布,我做好了一切准备,试验结束——我是她的朋友,像人人都有的这样的朋友。我日内便将离去。是的:还该见一面'瓦拉瓦',把他身上的最后一条裤子拽下来:让他别打什么赌!"

他顺便向叶戈尔卡重申,让他把皮箱从顶楼上搬下来,准备上路。

他去列昂季家打听马克目前在何处飘荡,赶巧碰见他们俩在吃早饭。

"您要知道,"马克说,望着他,"倘若您勇敢些,您可以成个像样的人!"

"也就是倘若我有足够的勇气朝某个人开枪,或是晚上去砸小饭馆!"赖斯基答道。

"得了吧,您哪能晚上去砸小饭馆!而且也不需要——祖母就有个永久的小饭馆。不,您把那个老东西从家里赶出来,我就感激不尽。听说,是您同祖母俩一起赶的:了不起!"

"您怎么会知道的？"

"全城都在说啊！好！我已经想去拜会您，可突然听说您同省长关系密切，一再邀请他上自己家，同那个祖母一起向他大献殷勤！这太可憎了！我本以为您请他去，就是为了随后将他撵走呢。"

"看来，这就叫作'公民的勇气'？"

"我倒并不清楚是什么勇气，只是我怎么也得让您看看这种勇气例子。瞧，近来不知为何警察局长经常骑马在我们的菜园子旁经过：这也许是大人不放心，派人来了解我的健康情况和乐趣。咳，这很好啊！……眼下我养了一对巴儿狗：不到一星期，我们菜园里已经一只猫也不剩……我将它们放在顶间阁楼上，待在黑暗中，当上校或他的侍从们光临时，我的小乖乖便将冲出去……当然是无意的……"

"喏，我来是同您告别的——我很快要走了！"赖斯基说。

"您要走？"马克吃惊道。

"怎么啦？"

"我要同您说几句话……"他一本正经，轻声道。

赖斯基同样吃惊地望着他。

"您需要什么？——说吧！"他说，"是否又是钱？"

"您瞧，又是钱——不过眼下不谈钱的事。以后吧，我去您那儿，现在不许……"

他朝坐在那里的科兹洛夫的妻子点了下头，使赖斯基明白，她在场时他不想说。

列昂季听说赖斯基要走，惊讶地两手举起轻轻一拍；妻子对他绷着脸。

"怎么，谁要打发您走？"她喃喃道，"好啊，您就这样记得自己的乌列尼卡？丈夫不在您一次也没来我这里……"

她抓住他的手，久久握着，带着忧伤的嘲笑神色望着他。

"您把钱带来了吗？"马克突然问，"打赌的三百卢布？"

赖斯基流露出讥讽的神情瞥了他一眼。

"嗨，那有什么，裤子在哪儿？"他说。

"我不开玩笑，您给三百卢布。"

"为什么？我又没有迷恋上，正如您见到的。"

"不，我看出您已经一往情深了。"

"您是怎么看出的？"

"是这样，从您的脸上。"

"您看：已经过了一个月——打赌结束。您的裤子我不需要，我把它送给您，额外添上件外衣。"

"你这是怎么啦……要走！"科兹洛夫悲哀道，"可是那些书呢？"

"什么书？"

"就是那些，你的书，瞧它们完完整整，按照目录，有条有理……"

"我不是将它们赠送给你了。"

"别再开玩笑，说吧，把它们送往哪儿？……"

"再见吧，我没有工夫，别拿书来纠缠不休，我会烧了它。"赖斯基说，"噢，从脸上能看出一往情深的聪明人，再见吧！我不知道，我们是否还会再相见……"

"给钱吧，不给可是不光彩，"马克说道，"我看到了爱情：它犹如麻疹，还没有显露，但很快便将发出来……瞧，脸已经红了！真糟糕，我规定了期限！因本人的愚蠢，我失去了三百卢布！"

"再见！"

"您不会离开的。"马克说。

"我还会顺路来看你的，科兹洛夫……我在那个星期走。"赖斯基转向列昂季。

"嘿，您不会走的！"马克重复道。

"你的长篇如何了？"列昂季问道，"你可是想在这里将它完成的。"

"我已经快写完了——只需要再整理一下，我将在彼得堡着手搞。"

"您完成不了长篇，无论是生活的，还是纸上的！"马克说。

赖斯基迅速地朝他转过身子，想说些什么，但懊丧地扭过脸去，走了。

"你因为什么认为他完成不了长篇小说?"列昂季问马克。

"他哪能啊!"马克带着讥讽的嘲笑答道,"他是个一事无成的失败者!"

五

赖斯基回家转,想尽快同韦拉一起彼此解释清楚,但已然不是他们间曾经理应的那个方面。他对战胜自己深信不疑至这种程度,甚至对过去的弱点深感羞愧,并且想稍稍报复一下韦拉,因为是她让他处于这样的境地。

他一路上十余遍地琢磨同她作最后谈话的措辞。并且想象力再次向他描绘,他将如何以新的、出乎意外的形象出现在她面前:勇敢,好嘲弄人,不受任何希望的拘束,对她的美貌无动于衷,她将会多么惊奇,也许会感到忧伤!

最终,他选中了一种谈话措辞,友好,保护人所特有的谦恭,并且因而完全是心平气和的。他甚至闪过一个想法:将自己的爱情关系向她作一个长长的自白,当然是采用体面的方式和她所能接受的程度,得把别洛沃多娃置于一个她所神秘不解的高度上,让她充溢美艳和女人魅力的光辉,让可怜的韦拉在她面前感到自己简直就是个"灰姑娘"[①],然后告诉她即使这样的美貌也只在他的想象中仅生存了一个星期。

他想对玛尔芬卡大加赞扬,并在结尾处顺便提及韦拉,也对她的美丽,对自己轻微的倾慕做出略表好意的评价,把她们几个人放在一个排行榜上,但将别人移到前面,而对韦拉不予说明,让她位居末尾。

---

① 此处原文为桑德里翁娜,为法国民间故事中的一个受虐待、干粗活、夜间睡在炉灶旁边灰堆上的女孩,俄文本改为佐努什卡,即"灰姑娘"。

他高兴得心里突突地跳，在想象中创建着整个图景——她和自己处境的情景，她惊慌失措和懊悔的情景，也许这全是他投进她内心的，对此她眼下还未意识到，但当四周没有他的时候，她就会意识到。

他想把这图景和情景如此完整地记入自己的草稿中，并以此结束长篇小说，把自己同韦拉的关系半遮半掩起来：他将怀着对爱情的蔑视，怀着对这件平常而并不复杂的事情添油加醋的蔑视，作为一个不被她理解、不被她赏识的人离去；而她将留下，怀着毒刺——并非爱情的毒刺，而是她今后预感的毒刺，怀着遭受重大不幸的懊悔，怀着心灵暗淡的恐慌不安，含着眼泪，然后便是无限期的、默默的忧愁，直至出嫁——嫁给一个衙门的文官！它并不完全如此，但是要知道，长篇小说并非现实，对真实性的这种违背，他称之为"文学手法"。

他因为预感甚至喘不上气来，仿佛这将非常感人，无论在现实中或小说中。

遇到祖母，他做了个怪相，她已经从叶戈尔卡那里听说，主人吩咐检查箱子和准备好下周穿的内衣和外衣。

消息迅速传遍了全家。大家见到叶戈尔卡如何将箱子扛到板棚里扫除灰尘和蛛网，但在路上他得以预先将它压在从旁走过的安纽特卡头上，使她因此而摔了满满一锅凝乳，他却哈哈大笑着消失了。

这意外的消息使祖母大吃一惊。

"你这是打算干什么，鲍里斯？"她朝他逼近，对他大加责备，向他提出许多问题——但他摆脱她，去找韦拉。

他静悄悄地来到她房门口，因急不可待而心里发慌，想以新的面貌出现在她面前，并无声无息地踩着地毯向她走去。

她坐在小桌旁，胳膊肘撑着桌子，正在拆一封信，普通的蓝色信笺上，正如他匆匆一瞥看到的，是一行行杂乱无章的字句，一个栗色的火漆封印加在信封上。

"韦拉！"他轻声道。

她吓得战栗一下，于是也吓他一激灵。在这瞬间，她拿着信的手迅速放进了口袋里。

他们俩都一动不动互相对视着。

"请原谅,你忙着哪?"他从她身边后退几步,但没离开。

她默不作声,渐渐清醒过来,目光没有从他身上移开,一直站着,像从座位上站起来那样从口袋里把手抽出来。

"是信?"他望着口袋道。

她把手往兜里放得更深些。他立刻对韦拉产生了怀疑,脑子里闪过不久前她骗他的那件事,说是在伏尔加河上,而本人显然没有在那里。

"这究竟是什么。"他害怕地想。

"也许,是封有趣的信,而且有重大秘密!"他不自然地笑着说,"你那么快就藏起来了。"

她坐到沙发上,继续望着他,已经一脸冷漠。

"不,现在你用这冷漠已经骗不了谁?"他心想。

"让我看看信……"他开玩笑道,因激动而声音显得并不坚定。

她吃惊地瞥了他一眼,把手更紧地按着口袋。

"你不给看?"

她摇摇头。

"为什么?"她随后问。

"自然我并不需要知道别人信里有什么有趣的事情?但是你得证明你对我的信任,证明你其实对我是很友好的。你看到了,我对你很心平气和。我来是为了让你对我放心,既取笑你的小心谨慎,也取笑自己的自作多情。你看看我:我还是从前那样的人吗?……"其实心里在想,"嘿,真见鬼,我怎么老想着这封信啊!"

她看了他一眼,看他是否那么无动于衷。脸色倒是无动于衷的,但声音里却好像在请求施舍。

"不给看?那好吧,随你的便!"他半忧伤道,"我走了。"

他朝门口转过身子。

"您等等。"她说。

接着她用手在口袋里稍稍掏了掏,取出封信,交给他。

他瞥一眼信的两边,见到签名为:Pauline Kritzki[①]。

"这不是那封信。"他说,将它退还给她。

"难道您见到过另一封信?"她干巴巴问。

他害怕承认他见到过,以免她又揭穿他的密探行为。

"没有。"他说。

"那么,您就看看吧。"

"Ma belle, charmante, divine[②]韦拉·瓦西里耶夫娜!"

信开头道,

"我异常高兴,我要跪倒在您那位可爱、高尚、出类拔萃的表哥面前!他为我报了仇,我获得了胜利,高兴得哭泣。他真了不起!您告诉他,他是我的骑士,并且永远是,我是他永远的顺从的奴隶!啊,我多么尊敬他……我想说……话儿就在舌尖上转——可我不敢……为何不敢?是啊,因为我爱他,不,我对他敬若神明!所有男人都该跪倒在他跟前。"

赖斯基把信退还。

"不,您继续读,"韦拉说,"那里有对您的请求。"

赖斯基错过几行,接着往下看。

"请恳求您的表哥——他非常喜欢您,哦,您别反驳——我

---

① 法语:波林娜·克里茨卡娅。
② 法语:我的美丽的、迷人的、天仙般的。

发现他热烈的目光……天哪,我为何没有处在您的位置!……请您恳求他,我的心肝,韦拉·瓦西里耶夫娜,让他给我画幅肖像——他曾答应过的。上帝保佑他,画像倒也随便,我只是想同画家在一起,见到他,欣赏他,与他说说话,同呼吸!我感到,我感到……Ma pauvre tête, je deviens folle! Je Compte sur vous, ma belle et bonne amie, et j'attends la réponse[①]..."

"如何回答她?"当赖斯基把信放到桌上时,韦拉问。

他缄默不语,没有听到问话,一直在想,那另一封信是谁写的,为何她要把它藏起来。

"回信说您同意?"

"千万不要——无论如何别!"赖斯基清醒过来,懊丧道。

"那怎么办:她想和您同呼吸……"

她的下颏战栗着。

"让她去吧,在这种空气中我会憋死的。"

"要是我请求您呢?"她娇媚地瞥他一眼,用低沉的耳语道。

他的心猛地翻动一下。

"你!你为何需要这?"

"就这样,我想替她做点令她高兴的事情……"她说,但没补充说她采用这种方法是为了让赖斯基哪怕暂时别再纠缠自己。

她知道,波林娜·卡尔波夫娜一缠上他,是不会很快放手的。

"倘若我做到这点,你会把它当作友谊的表示吗?"

她点点头。

"但是要知道,这不是牺牲吗?"

"这是您死乞白赖请求的,瞧,一个女人……"

[①] 法语:我可怜的头脑,我要疯了!我就指望您了,我那善良和漂亮的朋友,我等候着回音。

"是你要求的！"他向她逼近道。

"没有，没有，我什么也没要求！"她急忙补充道，吓得直向后退。

"瞧，你已经害怕我做出牺牲了！很好，请你也做出两个小小的牺牲，免得欠我的情。要知道你是不允许在友谊上给予帮助的，你看，我熟悉你的那套理论，我们将谁也不欠谁。"

她以疑问的目光看了他一眼。

"第一，每次你都得在场；不然从第一次起我便跑开：同意吗？"

她不乐意地、若有所思地点点头。当她的计谋没有得逞，并且连自己也得陪着他们时，她已经不想让他来帮这个忙了。

"第二……"他说着打住了，她好奇地等待着，"是否出示另一封信？"

"哪封信？"

"就是你很快藏进口袋的那封。"

"那里没有。"

"有的：瞧，我见到的，它鼓起来。"

她又将手放进兜里。

"您说您并没看见另一封信：我给您看过一封了——您还要什么？"

"这封信你不用如此惊慌地藏起来。你给看吗？"

"您又自以为是了。"她责备道，不时用手在口袋里搜搜，那里果然有纸的窸窣声。

"哦，不必了——我是开个玩笑：只是千万别误以为这是专横霸道，是密探行为，仅仅好奇罢了。不过，让上帝保佑你和你的那些秘密吧！"说着他站起身，打算离去。

"什么秘密也没有。"她冷冰冰道。

"你知道吗，我快动身了？"他突然道。

"我知道，听说了——只是当真？"

"你干吗怀疑啊？"

她低下眼睛，不说话。

"你满意吗？"

"是的……"她轻声答道。

"为什么？……"他沮丧地问，又走近她。

她想一想，考虑一下，接着将手伸进衣兜里，掏出另一封信，扫了它一眼，拿起羽笔，在不同地方仔细抹掉几个词和几行字，递给他。

"我已经跟您说过——因为什么：瞧，还有一封——您读读吧！"她说着，又把手放进口袋。

他专心看信。她望着窗外。

信是用娟秀的女人笔迹书写的。赖斯基读着："全是我的不是，亲爱的娜塔莎……"

"这个娜塔莎是谁？"

"神甫的妻子，我寄宿学校的女友。"

"啊，神甫的？那么这是你写的：嗨，这很有趣！"赖斯基说，因面临的愉悦甚至将双膝互相蹭了蹭，又专心致志地阅读起来。

"全是我的不是，亲爱的娜塔莎，回家后还没有给你写过信：我照例懒得很，而除此之外，还有另一些原因，关于此你眼下便将知晓。你知道它们主要是——这……(这里抹掉了三个词)……有时，并非开玩笑，确实令我不安。但此事我们见面再聊。

"另一个原因是我们的一个亲戚鲍里斯·帕夫洛维奇·赖斯基来了。他如今和我们住在一起，我真倒霉，他几乎不出门，因此两周来我所做的，只是躲避他。他学问深奥，知识渊博，才华出众，但同时也带来了嘈杂，或是如他所说的'生活'，这一切闹得全家鸡犬不宁，从我们，也就是奶奶、玛尔芬卡和我开始，直到玛尔芬卡的鸟禽！也许，早先这也会令我入迷，可现如今，你知道这令我多么尴尬，多么难受……

"可他，来到自己的领地，便以为不仅是领地，而且在领地上生活的一切，都是他的所有物。以某种甚至不能叫什么亲属的身份，还因为我们年岁小的时候他曾见过，对待我们就像对小孩子,或是寄宿学校的女生。我躲啊,藏啊,才勉强做到不让他见到我怎么睡觉,想望什么,希冀和期待什么。

"我被这种追逐折磨得差点没得病,我没同**谁**会过面,没给**谁**写过信,甚至给你,觉得自己简直就在蹲监狱。同我玩他甚至都可能不乐意,很勉强。今天冷冰冰的,漠不关心,可明天又双眼放光,我怕他,如同人们怕疯子。最糟糕的是他本人并不了解自己,因此,也使人无法认为他的心意和许诺是可靠的:今天决定一件事,明天又做另一件事。

"他'热情、敏感、神经过敏':他这么说自己——这看来是确实的。他不是个演员,不会假装:为此他十分聪明,有教养,并且正直。'本性如此!'他证实道。

"他是个艺术家:始终画啊,写啊,在钢琴上即兴演奏(非常动听),醉心于艺术,但是好像同我们这些有罪的人一样,他什么也不做,而正如他所说的:几乎一辈子都在'对美的崇拜'中度过,按我们的说法,他简直是个情种,你还记得吗,如同达申卡·谢苗奇金娜那样,有一天在德国的日历上她见到一位西班牙王子的肖像,便暗自钟情于他,她谁也不放过,甚至包括调音技师基什。不过他善良,气度高尚,有正义感,心情愉快,思想自由:只是这一切都用一时的冲动表现出来,因此你并不知晓如何同他相处。

"眼下,他在寻觅我的友情,但是我害怕他的友情,怕来自他的一切,怕……(此处抹掉整整三行)。咳,假如他离开这里!想起来都可怕,倘若他什么时候……(又抹掉几个词)。

"我只需要一条:宁静!连医生都说我神经紧张,应该受保护,不该受刺激,幸而他对此一再叮嘱奶奶:别再惊动我。我不想走出我在自己周围划定的圈子,谁也别跨过这道线,我就这样安置自己,我的所有安宁,我的所有幸福全在于此。

"倘若赖斯基随便跨过这条线,那我剩下的只有一条:从这里逃离！说说容易，可往哪儿跑啊！再说我也问心有愧：他对我，对妹妹那么客气，那么亲近——给我们友情和厚意，还想赠予那块美好的地方……那是块乐土，这我知道，我是在这里生活，而不是混日子！惭愧的是，他为何要那么慷慨地施舍这些使我们无功受禄的厚意，为何要那么尽力设法在我面前显示和千方百计唤起我身上的温情，虽说我使他对此失去了任何希望。嗨，但愿他明白这一切是多么徒劳无益！

"哎，现在我要告诉你一件事情，关于……"

信在这行上结束了。赖斯基看完信——还一直盯住那几行，等待着什么，想竭力弄清"关于"后面的东西。信中有关韦拉本人几乎没说什么：她始终处在朦胧中，被阐述的只有他一人——而且多么有说服力！

他一直在思考这封信，从各个方面琢磨它。随后突然明白过来。

"这还不是那封信：那封是写在蓝纸上的！"他向韦拉转过身，急躁道。

但韦拉已经不在屋里。

六

赖斯基恢复了平静，并开始将韦拉的信逐字逐句抄录在自己的写作提纲里，作为描述的素材。然后他陷入深思中，并非思考她写了有关他本人的情况：他并不见怪她那严厉的评语和把他与某个多情的达申卡相比。"她对艺术家的本性多么了解！"他心想。

吸引他的是这封信对他一个想法的回答：对他的离去她是否感到高兴！他出走，对韦拉是好是坏，现在他已毫不关心，他已然不想再做出这种"牺牲"。

只不过怀疑的蠕虫爬进他的心灵,不可容忍的利己主义支配着他:**我**在前面显现出来,并要求为自己做出牺牲。

他一直在聚精会神地思索:另一封信出自谁手?他若有所思地踱了一整天,机械地用餐,不同祖母和玛尔芬卡说话,一句话也不说便离开她的客人,吩咐叶戈尔卡把箱子重新搬回顶楼,而且什么事也不干。

一想起信,韦拉便再次容光焕发地出现在他眼前,在他的想象中,她成了某种神秘强大、具有邪恶美的形象,而且这种美越来越显得强烈和令人痛苦。他开始感到自己醋意大发,逐一回忆曾来过家里的所有人,向玛尔芬卡和祖母细心询问她们都给谁写信和谁给他们写信。

"谁写信?谁也不给我写信,"祖母道,"前不久有个商人从小铺给玛尔芬卡寄过一封信……"

"奶奶,这不是信,而是买毛线、花样的账单:我在他那里挑的。"

"商人没给韦罗奇卡寄过?"赖斯基问。

"给她也寄:她替神甫的妻子挑选……"

"是张蓝纸?"

"对,是张蓝纸:您怎么知道?她记账一直用蓝纸。"

他没作答。他变得轻松些。

"可为何要将它藏起来?"他心里又突然嘀咕起来,烦恼又整天折磨着他。

"这关我什么事,真见鬼,我又没爱上这个木头人!"他心想,突然停在小径上,傻愣愣的目光四处乱转。

"瞧,蛇就在那里栖息!"望着她的窗户和鼓起来的窗帘,他又想。

"走,不然她还会以为我对她有意思呢……下贱货!"他大声嘟哝道,可双腿已经自己往她的台阶迈。但缺少推门的勇气,于是便急匆匆地返回自己住所,双肘撑着桌子,就这样坐到天黑。

"如今我拿长篇小说怎么办?"他斟酌一下,"本想把它写完,瞧现在,扔在一旁,又见不到终了!"

他用力将练习本扔在角落里。

其他的一切又被忘得一干二净：祖母的客人们，马克，列昂季，四周的安宁闲适——全都消失不见。只有被阳光照亮的韦拉一人站在台座上，在大理石般的冷漠中容光焕发，颐指气使地禁止他靠近，于是他在她面前闭上双眼，低下头，想象道：

"韦拉，韦拉，宽恕我吧，你那有毒的美使我痛不欲生。从没有谁嘲弄过我……"等等。

她时而出现在昏暗中，如真正的夜间女神，披着星光，面含恶毒的微笑，对某人说着神秘莫测、柔情如水的絮语，而对他却是嘲笑威胁；时而大放异彩，不见踪影；时而忐忑不安，畏葸羞怯；时而大胆放肆，恶毒凶狠！

晚上，他夜不能眠；白天，他沉默寡言，同谁也不说话，饭吃得少，以至人也有点儿消瘦——而这一切全都源自一些区区小事，全因为一个微不足道的问题：信是谁寄的？

她只要说是那么个男人，或是那么个女人寄的，事情便告结束，他也就安心了。那么，眼下他身上只是一种无休止的、被激怒的好奇心——再也没有别的。她只要满足了这种好奇心，惊慌不安便会过去。整个秘密就在于此。

"得搞清是谁寄的信，无论如何，"他决定道，"否则我会得疟疾，直打哆嗦。只要一搞清楚，我便放心离去！"他说，并且喝过茶立刻去了她那里。

她不在家。马林娜说，小姐戴上女帽，披上短斗篷，拿上小阳伞，便走了。

"上哪儿？"

"谁知道，"她说，"在什么地方散步吧，要知道，她们去哪儿是不说的。"

"从不说吗？"

"从来不说，也不允许问：她们会生气的！"

吃中午饭,她也不在。新的惊惧。

"韦拉在哪儿?"赖斯基问祖母。

祖母只是蹙眉,但什么也没说。他便问玛尔芬卡。

"我不知道,哥。不久前我从窗口见过她,她去村子了。"

"她在哪里吃午饭呢?"

"从农夫们那里要点牛奶,或是回来后向马林娜要点什么吃。"

"完全不合常情!"祖母嘟嘟哝哝道,"怪僻任性:像母亲!不知哪几根神经闹的!医生也总是反复提到神经。'您可别激动,别犟嘴,要保重身体!'而她们也给神经搞得乱七八糟!"

"您为何也不问问,她独自一人去哪儿?"赖斯基问道。

"怎么能问啊:闹翻了天!"塔季扬娜·马尔科夫娜讥讽道,"三天闭门不出,奶奶都不敢张嘴!"

"她独自去哪儿呢?"赖斯基轻声道。

"她在我们这里始终是独自行动的。"玛尔芬卡答道。

"你呢?"

"那怎么可以啊,我可害怕。"

"怕什么?"

"那还少吗!蛇,青蛙,狗,大猪,小偷,死人……还怕阿林娜。"

"哪个阿林娜?"

"我们这里的一个女疯子。"

"那韦拉呢?"

"她什么都不怕:您甚至晚上将她关在教堂里,她也不害怕。"

"玛尔芬卡,你明天问问她,她曾在哪儿。"

"她会生气的!"

"全都怕她,倒要请教!"

第二天她又清早出去,晚上才回。赖斯基心烦意乱,简直不知如何是好。他在果园和田野上守候她,在村子里走动,甚至向农夫们打听是否见过她,往他们的木屋里张望,将有关不跟踪她的协议忘诸脑后。

天色变暗，当他在树林中徘徊时，蓦地发现她穿过悬崖上茂密的灌木丛和树木下来。他浑身颤抖，向她扑去，以至她也战栗起来，停下了步子。

"谁在那里？"她问。

"这是……你……韦拉？……"

"是啊，是我，怎么啦？……"

"大伙在家里到处找你，都不知道你上哪儿干什么去了！"

"谁？"她皱起眉头问道。

"奶奶和玛尔芬卡很担心……"

"她们这是想起什么啦？从没有不放心过，可今天怎么啦？……您最好告诉她们，无济于事的，我并不需要谁为我费心。"

"还有……我自己也……"

"您？十分感谢：因为什么？"

"但是，要知道，很容易出什么事情的。"

"譬如说？"

"譬如说……会有什么不幸：意外的事故还少吗？喝醉酒的人走路步子不稳……蛇啊，小偷啊，狗，猪，死人啊什么的……"赖斯基记起玛尔芬卡说过的所有可怕的东西，补充道，"都有可能吓着你……"

"瞧，眼下我害怕的只是您，而那里既无小偷，也无死尸。"

她朝悬崖指了指。

"灾难并不远：有时人很容易便一命呜呼了……"他说。

"喏，当我快死之前，我再来请求您或是奶奶许可吧！"她说着便走了。

"自高自大的女人！"他小声道。

"请等一等，韦拉，"接着他大声补充道，"对不起，我还没有把你写给神甫妻子的信还给你。它在这里。我一直想亲自归还，可是你不在。"

她接过信,揣在衣兜里。

"那另一封放那里的信还在吗?"他朝她俯身,亲热地,然声音发颤地问。

"哪封信,放那里是指哪里?"

"另一封蓝色的信:是在口袋里?"

他突然屏住气息,等待回答。

她把衣兜翻过来。

"噢,已经没有了!"赖斯基说,"它可能是谁寄来的呢?"

"那封吗?……是神甫妻子寄给我的,"她沉默一会儿说,"我也回了一封信。"

"神甫妻子寄来的!"他几乎朝整个果园嚷嚷道。

"是啊,当然!"她冷冷地肯定道,便离去。

"神甫妻子寄来的!"他重复道,压着的一块石头从肩上落了下来,"可我想啊想啊,绞尽脑汁,其实事情很简单!是神甫妻子的,事实上,一只口袋里既装着来信,也装着回信!这很清楚!她不给我看,同样清楚:谁会把别人秘密的信给人看呢?……当然啦,当然啦!她早点儿说多好:喜欢让人难受!但是,从这愚蠢的忧愁,从激动到平静,多么短暂的过渡!瞧,整个机体又是一片和谐,平静!天哪,多么神奇的夜晚!多么辉煌的天宇,多么温馨的空气,多好啊!我多么健康宁静!如今我了解了一切,我再没有更多的事情要做:过两天我就离开!"

"叶戈尔!"他在院子里嚷嚷。

"您有何吩咐?"下房的窗子里一个声音问道。

"明天早点儿将箱子从顶楼搬下来!"

顷刻间,他变得健康,兴高采烈,跑进屋,要吃东西,对祖母说了许多话,五次逗得玛尔芬卡发笑,吃掉了三天的饭,让祖母感到高兴。

"唉,谢天谢地!三天来像个死人似的现在又有了生气!……韦拉在干什么：你见到她了？"塔季扬娜·马尔科夫娜问。

"是神甫妻子寄的信！"赖斯基贸然道。

"什么信？"玛尔芬卡和祖母两人道。

"就是那封写在蓝纸上的，不久前我曾问起过的。"

补足了整整三天的觉，他感到惊奇，选配这把钥匙竟然如此简单，可他却三天三夜费尽了心机！

"是啊，要知道，一切简单的猜想要掌握是很难的！你看哥伦布也只不过发现了美洲……"

他停住了，对自己的比喻感到吃惊。

早晨他起床，精神爽快，心情愉悦，怡然自得，充溢力量和希望——这一切都因为什么？因为信是神甫妻子寄的！

他灵巧地坐在自己的笔记本后面，匆忙地记下自己的痛苦、疑惑，以及它们如何得以解决。他的札记、草稿、场景、言语流畅不息。他记起韦拉的信，想再读一遍，看看关于他韦拉都对神甫妻子写了些什么，便拿起他从她信上摘抄下来的副本。

他贪婪地掠过信件，笑吟吟地思考韦拉对他本人所做的并不阿谀奉承且言辞激烈的叙述，读到那一行，说是他毫无希望获得她的温情，他轻声叹息了一下，读到他令人厌烦，他不无忧伤，但他内心是平静的，就同昨天那样——我的天哪！多么惶恐不安！

"那有什么，我就将离去，"他说，"给她安宁，自由。这是颗高傲的、无法遏止的心——而我在此已无事可干：我们俩相互不讨对方喜欢！"

他又漫不经心地扫一眼信笺上的字行——突然双眼睁得大大的，脸色变得煞白，他又读了一遍：

"我没有同**谁会过面**，也没给**谁写过信**，甚至给你……"

"**没同谁和没给谁**，"他低声着重道，眼珠子朝四周乱转，双唇颤抖，"这里有**个**什么人，她同**他**会过面，给**他**写过信！我的天哪！是封蓝色纸笺的信——并非神甫妻子寄的！"他惊骇道。

抽搐又一次穿过他体内,他躺倒在沙发上,双手抱头。

七

翌日上午十时,有人敲他的房门。他脸色苍白,愁眉苦脸,一打开门便呆若木鸡。

韦拉和波林娜·卡尔波夫娜站在他面前,后者身穿淡黄色薄纱连衣裙,恰似在雾中,胸部半露,两袖很短,全身处在鲜花、绦带、卷发丛中。她好似那些白色的小卷毛狗,被它们温柔的女主人或是特别厉害的杂耍艺人们剪去毛,弄成卷儿,戴上绦带、颈圈、花结。

赖斯基惊恐地望了她一眼,随后忧郁地瞥一下韦拉,接着又看了她一眼。而克里茨卡娅双唇湿润温情,默默地望着他,深情的目光欲将他刺穿,由于极度的心醉神迷,同样部分是因为天气炎热,她称之为"化妆用香膏"的东西,像糖果似的稍稍有些化开。

全都默不作声。

"我要跪倒在您的脚旁,向您致谢!"最终,克里茨卡娅拘谨地低语道。

"您有何贵干?"他恶狠狠道。

"我来向您致谢!"她重复道,"你的侠义行为……我无法回想,无法表达……"

她把手帕拿近双眸。

"韦拉,这是什么意思?"他不耐烦地问。

韦拉——不吭声,只是她的下巴直颤抖。

"没什么,没什么——真对不起……"波林娜·卡尔波夫娜急忙道,"vos moment sont précieux①:我有所准备。"

---

① 法语:您的每一分钟都很宝贵。

"我给波林娜·卡尔波夫娜写信,说您已同意替她画像。"韦拉终于道。

"啊!"赖斯基脱口而出。

他使劲擦了下额头。"我哪有工夫啊!"他暗自咬牙道。

"我们走吧,现在就开始!"然后他断然道,"你们在那边大厅等我!"

"好的,好的,您吩咐我们便……Allons, chére① 韦拉·瓦西里耶夫娜!"克里茨卡娅挽着韦拉,急忙道。

倘若韦拉不在场,他便会毫不客气地摆脱波林娜·卡尔波夫娜。待她们离开后,他顿时意识到这点。

虽说韦拉的不信任和几乎对自己怀着敌意,使他感到气愤,那封谜一般的信也使他焦躁不安,甚至似乎很恨她,然而他又很珍惜任何一次五分钟,以便能同她待在一起。此刻他又燃起一丝希望,搞清是谁寄的信。

他从角落里取出绷在小框子上的油画底布,那是早先打算替韦拉画像用的,接着又拿起颜料、调色板。他默默走进大厅,愁眉苦脸,用极简短的话语吩咐瓦西里莎随便拿几块窗帷来,以便把窗户挡上,只留一扇;他皱着眉头迅速望一两眼克里茨卡娅,给她摆了把安乐椅,自己也坐下。

"请您告诉我,我该怎么坐,您帮我坐!……"她恭顺而温情道。

"随您便,不过您得乖乖坐着,什么也别说,不然会有妨碍的!"他断断续续地回答道。

"我不呼吸!……"她轻声道,娇柔地歪着头,半睁着眼睛,做出甜蜜的微笑。

"哼,多令人嫌恶的一副嘴脸!"赖斯基心想,"别忙,我会把你描绘出来的!"

---

① 法语:我们走吧,亲爱的。

他几乎毫不客气地把赶来瞧瞧的祖母和玛尔芬卡撵走了。叶戈尔卡见老爷开始画"面像"便过来问，是否把箱子再搬回顶楼去。赖斯基默默地朝他亮了下拳头。

鲍里斯开始用粉笔勾画头部轮廓，越发愤恨地打量那张"讨厌的嘴脸"，并且将粉笔按得那么重，以至它的一段飞往一旁。

韦拉坐在门旁，用针在布头上钩什么花边，不时打着哈欠，只是当她朝波林娜·卡尔波夫娜的脸庞看一眼时，她的下巴便抖一下，嘴唇也微微颤动，以便忍住笑。

"Suis-je bien comme-ça？"[①]克里茨卡娅小声问韦拉。

"Oh，oui，tout-à-fait bien！"[②]韦拉说。

赖斯基做了个恼火的动作。

"我不呼吸！"波林娜·卡尔波夫娜害怕地轻声道，摆出一副一动不动的姿势。

赖斯基勾好轮廓，拿起调色板，没有好感地斜眼瞟着克里茨卡娅，开始给眼睛、鼻子上色……

"一个皮肤黝黑的老太婆，你的美貌大伙早已忘了，"他心想，"除了你，这就是你的痛苦之处！"

她发现，他在打量她，便竭力笑得更甜些。

二十分钟过去，她因为紧张，笔直地坐着，不敢呼吸，几乎真的是在扮演角色，她的额头上冒出大滴大滴的汗珠，犹如白色醋栗，连鬓角上的卷发也有点儿浸湿了。

"真热！"她低声道。

但赖斯基严厉地瞥她一眼，无情地用颜料涂抹着。又过去了一刻钟。

"Un verre d'eau！"[③]克里茨卡娅喃喃道，声音勉强可闻。

[①] 法语：喏，怎么样，我好吗？
[②] 法语：哦，是的，很好！
[③] 法语：要杯水！

"不行,等一会儿吧!"赖斯基厉声道,"等我画完嘴唇。"

听到正在画她的笑容,波林娜·卡尔波夫娜克制自己,强忍着。她周期性地、时断时续地、沉重地喘着气,以至胸部都湿了,但她不敢微微动弹。而赖斯基只管涂啊抹啊,好像什么也没发觉。

"波林娜·卡尔波夫娜累了!"韦拉道。

赖斯基不作声。无论克里茨卡娅如何让嘴唇保持在它的位置上,她的下嘴唇还是稍稍往下耷拉。胸腔里开始发出轻轻的哮鸣声。

赖斯基只知道涂抹。她已经嘴唇动了两下,从前额上落下的两三滴汗水掉在她手上。

"您再稍等一会儿。"赖斯基说。

"我不呼吸!"波林娜·卡尔波夫娜几乎发出哮声。

赖斯基自己也累了,但有股恶气折磨着他,他既不觉得累,也不怜悯自己的牺牲品。又过了五分钟。

"哎哟,哎哟,——je n'en puis plus①——哎哟,哎哟!"克里茨卡娅开始呻吟,从椅子上倒了下来。

赖斯基和韦拉向她扑去,让她躺在沙发上。他们拿来水、扇子、香水——韦拉还帮她整理了衣服。克里茨卡娅去了果园,而赖斯基同韦拉留在大厅里。他恶狠狠地朝韦拉飞快瞥了一眼。

"那信不是神甫妻子寄的!"他低声嘟哝道。

韦拉也以闪电般的一瞥回敬他,接着便将目光停留在他身上,这目光变化着,变得透明清澈,犹如玻璃似的,"冷淡而有魅力"……

"韦拉,韦拉!"他轻声道,嘴唇发干,握住她双手,"你对我没有信任!"

"哎哟,您放开我!"她不耐烦道,把手挪开,"什么样的信任,您为何需要它,原因何在!"

她去了波林娜·卡尔波夫娜那边。

---

① 法语:我再也不能了。

"是的——她是对的：她为什么要信任我？可是我多么需要这一信任啊，我的天哪！为的是平息我的激愤，搞清秘密（而秘密是存在的！）并离开！不搞清她是何许人，她在干什么——我便不能走！"

"叶戈尔！"他来到前厅道，"暂时再把箱子搬回顶楼！"

他又给克里茨卡娅画了半小时，然后确定下一次隔天再画，并且怀着原先的热情沉湎于萦绕不去的关于那封信的问题上：是谁寄的信？搞清了便离去——这便是他想达到的一切。这里最讨厌的就是那个秘密：所有痛苦皆源于此！

他疑心重重地观察祖母、玛尔芬卡、季特·尼孔内奇和马林娜，特别是马林娜，他把她看作是韦拉最信赖、最亲近的宫廷女官。

可是那个马林娜像条蜥蜴似的扭着大腿在院子里前后滑行，时而捧着几条裙子，提着烙铁，时而号哭着或是突然笑容满面地从萨韦利的殴打下逃生——而且也像躲避丈夫从身后向她掷来的砖块或劈柴那样，回避赖斯基的问题。远远看见他，她便把脸扭向一边，垂下自己不知羞耻的黄眼睛望着，好像想一下子从他身旁溜过去，逃得远远的。

"想必这个骗子全知道！"他心想，但又怕正式提出各种问题，他本人对此都感到厌烦，而且也得提防被指责为"密探行为"。

他曾那么郑重地许诺提高自己，成为一个通常意义上的朋友。他接受了两星期的期限！天哪！只好如此！他招致多么愚蠢的痛苦，没有爱情，没有激情：只有某些自愿经受的痛苦，没有喜悦！可突然间，原来是这个散漫随便、不受约束、高傲自大（他想，他是个高傲自大的人）的他爱上了她，这甚至在他"脸上都可以看出"，马克这个目光锐利的坏蛋，他按自己的那一套，恬不知耻地察觉到了这一点。

同时，处在这场斗争当中，他的心脏好像因预感到热烈的爱情而停止了跳动：他因即将临近的惬意感觉而战栗，仔细听远处的隆隆雷声，并且始终在想，让热烈的爱情在心灵中爆发该有多好，会有何种火焰肃清生活的停滞，会有何种及时雨浸透这干涸的田野，滋润他那野草丛生的生活。

在这甜美的激情面前，艺术算什么，荣耀本身算什么！政治的和社会的风暴那朦胧痛苦、令人窒息的毒气算什么，在这些风暴中模糊地出现一些令一群年轻人趋之若鹜的思想，使他们把力量往那里使，没有热烈的爱情，没有神经的颤动。这是一种臆想的激情，是一种冷漠的自尊心的游戏，是一些没有美感、没有炽烈的愉悦、没有痛苦的思想……这往往并非自己的思想，而是从书本中读来的，是仿效、抄袭来的思想。

"不，我想要的是寻常的、接近生活的、本能的热烈爱情，充满它那经典的强烈而激动的心情。是的，我想要热烈的爱情，热烈的爱情！"他在果园里狂奔，拼命喊叫，吸着新鲜空气。

但韦拉并没有给他以热烈的爱情：因为这并不能使她的自尊心得到满足！

希望成为合韦拉心意的人，这并不单靠一个自尊心：他并没有厚颜无耻去追求，想强行取得她的欢心，像许多画儿一般的美男子，及身体强壮、脑筋迟钝的男子汉通常的那样，为了达到目的，而无所不用其极。他那畏葸、盲目、想在她身上留下印象的希望，全落空了。

但是，当他读过韦拉写给女友的信后，甚至连他本人也没看出和发现，在他身上重又激起这一希望。她在信中承认，在他赖斯基身上有着某些东西：他"学问深奥，知识渊博，才华出众，并带来了嘈杂，或是生活，**也许**，在别的时候她会被他迷上，但并非现在……"

瞧，就是这个，这个无论何时都会使我们陷入悲观失望境地的**也许**，也使赖斯基深受其害，如果说尚未使他处在最危险的情欲中，那么也已经处在它那灼热的氛围中，只有强烈的、其实是"高傲"的性格才能幸运地从中解脱出来。

是的，他曾经有过希冀，希望博得她的回爱，希望建立亲密关系，希望有某种他本人尚不了解的美好东西，但他已经感到，他想从这一灼热迷人的氛围中脱身，已经一天天变得越发困难。

他应该在一个月前，而并非一星期前，或是应该在韦拉回来之前，或是在她回来后同她头次见面之后，就摆脱她离她而去的，可如今怕是已经不必让叶戈尔将箱子重新从顶楼上搬下来了！

"或是你给我热烈的爱情，"他高声喊叫，炎热的夏夜他在祖母柔软的绒毛褥子上辗转反侧，无法入睡，"给我完全的爱欲，让我在爱欲中死去——我准备着——但得让我充分享受它，因它而喘不上气来，或是全都告诉我，信是谁寄的，你爱的是谁，是否早就爱上了，是否义无反顾地爱……这样我便安心了，也就摆脱了。摆脱了无望！"

可愚蠢的希望至今还在盲目地低声细语："别绝望，别怕她冷漠严厉：她年轻；哪怕有谁得以抢在你前头，那也长不了，在这里，在家里，感情不可能巩固，有几十双眼睛在注视着她，有这些偏见、风险和老祖母的道德的赘疣纠缠着她。等等吧，待你排除了影响，到那时……"诸如此类。因此至今痛苦并未消除！

"我得去找她，我再也无法这样下去！"有天黄昏时他决定道，"我将把一切的一切全告诉她……至于她会怎么说——这样也好！或是摆脱，或则……死去！"

八

这次他敲了下她的门。

"谁啊？"她问。

"是我，"他说，怯生生地把头探进门里，"可以进来吗？"

她坐在窗边，拿着本书，但显然书很少让她入迷：她有些心不在焉，或是在想心事。她没有回答却给赖斯基挪了下椅子。

"今天不怎么热，太好啦！"他说。

"是啊，我去了趟伏尔加河：那里甚至挺冷的。"她说，"看来，天气要变了。"

接着，他们缄默不语。

"今天救主教堂为何把所有钟都鸣响了？"他问，"难道明天是节日？"

"不知道，怎么啦？"

"是这样，钟敲得使我无法入眠，连苍蝇也是。奶奶屋里苍蝇那么多：这是因为什么！"

"我想是因为正在熬果酱吧。"

"的确，果不其然！难怪我总是发现帕舒特卡一刻不停地往哪儿跑，还直舔嘴唇……而且所有丫头，还有玛尔芬卡的嘴都黑黑的……你不喜欢果酱吗，韦拉？"

她摇摇头。

"昨天叶戈尔把您的箱子搬到顶楼了，我见到的……"她沉默一下道。

"是啊，怎么啦？"

"随便问问……"

"你是想问，我走吗，是否很快？……"

"不是，我就是这么一说……"

"别矢口抵赖了，韦拉！那有什么，这很自然。这个问题，我对你说，取决于你。"

"又取决于我？"

"是的，取决于你：这你清楚。"

她漠然地望着窗外。

"您把我描绘得那么有影响力。"她说道。

"噢，如果确实如此，你会怎么做？"

"为了我自己，我是什么也不会做的，倘若为了您的需要，那我会做到使您更幸福，更舒适，更安宁，更快乐……"

"等一等，你混淆了一些概念：应该按种类和范畴来区分：'更舒适和安宁'是一方面，而'更快乐和幸福'是另一方面。现在你来决定吧！"

"该您来决定，您更喜欢什么。"

"我发现你在支吾搪塞，你从不立刻说出自己的想法和愿望，开始时总绕弯子。我在选择中并不随意而为，韦拉：你替我拿主意，你给什么，我便接受。把我忘了，就因为你自己和为了自己，说说吧。"

"您不会听的，因此我什么也不说！"

"你为何这么想？"

"叶戈尔卡从顶楼上把箱子搬上又搬下有多少回了？"代替回答，她问道。

"哦，那你断然想让我离去了？"

她默不作声。

"你若说声是，我明天就离开。"

她朝他瞥了一眼，然后朝窗户转过身子。

"我不相信您。"她说。

"你试试，说一声，也许便深信不疑了。"

"哦，倘若如此，那您就走吧！"她突然说出口。

"对不起。"他压下叹息，说道，"我心里很难过，几乎无法上路，但是你因为我在这里而忧郁不快的话……"他心想，"也许她会说：**不，并没有忧郁不快**，"于是慢吞吞道，"那么……"

"那么您走吧！"她重复道，起身走到窗前。

"我会离开的，你不用撵我，"他强颜欢笑道，"但你可以使我减轻我的郁闷，甚至加快这一进程……"

"怎么！"

"这取决于你，我再重复一遍。"

"您说吧，我该做什么，做出'牺牲'吗？我甚至打算亲自到顶楼搬您的箱子。"

对她的嘲弄他不予作答。

"怎么啦？"

"首先，你说说，你是否爱上了某个人？"

她急忙朝他转过身，吃惊地望着他。

"第二，蓝色信笺的信是谁寄的：那不是神甫妻子寄的！"他急于把话说完。

"为了您的离开，为何您需要知道这封信。"她瞪大眼睛问道。

"我来向你说明，韦拉；但是为了搞明白我的说明，不该那么惊讶，而是得耐心听完，并且开动自己的头脑……"

"这很高深、很费思考吗？"

"需要善良、同情和友情，你曾使我对它抱有那么大的希望，后来你不知为何又把它剥夺了……"

"哥，我是以友情报友情的啊。"她稍柔和地说。

"难道我对你没有充满友情？"

她否定地摇摇头。

"这对于我有什么特别的：你看，我对你又不是外人，只是并非一个血统……"

"这不是友情……"

"哦，那么是爱情？"

"我不需要它：我并不赞同它……"

"我知道——于是我便想说明，你个人怎么能做到使我身上也不存在爱情！"

"我好像一直在为此而做……"

"正相反：倘若你想从我这里得到爱情，你不可能做得更好。你高傲地疏远我，并以此刺激我的自尊心，然后你又使自己处于神秘莫测的氛围中，并激起我的好奇心。你的美丽、聪颖和性格做成了其余的事情——于是在你面前，我成了一个爱你爱得发疯的人！我将很高兴投入激情的旋涡中，沉浸于爱情的湍流中：我寻觅这种感情，想望热烈的爱情，为此而牺牲余生，但你过去不愿意，现在也不愿意……对吗？"

他侧身望着她的脸庞。

"我不愿意。"她平静而断然道。

"哦,你自己看到的,我曾经用尽我身上的全力,采用各种方法,欲将这种爱变成一种友情,但我只是更为坚信对年轻的美貌女子,友情是不可能的——眼下我认为,欲从这个状态中摆脱出来,只有两条出路……"

他停了一会儿。

"一条出路是你把我锁上:这是相互间的感情。"他继续道,"热烈的爱情通过让步的途径、幸福的途径摆脱,并在那里,视情况而定,随你的便:变为友情,好像是变为一种深沉的、神圣的、始终不渝的爱情——我是不相信这种爱情的——但无论如何,在任何情况下都将变为满足和安宁……你使我失去了各种希望……失去了享受这种幸福的希望……是吗?"

他又靠近一些她的脸,寻根问底地望着她的眸子。她肯定地点下头。

"是的,各种希望。"她重复道。

"噢……"他说,"为了消除无指望的痛苦,或是彻底将希望扼杀,应该……"

"什么?"

"应该做我现在所说的一件事,也就是承认你在恋爱,并说出蓝色信笺的信是谁寄的!这便是第二条出路……"

"倘若我哪条出路都不要呢?"她傲然问道,从窗口朝他转过身来。

"那就更厉害了——既不傲慢自大,也不轻慢鄙视!"他兴奋道,"这全是矛盾,只会刺激热烈的爱情,而我是抱着希望来你处的,倘若你不能分享我疯狂的梦想,那么至少不会拒绝我朴实友好的同情吧,甚至还将帮助我。但我可怕地发现,你真恶毒,韦拉……"

"而您是个利己主义者,鲍里斯·帕夫洛维奇!您突然产生某种胡思乱想——我就应该分享它,治疗它,减轻它:其实您的事与我有什么相干，正如我的事与您有何相干？我要求您一点，就是安静：对此我有权要求，我像风儿那样是自由的，我不属于谁，也不怕谁……"

"还在两星期前，我也是自由的，高傲的，可是瞧，现在我既不高傲，也不自由，并且我怕——你！"

她轻慢地望他一眼，微微耸了下肩。

"你等等再用这目光折磨我：那种事你没有机会遇到！"他几乎自言自语道。

"没有机会遇到，我也不怕！"

"小孩子们同样不怕，对保姆的'狼来了'的威吓，他也会勇敢地含糊不清道：'那我把它杀了！'你也像孩子那样勇气十足，但当那一时刻来临，你也会像孩子似的软弱无力……"

"我谁也不怕，"她重复道，"包括您的那头狼——热烈的爱情，亦同样！您恐吓也无济于事：您是在故意装模作样，我甚至对您毫不可怜！"

"你真恶毒！假如我得了热病呢？祖母和玛尔芬卡会来到我身边，看护照料我，竭力减轻我的痛苦。难道你依旧无动于衷，也不来看我一眼，不问候一声……"

"这是另一码子事，病人……"

"难道我健康吗？难道我不是病人，并且还是因你而病！……"

"这是我的过错吗？"

"倘若伏尔加河上的寒风将我侵透，你同样不会有过错！"

"那边有治疗所需的东西，有药……"

"这里也有，我给你指出一剂可靠的良药。我并非开玩笑：只有绝望可能掐死爱欲的胎儿。"

"难道我没有夺走您所有的希望？我永远也不会爱您，我对您说过！"

"可能，但问题在于我并不相信你：或是即便相信了，那么有一天，那里又会诞生希望。热烈的爱情会消亡，当她的对象本身死亡的时候，也就是不再激动……"

"哥，我可不能为您做出这样的'牺牲'：去死！"

"这没必要！你只要说说，你是否在恋爱，是谁寄的信：这就如同你为我而死一样。"

他说得热烈而认真。她思考着，显然，在同自己作着斗争，她转身面朝窗户，又转过身来对着他。

"好吧……"她说，压低嗓音，放慢语速，"我……爱上了……另一个人……"

"谁？"他突然大叫一声，从椅子上跳起来。

"您害怕什么？是您自己想这样的；您得到了满足并且走吧：您现在知道了。"

"是谁？"他重复道，不听她的。

"名字有什么关系！"

"名字，名字呢？谁写的信？"他声音颤抖道。

"谁也不是！是我臆造的，我谁也没爱，信是神甫妻子写的！"她冷淡道，望着他，看他如何激动地用发红的双眼盯着她，而她的双眸渐渐失去自己黑天鹅绒般闪闪发光的光泽，变得明亮起来，最后变成透明。思想和在这对明眸里曾有过的一切，全消失了，从中已什么也无法读到。

"说吧，求求你，别让我留在这座悬崖上：说真话，一句真话，我便摆脱了，一个小小的谎言——我便坠落！"

"听着，哥：您不是在同我玩什么智力游戏吧？"

"真的，我并不知道：如果说这是场游戏，那它便像是一场赌博，有人拿最后一枚铜币押宝，而另一只手则在口袋里掏手枪。你伸过手，摸摸心脏和脉搏，说说这游戏叫什么？你想停止折磨：那就说出所有真相——没有热烈的爱情，我很平静，我将同你一起开玩笑，并且明天就启程。我来就是为了对你说这番话……"

"您不单是个利己主义者，而且是个独断专行的人，哥：我只是张嘴说了句我恋爱了，考验考验您，可您——您瞧，您怎么回事：可怕地竖起眉毛，开始审问。您头脑发达，homme blasé，grand coeur[①]，是个自由骑士——您不害羞吗！不，我看您当个朋友都不合适！哎，假如我恋爱了，"她边关窗子边压低声音断然补了一句，"那会怎么样？"

"无所谓！"他声音平静道。

她惊奇地望着他：确实——无所谓。

"你看到信任的作用了，"他继续道，"我很平静，心中不动任何感情，所有希望都如苍蝇那样消失了……"

"哎，比方说，我……恋爱了。"她把声音再放低道。

"收起你那套**比方说**吧：在它下面隐藏疑问，而疑问下面又是希望。"

"那好吧，我爱上了……"

"谁？"他用有力的耳语问。

"又是名字！"

"是的，必须要知道名字——只有到那时我才能放心离去。不然我不会相信，只要还有秘密，我便不相信……"

"玛尔芬卡全告诉我了，您如何向她鼓吹恋爱自由，主张别听奶奶的，而如今您自己比奶奶更坏！要打听别人的秘密……"

"我别无所求，韦拉，我只求让我平平静静离开：就是这些！谁使你感到不自由，该受诅咒……"

"您是在自己咒骂自己：您要名字干吗？倘若奶奶为此事费心，这能理解，她担心我别爱上一个在她看来'不三不四'的人。可您是个鼓吹者啊！……"

"难道我禁止过你去爱什么人吗？你挑中的哪怕是……尼尔·安德烈伊奇——我都无所谓！我想知道名字只是为了确信这是真的，

[①] 法语：富有经验，宽厚豁达。

可以把炽烈的感情冷下来。我知道现在我显得很无聊,我要走了……"

她深深思考着。

"难道炽烈的感情能证明无论哪一种选择都对吗?……"她轻声道。

"无论哪一种,韦拉。我对你重复一遍曾对玛尔芬卡说过的话:去爱吧,不必求得谁的许可,他是否值得爱,大胆地朝前走吧……"

"可前不久在果园里您还教我提防死亡呢!……"

"提防小偷和狗——而并非热烈的爱情!"

"并且我能想爱谁便爱谁吗?"她好似开玩笑道,"不必求得许可……"

"无论是奶奶,还是社会上的看法……"

"不必求得您……"

"我是最不必理会的:我打算促成你,激发你热烈的爱情……你看,你曾期待我的慷慨豁达:这就是!挑选我当你的爱的信任者吧——我将亲自将你推入这如火的激情中……"

她偷眼看了他一下。

"名字,韦拉——那个幸运儿的名字?……"

"好的,好的——以后什么时候,待到……"

"待到我走了?唉,倘若能将炽烈的感情给我!"他说,以炽热的目光望着韦拉,抓住她的双手。他脑袋里又像喝醉酒的人那样嗡嗡地响。"听着,韦拉,还有一个摆脱我处境的出路,"他热烈道,"我怕暗示到它,你太严厉:把热烈的爱情给我!这你能做到。忘了自己的恋情……倘若它还是新出现的、时间不长的恋情……并且……不,不,别摇头——这是胡说,我知道。哦,只是别赶我走,让我有时与你在一起,听你说话,感到满足和遭受痛苦,只要不萎靡不振,而是有所寄托:如今我简直是个木头人!到处是昏昏欲睡和难以忍受的寂寞,没有目的,艺术我没有学好,对它我什么也没做。任何一种所谓的'正经事'都低级庸俗,令人生厌到了极点。我想在我的余生做完一件什么事情,完成某件非同一般的大型作品,但我对此没有能力——没有做好准备：我们无事可做！或是让生命化为焰火，化为情欲！你身上具备了激起狂风暴雨的一切，你已经将它激起：只要一星火花，一丝娇媚的表情，一个迷惑的手段……我便开始生活……"

"那我将做些什么，"她说，"欣赏这一激情，而不分享？您在说胡话，鲍里斯·帕夫洛维奇！"

"你是怎么回事，韦拉？别回答我，但也别厌弃我，留下我吧。我感到不单在你的目光下，而是只要有谁偶然提到你——我就会一会儿发烧，一会儿发冷……"

"这将如何收场呢？"她不无好奇心地问道。

"我不知道，也许我会发疯，投伏尔加河或是去死……不，我富有生命力什么也不会发生，但过半年，也许过一年我将与谁在一起共同生活……给我，韦拉，给予我热烈的爱情……给我以幸福！……"

他的嘴唇和舌头甚至全干了。

"古怪的请求，哥，给你激情吧！我不相信热烈的爱情——它是什么？说是幸福就在深沉强烈的爱情之中……"

"胡扯，胡扯！"他打断道。

"爱情是胡扯？"

"是的，这个'神圣、深沉、崇高的爱情'是胡扯？这是在情欲的墓穴里出现的、想象中的、凭空虚构的幽灵。这是人们臆造的，犹如人们臆造出省税务局，卖酒事务所，时装样式，玩牌，跳舞晚会那样！崇高的爱情——这是人们用来装饰情欲的制服，但情欲不停地往外钻，要将它扯碎。大自然给活生生的机体注入的只是情欲，别的它什么也不赋予。爱情只有一种，没有其他爱情！譬如说，一个最猥琐的人，一团无足轻重的肉冻，小镇上的一个商人之妻，一个最好心肠的体面官吏，一个主席——随便找谁：全都必定会感到，有的一次，有的多次——视情欲的强烈程度而定,有的细腻精巧，有的粗鲁卑俗——视教养程度而定,但全都能体验到生活中情欲的刺激，痉挛，它的苦楚和疼痛，体验到这种无法抑制的激情，这生命中的另一种活力，这活力的醉人的嬉戏……这销魂的极乐！……"

他停顿下来。

"喏？"她急不可耐地催促道。

"哦，"他热烈地继续道，"待到这炽热的兴致冷却，待到这生命的闪光停息，过后便是怡然自得和安谧，是甜蜜的狂热后那休憩的微笑，是对已逝情景优美的回忆，是意兴阑珊的寂静！而当情欲燃烧过后，人们便把这寂静，这痕迹称作神圣而崇高的爱情……你看见了吗，韦拉，情欲多美好，甚至它的一个痕迹便会给整个生命打上鲜明的烙印，可人们却拿不定主意承认真相——也就是爱情已经不存在，他们在心醉神迷时并没有注意到它，在尽情享受时把它放过了，随后他们的整个生命被赋予那些由情欲充满的辉煌色彩！……这色彩是爱情，是友情，也是一种牢固的关系，它把人们紧紧拉在一起，有时会是整个一生……不，生活中任何东西都无法赋予如此无上的幸福，无论什么样的荣耀，什么样自尊心的满足，什么样谢赫莱扎达①的财富，甚或创造力，无论什么都无法赋予……唯独情欲！你是否想体验一下这样的情欲，韦拉？"

她若有所思地听着。

"是啊，倘若它像您所描述的那样，倘若它有那么多的幸福……"

她战栗一下，迅速推开窗子。

"情欲——这是经常不断的兴奋状态，却无醉酒时那粗野的难受，"他继续道，"这是脚下一束永久的鲜花。在你面前，它是一尊要求崇拜、为它去死的神像。当乱石落在你头上，而你想的却是情欲，还以为是玫瑰抛在你身上，咬牙的咯吱声你将当作音乐接受，可爱小手的捶打似乎比母亲的爱抚更温柔。生活的烦恼和无谓的口角全都消失——充溢你的只是无穷无尽的喜悦，只有幸福这样子……看着你……（他

---

① 谢赫莱扎达为阿拉伯中世纪著名民间文学作品《一千零一夜》中的人物，善讲故事。

走近她身旁）……握住手（他抓住她的手）并感到如火的激情和力量，感到机体的战栗……"

她又战栗一下，他也同样。

"韦拉，我离这个心境并不远；还需一个温柔的目光，再握一下手——我便活了，怡然自得了……你说，我该做什么？"

她缄默不语。

"韦拉！"

她渐渐从默然听他说话的沉思中镇静下来，朝他转过身子，亲热地，近乎温柔地拉着他的手，用低沉的耳语恳求道：

"从这儿离开吧！"

他站起身，像受了伤似的。

"你真恶毒，韦拉。好吧——那就说出名字？"

"名字？什么名字？"她惊讶道，完全清醒了。

"还有蓝色信笺的信是谁寄的？"他补充道。

她嘲弄般地将他从头到脚看了一遍。

"我谁也没爱上，"她大声道，"是我臆想的，就这样，因为无聊……"

"那信呢？"

"神甫妻子寄的！"她讽刺道。

"更多的你不想说了？"

"我要说的还是这句话。"

"什么话？"

"您走吧！"

"这样我是不走的！"

她久久盯着他。

"听便，您是在自己家！"她答道，讽刺而恭顺地垂下头。"而现在，请原谅，我想早些躺下！"她亲热地，几乎微笑着补充道。

"她在赶我走！"他痛苦思忖，不知该说什么，此刻突然有人从门外抓住了门把手。

九

"谁在那里?"两人问。

门开了,出现瓦西里莎那若有所思的脸。

"是我,"她轻声道,"您在这里啊,鲍里斯·帕夫洛维奇?有人找您,请快点儿,门厅里一个人也没有。雅科夫去做彻夜祈祷了。而叶戈尔被打发上伏尔加河打鱼去了……那边只有我一人带着帕舒特卡。"

"谁来找我?"

"省长派来的一个宪兵,省长有请,如果可能,现在就去他那儿,如果不行,那就明天早些去:说是,非常需要!"

"那里究竟有什么事?"赖斯基奇怪道,"好吧,告诉他,我会去的……"

"请快点儿,"瓦西里莎恳求道,"那边还来了一位客人,就是……"

"还有谁?"

"就是……那个爬进来的……"

"哪个'爬进来的'?"

"就是那个,听我说,大伙要用鞭子抽他的……在大厅里无拘无束坐着哪,等着您,可女主人同玛尔法·瓦西里耶夫娜还没有从城里回来。"

"这算怎么回事,瓦西里莎,你没问他叫什么名字!……"

"他说了,可我忘了。"

赖斯基和韦拉困惑莫解地相互望了一眼。

"鬼才知道!城里来了个不知什么样的客人——真烦人!"

"不,就是那个,喝醉了在您那儿过夜的……"

"难道是马克·沃洛霍夫?"

韦拉做了个手势。

"快去吧,了解一下,他来干什么?"她说道。

"你怕什么？他又不是狗、死人、小偷，而是那么一个放荡的流浪汉……"

"您走吧，走吧！"韦拉不听他的，催促道，"这很有趣……"

"请快点吧，鲍里斯·帕夫洛维奇！"瓦西里莎也催促道，"我同帕舒特卡把他反锁在房间里。"

"这为什么？"

"我们害怕。"

"怕什么？"

"没啥，就是害怕。他是从窗子里爬到小院子的，再爬到这里的。他是否会在那里偷走点什么？"

赖斯基笑起来，同她一起走了。他把宪兵打发走，说定过一小时到，然后去见马克，把他领进自己房间。

"怎么，来过夜的？"他问沃洛霍夫。

他同马克说话不外乎是讽刺语调。但这一次马克却是一脸忧虑的神色。但当送来蜡烛，他看清赖斯基那张焦躁不安的脸时，便笑起来，依旧是自己那副冷冰冰的尖刻笑容。

"哦，瞧，我还以为您已经离去了呢！"他讥讽道。

"还来得及。"赖斯基漫不经心道。

"不，现在已经晚了：瞧您那双眼睛！"

"眼睛怎么啦，没什么！"赖斯基望着镜子道。

"您瘦了，麻疹都发出来了。"

"全是瞎扯，"赖斯基答道，竭力不看他，"您最好说说，您又晚上来干什么？"

"要知道我是头夜鸟：白天他们已经侍候我很周到。来奶奶家少丢脸。了不起的老太太，把特奇科夫赶跑了！"

突然他又一本正经起来。

"我来找您有件事。"他说。

"您会有事？"赖斯基道，"这真有意思。"

"是啊，比您的事更大。您瞧：刚才我在警察局，也就是说并非自己去拜访的，是警察区段长邀请的，甚至用一对灰马把我拉到那里。"

"这是为何：出了什么事？"

"不值一提：我在那里分发了一些书……"

"什么书？是我的书，从列昂季那里拿走的吗？"

"有从他那儿拿的，也有别的书——瞧这里全写着哪。"

他递给他一张纸条。

"您都赠给谁了？"

"所有人，大多是青年：有宗教学校的，有中学的一个教员……"

"难道他们没什么可看的？"

"怎么会没什么可看！瞧科兹洛夫读了五年的萨柳斯蒂①、色诺芬②、荷马和贺拉斯：第一年从头看到尾，第二年从尾看到头——在这里全变酸了……在中学里都发了霉。"

"难道他们没有新书？"

"有，另一头驴，一个语文教师，时而让他们啃卡拉姆津③，时而啃普希金，他们的脑子全是呆板乏味的……"

"于是您就想去放把盐——都加了些什么，让我们看看！"

"嗨，说得多拿架子：'让我们看看！'活像尼尔·安德烈伊奇！"

赖斯基把纸条浏览一遍，两眼死死地盯着马克。

"哎，干吗朝我瞪大眼睛？"

"您给他们这些书？"

"是啊，怎么啦？"

赖斯基继续十分吃惊地盯着马克。

---

① 萨柳斯蒂（公元前86—前约35），古罗马历史学家。其著作流传至今的有《喀提里纳阴谋》《朱古塔之战》等。

② 色诺芬（约公元前430—前335），古希腊作家、历史学家。著有历史著作《希腊史》（七卷）。

③ 卡拉姆津（1766—1826），俄国作家、历史学家。俄国感伤主义文学奠基人，著有《苦命的丽莎》（1792）等。

"把这些书给年轻人看！"他喃喃道。

"您看起来好像信奉上帝？"马克问道。

赖斯基一直盯着他。

"您今天不去做彻夜祈祷？"马克又冷冷地问。

"要是去做了呢？"

"嘿，那没什么可奇怪的：您可能心醉神迷和啜泣流泪……您为何把特奇科夫赶走呢：他也是个教徒啊！"

"我又没问您，您是否信教：既然您已经不信团里的团长，大学里的校长，如今又否定省长和警察——如此显而易见的事情，那么您哪里会信上帝！"赖斯基说，"我们直截了当，谈谈您来访的事情：您找我有什么事？"

"您要知道，有个男孩子，是法院检察官的儿子，不认识一本书上的法文句子，拿给母亲看，母亲给父亲看，父亲去找检察长。此人听到作者的名字，大发脾气——呈报了省长。男孩被关押，受鞭笞：体罚下，他说出书是从我这里拿到的。喏，今天我就被传讯……"

"您怎么说？"

"我？"他说，笑吟吟地望着赖斯基，"他们问我是谁的书，我从哪儿拿的……"

"喏？"

"喏，我就说……是您的：一些是您随身带来的，另一些是在您图书室里找到的——比如伏尔泰的……"

"十分感谢，您为何把这份光荣赐我呢？"

"因为自打您把特奇科夫轰走后，我便认为您并非一个完全不可救药的人。"

"您最好首先得问问，我是否允许——而这正派吗？"

"我是没有得到允许。而这正派与否——以后再谈。按您的意思，什么是正派呢？"他蹙眉问道。

"这也以后再谈，我只是不允许这么做。"

471

"这么做既算不上正派，也算不上不正派，可是对我有利……"

"对我却不利：可爱的逻辑！"

"瞧，我总算对逻辑弄明白了，"马克说，"我只是怕，我们是否会有两种逻辑？……"

"是否有两种正派？"赖斯基补上一句。

"对您，他们是不会做什么的：您正博得省长阁下的宠信呢，"马克继续道，"再说您又不是被流放至此居住的。而我为此又将被押送到某处第三个地方：我已经待过两个地方了。要是别的时候，对我反正一样，可现在……"他若有所思补充道，"我多想逗留在这里……待上一段时间……"

"怎么样？"赖斯基变得冷冰冰的，"还有何事？"

"还不要紧。我只想告诉您，我都做了些什么，并且问一下，您是否愿意自己承担下来？"

"倘若我不愿意呢？而且我确实不愿意！"

"哦，那就只好如此。我去对科兹洛夫说说。他反正完全发霉了：就让他在拘留室待上一阵，以后再来从事希腊人的研究……"

"那不行，他一旦丢了职位和面包，就无法研究了。"

"看来这么做……也不合理！最好还是您亲自去说说，承担责任。"

"您为何要我帮这个忙呢？我与您有什么关系？"

"如同我跟您要钱那样，也就是我需要钱，而您又有钱。这次也一样：您把责任承担起来，他们不会对您做什么的，却会把我关起来，我希望这是条逻辑！"

"倘若不愉快的事情落在我身上呢？"

"什么不愉快的事情？尼尔·安德烈伊奇会称您为暴徒？省长会告发您，让人来监视您？……我们别再卑躬屈膝：我们总是害怕，直到现在也不去说服省长……"

"是您自己怕承担责任！"

"我并不怕，只是眼下我不想离开这里。"

"因为什么？"

"就这样，不愿意。过后我会亲自去说，书是我的。以后您若犯了什么罪，推在我身上：我会来承担的……"

"这怎么承担：您要求帮那种稀奇古怪的忙！"赖斯基沉思道。

"那您听着：您去试试。如果事情变得很严重，您亲自承认已经不可能，那就只好如此，您就推在我身上。真是倒霉！"马克嘟囔道，"这孩子全搞砸了。可那里已经开始活动起来……"

"我现在要去省长那里，"赖斯基道，"他派人来了。再见！"

"啊！派人来了！"

"我该怎么办，说什么！"

"如果你硬充好汉，省长会把这件事捂住的：他不喜欢什么事情都往彼得堡捅。对我可不行，我是处在监督之下，他必须每月往那边呈报我健康如何，近况如何？他一直想把我从这里打发走，要求给予离开许可证；我好像他的眼中钉！前不久他已经呈报，说我'流露出悔过之意'；如果书的事情我被忽略过去，他将呈报，说我已成为如此可靠和英勇的公民，无论罗马和斯巴达①都从没有过。他们将解除对我的监督！所以，您把事情揽在自己身上，也能使他满意……不过，随您的便！"马克冷淡道，"我们走吧，我也该走了！"

"您上哪儿，大门在那边……"

"不，我们去您家的果园，我从那边下山，我该去那儿……我在岛上的渔民家等候此事如何了结。"

悬崖旁，马克消失在灌木丛中，而赖斯基去省长家，直至深夜一点钟才从他家返回。尽管他很晚才躺下，但起得很早，想把发生的事情转告韦拉。她的窗户被窗帘遮得严严实实。

"她还在睡哪。"他心想，便去了果园。

---

① 斯巴达，希腊城市，位于伯罗奔尼撒半岛，市郊有公元前6世纪斯巴达古城遗址和雅典卫城及殿堂的遗址。

他顺小径来回踱步了整整一小时,等待浅色窗帘拉开。可是过了半小时,一小时,窗帘并没拉开。他等着,看马林娜是否会从院子里经过,但也没见到马林娜。

很快,祖母卧室的窗帘卷了上去,茶炊在外屋里咝咝作响,一群鸽子和麻雀开始向平时玛尔芬卡喂食的地方飞来。屋门砰砰响了起来,马车夫和仆人们在院子里走动,可是韦拉屋里的那些窗帘始终没有微微颤动。

终于乌丽卡出现在地窖里,娘儿们、丫头们开始在院子里慢慢走动,只有马林娜没有踪影。萨韦利脸色苍白,神情抑郁,出现在自己小屋的门槛下,痴呆呆地望着院子。

"萨韦利!"赖斯基喊道。

萨韦利慢吞吞走近赖斯基跟前。

"告诉马林娜,让她等韦拉·瓦西里耶夫娜一起床并穿好衣服,立刻来告知。"

"马林娜不在!"萨韦利说道,比平日稍稍利索些。

"怎么不在,她在哪儿?"

"天刚亮,她就陪小姐过伏尔加河,去神甫妻子家了。"

"哪位小姐:韦拉·瓦西里耶夫娜吗?"

"正是。"

他呆住了,几乎惊骇地盯着萨韦利。

"她们是乘什么去的,同谁一起去的?"他沉默一会儿问。

"一直是普罗霍尔驾四轮轻便马车送她们去的,用一匹背上有黑道的浅黄色马。"

赖斯基默不作声。

"她们傍晚回来。"萨韦利补充道。

"你以为她们今天将返回?"赖斯基赶忙问。

"正是这样,普罗霍尔和马,马林娜也同样。他们送小姐过去,自己当天便往回返。"

赖斯基瞪大眼睛看着萨韦利,却看不见他。他们面对面站了好久。

"您还有别的吩咐吗?"萨韦利慢吞吞地问。

"啊,什么,是的,"赖斯基清醒过来,"你……也在等马林娜吗?"

"她死了倒好啦,该死的!"萨韦利阴沉道。

"你干吗打她?我早就想劝劝你,别再打她了,萨韦利。"

"现在我很少打她。"

"很久了吗?"

"就现在,这星期她过得挺温顺,因此也就……"

萨韦利开始使劲儿在他的脑门上运作,来帮助他思索。

"走吧,我没别的事了,只是别再打马林娜了,给她充分自由:对你,对她都将更好些……"赖斯基道。

他低头回家,忧郁地望一眼韦拉的窗子,而萨韦利没戴帽子,垂下头,对赖斯基的最后几句话感到惊讶。

"同样是情欲!"赖斯基心想,"可怜的萨韦利!可怜的——我!"

十

随着韦拉的外出,赖斯基充满孤独的恐惧。他感到自己成了个无依无靠的人,仿佛整个世界变得空荡荡的,而他不知不觉来到一个贫瘠的荒漠上,却不曾发觉这整个荒漠绿草如茵,繁花似锦,不曾感觉这显得比夏天炎热时光更为美好的大自然,使他赏心悦目,温暖如春。

塔季扬娜·马尔科夫娜的善于操持家务,玛尔芬卡那轻盈的移步,她的歌声,她和快乐、朝气蓬勃、蹦蹦跳跳的维肯季耶夫那生气勃勃的闲聊,客人们有时的来访,滑稽可笑的波林娜·马尔科夫娜和吵吵闹闹的奥片金的出现,衣着体面、发型考究的太太们和好穿戴、追求时髦的年轻人的拜会——他都毫不留意。他对所有这些人和他们的莅临,既不感到高兴,也不感到烦闷,既不冷也不热。

他看到的只是一点，浅紫色的窗帘没有徐徐飘动，厚实的窗幔垂下，心爱的长凳空荡荡的，韦拉不在——于是仿佛什么也不存在，谁也不存在：恰如整幢楼，整个四周都空无人烟似的。

他并不想爱上韦拉，而且即使想也不行：他已被剥夺一切权利，所有希望。她对他最温柔的哀求是"快点儿走吧"，而他则被她占据，醉心于她，心中只有她一个，别无他求！

甚至她的美貌，好像也失去了对他的魅力，使他爱慕她的，是另一种不知怎样的力量。他感到将他和她连结在一起的，并非充满激情、意味深长的希望，并非神经的战栗，而是某种含有敌意、刺激大脑的痛苦，是某种与爱情毫不相干甚至相对立的关系。

眼下令他痛苦不堪的是她的神秘莫测：她是如何在众目睽睽之下从家里、从果园里销声匿迹，然后又重新露面的，她像条美人鱼似的从伏尔加河河底浮出水面，双眸清澈透明，脸上透着深奥诡谲的神色，满嘴谎言，头戴水草编的花环，与真正的美人鱼毫无二致。

这时,那神秘明亮的夜晚,在他眼前闪烁着多么危险凄凉的美啊！

但是，倘若仅仅只是神秘莫测这一条也就罢了，可她却向他半透露她爱上了周围的某个人，他使她的生活和这个角落变得充实，使这片林子、这片天空、这条伏尔加河变得美好。

但是，她将那扇秘藏心中的门扉只开启了片刻，便突然任性地砰的一声把它关上，骤然消失，随身带走了开启所有秘密的钥匙：包括自己的性格，自己的爱情，自己观念和情感的整个环境，自己度过的全部生活——全带走了！他面临的又是一扇紧闭的大门！

"她把所有的钥匙全带走了！"他在同祖母的聊天中谈到韦拉时，懊丧地自言自语道。

但塔季扬娜·马尔科夫娜听后，全身猛然一抖。

"她都带走了些什么钥匙？"她焦急道。

他默不作声。

"说啊，"她紧追着问，并开始在自己兜里，接着又在小匣子里搜寻起来,"都是些什么钥匙:好像都在我这里嘛!玛尔芬卡,过来:韦拉·瓦西里耶夫娜随身都带走了些什么钥匙?"

"我不知道,奶奶:除了自己的书桌钥匙,她可从来不带走任何钥匙的。"

"瞧,鲍里斯说她带走了。您在自己身上找找,再问问瓦西里莎:是否家里的所有钥匙都在,她别是同那个轻浮的马林娜一起随便把贮藏室的钥匙抓走了——快去!鲍里斯·帕夫洛维奇,你还瞒什么啊,说啊,她把哪些钥匙拿走了:难道你看见了?"

"对,"他愤恨道,"是我看见的!她给我看过,又藏了起来……"

"它们都什么样,带齿的还是这种样子的?……"

她给他看一把钥匙。

"是些开启自己智慧、心灵、性格、思想和秘密的钥匙——瞧,什么样!"

祖母这才安心了。

"原来是这样啊!"她说,沉思一下,然后叹息道,"是啊,在你的这个讽喻里也有真理。她没有把这些钥匙留给任何人。而最好是把它们挂在奶奶腰上!"

"干什么?"

"没什么。"

"告诉我,奶奶,韦拉究竟是个怎样的人?"赖斯基坐到塔季扬娜·马尔科夫娜身边,突然问。

"你自己都看见了:还能对你说什么?你看到什么,便是什么。"

"可我什么也没看清。"

"谁都看不清,你能否看清自己的智慧,自己的意志高于一切!连奶奶也不敢问什么:'不,没什么,我不知道,也不熟悉。'她是在我照料下出生的,总是同我在一起,可我并不知道她心里在想什么,喜爱什么,不爱什么。即使她病了,你也不会知道:她既不诉苦,也不要药,而是更加沉默寡言。她并不懒,可什么也不做:不缝衣,不绣花，不喜欢音乐，不去做客——生下来就这样！我没见过她开怀大笑过，或是放声大哭过。即使大笑，也把笑容藏起来，好像那是什么罪过似的。稍有不随她心意，有什么让她心绪不佳，立刻躲进自己的塔楼里，苦和乐都在那里熬——独自一人。瞧，就这样！"

"那有什么，这很好：有自己的性格，自己的意志——这是独立自主。愿上帝保佑！"

"瞧，'愿上帝保佑！'姑娘有自己的意志！你别再使她产生这种念头，鲍里斯·帕夫洛维奇，我认真求你啦！你聪颖、善良、正直，当然你也希望那两个女孩子好，可有时候你贸然说出一些话——真是天晓得！"

"我都对谁贸然说出些什么话啦，奶奶？"

"要看是对什么人？你劝玛尔芬卡恋爱别征得奶奶同意：你自己想一想，这好吗？我甚至没料到会是你！倘若你自己不再服从我，也就罢了，为何要煽动一个可怜的姑娘呢？"

"嘿，奶奶，您是个多么独断专行的女人：一切都按自己的老一套！关于谈恋爱不能服从命令，我同您争论得还少吗！……"

"瞧，鲍留什卡，我们把尼尔·安德烈伊奇赶跑了，倒是应该让他好好回答你这个问题。我不会说。我只知道你尽胡说八道，是的：请勿见怪！难道这是新规矩不成？"

"对，奶奶，是新规矩:旧时代过去了。它不能延伸到两个时代啊。新时代该来到了！"

"你的那个新时代里什么都好吗？"

"您来判断吧，奶奶：姑娘的生命中只有一次繁花似锦的春天，而这个春天便是爱情。但突然间不给她鲜花盛开的自由，压制她，使她失去新鲜空气,摘光鲜花……而您为什么，以及有什么权利要逼迫，比如说玛尔芬卡，要按照您的处世之道，而不是按照她的志趣爱好去做个幸福的人呢？"

"你问问玛尔芬卡，如果奶奶不为她的幸福祝福，她会幸福和找到幸福吗？"

"我已经问过了。"

"哎，怎么样？"

"她说，她对奶奶的话唯命是从。"

"你瞧瞧！"

"难道这合乎情理：自由何在，权利何在？要知道她是个有思想的生物，是个人，为何要将自己的意志和幸福强加于她呢？"

"谁强加了：你问问她？倘若她们在我这里是畏畏缩缩的，或是备受摧残的，差不多毫无幸福的，可你看看，她们在我身边活得像一对小鸟，想做什么，随心所欲……"

"是啊，这是实情，奶奶，"赖斯基真诚道，"这方面您是对的。将您和她们连接在一起的，并非惧怕，并非锁链，并非权威者的大锤，而是鸽窝的柔情……她们把您奉作神明——的确如此……但是要知道，问题出在教育上：为何要把陈旧的观念塞给她们，为何要按鸟类的方式教养她们？让她们自己从生活中汲取不多的汁液吧……把鸟儿关在笼子里，当它失去意志时，您即使将笼门大开，它也不会再飞走了！这话我也曾对我的表妹别洛沃多娃讲过：那里有一个失去自由的她，这里有另一个……"

"我可什么也没给玛尔芬卡和韦罗奇卡硬塞过；关于爱情我连约略提一下都不曾有过——我怕她们犟嘴，但我看到，也明白，玛尔芬卡没有我出主意和祝福，是不会爱上任何人的。"

"看来是这样吧。"赖斯基若有所思道。

"倘若你或是另一个人得以向她谈论许多有关你的这种自由，而她也听了听，那么……"

"那她会是一个不幸的人——我相信，奶奶——因为，如果玛尔芬卡把我的谈话向您转达，那么她也应该同时告诉您，我还说过我理解她，并且我的最后建议是：不要违背您的意志，并听从瓦西里神甫……"

"这我知道,我全探询出来了,而且看出你是想让她幸福。原谅她吧,别怜悯她,不然结果不是我,而是你把她本人不愿意的幸福强加于她,就是说,你自己也将犯你曾经责备过我的过错:专横霸道。"她沉默一会儿,又开始道,"你是如何理解奶奶的,如果有个富人,出身名门,有声望,有功绩,来向玛尔芬卡求婚,而她并不中意——我将会如何劝说她?"

"行,奶奶,我把玛尔芬卡让给您,但您别去碰韦拉。玛尔芬卡是一种类型,而韦拉是另一种类型,倘若您对韦拉也采用那种方法,那您会使她不幸的!"

"谁?我吗?"祖母问,"但愿她会去掉自己的傲气,并相信奶奶:也许用另一种方法她也有足够的智慧。"

"只是您别限制她,听其自由。有些鸟儿生来就为养在鸟笼里的,而另一些则为了自由自在……她会独自驾驭自己的命运……"

"可难道我妨碍她了?限制她了?她并不信任我,躲避起来,沉默寡言,对事情有自己的见解。我甚至并不想要她做出'解答',可瞧你,倒像总不放心似的!"

她专注地盯着他。

赖斯基脸红了,因为祖母突然间那么明确而朴实地向他证实,她整个儿的"专横霸道",是建立在对她所疼爱的两个孤女母亲般最温存的爱怜和孜孜不倦的照管上。

"我只是像警察局长似的瞧着,看外面一切是否照常依次进行,人家不吭声,我是不登门的。"塔季扬娜·马尔科夫娜补充道。

"啊:这典范,这自由的桂冠!奶奶!塔季扬娜·马尔科夫娜!您站在理性的、道德的、社会的发展顶峰!您完全是个做好一切准备、千锤百炼的人!当我们还在忙忙碌碌、瞎操心的时候,您却那么毫无代价轻轻松松就把事情全做了!我向您鞠一躬,作为对一位妇女的致意,再鞠躬并以您而自豪:您真伟大!"

他们俩都不再作声。

"奶奶,您说,神甫的妻子是个什么人,她同韦拉有什么关系?"赖斯基问。

"纳塔利娅·伊万诺夫娜,是神甫的妻子。她和韦拉在寄宿学校一起念过书,在那里成了好朋友。她经常到我们家做客。她心地善良,为人谦虚,是个好女人……"

"韦拉怎么会喜欢上她呢?她该是个聪颖、有性格、引人注目的女人吧?"

"唉!才不哪,有什么性格!她人不笨,学习好,看过好多书,喜欢穿漂亮衣服。神甫并不穷:有自己的土地。有个地主,米哈伊洛·伊万内奇喜欢他——他家道可富有哪!粮食和各种财产——多的是;给神甫不少马,还有辆轻便马车,甚至用温室里的树木装饰他的房间。神甫很聪明,不过年纪轻轻——为人已经很世故,在地主圈里待惯了。甚至看法国书,抽烟,这与僧侣的长袍并不相配……"

"那神甫的妻子如何?告诉我有关她的情况:倘若如您所说,她甚至没有什么主见,韦拉怎么会喜欢她呢?"

"就因为没主见才喜欢她啊。"

"怎么会因此而喜欢她呢?这难道可能吗?"

"太可能啦。你还打算教我呢,却没发现,满不是这么回事……"

"哪能呢?"

"就是如此:性格强的人不会喜欢性格强的人。这便如同那些公羊,只要相遇,立刻便牴架!而性格强的人和性格不强的人,才和睦相处。一个因为有力量而喜欢另一个,而另一个……"

"因为软弱而喜欢,是吗?"

"是啊,因为柔顺,因为无主见,因为听从他的意志。"

"这可是太对了,奶奶:您是个智者。在这里,我见到无穷的智慧角!奶奶,我放弃对您的再教育,并且从今以后是您听话的学生,我只求一条:您别替我完婚。其余的一切我都听您的。哦,那么神甫的妻子是什么人?"

"喏，神甫妻子是个好心肠的人，一只温顺的母鸡，不停地咿咿呀呀说话，唱歌，喜欢低声细语，尤其同韦拉：总是凑到耳朵上小声说话。而韦拉只是听着，不吭声，偶尔点点头，或是说上一句。韦罗奇卡的一个眼神，甚至耍性子——对于她都是神圣的。韦拉说什么都有道理，都是好的。嗨，韦拉就需要这样，她需要的不是朋友，而是听话的奴仆。瞧，她就是。因此韦拉喜欢她。可是纳塔利娅·伊万诺夫娜依然怕她，几乎什么愿望都满足她：'原谅我，小心肝，亲爱的。'开始吻她的眼睛、脖子——可那位无所谓！"

"原来如此！"赖斯基暗自道，"高傲而我行我素的性格——喜爱奴仆！可反复强调自由、平等，对我的倾慕还不屑一顾。你等着吧！"

"那么韦拉，她爱您吗，奶奶？"赖斯基问，想知道除了纳塔利娅·伊万诺夫娜，她还爱谁。

"爱啊！"祖母坚定道，"只是按自己的方式。她从来也不表示，以后也不会显露的！可她爱我，看来，哪怕死也愿意。"

"那有什么，也许她也爱着我呢，只是不显露出来罢了！"赖斯基安慰自己，但又亲自将这一像是无法实现的希望摧毁。

"假如她不显露，您怎么知道呢？"

"我自己也不知道为什么，但反正她是爱我的。"

"而您爱她吗？"

"我爱，"祖母低声道，"唉，可真爱她啊！"她叹口气补充道，甚至都流出了眼泪，"她可不知道：或许以后会知道的……"

"您是否发现，韦拉这些日子好像……有什么心事？"赖斯基犹豫不决道，希望从祖母那里是否能打听到点什么，使令自己痛苦不堪的有关蓝色信笺的"问题"得到解决。

"你是否有所发觉？"

"没有……真的……她有什么事……要知道我并不了解，一般来说她怎么样，只是好像有点……"

"如果我没有察觉的话，这还算什么爱！我已经并非一个晚上睡不着觉了，心想从春天起她怎么变得那么古怪！时而高兴，时而沉思；经常使性子，有时，发脾气。她该出嫁了——就这么回事！"塔季扬娜·马尔科夫娜几乎自言自语道，"我问过医生，说是全是神经闹的：他们老是提什么神经——这神经是什么东西？有时连医生们都闹不清。说到腰，他们便一个劲儿说，那是腰疼或是心口疼——就这么治。而现在，又全是神经闹的！你看，有时有人发疯了，他们便说：可怜的人，他神经错乱了，全因为痛苦难熬，或是年老昏聩，或是成了酒鬼，而如今他们又说，大脑有点儿软化……"

"她别是恋爱了？"赖斯基小声道——并且后悔了，想把话收回去，但已经晚了。

犹如石头砸在祖母身上。

"上帝保佑！"她说，画了个十字，犹如她跟前电光一闪，"竟犹如此痛苦的事！"

"瞧您开始痛苦了：她觉得幸福，而您却感到痛苦！"

"别开这种玩笑，鲍留什卡；刚才你还说她不是玛尔芬卡！当韦拉无缘无故耍小孩子脾气、沉默寡言、自命不凡的时候，上帝与她在一起！而一旦爱情这条毒蛇爬到她身上，你就对付不了她！这种'事情'我是不会让你，不单是我的两个女孩子铤而走险的。这你有什么根据：难道你同她聊过，发现了什么？你要把全部实情告诉我，亲爱的！"她把手放在他肩上恳求道。

"没什么，奶奶，上帝保佑您，您放心，我只是如您所说的那样'信口开河'，您就担起心来，如同方才提到的什么钥匙……"

"是'解答'，"祖母突然抓住话头，并且甚至连脸色都变了，"这个讽喻，它有什么意思？你曾经说过什么心灵的钥匙；这究竟是什么，鲍里斯·帕夫雷奇——你别搅乱我的平静，说吧，毫不隐瞒，倘若你知道些什么？"

赖斯基对自己感到很恼火，竭尽全力安慰祖母，并达到了部分目的。

"我发现的情况与您一样,"他说,"没有更多的。倘若她瞒着你们所有人,会对我说吗?您看,我甚至都不知道她去了哪儿,这个神甫的妻子是什么样人——我问啊,问啊,她什么也不说!还是您告诉我的。"

"是啊,是啊,她不会说,这是真的——你从她那里掏不出什么话!"祖母安下心来道,"她不会说的!瞧那个说闲话的女人,神甫的妻子,对她心里想的全知道;可那个女人至死也不会说出她的秘密的。她自己的事倒一下子全抖落出来,随你选,可韦拉的,根本别想!"

两人都沉默起来。

"在这里她会爱上谁呢?"祖母道,"谁也看不上。"

"谁也看不上?"赖斯基赶忙问,"这样的一个也没有?……"

塔季扬娜·马尔科夫娜摇了摇头。

"除非是林务员……"她若有所思道,"挺好的一个人!他大概愿意,我发现……与韦拉倒是一门好亲事……可是……"

"可是什么?"

"可是她那么难以琢磨,谁知道怎么接近她,怎么向她求婚!而此人倒很可爱,仪表堂堂,很富:光森林就值一大笔钱……"

"林务员!"赖斯基重复道,"哪个林务员?他是个什么样的人?年轻,有教养,出众?……"

瓦西里莎进屋来,通报波林娜·卡尔波夫娜到,并问鲍里斯·帕夫洛维奇是否安排替她画像。

"话也不让说——真见鬼!"祖母嘟哝道,"你请吧,并把早餐准备好。"

"您回绝吧,奶奶,何必呢?劳驾,瓦西里莎,就说我在韦拉·瓦西里耶夫娜回来前,不打算画像。"

瓦西里莎去了,又返回来。

"她要求您去那里:她就不下马车了。"她说。

十一

不清楚波林娜·卡尔波夫娜对赖斯基说了些什么，但过了五分钟他便拿起帽子、手杖，而卡尔波夫娜得意扬扬地望着两旁，载着他飞驶起来，起先顺着主要街道，为自己的胜利而自豪，随后把他当作战利品拉回了家。

赖斯基好奇地跟随波林娜·卡尔波夫娜走进一间间房间，客气地回答她那温柔的絮语和热情的目光。她央求他承认对她有好感，对此，他当即表示同意，并饶有兴趣地等待着由此将会有的情景。

"噢，我知道，我知道——您瞧！我是否早就预言过？"她兴高采烈道。

她首先将帘幔放下，让房间里一片昏暗，背对着亮光，或半坐或半卧在卧榻式沙发上。

"是啊，我就知道：噢，从一开始我便看出，que nous nous convenons①——是的，cher mr Boris②。不是吗？"

她心醉神迷，不知让他坐在哪儿好，吩咐送来最好的早餐和冰镇香槟，与他碰杯，自己一滴滴地啜饮，叹息，呼哧呼哧地喘气，用扇子给自己扇风。接着她叫来女仆，显摆道，她谁也不接待；另一个仆人进屋，她又重复了一遍，并吩咐他把大厅里的帘幔也放下。

她摆出自己优美的姿势，坐在大镜子前，默默地冲自己的客人微笑，一副因愉悦而显慵懒的神色。她并不竭力靠近赖斯基，也不握住他的手，不邀请他坐近些，只是在他面前卖弄风情，显示自己招人喜欢的体态，无意地显露那双"纤足"，笑吟吟地看着这套手段对他有什么作用。倘若他走近她，她将有礼貌地挪动身子，给他腾出自己身边的位置。

---

① 法语：我们彼此相像。
② 法语：亲爱的鲍里斯。

他好奇地望着她,想最终确定她究竟想干什么。他原本害怕她安排这次拜访事先有什么打算,但随着她的每个动作,他的顾忌渐渐消失。显然,没有任何危险会威胁到他的高尚品德。

"她想从我这里得到什么呢?"他猜测道,好奇地望着她。

"您给我说点什么,有关彼得堡和您的胜利:噢,您有许多奇闻艳事吧?啊?您说说,那里的女人是否比这里的更出色?(她往镜中瞥一眼自己)她们穿得更时髦吧?(她将自己的连衣裙抻平整,从肩上取下钩花大披肩)。"

她的双肩圆润白皙,因此赖斯基不认为有什么不成体统之处。

"您干吗不作声:不说些什么吗?"她继续道,高兴地抖了下"纤足",又将它藏到裙子底下。

随后狡黠地朝他瞥一眼,观察是否起作用。

"她这是什么意思:等等再说!……"他心想。

"我全说了!"他装出一副滑稽可笑神魂颠倒的样子道,"我只得……亲吻您了!"

他从自己的座位上站起身,坚定地朝她身前走来。

"Mr Boris! de grâce-oh! oh!①"她以一副不自然的窘态说,"que voulez-vous?②不,求求您,不,饶了我吧,饶了我吧!"

他朝她俯下身子,显然想实现自己的意愿。她真的害怕起来,连连挥动双手,从卧榻式沙发上站起身,卷起窗帘,整整自己的衣装,端正地坐下,但一脸得意扬扬的神色。她好像精神焕发,却又慵懒地把头垂向肩上,甜腻腻地悄声道:

"Pitié, pitié!③"

"Grâce, grâce!④"赖斯基慢吞吞道,好不容易忍住笑,"我开

---

① 法语:鲍里斯,得了吧——哦!哦!
② 法语:您想让我做什么?
③ 法语:可怜可怜吧!
④ 法语:怜悯怜悯吧!

个玩笑：您别害怕，波林娜·卡尔波夫娜，您没有危险，我发誓……"

"哦，您别发誓！"她蓦地站起身，眯缝起眼睛，满怀激情道，"女人的生活中常有些可怕的时刻……但您为人宽宏大量！……"她补上一句，重又显得软弱无力，慵懒地将头垂向一边，"您不会伤害我……"

"不，不，"他说，对这一幕感到满足，"怎么可以伤害一个家庭的母亲呢！……要知道您有孩子——您的孩子们在哪儿？"他问，往四周张望，"您怎么不把他们介绍给我认识？"

她立刻醒悟过来。

"他们不在……他们……"她急忙道。

"您让我同他们认识：我很喜欢小孩子。"

"不，pardon，mr Boris[①]，他们不在城里……"

"他们在哪儿？"

"他们……在农村熟人家做客。"

这是因为一个"小孩子"十六岁，而另一个十四岁，克里茨卡娅将他们送到离自己远些的舅舅处去受教育，为的是他们别以自己的年龄而暴露她的岁数。

赖斯基开始觉得无聊，打算回家。波林娜·卡尔波夫娜不仅不留住他，而且看来对他的离去感到满意。她吩咐备车，并且一定要与他同行。

"太好了，"赖斯基说，"顺路把我送到一个地方！"

波林娜·卡尔波夫娜感到很高兴，他们又一次顺着大街小巷隆隆驶过。

傍晚时，全城全知道赖斯基和波林娜·卡尔波夫娜两人在一起度过了一个上午，不仅窗帘放下，甚至护窗板紧闭，他对她表示了爱情，恳求亲吻，啜泣流泪——而眼下正受着痛苦的折磨。

赖斯基和波林娜·卡尔波夫娜在城里绕来绕去兜了很久。她竭力

[①] 法语：对不起，鲍里斯。

领着他经过所有熟人的家门口,最后他指着一条小胡同,吩咐在科兹洛夫的寓所旁停车。克里茨卡娅见到列昂季的妻子在窗户旁向赖斯基打手势,便惊慌起来。

"您上这个女人家——可以吗?我的名誉给败坏了!"她说,"人家知道是我把您送到此地会怎么说? Allons, de grâce, montez vite et partons! Cette femme:quelle horreur! ①"

但赖斯基挥了下手,进了屋子。

"瞧,只见别人眼里有刺!"他心想。

十二

与克里茨卡娅的单独会面使他记起了他"对朋友的责任",这是他不久前激昂地打算承担的,是韦拉使他将它丢下了。忆起自己想让这位朋友家庭幸福的心愿,他的心便开始剧烈跳动。

列昂季不在家,乌里扬娜·安德烈耶夫娜张着双臂热烈欢迎赖斯基,但他冷淡地避开了她的拥抱。她称他为老朋友,一个"胡作非为的大学生",轻轻揪住他耳朵,让他坐到沙发上,自己挨近他坐下,握住他的手。

赖斯基好不容易才忍住这场公然的进攻,一开始,他在迅速而猝不及防的猛攻面前显得张皇失措,这一猛攻蓦地把他带回到与乌里扬娜·安德烈耶夫娜相识的那个年代,带回任性胡闹的大学时代:但这已是很早以前的事了!

"乌里扬娜·安德烈耶夫娜,您怎么还提过去的事,我已经不是大学生,而您也不是那个小女孩了!……"

"对我来说您还是那个可爱的大学生,胡作非为,而对于您,我

---

① 法语:哎,我恳求你,快坐下吧,我们走!这个女人:多可怕!

还是那个听话的小姑娘……"

她从沙发上跳起来，抓住他的手，同他一起在房间里像跳华尔兹似的转了三次。

"是谁撕破了我的衣服，您记得吗？……"

他望着她，竭力想回忆起。

"您忘了，您想离开时，如何搂住我的腰！……谁跪着？谁吻我的小手来着！给，您吻吧，忘恩负义的人！而对于您，我还是那个乌列尼卡！"

"真遗憾！"他叹息道，"您难道还没忘记过去的任性胡闹？"

"没有，没有——我全记得，还全记得！"她又拉住他的手在房间里转圈。

他觉得，与这个寻机想同萨堤洛斯①幽会的天真神女②相比，头发花白、一直在追求忒勒玛科斯③的卡吕普索④那笨拙、徒劳的卖弄风情，还容易忍受些……

而她，浅棕红色的发梢和双眉上闪着光芒，透过雀斑明亮地显出绯红的面色，闪闪发光火热的双眸直视着他的脸庞，露出无忧无虑的喜悦、大胆豪勇的决心和深藏心里的笑意。

他转向一旁，竭力聊起列昂季，聊起他的工作和事业，从一头走到另一头，并十余次走近门边，想离去，但又感到这很难做到。

他仿佛落入一头雌虎的兽笼里，它蹲在角落里，盯着自己的牺牲品：只要他抓住门把，她便已经站在他面前，用背贴着门锁，用自己

---

① 萨堤洛斯为古希腊神话中最低级的林神，他们懒惰、淫荡、酗酒，在森林中游荡，与神女们一起跳舞。俄语中 сатир 已成为醉鬼和色鬼的同义词。

② 神女为希腊神话中众多的生活在海洋、河川、溪涧、群山、谷地、草场中的仙女，过着无忧无虑的生活。

③ 忒勒玛科斯为希腊神话中俄底修斯的儿子，曾助父杀死那些向他母亲求爱的人，并四处寻父来到俄古癸亚岛上，岛上女神卡吕普索曾向他求爱。

④ 卡吕普索为希腊神话中俄古癸亚岛的神女，阿特拉斯的女儿，她俘获俄底修斯后，曾让他在岛上留居了七年之久。

没有笑容却满含笑意的眸子望着他。

无论他往哪儿转身,他都感到无法从这目光底下离开,他犹如那些肖像画的目光,处处注视着他。

他坐下,专心于自己有关"责任"的使命,想着从何处着手。他看出来,软心肠在此无补于事:应该给这个把羞耻当儿戏的女人一个"响雷",应该把她如此毫不吝啬地把羞辱倒在他朋友头上的行为叫作无耻。

他缄默不语,冷冷地把她从头到脚打量了一番,并允许自己露出一丝鄙视的微笑。

而她,避开这冷淡的目光,绕到椅子背后,并突然朝他弯下身子,亲热地望着他的脸,将双手搭在他肩上,或是温存地揪一下他耳朵——并突然间停在原地发呆,若有所思地呆愣愣望着一旁,或是望着地,克制着自己,或是——也许——回想起那段美好日子,赖斯基年轻时的日子,然后叹息一声,清醒过来——又朝向他……

他机警地观察着她。

"您干吗这样盯着我,而不像原先那样,老朋友?"她如歌唱似的轻声道,"难道这颗心里什么也没给我留下?您还记得椴树何时开花吗?"

"我什么也不记得,"他冷冰冰道,"全忘了!"

"忘恩负义的人!"她悄声道,把手贴在他心口,接着又揪了下耳朵,或是捏一下脸颊,并迅速转到另一边。

"也许您全给了韦拉:是吗?"她悄声道。

"给韦拉?"他推开她,突然问。

"嘘嘘!我全知道——别作声。将自己心爱的人忘掉一会儿吧……"

"不,"他思忖,"下一次,当列昂季在家的时候,我在花园里,随便找个角落,给她个教训,直呼其名,指出她的品行,而眼下……"

他站起身。

"让我走,乌里扬娜·安德烈耶夫娜:我下次再来,当列昂季在家时。"他冷淡道,竭力想把她从门旁推开。

"可我不想这样,"她答道,"他在家时你来,我十分高兴——可我想单独见到你,哪怕您暂时是我的,整个儿是我的……一点儿也不归任何人所有!并且我也想——整个儿是您的……整个儿!"她耳语道,充满热情,将头靠在他胸上。"我期待着这一刻,梦见您,叨念您,不知如何把您引来。天赐良机予我——您是我的,我的,我的!"她说道,双手搂住他脖子,空吻着。

"哎,这不是波林娜·卡尔波夫娜,对她得采取坚决措施!"赖斯基心想,并恶狠狠抱住她的腰,将她挪到一边,把门打开。

"对不起,"他挥了下帽子道,"再见!我明天……"

帽子不知不觉到了她手中——她低下头,把帽子举得高高的,嘲笑似的在她头上挥舞。

他想夺过帽子,但乌里扬娜·安德烈耶夫娜已经到了另一间屋里,并将帽子伸向他,引他过来。

"您来拿啊!"她逗引道。

他默默地注视着她。

"给我帽子!"沉默一会儿后他说道。

"您来拿。"

"您给我。"

"瞧,它在这儿。"

"把它放在地板上。"

她将帽子放在地板上,自己走向窗户。他进屋,朝帽子扑去,而她却扑向屋门,咔嚓锁上,把钥匙揣进兜里。

他们互相望着:赖斯基怀着冷漠的好奇心,而她则怀着粗鲁的扬扬得意,笑眯眯的眼睛炯炯发光。他默默地为她罗马人那般美丽的侧面轮廓感到惊讶。

"是啊,列昂季没错:这是一块浮雕宝石;怎样的侧面轮廓,后脑和脖颈的线条多么端庄，多么精致！这些头发依旧那么的浓密，如从前那样……"

他突然记起为何而来，便做出一副严厉的面孔。

"您自己是否明白，您在扮演一个什么角色？"他冷冰冰地傲慢道。

"亲爱的鲍里斯！"她温柔道，伸出双手招呼他到自己身边来，"您还记得花园和小亭子吗？难道这情景对于您新鲜吗？过来！"她连珠炮似的喃喃道，坐到沙发上，向他指指自己身旁的位置。

"那您丈夫呢？"他突然道。

"丈夫怎么啦？还是傻蛋一个，和从前一样！"

"傻蛋！"他责备地提高嗓门重复道，"您就这样报答他的善良和信任！"

"他难道也能爱？"

"为何不能爱？"

"这样的人是没人爱的……过来！……"她又喃喃道。

"可是您不是曾经爱过他吗？"

她否定地摇摇头。

"那您为何嫁给他？"

"这完全是另一码事：他娶，我便出嫁。我能到哪儿找安身之处！"

"您就蒙骗他一辈子，每日每天，让他相信您的爱情……"

"我从未让他相信，他也从来不问。您瞧，我并没蒙骗！"

"得了吧，您都干了些什么！！"他说，竭力使声音带上惊惧。

她怀着暗喜，大胆望着他，双目闪闪发光。

"我干了什么！！！"她以滑稽可笑的惊惧模仿道，"我始终爱着您，忘恩负义的人，始终忠于可爱的大学生赖斯基……过来啊！"

"倘若他知道了！"赖斯基说，害怕地朝四周打量，并将目光停在她的侧面轮廓上。

"他不会知道的，假若知道了——也无所谓。他是个呆子。"

"不，不是呆子，而是个软弱的人，盲目爱上了您。于是——这就是他的家庭幸福！"

"可他有什么不幸福的？"乌里扬娜·安德烈耶夫娜面红耳赤道，"这样的妻子您替他另找一个。如果不照看着他，他会把勺子往嘴旁边送。他有衣服穿，有鞋子穿，吃得可口，睡得安稳，掌握自己的拉丁文：他还需要什么更多的？对他来说，这就够了！可爱情并非为这种人的！"

"那为何种人？"

"为像您这样的人……过来吧！"

"但他信任您，崇拜您……"

"我并不妨碍他：他是丈夫——他还要什么？"

"您的爱抚和关怀——这一切都应该属于他！"

"是全都属于他啊——难道这么一个令人讨厌的怪人，他没受过抚爱？您来试试……"

"这个查理，为何如此骄纵放荡！……"

她又面红耳赤。

"多胡说八道——查理！谁对您说这种坏话？您那个十分令人讨嫌的奶奶——胡说八道，胡说八道！"

"我自己听说的……"

"您听说什么了？"

"在花园里，听到你们如何在低声说话，如何……"

"这全都毫无根据，您这是幻觉！Mr 查理是来要点面包干和一杯红葡萄酒——喝完便走了。"

她走近窗边，开始烦恼地揪瓦盆里的叶子和花朵。她的脸变得恰似一副面具，双眸不再闪闪发光，变得花白，淡色——"像韦拉有时候那样……"他心想，"对对对，瞧，就是这种目光，所有女人当她们说谎、欺骗、隐瞒什么时，全是这种眼神……美人鱼！"

"您的心，乌里扬娜·安德烈耶夫娜，您的内心感情……"他说道。

"还有什么！"

"总之——您没有受到良心的谴责,没有对您窃窃私语,说您如何深深侮辱了我可怜的朋友……"

"您胡说八道些什么——都厌烦听!"她说着突然朝他转过身,抓住他的手,"哎,谁侮辱他啦?您对我讲什么道德!列昂季并不抱怨,什么也没说过……我把整个生命都交给了他,牺牲了自己:他挺舒坦,什么也不再需要,可没有爱情我怎么受得了!哪个女人会同他一起过日子!……"

"他可是那么爱您!"

"哪能啊?他会爱一个人!他甚至连情话都不会说:瞪大眼睛呆呆地盯着我——这就是他全部的爱!活像个木头疙瘩!他总是想着书,把鼻子扎进书堆里,把时间都花在书籍上。就让那些书去爱他吧!我将为他做个勤勉的妻子,但做爱人(她使劲摇了摇头)——永远不!"

"是啊,您是位最现代的哲学家,"赖斯基高兴道,"并不将爱情和婚姻掺和在一起:给丈夫的是……"

"给丈夫的是菜汤、干净衬衣、柔软的枕头和宁静……"

"那爱情呢?"

"爱情嘛……就给这个人!"她说着并突然双手搂住赖斯基的脖子,在他的嘴上印了一个强烈而长久的吻。

他呆住了,甚至在座位上摇晃起来。而她不让他的脖子从拥抱中摆脱出来,以冒着火星的目光看着他,欣赏着这一吻的效力。

"等等……等等,"他说道,不知所措,"请您记住……我是列昂季的朋友,我的责任……"

她用小手捂住他的嘴——于是他——吻了下她的手。

"不!"他说,竭力不去看她的侧面轮廓,并且面对她那光芒闪耀、睁得大大的眸子,眯缝起自己的双眼,"该是我朝这个冷冰冰、冷酷无情的石头人扔石子的时候了……"

他从她的怀抱中挣脱出来,理一理揉乱的头发,后退一步,挺直了身子。

"可羞耻——您将它往哪儿放，乌里扬娜·安德烈耶夫娜？"

"羞耻……羞耻……"她喃喃道，满脸绯红，把头藏进他怀里，"我将羞耻融化在亲吻中……"

她又把双唇紧贴在他脸颊上。

"您冷静下来，放开我！"他严正道，"倘若恶魔光临我朋友家中，我愿当守护他安宁的保护天使……"

"您别再说了，哦，别对我说这么厉害的话……"她几乎哼哼起来，"该您来羞辱我吗？我倒是该为另一个人感到害臊……哎哟，您哪！记得住吗？……我害怕，痛苦，我得病了，我要死了……我活着都觉得厌烦，这里是那么的无聊……"

"您起来，理理妆，记住您是个女人……"他说。

她猛然更紧地依偎在他身上，把头埋在他怀里。

"哎，"她说，"您为何，为何……说这种话？鲍里斯——亲爱的鲍里斯……这是否是您……"

"放开我！我被您搂得喘不上气了！"他说，"背弃了自己神圣的感情——朋友的信任……羞耻将落到您头上！……"

她战栗一下，接着突然从口袋里掏出刚才锁门的钥匙，扔在他脚下。此后，她双臂一动不动地垂着，惶惑不安地瞥一眼赖斯基，使劲将他推开，朝自己四周扫了一眼，双手抱住脑袋——发出一声尖叫。这使赖斯基大吃一惊，后悔将一个女人淡漠已久的感情唤醒。

"乌里扬娜·安德烈耶夫娜！您冷静一下，平静下来！"他说，竭尽全力扶住她的手，"我不是当真的，开个玩笑，请原谅！……"

但她不听，绝望地摇着头，揪头发，把双手攥得紧紧的，指甲扎入手掌中，没有眼泪地号啕大哭起来。

"我怎么啦，我在哪儿？"她说道，惊讶的目光朝自己四周乱转。"羞耻……羞耻……"她断断续续地大叫，"天哪，羞耻……是的，心里难受——瞧，这儿！"

她撕自己身上的胸衣。

他解开或是可以说扯破她的衣服,将她放在沙发上。她犯热病似的辗转不安,发出号叫,以至街上也能听到。

"乌里扬娜·安德烈耶夫娜,您镇静下来!"他说,开始跪下,吻她的手、前额和眼睛。

她匆匆瞥了他一眼,瞪大眼睛,仿佛对他在这里觉得奇怪,然后突然慌乱地将他紧紧搂在怀里,又将他推开,反复念叨:"羞耻!羞耻!心里难受……瞧,这儿……憋得慌……"

这一刻他才明白,要唤醒早已平静的羞耻心应该慢慢来,要留情面,倘若它并未彻底消亡而是一时减弱的话。"同酒鬼一样,"他心想,"不能突然使他离开酒杯——会心急上火的!"

他不知怎么办,把门打开,冲向饭厅,绝望中却跑进了一个漆黑的角落,又跑进花园,为了叫厨娘又进了厨房,把门碰得砰砰响,但哪儿都没有人。

他拿起一勺水,往回跑:一瞬间犹豫了一下,他何不离去呢,但把她独自留在这种状况下,他觉得好像于心不忍。

她始终呻吟着,折腾着,她那条浓密的辫子散成一头乱发披在肩上和胸前。他开始下跪,用亲吻捂住她的嘴,让她停止呻吟,又吻她双手和眸子。

她力气渐渐减退,接着有五分钟处于不省人事状态,最后苏醒过来,将娇慵无力的目光停留在他身上,并且蓦地用双手发疯似的紧紧搂住他的脖子,紧贴在胸前,喃喃道:

"您是我的……是我的!……别再对我说那些可怕的话语……'**别再吓唬,别再责骂自己的塔玛拉**'①……"她露出慵困的微笑重复着莱蒙托夫的诗句。

"天哪!"赖斯基内心里呻吟起来,"我该怎么办!"

"您不承认吗?"她紧紧抱住他的头,耳语道,"您不是我的吗?"

---

① 此句源自莱蒙托夫的长诗《恶魔》。

赖斯基在她的臂弯里无法转动脑袋，他扶住她的后脑勺和脖颈：罗马人的浮雕宝石就在他的手掌之中，这祈求的明眸，这半张半合火热的朱唇，显示出全部迷人的魅力……

他的目光无法从她的侧面雕像上移开，他头晕目眩……她那绯红色灼热的脸颊涨得通红，显得越发鲜艳，烧灼着他的脸庞。她亲吻他，他也回吻她。她更使劲地拥抱他，勉强可闻地喃喃道：

"现在您是我的：我谁也不给！……"

他没有责骂，没有再说一句"可怕的"话……"隆隆的雷声"销声匿迹……

十三

履行过"朋友的责任"，赖斯基慢悠悠，几乎毫无知觉地在巷子里踯躅，他边登山边迟钝地注视着水沟里的荨麻，在小丘上吃草的母牛，在篱笆旁乱刨食的猪和中空的长栅栏。他朝科兹洛夫家回过身去，只见乌里扬娜·安德烈耶夫娜还站在窗边向他挥动手帕。

"我做了能做的一切，一切？"他说，战栗着从窗子那边转过身子，加快了步伐。

他登上山，停下，怀着由衷的恐惧道："天哪，我的天哪！"

哈姆雷特和莪菲莉娅！突然间他想到这个譬喻，并为此而狂笑不已，以至甚至扶住教堂板墙的格栅。乌里扬娜·安德烈耶夫娜便是莪菲莉娅！但他并不笑话把自己比作哈姆雷特："看来，有时人人都是哈姆雷特！"所谓的"意志"同所有人都开了个玩笑！"人本无意志，"他说，"有的只是意志的麻痹：这听他支配！而人们所谓的意志，乃是一种虚假的力量，它根本不受人这个'大自然的沙皇'支配，而是从属于某种非自身的规律，并按此规律从事，无须征得人的同意。意志，如同良心，只有当人已经做了不该做的事情时，才会想起自己，甚或假如一个人意志坚强,这样它也许会被偶然想起,或是在漠不关心处想起。"

"列昂季!"他抱住脑袋突然道,"他的幸福在什么样的人手里!我将用什么样的目光看他!我的意志多么坚强!"

他曾多么真诚地打算担当一个光明磊落的角色,尽责任的想法曾令他多么高兴,他将在自己的意识中找到何种奖赏,假若……"可我都干了些什么?"他用问题作为结束语,并慢慢抬起头,挺直腰,伸展开皱纹,脸色也变得平静些。

"我做了能做的一切,一切能做的我都做了!"他坚定道,"可是结果却不尽人意……"他小声叹息道。他就怀着这个但是和这声叹息回到自己家,在自己心中渐渐觉得他是有理由的,而且他高兴地同祖母和玛尔芬卡一起吃了午饭,胃口极好,令祖母大为满意。

"这一章在长篇小说中应当删掉……"晚上,他打开笔记本,想把乌里扬娜·安德烈耶夫娜的特写补写进去,这时他思忖道:"不过为什么:撒谎,假装,摆出矫揉造作的姿态?我不愿意,照原样留着,只是把这次会面写得缓和些……用花带把自然女神和萨堤洛斯遮盖起来……"

赖斯基勤奋地埋头于自己的长篇小说。被撕成某些小片的他个人的生活,仿佛在他面前掠过。

"但是要知道,另一些不善领会的读者还以为我就是这样的人,而且只是这样的人呢!"他边说边翻阅着自己的笔记本,"他并没搞清楚,这不是我,不是卡尔普,不是西多尔,而是个典型人物;在艺术家的整体中,兼有许多时代,许多各种各样的人物……我将拿他们怎么办?还有十个、二十个典型人物往哪儿放?……"

"同样应该把自己分出来,将那些十个、二十个典型塑成雕像,"在他心中有人悄声道,"这便是艺术家的任务,是他的'事业',而不是'幻影'!"

他叹了口气。

"我哪行啊,一个失败者!"他沮丧道。

同乌里扬娜·安德烈耶夫娜会面后,过了几天。有天傍晚大雷雨积聚起力量,伏尔加河对岸天空布满了乌云,院子里冒着热气,像在澡堂里;风儿卷起田野和沿途的尘土。

大家都沉默不语。塔季扬娜·马尔科夫娜让全家行动起来。到处都在堵烟囱,关门窗。她不但自己怕雷雨,甚至还埋怨那些不怕雷雨的人,认为这是自由思想作怪。闪电闪耀时,人人都十分虔诚地在家里画十字,而有谁不给自己画十字,她就叫谁"呆子"。叶戈尔卡被祖母从前厅赶到下房,就因为他在大雷雨时不停止和女仆们嬉笑。

大雷雨气势宏伟地临近;远方传来低沉的隆隆雷声,尘桩疾驰而来。蓦地电光一闪,村子上空猛烈地响起一声霹雳。

赖斯基抓起制帽、雨伞,急忙去往果园,以便身临其境,更近些观察这景象,描摹细节,体验自己的感受。

塔季扬娜·马尔科夫娜从窗子里看见他,对他敲了下窗玻璃。

"您这是上哪儿,鲍里斯·帕夫洛维奇?"她将他叫到窗前问道。

"上伏尔加河,奶奶,去看大雷雨。"

"您神志是否清醒?回来!"

"不,我要去……"

"说了,别去!"她下命令似的补上一句。

又是电光一闪,并响起持续的阵阵雷声。祖母吓得躲了起来,而赖斯基从悬崖上走下来,穿过灌木丛,顺勉强可辨、曲折蜿蜒的小径走去。

大雨倾盆,闪电连着闪电,雷声隆隆。暮色苍茫,乌云蔽天,一切笼罩在深沉的黑暗中。

赖斯基对自己想观察大雷雨的艺术家企图后悔莫及,因为暴雨如注,湿透的雨伞把雨水淋到他脸上和衣服上,双脚陷入潮湿的黏土中,分不清地形地物的他,不停地撞在小树林的隆凸上、树桩上,或是掉进坑里。

他一刻不停地停下来，只有在电光闪烁时才往前迈出几步。他知道在这里的某处，在悬崖底下，有座亭子，当时沿着悬崖还长有灌木丛和树木，是果园的一部分。

前不久，他还去过伏尔加河岸边，顺路在密林深处见到过它，现在他想到那里避雨，并从那里观看大雷雨，却不知怎么才能找到它。

重新往回走，穿过密不通风的灌木丛，沿着崎岖不平的小路和坑洼往上攀登，他同样不愿意，因此决定再勉强走上几十米，抵达有马车来往的山道上，在那里翻过篱笆，沿小道走到小村庄去。

他的靴子完全泡涨了：他好不容易从泥泞和长得茂密的牛蒡和荨麻中拔出双脚，而除此之外，头顶上这无法忍受的闪电和隆隆雷声并非完全使他不感兴趣。

"从房间里也可以欣赏大雷雨！"他暗自承认道。

他终于撞到篱笆上，他的手感觉到了，他想迈过一条腿到草地上——脚下一滑，跌入水沟里。他费力地从水沟里爬出来，跨过篱笆，来到路上。很少有人驾车从这条陡峭而又危险的山路上经过，多半是那些跑空车的农夫，他们不愿绕远道，便让自己个头不大、驯顺、疲惫不堪的马儿，拉着大车，孤零零地打这儿过。

赖斯基浑身湿透，收拢起雨伞，将它像件无用的工具那样夹在腋下，因耀眼的闪电而眯缝起眼睛，顺着山上滑溜的泥泞，艰难而缓慢地行进着，不时停下，忽听得车轮的碰撞声。

他谛听着：嘈杂声又从不远处传来。他停下，碰撞声愈来愈近，听得见山道上急促紧张的马蹄声，马儿的响鼻声，人赶马的吆喝声。闪电已经显得稀少，因而电光一闪时赖斯基还不能分辨出有辆轻便马车。

当轻便马车与他走齐时，因为道路太窄，他只得从路上闪开，抓住篱笆，以便让马车驶过去。

最后，一道闪电十分明亮，将轻便马车照亮，好像是辆带顶的敞篷马车，或是一辆轻便二轮马车，套着一对养得肥壮的、好像是良种马，车上有几个人。

又是一道闪电——赖斯基呆若木鸡，他在几个人中认出了韦拉。

"韦拉！"他扯着嗓门喊道。

轻便马车停了下来。

"谁呀？"她的声音问道。

"是我。"

"哥？您在此干什么？"她惊讶地问。

"你干吗？"

"我回家。"

"我也是。"

"您从哪里来？"

"我就在这悬崖上徘徊，在灌木丛里迷了路。我便顺山路走。可你怎么会决定走这样陡峭的山路？你同谁在一起？这是谁的马车？能否把我带上？"

"请放心，地方有的是。请伸手，我帮您上车！"一个男人的嗓音道。

赖斯基伸出手，有人强有力地把他拽上轻便马车的遮阳篷下。那里除了韦拉，他还见到有马林娜。她们俩都像只湿母鸡，互相挤在一起，竭力用马车上挡尘土用的皮挡布挡住从旁边哗哗流进来的暴雨。

"同你在一起的是谁？谁的马，谁在驾马？"赖斯基轻声问韦拉。

"伊万·伊万内奇。"

"伊万·伊万内奇是何许人？"

"林务员！"她悄声回答道。

"林务员？"赖斯基道，但韦拉轻轻捅了下他的腰，让他别作声，因为林务员的脑袋和耳朵就在他们俩的鼻子底下。

"以后！"她小声道。

"林务员！"赖斯基心想，记起同祖母的交谈、她的夸奖和"可爱的一对"的暗示。

"那么谁是长篇的主人公：是林务员——是这位林务员！"赖斯

基忘乎所以,反复道。

他竭力想瞥一眼林务员。但在他鼻子前晃动着的,只是一顶帽檐又大又圆的低矮帽子,及身披雨披的高大男子的宽肩膀。他从侧面看见的只是鼻子的侧影和——他好像觉得是胡子。

林务员灵活地驾驭着两匹往陡峭的山路攀登的马儿,他时而用鞭子抽着那匹,时而抽着另一匹,吹着口哨,当马儿突然因闪电而战栗时,他猛地收紧缰绳,然后向坐在顶篷下的人们转过身子。

"喂,韦拉·瓦西里耶夫娜,您怎么样,不觉得冷吗,您湿透了吗?"他关切地询问道。

"不,不,我很好,伊万·伊万诺维奇,雨没有淋到我。"

"您还是把我的雨披拿去……"伊万·伊万诺维奇提议道,"您可千万别着凉:我一辈子也不会原谅自己,这么大的雨把您送走……"

"哎,您真是的——讨厌!"韦拉友好地责怪道,"您就做好自己的事,驾好马吧!"

"随您便!"伊万·伊万诺维奇急忙顺从道,朝马匹转过身子。

但他朝它们打了个呼哨和吆喝几声后,好像悄悄地,还不时朝韦拉回过头来,看她怎么样。

绕过马林诺夫卡,他们抵达塔季扬娜·马尔科夫娜家的门口。

林务员跳下车,开始用长鞭的把手敲门。在台阶旁他将两匹马交给及时赶来的普罗霍尔、塔拉斯卡和叶戈尔卡照看,而自己急忙冲向韦拉,站在轻便马车的踏板上,抓住她双手,像对待贵重物件似的,小心翼翼、恭恭敬敬扶她上了台阶,从男女仆人们身旁走过,那些端着蜡烛来迎接的仆人们,瞪大眼睛呆呆地看着他们,他将她送到大厅的沙发旁,才轻轻让她坐下。

赖斯基湿漉漉的,像在泥泞中泡过似的,急匆匆地跟着他们俩,不放过林务员的每个动作和韦拉的每个眼神。

接着,林务员回到前厅,从自己身上卸下所有湿透了的装具和猎人的长筒靴,理了理,抖了抖,用五根手指像梳子似的蹭了下浓密的头发，向仆人们要小笤帚或刷子。

祖母与韦拉打招呼，同时对她大加责备，说她竟敢干出"这等可怕的事情"来，在这样的夜晚，走这样的山路，不爱惜自己，不怜惜奶奶，不珍惜别人的安宁，说她终归有一天就这样"让奶奶进棺材"的。

随之而来的，自然是吩咐她快点儿去换衣服和内衣，把自己身上擦干，变暖和些，又吩咐端上茶炊，准备好晚饭。

"哎，奶奶，我什么都想要！"韦拉道，像小猫似的在祖母身旁表示亲热，"想喝茶，喝汤，喝点热的，喝点酒，伊万·伊万内奇也想。快点，亲爱的奶奶！"

她知道如何使祖母平静下来。

"马上，马上——这就好了：全有，全会有的！"

"可伊万·伊万内奇在哪儿？——伊万·伊万内奇！"祖母朝林务员转过身去，"上这儿来，您在那边做什么？玛尔芬卡，玛尔芬卡在哪儿？她藏在自己屋里干吗？"

"塔季扬娜·马尔科夫娜，我整理整理，收拾干净就来。"从前厅传来的声音说。叶戈尔，雅科夫，斯捷潘在前厅像对一匹好马似的给林务员刷洗，揉搓，就差给他用刀刮了。

他进屋来，毕恭毕敬地亲吻祖母和玛尔芬卡的手，玛尔芬卡一直在床上躲避大雷雨，只是现在才下决心把自己的脑袋从枕头底下解放出来，爬下床来。

"玛尔芬卡，快来，"祖母道，"不该躲起来，而是应该向上帝祈祷，雷就不打了！"

"这我不怕，"玛尔芬卡道，"雷更多的是打农夫们——而是这样，我就是怕打雷！"

然而，湿漉漉的赖斯基站在窗边，无法摆脱的目光死死盯着客人。

伊万·伊万诺维奇·图申仪表堂堂。是个高个子、宽肩膀、身材很好的男子汉，三十出头，一头浓密的黑发，脸庞的线条粗犷，一对灰色的大眼睛，眼神质朴而又谦逊，甚至稍显腼腆，一脸浓密黝黑的大胡子。一双同他身材相称的大手晒得黑黑的,指甲很宽。

他身穿灰色上衣,紧领男色西装背心,背心里面,家常麻布衬衣那宽大的翻领耷拉在领结上。一副白色麂皮手套,手握一根镶银柄长鞭。

"好样的,一个美男子;可是多么朴直……不用多说……一切尽在目光中,风度中!莫非他——就是韦拉的心上人?……"赖斯基心想,望着他,好奇地等待着进一步的观察还将显示些什么。

"嗨,为什么不呢?"他又心含醋意地思忖,"这种魁梧的体形,这种坦率的脸庞,健壮的大手和充满力量的肌肉——妇人们都喜欢,但是韦拉难道也喜欢?……"

"啊哟,我的老天爷,你怎么啦!"祖母这时才发现赖斯基,突然举起双手轻轻一拍道,"成了什么样子!来人,叶戈尔卡!——这是怎么啦,你们居然会相遇在一起?从伸手不见五指的黑暗中!你看看,看你身上滴的,地板上一汪水!鲍留什卡!要知道你这是在折磨自己!他们乘车回家来,可谁把你推出家门的?自作自受!快去,去把衣服换了——再喝杯加罗姆酒的茶!——伊万·伊万内奇——您最好也同他一起去……哦,你们俩认识吗?我的孙儿,鲍里斯·帕夫雷奇·赖斯基——伊万·伊万内奇·图申!……"

"我们已经认识,"图申躬身道,"我们在路上遇见您的孙子,便顺路一起来了。十分感谢,我什么也不需要。可是瞧您,鲍里斯·帕夫雷奇,您最好去换换衣服,您的脚都湿了!"

"你们可要原谅我这个老婆子,你们全都好像有点神经错乱,"祖母道,"在这样的大雷雨天气,连野兽都不出洞的!……那不是,天哪,到现在还在打闪哪!雅科夫,去把护窗板关严些。可你们——却在这样的夜晚渡过伏尔加河!"

"要知道我有条自己结实的渡船,"图申道,"带船篷。韦拉·瓦西里耶夫娜在那里,如同在自己房间里:一滴雨也落不到她们身上。"

"多可怕啊,那大雷雨!"

"那有什么,大雷雨,得了吧,这只有老太婆才……"

"十分感谢:我算什么人?"祖母突然道。

图申非常难堪。

"对不起,我不是有意的,脱口而出!我是指普通的老婆子……"

"喏,上帝宽恕您!"祖母笑道,"您——不要紧,我知道。上帝把您造得多好——可韦拉:她怎么会不害怕!你怎么也在我面前充英雄!"

"奶奶,不知为何,同伊万·伊万诺维奇在一起就不觉得害怕。"

"伊万·伊万内奇去猎熊,你也去?"

"我去,奶奶,去看看嘛。何时带上我,伊万·伊万内奇……这很有意思……"

"我很高兴……韦拉·瓦西里耶夫娜:瞧,到了冬天,当我准备停当——只要您吩咐……这很吸引人的。"

"您看看,她这个人!"塔季扬娜·马尔科夫娜说道,"你这就不关奶奶的事啦?……"

"我开个玩笑嘛,奶奶。"

"你会同意的,我知道!你这样麻烦伊万·伊万诺维奇不害羞吗?那么远——送你回来!"

"这可不能怪她们,而是我的错,"图申道,"我只是从娜塔利娅·伊万诺夫娜那里得知,韦拉·瓦西里耶夫娜打算回家,于是便请求给我这份荣幸……"

他谦逊地,几乎怀着几分景仰望着韦拉。

"运气真好,在这样的大雷雨天气……"

"没关系,走时天色还亮……韦拉·瓦西里耶夫娜也并不害怕。"

"安娜·伊万诺夫娜怎么样,身体可好?"

"很好,她向您致意——给您捎来些自家的果子:有暖房里的桃子,有浆果和蘑菇——在门外的马车上……"

"这干吗?我们自己也很多!桃子倒是多谢了——我们没有。"

祖母道,"我给她预备了一些茶叶,不定怎么样呢!鲍留什卡带来的——我分点给她。"

"十分感谢!"

"这么黑,您的马是怎么顺扎伊科诺救世主山道攀登上去的!上帝真保佑你们!"塔季扬娜·马尔科夫娜又说道,"要是被大雷雨惊了,马儿狂奔起来——怎么办呢!"

"我的马儿——像狗那样——听我的……要是我预见到有危险,还会拉上韦拉·瓦西里耶夫娜吗?"

"您是个可靠的朋友,"她说,"因此我多么信赖您,甚至包括您的马!……"

这时赖斯基进来,身穿雅致的家常便服,完全从外出溜达时的狼狈相中恢复了常态。他见到了韦拉注视图申的目光,听到了她的最后一句话。

"我信赖您和您的马!"他暗自重复道,"原来如此——心连心啊!"

"十分感谢您,韦拉·瓦西里耶夫娜。"图申答道,"您可别忘了您刚才说过的话。倘若您需要什么,当……"

"当再遇上这样的雷鸣电闪……"祖母道。

"任何时候!"他补充道。

"是啊,生活中并非只有这样的大雷雨!"塔季扬娜·马尔科夫娜叹息道。

"无论怎样,"图申道,"当您遇上电闪雷鸣时,韦拉·瓦西里耶夫娜,您就到伏尔加河对岸,到森林里来躲避:那里住着一头熊,将为您效劳……像童话里说的那样。"

"行,我会记住的!"韦拉笑着答道,"什么时候,像童话里那样,某个魔法师将带我去啊——现在我便跟您走!"

十四

赖斯基望着图申对韦拉这经常不断深受感动和恭敬持重的目光,听着他对韦拉所说的这些低声的、包含有情不自禁迸发出的柔情的话语。

不光是赖斯基一人那忌妒和细心观察的目光,或是祖母那全神贯注的关切,就连冷漠的目击者都不能不发现"林务员"的脸庞、姿态和举动都充满着对韦拉深深的,但被某种令人感动的尊重所克制的爱慕之情。

这个身材魁梧力大无穷的力士,这个显然不知任何惧怕和危险的身强体壮的男子,在一个美丽柔弱的姑娘面前,竟然显得羞怯腼腆,避开她的目光而蜷缩在角落里,对她说话字斟句酌,动作明显拘谨,看她的眼色行事,是否能从她的眼神中看出什么愿望,生怕会说出什么不得体的话,怕言多有失,怕举止粗笨。

"也许此人也是个奴仆!"赖斯基心想,并留意着她,看她如何。

他想,她同样会表现出不好意思,同样无法将自己对这位英雄的好感避开众人的眼睛;他判断林务员也许就是她爱情关系和韦拉隐藏的那个秘密主人公。

"那封蓝色信笺的信,不是他写的,还能是谁!"他心想。

他好奇地观察她怎么表现:身子战栗,目光闪烁,或是呆滞般的缄默。

但什么也没有。韦拉此时显出新的一面。在她对图申的每个眼神和每句话中,赖斯基首先发现的是真诚、信赖、温柔和热情,这在她同无论什么人的态度上,甚至同祖母和玛尔芬卡的态度上,他都不曾见过的。

对祖母,她好像有所提防,对玛尔芬卡,她有些藐视,而当她注视图申,同他说话,把手伸给他的时候——很显然,他们是朋友。

在她身上,公开显示出她曾向他赖斯基暗示过的那种友谊,他曾想得到它,但并没有达到目的。

这个林务员是靠什么得到它的？是什么将他们互相联系在一起的呢？他们是怎样交上朋友的呢？是否是有意识的，也就是一方发现并爱上了另一方数量可观、令人高兴的财产，或者只不过看清了彼此的个性，无意识地、不做任何分析地相互依恋？

林务员在城里有事要办，便在塔季扬娜·马尔科夫娜府上待了三天，赖斯基也就连续三天专注地寻找开启这个新个性的钥匙，了解他的生活状况和他在韦拉心中的角色。

人们将伊万·伊万诺维奇称作"林务员"，是因为他生活在密林深处自己的庄园里，他怀着爱恋亲自经营这片森林，他种植、照管、保护它，同时砍伐、出售、顺伏尔加河流放它。森林有几千俄亩，对林业的经营管理少有的认真和精心；图申独自在河对岸建起了一家蒸汽锯木厂，一切都由他亲自照看和管理。

间歇时，他去打猎，钓鱼，高高兴兴地去拜访独身邻居们，有时在自己家里接待他们，偶尔也喜欢饮酒作乐，也就是驾上几辆三套马车，大多是烈性好马，拉上一大群朋友，飞驰到四十俄里远的邻居家中，在那里宴饮三天三夜，然后同他们一起返回自己家，或是进城，以酒宴扰乱沉睡城市的寂静，酒宴规模之大令城市居民人人心惊胆战，然后三个月待在自己家里不再露面，以至毫无他的消息。

在那里，他又去伐树和流放木材，或是带着两名奴仆将木材顺着和横着锯开，不然便调教在集市上购得的新马驾三套马车，或是冬天潜入森林中无法通行之处守候熊和打狼。

因为这些消遣，图申不止一次手上缠着绷带，或是被三套马车的烈性马撞伤肩膀，或是脑门被熊爪抓伤而躺卧三个星期。

但他喜欢这种生活，不愿放弃它。他在家中阅读农艺学巨著和经济方面的著作，他雇了个学识渊博的德国人，一个林业专家，但并不让他担任监管，而是要求他出主意，在两个管家和自己的工人及雇佣工人们的协助下，他亲自发号施令。空余时间他喜爱读法国长篇小说：这在我们遥远角落许多居民其实极为普通的生活中，可以说是现时唯一的文雅情调了。

赖斯基得知图申是在神甫家里遇见韦拉的，并且每当图申得知韦拉在神甫妻子那里做客时，都特意去那里。这是韦拉亲口告诉赖斯基的。而且韦拉同神甫的妻子也经常上他那名叫**一缕青烟**的庄园去，因为从山上远远望去，密林深处，作为庄园存在的标志，只是从烟囱里冒出的一缕青烟。

图申和他的姐姐、老姑娘安娜·伊万诺夫娜住在一起——韦拉和神甫的妻子便是去她那里的。这个安娜·伊万诺夫娜，祖母也喜欢；当她在城里出现时，塔季扬娜·马尔科夫娜便很快乐。

无论同谁，祖母都没有那么乐意同她一起喝咖啡，那么乐意同她说悄悄话，也许那是因为她在安娜·伊万诺夫娜身上发现了同自己的相似之处：都热衷于管理家务，而更主要的是绝对尊重自己，尊重自己的亲人，尊重代代相传的老规矩。

关于图申头一回没有更多的话好说。这是个仿佛突然间形成自己的外形，并成为一个整体的质朴的人：大脸盘和性格粗犷，并不因此而被冲淡的细腻情调和充满智慧及情感的气质。

在他身上，一切都是不加掩饰的，对于观察者一切都立刻看得一清二楚，一切都过于简单朴实，并不神秘莫测，并不富于浪漫色彩。对他而言，不能算个"聪明人"，就是说，并非如通常所说的明显具有这种强势的人，他并不机智和敏锐，但也无法责备他不随机应变。

他所具有的才智，既是智力上成熟的人所巧妙掌握的，也是农夫所拥有的，这种才智并不花费在奢华铺张上，而是直接变成为生活的需求。这较之合理的常理更强有力，有时合理的常理并不影响它主人的合理思考，也不偏离正确的生活道路。

这种才智，并非只是头脑的，而且是心灵和意志的智能。这样的人在人群中并不显眼，他们通常并不占首要地位。这样的个性常被精明机智、口若悬河的人们所压倒，但当命运使他们陷入芸芸众生之中，这些人大部分便会成为整个一群人行动和全部生活那无形的领袖或调节者。

在图申同韦拉的交往中,赖期基已经发现,从他的眼神、话语中流露出一种经久而单纯的崇拜,甚至达到了畏葸的地步,而从韦拉方面——则是单纯的信任和公然而亲热的态度。

仅此而已。无论他抓住何种迹象,何种暗示,及意味深长的话语和交换着的特殊目光——全都不算什么!从她那边,是单纯、自如和信任,从图申这边是充满柔情的尊敬和"像头熊似的"为她效劳的打算,再无别的什么!

又不是他!那蓝色信笺的信是谁寄的呢?

"这个林务员是何许人?"翌日赖斯基早早来问韦拉,"他是你什么人?"

"朋友。"韦拉答道。

"这太笼统,是种类的概念。是什么意义上的朋友?"

"是最好和亲密意义上的朋友。"

"原来如此!是否你曾向我暗示过并答应说出他名字的那个幸运儿?"

"何时?"

"在你动身前!"

"我有点记不得了。哪个幸运儿,叫什么名字?"

"你记性真坏!你连蓝色信笺的信都忘了?"

"是的,是的,我记得。不是,哥,我的记性并不坏,我记得所有细节,倘若它与我有关或是使我有兴趣的话。但我向您承认,这一次我什么也没想,无论是我们的谈话,或是蓝色信笺的信,我头脑里就没想过……"

"也许,连我自己也想不到吗?"

她笑着点点头,表示同意。

"你在那里可能很高兴吧!"

"是啊,我在那里挺好,"她说,冷漠地望着一旁,"没有谁来询问我,监视我……那么宁静，那么舒适……"

"况且又有朋友在近旁？"

她又肯定地点下头。

"是他吗，是这个林务员？"赖斯基连珠炮地发问，朝韦拉瞥一眼。

她没有听他的。

有另一张脸隐藏在她平素日常面色的后面。她竭力想，并且很吃力地掩盖着某种兴高采烈的心情，仿佛欲将双眸中和微笑中显得特别灿烂的内心喜悦掩藏起来，显然她并不想与他人分享这一喜悦。激动和战栗变得罕见，不信任的目光已不易察觉，而在脸庞上，在她整个体态上，已是一派泰然的平静，双眸中有时出现心醉神迷的光芒，仿佛她取得了幸福。赖斯基发现了这一点。

"这算什么幸福，哪儿来的？难道来自这位林中'朋友'？"他在猜测中局促不安，"但她并没有隐瞒，自己在吹嘘这友谊：哪有什么秘密？"

"你幸福吗，韦拉？"他说。

"幸福什么？"她问。

"我不知道：但无论你如何隐藏自己的幸福，它从你的明眸中能看出来。"

"果然吗？"她笑着问，笑吟吟地望着赖斯基，又若有所思地缄默不语。

她不想说话。他抓起她的手，握一下；她也回握他；他吻一下她的脸颊，她朝他转过脸，他们的双唇相遇，她便吻了他一下——但依然没从沉思中回过神来。而这一期待已久的亲吻并没有让他感到高兴。她给他的是个无意识的吻。

"韦拉！你这是在某种幸福感的本能下，是在心醉神迷之中！……"

"啊，什么？"她突然问，从心不在焉中清醒过来。

"没什么，但是你好像……克服了某个障碍：不知是你获胜了，还是你本人献身于胜利，并为此而感到幸福……我不知道情况如何：

但你感到欢欣！你也许进入了最幸福的时刻……"

"唉，离它还多么遥远！"她暗自喃喃道。"不，并没有发生任何特殊事情！"她漫不经心地大声补充道，竭力显得无忧无虑，亲热而友好地望着他。

"那么你非常爱那位……"

"林务员？是的，非常！"她说，"这样的人并不多；他是最优秀的人中之一员，甚至在这里是最优秀的。"

妒忌重又将赖斯基刺痛。

"也就是一个最优秀的男人：魁梧，健壮，暴风雨对他不算什么，猎熊，驾驭马匹，犹如福玻斯①本人，而且美貌，十分美貌！"

"讨厌，鲍里斯·帕夫洛维奇！"

"把心爱的人打下去，你恼火了？"

"哪个心爱的人？"

"就是他——秘密和蓝色信笺的主人公！说吧——你答应过的……"

"我答应过？啊，是的，是的，您一直提到那个人……没错，是他：那又怎么样？"

"没什么！"赖斯基脸红耳赤道，没料到出人意料的消息来得那么快，"那力气，那肌肉，那个头！……"他说。

"可您说过，热烈的爱情证明一切全是正确的！……"

"我没什么！"赖斯基双肩抽搐道，"你瞧，我很平静！你会嫁给他吗？"

"可能。"

"据说，他有几千亩森林……"

"讨厌，鲍里斯·帕夫洛维奇！"

"喏，现在我可以离去了。"

---

① 福玻斯，即阿波罗，希腊神话中最主要的神祇之一。在普希金和拜伦等诗人的诗歌中，常将福玻斯比作太阳。

他从窗子里探出身子,叫住一个娘们,吩咐她把叶戈尔卡叫来。

"把箱子从顶楼搬到我屋里去:我明天走!"他说,没发现韦拉的微笑。

"那有什么,我高兴得很!"他恶狠狠道,竭力不看她,"现在你有了保护人,真正的英雄,从头到脚!……"

"从头到脚是个人,"韦拉重复道,"而不是小说中的英雄!"

"但他脑子里是否有人的思想呢?尼默洛得①,这个所有运动员的原型,以及洪堡②——两位都是人——但他们之间……"

"我不知道这两位是什么人。而伊万·伊万诺维奇——是个永远应该成为大家榜样的人。他说什么,想什么,便履行什么。他思想正确,意志坚定——而且有性格。我在各方面都信赖他,同他在一起,我无所畏惧,甚至对生活本身。"

"原来如此!尤其在大雷雨天气,同他的马在一起!"赖斯基嘲笑道,"同他在一起,就更快乐吧?"

"对,很快乐:他有许多天生的智慧和幽默——只是他并不表现,不将这些到处乱扔……"

"总之,是个好样儿的成年男子!那好吧,我祝贺你,韦拉,因此,再见啦!"

"您去哪儿?"

"我明天一早便动身,便不来同你告别了。"

"为何?"

"你知道为何:我不会讨人喜欢——但我并非一根木头……"

她将自己的手放在他手上,笑得下巴颤抖,像只小猫似的调皮地

---

① 尼默洛得为《圣经》人物,亚当的后裔,据《圣经·创世记》记载:尼默洛得,"他是世上第一个强人。他在人主面前是个有本领的猎人",并开始建国于巴比伦,参见中国天主教教务委员会编《圣经》,1992年版,第20页。

② 此处的人物据俄文本编者注,应为德国博物学家、地理学家和旅行家亚历山大·冯·洪堡(1769—1859)。

望着他的眼睛。

"倘若我不想让你走呢?"

"你?"

"是啊,我。"

"为何!"

他用渴望的目光等待着解释。

"您猜!"

"你是想让我参加你的婚礼?"

她始终笑吟吟地望着他,也没有将自己的手从他手上抽回。

"想。"她说。

"这将在何时?"他干巴巴问。

她默不作声。

"韦拉?"

蓦地,她大声笑起来。他望望她:她破例地几乎在哈哈大笑。

"不是他,不是他,她的英雄不是林务员!蓝色信笺依旧是个谜!"他推断道。

他安下心来。他高兴起来,开始说话,哼着歌,笑声不断,一声接一声的 C 大调第五音嚓嚓嚓……

"您盼咐叶戈尔把箱子搬回去。"她说。

"你为何要留我,韦拉?"他问,"说实话。我服从一切……"

"一切?"

"是啊,绝对。无论你要我做什么,无论你让我担当什么角色,只要别把我赶走——我一切条件都接受……"

"一切?"

"一切!"他盲目陶醉道。

"瞧,哥,现在您也心醉神迷了!您以后可别后悔,如果我接受……"

"我向你发誓,韦拉,"他跳起来开始道,"没有一个愿望,没有一个毫无道理的要求,没有一个侮辱,会是我不接受和不喝得一滴不剩的，哪怕它只是片刻……"

"足够了，我接受——那您现在……"

"是你的奴仆？是啊，你说吧，说吧……"

"好吧。"她说，用"美人鱼"般冷淡而有魅力的目光瞥了他一眼。

"让我留下？"

"请您留下……"

"何必改变初衷呢！"他心花怒放道，"你为何突然间想这样？"

"为何？……"

她望着他，而他陶醉于这温和而从容地盯着他的目光，目光中充满某种他无法理解的含义。

"为何……为的是……您明天不必不好意思地亲自吩咐把箱子搬回顶楼。"她连珠炮似的补充道，"要知道您不会离开的！"

"不，我会的。"

她否定地摇摇头。

"我向你保证……"

"您不会走的。"

"这是为何？"

"因为我不希望。"

"你你你，韦拉！我没听错吗，我是否搞错了？"

"没有。"

"请你再说一遍。"

"我不想让您走，所以您会留下……"

"为何？"他热烈地喃喃道。

"我要求！"她命令似的悄声道。

"韦拉——别作声，什么都别说了！倘若现在你对我说你爱我，说我是你的偶像，你的上帝，说你为了我快发疯了，快要死了——我全信，全信——而且到那时……"

"到那时如何？"

"到那时,这世上便没有比我更傻的傻瓜……我将是你最厉害的讨厌鬼。"

"没必要,我不怕。"

"是你……是你亲自允许我爱你的——享受乐趣,做疯狂事,生活……韦拉,韦拉!"

他吻她手。

"这是您希望的,是您自己请求的,于是我就发了慈悲!"她笑着说。

"你遇到了什么事情了,你感到幸福,并想将幸福向别人表现:为此无论如何,我什么都能接受,什么都能忍受——但只要允许我能与你在一起,别赶我走,让我留下……"

"我吩咐您留下!"她以亲昵的嘲讽口气强调道。

幸福,如他所想的那样,突然降临在他身上!

"奶奶说得对,"他暗自高兴,"当你极少期待,幸福便不请自来!她断言'得顺从',而我却拒绝这忠告。瞧,我顺从了,于是便有此结果!哦,多好的机缘!"

他得意忘形地离开韦拉房间,在外屋遇见提着箱子的叶戈尔卡。

"回去,搬回去。"他说,奔进自己房间,躺到床上,突如其来的一时冲动融化在那神经质的泪水中。

"这便是它——热烈的爱情,炽烈的爱!"他喃喃道,号啕大哭。

林务员走了,一切又恢复正常。赖斯基深感幸福,他那热烈的爱情如林务员那样,几乎变成无言而崇敬的爱。

他如此怯生生地留意韦拉的目光,开始害怕起她的声音,一听到她的脚步声,便开始理妆,两三次变换姿势,说话斟酌每个词,猜测她是否喜欢这句那句,或是不喜欢。

她同样也处在某种未受干扰的静悄悄的、扬扬得意的幸福或心满意足的平静中,默然享受着什么,对祖母和玛尔芬卡温柔而又体贴。有几天她显得焦躁不安,独自待在自己屋里,或上果园,或从悬崖进到小树林。在赖斯基或玛尔芬卡去她房间打扰她的清静时,她只是露出点阴郁的神色。随后她又变得平和安静,吃中饭和每到晚上,她又显得好与人交往,甚至过问庄园的琐事,同玛尔芬卡一起挑选花样,选配毛线的颜色,核对祖母的一些账目,最后还去拜访城里的太太们。她同赖斯基聊文学;从与她的交谈中,他发觉她应该读过好多书,便引她进一步交谈,他们在一起读了一些书,但并不经常。

她的兴趣经常时而偏向这边,时而偏向那边。她身上甚至时刻会突然冒出不但是极度兴奋,而且是某种一阵阵欢乐的醉态。有天晚上,当她以这种状态从屋里消失时,塔季扬娜·马尔科夫娜和赖斯基相互把疑惑而长久的目光投向对方。

"韦拉怎么啦?"祖母问,"她恢复了健康!"

"奶奶,我怕她是否得病了……"

"得了吧,鲍留什卡,你看她有多开心,完全变了副模样:生气勃勃,爱说话,温柔亲切……"

"她原先呢,是否经常是这样?……我怕这并非高兴,而是一种刺激,一种兴奋状态……"

"对,她可从没有这样过——怎么回事?"

"她心醉神迷了,难道您没看出来?"

"心醉神迷!"塔季扬娜·马尔科夫娜害怕道,"你干吗在晚上对我说这种话:我要睡不着觉了。女孩子心醉神迷——这可糟了!别是你对她胡说了些什么?不然她怎么会心醉神迷的?——这可怎么办?"

"我们再看看吧,接下去会如何!"

祖母用忐忑不安的目光瞥一眼赖斯基,他笑了起来。

"你老是笑!"她说,"听着,"接着严厉道,"你同萨韦利和马林娜,同波林娜·卡尔波夫娜或乌里扬娜·安德烈耶夫娜在那里编什么诗啊,喜剧啊,随你的便!可同她,决不许!对你——是喜剧,对我那可是悲剧!"

十五

不光赖斯基，连祖母本人也不再担当消极角色，开始在暗地里集中精力留心观察韦拉。她郑重其事地考虑了一番，几乎放下事务，把所有钥匙忘在桌上，不再同萨韦利闲聊，不理账，不上地里转悠。帕舒特卡如往常一样目不转睛地盯着她，而当瓦西里莎问她女主人在干什么时，她回答道："口中嘀嘀咕咕。"

塔季扬娜·马尔科夫娜伤心地低着头，不知如何让韦拉敞开心扉说出心里话。她意识到这几乎是不可能的，她冥思苦想，如何才能哪怕从侧面，搞清和消除这件糟糕事。

"她迷上谁了！她心醉神迷了！"她觉得这比各种天花、麻疹、疟疾，甚至热病更可怕。这会是谁呢？上帝保佑，最好是伊万·伊万诺维奇！倘若韦拉能嫁给他，她死也放心了。

但是祖母根据女人的直觉，识透他们相互关系的秘密，叹息着断定，倘若这里有点什么的话，那也只是一头热，也就是林务员那头热，而韦拉只是对他报以友谊或感谢，正如塔季扬娜·马尔科夫娜更确切地猜测的那样，仅仅是出于"解闷儿"。

"他对她奉若神明，"她说，"而这总是令人喜爱的。"

那会是谁呢？是谁？方圆左近的地主，除了图申，她能见上面说上话的，一个也没有。同城里的一帮年轻人，她只是冬天在包税商和省长的舞会上见过两次，而且他们也很少登门拜访。军官们，高级文官们——早已令她失去兴趣，她几乎从不与他们说话。

"她别是爱上了神甫！嗨！你啊，我的天哪，多令人痛苦！"

她便这样焦躁不安，韦拉来吃饭，喝茶，她目不转睛、疑虑重重地望着她；韦拉上花园，她试图跟踪她，可是韦拉远远望见祖母，便加快脚步，一下就不见了。

"瞧,就这样在眼皮底下消失了,像个神灵似的!"她对赖斯基讲述道,"我想跟着她,可一双老腿能跟到哪儿!她,像只小鸟,飞进小树林,并且仿佛从悬崖上掉进了灌木丛。"

听到这番叙述之后,赖斯基进到小树林里,穿过林子,来到小村子,遇上了雅科夫,问他是否见到过小姐。

"她就在小教堂那边,刚见过。"雅科夫说。

"她在那里干吗?"

"都在祷告上帝。"

赖斯基走向小教堂。

"她开始做祷告了!"他喃喃思索道。

在小树林和可通马车的道路间,一座孤零零的乡村小教堂坐落在一旁的草地上,黑漆漆的,东倒西歪,挂着幅救世主的圣像,拜占庭绘画,青铜边框。圣像因年深日久而发黑,不少地方颜料剥落;耶稣的面容依稀可辨:只是眼睑半睁半合,眼睑下一对眸子若有所思地望着祷告者,还可看清摆成祝福状的手指。

赖斯基顺着草地走向小教堂旁。韦拉未曾听见。她背向他站着,将深邃凝视的目光集中于圣像上。小教堂的草地上,放着顶草帽和一把阳伞。她双手并未合十,嘴唇也没念念有词做祈祷,但她那一动不动紧缩的整个身姿,屏息凝视圣像的肃穆神态——都在做祈祷。

赖斯基吓得不敢出声。

"她在祈祷什么?"他恭顺地想,"是在祈求快乐,还是在十字架旁解除痛苦,甚或这时,面对给人以慰藉的神灵,她心灵无私真诚的流露突然间使她无比激动?但她在吐露什么:是一颗内心斗争中审视力量的灵魂,还是为幸福之光而感激涕零的感情?……"

韦拉仿佛蓦地从祈祷中醒来。她回头看,发现是赖斯基,战栗一下。

"您在此干什么?"她严厉地问。

"没什么。我遇见雅科夫:他说你在这里,我便过来……奶奶……"

"说起奶奶,"她打断道,"我发现这些日子她在监视我;您是否知道这是为何原因?"

她警惕地望着他。他脸红了。此刻他们穿过草地朝小树林走去。

"我想,她总是……"他开始道。

"不,并非总是……她根本不会想到监视。您听着,'我的奴仆',"她半开玩笑继续道,"您丝毫不许诡辩,说:您是否把您对我的猜测,也就是关于爱情,关于蓝色信笺的事告诉了她?"

"没有,关于蓝色信笺,我好像什么也没说过……"

"那么,只提到了爱情。您对她说了些什么?"

他缄默不语,甚至开始朝森林那头张望。

"这我必须知道,因此您得说!"她坚持道,"要知道,您答应过,甚至毫无道理的要求也执行。您告诉了她?是吗?当然,您不会说'没有'吧……"

"何必费那么多口舌?你吩咐一声,我便向你泄露所有秘密。有过关于你的交谈。奶奶开始猜测,为何你若有所思,而接着又突然变得兴高采烈……"

"喏?"

"喏,我只是说……'别是她迷上谁了?……'这已是前一阵的事了。"

"奶奶怎么样?"

"她感到害怕!"

"怕什么?"

"最怕你心醉神迷。"

"您也说过心醉神迷的话吧?"

"她自己发觉你变得兴高采烈,为此她甚至挺高兴……"

"可您吓唬她了!"

"没有——我只是对你的状态直言不讳,她害怕'心醉神迷'这个词。"

"您听着,"她严肃道,"奶奶的安宁对我很珍贵,也许比她想的还珍贵……"

"不,"赖斯基急忙打断道,"奶奶相信你对她无比的爱,只是她自己并不清楚为什么。这她对我说过。"

"很好!谢谢您将此转告我!现在您听好我对您所说的话,并且自发去完成。您去找她,消除她关于爱情,关于心醉神迷的种种猜测,一切的一切,全消除。这您不难做到——您会去做的,倘若您爱我的话。"

"为了证实这一点,我什么不做啊!我晚上不管什么时候……"

"不,一会儿就去。当我回去吃午饭,她的双眸要像从前那样看我……听见吗?"

"好吧,我去……"赖斯基说,并没动窝。

"您跑啊,马上!"

"那你……回家吗?"

她几乎命令似的对他用手指着家,让他走。

"还有一句话,"她让他停住,"任何时候别同奶奶一起聊起我,听到吗?"

"是,妹子。"他说着笑起来。

"保证?"

他犹豫不决。

"可是倘若她先……"他提出异议道。

"您只要别作声——保证?"

"行。"

"Merci!现在跑着去她那儿。"

"行,我跑着……"他说,十分勉强地走了,回头望了望。

她朝他挥下手,让他快些走,并等在原地注视着,看他是否走了。待到他拐到林荫道拐角处,迅速地回过身子,想再同她说句什么,她已经不在了。

"是啊,奶奶说得对:就像'精灵'似的不见了!"他悄声道。

这时远处悬崖下面响起了枪声。

"谁在解闷儿？"赖斯基问自己，往家里走去。

韦拉及时出现在饭桌旁，无论赖斯基的目光如何好奇地死死盯着她，她身上没有任何变化。既不是心醉神迷，也不是若有所思。她一如平时。

祖母斜眼瞟了她两下，没发现任何异常，显然安下心来。赖斯基完成韦拉的委托，驱除了她深深的担忧，但无法根除她的猜疑。三个人说了些无关紧要的事情，便陷入沉思之中。

韦拉甚至拿起一个什么活计，便把注意力集中在那上面，祖母发现她只是将丝线来回穿来穿去，却并没逃过赖斯基的眼睛：有时她战栗一下，或是用眼睛怯生生地朝自己两旁扫来扫去，同样不时疑心重重地看每人一眼。

可是一两天过后，韦拉来到祖母处已经心平气和，甚至高兴得不温不火，只是比过去更经常把自己关在屋里，夜里她屋里的灯火也比平日亮得更久。

"她在干什么？"这疑问老在祖母脑子里转，"书她又不看——她那里并没有书（这点祖母早已知道），难道是在写什么：纸和墨水还是有的。"

最使塔季扬娜·马尔科夫娜恼火和担忧的，是她的神秘莫测："一个姑娘家，瞒着她偷偷地书信往来，也许还同某个轻佻男子从窗口眉目传情呢——可那人是谁？孙女儿，母亲把她女儿，她可爱的孩子托付给了她；可怕啊，真可怕！甚至手脚冰凉……"她喃喃道，却从不怀疑这是她并不相信的神经在作怪。

她等待着，看事情是否会暴露出些什么，马林娜是否会说出些什么，赖斯基是否会泄露些什么秘密。没有。无论她每晚如何踱来踱去，无论她如何满腹狐疑地打量和询问马林娜，无论她如何打发玛尔芬卡去打听韦拉在做什么：一切都毫无结果。

突然间，祖母闪过一个极妙的想法——可以把她那么不放心的事情打探清楚,试着把孙女暴露在光天化日之下——那就是拐弯抹角,或是用她对赖斯基表达过的"寓意",也就是用例子。

她忆起她有一本不知放在何处的劝谕性小说,这还是她年轻时读过的,甚至还为它掉过眼泪。

小说的主题是描写因不从父母之命而热恋所导致的致命后果。一个年轻人和一位姑娘相爱,但被双方父母拆散,他们只能远远从阳台见上一面,窃窃私语,书信往还。

这些往来被旁人发现,姑娘丧失名誉,并且必须进修道院。而年轻人被父亲放逐,去了美洲的什么地方。

塔季扬娜·马尔科夫娜同许多朋友都相信出版物上的话,当时这对他们是足资垂训的,而这次它与她的心连得更近了,使她对这本书增添了一些迷信的希望,把它当作护身香囊,或是符咒。

她从柜子里的一堆杂物底下抽出这本书,放在自己桌子上的针线盒旁。吃中饭时,她向两姐妹表达了自己的愿望,希望她们每天晚上轮流给她朗读这本书,特别是在恶劣天气时,因为她眼力不济,无法自己看书。

这种情况曾经也发生过,玛尔芬卡曾给她读过什么,但祖母对文学兴趣很淡,她乐意听的只是季特·尼孔内奇给她捎来的什么家务理财方面的,或是类似杀人放火之类案件的,或是卫生保健知识方面的新奇有趣的书。

对塔季扬娜·马尔科夫娜的建议,韦拉不作回答,而玛尔芬卡却问道:

"奶奶,是大团圆结局吗?"

"你念完就知道了。"她答道。

"这是本什么书?"晚上,赖斯基问。接着拿起书看了看,笑了起来。

"您最好买本**圆梦的书**,读一读!您会找到某些古风的!这您,奶奶,也许当时在爱上季特·尼孔内奇时曾经读过……"

祖母脸红了,而且很生气。

"别开愚蠢的玩笑,鲍里斯·帕夫洛维奇!"她说,"我并没有邀请你来念,你别打扰她们!"

"这可是太古时代的作品……"

"喏,你是大洪水以后出生的,写你的剧本和小说去吧,别打扰我们!你,玛尔芬卡,开始吧,而你,韦拉,听着!随后,玛尔芬卡累了,你就来念。一本好书,很有趣味!"

韦拉冷淡地听从了,而玛尔芬卡竭力想浏览一下最后一页,看那里是否提到了婚礼。但祖母不让她看。

"从头念——你会念到的:你也太心急了!"她说道。

赖斯基走了,祖母的房间变成了朗读室。韦拉觉得无聊得无法忍受,但是当祖母向她认真表达自己的意愿时,她从不抗拒。

开始冗长的描述,先是年轻人的父母,而是姑娘的双亲,随后是类似于蒙太古和凯普莱特①那样的两个家族的纷争史,以后是一对年轻人的外貌和特性,他们青梅竹马一起长大和受教育,后来被迫分离。

经过三四个晚上默默忍耐的朗读,终于读到两个年轻人的相互感情,他们的情感表白,初次的单独幽会。这整个故事无可指摘地合乎道德要求,纯洁和枯燥到了无法忍受的地步。

韦拉闷闷不乐。而祖母,每当念到有关爱情的词句,便偷偷瞥她一眼——看她有何反应:是否激动,脸红,面色苍白?没有:原来她打了个哈欠。接着她又专心于赶一只惹人厌烦的苍蝇,注视着,看它往哪儿飞。她又打了个哈欠,打出了眼泪。

第三天,韦拉压根儿就不去喝茶了,而是让人把茶送到她房间去。祖母派人来让她去"听书"时,韦拉不在家:她出去散步了。

韦拉是想摆脱读书,但铁石心肠的祖母见她不在便不吩咐继续朗读,并说,明天晚上必须恢复朗读。韦拉忧郁地瞥一眼赖斯基。他明

---

① 蒙太古和凯普莱特为莎士比亚的著名悲剧《罗密欧与朱丽叶》中互相敌视的两家家长。

白她的目光,便建议最好去散会儿步。

"那就散步后我们朗读。"塔季扬娜·马尔科夫娜疑惑地瞥一眼韦拉,发现她忧郁的目光,便说。

毫无办法,韦拉完全屈服了。无论是疲惫,还是厌烦,她已经不再形露于色,而是刚毅而聚精会神地听那没意思的故事。赖斯基听着听着,便走了。

"好比梦中嚼纤维——无味!"他边说边离开,议论着作者,逗得玛尔芬卡笑个没完。

韦拉不打哈欠,不盯着飞舞的苍蝇,紧闭着嘴唇端坐着,待到她朗读时,她读得声音清晰。祖母对她的认真心里乐滋滋的。

"谢天谢地,她细细听了,领会了,记在心里了:或许……"她心想。

冗长的故事慢慢地叙述着一对年轻人的情感如何燃烧起来,双亲们如何加重对他们的监视,琢磨出各种精神上的残酷折磨,为的是使他们分离。玛尔芬卡眼泪汪汪,而韦拉偶尔一笑,有时便沉思着或板着面孔。

"触及痛处了。"塔季扬娜·马尔科夫娜心想,"谢天谢地!"

终于一切有了结局。书上还剩下几章;最后一晚来临。当大家收拾茶水,围桌而坐,准备结束朗读时,赖斯基并没离开回自己屋。

这时,维肯季耶夫也在场。他坐不住,跳起来跑到玛尔芬卡身边,要求让他也朗读一段,而让他朗读时,他时而将自己的长篇大论插到小说中,或是用不同的嗓音朗读。待到受抑郁的女主人公说话时,他用尖细悲戚的声音朗读,而男主人公则用自己的嗓音,且面朝玛尔芬卡,使得她脸红不已,对他做出严肃神色。

作为威严的父亲,维肯季耶夫模仿尼尔·安德烈伊奇。大家把书从他手上夺走,吩咐他乖乖坐着。这时他背对祖母,伴着朗读声对玛尔芬卡一人做各种面部表情。

玛尔芬卡冷不防地向祖母悄悄指了指他。塔季扬娜·马尔科夫娜将他撵到果园里去散步,直到吃晚饭——朗读才继续进行。令玛尔芬卡感到不快的是书剩下不多了，可还在叙述"悲惨的"事情，婚礼尚不知何时会有。

"无论怎样结尾，幸福的或是不幸的，这关你什么事……"赖斯基问。

"咳，这怎么可以，我会哭泣，睡不着觉的！"她说。

压迫的悲惨到了最紧张的时刻，双亲们的训诫，劝谕的话语，以及冗长和无可忍受的枯燥，在恋人们头上轰然作响。

"注意韦拉，"祖母对赖斯基悄声说，"看她怎么听！故事正中要害，一针见血。你看，她皱起眉头，嘴唇紧闭！……"

剧情急转直下，酿成惨剧：一对恋人在花园里被人遇见。男主人公用毛巾和手帕搓成绳梯，女主人公顺着它来到他身边。他们互相拥抱，痛哭流涕，压迫者无数支火把突然将他俩照亮，喊叫声、惊骇声、愤怒声，父亲的诅咒声！女主人公昏厥过去，男主人公跪倒在残酷无情的父亲面前。然后是监禁。不让恋人们告别，不让相互看上一眼。一个月后，悲伤的钟声宣告修道院里举行剃度仪式，轮船载着男主人公从汉堡驶往美洲。父母只剩下自己老两口，后来寂寞苦闷，孤寂痛苦，一辈子为自己的残酷无情付出代价。念完最后一句话，书被合上，听众中一片深沉的静默。

"真是胡说八道！"稍过一会儿，赖斯基道。

玛尔芬卡擦着眼泪。

"那你说呢，韦罗奇卡？"祖母问。

韦拉沉默无言。

"一本可恶书，奶奶，"玛尔芬卡说，"可怜的人，他们忍受了什么！"

"那怎么办？瞧，为了不受这种痛苦，"祖母说，斜眼看着韦拉，"这个库尼贡杰就该问问那些已有生活经验并知道热烈的爱情意味着什么的人。"

赖斯基嘲笑地向她点点头，表示赞许。

"其实，这对他们自己也有好处，"祖母继续道，"假若她问过父亲或母亲，那就不会走到那一步。你有什么要说的，韦罗奇卡？"

韦拉往外走，但在门槛上停了下来。

"奶奶，您为何要折磨我整整一星期，强迫我听这种愚蠢的书？"她扶着门问，不等回答，又像猫似的跨了出去。

祖母把她叫了回来。

"什么——为什么？"她说，"我想让你高兴……"

"不，您是想因为一件什么事情而惩罚我。如果我做错了什么，您最好事先关我一星期，只许吃面包和饮水。"

她用膝盖支着小凳，靠在祖母腿旁。

"再见，您哪，奶奶，晚安！"她说。

塔季扬娜·马尔科夫娜俯身亲吻她，在她耳畔小声道：

"不是惩罚，我是想预先提醒你，使你……无论什么时候都别出错……"

"倘若我出错了呢……"韦拉悄声答道，"您也会像对库尼贡杰那样，把我关进修道院？……"

"莫非我是头野兽，"塔季扬娜·马尔科夫娜受委屈似的答道，"像那些恶毒的双亲们那样的恶人？……罪过啊，韦拉，你不该把奶奶想成这样……"

"我知道，奶奶，这是罪过，可我不会这么想的……那您为何要用这么愚蠢的书来提醒我呢？"

"那我能用什么来提醒你，保护你啊，我的孩子？……说吧，让我可以放心！……"

韦拉想回答什么，但打住了，朝一旁看了一会儿。

"替我画十字祝福吧！"她随后说，当祖母替她画了十字，她吻了下祖母的手，便离开了。

赖斯基从桌上拿起书。

"多聪明的书！怎么样，美丽的库尼贡杰起了什么作用啊？"他笑着问。

527

祖母病怏怏地叹口气，作为回答。她顾不上开玩笑。她从赖斯基手中拿过书，吩咐帕舒特卡把书送到书房里。

"啊，奶奶，"赖斯基说，"您已经劝韦拉走上正道。现在倘若再让叶戈尔卡和马林娜也看这本'寓意性'的书——那么家里的美德不知该往哪儿放了！"

十六

维肯季耶夫叫玛尔芬卡去了果园，赖斯基回自己屋里，而祖母坐在自己的卧榻上，久久默然不语，陷入了沉思。她对书已经不感兴趣，从痛苦的道德说教中清醒过来，并暗自为采用令人生厌的方法而羞愧。她的目光看上去已显得聪明和理智些。她在思索着什么，也许是在回忆已停息的往事。对那些善于察言观色的人们来说，可以发现她脸上显露出明达的悟性和感动，担忧和怜惜。然而马林娜、雅科夫和瓦西里莎轮番来提醒她：晚饭已经摆上。

"我不想！"她若有所思道。

马林娜去叫小姐们用晚餐。

"我不想！"韦拉道。

"我不想！"玛尔芬卡道，这使她很惊讶，小姐可从没有不吃晚饭便睡觉的。

"我端到床上来。"她提议道。

"我不想！"回答道。

"真是怪事！这可从来没过！该去报告女主人。"马林娜道。

但令她十分惊奇的是，塔季扬娜·马尔科夫娜毫不觉得奇怪，只是吩咐："撤了吧！"

马林娜离去，而瓦西里莎默默地动手给女主人铺床。

马林娜去问晚饭怎么办，叶戈尔卡得知没人吃晚饭，便揭开装调味汁的碗，嗅了嗅，又用手指夹出块什么"玩意儿"——"尝了尝"，正如他对撞见他的雅科夫解释的那样，并且请他也来尝尝味道。

雅科夫摇摇头，但当他按惯例画过十字后，也同样用手指夹出块"玩意儿"，开始慢条斯理地嚼着，品尝着。

"那里大概有桂叶。"他说道。

"哦，您来尝尝这个，雅科夫·彼得罗维奇。"叶戈尔卡说着将手指伸进冻鲟鱼肉里。

"看吧，女主人不追究才怪呢！"雅科夫说，抓起另一块鲟鱼肉，并且等马林娜进来时，他们已经吃光了雏鸡。

"全吃啦！"马林娜往自己大腿上一拍，吃惊道，眼瞅着雅科夫和叶戈尔卡急忙离去，还像两头狼似的回头看了她一眼，"早晨我拿什么开饭啊？！"

床铺好了，楼里一切归于寂静，塔季扬娜·马尔科夫娜终于从沉思中清醒过来，朝圣像瞥了一眼，并没犹如往常那样在它跟前跪下，也没做祷告，只是画了十字。烦恼和担心使她没心思祈祷。她坐到床上，又思索起来。

"如何保护你？可她却说：'您替我画十字祝福吧！'"她恐惧地记起自己同韦拉的悄悄话，"怎么才能了解她的内心呢？早晨比晚上脑子好使些，现在躺下睡觉……"她心想。

但这晚上她注定是无法熟睡了。她刚打算躺下，便有人轻轻扣她的房门。

"谁啊？"她惊慌地问道。

"是我，奶奶，请开门！"玛尔芬卡的声音道。塔季扬娜·马尔科夫娜把门打开。

"你怎么啦，我的孩子？你是来道晚安的——上帝祝福你！你因为什么不吃晚饭？尼古拉·安德烈伊奇在哪儿？"她说，但瞥见玛尔芬卡，便吓坏了。

"你怎么啦，玛尔芬卡？出了什么事？面如土色，全身发抖？是否病了？受了什么惊吓？"问题纷纷而来。

"不，不，奶奶，还好，还好……我来……想告诉您……"她说，战战兢兢地依偎在祖母身上。

"坐下，坐下……坐在安乐椅上。"

"不，奶奶，我坐在您身边，而您躺着。我全说出来——您把蜡烛也灭了……"

"出什么事了，你吓着我了……"

"没什么，奶奶，我们快躺下，我小声地全告诉您……"

祖母急忙完成她的要求，玛尔芬卡便向她叙述了读完书后，她在果园里所发生的事。事情原来是这样的。

念完书后，维肯季耶夫便将玛尔芬卡叫到果园里，他们之间预料不到地发生了以下情景。他让她进小树林里听夜莺啼鸣。

"你们在那边朗读的时候，我一直在聆听：曜，唱得那叫好听，动听极了，我们去听听！"他说。

"现在天黑了，尼古拉·安德烈耶维奇。"她说。

"您难道害怕？"

"独自一人害怕，同您在一起不怕。"

"那么走！啊，唱得多好——您听，您听到吗？从这儿都听得见！这里雕鸮在树穴里开始叫——那边就不作声了。我们走。"

她站在台阶上，犹豫不决地来到林荫道上。他把手给她。她走得很慢，仿佛很勉强。

"多黑啊，我不再往前了，您别碰我的手！"她几乎生气道，可自己还是不由自主地往前走，好像被人强行拽着似的，尽管维肯季耶夫松开了她的手。

"靠近些，往这儿！"他小声道。

她摸索着似的走了两步，便停了下来。

"再走一步，再走一步，别怕！"

她又迈了一步，心跳得厉害，因为黑，也因为害怕。

"太黑,我怕……"她说。

"别,怕什么——这里什么人也没有。瞧,往这儿走,再走一步;当心,这里有条沟,靠近我些,就这样!"

"您干吗,别这样,我自己走!"她惊慌道,但话音没落,他已经搂住她的腰,越过了沟渠。

他们进了小树林。

"我一步也不往前走了……"

而她还是稍稍走了几步,脚下枯枝的咔嚓声令她害怕。

"瞧,我们在这里不会有什么事——轻些……"他小声道,"听到吗?"

夜莺发出动听的声音。温暖的夜使玛尔芬卡陶醉。夜色深沉,树叶轻柔的沙沙声和夜莺的啼啭声使她身子战栗。她在沉默中发呆,害怕得不时去抓维肯季耶夫的手。但当他主动握住她的手时,她又急忙把手缩回。

"多好啊,玛尔法·瓦西里耶夫娜,多美的夜色!"他说道。

她朝他摆手,让他别妨碍她谛听。神经那欢畅甜蜜的兴奋,刚开始在她身上涌起。

"玛尔法·瓦西里耶夫娜,"他以勉强能听到的声音道,"我有一种从未体验过的十分美好、十分惬意的感觉恰如一切都在我身上微微颤动……"

她默不作声。

"现在我真想跃上骏马,奋力疾驰得喘不上气来……或是跳入伏尔加河,游到对岸……而您呢,一点感觉也没有吗?"

她战栗一下。

"您怎么啦,害怕啦?"

"我们离开这里吧!我们听到了,便足够了,不然奶奶会生气的……"

"嗨,别这样——再待一会儿,求求您……"他恳求道。

她一动不动地站着。夜莺一直在抑扬婉转地歌唱。

"它在唱什么?"他问。

"不知道!"

"可是要知道它在诉说着什么:它可不是随意啼啭的!有人在谛听……"

"我们——在谛听……"玛尔芬卡喃喃道,"我听到了。"

"天哪,多美妙!……玛尔法·瓦西里耶夫娜……"维肯季耶夫喃喃道,并沉思起来。

"您在哪儿,尼古拉·安德烈伊奇?"她问,"您为何不吭声?好像您不在似的:您在此吗?"

"我在想,夜莺唱的,正是我现在想说又不敢说的……"

"喏,那您就用夜莺的语言说吧……"她笑着说,"您怎么知道它在唱什么?"

"我知道。"

"那您说说。"

"它唱的是爱情?"

"什么爱情?它爱上谁了?"

"它唱的是我们的爱情……对您的。"

他对自己说的话也吃了一惊,但他突然将她的手按在嘴唇上,在手上盖满了吻。

她立刻把手挣脱出来,慌忙往回跑,自己跳过水沟,直喘着跑过果园的林荫道,登到台阶的阶梯上,才停下松了口气。

他跟着她狂奔。

"不许再迈一步!"她抓住门把手说,勉强喘口气,"回家去!"

"玛尔法·瓦西里耶夫娜!安琪儿,朋友……"

"您怎么敢这样称呼我:怎么,难道我是您妹妹或是表妹!"

"安琪儿!美好迷人……您对于我便是一切!真的……"

"我要喊了,尼古拉·安德烈伊奇。回家去!"她命令道,身子战栗不已。

"您听着,告诉我,您为何变得不是那么……从一段时间起见着我就躲,不愿单独同我在一起?"

"我们又不是孩子,别再胡闹了,"她说,"要不奶奶就……"

"奶奶怎么啦?"

"没什么。您刚才不是还听到我们在朗读有关理查德和库尼贡杰的书吗:他们结果怎样?您怎么还敢……"

"这没什么,玛尔法·瓦西里耶夫娜!这本书大概是尼尔·安德烈伊奇写的……"

"回家去!天知道人们会说我们什么……"

"您不再喜欢我啦,玛尔法·瓦西里耶夫娜?"他沮丧道,甚至不像通常那样去挠乱头发。

"难道我喜欢过您?"她不知不觉娇媚地问道,"谁对您说的,真蠢!你根据什么说,瞧我不去告诉奶奶!"

"我自己会说!"

"您会说什么?关于我,您什么也不能说!"她激动道,有些不安,"今儿个您都想出些什么!发神经啊?……"

"是啊,发神经。您仔细听完我的话,玛尔法·瓦西里耶夫娜,我的天使……我跪下请求……"

他跪下。

"您再说,我就走。只是让我整理下衣服,不然我会把大伙吓着的;我全身发抖……我现在就去奶奶那儿!"

他站起身,断然走近她,抓住她手,几乎强行把她拽进了林荫道。

"我不愿意,我不去……您太放肆!您忘乎所以……"她说,想挣脱他的手,竭力不跟他走,却又违背自己的意愿走着,"您干什么,您怎么敢!松手,我要喊了!……我不想听您的夜莺!"

"不是听夜莺,而是听我说!"他温柔而又坚决道,"如今我又不是孩子——我也是个成年人,听我说,玛尔法·瓦西里耶夫娜!"

她突然停止挣扎,让他继续握住自己的手,一颗紧张而好奇的心怦怦跳，呆愣愣地停在原地。

"您或是奶奶都说得很对：我们不是小孩子，我错就错在我不想挑明这一点，虽说我的心早就发现您也不是个孩子了……"

她又想将自己的手抽出来，但他轻轻用力握着它。

"您是个大人，因此您不必害怕听我说话：我也并非在对孩子说话。您那么年轻活泼，那么可爱，使我和您在一起忘了自己的年龄，心想我还早呢——也许按年岁我还是说得早了些，说我……"

"我要走了：您又像小树林里那样，想说什么吓人的话……松手！"玛尔芬卡战栗着小声道，手也抖得厉害，"我要走了，我不听，我全告诉奶奶……"

"一定要说的话，玛尔芬卡·瓦西里耶夫娜，那就今晚。因此您就别怕听我说了。我同您那么亲近，那么要好，以至假若突然将我们俩分开……您愿意吗，说啊？"

她默然不语。

"玛尔法·瓦西里耶夫娜，您愿意分开吗？"

她默不作声，只是在黑暗中做了个什么动作。

"倘若您愿意，那我们便分手，瞧，现在就……"他沮丧道，"我知道，我将会发生什么事：我会请求随便到另一个地方去，去彼得堡，到天涯海角，如果有谁对我这么说的话——不是塔季扬娜·马尔科夫娜，不是我的妈咪——她们看来会说好多，但我不会听她们的——而是倘若是您这么说。我立刻从此地离开，永远不回返！我知道，今生我永远不会再去爱了……真的，不再去爱……玛尔法·瓦西里耶夫娜！"

她缄默不语。

"您就只说一句话，我能否爱您？如果不能——我就走——直接从果园离开，并且永远……"

当他从她身旁动了一步，玛尔芬卡·瓦西里耶夫娜蓦地哽咽着大声痛哭起来。

"您看，您看！您难道不是安琪儿！我说您爱我，没错！是的，您爱！您爱！您爱！"他大喊大叫，欣喜万分，"只是并非像我爱您那样……不是！"

"您怎么敢……对我这么说话？"她说，眼泪簌簌流下，"我哭，这没什么。我为小猫哭泣，也为小鸟哭泣。现在我为夜莺哭泣：它使我惊慌不安，而且天那么黑。在灯光下，或是在白天——我会去死，而不是哭泣……我爱您，也许，我并不清楚这一点……"

"我也差不多不清楚，我爱上了您……全是夜莺造成的：它暴露了我们的秘密。我们应当说说它，玛尔法·瓦西里耶夫娜……白天无论给什么好处我也不会对您说的……真的——不会说的……"

"现在我恨您，鄙视您，"她说，"您使我感到讨厌，您迫使我掉眼泪，可您自己因为我哭而高兴，您兴高采烈……"

"高兴？您也感到高兴啊，真的高兴——您那样只是……祝夜莺身体健康！"

"您可恶，不诚实！"

"不，不，"他打断道，急急忙忙，把头发挠得乱蓬蓬的，"别这么说。您最好叫我傻瓜，但我诚实，诚实，诚实！——我不允许任何人对我表示怀疑……谁也不敢！"

"可是我敢！"玛尔芬卡好斗地说，"您不诚实：您强迫一个可怜的姑娘不得已说出她对任何人，甚至对上帝，对瓦西里神甫都没泄露过的话……而如今，我的天哪，多丢人！"

于是这个，按塔季扬娜·马尔科夫娜的说法，"上帝的婴儿"，又流下后悔至极的真诚泪水。

"不诚实，不诚实！"她忧郁地反复道，"现在我已经不爱您了。人家会怎么说，会怎么想我？我可完了……"

"我的朋友，安琪儿！……"

"您还是那一套！……"

"记住，您并非孩子！"维肯季耶夫劝她。

"您说话真叫人纳闷！"她突然打断他，"您从来不这样，我从未见过您这样子！难道您还是不久前那个样子？那时您一头钻进黑麦丛里模仿鹌鹑的叫声，昨天您还为我的小猫咪爬上屋顶呢。在磨坊里，您为了逗我一笑，故意在面粉堆里弄脏自己，那是好久以前吗？……为何您突然间变得不是这样子了呢？"

"我变成什么样子了，玛尔法·瓦西里耶夫娜？"

"变得粗鲁——您竟敢当面对我说这些蠢话……"

"可您自己难道还像不久前那样子吗，还像今晚那样子吗？难道您想到过害臊或是怕我吗？您想到过会说出像现在这样的话来吗？您不是也在改变！"

"为何突然就发生这样的事呢？"

"夜莺全向我们解释了：当我们在那里，在小树林里那会儿，我们立刻都长大了，成熟了……我们已经不是孩子……"

"所以您就对我说话不诚实。您的所作所为像个轻佻的人——用不诚实的手段戏弄一个姑娘，套出她的秘密……"

"秘密不可能永远是秘密：人们不定何时，对何人便会将它说出来……"

她想了想。

"是啊，我要贴着耳朵告诉奶奶，然后一整天把整个脑袋藏在枕头底下。可是在这儿……就我们俩——天哪！"她将恐惧的目光投向夜空，把话说完，"我怕现在进房间露面，我的脸都成什么样子啦，奶奶立刻便会发现的。"

"安琪儿！亲爱的！"他说，朝她的手俯下身子，"这漆黑的夜晚，这小树林和夜莺真美好！"

"走开，走开！"她反复道，重又跑上台阶，"您又没礼貌了！可我还以为，这世上没有比您更诚实更谦虚的人了，奶奶也这样想，可您……"

"我该怎么做才算诚实呢？我该把自己的秘密告诉谁呢？"

"对着奶奶的另一只耳朵，她便会问我是否爱您？"

"您现在就去把一切告诉她。"

"那一切便不一样了。在她面前,我会因为对您所说的话和放声大哭而深感愧悔。她会生气,永远也不会原谅我——可您却始终……"

"她会原谅的,玛尔法·瓦西里耶夫娜!会原谅我们俩。她喜欢我……"

"您觉得大家都喜欢您,把您当宝贝!"

"她甚至说,她像儿子那样爱我……"

"这是她这么一说,您就来劲了,可她对谁都这么喜欢,甚至对奥片金这样的人!"

"不,我知道她喜欢我——而且只要她原谅了我的年轻,那她就会允许我们结婚!……"

"多可怕!您说些什么啊!"

她想离去。

"玛尔法·瓦西里耶夫娜!您到这儿来,别怕我,我会像一尊雕像……"

她迟延着,接着突然从台阶阶梯上下来,来到他跟前,拉着他的手,严肃而高傲地望着他的脸。

"刚才您在此对我说的话,您妈妈是否知道?"她问,"啊?她知道吗?您说,是还是不是?"

"还没有……"他轻声道。

"没有!"她惊恐地重复道。

好一阵他们默不作声。

"您怎么敢对我说这样的话?"她后来问,"甚至还提到了婚礼,而您的 maman 却不知道!这是否诚实,您自己说!"

"她明天就知道了。"

"要是她不祝福呢?"

"我便不服从!"

"可是我服从——没有她的同意,我是一步也不会迈出的,如同

537

没有奶奶的同意一样。倘若没有这种同意,您的双脚就别再进这里的家,记住这点,维肯季耶夫先生——就这样!"

她迅速扭过肩膀走到一边。

"我像相信自己那样相信她……相信她会同意的。"

"那就应该在她同意之后再来逼我哭泣!……"

"难道你就要这样离去,不为这热烈的倾慕而原谅我?……"

"我们又不是孩子,非要倾慕和原谅不可。犯了罪孽……"

"人人都有罪:请原谅——今晚我将去科尔钦诺,明天午饭前回到这里——并带着母亲的同意。对不起……请伸过手来!"

"那时……也许……"她说,想了想,接着望了他一眼,把手伸给他。但他刚向她伸出手,她又害怕地将手缩了回去。

"我的天哪!奶奶还会说些什么!您走开,走开——并且记住,如果您的 maman 责骂您,而奶奶又不原谅我,您就别再露面——我会羞愧而死,而您则一辈子是个不诚实的人!"

她走了,而他则从果园急急离去。

"天哪!天哪!奶奶会说什么!"玛尔芬卡心想,关在自己房间里,全身抖得像害热病似的。"我们都做了些什么!"她痛苦地思索,"我怎么讲述……为此我将怎么办……是否要先告诉韦拉……不行,不行,得告诉奶奶!现在会有谁在她那里呢?……"

雅科夫来叫她吃晚饭时,她激动不已,望着圣像画十字。

"我不想!"她在门后说。

马林娜来了。

"我不想!"她厌烦道,"奶奶在干什么?"

"女主人没吃晚饭,躺下睡了。"马林娜说。

玛尔芬卡一等到整幢楼安静下来,便像老鼠似的溜到祖母屋里来。

她们悄悄谈了好久,祖母画了许多次十字,亲了玛尔芬卡无数次,直到她最终在祖母肩膀上沉沉睡去。祖母轻轻地将她的头放到枕头上,然后站起身,流着泪做祷告,为自己的孙女那新的幸福和新的生活祝福。但她更热烈地为韦拉祈祷。她心里想着韦拉,久久地将花白头发的头俯在十字架台座上,喃喃地做着充满感情的祈祷。

祖母在熟睡的玛尔芬卡身边小心翼翼地躺下,又替她画了十字,自己心想:

"要是韦拉该多好,可偏偏是像库尼贡杰那样的玛尔芬卡……也是在果园里!……真像是开玩笑:这是'命运'在捉弄人!……"

十七

维肯季耶夫并没食言。翌日便偕自己母亲来见塔季扬娜·马尔科夫娜,并且引她进门后,自己却如他所说的那样"急忙溜掉",待在账房里如坐针毡,不知命运如何。

他母亲看上去还很年轻,四十挂零,和他那样生动活泼,乐观快活,但是有着丰富的实际才能。她与儿子间唇枪舌剑。滑稽可笑的战争经常不断。

他们时时处处为各种小事争论不休,并且亦只是为些小事。而当涉及重大事情,她便以与平常不同的另一种嗓音和另一种目光来显示自己的权威,而他尽管先是表示抗议,但随后便举手投降,倘若她的要求合乎理智的话。

他们之间既产生明显的不一致,亦存在无形的和谐。这便是他们关系的外在形象。

"你穿这件。"玛丽亚·叶戈罗夫娜说。

"这怎么行——最好是这件。"他以更高的嗓门道。

"去趟米哈伊尔·安德烈伊奇家。"

"得了吧,maman,他家无聊透顶。"他答道。

"胡说,你去一趟。"

"不,maman,绝对不,哪怕您杀了我!"

"尼古尔卡,你还听我的话吗?"

"永远,maman,只是眼下不。"

但是,倘若她果真想要他去,他便一路指责着,抱怨着,抗议着,直至消失不见。

这没完没了的争论,从早到晚在他们之间进行着,还间隔着哈哈大笑声。但当他们相处得十分友好时,他们便像死人似的寂静无声,直到母亲或儿子发表一个必定与对方相抵触的什么高见打破沉默。于是争论重又开始。

他对母亲的爱,表面上同样显得强烈而疯狂,到了神魂颠倒的地步。柔情爆发时,他猛地朝她扑过去,双手搂住脖子,落满了热烈的吻:此刻他们间已经发生真正的打斗。

她揪住他耳朵使劲拧,掐脖子,把他推开,最后大声呼喊粗胳膊粗腿、掌管钥匙的女管家玛芙拉,吩咐她把"狼崽子"拖出去。

和玛尔芬卡交谈过后,维肯季耶夫当晚便匆忙渡过伏尔加河,回到母亲身边,按自己的方式扑上去,搂抱和亲吻她,随后待到她鼓足全部力气将他推开,他便跪倒在她面前,激昂道:

"妈!你打吧,但你仔细听着:生命中的决定性时刻来临了——我……"

"你疯啦!"她接着说,"不知从哪里冒了出来,像是挣脱锁链逃出来似的!未经许可你怎么敢回来?你吓着我了,惊动家里所有的人:你出什么事了?"她问道,非常惊讶地从头到脚打量他,理平他散乱的头发。

"你不猜猜,妈?"他问,因某些他尚不知晓的障碍和驳斥,而不无内心的忐忑和惊恐。

"准保你做了什么淘气事,人家又要把你拘禁起来?"她说,警觉地盯着他的眼睛。

他否定地摇摇头。

"差太远了——没猜着。"

"那你说吧!"

"我说了,你可不能表示反对!"

她疑惑不解又不无担心地望着他,竭力猜测。

"欠债了?"

他摇摇头。

"莫非又想去当骠骑兵?"

"不对,不对!"

"我怎么知道什么古怪念头钻进你身上了?你什么事做不出来!说吧——什么事?"

"你不会反驳?"

"会的,因为想必你又想胡说八道。快说。"

"我想结婚!"他用勉强听得见的声音说。

"什么?"她问,没细听。

"我想结婚?"

她飞快地瞥了他一眼。

"玛芙拉,安东,伊万,库兹马!"她叫道,"快,快,全上这儿来!"

玛芙拉一人来了。

"把所有人都叫来:尼古拉·安德烈伊奇精神失常了!"

"基督保佑他,您怎么啦,太太,您吓得要命!"玛芙拉说,手指往空中比画着。

维肯季耶夫朝玛芙拉挥了下手,让她出去。

"我不是开玩笑,妈!"他说,见她要站起身,便扶住她的手。

"走开,别碰我!"她生气地打断他,开始激动地在房间里来回走。

"我并非开玩笑!"他急躁地强调道,"明天我该给人答复。你怎么说?"

"我让人把你关起来……你知道为什么!"她低声说,显得忧心忡忡。

他跳起来,母子间便开始最激烈的一次交谈。直到深夜人们还听到激烈的争论,大声嚷嚷,几乎尖声叫喊,偶尔夹杂着笑声,他的蹦

541

跳声,接着是亲吻声,女主人愤怒的喊声,他快乐的回答声——随后是死一般的沉默,那是意见彻底一致的征兆。

看来,维肯季耶夫取得了胜利,其实,那已经是早有思想准备的胜利。倘若玛尔芬卡和维肯季耶夫对自己的感情感到失望的话,那么祖母和玛丽亚·叶戈罗夫娜早就明白此事将会有什么结果,但她们彼此不露声色,保持沉默,各自都暗自早已思量过,斟酌过,盘算过——并且作出了决定,认为结这门亲事是件合适的事情。

但是玛丽亚·叶戈罗夫娜出于自己与儿子关系的本性,同儿子一样,从自己这方面同样不能作出让步,而他则按另一种方式取得她的同意,是通过一场战斗,而且是最顽强最激烈的战斗。

"塔季扬娜·马尔科夫娜还有什么可说的!"玛丽亚·叶戈罗夫娜兴奋道,好像她遗憾地作出了多大让步似的,此刻马车已经启动往城里去,"假如她不同意,为这份羞辱我可永远不会原谅你!听到了吗?"

"别不放心,她比亲妈还喜欢我!"

"我根本就不喜欢你,别臭美了,狼崽子!"她侧身望了他一眼,大声道。

他想用手去搂她脖子并拥抱她,但她严厉地朝他抡起阳伞。

"你敢!要是你把我的帽子弄皱了,我就不去了!"她补充道。

这威胁使他安静下来。

"也来学样,说结婚就想结婚!"她嘟哝道。

他不听她说的,从车厢爬到赶车人座位上,并从马车夫手中夺过缰绳,竭尽全力驱马疾驰。

十八

玛丽亚·叶戈罗夫娜穿上丝绸衣裙,披上镶花边大披肩,戴上黄手套,拿上扇子——穿戴得如此漂亮讲究,使她本人看上去反倒是个新娘。

仆人们刚向塔季扬娜·马尔科夫娜通报维肯季耶娃莅临,一向亲热友好、不拘礼节接待她的老太太,在玛尔芬卡坦白之后,当然猜到了她的来意,顿时采取另一副口气和派头。

她吩咐请客人在客厅稍候,而自己急忙去换衣服,同时指派瓦西里莎在门缝里看看客人穿戴如何,向她回话。塔季扬娜·马尔科夫娜身穿窸窣作响、泛银光的丝绸衣裙,肩披土耳其披巾,还试着戴上大颗粒钻石耳环,但又懊恼地摘下了。

"不合适,耳朵眼长上了!"她说。

她吩咐玛尔芬卡和韦罗奇卡换衣服,并顺便指派瓦西里莎把考究的桌布餐巾、古老的银器和水晶玻璃器皿全拿出来,供早餐和午餐之用。还吩咐厨师,除了菜肴丰盛外,还得熬巧克力,并派人取糖果和香槟酒。

她穿好衣服,手指上戴满古老贵重的宝石戒指,并将双手合在一起,迈着庄重的步伐走进客厅。见到好朋友可爱的脸庞,心里一阵高兴,差点破坏了自己的傲慢架势,但她立刻稳住,显得庄重而严肃。客人同样很高兴,急忙从椅子上站起身,朝她迎面走去。

"我这个小疯子啊,打的什么主意!……"她开口道,又打住,瞥一眼别列日科娃,有点胆怯,疑惑地站立在那里。

她们俩彬彬有礼地鞠躬致意,塔季扬娜·马尔科夫娜请客人在沙发上就座,而自己在她身旁坐下。

"今天天气如何?"塔季扬娜·马尔科夫娜把嘴唇一撇,问道,"伏尔加河上没风吗?"

"没有,风平浪静。"

"你是乘轮渡?"

"没有,乘划桨的小船,而四轮马车是用渡船的。"

"是吗,顺便问问!雅科夫,叶戈尔卡,彼得鲁什卡,谁在那儿?怎么回事,叫你们都没人答应啊?"当他们三人进来时,别列日科娃道,

"你们去吩咐把马从玛丽亚·叶戈罗夫娜的马车上卸了,给它们喂燕麦,让车夫吃好。"

三人急忙去执行命令,尽管在塔季扬娜·马尔科夫娜打扮之际,四轮马车已经卸套,拉进了棚子,而马车夫也在下房里谈笑风生,大喝啤酒。

"不,不,塔季扬娜·马尔科夫娜,"客人道,"我就待半小时。看在上帝面上,千万别留我:我是有事而来……"

"谁敢放您走?"塔季扬娜·马尔科夫娜以不容反驳的嗓音道,"倘若您就在城里,那就是另一回事,可您是从伏尔加河对岸过来的!我们怎么,是第一年同您相识吗?……或是您想让我难受?……"

"哎,塔季扬娜·马尔科夫娜,我真感激您!我真感激您!您比亲人还亲——您可把我的尼古拉宠坏了,这个小猪崽子今天在路上突然吹牛说:'塔季扬娜·马尔科夫娜比亲妈还喜欢我!'我想揪他耳朵,他躲开我爬到赶车人座位上,把马赶得飞快,吓得我一路上直哆嗦。"

塔季扬娜·马尔科夫娜那高傲的神色又整个儿从脸上消失。

"要知道他讲的稍稍有点儿不真实,"她开始道,"反正他在我这里就像自己家一样!上帝赏给您一个儿子……"

"饶了我吧,他弄得我生活不得安宁:不争论,不发生口角,便寸步难行……"

"自家人吵嘴,不过是寻开心!"

"瞧您把他宠的,塔季扬娜·马尔科夫娜,他硬想要……"

玛丽亚·叶戈罗夫娜犹豫不决,并开始用高勒皮鞋跺地板,四处张望,将身上的大披肩押平。塔季扬娜·马尔科夫娜突然伸直腰,故意做出一副傲然的样子。

"想要什么?"她探问道,假装无动于衷的样子。

"想结婚,昨晚上差点没把我打死!在地毯上打滚,揪大腿……我大骂,可他用亲吻堵我嘴,又哭又笑……"

"问题何在?"别列日科娃刚听完这些详情,便彬彬有礼地问道。

"他请求我，央求我上您家里来，向玛尔法·瓦西里耶夫娜求婚……"玛丽亚·叶戈罗夫娜不好意思地把话说完。

塔季扬娜·马尔科夫娜以不合她本性的装腔作势，微微行了个鞠躬礼。

"如今我对他说什么呢？"维肯季耶夫娜补上一句。

"这可是件大事，玛丽亚·叶戈罗耶夫娜，"塔季扬娜·马尔科夫娜把目光垂向地板，想了想，庄重道，"我无论如何不能突然决定。得考虑考虑，也得同玛尔芬卡谈谈。虽说我的两个姑娘不会不服从我，但毕竟我不能强迫她们……"

"玛尔法·瓦西里耶夫娜是同意的：她爱尼古拉……"

玛丽亚·叶戈罗夫娜差点儿没毁了自己儿子的大事。

"这他怎么会知道的？"塔季扬娜·马尔科夫娜突然发怒道，"谁对他说的？"

"好像他向玛尔法·瓦西里耶夫娜表白过……"局促不安的女贵族低声含糊道。

"就因为玛尔芬卡回答了他的表白，她眼下光着脚，只穿一条裙子，关在自己的房间里闭门不出呢！"祖母撒了个谎，为了摆足架子。"而为了您的儿子不去惊扰那可怜的姑娘，我不允许在家里接待他！"她又撒了个谎，为了彻底摆足架子，还庄重地瞥一眼客人，往后仰靠在椅背上。

客人也勃然大怒。

"倘若我预见到，"她用十分气恼的声调说，"他会把我牵连进这件令人不快的事情中，我昨晚就会给他另一种答复。但他那么令我深信不疑，使我本人直至此刻还相信，您会对他和我善意相待呢！对不起，塔季扬娜·马尔科夫娜，快把玛尔法·瓦西里耶夫娜从监禁中放了吧……全是**我儿子**的过错：他才该受惩罚……那就再见吧，再次请您原谅我……请让人备车吧！……"

她甚至伸手去拉铃。但塔季扬娜·马尔科夫娜把她的手挡开。

"您的马车已经卸套,车夫嘛,我想我的仆人们已经让他喝得酩酊大醉,因此您啊,玛丽亚·叶戈罗夫娜,今天,明天,整整一星期就留在我这里吧……"

"得了吧,在您说过之后,在您对玛尔法·瓦西里耶夫娜和我的科里亚发怒之后,我还留下?他确实该受惩罚……我理解……"

塔季扬娜·马尔科夫娜的所有傲气全都销声匿迹。皱纹舒展开了,双眸中现出喜悦的眼神。她把披巾和包发帽扔在沙发上。

"挺不住了——热死人了!对不起,我的心肝,把大披肩脱了——瞧,把帽子也摘了。您瞧,多热的天!喏……玛丽亚·叶戈罗夫娜,我们一起来惩治他们:给他们完婚——我将会有个孙子,而您会有个女儿。拥抱我吧,亲爱的!要知道,我只是想按老习惯办。但是看来,这些老习惯也并非到处合适!我想用道德来警告他们——甚至拿劝谕性的书帮忙:整整一星期读啊读啊,刚念完,他们立刻在果园里几乎将书中所写的这一切全做了!……瞧给您做道德说教!我们之间还要什么求亲和仪式!我们俩都清楚,问题何在,如果不想这样,那么就不该准许他们去听夜莺啼啭。"

"嗨,塔季扬娜·马尔科夫娜,您可把我吓着了,您这不是罪过吗?"客人说,抱住老妇人。

"是不该对您这样,把您吓着了!"塔季扬娜·马尔科夫娜说,"您可别生气,我可是要数落尼古拉·安德烈伊奇几句。您就听着,别作声——我来吓唬他。一个善于花样翻新的家伙!"

"我该如何感谢您!要知道倘若不是他昨晚吓唬我,说是已经同玛尔法·瓦西里耶夫娜说定了,无论如何我也不会这么快来您府上的。我知道她多么爱您,听您的话,同时她还是个孩子。我的心感到真不是滋味。'他在那里都同她说了些什么?'我想了一整夜怕得睡不着觉,不知如何出现在您面前。从他那里什么也没问出来。他像水银似的满屋子滚啊跳啊。我,说实在的,表示同意,多半是为了别再纠缠我,折磨我;心想以后再训斥他,收回前言。甚至想教唆您加以拒绝,仿佛并非我不同意,而是您……您可能不相信,他把什么都撕了,踩烂了!我们吵闹得天翻地覆——哎,天哪,同他在一起有多遭罪!"

"我也没睡好觉。我那个孝顺孙女晚上爬到我跟前,全身颤抖,说话含糊不清:'奶奶,我都干了些什么,请原谅,请原谅,灾祸临头!'我大吃一惊,不知她想说什么……她好不容易才转述清楚:吞吞吐吐反反复复地讲了五遍,才算讲完。"

"他们有什么事啊?我的儿子都对她说了什么?"

塔季扬娜·马尔科夫娜冷笑着挥下手。

"连我也不知道他们中谁更好些——他还是她?像对鸽子!"塔季扬娜·马尔科夫娜把玛尔芬卡告诉她的那幕一字不差地转述了一遍。两人噙着泪笑了。

"玛丽亚·叶戈罗夫娜,我早就认为他们俩是一对,"别列日科娃道,"我只是怕他们俩还很年轻。我望着他们便想,在我看来,他们永远也不会老。"

"智力随年龄而增长,待到有了烦心事,他们便成熟了。"玛丽亚接着说,"他们俩是我们看着长大的:完全还没学会生活,怎么会懂得处世之道!"

维肯季耶夫过来,但没进屋,而是去了果园,等待着,看母亲是否从窗口朝他张望。他自己则从灌木丛后面张望着。但楼里静悄悄的。

此刻,他母亲和祖母已经扯出几百俄里远了。她们首先很容易便转入嫁妆问题,然后又转入孩子们的命运,他们将在哪儿居住,如何生活;年轻人是否该有份差事,冬天住在城里,夏天待在乡下——塔季扬娜·马尔科夫娜这么坚持,而无论如何也不同意玛丽亚·叶戈罗夫娜的建议——让孩子们上莫斯科,去彼得堡,甚至出国。

"您想让他们变坏啊,"她说,"让他们在那里看到'各种各样新的淫乱放荡生活',不,您还不如让我先死了呢。玛尔芬卡没学会当主妇和母亲前,我是不放她走的!"

她们便这样议论着,差点聊到了第三个婴儿,这时玛丽亚·叶戈罗夫娜突然发现灌木丛后面有个脑袋,时而露出,时而隐没。她认出了儿子,便指给塔季扬娜·马尔科夫娜看。

她们俩叫他,于是他决定进来,但先在前厅磨蹭了很久,像是弄干净和整理自己的衣服。

"欢迎光临,尼古拉·安德烈伊奇!"塔季扬娜·马尔科夫娜恶狠狠地同他打招呼,而母亲则嘲讽地望着他。

他迅速地望一眼那个,又望望另一个,把头发挠得乱蓬蓬的。

"您好,塔季扬娜·马尔科夫娜,"他冒冒失失地吻了下她的手,"我给您带来**票子去开音乐会……**"他心急慌忙道。

"你胡说八道些什么,冷静些……"他母亲制止道。

"噢,是音乐会的戏票,慈善事业的。我给您也搞了一张,妈咪,还有给韦拉·瓦西里耶夫娜和玛尔法·瓦西里耶夫娜的,给鲍里斯·帕夫雷奇的……很出色的音乐会:莫斯科来的头牌女歌手……"

"我们干吗去听音乐会啊?"祖母说,斜眼望着他,"我们这里的夜莺在小树林里唱得好听着哪。我们随后便将不花钱去听听。"

玛丽亚·叶戈罗夫娜咬紧嘴唇,免得笑出声来。维肯季耶夫很难为情,接着哈哈大笑起来,随即便跳了起来。

"现在我去趟账房。"他说道,但塔季扬娜·马尔科夫娜将他拦住。

"坐下,尼古拉·安德烈伊奇,您听着,我有话对您说。"她开始严肃道。

他看到大暴雨正在形成,便开始处于慌乱状态,不知如何防备它!他一会儿盘起腿来,将帽子拘谨地放膝上,一会儿猛地跃起,跑到窗前,几乎将半个身子探出窗外。

"安安静静地坐着,塔季扬娜·马尔科夫娜有话想同你说。"母亲道。

"您的良心都对您说了些什么?"别列日科娃开始埋怨道,"您是怎么不辜负我信任的?您还想说您爱我和我爱您——像儿子一般!难道好孩子们都这样行事的?我以为您谦逊,听话,心想您是不会把可怜的姑娘搞糊涂的,是不会对她说什么没意思的废话的……"

她停住。他脸色阴沉地盯着母亲。

"看什么?"她说,"你活该!"

"塔季扬娜·马尔科夫娜,我今天没来得及吃早饭,没什么吃的吗?"他突然请求道,"我饿极了……"

"您看,多狡猾!"别列日科娃转向他母亲道,"他知道我的弱点,可我们还以为他是个孩子!别再骗人,没用的,哪怕是要求当新郎!"

维肯季耶夫把帽子底朝上翻转过来,用手指在它上面敲击起来。

"别拍帽子,它又没过错,您最好还是说说,人家干吗要将玛尔芬卡嫁给您?"

突然红晕从他脸上消退——痛苦而惊讶地望着塔季扬娜·马尔科夫娜,接着又望了望母亲。

"听我说,别同我开玩笑,"他惊慌失措说,"如果这是个玩笑,那也太残酷了。塔季扬娜·马尔科夫娜,您是在开玩笑,还是不?"

"那您怎么想?"

"我想,那是开玩笑:因为您心地善良,不是很……"

他朝母亲瞥了一眼。

"狼崽子多狡猾,塔季扬娜·马尔科夫娜!"

"不,我不是开玩笑,你做得不得体,老弟,你同玛尔芬卡说了,却不告诉我。她是个孩子,同平常孩子一样,没有我的同意,她说什么也不算数的。喏,倘若我不同意呢?"

"那么您就同意吧!"他猛地跳起来说。

"等等,等等——你坐下,坐下!"两人都朝他叫喊起来。

"如果同另一个姑娘,而不是同她,也许便该这么做。"塔季扬娜·马尔科夫娜道,"先生,你应该悄悄告诉我,而我会比你更好地从她那里打听到,她爱还是不爱?可你自己却忽然想起……"

"真的,我发誓,那是无意的……塔季扬娜·马尔科夫娜……"

"别对天起誓,甚至听着都厌烦……"

"全是该死的夜莺干的好事……"

"瞧,眼下那夜莺是'该死的',可昨天它不知有多珍贵呢!"

"我没想过,没产生过这样的念头——真的……但允许我为自己辩白,看是怎么回事。"维肯季耶夫急忙道,边挠头边大胆地盯着她们的眼睛,"你们希望我像个听话的、品行端正的男孩子,也就是到你,妈妈那里,请求你的祝福,接着向您,塔季扬娜·马尔科夫娜提出,并请求当我情感的解释者,然后通过你们获得是,并当着证人们的面,听到及笄姑娘的爱情表白,而我则一脸蠢样亲吻她的手,于是双方谁也不敢相互瞧上一眼,便上演一幕喜剧,在长辈的准许下恋爱……难道这便是幸福?"

"按你的意思,最好便是夜间在果园里向姑娘卿卿我我,喁喁耳语……"母亲打断道。

"妈,你最好想想自己吧……"

"哎哟,你算什么人哪!"两人冲他叫喊道,"他这是从哪儿学来的?难道是夜莺对您说的吗?"

"是啊,是夜莺,是它唱的,而我们长大了:它向我们讲述了一切,现在我和玛尔芬卡将会生活下去——我们会忘掉许多,忘记一切,但这只夜莺,这个夜晚,果园里的轻声细语和她的泪水,我们永远不会忘怀。这便是幸福,是幸福最美好的第一步——我们为它而感谢上帝,感谢你们俩,感谢你母亲和您奶奶,因为你们俩为我们祝福……你们自己也是这么想的,但只是出于固执己见,不想承认罢了:这并不诚实……"

他甚至流出了眼泪。

"倘若需要重新开始的话,我会再召唤玛尔芬卡上果园……"他补充道。

塔季扬娜·马尔科夫娜感动得将他拥抱。

"上帝会宽恕于你,善良而亲爱的孙儿!真的,真的:你是对的,玛尔芬卡只能同你在一起,而不是同别人,她也只能去听夜莺……"

维肯季耶夫扑上去,长跪于地。

"奶奶，奶奶！"他说。

"瞧，已经当上奶奶啦，称呼得是否还早了点？再说你是否该结婚？再等两三年——再成熟些。"

"再聪明些！"母亲提示道，"别再不干正事。"

"倘若你们俩不同意，"他说道，"我便……"

"便什么？"

"便今天离开这里，去当骠骑兵，让债台高筑，彻底完蛋！"

"还会威胁！"塔季扬娜·马尔科夫娜道，"我不许您任性放肆，先生！"

"只有将玛尔法·瓦西里耶夫娜嫁给我，我才会非常顺从，会服从，甚至一点也……不轻举妄动，未经你们许可……"

"得了，是这样吗？"

"是这样，是这样，真的，向上帝起誓……"

"别再向上帝发誓，否则……"

他扑上去亲吻别列日科娃的手。

"还什么都想吃吗？"塔季扬娜·马尔科夫娜问。

"不啦，我现在已经顾不上吃啦！"

"怎么样，玛丽亚·叶戈罗夫娜，是否将玛尔芬卡许配给他？"

"他不配，塔季扬娜·马尔科夫娜，况且还早，过两年再说吧……"

他朝母亲飞扑过去，用亲吻糊住她的嘴。

"您瞧，您让一个多胡闹的孩子进了家门！"母亲将他推开道。

"同我他不敢，我会管住他——到这边来……"

他走到塔季扬娜·马尔科夫娜身前：她替他画了十字，吻了前额。

"嘿！"他坐下道，"你们俩尽折磨人：为何让我那么苦恼，一点力气都没了！"

"以后学聪明些！"

"玛尔法·瓦西里耶夫娜在哪儿？……我跑去……"

"等等，你要有点耐心！……我的孙女们没那么轻佻！"祖母道。

551

"又要忍耐!"

"现在开始就得有耐心:别再跑啊跳啊的,你不是孩子了,她也不是孩子了。要知道你自己说的,夜莺给你们俩说得明明白白,你俩都'成熟'了——那你就稳重些!"

他被这公正的批评搞得有点不好意思,当女仆们去找玛尔芬卡时,便持重地留在前厅里。

"我无论如何也不去!上帝保佑!"她对马林娜和瓦西里莎回答道。

最终,祖母亲自与玛丽亚·叶戈罗夫娜一起,在角落里那张床的帘幔后面的圣像下找到了她,并将她从那里领了出来。她满脸通红,没有换衣服,竭力用双手遮着脸。

两人亲吻她,安慰她。但她断然拒绝去吃饭,直至许多人先后来到她房间里,并且轮流向她表示祝贺。

消息立刻传遍全城,但她同样如此避开每个来贺喜的客人。

当祖母将此事告诉韦拉时,她平静而愉快地听着。

"我早就在等待这件事了。"她说。

"现在,假如上帝也给你作个安排就好了……"塔季扬娜·马尔科夫娜叹息着开始道,但韦拉制止她。

"奶奶!"她战栗着急忙道,"求求您,倘若您像我爱您那样爱我……那就将所有关怀用在玛尔芬卡身上。对我您就别操心了……"

"难道我少爱你吗?也许我更心疼的是你……"

"我知道,这才使我苦恼……奶奶!"韦拉几乎绝望地央求道,"倘若您为我而操碎心的话,您就杀了我吧……"

"你说什么啊,韦罗奇卡?冷静下来!……"

"这会使我精神上极受折磨,我说的不是开玩笑,奶奶。"

"那为何,为何,你头脑里都想些什么,心里都装些什么?"祖母几乎也绝望道,"难道是我对你的幸福或不幸缺乏理解,还是我没有心肠……如同陌生人?……"

"奶奶!与玛尔芬卡相比,我有另一种幸福与另一种不幸。您善良,聪颖，给我以自由吧……"

"你得让我放心：只是你得告诉我，你怎么啦？……"

"没什么，奶奶，什么事也没有，只是您别竭尽全力替我安排……"

"你太高傲，韦拉！"老妇人痛苦道。

"是的，奶奶——也许吧：可我能怎么办？"

"这傲气并非上帝赋予你的！"

韦拉不作答，但因无法向祖母解释清楚自己的心思而感到不可名状的痛苦。她在忧郁中辗转不安。

"向我敞开心扉吧，也许我会理解的，我会减轻你的痛苦，如果有的话……"

"当它来临——而我一人无法克服时……我会去找您的——谁也不求，包括上帝！眼下请别再折磨我了，也别折磨您自己……别来，别监督我……"

"待到痛苦来临，那时是否迟了？……"祖母喃喃道。"好吧，"她又大声补充道，"安心吧，我的孩子！我知道你并非玛尔芬卡，我将不再使你受折磨了。"

她叹息着亲吻她一下，便低下头，迈着急速的步子离去。这是唯一的一朵使她的欢愉变得暗淡的阴云，她虔诚地祈祷，希望阴云消散，别积聚成乌云。

焦躁不安的韦拉久久在果园里踯躅，渐渐平静下来。她见到玛尔芬卡和维肯季耶夫在亭子里，便快步朝他们走去。自打早晨得知消息后，她同玛尔芬卡还未曾说过一句话。

她走近玛尔芬卡跟前，专注而亲昵地望着她的明眸、皓齿和脸颊。她像搂孩子似的将她的头放在自己的手臂上，欣赏她那清纯而天真无邪的美丽，紧紧将她拥抱。

"你应该是幸福的！"她说，隐藏着的泪花突然闪烁。

"她会的！"维肯季耶夫肯定道。

"韦罗奇卡，你会比我更幸福！"玛尔芬卡红着脸答道，"你瞧，

553

你多美,多聪明——我与你——好像并非姐妹俩!这里没有谁能当你的新郎。对吗,尼古拉·安德烈耶维奇?"

韦拉默默握着她的手。

"尼古拉·安德烈维奇,您知道她是谁吗?"韦拉指着玛尔芬卡问道。

"安琪儿!"他不假思索回答道,恰如一名士兵在回答点名。

"安琪儿!"玛尔芬卡笑着模仿道。

"瞧,她就是这样的人!"韦拉道,用手指了指在花朵旁飞舞的蝴蝶,"您触碰得不小心,翅膀上的花纹便会掉落,看来连翅膀都会被您扯断。您得留神!您得宠她,爱她,珍惜她,千万别——使她伤心!一旦想把翅膀扯断,您就上我这儿来:看我怎么收拾您!……"她温和地威胁道。

十九

喜事后过了一星期,家里的一切又恢复原状。维肯季耶夫的母亲回自己家,维肯季耶夫成了每天的常客和几乎是家庭的成员。他和玛尔芬卡已经不再蹦蹦跳跳。两人显得比较稳重,只是有时热烈争论一番,或一起唱歌,或一起读书。

但他们间既无沉入幻想、富有诗意的感情交流,也无细腻智慧、精致讲究的思想沟通,有的是感情那无穷的色彩和幻想的华美花纹——这整个游戏,是这些智力上成熟的人们优雅无穷的享受。

分析精神同样也与他们无关,读过的小说,京城里传来的故事,周遭大自然和日常生活的表面印象,是他们思想交流的精神食粮。

纯净、新鲜、天然的诗意,令所有人平静泰然、坦率真诚的诗意,是生活的源泉,在他们年轻的身体里,在他们不加掩饰、道德纯真的心田里潺潺流淌。

远方没有向他们招手：他们没有任何迷惑，任何猜测。前途简单明朗，对他们俩同样开放。他们的观察和感情视野，狭窄而有限。

只要维肯季耶夫在自己的解释中，离开日常表达的范围，用长篇或中篇小说的语言向玛尔芬卡表白爱情，她便捂住耳朵，或一走了之。

他们的接近简单而自然，仿佛由为祖母纯粹的道德和德行所抑制的天性所指引。此前，玛尔芬卡没给过他一个吻，与原先相比，几乎没有多余的爱抚——对他的偷吻，依然看作是一种粗鲁举动，继续用离去或告诉祖母相威胁。

但当他并非蓄意地，未做任何爱的前奏，只是随便把手伸给她，她也会将手伸给他，握住他的手，信赖地靠着他的肩，允许将她抱过水洼，并且甚至淘气地弄乱他的头发，或是相反，拿起梳子、刷子，亲切地走到他跟前，以至他们脑袋相触，给他梳头，分缝，并且看来还给他抹了油。

但是倘若此刻他搂住她的腰，或是亲她，她便会脸红，将梳子往他身上一扔，跑得无影无踪。

根据塔季扬娜·马尔科夫娜某种经济上的考虑，婚礼推迟到秋天——而嫁妆逐渐在家里准备。各种老式的花边从贮藏室里取出，挑出一些祖传的银器金器，将器皿、内衣和家用布品、皮货、各种物件、珍珠、钻石分成相等的两份。

塔季扬娜·马尔科夫娜以犹太人的精细，请来首饰匠、金匠和其他行业的工匠们，着手确定金子的克数，钻石的克拉，估计珍珠的重量。

"你瞧，韦罗奇卡，这是你的，而那份是玛尔芬卡的——珍珠一颗不少，钻石一克拉不多，谁也不多，谁也不少。你们俩来看看！"

但韦拉不看。她将一堆珍珠和钻石推过去，把它们同玛尔芬卡的混在一起，并且解释道，她有一点便行了。祖母生气，又着手清理好，分成两半。

赖斯基还从监护人那里，将母亲去世后归他所有的自己家传的钻石和银器抄录了一份清单，赠送给两个表妹。但祖母将它们藏进自己的箱子深处,到适当时候再用。

"你自己也需要的!"她说,"你若忽然想要结婚了呢。"

他指定房屋、土地和村庄归两个表妹所有,为此她们俩又再次按自己方式向他表示了感谢。祖母阴沉着脸,斜眼瞥他,嘴里嘟哝着,随后又忍不住将他拥抱。

"你啊,鲍里斯,真是非同一般,"她说,"那么一个好样的怪人!天知道你是什么人!"

家里,女仆居住的房间里,祖母的书房里,甚至客厅里和另外两个房间里都摆上了桌子,堆满了要缝制的家用布品。人们在准备华丽的被褥,镶花边的枕头、床单。男女裁缝们一早便来到府上。

维肯季耶夫请准上莫斯科定购各式服装和轻便马车——直到此时玛尔芬卡的感情才泄露出来:她开始大哭,眼泪哗哗流,哭肿了鼻子和双眸。

望着她,维肯季耶夫也哭起来,据他解释,并非出于痛苦,而是因为当别人哭泣时,他不能不哭,同样当别人在他身旁大笑时,他也不能不笑。玛尔芬卡透过泪水望了他一眼,突然不哭了。

"奶奶,我不嫁给他,他连哭都不会哭!人家眼泪顺着脸颊流,可他顺着鼻子:那算什么眼泪,像豌豆似的,流在鼻子尖上!……"

他急忙擦去泪水。

"您看,我是这样的流水槽,直接通往鼻子……"他说道,并硬要吻未婚妻的手,但她不给。

他走后一小时,她已经像原先那样唱道:**你是我百看不厌的心上人,我爱你啊爱不够!**

院子里牵来几匹马,维肯季耶夫跟着它们去了养殖场。总之,家里翻腾着、忙碌着、喜气洋洋,只有赖斯基和韦拉对此无动于衷。

不过,赖斯基是除韦拉之外对什么都无动于衷。他竭力消遣娱乐,骑着马到田野上转悠,甚至到处拜访。

在省长家,他遇见几位高级文官,某个大地主和一个从彼得堡派遣来的副官；他们聊起彼得堡上流社会发生的事情，或是农村经济和包税制。但所有这些都无法使他解闷。

尽管他并不乐意，但还是顺便完成了马克的请求，对省长说了书是他捎来的，并给了某个熟人，而此人转借给了中学。

书被没收并销毁。省长劝赖斯基有节制些，但不再上报彼得堡，以便"别在那里惹出什么问题"！

马克按自己的方式又在深夜穿过果园偷偷来找他，打听事情的结果如何。他并不考虑如何为此而感谢赖斯基，只是说应该这么办，说他找赖斯基已经是对他表示敬意了，说他早就料到这对于赖斯基只是小事一桩，因为他若按另一种方式去做，岂不意味着是个"告密者和奸细"了。

赖斯基很少见到列昂季，也避免上他家去。在那里，神情呆板、内心却喜滋滋的乌里扬娜·安德烈耶夫娜用火辣辣的目光和深藏在心里的暗笑迎接他。一想起他如何慷慨地履行自己的"职责"，便使他精神上备受折磨。他皱起眉头，赶忙逃之夭夭。

她采用另一种手段：对丈夫说，他的朋友不愿与她相识，不理会她，仿佛她是家里的一件摆设，轻慢她，说这使她很委屈，全是丈夫的过错，他不会将正派高贵的人士吸引到家里来，并迫使他们尊重妻子。

"你哪怕说句话啊，"她抱怨道，"把自己的书放下，关心关心我！"

那天晚上，当赖斯基站在他窗前时，科兹洛夫果真履行了妻子的委托。

"进来，鲍里斯·帕夫洛维奇，你把我全给忘了，"他说道，"这不，连妻子都埋怨我……"

"她埋怨什么？"赖斯基进屋问道。

"她认为你轻慢她。我对她说，胡诌，他根本不高傲——你并不高傲？是吗？我说，不过是个诗人，他有自己的理想——你像个马戏团的丑角，他会顾得上你？你让她高兴高兴，鲍里斯·帕夫洛维奇，什么时候，当我不在时，当我到中学教课时，你顺便来看看她。"

赖斯基转过身子,背对着他望着窗外。

"或者,你最好每星期四和星期六晚上来:这几天我在三个家庭里授课。我差不多半夜到家。你就牺牲一晚上的时间,稍稍向她献点儿殷勤,卖弄一阵!要知道你是喜欢同女士们聊天的!她只是对你念念不忘……"

赖斯基开始望着另一扇窗子。

"我自己又不会,"列昂季继续道,"当然,我是丈夫——她爱,我爱,我们爱……这种动词变位①在中学里就令我腻烦。她的全部爱情,是她的全部烦恼,而生命,是我的全部……"

赖斯基咳嗽一声。"哪怕想个办法暗示他一下也好!"他心想。

"够了,是这样吗?列昂季?"他说。

"不是吗?"

"'全部爱情',是你说的?"

"是啊,当然。她甚至忌妒我的古希腊和罗马人。她无法忍受他们,可活生生的人她爱!"科兹洛夫温和地笑着道。"真的,这些女人各个时代都是相同的。"他继续道,"你看古罗马的贵妇人,甚至恺撒、执政官、贵族们的妻子,身后总是一长串尾巴……我,上帝保佑她:我顾不上她,这是家事!我有事业。她关心备至,信守不渝——可有时,"他小声道,"我背弃了她,忘了家里是否还有她……"

"这不应该!"赖斯基道。

"我没时间,瞧,上个月我获得两本德文版著作——修昔底德②和塔西陀③的。德国人差点将两个作者搞颠倒了。你知道,我没耐心注意细故。我埋头读书,可她却说:看着我都觉得恶心!所以你哪怕

---

① 在俄语中,动词需要根据不同的人称进行变位,此处的"她爱,我爱,我们爱",原文的动词经过变位,分别为:любит, люблю, любим, 故有此说。

② 修昔底德(约公元前460—前400),古希腊历史学家。著有八卷本《伯罗奔尼撒战争史》。

③ 塔西陀(约58—约117),古罗马历史学家。著有《编年史》和《历史》等著作,记述罗马帝国公元初百年历史。

顺便来走走。谢谢,还有法国人查理忘不了……一个快乐饶舌的人——她便不觉得寂寞了!"

"再见,列昂季,"赖斯基道,"你没必要让这个查理来!"

"为什么?没有他,她可是不会让我消停的。为何不让他来?"

"免得像古罗马贵妇人似的身后有'尾巴'!……"

"来找我的乌列奇卡,如同找恺撒之妻,可不许有什么怀疑!……"科兹洛夫幽默道,"你来吧,我去对她说……"

"不,你别去说,也别让查理来!"赖斯基说着,急忙离去。

波林娜·卡尔波夫娜那里,赖斯基没有露面,但她来他家,用她那索然无味温柔的话语令他腻烦,又用不受欢迎的对婚礼准备的建议令祖母生厌,尤其是说什么"婚姻是爱情的坟墓",虽然障碍重重,两颗挚爱的心不结婚也会相遇一起,同时温情地瞥一眼赖斯基。

他又给她画了两次像,但一切并未结束,说是他琢磨不出给她配什么衣服,胸前画什么花儿。

"黄色大丽花对我合适——我是黑头发女人!"她建议道。

"行,以后吧,以后吧!"他敷衍道。

季特·尼孔内奇总是一人来,彬彬有礼,客客气气,走上前去吻祖母的手,给她献上一束花或一篮时鲜果品。奥片金总是话多,不安静,最后喝醉了事。如今太太小姐们登门是找新娘跳舞,还有年轻小伙子——这一切都令赖斯基和韦拉厌烦,两人都在寻找,他是在找她,而她是在找僻静之处;两人感到幸福之时,他是同她待在一起,而她是独自待着,谁也见不着她,谁也没发现她,一个人像"魂灵"似的到村子里,从悬崖上钻进小树林,或到伏尔加河对岸,去神甫妻子家。

二十

"瞧,我想要的是热烈的爱情,"赖斯基寻思道,"我死乞白赖追求她,却不知道这是否是热烈的爱情!我审视自己:是否有热烈的爱情,仿佛想搞清我的肋骨是否完整无损,或是有无什么关节脱位?那不,连心也没有扑通扑通跳啊!显然,连我自己也未能体验到热烈的爱情!"

同时,韦拉又没有从他头脑里离开过。

"倘若如她所言和从各方面可以看出,她并不爱我,那她又为何要留住我,不让我走呢?为何还允许我爱呢?是卖弄风情,随心所欲,或是……得打听清楚……"他喃喃道。

他想在果园里见到她,却在她房间的窗边发现了她。

他走近窗户。

"韦拉,能去你那儿吗?"他问。

"行,可别太久。"

"不会很久的!最好别预先警告,需要时——你下逐客令就是了。"他说着进屋,在她对面坐下,"为何不能待太久?"

"因为我很快就要去岛上。娜塔里娅也去那儿,还有伊万·伊万诺维奇和尼古拉·伊万诺维奇……"

"这个神甫?"

"是啊,他打算去钓鱼,而伊万·伊万诺维奇去打兔子。"

"那我也去。"

她默不作声。

"或是我不该去?"

"最好别去,不然您会让我们这个小圈子心绪不佳的。神甫会开始讲深奥的事情,娜塔里娅会认生,而伊万·伊万诺维奇会一直默不作声。"

"那我不去了!"他说道,将下巴放在手臂上,开始望着她。她无事可做地待了一会儿,然后从脖颈上摘下小钥匙,开了锁,从桌子里取出一只皮包,准备书写。

"这是干什么,想写信?"

"是啊,写两封便函,一封回复娜塔里娅·伊万诺夫娜的邀请。马车夫等着哪。"

她写了几句,封上信封。

"听我说,哥,您到窗口喊个人来。"

他完成她的请求,马林娜来了,并得到指示把便函交给车夫瓦西里。随后韦拉停止书写。

"可另一封呢?"赖斯基问道。

"我还来得及。"

"啊!就是说,保密!"

"可能吧!"

"韦拉,你是否有秘密瞒着我好长时间了?"

"要是有的话,那便永远是秘密。"

"如果你对我了解得更深些,无论有多少秘密,你都会全告诉我的……"

"为什么?"

"需要这样——我爱你。"

"可我并不需要……"

"但是,倘若我令你难以忍受,这可是避开我的唯一办法啊。"

"不,自打您稍有些改变以来,我便不想避开您了。"

"甚至允许爱自己……"

"我试图禁止——可结果如何?"

"于是你决定不再注意?"

"是啊,随您便,心想听之任之远比受打扰要好。看来果然如此……您自己告诫过,'矛盾只会激起强烈的爱情……'"

"但是,你有多狡猾!"他说,狡黠地望着她,"当我要离去时,你为何留住我?"

"您不会离去的:皮箱的经历把一切告诉了我。"

"那么你认为热烈的爱情消失没有?"

"从没有过热烈的爱情:那是自尊心和毫无根据的猜想罢了。您是个画家,醉心于各种美……"

"好吧,或多或少是醉心于美,但你是美中之最,千娇百媚!你深不可测,使我身不由己地飞向那里,头晕目眩,心醉神迷——向往幸福,看来又伴随着毁灭。而毁灭中也别具一种魅力……"

"您这是把话说绝了——这可不好。"

"为何不好?"

"不好!"

"为何?"

"因为……言过其实……便是——谎言。"

"而倘若是真话,倘若我是真心诚意呢?"

"更糟。"

"为何?"

"因为不道德。"

"我再对你说一次!韦拉!……得了吧!你真像奶奶!"

"是啊,这次我站在她一边。"

"不道德!"

"是不道德:您仿效唐璜,但是要知道那是个丑陋之人……"

"韦拉,倘若我丑陋不堪,你就对我直说我丑陋不堪,而别诽谤你所不理解的人。真诚的唐璜纯洁英俊,他是个仁慈机敏的艺术家,人类中 chef d'oeuvre① 的典型。当然,这样的人并不多。我深信,拜伦的唐璜,画家是无能为力的。这是对各种有形美的喜爱,尤其是对作为大自然的杰作——女性美的爱慕,显示了人类的最高天性,显示了对另一种无形美的渴望,对善与心灵美典范的向往,对生活美的向往!最后,在这些温情的天性下,细腻的本性中隐潜着无所不包的爱情的强烈愿望!大自然这些细腻的本性,却在芸芸众生中,在卑劣

---

① 法语:尽善尽美。

行径中，在贫困压迫中，变得粗俗而冷酷无情……在我身上，有一些纯洁的火焰，但不多，倘若它不能彻底保持纯洁，那么许多人……甚至女性本人……便会有罪……"

"哥，也许，我不理解唐璜，我打算相信您……但您为何要向我表达热烈的爱情，当您知道我对它并不接受？"

"不，我不知道。"

"嘿，您还始终期待着哪！"她惊讶道。

"我对你说过，在我尚不知你无权自由选择，不知你已有所爱的情况下，我身上的希望是不会消亡的……"

"好吧，哥，我们假设，我能接受您那热烈的爱情——那又如何？"

"什么如何？那是双方的幸福！"

"您确信能给我带来幸福？"

"我——噢，天哪，天哪！"他开始道，双目充满激烈的情感，"是的，我要将整个生命献给你，我们要去意大利——你会是我的妻子……"

她朝他打量了一些时候。

"您向女人们表示这种幸福有几次了？"她问道。

"当然，有过几次相遇，但这样强烈的印象从未……"

"您再说说，您说这些同样的话有几次了：是否每次相见时对每个女人都说过？"

"韦拉，你问这些问题想要说明什么？也许我对许多女人说过，但从未这样真挚……"

她盯着他，他也盯着她。

"谁对你这么发挥过，韦拉？"他问。

"够了。"她打断道，"您在简短的几句话中便暴露无遗。您要明白，您会给我幸福半年、一年，或许更长些，总之到有了新的相遇，那美貌更新鲜更强烈，令您大吃一惊，于是您会为她而神魂颠倒，而我以后呢——随我便！您得承认，是这样吗？"

"这你何以知道？为何这么评价我？你的这些想法是怎么来的，

你如何知道热烈情感的进程?"

"热烈情感的进程我并不知道,但我对您稍稍有所了解——再没别的。"

"你都了解些什么,从谁那里?"

"从您本人。"

"从我?何时?"

"您的记忆力真差!您不是说过别洛沃多娃的美貌如何打动您,您如何徒劳地费尽心机唤起她身上的光亮……或是锁匙……或是……我已经记不住您怎么说的了,只是非常富有诗意。"

"别洛沃多娃!这是尊塑像,很美,但冷若冰霜,毫无激情。大概只有皮格玛利翁①会爱上她。"

"那娜塔莎呢?"

"娜塔莎!难道我对你说过娜塔莎?"

"您忘了!"

"娜塔莎是个可爱的姑娘,但天性平淡无奇,胆怯畏葸。当阳光照耀着她,爱情给她以温暖的时候,她生活着,而一旦遭受不幸,她便受损伤,变得虚弱不堪。她生来便是为了如何能尽快去世。"

"那关于玛尔芬卡您怎么说?您不是也差点儿爱上她!"

"就算这样吧,但印象淡薄,就一两天……正如我喜欢上一幅画那样……感受一下美的魅力,如同感受那阳光的温暖,有一周的时间服从于此印象,但没有迈出严肃的一步——这难道也算罪过?……"

"可最强烈的印象也有半年时间了吧?是这样吗?"

"不,并非如此。譬如说,倘若你分享我的热烈爱情,我的印象便会永远牢固,我们便会结婚……那么便会是整个一生。我的幸福理想是同家庭理想密不可分的……"

---

① 希腊神话中的雕刻师,他钟情于自己所创作的一座象牙雕像。爱情女神阿佛洛狄忒把雕像变成活人,做他的妻子。

"喂，哥，您从您过去的印象中回忆起一个最强烈的印象，并且设想那个给您留下强烈印象的女人如今成了您的妻子……"

"你说啊，是谁教你的？可您总是回避回答！"

"就是您本人。我是从您的谈话中汲取的。"

"你真可爱，韦拉，你便是快乐！你的明眸有多美，你的心里有多美！你整个儿是一首诗，婀娜多姿，是大自然的造物！——你既具美的观念，又是观念的化身——不能因对你的爱而死吗？难道我是块木头！瞧图申，连他都飘飘然了……"

她做了个动作。

"我们把这放一边。你并不爱我，再过些时候，我的印象将变得暗淡，我离去，而你再也听不到我的消息。把手给我，友好地说说，韦拉，是谁教你的，这位文明传播者是谁？是否那个用蓝色信笺写信的人？……"

"也许——就是他。再见，哥，你顺便提醒了我。我该写信去了……"

"瞧，幸福在哪里：又是'也许'又是'差点儿'，却并不同意！"他说道。

"没有我，您也能按自己的心愿与别的女人幸福地在一起的……"

"同谁，你说！她们在哪儿，这些女人！……"

"那些把心租出去一年半载的女人，而不是同我！"她补充道。

"你既不相信我，也不理解我！谁还会相信和理解我？"

他思索着，而她拿出张纸，又用铅笔写了一些字句，把便函卷起来。

"不叫马林娜吗？"他问。

"不，不必。"

她将便函藏进连衣裙的胸前，拿起小伞，朝他点下头离去。

赖斯基吃过中饭，没同家里任何人说句话，便去了伏尔加河，打算悄悄上岛，并仔细观察是否有渡过伏尔加河支流的较合适地点。这里没有渡口，于是他朝四周打量，看是否有什么渔夫。

他顺河岸走了半里多，终于碰见几个小男孩，他们在一条一半已灌满水的半腐朽小船里钓鱼。他们为十戈比报酬，高高兴兴地跑进父亲的茅舍取桨，着手将他渡过河去。

"送往哪儿？"他们问道。

"全一样，停靠哪儿随你们便。"

"那边可以上去。"一个男孩指点道。

"你看这边：不久前，有个老爷带着个小姐就从这边爬上岸的。"

"哪个老爷？"

"谁认识他们？不知从哪边山上下来的！"

赖斯基从小船上下来，开始张望。

"别是韦拉？"他心想。

倘若是她——他立刻便将搞清秘密……他心跳加速。他在苔草中轻轻走着，小心翼翼，害怕咳嗽。

突然他听到水的拍溅声，他悄悄拨开苔草，见到的竟是……乌里扬娜·安德烈耶夫娜。

她坐在河岸上，全身被灌木丛挡住，光着双脚，把它们放进水里，像美人鱼似的披散着头发，从岸边俯下身子，将头发弄湿。赖斯基往前走，绕过悬崖：只见有个人站在水里，水没到脖颈正在洗澡的，是查理先生。

没被他们俩发觉的赖斯基离开河岸，开始偷偷溜过去，穿过野玫瑰丛来到小湖边，思量有伙人可能就安顿在那里。很快他便听到离自己不远处有脚步声，便藏了起来。从他身旁走过的是马克。

赖斯基喊住他。

"啊，您好，"马克·沃洛霍夫说，"您在那里躲谁啊？"

"我没躲……不然我也不会叫住您了。"

"您不躲我，便是在躲别的什么人。您得承认，您是在找您那位美人表妹吧？这不好，不诚实：打赌输了，又不付钱……"

"您为何知道她在此？"

"我来湖上打野鸭，他们全在那里待着。有神甫、图申和神甫的老婆，还有……您的韦拉。"他嘲笑道，"您去吧，上那边去。"

"我不想去，我不去那儿。"

"别因我而羞愧，我全看在眼里。您是想从远处畏畏葸葸地看她一眼——对吗？她若不在家，您在家里便觉得无聊，厌烦……"

"瞎扯！我只是来散散步……"

"来，赌三百卢布！"

赖斯基又朝男孩子离去的地方行去。马克跟着他。他们从查理洗澡的那地方经过。赖斯基想从一旁走过去，但法国人从灌木丛中朝他们迎面走来，而另一边，顺小道走近过来乌里扬娜·安德烈耶夫娜，湿漉漉的头发披散着。

他们俩想避开，可马克冲他们喊道：

"Charmé de vous voir tous les deux①！有幸做自我介绍！"

Mr 查理从灌木丛后面出来。

"Mr 赖斯基！ Mr 查理！"马克嘲笑地给他们相互介绍。

"乌里扬娜·安德烈耶夫娜！请过来，别躲躲藏藏啦！要知道全看见了：都是自己人，别害怕！"

"没人害怕！"她说，不乐意地走出来，竭力不朝赖斯基看一眼。

"嚯，两位全湿漉漉的！"马克补充道。

"整个世上最讨人厌的男人！"关于马克，乌里扬娜·安德烈耶夫娜十分恼怒地对赖斯基道。

"喏，再见，我走了。"马克道，"而科兹洛夫在干吗？您为何不同他一起来散散心？要知道他在场也可以……洗澡——他不会看的。他会在那树下朗诵他的荷马！"他最后说道，放肆地瞥一眼乌里扬娜·安德烈耶夫娜和查理先生，走了。

"Il faut que je donne une bonne leçon à ce mauvais drôle②！"当马

---

① 法语：很高兴见到你们俩。
② 法语：得好好教训一顿这个恶棍。

克消失不见后,查理满口大话道。

后来他们一同回到家里。

"哦,我十分感谢你,"科兹洛夫对赖斯基说,"为你陪我妻子去散步……"

"这次你得感谢这位 Mr 查理!"赖斯基说道。

"Merci,merci,mr Charles[①]!"

"Bien,très bien,cher collègus[②]!"查理拍拍他肩膀答道。

二十一

赖斯基气冲冲地回到家,没吃晚饭,没同玛尔芬卡开什么玩笑,也没逗一下奶奶,便回自己房间。翌日他依然阴沉着脸,满脸的不高兴。

天气更为阴沉,下着连绵不断的蒙蒙细雨。天空蒙上的并非乌云,而是某种雾气。周遭浓雾弥漫。

韦拉同样不快活。她围上一块大头巾,祖母问她出了什么事,她回答晚上全身发冷。

祖母的询问和责备接踵而来,怪她不叫醒人,建议她用干椴树花泡水喝,贴芥末膏。韦拉坚决拒绝,说她现在感到完全健康。

三人默然坐着,间或打个哈欠或是问上个问题和答上一句。

"您也上岛了?"韦拉问赖斯基。

"是啊,你怎么知道?"

"我听见叶戈尔在院子里埋怨,说是您的衣服上全是泥和水藻——他使劲洗刷道:'兴许去了小岛。'"

"你全听见了!"他说,"我并非一人,有马克,还有科兹洛夫的

---

① 法语:谢谢,谢谢,查理先生。
② 法语:好,非常好,亲爱的同事。

妻子……"

"瞧你都找谁一起玩！她有人陪伴，"祖母道，"那个 Mr 查理。"

"他在。"

大家重又沉默，并打算各自散去，突然玛尔芬卡出现了。

"啊哟，奶奶，把我吓坏了！我做了个梦，真骇人！"没问候，她便说，"怎么也忘不了！"

"什么梦，说啊。今天你怎么那么苍白？"

"快说！"赖斯基道，"来，说说梦，谁都做过什么梦。我就记得自己的一个梦：十分奇怪的梦！你开始吧，玛尔芬卡！今天太无聊，雨蒙蒙泥泞天气——哪怕讲讲故事也好！"

"马上，马上，再等等，过五分钟尼古拉·安德烈伊奇便来了，我要当他面讲。"

"要过五分钟！"祖母道，"你怎么知道？等着吧！他还在睡觉呢！"

"不，他会来的——我吩咐过他！"玛尔芬卡娇媚道，"今天人们要在村里的福马家给一个女孩施洗礼：我答应去，而他将陪我去……"

"原来你为了村里的洗礼仪式，穿上了巴勒吉纱罗连衣裙，还在这种下雨天！谁允许你的？脱了，夫人！"

"我会脱的，奶奶，我穿上只是试一试。"

"你可是已经试过了！"

"您就原谅她吧，奶奶，她想穿上新衣给新郎看看嘛。"

玛尔芬卡脸红了。

"瞧你们怎么这样！我根本不是为了他！"对别人的猜测她恼火道，"我走了，现在就去脱……"

赖斯基拉住她的手，她挣脱掉，刚把门打开，维肯季耶夫便出现在她面前，而且张开双臂不让她走。

"您快点儿走——为何姗姗来迟？"她说，高兴得满脸通红，当他想按常规亲吻她的手时,她避开了。

"您老是要吻手掌,这是什么坏习惯?"她说,把他的手移开,"胳臂都要给您折断了!"

"您的手掌那么暖烘烘香喷喷的,请允许……"

"走开!您还没向奶奶问好呢!"

他吻了吻祖母的手,然后滑稽地向赖斯基和韦拉躬身行礼。

"您讲讲,都在梦中见到了什么,"赖斯基对他说,"快点,快点!"

"别,我先说!"玛尔芬卡打断道。

"噢不,劳驾,我做了个好梦,"维肯季耶夫急忙道,"好像我……"

"不,让我说。"玛尔芬卡道。

"请让我说,玛尔法·瓦西里耶夫娜,不然我会忘掉的,"他使劲压过她的嗓门,"真的,我全忘了:好像我去……"

她用手捂住他的嘴。

"按次序,按次序!"赖斯基命令道,"该玛尔芬卡讲。玛尔法·瓦西里耶夫娜,请!"

"我好像,奶奶……你听啊,韦罗奇卡,什么样的梦啊!您听啊,人家在对您讲哪,尼古拉·安德烈伊奇,您干吗不坐下!……庭院里像是个月夜,明亮,花香四溢,鸟声啼啭……"

"是夜间吗?"维肯季耶夫问道。

"夜莺总是在夜间啼啭!"祖母道,瞥了他们俩一眼。

玛尔芬卡脸红了。

"瞧,现在给弄乱了,我可不说了!"

"不,不,说吧,请说吧!"大伙道,除了韦拉。

"喏,那些鸟儿……"

"鸟儿夜间不歌唱……"

"又是您,尼古拉·安德烈伊奇!我不讲了——让别人给你们讲吧!奶奶,瞧他晚上,"她指着维肯季耶夫急忙道,"打呼噜……"

"你怎么知道?"

"马林娜说的,她是从谢苗那里听说的……"

"这是淋巴闹的:得喝阿韦林纳草药汤。"塔季扬娜·马尔科夫娜说。

"谁打呼噜我都怕。要是早知道,那我就……"

她突然不作声了。

"你怎么打住了?"赖斯基问道,"可以不举行婚礼。真的,倘若他夜间会影响你睡眠的话……"

玛尔芬卡脸红得像樱桃,冲了出去。

"你何苦呢,鲍留什卡!你瞧,她讲到哪儿了,连她自己都不高兴了!"

维肯季耶夫追上玛尔芬卡,将她领了回来。

"我将会在晚上用棉花把鼻子塞住,玛尔法·瓦西里耶夫娜。"他说道。

大家让玛尔芬卡坐下,逼她讲梦。

"瞧,我好像悄悄来到了伯爵家,"她开始道,"径直进了回廊,那里放着一些雕像。我进去并躲藏起来,见到月亮将它们全照亮了,而我站在黑漆漆的角落里:它们看不见我,而我看得见它们。我只是站着,屏住呼吸,一直望着它们。全逐个细看了一遍——有手擎大槌的赫耳克勒斯[①],有狄安娜[②],还有维纳斯[③]和带着一只猫头鹰的弥涅耳瓦[④]……有许多蛇缠身的老头[⑤]……他叫什么名字来着……只是突然间!……(玛尔芬卡做了个惊骇的表情,并朝四周望了一下)——

[①] 即赫耳克勒斯,希腊神话中最负盛名的英雄,是"大力士"的同义词。
[②] 即阿耳忒弥斯,古希腊最重要的神祇之一,宙斯的女儿,阿波罗的孪生姐姐。是志行高洁的淑女的同义词。
[③] 即阿佛洛狄忒,美和恋爱女神,是美女的同义词。
[④] 即雅典娜,和平劳动的庇护神与智慧女神。其形象为严肃端庄的处女,身披战袍,头戴金盔,足旁停着圣鸟猫头鹰。
[⑤] 即指希腊神话中的特洛伊英雄拉奥孔,曾试图阻拦同胞将木马拖进城,被神用巨蛇勒死。拉奥孔之死成为古希腊罗马雕塑家们喜爱的创作题材,最著名的为波吕多洛斯和阿忒诺多洛斯合作的大理石群雕《拉奥孔及其两子》。

甚至现在还害怕——那么的活灵活现……"

"嗨,突然间怎么啦?"祖母问。

"太可怕了,奶奶。突然间雕像好像颤动起来。先是一座雕像悄悄地,悄无声息地转过脑袋,望着另一尊雕像,而那尊雕像同样悄悄地挺直身子,不慌不忙地向她伸出手去:这是狄安娜和雅典娜。接着维纳斯慢慢站起身——而且没迈步……多可怕!……像死人似的平稳地挪近头戴战盔的玛尔斯①……而那些蛇像活的那样在老头四周游动!他把头往后仰,他的脸开始抽搐,像活人似的,我心想,他马上要喊出声来!而别的雕像也都从容不迫地开始互相走动,有些还走近窗户,仰望明月……所有雕像的眸子都是石头的,没有眼珠……哎哟!"

她战栗起来。

"这可是个富有诗意的梦——我要把它记录下来!"赖斯基说。

"孩子们跑向各个方向,"玛尔芬卡继续道,"全悄无声息,足不动弹……雕像们好像在互相商议,低着头,小声交谈……神女②们手拉手望着明月,婆娑起舞……我吓得战栗不已。猫头鹰扇动双翅,用鼻子理自己的胸部……玛尔斯拥着维纳斯,她把头靠在他肩上,他们站立着,所有别的雕像三三两两,或行或坐。只有赫耳克勒斯一动不动。蓦地他亦抬起头,随后开始轻轻地挺直腰,从自己位置上平稳地站立起来。那么高大,直抵顶板!他将所有雕像环视一下,然后朝我的角落瞥了一眼……突然战栗起来,挺直身子,举起手;所有雕像顿时朝我的方向望去——立刻全愣住了,接着便拥成一堆径直朝我扑来……"

"那您怎么样,玛尔法·瓦西里耶夫娜?"维肯季耶夫问。

---

① 即阿瑞斯,战神,火星即以他名字命名。在古希腊罗马的艺术品中,玛尔斯是个身强力壮头戴战盔的青年男子。

② 古希腊神话中体现自然力和自然现象的神,艺术作品中她们的形象为半裸的少女,性情快乐开朗,举止活泼可爱。

"我叫得可厉害啦！"

"是吗？"

"是啊，而且醒了——有半小时光景一直发抖，想叫费多西娅，但害怕动弹——就这样直到早晨都没睡觉。七点敲过，我才入睡。"

"玛尔芬卡，这梦真妙不可言！"赖斯基说，"多么优雅而富有诗意！你没添油加醋吧？"

"嗨，哥，我哪里能想出这些啊！我现在还历历在目呢，都能画出来，倘若我会的话……"

"得喝点胡萝卜汁，"祖母道，"这能使血脉纯净活络。"

"哎,现在请允许我……"维肯季耶夫急忙开始道,"我好像在上山,去教堂,仿佛迎面遇上了尼尔·安德烈伊奇,在爬行,光着身子……"

"得了吧，这算什么，先生，当着未婚妻的面！……"塔季扬娜·马尔科夫娜制止他。

"真的，真是这样……"

"这可不好，不会有好事……"

"您说，您说吧！"赖斯基鼓励道。

"好像波林娜·卡尔波夫娜骑在他身上，同样……"

"你是否别再胡扯了？"塔季扬娜·马尔科夫娜说，好不容易忍住笑。

"马上就结束。后面好像是马克·伊万诺维奇，拿根劈柴在赶特奇科夫，而前面是奥片金，举着支蜡烛，还有音乐……"

大伙儿都哈哈大笑起来。

"他全是瞎编的，奶奶，现编的，您可别信他！"玛尔芬卡说。

"真的，没有！他们好像全都远远看见了我，朝我扑过来，像您的那些雕像那样,我逃离他们：喊啊,喊啊,直至谢苗过来把我唤醒——真的，真是这样，你们去问谢苗！……"

"哎,老兄,随后到晚上,我给你服点大黄①或是植物油拌硫黄。你可能有肠虫了。晚饭就别吃了。"

"我一会儿提醒奶奶:看你成什么样!"玛尔芬卡对维肯季耶夫道。

"嗳,韦拉,说说自己的梦——该你了!"赖斯基对韦拉道。

"我梦见过什么呢?"她竭力回忆道,"对了,有闪电,雷声隆隆——而且好像,每一次打击都落在同一地方……"

"多吓人哪!"玛尔芬卡说,"要是我,便大声喊叫了。"

"我在某处堤岸上,"韦拉继续道,"在海边,我前面有座桥,横亘在海上。我顺着桥奔跑——跑到一半,我见到另一半没有了,暴雨将它冲走了……"

"完啦?"

"完了。"

"这个梦也好,那里也有诗意!"

"通常我不做梦或是将它们忘了,"她说,"而今天我觉得发冷:这便是您的诗意!"

"要知道所有事情都在冷热之中,倘若没有冷热,那就糟了。"

"可您呢,哥?现在该您说了!"玛尔芬卡提醒道。

"你们想象吧,我飞了一整夜。"

"您怎么飞?"

"就这样:像是长上翅膀似的。"

"这在长个子的时候倒是常有的,"祖母道,"好像你已经不合年岁了……"

"我先试着在房间里飞,"他继续道,"特棒!你们全待在大厅里,坐在椅子上,可我,像只苍蝇,在天花板下面飞行。你们冲我叫喊,奶奶叫得更厉害。她甚至吩咐雅科夫用地板刷子戳我,但我用头撞破窗子飞了出去,并在小树林上空盘旋……真妙啊,多么新鲜奇异的

---

① 为药用和鞣料植物,其根和根状茎制剂可加强大肠的蠕动,做泻药。

感觉！心脏在跳动，血液却消失了，眼睛看得很远。我时而高飞，时而降落——有一次当我飞得很高时，突然看到灌木丛后面马克的火枪在朝我瞄准……"

"这种梦人人都做：总惦记着宝物，多担心哪。"塔季扬娜·马尔科夫娜说。

"我昨天见他带着火枪——在岛上，便梦见了他。我开始竭尽全力喊他，在梦中，"赖斯基继续道，"可他仿佛没听见，始终瞄准着……最终……"

"哎，哥，——哎哟，这很有意思……"

"嗨，我就醒了！"

"就这些？嗨，多遗憾！"玛尔芬卡说。

"你是想让他射中我？"

"怕是不在梦里他也会伤人的。"祖母嘟哝道，"他怎么，那八十卢布还你了吗？"

"没有，奶奶，我没要。"

"你们睡觉很少向上帝祈祷，"她说道，"就这样！照我看啊，都得给你们服些泻盐，免得头脑里冒出乱七八糟的想法。"

"而您，奶奶，做过什么梦吗？您讲讲。现在轮到您了！"赖斯基对她说。

"我也来说些废话！"

"说吧，奶奶！"玛尔芬卡也纠缠不休。

"奶奶,让我来替您说说您梦见了什么？"维肯季耶夫自告奋勇道。

"你又怎么知道奶奶的梦？"

"我会猜。"

"那你猜吧。"

"您梦见，"他开始道，"农夫们把粮食运到市场，卖掉，并且把钱喝光。这是第一个梦……"

大伙全笑起来。

"多会猜啊！"祖母道。

"第二个，是雅科夫、叶戈尔、普罗霍尔和莫季卡全喝醉了酒，钻进干草棚抽烟斗，并且招致了火灾……"

"让你舌头长疮，真是的——多嘴多舌！你等着我揪你耳朵！"

"第三个，是丫头和婆娘一晚上吃光了果酱和苹果，偷光了白糖和咖啡……"

又是一阵哄笑。

"还有，萨韦利把马林娜打得半死……"

"够啦，对你说！"塔季扬娜·马尔科夫娜生气地制止道。

"最后，"他急忙把话说完，于是嘴唇上突然全是唾沫星子，"是农村的地方警察局下令铺马路和人行道，而在家里安置了士兵一个连……"

"瞧，我真想揍你，我真想揍你——啊啊啊！"祖母说着，从椅子上站起身，抓住维肯季耶夫的耳朵，"还是新郎哪——尽胡说八道！"

"真妙，选配得真巧妙！"赖斯基赞扬道。玛尔芬卡笑得流出了眼泪，甚至连韦拉都笑了。祖母重新坐下。

"只有你们才会在头脑里冒出这种糊涂想法。"

"奶奶，您也做什么梦吗？"赖斯基说。

"做，但并非像你们那样一些不成样子的可怕的梦。"

"那譬如，昨晚您梦见了什么？"

祖母开始回忆。

"我梦见什么，等等……对啊：我梦见了田野，那上面好像覆盖着……白雪。"

"还有呢？"赖斯基问。

"雪上有根细劈柴……"

"再没有别的？"

"还有什么？幸而不需要喊叫和乱跑！"

二十二

整整一天，大家便这么呆坐着，像群湿淋淋的母鸡，并且早早散去躺下睡觉。晚十点，楼里便悄无声息。同时，雨也停了。赖斯基穿上大衣，去到楼四周散步。大门紧闭，街上一片难以通行的泥泞，于是赖斯基去了果园。

万籁俱寂，灌木和树木轻轻摇曳，落下淅沥的雨滴。赖斯基绕果园走了三趟，穿过菜园，想看看田野和伏尔加河变成什么模样。

漆黑一片。远去的云朵聚集在地平线上，唯有星星高高挂在头顶上微微闪烁。他谛听这寂静，凝视这黑暗，什么也听不见看不见。

右边迷雾重重，左边黑影幢幢，卧着斑斑驳驳的村子，再远处弥漫着模糊一片的田野。他吸进两口潮湿空气，打了个喷嚏。

蓦地，他听到老房子里打开了一扇窗子。他朝上望去，但打开的窗子并不朝向果园，而是朝向田野，于是他急忙从金合欢丛跑向亭子，越过栅栏时掉进水洼里，但他停在那里，一动不动。

"是您吗？"有人从楼下的窗子里悄声问道，当然这是韦拉，因为老房子里除了她，没有别人。

赖斯基双膝打战，但他用模糊不清的声音悄声答道："是我。"

"今天我不能出来——雨下了一整天，明天十点您到那里……快离开，有人来了！"

窗子轻轻关上。赖斯基一直站着。

"这'那里'是指哪儿！"他痛苦地问自己，咒骂着谁的脚步声，使他没听清下面的谈话，"天哪！那么这是真的：是有秘密（可他始终不信）——蓝色信笺的信——不是梦！幽会！瞧她，神秘的'夜晚'！可对我却大谈什么道德！"

他迎着脚步声走去。

"谁在那里！"有个声音大声喊道，并随着这声喝问迎面而来的人开始竭尽全力敲打木梆子。

"嗨,去你的!"赖斯基恼怒道,将急匆匆赶到他跟前的萨韦利推开,"你早就在看护房子?"

"女主人吩咐的,"萨韦利答道,"本地有许多骗子……逃犯……也有从纤夫们中间跑出来抢劫的……"

"一派胡言!"赖斯基依然恼怒道,"你是在监视马林娜:这……很可恶。"他想说,但没说完便拔腿而走。

"关于马林娜请允许我说两句!"萨韦利留住他。

"说什么?"

"是否将她送警察局?"

"你疯啦。"赖斯基边走边说。萨韦利跟着他。

"您行行好吧,"他说,"哪怕将她打发到西伯利亚!"

赖斯基继续走着,沉浸在自己有关韦拉从窗口上说话的新"问题"上。

"或者哪怕送进贫民习艺所①——让她一辈子……"萨韦利说,寸步不离。

"因为什么?"赖斯基停下,突然问。

"还是因为那个……邮差,他常来……您最好吩咐用鞭子抽她一顿……"

"抽你!"赖斯基说,"让你别再打人……"

"随您的便!"

"你别再监视!这……很可恶……"他瞥一眼韦拉的窗户,傲慢道。

他走了,而萨韦利发疯似的敲起木梆子。

赖斯基几乎通宵未睡,翌日他出现在祖母的办公室,双目干涩通红。阳光明媚的一天。大伙聚在一起喝茶。韦拉高高兴兴地同他打招呼。

---

① 此处原文为 рабочий·дом,据俄文版编者注,应为 работный дом,即习艺所,或贫民习艺所。这是十月革命前沙皇俄国的一种地方性收容机构,强行收容和关押一些无业游民和不安定分子,在极其恶劣的生活和劳动条件下进行所谓"习艺"的强制性劳动。

他十分激动地握住她的手,聚精会神望着她的眸子。她——不露声色,平静,泰然……

"你今天穿得真漂亮!"他说。

"一件普普通通淡黄色的短上衣您认为漂亮?"

"可是那鲜红的绦带,那一缕缕不经意地披散在肩上的长长的秀发,而那条腰带和这个优雅的花结,还有那双红绸缝制的鞋!你的趣味高雅极了,韦拉,真令我赞叹!"

"很高兴您能喜欢;只是您赞扬得有点儿怪。说说,因为什么?"

"好的,我会说的,我们去散步。"

"何时?"

"十点。"

她疑惑地迅速瞥了他一眼。他发现了这目光。

"我毫无必要说得那么明确:**十点**,"他心想,"应该说**十点左右**……她已经猜到了……"

"好吧,我们去!"她考虑一下同意道,"现在还早,不到十点。"她坐在角落里,沉默不语,回避他的目光,不回答问题。将近十点时,她拿起做手工的小筐和阳伞,对他做了个跟自己走的手势。

他们默然走在屋旁的林荫道上,又拐向另一条,穿过果园,最后停在悬崖旁。那里有条长凳。他们坐下。

"韦拉!"他开始道,勉强克制住窘迫,"我好像偶然间得知了你的部分秘密……"

"是啊,好像是!"她冷冷道,"昨天您偷听了我的话……"

"偶然间,我用人格向你担保……"

"我信,"她打断道,匆匆瞥了他一眼,"那又怎么样?"

"没什么……这样……你爱上了某个人!毫无疑问,并且……可他是谁呢?"

"我不会说的,请您别问!"她冷漠道。

他叹口气。

"我自己知道问得很愚蠢,可我想知道。也许,我……唉,韦拉,韦拉——谁会给你幸福比我更甚?为何你信赖他,却不相信我?你那么冷淡那么严厉地责备我,可谁对你说过,那个你所爱的人会给你半年以上的幸福呢?你为何就相信了呢?"

"因为我爱!"

"你爱!"他惋惜道,"我的天哪,什么样的幸运儿!你给予他那么巨大的幸福,他将以什么回报你?我的朋友,你恋爱,可得小心:你相信谁?……"

"目前还只相信自己……"

"你爱上了谁?"

"谁?……"她重复道,用谜一般"美人鱼"那冷淡而有魅力的目光聚精会神地望着他。

他喘不上气来。

这时,悬崖下的小树林里响起了枪声。

她很快从长凳上站起身来。

"这是怎么回事:这……是他吗?"赖斯基问,脸色都变了。

"我该走了——已经十点!"她说,显得很焦急,竭力不看赖斯基。

她朝悬崖走去,他跟着她走了几步。她向他做了个手势,让他止步。

"这枪声是怎么回事?"他惊恐道。

"在召唤我……"

"谁?"

"用蓝色信笺写信的作者……别再跟我一步!"她对他悄声道,但语气坚定强烈,"倘若您不想让我……"

"韦拉!"

"一步也别跟——始终别跟!"她重复道,从悬崖上往下走,"否则我永远离开这个家!"

她轻快地溜进了灌木丛。

"韦拉,韦拉!多加小心!"他绝望地叫道,又开始谛听。

他只听见在她急促的脚步下,枯枝响起两次噼啪的断裂声,接着便是寂静无声。

"我的天哪!"由于绝望和嫉妒,他大声叫喊,"他是谁,这个幸运儿是谁?……"

"她说:'我爱您!'指的是我!倘若是真的,那又如何……可是枪声呢?"他惊惧地喃喃道,"用蓝色信笺写信的作者呢?有什么可保密的!这是何许人?……"

二十三

而这个帕雷扬①不是别人,正是马克·沃洛霍夫,用赖斯基的话说,是个厚颜无耻之徒,过着居无定所的茨冈人生活,向人借钱,朝活生生的人们开枪,如卡尔·摩尔②那样向社会宣战,在警察的监视下生活,总之,是个被社交界排斥的"瓦拉瓦"!

可是韦拉,这个优雅绝伦的美人,在祖母的保护抚育下,在舒适得如燕子窝那样美好的地方长大,这颗掌上明珠,其美艳动人使得这一带最优秀求婚男子的目光都畏葸羞怯,连最大胆放肆的男人在她面前都显得胆怯腼腆,不敢朝她投去不知分寸的一瞥,不敢冒险献殷勤或是说句恭维话——这个甚至能使独断专行的祖母折服的韦拉,连风儿也不敢朝她吹气的韦拉,会突然间去同一个形迹可疑的危险人物偷偷相会!当所有家庭都将他拒之门外的时候,她是在何处遇见他并和他相识的呢?

---

① 帕雷扬,即印度的贱民,又称"不可接触者",是印度种姓制度下,地位最低下的一部分人。他们从事被印度教称为"不洁"的行业(如加工皮革、清扫垃圾)等。印度教禁止高贵种姓的人同他们接触。

② 卡尔·摩尔为德国诗人、剧作家席勒(1759—1805)的剧作《强盗》(1781)中的主人公。作品中的卡尔是个正直豪爽的青年,他为腐朽的社会环境所迫,毅然拿起武器,加入强盗队伍,劫富济贫,对封建制度进行反抗。

极其简单和偶然。去年末,入秋前,苹果成熟了,到了采摘的季节,韦拉有天傍晚正坐在刺槐树搭建的小亭子里,小亭子建在靠近老房子的围墙上方,她冷漠地望一眼田野,接着又眺望远处的伏尔加河和群山。突然发现离她几步远的果园里,一棵苹果树的枝条弯过了围墙。

她俯下身子,看到有个人安然坐在围墙上,根据衣着和脸庞判断,此人并非平民百姓,并非仆役,而从年龄上,又不是中学生。他双手捧了些苹果,正打算往下跳。

"您在这里干什么?"她突然问。

他朝她看了一眼。

"您看,我正在吃好吃的东西啊。"

他咬了一口苹果。

"您是否也想吃啊?"他说着,顺围墙朝她走近,表示愿意给她一个。

她从围墙旁后退一步,好奇地望着他,但并不害怕。

"您是什么人?"她严厉道,"为何爬别人家的围墙?"

"我是什么人——您没必要知道。而为何爬围墙——我已经对您说过:为了摘苹果。"

"您不问心有愧吗?好像您并非小孩子。"

"什么问心有愧?"

他冷冷一笑。

"偷摘别人家的苹果!"她指责道。

"它们是我的,而不是别人家的:是**您**偷了我的!"

她不作声,依然好奇地望着他。

"您肯定没读过蒲鲁东[①]的作品。"他说,专注地盯着她。"您真是

[①] 蒲鲁东(1808—1865),法国无政府主义理论家,他的蒲鲁东主义是一种小资产阶级的社会主义。

个美人!"随后他又补充一句,好像打上个括号,"蒲鲁东说过什么,您不知道?"

"La propriété c'est le vol[①]."她说道。

"读过!"他睁大眼睛望着她,惊讶道。

她否定地摇摇头。

"那您听着:这条绝妙的真理传遍了全世界。您想看吗,我把蒲鲁东带来?我有他的书。"

"您不是小孩子,"她重复道,"可您偷了别人家的苹果,却相信这不是偷窃,因为蒲鲁东先生说过……"

他迅速瞥了她一眼。

"可您相信的却是人们在中学或大学里对您说过的那一套……或者……那么您说,您是谁?这是别列日科娃的果园——您是她的孙女?人们告诉我,她有两个孙女,全是美人儿……"

"我是谁,同您有什么相干——我有必要说吗?"

"喏,那么您相信奶奶教给您的那些真理……"

"我相信令我信服的东西。"

他摘下制帽鞠躬。

"我也同样。那么您认为我拿这些苹果行同犯罪……"

"有失体面。"

"你确信?"

"是的。"

"我虽说并不确信,但向您做出让步:剩下的四个苹果您拿走!"他说,将苹果递给她。

"我把它们送您了。"

他又摘下制帽,嘲讽地向她鞠了一躬,又咬了几口另一只苹果。

[①] 此为蒲鲁东名句(法语意为财产即盗窃),出自他1840年出版的《什么是财产》一书。

"您是个美人，"他重复道，"加倍的美貌动人。又好又聪明。倘若您用自己去点缀某个白痴的生活，那就可惜了。人家把您，可怜的姑娘，去献给……"

"劳驾，没什么可惜的！人家不会献出的，我又不是苹果……"

"关于苹果顺便说说：为了感谢您的赠品，我要给您捎些书来。您爱读书吗？"

"蒲鲁东的？"

"是的，还有他同伙的。所有新作我全有。只是您可别让奶奶或是您的那帮愚笨的客人们看见。虽说我对您并不了解，但我相信，您不会同他们鬼混在一起……"

"您怎么知道？您见我才五分钟……"

"袋子里藏不住锥子。立刻便能看出——您思想自由——因此您生气勃勃，而并非死气沉沉；这是主要的。别的全将到来，需要机会。您愿意让我……"

"我什么也不想；'自由的思想'是您自己说的，可您却想控制它们。您是谁，总想如何着手教育别人？"

他吃惊地望着她。

"您什么书也别捎来，您本人更不要来此。"她说着离开围墙，"这里有守夜的：他把您逮住便不好了！"

"瞧您身上又散发出您奶奶那城里人假仁假义的味道！可我还以为您爱田野和自由。您是否怕我？我是这样的人吗，您以为呢？"

"我不知道，也许是个缺乏教养的人。"她漫不经心道。

他笑了起来。

"您为何这么想？"

"他们不注意整洁，穿戴寒酸，总是吃不饱……去厨房吧，我吩咐让您吃个够。"

"十分感谢。除此之外，您在缺乏教养的人身上没发现别的什么吗？"

"我同他们一个也不熟悉,而且很少见到。他们非常粗野,说出话来使人觉得好笑……"

"这是我们真正的传教士,没必要说出话来使人觉得可笑。'身体孱弱有病和出身微贱',这恰恰是那些人所需要的。他们暂且因为看不清而往火里爬,而且十分热心……"

"往什么火里?"

"往光明,往新的科学,往新生活……难道您什么也不知道,什么也没听说过?您多么……"

"缺乏教养的人有什么稀奇的?"

"他们被迫处在黑暗中,供给他们头脑的是死板,而且还遭残酷鞭挞;他们中,甚至在见习军官中,只要有谁稍稍充满些激情,便完全不给这些人任何供养,而只有鞭挞——但他们热爱新事物,竭尽全力东冲西撞——从黑暗冲向光明……这帮人年轻、健康、生气勃勃,需要空气和养分,而我们正需要这样的人……"

"谁是**我们**?"

"谁?那还用说?未来的新生力量……"

"那您便是这'未来的新生力量'?"她问道,好奇和嘲讽地望着他,"那您是什么人?或是您的名字保密?"

"名字?您不怕?"

"不知道,也许吧:您说吧。"

"马克·沃洛霍夫。要知道在这里,在这个腐烂发霉的小地方,反正全一样,不管是普加乔夫①,还是斯捷潘·拉辛②。"

她重又好奇地打量他。

---

① 普加乔夫(1740—1775),顿河哥萨克,参加过1756—1763年的七年战争和后来的俄土战争。1773年他以彼得三世的名义发动哥萨克起义,1774年被阴谋分子出卖给沙皇当局,在莫斯科被处死刑。

② 斯捷潘·拉辛(约1630—1671),顿河哥萨克,1667年率领哥萨克穷人队伍征战伏尔加河,1668—1669年沿里海进军波斯。1670年春领导农民战争,1671年被哥萨克上层出卖给沙皇政府,在莫斯科被害。

"瞧，您是谁！"她说道，"看来您很夸耀自己响当当的名字！我听说过您。您冲尼尔·安德烈伊奇开枪，您纵狗咬一位太太……难道这便是'新生力量'？您走开——再也别在这里出现……"

"不然您要向奶奶告发？"

"一定。告辞吧！"

她从小亭子上下来，并未听到他最后的几句话。而他的双目贪婪地盯着她。

"倘若能将这只苹果偷到的话！"他说道，跳到地上。

但是，她对祖母一句话也没提，而只是告诉了自己的女友纳塔利娅·伊万诺夫娜，并要求她同样对谁也别说。

第四部

一

韦拉同赖斯基分手后,还等了一会儿,敏锐地谛听他是否跟在身后,然后突然迅速钻进灌木丛,用阳伞拨开树枝,幽灵似的顺她熟悉的小径轻快地滑过。

她偷偷往林子里已经倒塌和几乎腐烂的一座小亭子走去,林子曾经是果园的一部分。台阶已经与亭子分离,梯级干得裂缝,地板下塌,有些木板已经不见踪影,而另一些在脚下颤动。只剩下一张歪歪斜斜的小桌子和两个原先曾为绿色的凳子,顶部还算完整无损,长满青苔。

马克坐在小亭子里。桌上放着把火枪和皮袋。

他把手伸给韦拉,几乎是顺着折断的梯级将她拽进了小亭子。

"为何这么晚来?"

"哥把我拦住了。"她说,看了看表,"其实我只迟了一刻钟。喂,您怎么样?什么新鲜事也没发生?"

"该发生什么事?"他问道,"难道您期待它发生?"

"没重新关禁闭或进警察局?我每天都等待着……"

"没有,自打赖斯基卖弄一阵,故作慷慨,把借书的事情揽到自己身上之后,我现在可是变得小心多了……"

"马克,我不喜欢您的就是这一点……"

"'这一点'是指什么?"

"除了自己,您对所有人都那么冷漠无情,甚至恶毒刻薄。我哥可全然没有卖弄,他甚至都没有告诉过我。您是不愿评价善意帮助的作用。"

"我按自己的方式去评价。"

"如同狼评价仙鹤的帮助①。哎,为何就不能向他衷心朴实地道声'谢谢',一如他朴实地做了这件事那样? 您简直是头狼!"她亲昵地朝他抡起阳伞,最后说道,"否定一切,怀疑所有人……这是傲慢或许……"

"或许什么?"

"同样是一种表现,一种故作姿态,一种培养'未来力量'的新方式……"

"嚯,您是个好嘲笑人的姑娘!"他说,坐到她身旁,"您还年轻,生活得还不太长久,还没来得及受美好的旧时代那所有可爱之处的毒害。何时我把人间的真理教给您呢?"

"何时我把狼的虚伪给您去除呢?"

"伶牙俐齿,说话都不愁找不到词:聪明的姑娘! 与您在一起并不寂寞。倘若再进……"

他若有所思地挠一下头。

"再进警察局!"她把话替他说完,"看来,对于您的幸福,您只缺这一点了!"

"没有您,我早就不知被押送至何处了。您影响了……"

"安静的生活,您觉得寂寞无聊,向往暴风雨! 可您却允诺让我过上另一种生活,您什么没允诺过! 我曾经那么幸福,甚至全家都发现我心醉神迷。可您依然坚持自己那一套!"

他抓住她的手。

"多可爱的纤手。"他说道,连连吻了数次,并探过身子想亲吻她的脸颊,但她闪开了。

"又是不让! 这克制是否很快便将结束? 也许,您是担心圣母升

---

① 此处指的是俄国著名寓言作家伊万·克雷洛夫(1769—1844)创作的寓言故事《狼与仙鹤》。

天节的斋戒？或是将这份温情保留给……"

"您开玩笑时，我不喜欢！"她抽回手道，"这您知道。"

"是腔调不好？"

"是的，令人不快。首先您得改掉这副腔调和狼一般的举止：这将是通往人间真理的头一步！"

"哈，您这位小姐！黄毛丫头！您还搞什么礼仪入门哪：又是举止，又是腔调！您成熟为一个女人也太缓慢了！自由、生活、爱情、幸福就在您面前——可您却还在挑剔腔调举止。对您而言，人在哪儿，女人在哪儿？……那里有什么样的'真理'！"

"瞧，现在您说起话来就像赖斯基……"

"他怎么样，还是那么充满激情？"

"更甚。我实在不知道拿他怎么办。"

"怎么办？愚弄，应付……"

"可恶,笨拙,问心有愧。"她摇头说,"我不会,这并非我干的事！"

"问心有愧！您以为他不会愚弄您？"

她疑惑地摇摇头。

"没有，他好像钟情于……"

"那更糟；他会对自己的女奴那样大献殷勤。您给我看的那些诗，你们的谈话片断——这一切都表明他在寻求消遣。应该教训他一顿……"

"最好是将一切向他公开——他便会离去。他说，秘密使他感到气愤，倘若他了解了一切，那他就会安下心来，离去……"

"撒谎，您可别信，他在耍滑头。一旦他得知真相，他会憎恨您，或是向您做道德说教，看来还会去告诉奶奶……"

"千万不能！"韦拉哆嗦一下，打断道，"倘若告诉她的是别人，而不是我们自己的话……哎，得快！难道我该暂时离开一段时间？……"

"您能上哪儿！长期——不可能也无处可去，可短期——只有刺激他。您离去会有什么结果？不，只有一种可能，不让他知道真相，加以欺骗。让他心急上火,念诗,望月……他可是个无可救治、耽于幻想、脱离实际的人……清醒后便会离去……"

她叹口气作答。

"他并非耽于幻想的人,他是诗人,画家。"她说,"我已经开始信任他。他身上有许多情感和真情……若是他本人对我没有他称之为热烈爱情的东西,我是什么也不会瞒他的。只是为了让他稍为冷淡些,我才决定扮演这么一个愚蠢的两面人角色……一俟他清醒过来,我立刻第一个把一切都告诉他——我们将会是朋友……"

"不管他!"马克道,又握住她的手,"我们相见又不是为了应付他。"

他默然吻着她的手。她若有所思地听凭他随意亲吻。

"您如何?"她问道,从沉思中摆脱出来。

"什么?"

"这段时间您在做什么,同谁见面?是否还在谈论有关'未来力量''未来曙光''青年希望'之类!我就这样天天等待;有时担心和愁闷得不知如何打发时间!"

"别,别,"马克笑道,"您别担心。我把这帮畜生抛弃了;与他们保持联系不值得。"

"嗨,愿上帝保佑:您做得挺聪明啊!从某种意义上说,您还不如赖斯基,您更需要上课。他是艺术家,画画,写小说。我并不为他担心,可是为您,我的一颗心总不安宁。洛兹金家的小儿子沃洛佳,才十四岁,突然间对他母亲宣布,不再去做日祷了。"

"怎么啦?"

"他们抽打他,弄不明白——为什么?他指出是因为大哥。大哥钻进女仆居住的房间,整晚对女仆们鼓吹吃素斋愚蠢,不存在上帝,出嫁荒谬透顶……"

"哎哟!"马克惊骇道,"难道这是真的:在女仆居住的房间里!可我还整晚同他在一起,把他当明白人,聊天,借书给他看……"

"他带着书上小书铺,对店主说:瞧,最好经售什么样的书!……喏,倘若他说到了您呢,马克!"韦拉深情而温存地责怪道,"每次,我们分手和您请求再见面时,您不是都答应过我的吗?"

"那都是很久前的事了;自打答应您以后,如今我已经不再与他们有联系。别责怪我,韦拉!"马克蹙眉道。

他心事重重地沉思起来。

"倘若不是您,"他又握住她的手说道,"我明天就离开此地。"

"去哪儿?到处全一样;到处都有想快点长胡子的男孩,女孩同样到处是……要知道成年人是不会听您的。您扮演的那种角色自己不觉得难为情?"她说道,沉默一会儿,当他把脸埋进她手中时,她用手抚摸他头发,"您相信这一角色,认为它正经是项使命?"

他抬起头。

"角色,扮演什么角色?洒圣水使人起死回生?"

"可您确信那是圣水吗?"

"您听着,韦拉,我并非赖斯基。"他从凳子上站起身,继续道,"您是女人,但还不是女人,而是朵含苞欲放的花蕾,还应该让您展开,变成个女人。到那时您会知道许多秘密,那是女孩子的头脑梦见不到的,也是无法解释清楚的:它们只能通过体验……我召唤您来尝试,指出生活在哪里,生活是怎么回事,可您却停留在门槛上,靠着。您答应了那么多次,可往前走却那么困难重重——而且还想教训人。而主要是——您不相信!"

"别生气,"她用低沉洪亮的声音,出自内心诚挚道,"我觉得正确和正当的,便同意您,倘若我没有坚定地走进您的生活获取体验,那是因为我想亲自了解和看看我在往何处走。"

"也就是您想作出推断!"

"您有什么要求?让我别作推断!"

"哪里,哪里!"他重复道,"首先,我爱您,并要求得到充分的回答……然后,您得相信我,听从我!难道我身上热情和炽烈的爱情比您的赖斯基和他的诗还少吗？我只是不善于充满诗意地来表达它而已。炽烈的爱情是无法言说的……可您不信，也不爱！……"

"您瞧，您想要什么，马克：要我比本人还愚蠢！您自己鼓吹自由，而现如今又想成为主宰，因我没有奴隶似的顺从而跺脚……"

"倘若您不信任我，各种疑惑支配着您，我们就各自保留，"他说，"这样我们的会面也就不可能继续下去……"

"是的，我们最好各自保留，"她坚定道，"可我不愿盲目信任何人，任何事，不愿意！您总是规避解释，虽说我做梦或醒着都只是希望我们之间没有迷离和误解，希望我们相互了解和信赖……而我并不了解您，于是……也就不能信任！"

"嗨，韦拉！"他懊恼道，"您始终还像只鸡雏，躲在您奶奶抱窝母鸡的裙下：您有着她的道德观。您给炽烈的爱情披上一件幻想的外衣，同赖斯基一样……越是直接从体验中求得的真理……您就越发相信……"他说道，望着一旁，"我们把其他问题全撇开——我不再提它们。我们的事情直截了当和简单，我们彼此爱恋……是这样还是不是？"

"马克，由此可得出什么？"

"喏，倘若您不信任我，那您就看看周遭。您一辈子生活在田野和森林里，却看不见这些体验……您看看这儿，看看那儿……"

他指给她看一群互相依傍着盘旋的鸽子，接着又指着一只追逐着另一只一闪而过的燕子。"您学学它们，它们可不自作聪明！"

"是啊，"她说道，"您也看看：它们就在窝边盘旋。"

他扭过脸去。

"瞧又飞过一只，也许去觅食……"

"快到冬天时全将飞走！"他望着一旁，漫不经心道。

"可快到春天时它们重又飞回那个窝。"她说。

"瞧，我听您的，并且相信，当我见到您是在讲事实。"他说，"我说话粗鲁使您不安——我要克制自己。我找到了老样式，很快我将像季特·尼孔内奇一样,咔一碰脚跟,鞠躬行礼,并且面带微笑。我不再骂人,不再争吵,听不到我的嗓音。看来,我很快便将去做彻夜祈祷……还要什么!"

"这全是玩笑话,我并不希望那样!"她叹息道。

"哪样?"

"全部!倘若不是全部,至少也是许多!至今我都没能做到让您珍重自己……哪怕是为我,别再去'洒圣水',留在此地,待下来,像别人那样……"

"倘若我按自己的信条行事呢?"

"您想要什么,希冀什么?"

"我想教育那帮傻瓜!"

"教什么?您自己明白吗?教那些我同您在这里争论的问题?要知道不能像您说的那样生活。这一切都太新,太张扬,太引人注目……"

"嗨!我们又为那一套而争论!从山上又吹来一股死人的气息!"马克打断道。

"瞧您的所有回答,马克!"她温和道,"都扔掉吧!全是假话——而什么是真理——您自己也不知道……因此我也怀疑……"

"您的犹豫不决支配着本性和爱欲,"他说,"您是小姐,您想嫁人!这不是爱情!……这使您感到无聊!而我需要的是爱,是幸福……"他摇摇头,强调道。

韦拉涨红了脸。

"倘若我是小姐,并且只想着嫁人,那么为此,我自然会另选别人的,马克。"她说着从座位上站起来。

"对不起,我太粗鲁!"他吻她的手,道歉道,"您本应享受,却克制感情,不知为何拖延着,追问着……"

"我追问的是您是谁,想干什么,因为我不拿感情开玩笑。可您把感情看得很轻浮,好像是一种消遣。"

"没有,看作是一种迫切需求,所以我同样没有开玩笑……这算什么玩笑！我与赖斯基一样，也夜不能寐。这是一种精神上的折磨！我从未想到刺激会那么深远！"

他说道，几乎带着愤恨。

"您说您爱我，看出我爱上了您，我在召唤您去享受幸福，可对此您却害怕……"

"没有，我只是不希望它一年半载……"

"要的是一生和死后的幸福？"他嘲笑地问。

"是的，要一生的幸福！我不愿预见到它的尽头，而您预见到了，并且做出预言：我不信也不要这种幸福；它虚伪而不可靠……"

"我何时预言过？"

"许多次，也许并非有意的，可是我没有放过。您反复强调道：'远处那令人欣赏不已的东西是什么？这算什么庸俗行为——必定要用沙绳和普特来衡量自己的幸福吗？捕捉吧，急忙抓住它，然后在尝了两三口之后便跑开，免得令人厌烦，并且再找另一个！不等苹果落下，快把它摘了，明天再摘另一个。别像蜗牛那样在一个地方无聊地过日子，也别在一棵树上吊死。相互依恋着如胶似漆，只是暂时的，接着便是分手……'这全是您按自己的说教一点点散布的。因此，这已经成了您的信条……"

"喏，'因此'，这又怎么啦？您看见的，这并非假装出来的！您干吗不信呢？"

"因为我相信另一种更美好、更可靠的东西，并且希望……"

"说服我倾向于此？"

"是啊！"她说，"我希望，这也是我幸福的一个条件；别的我不明白，也不想搞明白……"

"再见吧，韦拉，您并不爱我，您像密探似的跟踪我，抓住一句话便下结论……您瞧，每次只要我们单独在一起，您不是争吵，便是考验我——而在幸福的问题上，我们始终各执一词……去爱赖斯基吧：这才是您的使命！对他如同对木偶似的，您可以随意揉捏，可以用奶奶的破衣烂衫将他打扮成各种样子，或是每天使他成为长篇小说的一个新主人公，而且永无止境。而我没那工夫，我还有事……"

"啊，看哪，您有事？那爱情、幸福——只是消遣，寻开心？"

"可您想按老一套从一个爱情中来构建生活，筑巢——像燕子那样待在巢中，只为捕食而飞出鸟窝？这便是您的全部生活！"

"而您想飞进人家的巢中待一会儿，随后便忘诸脑后……"

"是啊，倘若能将它忘掉的话。如若忘不掉，便返回。或是如若不想，便下令强迫自己返回？这便是自由？不管您怎样？"

"这我并不懂——那是鸟类的生活。"她说，"您指着周遭，指着大自然，指着动物界，当然并非认真……"

"可是您——难道不是动物？难道是幽灵、天使、永生的生灵？再见吧，韦拉，我们都错了：我需要的并非女学生，而是同志……"

"是的，马克，需要的是同志，"她热烈地反驳道，"是像您那样坚毅刚强的同志——同您平等的同志——是的，而不是女学生，我同意——然而是一辈子生死与共的同志！是这样吗？"

他并没回答她的问题，好像没听见。

"我想到，"他继续道，"我们匆匆相遇，然后各奔东西，这取决于机体、气质、环境。自由来自两方面——因此要看落到我们中的谁身上：是给两人以快乐、满足和幸福，还是给一个人以快乐和平静，而给另一个人以痛苦和不安——这已经不是我们的事。这将由生活本身来指引，而我们将盲目执行它的使命，服从它的规律。而您热衷于分析结果，却避免体验——由此您便胡乱判断，像个老处女。您摆脱不了奶奶、外省讲究穿着的人们、军官们和愚蠢的地主们。而真理和光明在哪里——您还没有发现哪！我错了！睡吧，孩子！再见吧！我们要想法别再见面……"

"是的，尽量吧，马克！"她沮丧道，"我们是不可能成为幸福的一对的……果真不可能！"她双手一拍，接着道，"有什么在妨碍我们！您听着……"她握住他的手，轻轻阻止他，"我们彻底搞个明白……

看我们是否不能再和解了?……"

她不再作声,陷入沉思,一副忧郁寡欢的样子。

他什么也不回答,将火枪挎上肩,从亭子里出来,进了灌木丛。她留在那里一动不动,仿佛沉入深深的梦中,然后突然醒来,悲伤而又惊讶地目送着他,不相信他会离去。

"人们说'不信者不爱',"她心想,"我既然不信任他,那么……我……也就不爱他?为何他一走,我便那么痛苦,那么难受?真想就在这里倒下,死去!……"

"马克!"她轻声道。

他没有四面张望。

"马克!"她大声些重复道。

他走了。

"马克!"她叫喊道,屏住呼吸,仔细谛听。

马克快步下山。她脸色大变,五分钟后才机械地用三角头巾包上头,拿着阳伞,若有所思地慢慢地往悬崖上攀登。

"他说的真理和光明在哪儿?"她边走边思忖,"在他说话的地方,还是我的……心向往之处?这是心吗?难道我是个令人厌烦的好说教的女人?或是真理便在于此?……"她说着穿过田野,走近小教堂。

她默默而深沉地注视着,以若有所思的目光望着她的圣像。

"难道他对此永远不会理解,再也不会回来——回到这里……返回到这永恒的真理……返回到我身旁,返回到我爱的真情?"她的双唇发出轻微的响声,"永远!多么可怕的话语!"

二

她接连四天在小树林中徘徊,在小亭子里等候,但什么也没等到。马克没有去那里。

"我们要想法别再见面。"这是他的最后一句话……"我们是否不能再和解了?"她回答道——对这一期望,对这一心的召唤他没有回头。

对赖斯基,她不再躲藏。他对她的观察徒劳无益,什么也没发现,便垂头丧气起来。她再也没收到和写过任何密信,她对他挺亲热,但更为沉默寡言,甚至忧郁愁闷。

他比过去更经常遇见她在小教堂做祈祷。她并不隐瞒,甚至有一天接受他的建议,陪她去了趟山上的乡村教堂,那里,她经常独自一人去,无论是在做礼拜或是不做礼拜的时候,她都久久地祈祷,神情呆板地跪着,耷拉着脑袋沉思着。

他静静地站在她身后,生怕稍有响动,便会使她从祈祷的梦中惊醒,或是木然待在圆柱后面的角落里观察。然后默然把阳伞或大披肩递给她。

她不朝他看一眼,挽起他的胳膊,不说一句话,有时则靠着他的肩,疲惫地回到家里。她握了握他的手,便离开回自己房间。

而他走着,受着怀疑的折磨,为自己也为她感到痛苦。她并没猜想到他痛苦的秘密,也没料想到他对她怀着如此炽烈的爱,那是一个人对女人的爱,是一个艺术家对理想中人物的爱。

她并不了解与这炽烈的爱同时发生的另一面,这炽烈的爱是他自己激起的,而她在他的坚持下也就允许他对此有所尝试,部分是希望以这种让步使这种爱恋平息下来,部分是听从马克的劝告,以便将他的目光从悬崖上移开,并且一起稍稍"教训"他一顿,友好而善意地取笑他一番——她不明白,他内心里始终还对相互间的感情抱有希望,希望得到回报,倘若并非对他炽烈爱情的回报,那么也是对女性友谊的那番情感的回报,哪怕随便什么回报一点。

赖斯基太过轻信了,因为他愿意相信——虽说很明显她的痛苦是因旁人引起的,虽说她一直偷偷到悬崖底下去散步。不知不觉地,他甚至害怕彻底放弃对相互间感情的希望。对这一希望的坚信,是他的幸福——于是他千方百计在自己身上加强这种希望。他竭力按另一种方式,对自己有利的方式,来解释谜一般的散步。

"这些枪声,"他心想,"就是说,也许有着某种其他含义:这里并非爱情,而是另一个秘密在起作用。兴许,韦拉背负着某种劫运所致的错误的十字架;有人利用她的年轻和缺乏经验,将她征服,把她置于另一种恶的枷锁下,而并非爱的桎梏下,因为她并没有爱,因为她只是想在那里从某种结扣中摆脱出来,这结扣是从前无忧无虑的少女时代系上的,她一次次从悬崖上下去,她的所有这些秘密,这些蓝色信笺——不是别的,而且一种退让——并非在炽烈的爱情面前,而是在另一种黑暗的牢笼面前的退让,虚伪的行动将她驱向那里,她不知如何从那里脱身……最终,爱情将……向他……向赖斯基泄露,她情愿投向他的怀抱,并在那里寻得生路……"

有时,他觉得她向他投去隐忍的央求的目光,请求帮助,或是探询地望着他,好像在问,他是否有力量,是否有权力把她扶起,证明她无罪,使她自立,消灭看不见的敌人,并引她走上正途。

他这样幻想着,激动着,坠入无望的深渊,又被浪涛推向高空——全因为一句她不经意间抛出的话:"我爱您……"

他幸福得直战栗,她说这句话时伴随着美人鱼似的眼神又算得了什么,随着这句话她便从悬崖上消失又算得了什么。

"倘若并非真情,她为何要说这句话?为了开个玩笑,那玩笑是否亦太残酷?女人是不会拿别人对自己的爱情开玩笑的,即使她不赞同它。那么——是她不信任我……不相信我对她的那份情感,我有多难过!"

他在这些疑惑和给自己造成的痛苦那噼啪作响的火焰中受尽折磨,有时号啕痛哭,彻夜不眠,望着她窗户里微弱的灯光。

"未曾想她会对我做出如此恶毒的事情来!穿裙子的刽子手!"他透过牙缝咝咝道。

蓦地,他醒悟过来,感到她的这句"我爱您"是欺骗,自己对她的爱如痴如醉的信任是欺骗,自己的处境是欺骗。

一天黄昏,他又遇见她在小教堂做祈祷。她温顺安详,看上去心情愉快,脸色沉静自信,一副听天由命的神色,仿佛已安于很久没有听到枪声和不需从悬崖上下去的境遇。于是他也谈起这心平气和的心态,并且马上打算重新相信自己关于她爱他的幻想。

她亲昵地把手伸给他,并说很高兴见到他,尤其在她心情平静些的这个时刻。这些天,在与马克会面之后,她一般都竭力显得平静,在家时她每天过来吃饭,打起极大的精神同大家说话,有时甚至开个玩笑,尽量吃些东西。

祖母什么也没发现,至少好像如此,也不投去斜视的目光疑心重重地注视她。

"韦拉,请你原谅,倘若我说得使你厌烦的话……"赖斯基在小教堂旁怯生生开始道。

"我会原谅一切的,哥,您说吧!"她温和道。

"你无法想象我有多幸福,当你变得平静些时。瞧你脸上显得多平和:这平和你是在何处汲取的?在那里吗?"

他指指小教堂。

"你……好像没有再去过那边?"他指着悬崖继续道。

她摇摇头。

"以后也不会去了。"她轻声道。

"谢天谢地——真是太幸福了!你现在去哪儿,回家吗?把手给我。我陪你。"

他挽起她的胳臂,于是他们顺草地小径缓缓而行。

"你在做斗争……韦拉,并且是在作绝望的斗争:这你瞒不住……"他悄声道。

她低首走着。这沉默给了他希望,她将彻底说出一切。

"当你克服了痛苦和危险的激情……"他接着说,并停顿一下,等待着,看她是否会对他的这些暗示用明显的意识予以肯定。

"那又怎么样,哥?"她闷闷不乐道。

"你将怀着巨大的经验走出来,去坚定地应付各种风暴……"

"我去哪儿,去干什么?"

"为了最美好的命运……"

"最美好的命运是什么样的?"

他默然不语,回忆起他在初次见面时曾给她勾勒过炽烈爱情那何等鲜明的图景,又如何热心地将她推进那爱的黑云下。可如今他自己也不明白如何把她从这乌云下领出来。

"这最美好的命运便是冷静的、深厚的、有理性的、经久不变的幸福,它将延续一生……"

"我不会按另一种方式理解幸福……"她若有所思道,并打住,好像累了似的将额头倚在他肩上。

他看一眼她的双眸:眸中噙着泪水。他没有料想到触到了她的痛处,触及她与马克的主要分歧点,触及通向"最美好命运"的主要障碍!

"你哭了……韦拉,我的朋友!"他同情道。

这时,悬崖下响起了枪声,嘘嘘的回声在山间回荡。韦拉和赖斯基双双战栗了一下。

她好像有些害怕,抬起头,顿时吓呆了,一直听着。她的眼睛睁得很大,一动不动。眸中还噙着泪水。随后用力把手从他那里挪开,朝悬崖猛力冲去。

他跟在她身后。半路上她停下,将手按胸口上,重又谛听。

"五分钟前你还很坚定,韦拉……"他说,脸色苍白,被枪声搅得焦急不安,同样不亚于她。

她机械地看了他一眼,没听见他说的话,又朝悬崖方向迈了一步,但转过身,慢慢往小教堂走去。

"是他,是他,"她喃喃道,"我不去。他唤我干吗!难道这些天发生了根本变化?……不,不,不可能,想让他……"

她在小教堂门槛上跪下,双手将脸捂住,一动不动地待在那里,赖斯基轻轻走到她身后。

"别去,韦拉……"他小声道。

她战栗一下,紧张地望着圣像:圣像的双目沉思而冷淡。目中既没闪现一丝光芒,也没流露出召唤、希望和依赖。她惊惧地直起腰,慢慢地站起,好像没发现赖斯基似的。

传来另一下枪声。她飞也似的顺草地往悬崖冲去。

"怎么,莫非他回来了……倘若我的'真理'占了上风呢?不然他为何召唤?……哦,天哪!"她心想,朝枪声方向飞奔。

"韦拉!韦拉!"赖斯基惊恐道,向她伸出双手,试图阻止她。

她不看他一眼,用自己的手把他的手推开,几乎脚不触草在草地上飞奔,头也不回便跑上通往悬崖的林荫小道,消失在果园的树木后面。

赖斯基在原地发愣。

"这是什么,是劫运所致的秘密,还是炽烈的爱情?"他问道,"或是两者都是?"

三

韦拉晚上来吃晚饭,愁眉不展,她要牛奶,一口气喝下一杯,同谁也没说句话。

"你怎么如此闷闷不乐,韦罗奇卡,身体怎样?"祖母冷淡问道。

"是啊,关于身体我不敢向您问起,"季特·尼孔内奇彬彬有礼道,"从某些时候起(这时韦拉做了个耸肩动作)不能不注意到您,韦拉·瓦西里耶夫娜,您起了变化……好像瘦了些……脸色稍显苍白……这与您倒非常非常相称,"他客气地补充道,"不过这同时也该注意,那是否是得病的征兆?……"

"是的,我有点牙疼。"韦拉不乐意地答道,"这很快便会过去的……"

祖母望着一旁,愁闷地不作声。赖斯基用中间两个手指夹着叉子,若有所思地用它敲打着盘子。他同样什么也没吃,阴沉着脸默然无语。只有玛尔芬卡和维肯季耶夫把上的菜统统吃光,不住地絮叨。

"您要这个小圆球干吗?"玛尔芬卡问道。

"喂拱顶后面的大老鼠!"维肯季耶夫流畅地回答。

"您这是干吗!我让奶奶去猜……"

两人竭力想压制住狂热的哈哈大笑声,玛尔芬卡克制住了,便生自己未婚夫的气,因为他当着奶奶的面"举止粗鲁"。

"请允许给您出个主意,韦拉·瓦西里耶夫娜,"季特·尼孔内奇开始道,回答韦拉的反驳,"对健康可轻慢不得。眼下八月,晚上变得潮湿。您做持续不断的散步——这很好,什么也无法像新鲜空气和散步那样维护健康。不过在这种情况下千万不该让自己晚上光着头出去行走,同样也不能不穿厚底皮鞋。尤其女人在体格娇弱的状况下……这时候最好是给自己系上暖和的三角头巾……我见到刚运来一批时髦的薄羊绒头巾……我已经买到了三条……给您,塔季扬娜·马尔科夫娜和玛尔芬卡·瓦西里耶夫娜……但没得到你们准许不敢呈送……"

祖母朝他亲切而忧愁地点点头,韦拉竭力露一下笑容,而玛尔芬卡毫不客气道:

"啊,您多么善良,季特·尼孔内奇!晚饭后我要吻您:您允许吗?"

"我不允许,我爱吃醋!"维肯季耶夫道。

"人家又没问您!"玛尔芬卡答道。

季特·尼孔内奇露出羞怯的微笑。

"愿意为您效劳,玛尔法·瓦西里耶夫娜!我将把自己当作幸福之人……"他说。"多好的姑娘!"他朝赖斯基小声补充道,"可以说,这是一朵绽放枝头的玫瑰,甚至连微风都不敢朝她吹拂呀!"

他感动得咂了下嘴。

"真的,是一朵非常漂亮的玫瑰!"赖斯基叹息着思忖道,"可那个——却像朵百合,看来'朝她吹拂'的已经不是微风,而是狂风。"

他望着韦拉。她起身,亲了下祖母的手,代替鞠躬用目光朝余下众人表示告别,便走了出去。

于是其他人也从桌旁站起身。玛尔芬卡跑到季特·尼孔内奇跟前,完成了自己的心意。

"能否明天将三角头巾捎来?"她对他小声道,"我明天早晨就要同尼古拉·安德烈伊奇去伏尔加河……它用得上……"

"我很高兴!……"季特·尼孔内奇说道,咔一声碰了下脚跟,"我亲自送来……"

她又吻了他一下前额,便扑向祖母。

"没什么,没什么,奶奶!"她说,岔开塔季扬娜·马尔科夫娜的问话:"她在那边对季特·尼孔内奇都说什么悄悄话哪?"但没能掩盖过去。

季特·尼孔内奇无法对塔季扬娜·马尔科夫娜说谎,于是想方设法替玛尔芬卡辩解,很委婉地转述了她的请求。

"缠着别人要东西的叫花子,"塔季扬娜·马尔科夫娜责备她,"去睡觉——很晚了!而您,尼古拉·安德烈伊奇也该回家了。上帝保佑吧,晚安!"

"我给你们送来吧——按常例;我有马车。"季特·尼孔内奇客气道。

韦拉刚走,赖斯基便悄悄地跟着她溜出来,轻轻走在她身后。她走近小树林,站在悬崖上,望着躺卧在她脚旁的森林那黑黢黢的深渊,随后紧裹在大披肩里,在自己的长凳上坐下。

赖斯基在远处用咳嗽让她知道他来了,并朝她走近。

"我和你坐一坐,韦拉,"他说,"可以吗?"

她默默挪了下身子,给他腾出些地方。

"你很忧伤,感到很痛苦吧!"

"牙疼……"她答道。

"不,不是牙齿——你全身都在疼痛;告诉我……你有什么心事?

与我一起分担……"

"为何？我一个人能忍受。要知道我并没有诉怨。"

他叹口气。

"你是在苦恋——谁？"他小声道。

"又是'谁'？是您，天哪！"她说，不耐烦地在长凳上转过身去。

"开这恶意的玩笑是何苦呢，为什么？我怎样来报答它呢？用我炽烈的爱、愚蠢的信任和乐意为你去死……"

"什么玩笑！我可顾不上开玩笑！"她几乎绝望道，从长凳上站起身，开始在林荫小道上来回走动。

赖斯基依然坐在长凳上。

"我过去一直希望……现在依旧希望……自己是个疯子！我的天啊！"她痛苦地搓着手思忖道，"我试着离开一星期，两星期，摆脱这迷恋，哪怕暂时……喘口气！没有力量！"

她停在赖斯基面前。

"哥！"她说，"明天我要去伏尔加河那边，也许要比平常多待些日子……"

"还有这么糟糕的事！"赖斯基不让她说完便伤心道。

"我不与奶奶告别了，"她继续道，并没注意他说的话，"她不知道，您对她说一声，我天一亮便走。"

他窘得不知所措，沉默不语。

"那我现在便离去！"他大声道。

"没必要，您再等等……"她说，似乎包含着真诚，"当我稍为平静些……"

她停顿了一会儿。

"我也许会向您解释的……到那时我再与您告别，以另一种方式，更好的方式，像兄妹那样，而眼下……我不能！……不过，算了！"她挥下手，急忙道，"您走吧！但请给点友情，顺路去趟下房，告诉普罗霍尔，让他五点钟准备好四轮轻便马车，让马林娜去我那里。

万一您走时我不在,"她若有所思地补充道,几乎怀着惆怅和凄凉,"我们现在就告别!请原谅我的古怪脾气……(她叹口气)和接受妹妹的一吻……"

她双手捧住他的头,吻了下前额,迅速走开。

"谢谢您,为一切,"她说,突然在远处转过身来,"现在我非常想证明,我是多么感谢您的友情……更感谢您赠送的这块美丽的田园。再见,并原谅我!"

她离去。他呆若木鸡。对他而言,整个世界空荡荡的,除了这块美丽的田园,而她却要将他从这里打发走,去到那里,去到那无边无际的荒漠中!活活躺进坟墓不成!

"韦拉!"他叫道,急匆匆地追赶她。

她停下脚步。

"请让我留下,当你在那里的时候……我们将不再见面,我不会令人厌烦的!但我要知道你在哪里,我将等待,直到你平静下来而且按照许诺,向我做出解释……你刚才亲口说的……这里很近,可以互通书信……"

他用舌头舔了舔火热的嘴唇,急急忙忙断断续续地抛出这么些话,仿佛害怕她马上会离去,因他而永远销声匿迹似的。

他一脸哀求的神色,向她伸出手。她犹犹豫豫默不作声,轻轻走近他跟前。

"给乞丐这文钱吧……看耶稣面上!"他喃喃道,充满激情,在她面前伸着手掌,"再给这个天堂和地狱同在的人一文钱吧!让我活下去,别将我活活埋进土里!……"他绝望地看着她,勉强可闻地把话说完。

她瞪大眼睛望着他,耸了耸肩,仿佛感到寒战。

"您在要求什么,连自己也不知道……"她轻声答道。

"看在耶稣面上!"他没听她的,依然伸着手掌重复道。

而她沉思起来,间或朝他瞥一眼,忽而怀着同情,忽而疑心重重。

"好吧,您留下!"接着她断然补充道,"给我写信,只是别责骂我,倘若您的'炽烈的爱情'因此而没有消失的话?"她漫不经心揶揄道,对这句话加重了语气,"不过也许会消失的……"她望着他,自己思忖着,"要知道这不过是幻想罢了!"

"我将忍受一切,一切精神上的痛苦和折磨!……无法忍受的却多半是幸福!而痛苦……把它给我:它同样也是生活!只是别撵我走,别疏远我:太晚了!"

"随您的便!"她心不在焉道,想着什么。

他死而复苏,神经开始活跃。

而她却在忧愁地想:"为何**他**就不会说这话呢?"

"好吧,"她说,"那样的话,我明天便不动身了,而在后天。"

她本人仿佛也复活了,在身上诞生了某种希望或打算。两人突然间开始感到满意,每人既对自己,又相互感到满意。

"只是请您现在就叫马林娜来我这里——晚安!"

他热烈亲吻她的手,于是他们分手而归。

四

翌日一清早,韦拉便交给马林娜一封便函,吩咐她交给某个人,并捎回回信。接到回信后,她变得高兴些,到伏尔加河去散步,晚上她请求祖母让她上那边纳塔利娅·伊万诺夫娜家。她同大家告别,临上车时,朝赖斯基微笑,补充说她不会忘了他。

过了一天,一名渔夫清早从伏尔加河过来,捎来韦拉的一张便函。便函上写着一些亲热的话语:"亲爱的哥哥","希望更美好的未来","不想充分流露出来的柔情的火花已然诞生",等等,幸福的火花朝赖斯基飞溅。

来信令赖斯基陶醉,将它背得滚瓜烂熟——他又恢复了对自己的信心和对韦拉的信念，如今他把她看成是真实、纯洁、优雅、温柔的象征。

他忘了自己的怀疑、担忧、蓝色信笺和悬崖，冲到桌旁写了封简短而充满温情的回信，交人送给韦拉，而自己则陷入某种炽烈爱情那紊乱的感觉之中。韦拉并不在眼前，对韦拉紧张的凝神思索分裂成幻想，或是变成对过去已经体验过的对往事的回忆。他由幻想转向寻根问底地寻找解开她秘密的"钥匙"。

他看啊，找啊，将自己理想的阴暗之处照亮，拷问自己的智力、良心和心灵，求得经验和教训：他想从她那里得到和企求什么，为了美的完美和谐，他还缺少什么。留意自己的生活，他回想起在他原先无法实现的理想中，那些侮辱他的所有事情。

在服装、金饰物、钻石、胭脂掩盖下的女人所有粗鲁和卑劣行为，像滚滚浊流重新从他身旁流过。他回想起自己在人生的决战中所经受的苦难和痛苦的凌辱：他的楷模们是如何倒下的，他本人是如何同他们一起倒下又如何站立起来，毫不绝望，向女人们要求人性，要求外表美与内心美的和谐。

预感告诉他，这是最后的体验，在韦拉身上，他或是找到，或是已经永远失去自己理想中的女人，将自己的雕像击成碎块，将狄奥根涅斯的灯熄灭[①]。

令他痛苦的是，在她身上，在光亮之间，他见到的却是模糊不清的斑点——谎言。这神秘莫测，这整天的不见踪影，这秘密书信，这掩饰和缄默不语，是因为什么？这守口如瓶下，也许蔓延着不可宽恕的私通，或是潜伏着致命的情欲或某种难以觉察的秘密——究竟

[①] 狄奥根涅斯·拉埃梯乌斯（约公元前404—前323），古希腊作家、哲学家。据传说，他白昼点灯去寻找"真正的人"，因此有谚语为"狄奥根涅斯白天点灯找人——白费劲"，类似于中国的俗语"瞎子点灯——白费蜡"。此处则指赖斯基既然在爱情上屡遭失败，徒劳无益，犹如狄奥根涅斯白天点灯找人——白费劲，那还不如将狄奥根涅斯的灯熄灭。

是怎么回事？"我行我素，自高自大。"祖母说。"我想要自由，自主。"她自己承认道，其实是在掩藏和使诡计！高傲的意志和独立不羁不怕任何人，公然走自己选择的路，对谎言和老鼠般的乱窜嗤之以鼻，勇于忍受大胆和恣肆行为的一切后果！"你就向他们承认，不必掩藏——我崇敬你的诚实正直！"他说。为所欲为的女人自有自己对爱情、对高尚品德、对羞耻的概念，她们还会勇敢地给自己的恶习戴上荆冠。韦拉宣扬独出心裁的概念，但自己并不公开去奉行它们，她瞒着他，欺骗他和祖母，欺骗全家、全城和整个世界！

不，这不是他所要的女人！人们之所以对女人感到可怕，对人类感到可怕——是因为女人有可能诚实纯属偶然，只是在恋爱时，在她爱上谁之前，只是在她爱恋的那一刻，或是当她最终人老珠黄，因而没有丝毫的激情，没有任何的诱惑力和竞争力，她的真话和谎言跟谁均无关的时候。

"谎言是撒旦投给世间的诅咒之一……"他说。"但她身上不可能有谎言……"随后他思忖道，记起她脸上那精致而又聪慧的美貌，认为这是心灵的反映，便心软起来，自己安慰自己。那脸庞多么充满真情！"美——本身便是力量：她为何还需另一种不牢靠的力量——谎言呢！""但是……"接着他又想起真实情况，便灰心丧气思忖道：为何突然间，就在眼前，他会冒出这句"但是"来？这是来自他生活的经验，是从他所熟悉的许多女人的肖像中见到的，几乎是从他所有爱情中悟出的……是的，是从爱情中！

他羞得满脸通红，用双手捂住脸。

"爱情！没有爱情的会面！"他内心痛苦道，"人的性情和观念上有着什么样的咒语！我们是男人，是父亲、丈夫、兄弟和这些女人的孩子，我们傲慢地指摘她们，因为她们弄脏自己，在泥泞里打滚，在屋顶上奔跑……我们一面诅咒，一面道德败坏！我们不回头看看自己，宽容地原谅自己……狗一样的会面！……不加掩饰、完全公开地怀着自己的羞耻和醉态，却以此来惩罚女人！原来这便是两性应该相互补足教养方面的缺陷之所在,他们得平行不悖,不能走着走着,一人像狗,另一人似猫,而两人在一起如猿猴!这时,两性间这种道德上的不谐调一致,这种概念的混乱,这些相互欺骗、责难和背弃便将结束!而事实上人们发明了两种道德:一种为自己,另一种对女人!"

他陷入个人关于早年青春时代的回忆中——并躺在沙发上。他躺了很久,遮住脸,随后又起身,脸色苍白,受尽折磨,内心痛苦不堪。"粗鲁不堪和谎言连篇有何前途,对生命有何毒害!整整几个世纪过去,整整几代人走着,沉沦在道德的和身体堕落的深渊——却没有谁,没有什么来阻挡这盲目的淫逸放荡的生活的浊流!道德败坏使自己养成了习惯,几乎成了原则,在观念混乱和情欲泛滥、道德处于无政府状态的人类社会中随心所欲⋯⋯"

然后他又投向韦拉,在她那里寻觅纯洁、真情、概念未被污染、感情未被滥用的光芒,寻觅心灵和肉体真正尚未分开的美的光芒。

他逐一回想她的每一步,像个法院的侦查员,时而高兴得战栗不已,时而灰心丧气,而走出这分析的旋涡,既不比过去更绝望,也不比原先更坚定,始终是那样痛苦得茫然不知,犹如一个泳者,本以为一个猛子扎得很远,却原来还在原地漂浮。

他竭力想原谅她对他不可解的举动,回想起自己迅猛的进攻:他如何突然向她提出自己对她美貌的看法,她的美貌如何使他感到惊奇,直至崇拜和狂热。他回想起,起初她如何随便地、继而又坚决地挥手对他的要求表示不耐烦,如何公然嘲笑他的热情,过去对它不信任,直至现在仍不信任,如何让他离自己远点,离此地远点,劝他跑得远远的,而他却死乞白赖硬要留下!

"是啊,她并无过错,错的是我!"他心想,并因此而显得张皇失措。

随后,他回想起,他如何想渐渐平息自己的一腔热情,控制它,顺毛摩挲,犹如制服一条打算扑上前来的恶狗,为的是讨好它,同时向后退,趁早离开。为何她当时没有向他公开自己偶像的名字,那时她就相信眨眼间这便会剥夺他的一切希望,他的满腔热情霎时间便会冷却?

这她费力吗?毫不费力啊!她明白,她的秘密始终是秘密,而其实她缄默不语,仿佛是在故意激起他的情感。可她为何不说?为何不让他离去,甚至当他吩咐叶戈尔卡把箱子从顶楼搬下来时,还请求他留下呢?她是在卖弄风情——那么,她是在骗他!并且还吩咐别告诉祖母,从他那里得到保证——那么,她亦是在骗祖母,骗所有人!

"她,她有罪!"

他开始记日记。诗兴大发,即兴作品的浪涛开始滔滔不绝,时而充满令人感动的柔情和崇拜,时而充满含有醋意的真情实感,以及所有炽烈的爱情那强烈而感情深厚的哀号、歌唱、痛苦和幸福。

他用道德上的感情来认识爱情,用人的想象做布景,给爱情本身添加全部魅力,认为在这种感情里,犹如在理智中那样,"也许有着比在理智中更大的"(他写道)把人和所有非人类的生物区别开的深渊。"伟大的爱情同深邃的智慧是密不可分的:智慧的宽广与心灵的深邃等量齐观——因此能登上人道仁爱顶峰的,只有一颗颗伟大的心灵——它们也即伟大的智慧!"他鼓吹道。他选配的这一魔幻般的图案,其花色千变万化,作为艺术家和多情恋人的他本人也在不断变化,时而拜倒在他所宠爱的人脚下,时而哈哈大笑着抨击自己的痛苦和幸福。哪儿也不变的只是他对善的爱,是他对道德的合理看法。"信仰上帝吧,掌握二二得四,做个老实人吧,伏尔泰曾在什么地方说过,[①]"他写道,"而我要说随你的便去爱女人吧,按尘世的方式去爱吧,但别按猫的方式,别打小算盘,别用爱情作欺骗!"

"清白的女人!"他写道,"要求这一点,便意味着要求一切。是的,这便是一切!但不这样要求,便意味着什么也不要求,是对妇女的侮辱,侮辱她人的本性,侮辱上帝的创造,意味着直接而粗暴地否认她

[①] 作者这里所指的,即是法国作家、启蒙思想家伏尔泰(1694—1778)的哲理小说《老实人》(1759)。

享有与男人同等的权利,否认她享有公正控诉的权利。女人是天生的花冠——是的,只是不是维纳斯。公猫同样觉得母猫是天生的花冠,而且是猫家族的维纳斯!女人——看来也是维纳斯,然而是有理性的、充满崇高精神的维纳斯,是形体美与心灵美的完美结合,是多情而又贞洁的维纳斯。也就是女性庄严的典范,是美的和谐的典范!"

所有这些深刻的见解都被赖斯基推销进他的日记里,并希望在与韦拉会面时把它们念给她听,并同她继续交换着简短而友好的便函。

放下笔,他又急忙着手搞音乐,在音响中忘乎所以,亲自怀着爱恋聆听它们如何向他歌吟他的激情和美的赞歌。他想捕捉到这些声音,确切简要地在严整的和声作品表达出来。

由这些音波在他的想象中显出某种音响诗的轮廓:他使劲捕捉创作的秘密,并且三个早晨绞尽脑汁,用完了厚厚一本乐谱本子。而当他在第四天早晨弹奏所谱写的曲子时,结果竟然会是……波尔卡-雷多瓦克舞曲①,却是那么阴郁、凄凉,使得他本人边弹边痛哭流涕。

他对自己精致的即兴之作落在纸上竟获如此贫乏的结果而深感惊讶,叹息着承认,单凭想象是掌握不了音乐技巧的。

"倘若我用长篇小说来表现同样的内容,结果会如何?……"他思量道,"不过眼下还顾不上长篇小说:这是以后、以后的事,而现在——一心只想着韦拉,想着炽烈的爱情和并非做作的而是真正的生活!"

他犹如童话中的勇士,在屋子里、果园里、村子里和田野里行走,当幸福突然爆发,在自己的头脑里、内心里和整个神经系统里充满着那么多的力量,使他全身生气勃勃,喜气洋洋。

他的思想有助于成功,想象力富有成效,心灵为善良、事业和爱情而敞开——并非对韦拉一人,而是对所有活生生的人那共同的爱。他向所有人发出他那宽容、爱抚、关切、厚爱的光芒。

---

① 波尔卡舞曲源自捷克的一种2/4拍子的捷克民间舞曲,雷多瓦克舞曲为古老的斯拉夫三拍子民间舞曲。

他不仅敏锐地理解别人的、亲人的、不幸者的强烈愿望，而且急忙伸出援助之手，给予安慰，甚至设身处地排扰解难——瞧这只爬行的小昆虫，他会小心翼翼地将它从小路上放进灌木丛中，以免被过路人踩死。

　　在这些幸福的时刻，他真想画完拉斐尔的圣母[①]，倘若它还未曾完成的话，想雕刻那举世闻名的维纳斯、贝维台尔的阿波罗像[②]和重建圣彼得大教堂[③]！

　　在那些痛苦的时刻，则相反，他面容消瘦，苍白，病怏怏的，茶饭不思，在田野里徜徉，什么也看不见，忘了路，去问路遇的农夫们，问马利诺夫卡在哪儿，往右还是往左。

　　这时他与祖母和玛尔芬卡在一起神情冷漠，对女仆态度粗鲁，直至天明也睡不着觉，倘若入睡，也心神不宁，痛苦不安，继续在睡梦中经受折磨。

　　有时他环顾自己四周，仿佛用目光在问众人："我是在哪儿，你们都是些什么人？"

　　玛尔芬卡开始稍稍有点儿怕他。他大部分时间将自己锁在楼上，并在那里或写日记，或在屋里走动，自己同自己说话，或是重又弹钢琴，正如他绘声绘色叙述的那样，抛出"热烈的爱的浪花"。

　　赖斯基的书房和过道隔着一道糊上墙纸的隔板，叶戈尔卡在木隔板上钻了个小洞，不时偷觑他。

　　"哎，丫头们，我让你们看件稀奇事！"他说，透过牙缝往一旁

[①] 拉斐尔（1483—1520），意大利画家，画了许多秀美的圣母像，其中最著名的为1512—1513年间完成的长达二点六五米的《西斯廷圣母》，据作者冈察洛夫1857年4月22日写给友人的信中可知，此处提到的"拉斐尔的圣母"即指此名画。

[②] 贝维台尔的阿波罗像，系公元前4世纪中叶的古希腊大雕塑家列奥哈尔的作品，原为阿波罗的青铜立像，但留传至今者，仅为罗马时代仿制的大理石复制品。立像以身体比例轻巧匀称，神态高雅庄严而驰名于世。

[③] 圣彼得大教堂位于罗马西北郊的梵蒂冈城内，为全世界最大的天主教教堂，于1506年开始兴建，1614年最终完成。

啐了口唾沫道,"走啊,佩拉格娅·彼得罗夫娜,去鲍里斯·帕夫诺维奇老爷那里,从小窟窿眼里看;不必上剧院便能看到:他在那里如何'像个处男'!……"

"我可没时间,我得熨衣服。"佩拉格娅边烧热烙铁边说道。

"哎,您呢,马特廖娜·谢苗诺夫娜?"

"那谁去收拾玛尔法·瓦西里耶夫娜的房间?难道你去不成?"

"真见鬼——一个也叫不动!"叶戈尔卡懊恼道,又从牙缝里吐出口唾沫,"我可在那里用钻孔器钻,钻了个洞!"

"让我看看,那里是怎么回事儿!"塔季扬娜·马尔科夫娜的一个编结花边的女佣娜塔利娅好奇地请求道。

"您可是个最最漂亮的姑娘,娜塔利娅·法捷耶夫娜,"叶戈尔卡温情道,"就像个小姐!别说让您去看窟窿眼儿,就是把手和心都给您,我都愿意——只是……得给您安上另一张丑脸!……"

其余的丫头笑了,而那位非常生气。

"烂舌头!"她说着离开房间,"没错,烂舌头!"

"其实您哪,"叶戈尔卡在她身后说道,"那张丑脸极像自己的老爸法杰伊·伊里奇!"

并且嘻嘻笑开了。

不过他还是劝说头两个丫头去看看。她们轮流往窟窿眼里观看了一番。

"你们看,你们看呀,好像他在哭鼻子,掉眼泪,没错!"叶戈尔卡说,时而将那个,时而将另一个往窟窿前面推。

"当真在哭,可怜的人儿!"马特廖娜怜惜道。

"他别是在哈哈笑吧?原先他是会这样哈哈笑的!看着吧,看着吧!"

三个全都蹲下,窃笑起来。

"哎,瞧他多激动!"叶戈尔卡说道,"也许是爱上了韦拉·瓦西里耶夫娜……"

佩拉格娅用拳头戳了一下他腰眼。

613

"你瞎说什么,下流坯!"她害怕道,"你再胡说,竟敢触犯小姐!女主人要是知道……我们全得滚蛋!"

可是赖斯基几乎在同一时间里又哭又笑,真的"像个处男",也就是说较之普通人,他更像是个艺术家受神经的驱使在那里又哭又笑。

他一直在以高贵的形态铸造韦拉的形象,无意识地、真诚地描绘着它,同时也描绘着自己炽烈感情的形象,在这一情感中表现出,有时是幼稚和可笑地表现出,他个人灵魂中曾有过的光明和诚实的一切,也表现出其灵魂对他人、对女人的要求。

"你在那里一直在写什么?"塔季扬娜·马尔科夫娜问,"难道一直在写剧作或是长篇小说?"

"不知道,奶奶,我写生活——出来的是长篇小说;我写长篇小说——出来的是生活。而最终是什么——我也不知道。"

"只要孩子不哭,给玩什么都可以。"她说,用这句谚语几乎正确地确定了赖斯基写作的意义。他是在消磨时光,想象力枯竭便是自然之道,于是他不再关注生活,不知烦闷,哪儿也不想去,什么也不想要。"为何你总是只在夜间写作呢?"她说,"死亡——我害怕……喏,为自己的剧作伤脑筋,你怎么入睡!直到天亮,那不是开玩笑吗?要知道你是在折磨自己。瞧,你有时脸发黄,像根熟过头的老黄瓜……"

他照镜子,对自身的变化大吃一惊。一块块黄斑出现在鬓角上和鼻子两旁,一头浓密的黑发中有了明显的白发。

"为何我是黑发男子,而非淡黄发男子?"他抱怨道,"变得早老了十岁!"

"没什么,奶奶,别关注我,"他答道,"给我自由……我不想睡,有时也想,但无法入睡。"

"他也像韦拉那样,要'自由'!"

她叹口气。

"他们老是想着这样的自由;好像奶奶给他们戴上脚镣手铐似的!你要写的话,也别成宿地写,"她补上一句,"不然我睡不安稳的。不管几点钟,你瞧吧,你的屋始终亮着灯……"

"我保证,奶奶,我不会失火的,哪怕自己全身烧焦……"

"噢,让你舌头长疮!"她生气地打断道,亲自用针在玛尔芬卡的嫁妆上面缝着什么,虽说此刻女裁缝们正在十张铺开的桌子旁忙碌着。她不能看着别人都在忙活,而自己却袖手旁观,正如当旁人全在哭和笑的时候,维肯季耶夫不能不哭和不笑一样。

"别戏弄命运,别说不吉利的话惹祸上身!"她补充道,"记住:说话多了,自招苦吃!"

他突然从沙发上跳起来,扑向窗口,然后冲出门外,消失不见。

"农夫带着韦拉的信来了!"他边离去边说。

"瞧那样,如同见了亲爹那么高兴!为这些小说和剧本用光了多少支蜡烛:一晚上点完四支!"节俭的祖母小声数落道。

五

赖斯基接到韦拉的几行便函。她抱怨在那里感到寂寞无聊,确实,寥寥数语可见离群索居使她十分苦恼。

她写道,她想见他,她需要他,以后将更需要他,"没有他,她无法生活。"——并且有时便函以某种玩笑结束,这种玩笑犹如冷淡而有魅力的呵痒,使他身上既痒痒又痛苦。

但是,虽说这是个玩笑话,韦拉的神秘身影始终吸引他去往神奇而遥远的深处。韦拉仿佛身处薄纱覆盖的一团雾气中离他而去;他紧随着她飞奔,触及那袭薄纱,想揭开她的秘密,看看他身前的伊西达[①]是何模样。

---

① 伊西达,也即伊西斯,为古埃及司生命和健康的女神。在古希腊罗马的艺术作品中,她一袭长衣,神态安详威严。

他刚触及那薄纱,她便远远消逝而去。他在人与艺术家那相互矛盾的欢乐与痛苦中,既怡然自得又吃尽苦头,自己也不明白,这欢乐与痛苦何在,另一种何时消失,以及它们何时又掺和在一起。

偶然接到她的一封短信,信中友好的语气掺和着恶狠狠的嘲笑,嘲笑他的激情,他对理想的追求和他在与她交谈中经常表现出的那变幻不定的想象力,使他不由得发出真诚的笑声,随后又差点哭出声来,因为忧郁,因为无力诉说自己,给她以了解自己性格的锁匙。

"可怜的女人,她并不理解,"他抱怨道,"因想象力而受谴责,这就像一个人因影子太长而遭谴责:为何将整个田野遮蔽,长得比楼房还高!她也不相信炽烈的爱情!最好她能见到,这条蟒蛇如何伸展在我面前,如何闪烁着碧绿的金灿灿光芒,当太阳将它照亮,晒得发暖时;又如何失去光泽,当它爬进黑暗,发出咝咝的响声,露出尖牙相威胁时!最好让那些精通所谓心灵和情感秘密的行家和解释者来到这里,把自己的观念和从米哈伊洛夫斯基剧院①的剧目栏上获得的哲学陈列出来。他们会滔滔不绝地说出自己的箴言:'不能恋爱,当自尊心受到侮辱','爱情是 á deux② 利己主义','爱情消逝,当它不能分享时',等等。"

"瞧它,这便是炽烈的爱情,"他说,"是否愿意一试!人们怂恿我,嘲笑我——可我始终爱着,而且是如此执着地爱着!并非如'四万个兄弟'③那样地爱着——莎士比亚说少了——而是用所有人合在一起的爱着。所有的爱情形式都包括在我的这一爱情中。我爱她,像列昂季爱自己的妻子,用心地忠厚、纯洁无邪、牧人般的爱,我用强

---

① 该剧院1833年创建于彼得堡。开始为举行音乐会的场所,后用作外国艺术团体来俄访问演出的剧场。听众全为贵族、外交官和上层人物,由此也决定了上演剧目的档次(如经常上演法国剧作家萨尔杜和小仲马的作品)和演出的水准。

② 法语:两人的。

③ 源自莎士比亚的剧作《哈姆雷特》第五幕第一场哈姆雷特台词:"我爱奥菲利娅:四万个兄弟的爱合起来,还抵不过我对她的爱。"转引自朱生豪译本,《莎士比亚全集》第九卷,第一二九页,人民文学出版社,1978年版。

烈的激情去爱，像这个严肃的萨韦利，我像维肯季耶夫那样对生活充满欢乐和热忱去爱，我也许像图申那样去爱，既惊奇又偷偷地满怀崇敬，我爱，像奶奶爱自己的韦拉——并且最后，我还像谁也没犹如此爱过的那样，用造物主给予的那种爱去爱，这爱情如大海，临接宇宙……"

"倘若将这一切简化为一句话，"他在一瞬间突然清醒过来，最后说道，"那便是：'我像艺术家那样在爱，也就是用不受约束的……甚或无所顾忌的想象力的全部力量在爱！'"

写作过程，犹如一个非故意的创作过程将他吸引。在这过程中，他眼前，宛若五彩缤纷的图案，疾驰过他本人的思想、感觉、形象。但这些稿纸，既妨碍他忘掉他真诚思念着的韦拉，又供给他激情，即想象力。

"可她并不明白这一点，"他悲怆地想，"却把这些由她引起并献给她的幻想作品，当作不值一提的东西！难道她真的不明白：这个女人！可她看来耳朵是那么小巧，显得很聪明……

"可她聪明吗？要知道，我们，特别是女人，常常只是把一种十分巧妙的最低级智能——狡猾，当作聪明，而女人们甚至自吹自擂，说她们也掌握这种精密武器，掌握这种猫和狐狸。甚至某些昆虫的智慧！这是一种消极的智慧，是一种隐瞒真相、逃避危险、逃避暴力和压迫的能力。

"顺便说说，软弱无力、分散疏闲的整个犹太民族正是在长期的压迫中养成了这种小聪明，他们悄悄然挤过人群，靠狡猾维护了自己的生命、财产和自己的生存权利。

"这种小聪明，帮助他们顺利地维持日常生活，做些小勾当，掩藏一些小罪孽，等等。可是当人们把妇女的权利交还给她们时，这种小事上有利、大事上几乎总是有害的精明，便该让位给人的真正力量——聪明才智。"

当他不再写日记，头脑清醒地过上一两天，完美无瑕的韦拉便重又出现在他的脑海里。怀疑,猜忌,侮辱性的言辞——它们本身便同他的本性格格不入,如同与正直善良的奥赛罗的本性格格不入的那样。这些都是毫无意义的曲解和空虚,是激情和无知的结果,它们将一切都投上了虚幻和阴暗的色彩。

一天,她的便函中,在几句亲切玩笑式的友情流露后,落款"您的韦拉"下面,又写有以下附言:

"我的朋友和哥!您教会我爱和思念。您与我共同分享自己心灵的力量,仿佛将您一颗最温柔多情的心献给了我……正是您的这份温情唤起了我的勇气,把一件善事告诉您。这里有个不幸的、从家乡给驱逐的人……政府的怀疑威胁着他……他无处安身,所有人都不与他来往,有些是因为冷漠,另一些是出于害怕。您爱他人,不可能漠不关心,更不会害怕做一件善事,一件高贵神圣的事。他身无分文,衣不蔽体,而室外已是秋天……

"对此我没有任何胡诌瞎编,这里句句都是实情:您的韦拉不会对您说谎。倘若您的心——我对此毫不怀疑——将告诉您该做什么的话,那就请寄上您的补助金致执事之妻谢克列捷娅·布尔达拉霍娃,一定能收到:我将亲自监督。但此事您该做得别让奶奶发现什么,也别让家里任何人知道。

"也许——这很自然——您会感到为难,这该是一笔多么大的数目,三百甚或二百二十卢布——将足够他整整一年的开销。倘若您还能寄上一件大衣和秋季花呢男式西服背心(您瞧,我向来是多么相信您那颗温存的心和尤其是对我的爱,使我甚至附上了乡下裁缝从他身上量下的尺寸!),那么您的这一善举便将使一个穷人免受寒冷。

"因此,我已经不敢再提防寒保暖的衣服——这便意味着滥用您的善良和对我的眷恋:这待到下次吧!入冬前可怜的流放犯也许将要离开此地,祝福您,同时与您一起亦……稍稍祝福我。

我本不想打扰您,但是您知道,我的钱全在奶奶那里,可我不能向她开口。"

"怎么回事?这算怎么回事!"看完 postscriptum[①],赖斯基几乎惊讶得叫嚷起来,眼睛朝四周乱转,脑子里寻找着解答。

"不是她,不是她!"他大声嚷嚷,随后突然躺倒在沙发上,爆发出歇斯底里的大笑。

这是在塔季扬娜·马尔科夫娜的账房里。此刻在场的有维肯季耶夫和玛尔芬卡。他们俩起先受大笑的感染也友好地给他当伴奏,随后忍住笑,开始对他的阵阵哈哈大笑声感到害怕。塔季扬娜·马尔科夫娜尤其害怕。她甚至拿来什么滴剂,往小勺里倒了些。赖斯基才停息下来。

"喝几滴,鲍留什卡。"

"不,奶奶,别给我滴剂,而给我三百卢布钱……"

并且重又大笑不止。祖母曾想加以拒绝。

"你说,为什么,给谁?是否给马尔库什卡?你首先把八十卢布从他那里要回来。"并且没完没了地唠叨起来!

要是在别的时候,他会暗自欣赏祖母那精打细算的做法,而且一定会和善地逗弄她一下。但此时他内心急不可待的火气烧得正旺,把恶作剧的强烈兴致全打消了。

他一个劲儿地与她纠缠,差点没打起架来,经过一小时十分艰难的争吵和讨价还价,从她那里得到二百二十卢布,只是因为他想尽快了结此事,才没做成三百卢布的买卖。

他把钱装入信封封好,翌日便交人送去。同时找了个裁缝,催促他缝了件暖和的大衣和男式西装背心,买了条被子。所有这些都在第五天交人送达。

---

① 拉丁文:添写的东西,信尾的附语,附笔。

他接到了那边的回信：

"我是用泪水和心灵，而不是用笔在感谢您，亲爱的，亲爱的哥哥！为此不该由我来褒奖：上苍会替我褒奖的！我的谢意是握手和久久的，久久的表示谢忱的目光！他一直在高兴地'笑'，并穿上了新衣。从那笔钱中，他立刻付了三个月的欠款给女房东，又预付了一个月的房租。他只敢花三卢布买他很久没享受过的雪茄，而这是他的嗜好……"

"明天我让人送一盒去，"赖斯基心想，并派人送去了，"顺便说说，那是因为'无此物者才索求'……"他说道，"富人是不会索讨的。"

他突然想起，派机灵的叶戈尔卡去注意一下，看是谁来渔人处取信，打听一下那个谢克列捷娅·布尔达拉霍娃是什么人。他已经拉铃，但当叶戈尔出现时，他又缄默不语，望了叶戈尔一眼，为自己的意图脸红，并朝他挥了下手，让他离去。

"我不能，我不能！"他喃喃道，怀着无法克制的厌恶，"我将问她本人，看她怎么说，倘若她说谎，那就再见，韦拉，让对女人的各种信任与她一起烟消云散！"

他像医生观察病情那样，留意自己炽烈爱情的进程，并且仿佛将它拍下照片，因为他曾真诚地体验过它，并正确地作出了结论。这炽烈的爱情是什么，是谎言，是幻影，应当驱散它，将它消除！"但怎么办？眼下该做什么？"他问，望着蓝天白云，将目光深入大地，"职责嘱咐了什么，你回答，平息下来的理智，替我把道路照亮，让我跃过这烧得很旺的火堆！"

"抛却一切，赶紧跑开！"理智平静道。

"是的，是的，我将抛却一切，跑开，别等她！"他决定道，并且只是在此时才发现附在她信里的一片纸，上面有韦拉的附言：

"您别再写信，我将于星期四回家：林务员送我回来！"

他非常高兴。

"啊！瞧一次考验。这是奶奶的'机缘'参与了此事，让我去做出贡献，建立功勋，而我将把它完成。过三天我就将在这里见到她……噢，多么安逸！马林诺夫卡上空将升起多么灿烂的太阳！不，我要走！这对我有何意义，谁也不知道！难道我不去寻求报答和这失去的世界？快，快离开……"他坚决道，叫叶戈尔，吩咐把箱子搬下来。

应该马上动身，也就是将韦拉忘掉。他已经完成自己的部分计划。他进城买了些路上的用品。在街上他遇见了省长。省长责怪他为何很久未见，赖斯基回答是因为身体不适，并且说日内就将离去。

"去哪儿？"省长问。

"我反正全一样，"赖斯基阴郁地答道，"在这里……我累了，想解解闷，眼下将上彼得堡，那里有自己的庄园，再去Ｐ省，也许出趟国……"

"您觉得烦闷，这并不奇怪，"省长说，"待在一个地方，离开交往密切的人们……是需要解解闷……瞧，您是否愿意同我一起出去走走？我后天动身去省城察看……"

"后天是星期三，"赖斯基的头脑里闪过一个想法，"而她是星期四回来……是啊，是啊，命运在拽我……我何不彻底从这里远远离开——为了建立真正的功勋？"

"您到地方上去看看，"省长继续道，"有的是美丽的地方：您是诗人，积累一些新鲜的印象……我们顺伏尔加河而下走上一百五十俄里……您带上画册，画些风景画……"

"倘若我接受呢？"赖斯基答道，既打算同爱欲做斗争，同时又隐藏着希望，想不完全离开此地，要知道这里有她存在，其美貌既无可比拟，又令他痛苦！

"我们一起去，我当您的旅伴。"他最终决定道。

省长亲热地用手拍了拍他的手掌,带他到自己家,指着一辆方便舒适的轻便马车说道,厨师也将跟着他们,纸牌也带上。"我们将杀它几局皮克特[①]," 他补充道,"这样路上比带上个有许多公事的书记员要开心得多。"

打算换换地方和环境的想法,已经使赖斯基变得轻松些。这件与韦拉不太相干的事情,犹如一朵云彩飘浮在他与她之间。要是早就如此,那么这无聊之极的状态便结束了!

"瞧,几乎没有任何不正常的情绪了!"他回到家说道。

他再次吩咐叶戈尔卡准备衣服、内衣,说是要同省长一起出差。

他要克制激情的打算是真诚的,并且已经考虑再也不回来,待到与省长之行结束便要求将自己的东西从家里搬出,离开此地,而且不想同韦拉再见上一面。

他应该到此为止,永远离开马林诺夫卡,或是很久,不再回头看一眼——让一切隐没在空间中,甚至这空间的距离,并不像赖斯基打算在韦拉和自己之间那么遥远,也就是二三百俄里,并且隐没在时间中——并非几年,而是五六个星期,也许从这噩梦般没完没了无聊的龃龉中,剩下的将只是模糊的回忆。

凭原先的、虽说并非十分有说服力的经验,赖斯基明白这一点,但最近的经验总是好像同原先的经验有所不同,况且在新的激情下,新的创伤还在冒着热气,而等待的时间却很长。

这点赖斯基也明白,甚至并没有对自己耍滑头,而只是想如何使无法忍受的痛苦感到厌倦,也就是别突然间离开此地,别立刻在她和自己之间建起一条无法逾越的鸿沟,以便别使这条神经猝然中断,他正是靠它如此紧密地联系着生气勃勃、充满魅力、身材匀称秀丽、外貌娇柔细腻的韦拉,联系着她身上所体现出的他的理想,它存在于她的形象之中,虽说她的行动神秘莫测,虽说他怀疑她炽烈地爱上了某

---

① 当时的一种纸牌游戏,共三十二张牌,玩者二至四人。

个人，最终，虽说他粗鲁地推测她有着女人骄纵不羁的性格，猜测她同……图申的关系，怀疑他最有可能成为她的心上人。

"也许是另一个人，是另一些人……"他恶狠狠地思忖道。

他将自己艺术家的那些需求搬到生活中，将它们与所有普通人的需求混为一谈，并写实地描摹他们的生活，而且是不由自主地、无意识地，使自己执行古老而明哲的规则，来"认识自我"[①]，惊骇地注视着、倾听着无理性的盲目本性那粗野的冲动，亲自描写本性精神上的痛苦，起草新规则，使自己身上那个"老朽的人"毁灭，并创造出一个新人。而且，他把那面邪恶与愚昧的、毫不留情的镜子挪到自己跟前照一下，倘若大吃一惊，那么他便难以置信地幸运，他发现，这是一种致力于研究自己的内心工作，作为人，他需要韦拉，需要活生生的女人，作为艺术家，他需要雕像，他本人的这种研究，并非始于韦拉，而是为时已久，首先开始于本性分裂为现实的和由幻想产生的两部分的那个时候。

他怀着心脏的跳动和纯真泪水的战栗，在激情的污泥和喧嚣中，暗自倾听着自己体内那神秘而静悄悄的工作，某种神秘莫测的精神，有时在噼啪声和浓烟中渐渐减弱的不纯的火焰，但它并没有熄灭，重又活跃起来，开始轻轻地，然后越来越响亮，召唤他去从事困难而无穷尽的工作，对自己，对自身的雕像，对人的理想进行研究。

他回忆起，并非生活的诱惑，亦非意志薄弱的恐惧召唤他去从事这项工作，而是对在自己身上寻觅和创造美的一种无私爱好，这使他高兴得心里突突地跳。神灵使他向往一个光明而神秘的远方，吸引他作为一个人和作为一个艺术家，去追求人类纯洁的美的理想。

他怀着隐约的、激动得令人喘不过气来的惊喜，看到纯洁的天才其工作并没有因欲火而落空，只是中断了，而当欲火过去，它又前进，

[①] 据俄文版编者注，此处"认识自我"一词，系古希腊人的题词，镌刻在古希腊德尔斐古老的阿波罗神庙的山墙上。

缓慢而又不顺利,但始终在进行——他还看到,在人的心灵中,不以艺术创作为转移,蕴蓄着另一种创作,除了肉体的渴望,存在着另一种真正的渴望,除了肌肉的力量,还有另一种力量。

脑子里掠过自己整个的生命线,想起何种非人的痛苦曾折磨过他,当他跌倒时,又如何慢慢站立起来,纯洁的神灵如何轻轻地将他唤醒,帮他站起身,安慰他,使他振作起来,恢复对真善美的信心,对力量的信心——行动起来,走得更远,攀得更高……

当他感到,他的力量如何趋于平衡,他最好的思维活动和意志如何进到那里,进到这座大厦,他如何变得轻松自由些,当他感受到这项神秘工作,感受到他亲自作出努力,有所进展,搬石、点火又送水的时候,虔敬得有些心惊胆战。

因为意识到自己内心的这份创造性工作,如今热情而又令人痛苦的韦拉已从他的记忆中渐渐消失,倘若她到来,那也只是因为他哀求地召唤她来此,来参加这份隐秘的精神工作,向她展示自己内心的圣火,唤起她身上的圣火,恳求她保护它,珍爱它,滋养它。

这时他仿佛觉得,他爱韦拉用的是这样一种别人谁也没有用过的爱情,他自己也曾大胆要求过韦拉,用她未能给予自己偶像的爱来爱自己,不管她如何热烈地爱着他,倘若这位偶像胸中并未怀有那样的力量,那样的火焰,因而也不可能怀有他身上所包含的、急于向她倾吐的这种爱。

对另一种炽烈而有害的情欲,他真诚老实地继续作着斗争,感到它并没有得到韦拉的回应,因而也就无法获得某种结局,像两个相互爱恋的忠诚的恋人那样,在平和安宁的过程中得到了幸福,在这种幸福中,情欲去除了肉体的狂热,而变成为人类不渝的爱情。

如今他已经不再像从前那样召唤对自己的炽烈爱情,而是诅咒自己的内心状态和痛苦的内心斗争,并且给韦拉写信道,他决心避免她的在场。如今,当他要离开她时——她却如影相随地跟在他身后,依然在自己神秘莫测的面纱覆盖下,触及他,逗引他,唤醒他的梦,夺走他手中的书,不让他吃东西。

过了三天,他收到一封简短的便函,询问道:"他在哪儿?为何不归?为何没有书信?"仿佛他离去的打算与她无关,或是她未曾收到他的信。

她让他回家,说是她回来了,"没有他很寂寞",马林诺夫卡冷冷清清,人人垂头丧气,玛尔芬卡打算去伏尔加河对岸自己未婚夫母亲那边做客,下星期是她的生日,生日过后便动身,说是将剩下祖母一人,她会烦闷死的,倘若他不为奶奶和她做出牺牲的话……

"是的,我知道这种牺牲,"他恶狠狠和疑惑地心想,"家里没有我和玛尔芬卡,你从悬崖上跃下去便更引人注目了,野山羊!该陪奶奶多坐一会儿,吃饭别在自己屋里,而要同大家在一起——我明白!这将不再有了!我不会让你称心如意的——够了!我将从肩上卸下这愚蠢的激情,你永远不会尝到自己得意扬扬的心情!"

他给她写了回信,信中重提自己打算离去,不再同她见面,说这是实现她早先要求让她安静的唯一办法,而且也可消除自己个人的痛苦。随后他撕毁自己的日记,抛向空中,让碎片随风飘扬,对作品中自己的想象力完全感到失望。

母鸡从四面八方向县城那省长官邸的窗户扑去,把这些像雪片般纷纷落下的纸屑当作某种鸡吃的吗哪[①],随后又慢慢散去,同样扫兴失望,疑问地朝窗口望了望。

翌日傍晚,他收到韦拉的一封短信,她在信里安慰他,对他离去并且不与她见面的打算表示赞同,并表明完全愿意帮助他战胜**情欲**(这词下面画上了一道着重线)——为此,她本人在发出此信后的当天,也就是星期五,又去了伏尔加河对岸。她还建议他回来一趟,同塔季扬娜·马尔科夫娜和全家人告别,不然突然间离去,会使全城吃惊,

---

① 吗哪(Manna),据《旧约·圣经·出埃及记》第十六章记载,是一种从天而降的"天赐食物",白色,味如蜜饼。以色列人出埃及后,旷野绝粮,早晨人们发现地面有一层白霜似的东西,便问:"吗哪?"意即:"这是什么?"由此得名。

让祖母伤心的。

赖斯基几乎为这封信而高兴起来。他心里感到轻松些,于是翌日,也即星期五,吃过中饭,当他们驶进临进马林诺夫卡的小镇时,他轻松而欢快地从省长的轻便马车上跳了下来,为这次愉快而惬意的游玩而感谢他的大人。他带上自己的旅行背包,迅速跑进大门,出现在家中。

六

玛尔芬卡打头,维肯季耶夫第二,一群家犬随同他们俩,急忙跑出来迎接他,所有人,包括帕舒特卡在内,全为他高兴得几乎落泪,以至他,虽说激动得如痴如醉,也为这衷心欢迎的热情感动得几乎泪容满面。

"唉,这样的幸福为何我还嫌不够呢?——为何我不是奶奶,不是维肯季耶夫,不是玛尔芬卡呢,为何我与韦拉要各有不同呢?"他思忖着,同时怯生生地用目光寻找韦拉。

"韦拉昨天就走了!"玛尔芬卡特别利索道,她当然发现他忧愁地在往四周环顾。

"是啊,韦拉·瓦西里耶夫娜走了。"维肯季耶夫也重复道。

"小姐不在!"下人们也说,虽说他并没有问他们。

他本该感到高兴,可他却心情沮丧。

"他们高兴她走,全都笑嘻嘻的,对此无所谓!"他心想,往塔季扬娜·马尔科夫娜的账房走去。

"你让我好等啊,正打算发急件呢!"她一脸慌张道,将帕舒特卡打发走,关上门。

他心慌意乱,等待有关韦拉的什么消息。

"究竟出什么事了?"

"你的朋友,列昂季·伊万诺维奇……"

"他怎么啦?"

"他病了。"

"可怜的人!他怎么样啦?我现在就去……有危险吗?"

"等等,我吩咐套马车了,趁现在我告诉你原因;城里人人都知道了。我只是为了玛尔芬卡才瞒住的。韦拉已经从谁那里得知了……"

"他究竟出了什么事?"

"妻子跑了……"塔季扬娜·马尔科夫娜皱着眉头悄声道,"他便病倒了。他的厨娘前天和昨天两次跑来找你……"

"她去了何处?"

"同法国人查理一起突然离去!不知为何突然将此人召回彼得堡。嗨,瞧她便……说什么'顺便带我上莫斯科,mr Charles'。多狡猾,说是:'我想与在莫斯科的亲人们见见面。'还骗走了丈夫的自由居住身份证。"

"嗨,这有什么大不了的?"赖斯基说,"她与查理私通,除了丈夫,对谁都不是什么秘密;大家还取笑哪,而他什么也不知道。她会回来的……"

"你没把话听完。她从路上给丈夫发了封信,信上请求将她忘了,说是让他别等了,她不再回来,不能与他在一起生活,在这里她将越来越憔悴……"

赖斯基耸耸肩。

"哎哟,我的天哪!哎哟,大傻瓜!"他难过道,"可怜的列昂季!她偷偷干的丑事还少吗——不,还想当众出丑……我立马去;唉,我真为他可惜!"

"我也感到遗憾,鲍留什卡。我真想亲自乘车去他那里——他可是个老实人——像个孩子似的!上帝赐给他渊博的学问,却没赐他机敏……埋头于自己的书堆里!他在那里有谁照管?……那你听着:倘若他无人照看的话,你就把他接到这里——老房子里还有空房,除了韦拉住了一间……我们暂且将他安置在那儿……我已经吩咐准备好两个房间,以备万一。"

"奶奶,您真是个了不起的女人!我刚想到,可您已经吩咐下去了!……"

他去了趟自己的房间。在那里发现几封从彼得堡寄来的信,其中一封是他的朋友阿亚诺夫的回信,他也是索菲娅的姑妈娜杰日达·瓦西里耶夫娜和安娜·瓦西里耶夫娜的牌友。鲍里斯曾给他写过好几封信,打听索菲娅·别洛沃多娃的消息,可他随后便忘了。

他拆开信,见阿亚诺夫顺便写到有关她的情况,作为对他来信的答复。

"何时回心转意了!"他心想,"那时我对她的印象还很新鲜,现如今我连她的模样都忘了!现在对我来说,甚至更感兴趣的是谢克列捷娅·布尔达拉霍娃,因为她能让我想起韦拉!"

他别的信都没看,杂志也不拆,便去了科兹洛夫家。灰色小屋的百叶窗紧闭,赖斯基敲了半天,好不容易才有人给他开了门。

他穿过前厅,然后客厅,并停在书房前,不知是敲门还是直接进去。

门突然轻轻打开,马克·沃洛霍夫出现在他面前,身穿女人宽大的连衣裙,脚蹬科兹洛夫的便鞋,头发蓬乱,没有睡醒的脸庞,脸色苍白,脸颊消瘦,一对凶相的眸子,仿佛全身都在抽搐。

"真见鬼,您好不容易才来!"他恼怒地低声道,"您到哪儿去啦?我差不多第二个夜晚完全没有睡觉了……白天还有学生来此转转,可晚上就他一人……"

"他怎么啦?"

"怎么啦?难道他们没对您说?母山羊走了!我听说后高兴极了,跑来向他祝贺,只见——他面如土色!双眼模糊,谁也不认识了。差点儿得了热病,现在好像过去了。这废物非但没高兴得掉眼泪,反而悲痛万分!我请来医生,他把人撵走,自己像个傻子似的来回走动……现在他睡了,您别打扰他。我回趟家,您留下,免得他脑筋迟钝忧郁症发作干出傻事。他谁也不听——我已经想把他揍一顿……"

他恼怒地啐口唾沫。

"别指望厨娘——她是个白痴。昨天她不给他正经服药,却喂他吃牙粉。明晚我来换您……"他补充道。赖斯基惊讶地望着马克,把手伸给他。

"干吗这么仁慈?"马克刻薄问道,没伸手。

"感谢您没撇下我可怜的同学……"

"啊,很高兴!"马克说,咔的一声用拖鞋跟相碰,紧紧握住赖斯基的手摇晃着,"我早就在寻找机会为您效劳……"

"这是什么,沃洛霍夫,您怎么像个马戏团小丑,总是反穿衣服!……"

"可您总是在生活中装腔作势和装模作样地生活!"沃洛霍夫恶狠狠地答道,"喏,您的感谢对我有什么屁用?难道我是为了道谢或是为了某个什么人来照看科兹洛夫的,而不是为了他本人?"

"那好吧,马克·伊万诺维奇,上帝保佑您和您的举止!关键不在于举止,也不在于我的'装腔作势'!您做了一件好事……"

"又是赞扬!"

"又是。这是我说话的习惯——我喜欢什么,不喜欢什么。您以为当个粗人就意味着朴实和自然,可我认为人越是和善谦让,他便更是个人。很遗憾,倘若您不喜欢我的这种'装模作样',但请给我按自己方式装模作样生活的自由!"

"好吧,加多少糖,随您的便!"马克透过牙缝发牢骚道。

"我把列昂季送到自己家:他在那里将同在自己家里一样,"赖斯基继续道,"倘若痛楚不解除,那他便永远留在这安静的角落里……"

"来,现在把手给我,"马克严肃道,握住他的手,"这是正经事,而不是句空话!科兹洛夫算是垮了,已经无法供职。他落得个没住所,没食物……您脑子里倒想出个非常好的念头。"

"不是我,而是个女人想出这个念头的,也不是在脑子里,而是在心里,"赖斯基最后说道,"因此眼下我不接受您的手……这是奶奶想出来的……"

"您的这位奶奶,真是个了不起的老太太!"马克道,"有时间我上她那里吃馅儿饼去!可惜的是,她脑子里充满许多陈腐的糊涂念头!……喏,我走了,您来照看科兹洛夫,倘若自己不行,那就派个什么人来。大前天有人给他淋湿脑袋,并且吩咐晚上用圆白菜蒙上。料想不到我睡着了,而他却昏昏沉沉,从头上将整个圆白菜搬下来吃了……再见!我自己也没吃没睡。这里的阿夫多季娅请我喝咖啡那种混浊无味的饮料……"

"原来如此,您不想再等等?我现在派车夫到家里把晚饭取来。"赖斯基说道。

"不,我到家后再吃晚饭。"

"也许……您没钱了吧?……"赖斯基怯生生地表示道,想去掏皮夹子。

马克突然以自己的冷冷的笑声笑起来。

"不,不,我现在有钱了……"他神秘莫测地望着赖斯基道,"晚饭前我还将去趟澡堂。我全身弄得脏兮兮的,没购置过衣服,也几乎没换过衣服。您要知道,我现在不在种菜园子的人那里住了,而是住在一个神职人员家里。今天那里会把澡堂烧暖,我去趟澡堂,然后吃晚饭,躺它一晚上。"

"你瘦了——而且好像有病!"赖斯基说道,"您的眼睛……"

马克突然蹙额,他的脸色变得比原先还凶狠。

"可您,依我看,您的身体更糟!"他说,"您照照镜子:那些黄斑,双眼全塌陷下去了……"

"我有各种烦心事……"

"我也是。"沃洛霍夫冷冷道,"再见。"

他离去,而赖斯基轻轻地把门朝列昂季打开,踮着脚走到床前。

"谁在那里?"科兹洛夫虚弱地问。

"你好,列昂季——是我!"赖斯基说道,抓住科兹洛夫的手,在床边的一把安乐椅上坐下来。

科兹洛夫久久地端详着，随后认出了赖斯基，急忙从床上放下双腿坐起望着他。

"此人走了？我装作睡着。好久没见到你了，"列昂季声音微弱地断断续续道，"我一直等着，心想，他怎么不来看我。老同学的脸，"他继续道，凑近去望着赖斯基的眼睛，将自己的手放在他肩上，"现在只有这张脸还不让我感到讨厌……"

"我不在城里，"赖斯基答道，"我刚回来，便得知你病了……"

"他们胡说八道，我没病。我是装的……"他说，把头低到胸前，不再作声。过了几分钟他抬起头，茫然地望着赖斯基。

"我倒是想对你说什么来着？……"

他站起身，脚步不稳地在书房里走动。

"你还是躺下，列昂季，"赖斯基说，"你病了……"

"我没病。"科兹洛夫几乎恼火道，"你们这是干什么，好像商量好似的，老调重弹：病了病了。马克还带来医生，坐在这里，好像怕我跳窗或是要自杀似的……"

"但是你身体虚弱，走路很吃力——真的，躺下吧……"

"是啊，很虚弱，这是真的。"列昂季喃喃道，越过椅子背朝赖斯基俯过身子，搂住他的脖子。他把脸颊贴住赖斯基的脑袋，赖斯基突然感到自己的前额和脸颊上那火烫的泪水，列昂季哭了。

"这是身体虚弱，是的……"列昂季哽咽道，"但我没病……我没患热病……他们胡说……不理解……连我自己也什么都不明白……瞧，一见到你……便掉眼泪，自己便迸发出来……别骂我，像马克那样，也别嘲笑我，像他们所有人那样笑……那些教师、同学们……我见到他们脸上挂着充满恶意的笑容，这些富有同情心来探望我的人！……"

赖斯基自己也哭得接不上气来，但他没让眼泪流下来，免得触动列昂季更多的忧愁。

"我理解并尊重你的眼泪，列昂季！"他说，好不容易抑制住自己的情感。

"你是好人,老同学……中学时你也没嘲笑过我……你知道我为什么哭吗?我出了什么事,你什么也不知道吗?"

赖斯基沉默不语。

"那我就给你看……"他走到老式写字台前,从抽屉里取出一封信,递给他。

那里已经听说过它。

"把它毁了吧,"他出主意道,"只要它完好无损,你就不得安宁……"

"怎么可以!"列昂季吃惊道,把信夺走,又将它藏进抽屉里。"这可是她写给我的唯一的几行字……我没有别的……这也是留在我记忆里的她仅有的一件东西……"他咽下泪水补充道。

"是啊,这样的感情不愧为最好的部分……"赖斯基轻声道,"但是,列昂季,我的朋友,把这忍了吧,就当是一场病,是一次最大的苦痛……但毕竟别受它的影响——生命还长得很,你还不老……"

"生命结束了,"列昂季打断道,"假如……"

"假如什么?"

"假如她……不回来……"他低声道。

"怎么,你还想……你现在还想接纳她!……"

"唉,鲍里斯,连你都不理解!"科兹洛夫几乎绝望道,双手捂着头,在屋子里转,"我的天哪!他们反复说我病了,怜悯我,领来医生,好几夜坐在床边——但他们毕竟揣测不出我的病因和该用什么药,其实只有一种药……"

赖斯基不作声。

科兹洛夫大步走到他身旁,抓住他双肩,使劲儿摇,绝望地低声道:

"她不在了——这便是我的病!我没病,我死了:我的现在和将来——全死了,因为没有她!你去,把她叫回来,领她到这儿来——我便能起死回生!……可他还问,我是否会接纳她!你还怎么写小说,连这么简单的事情都弄不明白！……"

赖斯基见到，科兹洛夫终于用察看古人们生活的那种有意识的准确目光，看清了合乎他心意的生活，看清了没什么可使他快慰的东西。

"现在我明白了，"他说，"可是我并不知道，你是那么爱她。你自己曾开玩笑，说你与她处熟了，为了自己的古希腊人和古罗马人而背叛了她……"

科兹洛夫痛苦地一笑。

"我瞎说，我自吹，我什么亦不懂，鲍里斯，"他说，"你可没发现这点……我是永远不会明白了。我以为我爱古人，爱古代生活，可其实我爱的是……一个活生生的女人；我爱书，爱中学，爱古人也爱新人，爱自己的学生……爱你这个人……也爱这个城市，这条小胡同，这栅栏和这些花楸树——仅仅是因为——我爱她！可现在，这一切全令人厌烦，我打算哪怕去极地……是的，我前不久才得知这件事：瞧我如何在地板上抽搐着读她的信。"

赖斯基叹口气。

"可你却问，我是否接纳她！天啊！我会怎样接纳，怎样爱她——现在她能知道便好了……"他补充道。

他的眼泪又一滴滴往下流。

"你知道吗，列昂季，我到你这儿还带着塔季扬娜·马尔科夫娜的请求！"赖斯基道。

列昂季来回走动，摇摇摆摆，头发乱蓬蓬，鞋子啪嗒啪嗒响，不听他的。

"奶奶请你搬往我们家，"赖斯基继续道，"在这里你一个人会烦闷死的。"

科兹洛夫听明白了，但只是挥挥手作为回答。

"谢谢她，她是个高尚的女人！可我那么个废物，要带着自己的痛苦上别人家！"

"这不是别人家，列昂季，我同你是兄弟。我们的亲谊比血缘关系还强烈……"

"是的,是的,请原谅,痛苦支配了我!"科兹洛夫说道,躺到床上,握住赖斯基的手,"请原谅我的利己主义。以后……以后……我自己将挣扎着去,请求让我看看你的藏书……当希望已经没有的时候……"

"可你还有希望吗?"

"什么?"科兹洛夫突然迅速在床上坐起,将脸凑近赖斯基低声问道,"你以为没有希望了?"

赖斯基不吭气,既不愿剥夺他的这根救命稻草,也不想徒劳无益地用它来引诱他。

"我真的不知道说什么,列昂季。我很少关注你的妻子,很久没见……并没有很好了解她的脾气秉性。"

"是啊,你没想稍稍关心关心她……我知道,你若给她一点好的教训,也就不会有这种事了……"

他深深吸口气。

"不,你了解她,"他补充道,"你曾向我暗示过这个法国人,可我当时没明白过来……我没想到……"他不再作声。"而倘若他抛弃了她呢?"停了一会儿,他突然高兴道,一瞬间他的双眼中闪烁着某种光芒,"也许,她想起……可能……"

"有可能……"赖斯基犹豫不决道。

"你等等……这是什么?……好像有人到这儿来……"列昂季说着欠起身子,望着窗外。随后坐下,显得垂头丧气。

窗子旁驶过一辆四轮大车,一个身穿楚瓦什人①镶红边衬衣的农夫站在车上,挥动着缰绳。

"我一直在等……一直在想,她是否会回心转意!"他幻想道,"我在夜里试着起来,可是这个可恶的强盗马克,用钢铁般的大手将我放

---

① 楚瓦什人为俄罗斯一少数民族,操楚瓦什语,15世纪形成部族,当时其领土属喀山汗国,1551年自愿加入俄罗斯。

倒，吩咐我躺着。他说：'别翻身，老老实实躺着！'我怕这个马克。"

他探询似的盯着赖斯基。

"你怎么认为！"他低声道，"你更了解女人——他懂什么！是有希望……或是……"

"倘若有希望，那无论如何也不是现在，"赖斯基说道，"也许在什么时候以后……"

科兹洛夫深深吸了口气，慢慢躺倒在床上，将双手和胳膊肘一起把自己的头抱住。

"明天我来送你上我们家，"赖斯基对他说，"现在再见！随后在天黑前，或是我自己来，或是我派个人来与你做伴。"

列昂季没听见赖斯基了些什么，亦没有看见他怎么离开的。

赖斯基回到家，向祖母报告列昂季的情况，说他没有危险，但眼下什么安慰都无济于事。他们俩决定晚上派雅科夫去看护科兹洛夫，祖母还派人送去了真正的一顿晚餐，有茶、罗姆酒和葡萄酒——以及天知道别的什么东西。

"这为什么？他什么也不吃，奶奶。"赖斯基说道。

"此人怎么样……还将去吗？"

"此人是谁？"

"喏，就是那个马尔库什卡：我送茶过去，他想喝。你不是说，你在那边遇上了他吗？"

"嗨，奶奶！我现在就去告诉马克……"

"你可千万别去！"她制止他，"会让他笑话的……"

"不，他会鞠躬致意的。这不是尼尔·安德烈伊奇，他理解您……"

"我不需要他的鞠躬致意，只要他不挨饿——愿上帝保佑他！他是个不可救药的人！怎么……那八十卢布他没有提及？"

赖斯基挥了下手，回自己屋，开始把阿亚诺夫的信和另一些从彼得堡寄来的、与报纸杂志一起收到的信件读完。

635

七

"你是怎么回事,亲爱的鲍里斯·帕夫洛维奇?"阿亚诺夫写道,"你离开我们潮湿但永远年轻的彼得堡,钻到全俄罗斯哪个缝隙里去了,两个月来没收到你的片纸只字?你是否在那里与哪个小鲟鱼结了婚?开始的时候你寄出大量自己的故事,也就是书信,可突然间便销声匿迹了,所以我都不知道你是否离开了自己的穷乡僻壤——马林诺夫卡,到另一个不毛之地斯莫罗金诺夫卡去了,而且你是否收到过我的信?

"新闻很多,只是你请听着……祝贺我吧:我的痔疮终于被发现!我和医生那个高兴啊,互相扑上去拥抱,两个人差点儿号啕大哭起来。你是否明白这个结论的重要性?不必到矿泉去了!腰部感到轻松多了,而腹部我贴上了冰凉的敷布;你是知道的,我有 plethora abdominalis[①]……"

"瞧,他都用什么样的新闻吸引人!"赖斯基心想,并接着读。

"我的奥莲卡变得更漂亮了,在笃信宗教、品行端正和学业方面都大有长进,对贵族女子中学的校长恭顺,对父亲恭敬,每个星期四都要问,另一个淘气孩子赖斯基快来了吧,来修改她的图画,往她另一只手中塞上另一盒额外的糖果……"

"无理性的书信,只谈自己!"赖斯基低声道,跳过几行往下读。

---

① 拉丁文:门静脉系统充血。门静脉为人的大型静脉干,由它将血液从胃部、脾脏、肠道和胰腺引送到肝脏。充血指因血液来流过多(动脉性充血)或血液回流困难(静脉性充血)而引起的器官或组织局部血量增加。炎症多并发有充血。

"……科科终于同自己的 Eudoxie①结婚，他几乎像奉承拉结②那样奉承了她七年！并且回到了自己的季姆塔拉卡村。戈尔布和他的妖婆被打发到国外去了，因此现在家里开始热闹些了。大家打开窗子,放进新鲜空气和人——只是吃得依旧很糟糕……"

"我同他们有什么关系！"赖斯基不耐烦地嘟哝道,接着浏览书信,"关于表妹一句话也没有，不过我也不想听到有关她的什么消息！"

"……他的位置,"他继续小声念道,"听说有意让 H. B. 公爵来当部长，而 И. Б. 当副部长——而……女人们吵嚷起来……П. П. 输了七万……X 他们一家出国去了……你觉得无聊吧，你眉头都皱上了吧——你会问索菲娅·尼古拉耶夫娜怎么样了（赖斯基开始较活跃地读起来）：马上，马上，关于她的消息，我把它 pour la bonne bouche③……"

"好不容易才谈到！"赖斯基说道,"喏，她怎么样？"

"你不在，我还是像你在时那样竭尽全力为你的事情效劳，把它当作信仰和真理，也就是每周两次去同可爱的'小姐们'打牌，结果她们的小弟尼古拉·瓦西里耶维奇，称我为安娜·瓦西里耶夫娜的未婚夫，并且有一天寻开心谈起我们未来的婚事，结果被两个妹妹顶着背推了出去，没得到一个子儿的补助金，他原本就是为此而来的。不过他却从我这里借走了三百卢布，而我则

---

① 法语：意为尤达西埃，拜占庭女王。
② 拉结（Rachel），亦译"辣黑耳"，《圣经》人物，拉班的次女，以色列人圣祖雅各的爱妻，雅各为娶拉结，曾答应拉班提出的条件，给他当了七年长工。见《旧约·圣经·创世记》。
③ 法语：作为结尾。

637

把这笔钱记在你的账上,因为想把它们从我的未婚妻手里捞回来,希望已经十分渺茫。得知此事,她们会脸色苍白,全身战栗的!

"陪姑妈们打牌,依我说是在为你的事效力,也就是为唤醒你那位像大理石似的表妹身上的激情,差别只是在于你不在,此事进行起来反倒有利。意大利人米拉里伯爵可能也在这方面下功夫,也就是在培养女人们身上的激情,但未必比你更有成效。他养成习惯,专在我们打牌的那一天那一刻到来,而尼古拉·瓦西里耶维奇望着自己家庭的幸福和谐,怎么也喜欢不够。

"他们让老爷子听其自便,自顾学音乐、演奏、歌唱——甚至不去散步,因为(我将此事告诉你,你可要保守秘密,而且全彼得堡必定也是凑到耳朵上小声地在重复这个秘密),你表妹的轿式马车来到岛上,米拉里骑着马或坐着四轮马车也出现了,并且同行在轿式马车旁。索菲娅·尼古拉耶夫娜变得更美艳动人了,随后也变得爱沉思默想了,稍稍从'奥林匹斯山'的宁谧中走出来,人也瘦了些……她(你拿酒精,嗅一下)做出了……un faux pas①!我好不容易才搞清楚,究竟是什么样的一步,甚至从她表妹 Catherine(卡捷琳娜)那里得到你怎么也料想不到的这样的答案:全是两点和六点,没有一张老K、皇后和爱司,甚至连十也没有……全是小牌!

"我已经开始亲自杜撰他们的风流韵事:我想是否有人在何处遇见过单独散步的他们,或是截获过信件,那上面说'我爱你'——或是在罗西尼②和贝利尼③的二重唱中响起不可容忍的亲吻声?没有,他们弹奏,歌唱,影响我们打牌(顺便说说,我发现,即使没有他们的弹奏,牌也打得很不投机。一般说我无法忍受夏天,因为夏天纸牌透亮儿),因此,娜杰日达·瓦西里耶

---

① 法语:错误的一步。
② 罗西尼(1792—1868),意大利著名作曲家。
③ 贝利尼(1801—1835),意大利著名作曲家。

夫娜甚至用棉花把耳朵塞住……而在城里,庸俗无味,陈腐透顶！梅泽斯基家,哈基科夫家和梅申斯基家,以及所有人尤其是表妹 Catherine,怀着不露声色的高兴劲,轻声道：'Sophie a poussé la chose trop loin, sans se rendre compte des suites①...'等等。我有时大声有时小声地问别人,这个'chose'是什么意思,并没有得到确定的答复,当谈话提到她时,我便自己小声道：'Oui, elle a poussé la chose trop loin, sans se rendre compte... Elle a fait un faux pas②...'

"当人家问,什么样的'pas'？我意味深长地耸耸肩。

"于是地平线上飘浮起一朵淡淡的云,停留在你表妹的头顶上！而我始终为你的事效力,没忘掉朋友的义务,一直去陪姑妈们打牌。我甚至与米拉里亲近起来,并且同他约定,如同曾经同你约定的那样,在同一时间抵达,这样双方都合适……"

"多蠢的驴！"赖斯基扔下信,恼火道,"他以为在讨好我……"

"而你,为了我的效劳和友谊,"赖斯基接着读,"你在入冬前,从伏尔加河上,给我寄上或捎上一两桶上等的新鲜鱼子和若干条一俄尺长的小鲟鱼来：我将与我的伙伴、公爵大人、部长和恩人一起分享……"

赖斯基挑着看一下内容：

"于是我们把整个家都搬到了石岛③的别墅里,也就是他们借

---

① 法语：索菲娅在自己的举动中做得太过分了,没意识到后果。
② 法语：是啊,她做得太过分了,没意识到自己举动中的后果……她做出了错误的一步。
③ 石岛位于彼得堡郊区,为该城的别墅区。

用了 B 家的整幢楼,而我借用不远处的两间屋子。尼古拉·瓦西里耶维奇住进了一间特殊的厢房……

"事情像平时一样进行,有一天,在我们的晚间牌局开始之前,当时娜杰日达·瓦西里耶夫娜和安娜·瓦西里耶夫娜打扮得漂漂亮亮地出来,而索菲娅·尼古拉耶夫娜乘车去散步,带上了尼古拉·瓦西里耶维奇,以便将他顺路送至那边何处的一幢别墅,突然间仆人禀告奥林皮阿达·伊斯梅洛夫娜公爵夫人到。两个姑妈为牌局的意外受挫唠叨了一阵,但她们还是准我走开去散会儿步,嘱咐我过一小时回来,而由她们来接待公爵夫人。

"我们三人全不走运!无论是你的两个姑妈,还是我——都没有预感到我们不能再玩牌了。公爵夫人在楼梯口与我相遇,摆出那么一副扬扬得意的大人物面孔往上走,使我甚至不敢探问她神经系统的情况。

"过一小时,我回来,但不受接待。翌日我又去——还是不受接待。过两三天——依然如此。两位姑妈病了,'小姐',也就是索菲娅·尼古拉耶夫娜,健康欠佳,不出门,并且谁也不接待:这样的回答我是从仆人那里得到的。

"我去推厢房的门,想见尼古拉·瓦西里耶维奇——屋里没人,其实哪儿也见不到他,无论是在 Pointe[①] 上,还是在伊兹列尔[②],正如他所说的那样,那里是**化名**出游的地方。我进城,上俱乐部——去找彼得·伊万诺维奇。此人已远远地从报纸后面调皮地望着我笑道:'我知道,我知道门为何砰的一声关上了,代役租[③]为何停了?……'

---

① 法语意为狭长的沙滩,这里的"狭长的沙滩",指彼得堡众多岛屿中一个叫叶拉金的小岛上的沙滩,是彼得堡居民最喜爱的散步之处。

② 据俄文版编者注此处的伊兹列尔,即 П.И.伊兹列尔(1792—1868),系当时彼得堡郊外花园"矿水城"的业主。

③ 代役租原本是指地主每年向农奴们征收的货币和产品,这里暗指阿亚诺夫与索菲娅的两位姑妈打牌时赢她们的钱。

"我只是从他那里追问到你的表妹，先是 a poussé la chose trop loin…… qu'elle a fait un faux pas[①]……后来，自从这位对女人的放荡行为深恶痛绝、对高尚品德热烈捍卫的奥林皮阿达·伊斯梅洛夫娜公爵夫人来访之后，姑妈们立刻便躺倒了，窗上的窗帘全放下，索菲娅·尼古拉耶娃把自己反锁在房间里，全家都在自己屋子里用膳，甚至不吃饭，而只是把菜送进去，又未曾动过地端出来，动一动这些菜肴的只有尼古拉·瓦西里耶维奇一人，但他也被禁止出屋，免得随随便便说漏了嘴，米拉里伯爵很久没露面了，老医生彼得罗夫常来，他早已不行医了，年轻时给两位千金看过病(据早已被人遗忘的说法,他是她们俩昔日的情人——我在括号里做此补充)。最终，彼得·伊万诺维奇说，全家，除了尼古拉·瓦西里耶维奇，都偷偷准备上老人们从未遇见过的矿泉去，并打算在国外待上三年。

"不过我还是几经周折与尼古拉·瓦西里耶维奇会了面：我给他写了张便条，并得到邀请，单独在'傍晚时分'同他一起用餐。他首先为粗茶淡饭请求多包涵。眼下家里正处斋戒。'On est en pénitence——总共就准备了清汤和雏鸡——et ma pauvre Sophie n'ose pas descendre me tenir compagnie[②],'他难过地抱怨道，困惑莫解地咂了下嘴唇道，'et nous sommes enfermés tous les deux[③]...我吩咐为您做饭,只是您千万别说」'他害怕地补上一句，狼吞虎咽地吃着雌鹌鹑，并为自己可怜的索菲娅差点没哭出声来。

"最终，我打听到，在原先的那丝阴影上，在我未曾知晓的这个 X 上，也就是 que Sophie a poussé la chose trop loin[④]这点上，我终于又补充了一个事实——噢，这太可怕了！ A fait un faux

---

① 法语：在自己的行为中做得太过分了……做出了错误的一步。
② 法语：所有人都被处以忏悔，连我可怜的索菲娅也不敢下楼与我做伴。
③ 法语：连我们俩也被禁止在一起。
④ 法语：索菲娅在自己行为中做得太过分了。

pas^①，也就是，她给米拉里的回信！帕霍京给我出示了这封信，用拳头狂怒地捶桌子。'Mais dites donc, dites, qu'est ce qu'il y a là ? à propos de quoi——所有这些唉声叹气，哎哟声，装酒精的小瓶，这些外出，et tout ce remue-ménage ? Voilà ce que c'est que d'être vieilles filles^②！'

"他跺脚，在屋里跑着，让自己感到凉爽，拿松脆的饼干蘸香槟，接着又吞了几粒营养药丸。他说：'最惨的是可怜的 Sophie，她极度悲伤：Oui, la faute est à moi^③。她反复道：'je me suis compromise, une femme qui se respecte ne doit pas pousser la chose trop loin... se permettre^④.' 我问：'Mais qu'as tu done fait, mon enfant？（可是，你做了什么，我的孩子）'她重复道：'J'ai fais un faux pas...^⑤爸爸，我让姑姑和您伤心了！……'我说'Mais pas le moins du monde^⑥'，都无济于事！Et elle pleure, elle pleure...cette pauvre enfant！Ce billet...^⑦您看看这张便条！'

"而便条上写有以下内容：'Venez, comte, je vous attends entre huit et neuf heures, personne n'y sera et surtout, n'oubliez pas votre portefeuille artistique. Je suis etc.S.B.^⑧'首先尼古拉·瓦西里耶维奇在亲人的温情上受到了损害。因为……好像……（帕霍京贴着我的耳朵小声道）'Le nuage a grossi grâce à ce billet, entre nous soit dit... Sophie n'était pas tout-à-fait insensible aux

---

① 法语：她做了错误的一步。
② 法语：请问，请问，这里有什么特别的？为的是什么……这所有的惊恐不安？老处女们什么想不出来。
③ 法语：是的，我做了错事。
④ 法语：我败坏了自己的名声，自尊的女人不该走得太远……不该太放肆。
⑤ 法语：我做了错误的一步。
⑥ 法语：丝毫也没有啊。
⑦ 法语：她便哭啊，哭啊……不幸的孩子！这是便条。
⑧ 法语：您来吧，伯爵，我在八点至九点等候您，将不会有任何人，并且，主要是您别忘了乐谱和纸夹。我将留下来。索·瓦。

hommages du comte, mais c'est un gentilhomme et elle est trop bien elevée pour pousser les choses... jusqu'à un faux pas...①'

"就是这些，鲍里斯·帕夫洛维奇！我的心情多么忧郁，因为我只能说'就是这些'，而不能告诉你一些更有趣的消息，譬如诸如此类的消息，说你的表妹披上深色大披肩，离开家，一辆租来的四轮轿式马车在拐角处等上她，往某处疾驰而去，后来大家见到她与米拉里一起回来，脸色苍白，而他却得意扬扬，并在某个十字路口分手，等等。其实根本没有这回事！

"但是人们在这里却抓住了一根救命稻草，千方百计把火星吹旺——从便条中无中生有，添油加醋，甚至加上温柔的**你**，但这进行得并不顺手，于是便在同一个措辞上兜圈子;也就是'que Sophie a poussé la chose trop loin, qu'elle a fait un faux pas②'。我从自己方面十分卖力地帮助此事，狡猾地不吭声，不揭穿，不说出那上面写了些什么。人们看出我知道些什么，紧跟着我。K.P.和妻子两次请我吃饭，而 M. 则在俱乐部里将我灌醉，看我是否说漏嘴。这很使我感到高兴，但我保持沉默。

"过两星期，他们便回家了。这就是你表妹风流韵事的结局！对了，我把最主要的东西给忘了。尼古拉·瓦西里耶维奇被自己的两个妹妹置于'dans une position très délicate③'，让他去向米拉里作解释，请求要回他手中那张命中注定不祥的便条。他说，当他向伯爵作解释时，他痛风，神经不安，抽搐，风湿——一下子全发作了。听着当父亲的请求，那位机灵而狡猾地微笑着，并说道，第二天便让她如愿以偿，并且履行诺言，派人将便条给别洛沃多

---

① 法语：因这张便条而使得乌云密布，这话在我们之间说说而已……索菲娅对伯爵的讨好完全不感兴趣，但他是个贵族，而她受过极好的教育，便放纵自己……做了错误的一步。

② 法语：索菲娅在自己的行为中做得太过分了，做出了错误的一步。

③ 法语：非常微妙的境地。

娃本人送来，还附上一封谦和恭敬的书信。他扭过脸去，补充道：'Mais comme il riait sous cape, ce comte（il est très fin），quand je lui débitais toutes les sottes réfiexions de mes chères soeurs！ Vieilles chiennes！...①'并且气愤地将壁炉上的瓷娃娃摔得粉碎。

"这就是给你写的那场悲剧，亲爱的鲍里斯·帕夫洛维奇：对你的长篇小说合适吗？你还在写它吗？如果写，那么请将这幕悲剧简化为以下的两句话。瞧，这就是给你的钥匙，或是正如这里那些假装不会说俄语并以为自己在操法语的俄罗斯人所说的'le mot de l'énigme②'。

"你的表妹随心所欲地发生了爱情，不离开客厅，可米拉里伯爵得以将这引到大街上——并且有人说（这是当爸爸的泄露的秘密），他们之间经常发生热烈争论，他拉住她的手，而她并不移开，她甚至双眸被泪水弄得模糊不清，但他并不满足于在她的马车旁骑马闲游和当着两个姑妈的面会面，经过坚决请示，他获得了更大的自由——两人一起上公园，在别的时刻，当姑妈们睡觉或是上教堂时登门，没达到目的便一星期不露面。表妹便焦躁不安，'prenant les choses au sérieux③'（我没有给你译成本地语言，而是按原文转告，因为原文永远比译文更令人信服）。其实，伯爵并没有表示出认真的意愿，并且最终……最终……真令人恐惧！人们得知，他是受到本国政府'mal vu④'的'来路不明者'之一，并且从祖国到巴黎'侨居'，在那里他把钱花了个精光，而主要是，他在那里，在蔚蓝色的天空下，在佛罗伦萨或米兰，有个正式订婚的未婚妻，也是表妹……她的整个命

---

① 法语：但是，这个伯爵，他十分狡猾，当我向他说明我的两个亲爱的妹妹那些愚蠢透顶的想法时，他如何偷偷发笑！老傻瓜们。
② 法语：解谜的锁匙。
③ 法语：把一切信以为真。
④ 法语：怀疑。

运（原话为'fortune'），如同对前程的展望一样，将从那个家族转到他的家族。这是公爵夫人通过Б.П.公爵打听到的……于是你的索菲娅如今正受着双重的折磨：既因为内心受侮辱——美丽的外貌和家族的自尊给她带来的打击，也因为她做了……un faux pas[①]，可能，同时也稍许出于你竭力想唤醒并达到目的的那种感情——而我，出于对你的友情，也曾鼓励过她……

"现在她将会发生什么情况——我不知道：是戏剧呢，还是长篇小说，这将由你在闲暇时来完成，而我该去赴В.И.家的晚会了。那里有一副很激烈的严峻牌局和一帮不可忽视的牌迷在等着我。

"再见——这是我的第一封也是最后一封信，或是你未来长篇小说的一章。喏，我祝贺你，倘若它果真如此的话！请向奶奶和你的两个妹妹致意，我不了解她们和她们不了解我，这都无关紧要，你告诉她们，在某个城市里有你的一位愿意效劳的朋友，如上所述。

伊·阿亚诺夫"

八

赖斯基将信塞进抽屉里，而自己则拿起制帽去了果园，内心承认自己是去看昨日韦拉曾去过、坐过的地方，也许当时她像蛇似的滑下悬崖，似夜色那样闪耀着它的美丽——韦拉，依然是她，是他的折磨者和偶像，他依然狂热地将她当作理想人物暗自祈祷，又将她当作活生生的美人低声咒骂，在想象中往她身上扔石子。

他绕着果园走了一圈，望着她紧闭的窗户，来到悬崖跟前，目光

---

① 法语：错误的一步。

集中于躺在他脚旁那片轻轻作响的灌木丛和树林。

林荫小道使人觉得是一条条黑暗的走廊，但那开阔之处，那变暗淡的花圃，菜园，覆盖在屋前的果园那整个空间，都被在地平线上漂浮着的月亮那斜射的光线照得明亮起来。群星强烈闪烁。夜晚明亮而清新。

赖斯基从悬崖上俯瞰伏尔加河：它在远处如金属般闪闪发光。在他四周，落叶从树上飘落，轻缓地簌簌作响。

"现在她就在那里，"他望着伏尔加河，心想，"并没有给我留下一句话！她只要用低沉的耳语说一声上面提到过的诚恳的'再见'，便可以化解我的全部怨怼，她曾多么慷慨地对我发泄她的愤恨！可她离开了！没有痕迹，没有回忆！"他感到难过，低头顺黑暗的林荫小道徐行。

蓦地，不知是谁的纤手如猛禽的利爪轻轻抓住他的肩头不放，耳畔响起抑制的笑声。

"韦拉！"他在令人高兴的惊恐中战栗着，抓住她的手说道。

他甚至头上的头发都竖了起来。

"你在这里，没在伏尔加河那边！……"

"在这里，不在伏尔加河那边！"她继续笑着重复道，让自己的手挽着他的胳膊，"您以为我不告而别会放您走？您这么想过，对吗？老实说！"

"韦拉，你是个女魔法师。对了，我当时正在责怪你，你甚至没给我留下一句话！"他因为突然被她抓住而感到害怕和意外的惊喜，张皇失措道。

"你这是在搞什么名堂？……家里人全说你昨天就走了……"

她嘲讽地笑起来，竭力想看清他的脸。

"您就信了！我是打算给你一份意外礼物，才吩咐说我走了……您供认吧，您并没有相信，您是装的？……"

"真的，我没装。"

"您还对天起誓哪！"她扬扬得意道，以他的激动感到满足，又兴奋地开怀大笑起来。"没留下两句话，但留下了本人：哪种更好？您倒是说啊！"她淘气地补充道，逗他玩。

他感到困惑莫解。这充满活力的话语，灵活的动作，带嘲弄意味的娇媚举止——这一切在她身上他都觉得不自然。透过活泼的语调和举止，他仿佛听出了疲惫，见到了掩盖精力衰竭的紧张。他想看一眼她的脸庞，当他们走近林荫小道尽头时，他把她领到月光下。

"让我看看你，你怎么啦，韦拉？你那么欢快高兴！"他胆怯道。

"看什么，没什么可看的！"她不耐烦地打断道，竭力抽出自己的手引他去黑暗处。

她晃了一下脑袋，漫不经心地正了正从肩上滑落的大披肩。

"我高兴——是因为您在此，在我身旁……"她把肩膀紧靠着他的肩。

"你怎么啦，韦拉？你身上有某种变化！"赖斯基疑心重重地悄声道，并没有去分享她猛烈的愉快心情，而是竭力想把她往亮处领。

"我们走吧，我们走吧，干吗这样看着我——我不喜欢！……"她热烈道，差点没站住身子。

他感到她的双手在颤抖，她全身因某种他所不明白的惊慌在战栗和抖动。

"您讲些什么吧，说说您在哪里，见到些什么，是否想我？炽烈的爱情如何了？还在折磨着您——是吗？您这是怎么啦，舌头好像不听使唤啦？这些'诗兴的波涛'，这个'天堂和地狱'都丢到哪儿去了？给我天堂！我想要幸福，要'生活'！"

她说得很利索，毫无拘束，触了下他肩膀，没耐心再站在原地，加快了步子。

"您怎么走得像乌龟爬！我们到悬崖那边去，下到伏尔加河边，找条小船，划一会儿！……"她继续道，拽着他，时而笑，时而突然沉思默想。

647

"韦拉,同你在一起我有点害怕,你……有点不正常!"他伤心道。

"怎么啦?"她停住脚步,突然问。

"你怎么突然间如此毫无拘束,爱说话了?你,原本是那么矜持,那么内向!……"

"我为您感到十分高兴,哥,我一直望着窗外,谛听着轻便马车的辚辚声……"她说,并低下头,陷入沉思,静悄悄地走在他身旁,始终将自己的手扶着他的肩,并不时如鸟爪那样,有力地用自己纤细的手指使劲抓住它。

他不知为何心情沉重。他已经不再听她那有刺激性的、娇滴滴的话语,这些话在别的时候他是打算相信的。此刻,他个人的激情已然消失。他心里在为她担心,听着她发热病似的难以置信的话语,他竭力注视着她那令人神经紧张的夸张动作,猜测这激动意味着什么。

"您干吗这样怪怪地盯着我:我又不是疯子!"她转过身子说道。

他突然感到一丝恐惧。

"疯子几乎总是那么说!"他心想,"急不可待地想让所有人相信他们不是疯子!"

他自己体验过激情的神不守舍——并为此而痛苦过,但他虽早已了解激情和自我,却并非总是能预见到结果。如今,见到韦拉醉心于这种病痛,他为她而战栗。

她仿佛已经耗尽力气,变得十分虚弱。她内心已无法平静:她积聚起最后的一点微不足道的力量,以便将自己伪装起来,沉入自我——这很明显,但她自身也已逼仄——酒樽满到溢出,于是那激情便显露在外。

"我的天哪,拿她怎么办!"他畏惧道,"而她又不信任我。她不说出来,只想独自争斗!谁来保护她?……"

"奶奶!"有个声音在悄声对他说。

"韦拉,你身子不适,你该同奶奶说说……"他严肃道。

"别闹,别作声,记住您的诺言!"她用有力的低声说。"现在再见吧!明天我与您一起去散步,然后进城,买点东西,然后去那边,到伏尔加河上……到处走走!我活着不能没有您!……"她补充道,手指几乎粗鲁有力地抓紧他的肩膀。

"她怎么啦?"他心想。

但她的最后几句话,这种直接针对他的粗俗卖俏式的招引,迫使他思考自己的防范,提醒自己作内心斗争和离去的打算。

"我要走了,韦拉,"他大声道,"我精疲力竭,我没有更多的力气,我快死了……再见吧!你为何要骗我?为何要招引我?你为何在此?为了以我的痛苦而满足!……我要走了,放了我吧!"

"你走吧!"她说,从他身边挪了一步,"叶戈尔卡还没来得及把行李箱搬上顶楼呢!……"

被这种故意的折磨,这种对他、对他的激情的无情嘲弄所激怒,他迅速走开。接着回头看。离他十步远,月光下微微显现出她的身影,像尊白色雕像,一动不动地站在草地上,好奇地注视着他,看他走还是没走。

"这是怎么回事?她怎么啦?"他惊骇地想,"她要我干什么?她捅上一刀,看血如何流淌,受害者如何颤抖!她是个什么样的女人?"

他想起历史上所有残酷无情的女性,献身于血腥崇拜的女性,沉浸于血泊中的革命女性,以及一切由女人之手完成的残酷之举,包括从尤迪菲①到麦克白夫人②在内。他走开去,重又返回。她一动不动地看着。他停下脚步。

"多么美丽,多么和谐——这整个体态!她使我感到既可怕又致命!"他心想,一动不动地站着,双目无法从身披月光、身材苗条、神情呆板的韦拉身上移开。

---

① 尤迪菲为《圣经》传说中人物,她以美色诱惑巴比伦统帅奥洛菲尔,砍下他的头颅,拯救了自己被围的城市。

② 麦克白夫人,即莎士比亚名剧《麦克白》(1606)中,怂恿丈夫麦克白谋杀苏格兰国王的狠毒女人。

他的神经感受到这种美,她使他痛苦。他禁不住用目光紧盯着她。

她动一动身子,用头示意他过去。他边诅咒自己的软弱,边慢吞吞一步一步朝她走去。一俟他走近,她便悄悄走进黑暗的林荫小道,他跟随着她。

"你要干什么,韦拉,你为何不让我安宁?过一小时我便走!……"他暴躁而冷漠道,却依然朝她靠近。

"您不敢,我不愿意!"她使劲抓住他的手臂道,"您是'我的奴隶',应该为我效劳……您同样没让我安宁!"

激情的战栗突然攫住了他。他感到他的双膝正打算下跪,一个声音在心中向他絮叨:"是的,是奴隶,你吩咐吧!"

他想倒在她的脚旁,因炽烈的爱情而号啕痛哭。

"我需要您,"她低声道,"您曾经请求痛苦,要求受折磨,我把它们全给您!您说过:'这便是生活!'这就是它——您来经受痛苦吧!我也将禁受痛苦,我们将一起受折磨……'热烈的爱情十分美好,它将终身留下长久的痕迹,人们把这痕迹叫作幸福!……'这是谁鼓吹过的?可现在想逃跑了:不行!您得留下,我们将一起跳下那深渊!您说过:'这便是生活,并且只犹如此!'那您就生活吧!您教我爱,您传授热烈的爱情,您发展它……"

"您将会毁灭,韦拉。"他惊惧道,直往后退。

"可能,"她说道,仿佛想抖落头脑中的醉意,"那又怎么样?您又会如何?不是依然如故吗?您是希望如此的!'大自然只给活的机体以情欲①,'您常说,'情欲十分美好!'瞧,她就是——您欣赏吧!……"

她深深吸了几口夜晚凉爽的空气。

"可我预先提醒你,我把情欲称之为'狼'……"他惊骇地听着

---

① 俄语中,"强烈的情感""热烈的爱情""贪欲""激情""情欲"等,均为同一个词:страсть,故翻译时其中的分寸较难把握,赖斯基冠冕堂皇,因此译者始终避免用"情欲"一词,直至此处才由韦拉捅破这层窗户纸。

这公然而毫不掩饰地表白,辩驳道。

"不,它比狼还凶恶,它是虎。过去我不信,现在我信。您知道老房子书房里的那张版画吗:一只老虎对骑在它身上的阿摩耳①张牙舞爪?过去我不明白这是什么意思,我心想——毫无意思,而现在我明白了。是如虎般的情欲,起先它让骑在自己身上,继后它发威咆哮,张牙舞爪……"

赖斯基心里产生一丝希望,想得知这神秘的名字:他是谁!便急忙抓住她把情欲比作老虎的比喻。

"我们北方没有老虎,韦拉,因此你的比喻不确切。"他说道,"我的比喻比较确切:你的偶像,是头狼!"

"说得好,对啊,太对了!"她神经质地笑着打断道,"一头真正的狼!不管怎么喂养,始终盯着森林!"

她突然默不作声,仿佛陷于绝望。

"你们全是野兽,"随后她又叹息着补充道,"他是狼……"

"他是谁?"赖斯基轻声问。

"图申是头熊,"她继续道,不回答他,"一头俄罗斯老实机灵的熊……"

"啊!那么此人并非图申?"赖斯基心想。

"你把手放在他毛烘烘的头上,"她说,"你就睡吧:它不会背叛,不会欺骗……将侍候你一辈子……"

"那我是什么?"赖斯基问道,突然开心起来。

她凑近去狡猾地望着他的眼睛,拖延回答。

"看来,是想说'驴':说吧,韦拉,你别客气!"

"您?是头驴?"她挖苦道,慢悠悠地在他身边转,四处打量他。

"真的,是头驴!"赖斯基天真地承认道,"我看出你在讥笑我,

---

① 阿摩耳(Amor),即厄洛斯,或丘比特,希腊罗马神话中的爱神。阿摩耳的意思是"爱情",丘比特(cupido),意思为"情欲"。俄语中从厄洛斯(Эрот)一字则派生出 эротизм(好色),эротика(色情)等词。

我忍着,听而不闻。"

"您哪是什么驴!您是温和狡猾的狐狸,把人诱入圈套……静静地,机灵地,优雅地……瞧,我说您!……"

他不作声,不明白她的意思。

"您倒是说话啊,干吗不作声!"她说,扯了下他的袖子。

"我有对付这些狼的法子……"

"什么法子?"

"我——离开,而你嘛——别再去那里……"他指了指悬崖。

"给我力量别再去那里!"她几乎叫喊道,"您现在体验到我所经受的一切了吧,是吗?喏,明天,当我独自在果园里散步时,您待在房间里试试是否坐得住……哦不,您坐得住!您会给自己臆造情欲,您只会娓娓动听地大谈情欲,引诱和玩弄女人!狐狸,狐狸!瞧,为此我才这么称呼您,等等,还不只是这些呢!"她挂着勉强的笑容,像是开玩笑地但很激烈道,纤细的手指重又扎入他的肩。

他恐惧地听着。

"您等我就为此吗?"他沉默一会儿问,"就为对我说这些话吗?"

"是啊,就为此!为的是您今后别把情欲当儿戏,而来教教我,如今我该怎么办,您是老师!……可您放火烧了房子便一走了之!'情欲十分美好,去爱吧,韦拉,别羞羞答答!'这是谁的讲道:瓦西里神甫吗?"

"我指的是双方共享的情欲,"他轻声辩解道,"情欲十分美好,那是当双方都是美好、圣洁的时候——这时情欲不是罪恶,而真正是一生中最伟大的幸福:那里没有,也无须谎言和欺骗。倘若一方对情欲没有回响,他不会徒然去吸引另一方,或则当出现冷淡时,他也不会在黑暗中慢慢移动,用背叛去毒害另一方的生活,而会勇于坦白,如命运本身那样,正当地经受一次公开的、不可避免的打击——别离……在这种情况下没有风暴,只有增添活力的火焰……"

"没有风暴便没有热烈的爱情,或是这并非热烈的爱情!"她说道。

"而除了忠实或不忠实，难道便不再有别的不和谐，别的分歧？"经过一段沉默后，她问，"您看，我爱上一个人，此人也爱我：谁也不欺骗谁。可情欲却要将我扯碎……现在您来教教我，我该怎么办？"

"去告诉奶奶……"他说，吓得脸色煞白，"请允许我，韦拉……收起我说过的话。"

"千万不要！别说话，听我说！啊！现在'去告诉奶奶'！吓唬我，羞辱我！……是谁吩咐过别听她的，别觉得害羞？谁嘲笑过她的道德？"

"你告诉我，韦拉，你怎么啦？时而泄露一点，时而又保守秘密；我都摸不着头绪，我什么也不知道……不然我也许还能找到办法……"

"您不知道我怎么啦，您摸不着头绪，那好吧，您过来！"说着她领他离开林荫小道，停在月光下。月光直接照亮她的脸。"您看吧，我怎么啦。"

他心慌意乱，已经认不出原先的韦拉。她脸庞苍白瘦削，目光散乱游移，闪动着不祥的光芒，嘴唇紧闭。从系着三角头巾的头上露出两三绺凌乱的头发，像茨冈女人那样耷拉在前额和鬓角上，动作一大，便把眼睛和嘴巴遮住。大披肩不经意搭在双肩上，用绸带打了个很松的结系住两头。

"怎么样？"她抖落脸上的头发道，"还认得出您的韦拉吗？您赞扬过的美丽的头发在哪里？"

她凄然一笑，立刻用双手捂住脸，摇了摇头。

"我能做什么，韦拉？"他望着她非常消瘦的脸庞和双眸那病态的光芒，轻声道，"告诉我，我准备牺牲……"

"牺牲，牺牲！为何要对我说这些？帮帮我，让我活下去，把那美好的情欲给我，'因为它，某些光将延续整个生命……'给我这种生命，它在哪儿？除了发出唔唔声的老虎，我什么也没见到……您说话啊，教教我，或是让我回到以前，趁我还有力气！可您，却说：'去告诉奶奶！'想让她进棺材，并且让我与她在一起！……这难道是办法？或是您会教导我别去那里，别去悬崖……但是晚了！"

"告诉我，你爱的是谁，所有情况，还有名字！……"

"谁？是您！"她恶狠狠道，又把几绺头发从脸上抖掉，将大披肩不经意地往肩上拉了拉。

他怕说话，怕动一下，倒背着双手，倚靠在树上站着。她迈着急促不稳的步子来回走动。最后停下，喘了口气。

"是的，她疯了！"他恐惧地喃喃道。

她在长凳上坐下，安静下来，陷入沉思。

"我这是怎么啦？"她好像稍稍冷静下来，自言自语道。

"韦拉，你自己念念不忘自由，却瞒着我和奶奶，想着独立自主。我只承认你的想法：它们也是我的想法。为何你要将如此沉重的石头扔在我头上？"他轻声申辩道，"不单是我，连奶奶也不敢接近你……"

她深深叹口气，然后走近他，把头靠在他肩上，无力地说起来。

"对……对，别听我的！我简直精神失常了。什么情欲？没有任何情欲！我是说着玩的，像您一样……同我……"

"你一直以为我是在说着玩！"他轻声道。

她抓住他的手，竭力想笑。

"您把手按在我脑袋上，"她温和道，"您看，多烫……别生我的气，对可怜的妹妹宽厚些！这一切都将过去……医生说，女人常常会突然发作……我这样软弱，自己也觉得讨厌和羞愧……"

"你可是怎么啦，可怜的韦拉？告诉我……"

"没什么……您只要伴送我回家，帮我进到楼梯上——我有点害怕……我要躺下……原谅我，我毫无理由地打扰您……把您叫到这里……您还是走吧，并将我忘掉。我只是得了热病……您不会生气吧？……"她亲昵道。

他急忙把手伸给她，静静领她离开果园，穿过院子，将她领到房门前。他在那里替她点上蜡烛。

"请把马林娜或玛莎叫来，让她们躺在我屋里……只是关于这件事一句话也别告诉奶奶！……这简直令人生气，她会吓坏的……会过来……"

他胆怯地若有所思地听着她。

"您干吗一直不作声，那么怪怪地看着我！"她说，双目不安地盯着他。"天知道我说了些什么胡话……这是为了逗弄您……报复您过去所有的嘲笑……"她补充道，竭力露出笑容，"您瞧，一句话也别对奶奶说！您就说，我躺下了，想明天早点起，并请她……我不在场的情况下替我祝福……听见吗？"

"是的，是的，我听见了。"他心不在焉地答道，握了下她的手，去叫玛莎到她屋里来。

九

翌日，赖斯基好奇地等待韦拉醒来。他忘了自身炽烈的爱情，想象力畏怯地保持沉默，并全神贯注于观察这一按他的说法，像"蟒蛇"那样龇着自己利牙、在他眼前爬行的别人的情欲，以及从韦拉身上表露出来的情欲。

他若有所思，愁眉苦脸，避开祖母询问的目光，嘴里咒骂着针对韦拉的词句，对谁也不说话，更少理睬塔季扬娜·马尔科夫娜，以致使自己处于尴尬的境地。

而塔季扬娜·马尔科夫娜已不止一次同他谈起韦拉。

"韦拉有点不太对劲！"她说，摇着头。

"怎么啦？"赖斯基不经意问，竭力显得很冷淡。

"不好！比前几天更差：阴沉着脸，沉默寡言，有时好像双眸噙着泪水。我与医生说，他又重提神经什么的。莫非是处女病发作？……"

祖母没把话说完便忧郁地沉思起来。

他急切地等候韦拉。她终于来了。侍女们为她拿来暖和的大衣、帽子和鞋掌很厚的皮鞋。她同祖母问过好，要了咖啡，胃口不错地吃了几片面包干，并提醒赖斯基自己曾请求他与她一起到城里逛铺子，然后上田野和小树林里一起散步。

她好像还不错。昨天的事情过后能觉察到的，只有举止中不合她本性的随便和谈吐的过分急促，显得很不自然。显然她是在克制自己，掩饰精神或神经上的不正常。

她甚至同波林娜·卡尔波夫娜一起沉醉于服装的详情细节，后者突然来到祖母的账房，带来一些她曾应诺过的为玛尔芬卡做陪嫁的新服装样式的纸样，而其实是来打听鲍里斯·帕夫洛维奇的归期。

她一直想无论如何也要同他单独见上一面，并挑个方便时刻坐在他身旁，让众人和他本人相信，他想同她说些什么，在没有目击者的情况下。

她做出一副慵散无力的眼神，捕捉着他的目光，并且两次开始轻声道："Je comprends；dites tout！du courage！①"

"去你的吧！"他心想，皱起眉头躲开了她。

最后，韦拉穿上大衣，挽起他的胳臂说道："我们走吧！"

克里茨卡娅竭力想要同他们一起去，但韦拉回避道："我们步行去，同哥哥要走很长时间，可您，亲爱的波林娜·卡尔波夫娜，身穿拽地长后襟女长衣，服装华丽，而道上潮湿……"

于是他们俩走了。

赖斯基默不作声，观察着韦拉，而她竭力显得心境平常，对天气，对遇见的熟人发表着简略的看法，说一幢楼房一个月前还是灰剥剥的，飞檐倒坍，无人照看，可当它被抹上灰泥，刷上黄颜色之后，如今看上去多么鲜艳。她还顺便提及入冬前聚会厅将再次装修，中心商场②要加上一层铁皮，她停下观看工人们如何为林荫大道在修整街道。

---

① 法语：我明白；您全说了吧！大胆些！
② 指俄国城市中用于买卖和存放商品的贸易市场，17世纪时为直角形场地，带走廊，18世纪后为直角形建筑物，朝街一面建有拱廊或柱廊。

在城里行走,她显得挺满意,发现这趟散步十分必要,因为很长时间谁也没见到过她,天知道他们会怎么想,好像她已不在人世似的。

赖斯基对她这一路上无拘无束的闲聊,一句也没吱声,他从这喋喋不休中听出的完全是别的意思。

"也许,我做得很傻,没让您同波林娜·卡尔波夫娜在一起?"她说道,徒劳地想让他不再沉默。

他耸耸肩,做了个不耐烦的动作。

"我是开个玩笑!"她说道,换了另一副更为真诚的语调。"我想在您离去前同我一起度过一天和几天。"她几乎忧伤地继续道,"别丢下我不管,让我与您一起待一会儿吧……您很快要走了——我四周没什么人了!"

"我怕,韦拉,我对你完全徒劳无益,正因为我什么也不了解。我只看到您有某种悲剧正在发生或已经发生……"

她战栗一下。

"你怎么啦?"他关心地问道。

"户外凉,肩头觉得发冷!"她耸耸肩道。"有什么悲剧!我感到不舒服,不高兴,室外已秋风瑟瑟,而人到秋天,就跟所有野兽一样,仿佛都进了自己的窝。瞧,鸟儿都已飞走——您瞧,仙鹤在飞翔!"她说,指着在伏尔加河上空曲线形高高飞翔的那些黑点,"当周遭的一切变得阴沉、苍白、单调时——内心中也变得凄凉……不对吗?"

她自己知道,这样的解释不容易应付过去,之所以这样说是为了不说出真相。

他缄默不语,竭力要找到另一个真正答案。

"韦拉,我想问你……"他开始道。

"问什么?"她不安地打断道,没等到回答便补充道,"好吧,您请问,只是并非今天,而是等几天……不过——问什么?"

"关于你给我写的那封信……"

"是啊,那又如何?"

"记得吗,你写了你同意我对诚实的看法……"

她想了想,好像在竭力回忆。

"是的……是的……可不是,可不是……我写过……那又怎么啦?"

他聚精会神地望着她。

"这信是你写的?"

"还会是谁,"她突然充满活力道,"当然,是我……听我说,"她接着补充道,"我们把这解释放一放,正如我请求过的,到下次吧。我有病,很虚弱……您看见我昨天发作得多厉害。我现在甚至连我写过什么都无法全记起来,而且不知怎么便记错了……"

"好吧,等下次!"他叹口气道,"但你至少得告诉我,你为何需要我?为何要留住我?为何想让我留下同你度过这几天?"

她使劲用手扶着他的手臂,紧贴着他的肩,用目光祈求他别再问。

"其实你并不爱我。你知道我不相信你卖俏的把戏——并且你那么尊重我,因而决不会正经相信……当我没有狂乱的时候,我看得出你是在嘲弄我:为何要这样?"

她用力握住他的手,再次用目光祈求他别再说下去。

"至少我有权问有关我本人的问题,你为何需要我?你不可能没看出,我被激情折磨得痛苦不堪,被这场冰雹将心灵和自尊心打得……"

"是啊,打击了自尊心……"她漫不经心地重复道。

"就算是打击自尊心,我们先丢下有关自尊心和所谓心灵的争论不管。但你应该说说,你为何需要我?提问——这是我的权利,而直截了当和坦率地回答——是你的责任,倘若你不愿意我把你看作虚伪恶毒的……"

她低头行走,而他等待回答。

"现在我们不再谈这个……"

"连这也不再谈?不,我不放弃!"他勃然大怒道,挣脱她的手,"你好像猫逗老鼠那样耍我！我不能再等了,够了！你可以把自己的秘密保存到合适的时候,甚至根本就不说：你有权,但同我有关的,我要求立刻回答。你为何需要我？你让我担任何种角色,为什么,干什么！"

"是您自己挑选了这角色,哥……"她往下点了下头,温和地辩驳道,"您曾请求别疏远您……"

他,对她正确的指责显得无可奈何的懊恼,急忙躲开她到一边,踏着街上的泥泞大步离去,而她却走在木板铺的人行道上。

"别生气,哥,您走这儿来！我留住您,并非想侮辱您——不是！"她低声道,让他过去……"您过来,到我这边来。"

他又把手伸给她。

"我只求您,现在别对我提这个,别折磨我——别让我像昨天那样发作！……您看,我勉强支撑着……您抓住我的手,看着我……"

他握住手——那只手苍白、冰凉,上面的青筋明显可见。她的脖颈和腰部变得更细了,脸庞失去了栩栩如生的色泽,透着忧伤和虚弱。他重又忘掉自己,只是可怜她。

"我不想让家人发现这……我十分虚弱……您扶住我……"她央求道,甚至眸中挂着泪水,"您保护我……防止我挺不住！……随后,暮色降临,饭后六点,您来我处——我……告诉您,我为何要留住您……"

"对不起,韦拉,我同样不知所措！"他说,被她的痛苦深深触动,紧紧握住她的手,"我看到你遭受痛苦——不知为何……但——我什么也不再问,我应该体谅你的痛苦——可我不能,因为我本人也备受折磨。我随后过来,由你支配我……"

她用力握了下手作为对他握手的回答。

"我会说的,倘若我有力气说话……"她低声道。

他的心因忧伤和一种预感而变得麻木。

他们走进一家家店铺。韦拉给自己和替玛尔芬卡买东西,同样那么毫不拘束和爱说话地同商人和遇见的熟人们交谈。与一些人，她索性停在街上详详细细地聊起了日常琐事来。她还顺路去见了某个自己领洗的教女①，一个穷苦女小市民的女儿，把为她购买的衣服和给婴儿买的印花布、被子送给她。随后，很乐意地接受了赖斯基的建议，去看望科兹洛夫。

当他们迈进大门，突然从便门里走出来马克。见到他们，他朝赖斯基点了下头，没回答他的问题："列昂季怎么样？"也没朝韦拉瞧一眼，便顺着小巷快步离去。

韦拉突然间仿佛长在地上似的一动不动，但立刻恢复常态，并同样快步越过赖斯基跑上台阶。

"他怎么啦？"赖斯基望着马克的背影问道，"一句话也不答，那么快便跑了！连你也大吃一惊：在那边打枪的是否是他！……我在那边曾见到过他带着枪……"他开玩笑地补充道。

"就是他。"韦拉随便道，头也不回便进了科兹洛夫的房间。

"不，不，"赖斯基心想，"一个衣衫破破烂烂、居无定所的茨冈人——会是她的偶像，不对，不对！不过，可为何'不对'呢？热烈的爱情是激烈而专断的。它不屈从于人的意图和规矩，却能被人自己未曾体验过的随心所欲所征服！可是韦拉无从接近马克。她同这里的所有人一样怕他！"

科兹洛夫同昨天一样像醉汉似的晃晃悠悠地从一个角落走到另一个角落，阴沉着脸，同不亲近的人从不说话，只有当着赖斯基的面才表现出忧愁，显得虚弱不堪，心灰意懒，发出一些含糊不清的抱怨声，细听每辆顺街道驶过的轻便马车，焦急不安地走近大门，又悲观绝望地返回。

对赖斯基和韦拉上他们家的邀请，他默不作声，勉强听着，或是

---

① 东正教中作为宗教上的父亲或母亲参加某婴儿洗礼仪式的人，称为教父或教母，受洗婴儿则是他们的教子或教女。

说:"行,行,以后吧,第二……三个星期……"

"在玛尔芬卡婚礼之后。"韦拉说道。

"婚礼之后,婚礼之后!"列昂季确认道,"是的,很感谢,我先在这里住着……太感谢啦……"

他突然瞥了韦拉一眼,仿佛见到她大为惊讶。

"韦拉·瓦西里耶夫娜!"他不好意思地盯着她说。"鲍里斯·帕夫洛维奇,"他开始道,依然望着她,"你知道还有谁读过你的藏书和帮助我整理它们吗?……"

"谁?"赖斯基问。

但科兹洛夫已经待在房间的另一角,仔细听着。接着他突然打开通风小窗,伸出头去。

"这是谁的声音?……女人的!"他惊恐道,竖起耳朵,睁大眼睛。

"卖线,卖线啰!卖粗麻布啰!"远处传来女人尖利的叫卖声。科兹洛夫懊丧地砰的一声关上通风小窗。

"谁看过书啊?"赖斯基重复道。

但科兹洛夫不听提问,坐到床上,垂头丧气。韦拉悄声对赖斯基说,见着列昂季·伊万诺维奇她心情沉重,于是他们同他告别。

"我有什么事想对你说,鲍里斯·帕夫洛维奇,"科兹洛夫若有所思道,"瞧,忘了……"

"你说还有人读过我的藏书……"

"是的,就是她!"列昂季突然道,指着韦拉。

赖斯基看了韦拉一眼,但她若有所思地望着窗外,并伸手拉了下他的袖子。

"我们走吧,我们走吧!"她说,猛然冲到街上。

他们回到家。韦拉把购买的一些东西转交给祖母,另一些吩咐送到自己屋里,并且又叫赖斯基到小树林和田野里去散步,而且下到了伏尔加河边的沙滩上。

"我们去那边!"她说,指着某个小丘,当他们刚走到那里,她又拽着他去另一处,或是从某个高处眺望伏尔加河险峻的河弯,或是在沙滩上行走,为了更靠近水边走,使双脚都陷了进去。

她凝望远方,将某艘缓缓驶过的船只指给赖斯基看,有时迈着不稳而羸弱的步子,走一会儿,停下来喘口气,把几缕头发从脸上拂去。

"你身体弱,韦拉,为何要把自己搞得很疲劳呢?"他说道。

"我像是一直想喝水,我需要空气!"她说,把头转向风儿吹来的那边。

"是的,她在强忍着,积聚最后的一点力气!"他喃喃道,终于领她回到家,家里都在等着他们吃中饭。"等着吧,等着吧!"他反复道,等待傍晚六时,天色黑下来的时刻。

吃过中饭,他在客厅里疲惫地睡着了,醒来时刚敲六点,天已经开始黑了。

他去找韦拉,但她没在屋里。马林娜说小姐去做彻夜祈祷了,但并不清楚她去了哪座教堂,不知是镇上的还是山上农村教区的。

在镇上大教堂,为了寻找韦拉,赖斯基把所有人都察看了一遍,背熟了每个老婆子的面部表情。但她不在,于是他动身上山。

在那里的教堂里,一些老头和老婆子在角落里和门旁挤挤插插地走动。在一根柱子后面的昏暗角落里,他看见了跪着的韦拉,低垂着头,蒙着面纱。

他站在后面,站在另一根柱子的后面。

她做着祈祷,他站着,沉浸在对她现状的思考中,沉浸在对她充满同情的温情中,特别是自从他出行归来后,她那么明显地显露出沉重斗争中的精疲力竭。

见到刚才还神采焕发的生命所遭受的这种痛苦,看着命运在如何践踏和摧残一个年轻的生命,其过错仅仅在于她向往幸福,他暗自抱怨严酷的、对谁都不怜惜的生存规律,它既把沉重的十字架压在恶棍肩上,也压在这朵柔弱的、含苞初放的百合上。

"哪怕有人来怜惜一下她的美丽呢……或阳性的男人……或阴性

的女人……或中性的什么……可是有谁？为何？因为什么？"他思忖道，不由自主地屈从于一种神秘的趋向，相信人的命运中有着某种不可知的、事先准备好的时刻，让人接近，相逢，引导人产生命中注定的不祥念头，痛苦的感情和犯罪的愿望，不知为何所需，却为了人本身暂时并不知晓的目的，便是求人去进行不屈不挠的斗争。

相反，他仿佛感到，在另一时刻，同样出现某人无形中准备好的机遇，仿佛无意中便使他避开某个不幸事件、行动或诱惑，跨越了这些，人便能跨越深渊，待到发现时，那深渊已经留在了后面。

审视着自己个人的和形形色色他人的生活内容，此刻又关注着韦拉刚刚开始的生活，使他更加看清了这场假装偶然性的游戏，看清了某些带着失算和错误、预先设置好深渊、进行恶意欺骗、使人失去神志的磷火，以及——同时好像也让他看到了摆脱偶然纠结在一起的结扣的出路。

"怎么办？竭尽全力在这场斗争中同布下的各种圈套决裂，并依然竭力去追求某种经久不变、平静安宁和那些普通人正在追求的东西？"他环顾正在祈祷的老头和老婆子，"或是毫无意义地沉浸在这毫无目的流逝着的生活浊浪中！"

"搞懂自觉之路的锁匙在哪里？"

他瞥一眼韦拉：她纹丝不动地做着自己的祈祷，双目不离十字架。

"可怜的姑娘！"他忧愁地想，走出来，坐在教堂门前的台阶上等候韦拉。

她默然把手伸给他。他们一同下山。

"您在教堂里待过？"她问。

"是的，待过。"他答。

他们静静下山，经过村子和大草场走向果园，韦拉——低着头，他——想着她曾答应过的解释，等待着。眼下想从一无所知的旋涡中摆脱出来，即通过一次直接的解释来结束自己痛苦的愿望，对自己来说，已经退至第二位。

他感到，站在她身旁，照亮她道路，解开她本人某种非常不幸的死结，或是帮她越过深渊，并且如果需要，将自己所有的丰富经验、智慧、心地和全部力量给予她，这职责落到了他一人身上。

她本人也是为此才召唤他的，这她在上午已经承认了一多半，如果说没全部承认的话，那自然是出于她固有的小心谨慎——也许自尊心的残余也影响她承认自己受到了克制。

他很高兴地急忙着手帮助她，但什么也不了解，甚至无权同任何人分担自己的担忧。

但是，倘若她甚至把他的许诺退还给他，而他则将自己对韦拉的猜测和怀疑向祖母倾诉，这是否会引来希望的结果呢？

不见得。祖母所有实用但过时的智谋，遇上韦拉的固执己见，有可能变得虚弱无力，韦拉的头脑比塔季扬娜·马尔科夫娜更大胆，意志更活跃，况且韦拉有文化修养。

社会意识中冒出的现代观念，她力所能及；显然，她不知从何处汲取了别人的思想，甚至知识，因此显得比她所生活着的那个圈子里的人们要无可比拟的高大。无论她如何竭力隐藏，但时而会泄露出某句无意中抛出的话语，以及在这个那个知识领域某个权威的名字。

舌头常常违背她的心意；思想和感情上恣意妄为的表现本身——同她初次相见时令他出乎意料地大吃一惊的这一切，以及智慧的全部储存，最后是性格——都使她占了祖母的上风，以至塔季扬娜·马尔科夫娜想竭尽全力从某种不幸中搭救韦拉，那简直会一无所获。

祖母可以向韦拉预先提出警告，让她避免犯某种具体的大错，保护她，不让她得病，不受欺侮，冒着自身的生命危险让她从大火中脱身；可是，在像情欲这样触摸不到的灾祸中，假若韦拉有的话，她将怎么办？

祖母无疑是个聪明的女人，是个判断重大和普遍生活现象准确无误的能手和法官，是个麻利的女主人，她出色地管理着自己的小王国，了解人们的风尚与习俗，恶习与美德，知道它们在摩西"十诫"石碑①和福音书上是如何被确定的。

但她未必了解那种生活，在那里，情欲游戏使人们的关系变得更加复杂，在如此卑俗的内容上又在乡间淳朴的恬静中增添了令任何人做梦也无法想象的色彩。她——是个处女。

倘若在青年时代，爱情，情欲，或是别的什么类似的感情，她亦曾知晓，那么这当然——是一种没有经验的情欲，是某种单相思，或是因遭受某种挫折、感到压抑而荒芜了的爱情，并非悲剧式的爱情，而是一种充满抒情色彩的感情，这感情仅在她一人身上产生，并在她心中熄灭和埋藏，这感情在她光明的生活中，既没有留下痕迹，也没有留下些许伤痕。

她哪里会知道或忆起这斗争，会向他人伸出手，帮助别人绕过这深渊？她可能不完全相信情欲：她需要事实。

悬崖底下的枪声和韦拉在那里的溜达——这当然是事实，但祖母反对这些事实，并且有可能采取措施，也就是有可能布置带着粗棍的家庭警察，暗中守候着情人，而此法又会给韦拉带来新的打击。

不让韦拉出家门——意味着遭监禁，也就是遭侮辱，伤害她，蓄意侵犯她的自由。塔季扬娜·马尔科夫娜会明白，这在道德上和肉体上都是不能容许的。

韦拉会忍受不了这粗暴的无自由，并逃离祖母家，正如她为躲避赖斯基而跑到了伏尔加河上，总之，没有法子！他想，韦拉是从祖母的丰富经验和道德圈里长大的，祖母只会用自己的训导惹她生气，或是重提某个库尼贡杰——并嘲笑一番。而韦拉便会失去对她的最后一点信任的火花。

不，这个权威已经过时；权威对玛尔芬卡还合适，而对独立不羁、

---

① 摩西为《圣经》人物，古以色列人的民族领袖，他在锡安（西奈）山上接受刻有"十诫"的石碑，建立神权统治。

聪颖和有见识的韦拉并不适用。

消除她痛苦的方法和钥匙，倘若有的话，那也在韦拉本人手中，但她不把它交给任何人，只是现在，当她精力不济时，她才无意中说出了一点暗示的话，并且又在惊骇中改变了主意，躲躲藏藏。很显然——她独自一人是无力解开自己的戈耳狄俄斯之结①的，可自尊心或习惯还起着自己的作用，虽说苦恼不堪，但它们起着作用——妨碍她说出真相！

他边想着这一切，边在她身旁默默走着，不知如何能使她完全坦率直言——现在已经并非为自己，而是为了拯救她。最后他决定绕着弯子着手：他自己能否从她对自己原先一些问题的回答中猜到些什么，抓住一个名字，把她的注意力停留在这个名字身上，减轻她承认的负担，显然对她本人来说这很难做到，尽管她想做，甚至亦答应过去做，但没能做到。该用点手腕帮帮她。她现在心慌意乱，说不定出点什么差错，无意中便会把它说出来了。

他记起他如何徒劳无益地从她那里探问过她发展的源头，问她所受的教育，问谁有可能对她产生影响，她是从何处汲取到这种大胆而又自由的思维方式、一些知识、自信和自持力的。绝不会是从贵族女子中学里的法国女教师那里！当她的周围谁也没有时，谁是她的指导者、交谈者呢？

于是他想引她承认。

"听我说，韦拉，我想问你某件事，"他用冷淡的声音开始道，"今天列昂季偶尔提到，你在我的藏书中读过书，可你从未对我说起过啊，这是真的吗？"

"是啊，读过一些。怎么啦？"

---

① 典出古希腊神话。戈耳狄俄斯原为普通农民，驾一牛车耕地。佛律癸亚人失去国王，神示道，他们最先遇到的乘牛车之人便是新国王。戈耳狄俄斯便登基为王，将自己的牛车用复杂的绳结捆住放于神庙，预言谁能解开绳结，便将成为亚细亚统治者。因此戈耳狄俄斯之结即意为难解之结。

"同谁一起读,是同科兹洛夫吗?"

"有一些是的。他给我讲解一些作家作品的内容。别的我独自看,或是与神甫、娜塔莎的丈夫一起看……"

"与神甫一起都读了哪些书?"

"现在我不记得了……譬如有基督教教义解释者的书。他给我和娜塔莎作解释,我许多方面都多亏了他……我同他一起读斯宾诺莎①……伏尔泰②……"

赖斯基笑了。

"您笑什么?"她问。

"从基督教教义解释者到斯宾诺莎和伏尔泰,多大的转化啊!那里藏书中有所有百科全书派③的作品。莫非你都读过?"

"没有,哪能都读过!尼古拉·伊万诺维奇读过什么,便转给我和娜塔莎……"

"那你们多少也接触过一些费尔巴哈④和他的同行们的作品……还有社会主义者和唯物主义者们的作品!……"

"接触过一些!"她淡然一笑道,"但真正的读者并非我和娜塔莎,而是她丈夫。他请我们把他用铅笔做过记号的地方抄录下来……"

"为什么?"

"他可能是想在杂志上提出异议,我不清楚……"

"我父亲藏书中没有这些新书啊,你们是从哪儿搞到的?"赖斯基敏锐地问道,竖起耳朵听。

她缄默不语。

---

① 斯宾诺莎(1632—1677),荷兰唯物主义哲学家,著有《神学政治学论》(1670)等。

② 伏尔泰(1694—1778),法国作家,启蒙运动哲学家,著有《天真汉》(1767)、《哲学词典》(1764—1769)。

③ 百科全书派,以狄德罗(1713—1784)为首的法国启蒙思想家,他们参加编纂了《百科全书,或科学、艺术和工艺详解词典》(三十五卷,1751—1780)。

④ 费尔巴哈(1804—1872),德国唯物主义哲学家和无神论者,著有《黑格尔哲学批判》(1839)等。

"别是那个你帮过忙、在警察监视下的流放犯的吧?记得吗,你写信提到过他?"

她没在听他说,边走边若有所思地默不作声。

"韦拉,你没在听?"

"啊?不,我在听……"她清醒过来道,"我在哪儿搞到的书?在那里……在城里,时而那个,时而另一个……"

"沃洛霍夫分发过这些书……"他说。

"他可能……可我是从教师们那里借的……"

"别是某个像 mr 查理那样的教师吧?"他脑子里一闪。

"尼古拉·伊万诺维奇关于斯宾诺莎的所有这些权威都说了些什么?"

"说了许多,使你都记不全……"

"譬如?"赖斯基追问道。

"他说,'偏离真理乃是高尚的思想家们的尝试',如同这些小路偏离大道,又重新与它会合在一起……"

"还有什么?"

"还有?还有什么?我现在忘了。他说,所有这些'尝试都将服务于真理,犹如用火来净化它,这是一场不可避免的斗争,没有斗争,胜利和真理的王国便不可能持久……'他说得不少吧?……"

"可'真理'在哪里?他并没有回答彼拉多①的这个问题。"

"就在那里,"韦拉说道,指着身后的教堂,"我们刚才待过的地方!……这,我在他之前便知道了……"

"你以为他对吗?"赖斯基问,竭力想探察她的内心,哪怕匆匆一瞥。

"我并非只是以为,而是相信他是对的。您看呢?"她朝他转过脸,

---

① 彼拉多,即本丢·彼拉多,罗马驻犹太总督,判耶稣钉十字架。审讯中他曾问耶稣:"何谓真理?"

热切地问。

他表示肯定地低下头。

"那您为何还要问我？"

"有人不信，我想知道你的见解……"

"我在这方面，好像没向您隐瞒过，您经常看到我祈祷……"

"是的，但我愿意听到它。告诉我，你祈祷什么，韦拉？"

"为那些不信神的……"她小声道。

"可我以为你是在为自己的惊慌不安，为这场风暴……"

"是的……这次——是为我的惊慌不安，为我的风暴！……"她喃喃道。他没有听见。

路过小教堂旁，她停了一会儿。那里没有光亮。她慢悠悠地暗自叹了口气，继续前行，朝果园方向，走得越来越慢，越来越轻。走到老房子跟前，她停下，点头示意赖斯基到她身边去。

"喂，听着，我想对您说……"她犹豫不决，小声开始道，仿佛在克制着自己。

"你说吧，韦拉……"

"您说过……"她开始道，声音更小，"对付……'风暴'的最可靠办法……是不去那里……"

她指了指悬崖。

"是啊，没有比这更可靠的了。"

"我想请求您……"

她停止，抓住他的大衣衣襟。

"我等着，韦拉。"他小声道，身子微微战栗，也许因为着急，或沉重的预感，"我昨天便等待着，那只是为了自己，为了压制痛苦，而现在我等待是为了你，为了帮你或是挑起你的担子，或是解开某个难解的结，也可能是想挽救你……"

"是的，帮帮我……"她说，用头巾抹去涌出的泪水，"我那么虚弱……不舒服……无力……"

"奶奶帮你不比我更好吗?对她坦白说,韦拉;她是女人,兴许她明白你的痛苦……"

韦拉用头巾捂着眼睛,否定地摇摇头。

"不,她不是这种人……这件事她什么也不知道……"

"我能做什么?……你把一切全说出来……"

"您别问我,哥。我不能说出一切。我最好是把一切告诉奶奶和您……到时候我会说的……等事情过去……而现在暂且不能……"

"当我不清楚你的痛苦和危险,我如何帮你?坦白告诉我吧,这时,别人头脑的简单分析将会解开你的疑惑,也许还能排除困难,领你走上坦途……有时清楚冷静地看到自己的状态便够了,并且仅仅因一种意识而变得轻松些。你自己不可能做到:让我从一旁看一看。你知道,两个头脑总比一个强……"

"无论什么头脑,什么分析——都无法将我领上坦途,因此说了也没用!"她几乎绝望道。

"那我能如何帮你呢?"

她用泪汪汪的双眸抵近望着他的眸子。

"别舍弃我,别让我再也见不到您,"她轻声道,"倘若您听见……从那边传来枪声……(她指了指悬崖)——请您待在我身旁……别放我走,倘若需要,强行拦住我……瞧我到了这种地步!"她恐惧地喃喃道,绝望地把头往后一仰,像是想忍住呻吟,随后又突然挺直腰。"以后吧……"她又开始轻声道,"关于这件事,您永远别对任何人提起,甚至对我本人!瞧,这就是您能为我做的一切;我就是为此留住您的!我是个可怜的利己主义者,不让您离去!我感到变得衰弱不堪……我什么人也没有,奶奶不会理解的……只有您一人……请原谅我!"

"您做得好……"他热情道,"看上帝分上,请你随意支配我——我现在全明白了,并打算永远留在此地,你尽可放心……"

"不,过一星期枪声便永远止息了……"她补充道,用头巾抹着眼泪。

她紧紧握了下他的双手,头也不回,扶着栏杆,脚步轻轻地、跟跟跄跄地登上楼梯,往自己的房间缓缓走去。

十

两天过去。每天上午赖斯基几乎没有单独见过韦拉。她过来吃午饭,晚上同大家一起喝茶,说些日常琐事,只是有时显得很疲惫。

赖斯基每天上午又开始往自己的长篇小说提纲里添加札记,然后去看望科兹洛夫,顺路去省长和两三个在城里刚认识不久的人那里待上一会儿。而夜晚他在果园里度过,按韦拉的请求,尽力让她看见自己,并留神谛听小树林里的每个声响。

他坐在悬崖旁的长凳上,顺林荫小道徐行,并且只有近半夜时,这紧张而令人疲乏的等待枪声的差使才告停止。他几乎愿意听到枪声,希望以自己的帮助立刻使韦拉永远摆脱某种不幸。

但是,瞧,两天静悄悄过去;离规定的一周期限还有五天。赖斯基盘算,后天是玛尔芬卡的生日,韦拉是不好意思抛下家庭圈子的,接着,玛尔芬卡将在翌日与未婚夫和他的母亲一起赴伏尔加河对岸的科尔钦诺,她又是不好意思抛下祖母一人的——这样,一星期便过去了,她也就避开了灾祸。吃中饭时,韦拉请他晚上去她那里,说是有事托他办。

当他去后,她外出散步。她的眼睛像是哭泣过的,神经紧张不安,动作无精打采,脚步慢腾腾的。他挽着她的手臂,因为她从果园朝田野而行,他心想她要去小教堂,便领着她顺草地和小路前行。

她默然随他而行,陷入沉思,来到小教堂门口她才从这沉思默想中清醒过来。她进去,望着救世主若有所思的面容。

"韦拉,我觉得你有比我更有力的救助,用不着指望我。没有我,你也不会去那里的……"他站在小教堂门口轻声道。

她用头做了个肯定的表示,并好像亲自在基督耶稣的目光中寻觅力量、同情、依靠及召唤。但那目光如平时那样,永远是沉思而安详的,仿佛漠然地注视着她的斗争,不帮助她,也不阻止她……她叹了口气。

"我不去!"她轻声确认道,将目光从圣像上移开。

赖斯基在她脸上看不出祈祷或是愿望。这张脸庞蒙上了一层疲惫而若有所思的冷漠神情,也许还有平和的顺从。

"我们回家吧,你穿得单薄。"他说。

她听从了。

"可你的委托呢——什么事?"他问。

"对,"她记起来,从口袋里掏出一个小钱包,"请您去金银匠施密特那里取 porte-bouquet①。我还是上星期挑选的给玛尔芬卡的生日礼物,只是吩咐给镶了几颗我自己原有的珍珠,并刻上了她的名字。这是钱。"

他把钱藏好。

"这还没完。在她生日那天,后天一早……您能在八点钟起床吗?"

"当然!我看来根本就睡不着觉……"

"您去趟那里——您知道大花园——到暖房找花匠。我已经同他说好:您挑选一束比较好看的鲜花,在玛尔芬卡没有醒来前,送到我这里……我信赖您的趣味……"

"原来如此!韦拉,我做出了成就,获得了你的信赖!"赖斯基笑道,"你相信我的趣味和诚实,甚至不怕把钱交给……"

"所有这些本该我自己去办……但无能为力……我累了!"她补充道,竭力想对他的玩笑报以一笑。

翌日上午,他在施密特那里取了 porte-bouquet,并考虑应该为玛尔芬卡挑选何种鲜花扎成花束。有些花儿季节晚了无法找,另一些又

---

① 法语:放花的托盘。

不合适。

随后他挑中了一块带珐琅表盘和细小表链的女表,赠给玛尔芬卡,并为此顺路去了趟季特·尼孔内奇家,问他借了二百卢布,为的是不同祖母发生争吵,祖母不经争吵是不会让他那样挥霍去买礼物的,此外,她还可能提前泄露秘密。

在季特·尼孔内奇那里,他见到一张精致的女用梳妆台,粉红色薄纱和精细的木雕花纹镶边,带镜子,镜框带小爱神和瓷花装饰,做工精巧,是塞夫勒瓷厂①的工艺品。

"这是什么?您在何处搞到如此珍贵的东西?"他说,细看一个个小爱神,一朵朵瓷花和它们的色彩,无法将目光移开,"太美啦!"

"送给玛尔法·瓦西里耶夫娜的!"季特·尼孔内奇客气地笑着说,"您喜欢,我感到十分荣幸——您是行家。您的鉴赏力对我是个保证,这件礼物将会被亲爱的过生日的新娘在她的婚礼前所垂爱和接受。多好的姑娘!您瞧这些玫瑰花,可以说是她活生生相貌的本质。她将在镜中见到自己使人心醉的小脸蛋,她的丘比特将冲她微笑⋯⋯"

"您在哪儿搞到这样的稀罕物?"

"直到明天前,我请求您保守秘密,对塔季扬娜·马尔科夫娜,也对玛尔法·瓦西里耶夫娜保密!"季特·尼孔内奇说。

"要知道这该值一千多卢布!并且是怎么运到此地的?⋯⋯"

"我外祖父花五千卢布纸币买来,给我母亲做嫁妆的。我一直保存在我世袭领地先母的卧室里。上月,我吩咐秘密运到这里:靠人力运了一百五十俄里,六个人轮流扛,免得破碎。我只是吩咐做了新的薄纱,而木雕花纹还是老的:请看,都泛黄了。这东西妇女们是很珍爱的,其实⋯⋯"他笑着补充道,"在我们眼里,它并没有什么价值。"

"奶奶会说什么?"赖斯基道。

---

① 位于巴黎附近的塞夫勒市,为法国瓷器生产中心。以烧制色彩鲜艳的彩绘瓷器和洛可可艺术风格的软瓷器而闻名遐迩。

"她不发雷霆是不会罢休的,我十分担心,但她心地善良,也许会原谅我。请允许我向您表白,我像爱亲生女儿那样爱两个姑娘,"他充满温情地补充道,"我曾让她们俩坐在我膝上打晃儿,与塔季扬娜·马尔科夫娜一起教她们识字;这就像是我的家。您可别出卖我,"他悄声道,"我偷偷告诉您,我以同样方式,鼓起勇气为韦拉·瓦西里耶夫娜也准备了一份与此相同的礼物,我大胆猜想在她出嫁时,她会乐意接受的……"

他给赖斯基看一套供十二人用的银餐具,古朴厚重,同样做工精美。

"作为她的兄长和朋友,我对您说实话,"他悄声道,"我和塔季扬娜·马尔科夫娜一起热切希望她有个优秀而富裕的配偶,完全配得上她;我们发现,"他的声音更低了,"各方面都最当之无愧的未婚男子是伊万·伊万诺维奇·图申——他为她都快发疯了——果然……"

赖斯基叹口气,告辞回家。他在那里遇见了维肯季耶夫和他的母亲,她是为玛尔芬卡的生日从伏尔加河那边过来的,还有波林娜·卡尔波夫娜和从城里来的两三位客人,以及奥片金。

奥片金鼓起三寸不烂之舌,带着哭腔滔滔不绝地为即将到来的婚礼向玛尔芬卡祝福。

祖母没拿定主意,当"品行端正的客人"在场时,是否留他吃饭,便托维肯季耶夫在吃早饭时把他灌醉,那位完成得很出色,这样下午三点不到,奥片金便被"放倒了",在老房子空荡荡的前厅里沉睡过去。

七点左右,客人们散去。祖母同新郎的母亲完全埋头于商量嫁妆,并在塔季扬娜·马尔科夫娜的起居室里进行没完没了的交谈。

而未婚夫和未婚妻五次跑进果园和小树林里,又离开去了村子。维肯季耶夫提了个装得满满的包儿跟着玛尔芬卡走在田野上,他将包往上扔,又在未落地时将它接住。

玛尔芬卡走遍每个小木屋,同农妇们告别,爱抚孩子们,替两个孩子洗干净小脸蛋,把印花布赠给一些母亲,让她们给孩子们做件衬衣,给两个大一点的女孩做件连衣裙,并给了她们两双矮勒皮鞋,对她们说,别光脚在草地上行走。

她给了半疯的阿加什卡一件穿旧的坎肩,那是她向女仆乌莉塔要的,答应还她一件新坎肩,严厉盼咐阿加什卡别穿件单衣便在秋寒季节到处乱跑,并说她会派人送双"厚靴"让他在泥泞天气里穿。

她给截去一条腿的西雷奇老头留下价值一卢布的铜钱,维肯季耶夫哄然大笑,将口袋翻过来,把它们倒在长凳上,老头急忙捡起来。

贪婪得双手颤抖的西雷奇,开始将它们包在一些棉花和破布里,藏在口袋里,甚至拿起一个五戈比的铜钱放进嘴里。

可是玛尔芬卡吓唬道,倘若他把钱藏起来,而自己吃饭时又去讨葱头,并在教堂门前的台阶上乞讨的话,她将把钱收回,再也不再来了。

"你是我们的美人儿,上帝的安琪儿,愿上帝褒奖你!"她同农妇们告别,作两星期的暂别时,她们都从每个院子里出来给她送行。

而农夫们却温和而狡猾地默默笑着。"小姐在闹着玩,"他们好像在说,"同孩子们和婆娘们忙忙叨叨!你瞧,给他们送了些什么不值钱的东西!这给我们的婆娘和孩子们有什么用?"

他们漫不经心地打量印花布衬衫、某条腰带或是一双矮勒皮鞋。

十一

晚上,新楼灯火通明。祖母不知如何宴请自己的客人和未来的亲家。

她在客厅里为亲家抬来一张很气派的大床,像座灵柩台,差点没顶到天花板。玛尔芬卡在自己的两间屋里,整晚闹,同维肯季耶夫一起唱歌——后来他们安静下来,看一本新的中篇小说,但维肯季耶夫不停地用发表议论、胡闹和跑跑跳跳来打断她。

只有赖斯基的窗子没有灯光。他吃过中饭便走了,也没有回来喝茶。

月光照亮新楼，而老房子隐藏在黑暗中。院子里，厨房里，仆人们的下房里，人们都还没躺下，比平日晚了许多，随同维肯季耶娃夫人从伏尔加河那边过来的马车夫和仆役们正在那里做客。厨房里，灯火久久没有熄灭，仆人们在准备晚饭和明天的部分午餐。

韦拉从晚上七时便闲坐着无所事事，起先在昏暗中，接着在一支蜡烛微弱的烛光下，倚靠在桌上，脑袋靠在一条手臂上，另一只手若有所思地翻着书页，书放在她跟前，但她并没有读它。

她的目光集中在离书很远的某处。肩上披条白色毛织大围巾，使她免受从敞开的窗户注入屋内的秋季冷空气的侵袭。她还没叫人在自己屋子安上玻璃窗扇，好久还让窗户敞开着。

过了半小时，她缓缓站起身，把书放在桌上，走近窗子，撑着两肘，望着天空，望着所有窗户都射出灯光的新楼，谛听人们顺院子走过的脚步声，随后她直起身子，冷得直哆嗦。

她开始关窗，刚关了一半，好像寂静中山下突然响起了枪声。

她战栗一下，急忙坐到椅子上，垂下头。随后她又起身，望着自己的周遭，脸色骤变，朝点着蜡烛的桌子迈了一步，旋即停下。

眸中充满惊吓和慌乱。她几次用手触摸额头，在桌旁坐下，但顿时又站起来，迅速从肩上扯下头巾，抛在幔帘后一角的床上，更迅速地打开柜子，又关上，目光顺着椅子、沙发扫过，在寻找什么——但并没找到她所需的东西，坐到椅子上，显然已经精疲力竭。

最终，她的目光停留在搭在椅背上的毛织三角头巾，那是季特·尼孔内奇赠给她的。她扑向它，一只手急急忙忙将它披在头上，同时另一只手打开衣柜，发热病似的哆嗦着，从那里的衣钩上取下一件又一件大衣。

她匆匆瞥一眼落在她手中的大衣，懊丧地将它扔在地板上，再去抓另一件，又一次将它扔掉，再找第三件，将挂在衣柜里的所有大衣一件又一件地翻了个遍，同时竭力用另一只手把三角头巾系在头上。

最后她扑向蜡烛,抓起它来把衣柜照亮。在那里,她激烈而急切地抓起一条白色毛织大披肩,又抓起另一条黑色丝织大披肩,将头一条披在肩上,又披上那条丝织的,将毛织三角头巾扔到了一边。

她没将柜门关上,跨过那件扔在地上的大衣,吹灭蜡烛,轻快地从屋里滑出,门也不关,老鼠似的,以悄无声息的脚步从楼梯上下来。

她悄悄地溜到黑暗笼罩的院子边,走进黑漆漆的林荫小道。她并非在行走,而是在飞跑;她那黑魆魆的身影刚在需要越过的明亮的开阔地上一闪,连月亮都好像来不及将她照亮。

经过林荫小道,她放慢了脚步,在将果园和小树林隔开的水沟旁停下喘息片刻。接着她越过水沟,进入灌木丛,从自己心爱的长凳旁经过,来到悬崖边。她双手提起大衣正欲下山……

她身前,赖斯基像从地下冒出来似的出现在她和悬崖之间。她站在原地目瞪口呆。

"去哪儿,韦拉?"他问道。

她缄默不语。

"我们往回走!"

他抓住她一只手。她不把双手给他,想绕开他。

"韦拉,去哪儿,干什么?"

"去那边……最后一次,必须去会面——作告别……"她羞愧地轻声哀求道,"放了我,哥……我马上就回来,您等着我……一会儿……您在此,在长凳上坐坐……"

他不作声,紧紧抓住她的手不放。

"您松手,我疼!"她小声道,掰着他和自己的手。

他不松手。他们间开始了一场争斗。

"您制服不了我!……"她说,咬紧牙关,用不寻常的力气想将手挣开,最后她挣脱出来,蹿到一旁,想从他身旁跑脱。

他抱住她腰,拽到长凳旁,让她坐下,自己坐在她身旁。

"这多粗暴,多野蛮!"她忧闷而气愤道,几乎厌恶地离开他,将身子扭过去。

"我并不想用这样的力量阻止你,韦拉!"

"为何要阻止我?"她几乎粗野道。

"也许是——为了避免毁灭……"

"难道我会被毁灭吗,倘若我不愿意?"

"你不愿意,可你正在毁灭……"

"而倘若我愿意毁灭呢?"

他沉默无言。

"没有任何毁灭,我需要的是见上一面,为了……分手……"

"为了分手——便不该见面……"

"应该——而且我会见到的!晚一小时或晚一天——反正一样。您把所有仆人,全城人都召来,哪怕一连士兵,也无法阻止!……"

她将黑色大披肩从头上掀到肩上,猛然拉扯它。

枪声再次响起。她使劲挣脱,但一双有力的手抓住肩膀让她坐到长凳上。她从头到脚望着赖斯基,狂怒得直晃脑袋。

"您为这件善事想从我这里讨什么奖赏啊?"她低声嘟哝道。

他默不作声,蹙眉守伺着她的行动。她气愤地笑了起来。

"您松手!"稍等了一会儿,她柔声道。

他否定地摇摇头。

"哥!"她即刻将手搭在他肩上娇柔道,"倘若您不定何时如坐针毡地渴望过,因惊悸,因急不可待而刹那间死过一百回……当幸福不禁要到手却又溜掉时……您的内心不禁要随它而去……请您想起这一时刻……当您只剩下最后一丝希望……一点火星的时候……瞧,这便是我的时刻!它将稍纵即逝——一切便随它而去……"

"谢天谢地,韦拉!你倘若回心转意,稍稍清醒过来,便不会亲自去了!当病人发热病,口渴得难受,要讨块冰吃——人家是不会给他的。昨天,在清醒时刻,你自己曾预见到这种情况,并指给我一个简单而最有效的办法:不让你去——因此我是不会放你走的……"

她跪倒在他身旁。

"别强令我以后诅咒您一辈子！"她央求道，"也许，命运本身在那里等候我……"

"你的命运——在那里：我见到昨天你在那里找到了它，韦拉。你笃信上帝，没有别的命运……"

她突然不再作声，低下头去。

"是的，"她顺从道，"是的，您是对的。我笃信……但我在那里乞求的是一线微光，以便照亮我的道路——并没有求到。我该怎么办？我不知道……"

她叹息着慢慢站起。

"别去！"他说。

"我要以我所信的那个命运的名义，去寻找幸福！也许现在它正派我去那里……也许……我在那里必不可少！"她继续道，直起腰，朝悬崖迈了一步，"无论如何，您别再阻拦，我决心已定。我感到我的意志薄弱已经过去。我能控制自己，我重又坚强有力！那里不单将决定我一人的命运，而且是另一个人的命运。您在他和我之间掘了道鸿沟，为此责任将落在您身上。我将永远得不到安慰，我将把您看成给我的整个一生……和他的一生带来不幸的人！倘若您现在阻拦我，我将认为是卑劣的情欲、没理由的自尊心、忌妒心在影响我的幸福，认为您所鼓吹的自由是在撒谎……"

他犹豫不决，向后退了一步。

"这是情欲和一切诡辩及难以捉摸的想法的混合！"他突然醒悟道，"韦拉，你现在处于伪善者的境地。你是否记得，你昨天在做完祈祷后是怎么求我别放你去的！……倘若你因为我让你去而咒骂我，那时是谁的责任？"

她又精神沮丧，泄气地低下头。

"你说，他是谁？"他小声问道。

"倘若我说了——您不会再阻拦我？"她抓住这一突然出现的脱

身希望,蓦地充满活力地问道,并且凑近他,直接盯着他的眼睛,用目光询问他。

"我不知道,也许……"

"不,您得保证不阻拦——我才说出……"

他拿不定主意。

这时第三下枪声响起。她冲了出去,但他又得以将她的手抓住。

"我们走吧,韦拉,回家去,立刻去找奶奶!"他坚持道,几乎是在下命令,"你去向她公开一切……"

但她替代回答的是开始在他手中拼命挣扎,摔倒了,又站起来。

"假如……您感到这一生中曾经做过什么好事的话,那就放了我!……您说过:'去爱吧,炽烈的爱情多美好!'"她激动得气喘吁吁,边说边从他手中挣脱,"您记住……您再给我一次这样的时刻,这样的一个夜晚……'看在耶稣面上!'"她伸出手,轻声道,"您同样亦求过我,让我看在耶稣面上别离开您……我没拒绝……您还记得吗?您亦给我这一施舍吧!……我永远不会责怪您的……永远……您所做的一切——连当母亲的都无法做得更多——但现在您让我离开吧——我应该是自由的!……因此,我们昨天向他祈祷的那个人将做证人,这是最后一个夜晚!我永远不再下悬崖:请您相信我——这一誓言我决不违背!在这里等着我,我立刻回来,只说一句话……"

他放开她的手。

"你说些什么啊,韦拉!"他惊恐地喃喃道,"你难以控制自己。你去哪儿?"

"去那里……瞧一眼……那头'狼'……作个告别……听听他……兴许……他会退让……"

她扑向悬崖,但走得太急,跌倒了,为了不让他阻拦她,她想站起身,却无能为力。

她朝悬崖方向伸出手,用乞求的目光望着赖斯基。

他聚起超人的力气,抑制住自己痛苦的号哭,将她双手抱起。"你会掉下悬崖的,那里太陡……"他喃喃道,"我帮你……"

他几乎从陡坡上将她移下来,放在小道上的慢坡处。他双手颤抖,脸色煞白。

她急速朝他转过身来,向他投去睁得大大的、惊吓得几近痴呆而又充满感激的目光,蓦地跪倒在地,抓住他的手紧贴在嘴唇上……

"哥!您宽厚豁达舍己为人,这韦拉不会忘记!"她说道,突然高兴得尖叫一声,像只从笼中获释的小鸟,扑进灌木丛中。

他在原先站立之处坐下,惊骇地倾听她拨开树枝的嘈杂声和枯枝在她脚下发出的折裂声。

十二

马克在半倒塌的亭子里等候。桌上放着火枪和制帽,他自己在几块得以完好的木板上前后走动。当他踩着木板的一头,另一头便微微翘起,并带着响声落下去。

"噢,魔鬼的音乐!"他说,对这响声十分恼怒,并在靠近桌子的一条长凳上坐下,双肘支在桌面上,两手插进浓密的头发里。

他抽烟,一支接一支。擦火柴时,他把自己照亮。他脸色苍白,显得十分激动或充满愤恨。

每一声枪响过后,他都仔细谛听一会儿,然后顺小径走去,朝灌木丛仔细张望,显然是在等待韦拉。当他的等待没有实现时,便返回亭子,开始在"魔鬼的音乐"下走动,再次扑向长凳,将手指插进头发里,或是在一条长凳上躺下,按美国方式将双脚搁在桌子上。

放过第三枪后,他仔细听了七分钟,他什么也没听见,便现出阴郁的神色,仿佛人一下子老了许多,慢慢拿起枪,勉强顺小路走去,显然打算离开,但放慢脚步,好像感到难以在黑暗中行走似的。最后,他迈出坚定的一步——却突然撞上了韦拉。

她停住,将一只手按在心口,吃力地喘着气。

他抓住她的手——她的惊悸顿时平息下来。她因为同赖斯基的争斗和走得太急,现在只想竭力缓过气来,而他看来无法抑制自身所充溢的强烈感情——实现等待的喜悦。

"不久前,韦拉,您曾那么准时,这次我不得不耗费火药,放了三枪……"他说道。

"用责备代替高兴!"她答道,把手挣脱开。

"我这是为了开始交谈——没什么用意,其实我像赖斯基似的,幸福得简直傻呆了……"

"不像!倘若是这样,我们也就不用鬼鬼祟祟地在悬崖上会面了……我的天哪!"

她歇了口气。

"我们最好是并排坐在奶奶那里,坐在喝茶的桌子旁,等待着举行结婚仪式!"

"那有什么?"

"想那些不可能的事情是瞎子点灯白费蜡!要知道奶奶是不可能把您许配给我的……"

"她会的:她会做我愿意的事情。您就只有这一障碍吗?"

"我们又开始这场无休止的争论了,韦拉!今天是我们最后一次相聚——您自己说的。不管怎样应该结束这种令人痛苦的折磨,让烧红的木炭消失吧!"

"是的,最后一次……我起过誓,将永不来此!"

"那么,时间宝贵。我们将会永远分离,倘若……愚蠢的念头,也就是奶奶的看法,将我们拆散的话。过一星期,我就将离开,您知道,许可证已获得。或是我们同居在一起,不再分离。"

"永远?"她轻声问。

他做了个不耐烦的手势。

"是永远!"他恼火地重复道,"这些话听起来多么虚假:'永远'

啊,'终身'啊! ……当然是'永远'啦:一年,或许两年……三年……难道这还不是——'永远'?您想要无限期的感情?可是难道有这种感情?您把您所有那些亲爱的男男女女数上一遍:没有一个人是无限期相爱的。您瞧瞧他们的窝——那里有什么?人们各干各的事情,养儿育女,然后互不理睬,各奔东西。直至脑子迟钝才坐到了一起……"

"够了,马克,您那爱情期限论我也听腻了!"她不耐烦地打断道,"我很不幸,我内心里不只是与您别离的愁云!瞧我不肯同奶奶吐露心扉已有一年——这使我精神上受到极度折磨,而这种折磨愈发加重,我看到了这一点。我心想,日内这折磨便将结束;今天,明天,我们最终将充分谈一谈,真诚地相互告之自己的想法、希望、目的……和……"

"然后呢?"他用心听着,问道。

"然后我去找奶奶,告诉她:瞧我选中了谁……过一辈子。但是……看来……没这必要了……今天我们见面是徒劳无益的,我们该分手了!"她十分沮丧地轻声把话说完,低下了头。

"是啊,倘若把自己想象为天使,那么您当然是对的,韦拉:那是终身大事。连这位头发斑白的幻想家赖斯基也认为女人是为某个崇高目的而创造的……"

"她们首先是为家庭而创造的。女人不是天使——好吧——但也并非野兽!我不是头母狼,而是个女人!"

"哦,就算为家庭创造的吧,那又怎么样?那对我们又有什么妨碍?该喂养和培育孩子?这已不是爱情,而是特殊的忙碌,是保姆和老婆子们的事情!您想要一层伪装:所有这些感情、心上人,以及其他——只不过是层伪装,是那些树叶,据说,人们还在天堂时便用它来遮挡身子……"

"是的,是人们!"她说道。

他冷冷一笑,并耸耸肩。

"就算是一层伪装,"韦拉继续道,"但是要知道,按您的学说,它也是大自然赋予的，可您却想把它摘下。既然如此，为何您还死缠着我，说是爱我？——瞧您显得有多瘦？……您不是反正都一样吗，为何不带着您的爱情观，替自己在那里，在镇上或伏尔加河对岸的小村子里找个女伴呢？是什么迫使您整整一年往那儿，往山脚下跑呢？"

他闷闷不乐，眉头紧皱。

"您看看自己的错误，韦拉：您说'带着爱情观'，可问题在于爱情并非一种观念，而是一种爱好和强烈的愿望，因此它大部分是盲目的。您的美貌，并且是相当罕见的美貌——在这一点上赖斯基是对的——以及智慧，还有观念的自由——使我处于被俘状态，时间之长是任何别的女人所无法比拟的。"

"十分荣幸！"她轻声道。

"这些'观念'害了您，韦拉。要不是它们，我们早就同居了，并且双双幸福……"

"那也是短期的，然后便有新的令您倾心的女人出现，让位于她——诸如此类，对吗？"

他耸耸肩。

"这方面并非我们的过错，而是天性！并且它做得非常好。否则，倘若对所有的生活现象都要停下来讨论很久——这就意味着脚上套上了沉重的锁链……意味着过日子靠的是'观念'……本性难移！"

"这些观念乃是准则！"她证实道，"本性有自己的规矩，您曾教导过：人也有规矩！"

"瞧，将天然的爱慕变成规矩，并铐住手脚，那里便是一片死气沉沉。爱情就是天性赋予人的幸福……这便是我的看法……"

"这幸福背后是附带责任的，"她说道，从长凳上站起身，"这是我的看法……"

"这是臆想，是杜撰，韦拉，把您那些乱七八糟的'规矩'和'观念'，弄弄清楚吧！忘掉这些'责任'吧，同意爱情首先是爱慕……有时是无法遏止的爱慕……"

他也站起身，搂住她的腰。

"是否这样？对此很难不同意吧，固执的……美人儿，聪明的女人！……"他柔声道。

她将腰肢轻轻从他手中摆脱出来。

"可您却想出什么'责任'！"

"是的，是责任，"她固执地重复道，"为相互共同献出的最美好的幸福岁月，彼此应该以余生相报……"

"请问，这何以相报？当一个人还身强力壮，生活在召唤他，继续吸引他的时候，让他在某个身体孱弱、神经不健全的女伴身旁，或是在某个步履维艰、瘫痪在床的老头身旁，熬汤，陪着踱步，面对面坐着，装模作样，在'规矩'和'责任'中憔悴下去！……难道是这样不成？"

"是的，要挺住，别朝'吸引'着您的那边看！那时并不需要装模作样，而只要克制，奶奶说过'如同远离酒杯那样'，这很对……这便是我对幸福的理解，并且希望幸福就是这样的！"

"嗨，当事情到了要引用奶奶智慧的时候，便糟了。您显摆她吧，您就说她的规矩在您身上是多么的根深蒂固……"

"没什么可显摆的！"她闷闷不乐道，"是的，今天，从这里离开，我便去找她，并且去……'显摆'一下！"

"您去对她说些什么呢？"

"这里有过的一切……她未曾知道的一切……"

她在长凳上坐下，靠着桌子，将脸埋在双手中，沉思起来。

"为什么？"他问。

"您是不会理解为什么的，因为您不认为需要负责任……可我在她面前早就欠债累累了……"

"这一切都是使生活变得无聊、发霉的道德说教！……韦拉，韦拉您并不爱，您不会爱……"

她突然走到他跟前，责备地盯着他的脸。

"别说这种话,马克,倘若您不想使我绝望的话!我认为这完全是装出来的,是想使我迷恋但并不爱我,想哄骗……"

他也从长凳上站起来。

"您也别说这种话,韦拉。我在这里并不想听爱情讲座!假如我想欺骗,那早就骗了,因此我不可能……"

"我的天哪!您为何颤抖,马克?您为何糟蹋自己的生命!"她两手一拍道。

"听我说,韦拉,我们别再争论了。那个奶奶是通过您的嘴在说话,只是,用的当然是另一种语言。这一切在过去是合适的,可现如今开始了另一种生活,那里往外冒的不是权威,不是机械的观念,而是真理……"

"真理——它在哪里?您干脆说吧!……别是在我们背后吧?您在寻觅什么!"

"寻找幸福!我爱您!您为何要折磨我,为何同我和同自己争斗,使两个人都成为牺牲品?"

她耸耸肩。

"可怕的指责!好好看看我——我们好几天没见了:我成了什么样子?"她说道。

"我见您很痛苦,这便更不像样子了!现在我也想问:您为何过去和现在都上这儿来?"

她几乎怀着敌意地盯着他。

"您是想问,为何我早先没有感觉到……自己境遇的可怕?是啊,这个问题我们俩早就应该向自己提出并进行谴责了,并且当时我们互相真诚地对此予以回答,回答对方,也回答自己,我们便不必来此了!现在为时已晚!……"她若有所思地轻声道,"不过,晚回答总比永远不回答更好!我们今天应该一个人向另一个人把问题回答清楚:我们想要什么,相互期待对方什么……"

"请让我把话全说出来,"他开始道,"我想得到您的爱,并将自己的爱献给您,这便是爱情上的一条'规矩'——自然界指明的一条自由交换规则。并非对所依恋的人的强制,而是自由地忘情于印象中,并享受相互间的幸福——这就是我所承认的'责任和规矩',也是我对'我为何上这儿来?'这一问题的回答。应该有牺牲吗?牺牲是有的——依我看这并非牺牲,但我将叫出您的名字,并且还是留在这个泥潭里,不知多长时间,我将在这里耗尽精力——但不是为您,而首先是为自己,因为现在这成了我的生活——我将活下去,趁我幸福,趁我恋爱的时候。而待到我感情冷淡下来,我会说声再见并离去——去生活指引我去的地方,不承担任何'责任''规矩'和'义务'。我把所有这些都留在这里,留在悬崖底下!您看,我并没有欺骗您,我把一切都显示出来。我将说声再见,然后离去!您也同样有权这么做。可瞧那些半死不活的人,欺骗自己也欺骗别人——却将欺骗称为'规矩'。而自己偷偷摸摸地干那档子事——还巧妙地想出法子攫取这种权利,却不给女人们这种权利!我们之间应该是平等的。您来判定,这是否诚实?"

她否定地摇摇头。

"诡辩!诚实地接受别人的生活,诚实地以自己的生活回报别人:这是规矩!可马克,您知道我的另一些规矩……"

"喏,到这步了!现在就将开始!规矩将像块石头套在您我的脖子上……"

"不,不是像石头!"她热烈地反驳道,"我将强调,爱情将责任放在人们身上,如同生活将另一些责任放在人们身上:没有责任便没有生活。您得同年老体衰、瞎眼的母亲在一起坐坐,领她走,喂她吃——为什么?要知道这并不令人愉悦——但诚实的人认为这是责任,并且喜欢它!"

"您在大发议论,而不是在爱,韦拉!"

"可您是在逃避我的真话!我发议论,是因为我爱,我是个女人,不是动物,也不是机器!"

"您有的是某种想象出来和凭空虚构的爱情……如同长篇小说里那样……希望无限期……总之,是无限期的爱情!但是,您要求我的,诚实吗,韦拉?假设我不给爱情规定期限,像维肯季耶夫那样蹦蹦跳跳,打打闹闹,把手'永远'伸给您:您还想要什么?您会说,'让上帝祝福我们的结合',也就是进教堂——违背信仰——公开举行仪式……可我并不信上帝,也无法忍受神甫:我这样做是否合理,是否诚实?……"

她站起身,将黑色大披肩披在头上。

"我们相聚,本应消除一切障碍去争取幸福,却反而增加了障碍!您粗鲁地对待对我来说是神圣的东西。那您为何把我叫到这里来?我以为您会向古老的经受考验的真理作出让步,我们会永远把手相互伸给对方……我每次都怀着这一希望从悬崖上下来……但每次都错了!我再重复一遍我早已说过的话:我们间,马克……(她以衰弱的声音结束道)有着不同的信仰和情感!我本以为您本人的智慧将告诉您……真正的生活在哪里——您的最佳角色在哪里……"

"在哪里?"

"在爱您的诚实女人心中,并且做这个女人的朋友……"

她凄然地挥下手。眸子中涌满泪水。

"您过您的日子吧,马克——我可不能……那日子没有根……"

"您的根早已腐烂,韦拉!"

"这样也好!"她说道,越来越虚弱,眸中已经泪如泉涌,"并非我想与您争论,想用智慧和自己的信仰驳倒您的信仰!我既无智慧,也无力量。我的武器是缺乏勇气,也只有这么一点价值,但它是我个人的,是我在自己平静的生活中选取的,而并非来自书本,并非听人家说的……"

他做了个动作,但她又开口说话。

"我曾想用另一种力量来战胜您……您记得这一切是如何发生的吗?"她在长凳上坐了一会儿,若有所思道,"开始我是可怜您。您在此孤身一人,谁也不理解您,人人都离您远远的。同情心将我引到您一边。我见到的是某些奇怪的放纵行为。您什么都不重视——其至都不讲究礼貌,思想随便,说话冒失,玩世不恭,玷污聪明才智,不尊重任何人与事,什么也不信,还以此教训别人,惹人厌恶,还夸口吹牛,显摆自己的勇敢。我出于好奇注视着您,叫您来我处,向您借书,发现您的智慧和某种能力……但这一切都与生活分开……后来……我硬想要(对此我直犹豫!)做点什么……我常对自己说:我要使他珍惜生命……起先是为我,然后是为生活,使他尊重人,又是先尊重我,然后在生活中尊重别人,使他相信……我,然后相信……我想让您活下去,变得比所有人更好,更高尚……我同您争论,为您杂乱无章的生活……"

她叹口气,仿佛逐一回忆起这整整一年的情景……"您受了我的……影响……而我也受了您的影响:在智力和勇气上,也沾染上一些……诡辩……"

"而且倒行逆施,变得让奶奶感到可怕!既然您发现了诡辩,为何那时不将我抛弃?真会诡辩!"

"为时已晚。我热切地对您的命运表示关切……我感到痛苦,并非为这种蒙昧的生活方式,而是为您本人,我固执地跟着您,心想为了我……您将会懂得生活,不再孤单单一人徘徊寻路,否则对自己有害,对别人也无任何好处……我心想,会有结果的……"

"我会当上个副省长或是出色的高级文官……"

"职称无关紧要——得做个坚强有用的人……"

"做个心肠好、易受一切支配的人!——还有什么?"

"还有——就是做我的终身朋友:您要记住!我对自己的期望完全入了迷……瞧,我都被吸引到什么地方来了!……"她轻声补充道,回头一瞧,战栗一下,"我在这场可怕的争斗中获得了什么?不就是您眼下对爱情、对幸福、对生活的逃避……对自己韦拉的回避!"她说着走近他身边,把手放到他肩上,"别回避,看着我的眼睛,听着我的声音:这声音中有真理!别逃避,留下来,我们一起去那里,去山上,去果园……明天这里任何人都没有我们幸福!……您是爱我的……马克!马克……您听见吗?直接看着我……"

她朝他的脸俯下身子,很近地盯着他的眼睛。

他迅速从长凳上站起来。

"离我远一点,韦拉!"他说,把她的手挪开,晃动着脑袋,像头多毛兽。

他站得离她三步远。

"我们没有谈到主要问题——何时谈清了,我便不再回避您的厚意,也不从此地跑开……我将不会躲避这个韦拉①,躲避您。但您却将另一个韦拉硬塞给我……倘若没有她,我该怎么办——您决定吧,您说啊,韦拉!"

"可是倘若我有了这个信念——我该怎么办?"她问道。

"舍弃某个呆板做作的信念②,比原本没有而去获得一个信念更容易些……"

"这信念乃是生活本身。我已经对您说过,我靠它生活,我不能按另一种信念生活……因而……"

"因而……"他重复道,"两人相对而立,很难谈妥,也无须谈妥。"

她又想将丝织大披肩披在头上,但未能如愿:双手从大披肩上垂下。她只得头也不回地离开。她挪了一步,却重新坐在长凳上。

"从哪儿获取力量——没有力量,无论是离开,还是留住他!全完了!"她心想,"倘若留住他,又将怎样?并非一个生命,而是两个生命,犹如两个永远被栅栏隔开的囚徒……"

"韦拉,我们俩都很刚强,因此两人都很痛苦,"他忧郁道,"所以,我们分手吧……"

---

① 此处和下面的韦拉(Bepa),虽为大写,却一语双关,既是女主人公的名字也是俄语小写"вера"所含的信仰、信念、信赖之意。

② 此处的"信念"一词,原文为убеждения,两相对照,因此二者统一译为"信念"。

她否定地摇摇头。

"倘若我刚强的话,您便不会想从这儿离开了,而是同我一起去那里,去山上,并非悄悄的,而是勇敢地挽着我的手臂。我们走吧!您想要我的幸福和我的生命吗?"突然间她受到震惊,重新燃起希望,走到他跟前热切道。"您不可能不信任我,也不可能假装——这很恶劣!"她绝望道,"怎么办,我的天哪!他不相信,他不去!我该如何说服您?"

"为此需要您比我还刚强,但我们却半斤八两,"他执拗道,"所以我们无法相投,只是争斗。我们得分手,无法解决争斗,或是一个永远服从另一个……我也许能驾驭您——也能驾驭任何别的卑俗的女人,对她毫不怜惜。别的女人身上表现出的会是装模作样、轻微的恐惧或是脑子迟钝,那么在您身上便会是力量和女性的坚毅。现在我们之间没有迷雾,我们全都解释清楚——我要给您应有的评价。您具有很好的本性,韦拉。旧观念,道德,责任,规矩,信念——对我而言全然不存在的这一切,在您身上却忠贞不渝。您在自己的追求上并不轻松,您绝望地争斗,在对那方和对另一方条件相等的情况下,您才肯同意承认自己被战胜。欺骗您——便意味着偷窃。您献出一切,并为取胜于您,要求对方也付出一切。可是我不可能献出一切,但尊敬您。"

她微微昂起头,一瞬间脸上闪烁着自豪而几乎幸福的光芒,但随即又低下了头。她的心儿在无可避免的分手面前苦恼地跳动,重又心灰意懒。他的一席话是告别的前奏。

"我们都说出了自己的看法……我把决定交到您手中!"马克闷声道,绕到亭子的另一边,从那里紧紧地盯着她,"我决不欺骗您,甚至现在,在这样一个决定性时刻,在我脑袋发晕的时候……不,我不能——您听着,韦拉,我不答应无限期的爱情,是因为我不相信它,也不要求从您那里得到它,我不会同您一起去教堂举行婚礼。但眼下我爱您胜过世上的一切!……倘若在我对您说过这一切之后,您朝我扑来……这就是说,您爱着我,并且愿意成为我的……"

她瞪着一双大眼睛望着他,觉得他在颤抖。

"他究竟是个什么样的人,是个诡诈的家伙?……或者现在他果然用不折不扣的诚实在说话,并将她置于危险的境地?"她心中闪过一丝怀疑。

"永远成为您的?"她轻声问,自己也为悬在她头上的危险感到害怕。

只要他说声"是",她便会将那不可逾越的、由这"永远"一词造成的"不同信念"忘却——这"永远"仅仅是为了跨越深渊而在瞬间出现的一座小桥,随后它自身便会轰然倒塌,掉进深渊。她开始害怕同他待在一起。

他默不作声。接着从原地站起身。

"我不知道!"他烦闷而又懊丧道,"我只知道现在我将做什么,并不探察半年后的事情……甚至您自己也不清楚,以后您会怎么样。倘若您分享我的爱情,我将留在此地,将会非常顺从地过日子……做您想做的……还要什么?或者……我们一起离开!"他突然说,向她走近……

她眼前恰如一道闪电。她向他扑去,一条手臂搂住他肩膀。

进入某个天堂的大门蓦地为她打开。整个世界在朝她微笑,向她召唤……

"与他一起,到那遥远的地方……"她思忖。激情的爱抚轻叩她心房。

"他举棋不定,不肯离开,这是眼下……当她单独与他在一起的时候……到那时,也许他自己便会相信他的生活只在她待的地方……"一个声音在轻轻向她将这一切诉说。

"对此您能拿定主意吗?"他对她严肃问道。

她低头不作声。

"或许您是害怕奶奶?"

她清醒过来。

"是的，这是实情：倘若我拿不定主意，这只能是我怕她……"她悄声道。

"那就别靠近我，"他说，走向一旁，"老太太不会允许……"

"哦不，她会允许并为我祝福的，不过她自己也会痛苦得要死！我怕的就是这个！……同您一起离开！"她又幻想地重复道，久久凝视着他，"那以后呢？"

"以后嘛……我不知道。为何要问'以后'？"

"突然有个人把您'拽'走到另一边，而您抛下我离去，像件东西似的……"

"为何要像件'东西'？还可以成为朋友嘛……"

"分手！在您那里，别离和爱情是等量齐观的！"她凄凉地一叹。"可我认为，这是两个永远不该相碰的极端……再见吧，马克！"她脸色苍白，突然高傲道，"我拿定主意了……您永远不会将我所希望的幸福给我的。为了幸福不需要离开，它就在此……事情结束了！"

"是的……很快地离开这里！再见了，韦拉……"他说道，声音都变了。

两人双双站起，全都脸色惨白，竭力不互相看一眼。她在透过树枝微弱的月光下寻找自己的大披肩。她双手战栗着，够着的不是她所需的东西。她抓住的竟然是支火枪。

他站着，倚靠在亭子的一根柱子上，什么也不取，阴沉着脸注视着她。

她终于找到白色大披肩，但怎么也无法将它披在另一个肩上。他机械地帮她披上。

她在黑暗中用脚寻找着台阶——他从亭子直接跨到地上，把手伸给她，扶她下来。

两人顺小道默默走着，放慢脚步，仿佛相互在等待着什么。双方都为一个同样的心事遭受着折磨，寻找着放慢脚步的托词。

两人都明白，每人从自己的观点看都是对的——但毕竟发疯似的暗自希望着，他希望她转到他这边，而她希望他做出让步，同时又意识到这希冀是荒谬的，他们中谁也不可能突然根本改变，不可能将别人的信念、别人的世界观，像戴帽子似的，吸引到自己身上，将它分享或者摈弃，虽说谁都心中愿意。

但是，一种意识将他们压垮：这是他们最后的幽会，是最后一次，再过五分钟他们将永远相互视同陌路。他们想留住这五分钟，将自己过去的一切全装进这五分钟里——而且，假如有可能——预先获得某种对未来的希冀！但他们感到，没有未来，在前方等待着的，是一次不可避免、死亡似的分离！

他们很久才走到那个地方，他应该在此跳过矮篱笆到大道上，而她则该沿灌木丛中的小径登山，去果园。

她低头站在悬崖的陡坡旁，像被人杀了似的。她忆起自己的一生，找不到这样一段痛苦的时刻。她眸里充满泪水。

眼下，她刹那间的唯一幸福，便是回眸看他一眼，哪怕就一次，然后尽快离去，永远。但她边离开边甚至在用目光测定着她失去的东西。她可惜这旋风般刮走的幸福，但她没敢回头：因为这无异于对他致命的问题说**是**，因此她在难以忍受的忧郁中，朝陡坡跨了两步。

他向篱笆走去，同样不回头，恶狠狠，像头桀骜不驯、抛下猎物的野兽。他没有撒谎，他尊重韦拉，但尊重得违背意愿，犹如交战中尊重一个武艺高强的敌手。他诅咒禁锢这个鲜活自由心灵的"毫无生气的城市"和"旧的观念"。

他的痛苦并非那种令人感动、引人同情的痛苦，而是凶狠固执、因倔强而引来对手新打击的痛苦。甚至这不是痛苦，而是盛怒之下的绝望。

他曾打算毁了韦拉，如同人们咒骂着毁坏他人的珍宝："谁也别想得到！"对别人，也许他会按自己对她供认的那样去做，但不会对她。再说，她也不会中此圈套——那么应该采取暴力，立刻去当强盗。

况且，物质上的一次胜利，占有韦拉，并不会给他带来像在任何女性身上所得到的完全的满足。他怒气冲冲地离开，并非因为美人儿韦拉离他而去，因为在她身上耗费了时间和精力，而忘了"事业"。他发脾气是出于自尊心和感到自己的无能为力。看来，他支配了韦拉的想象力，也就是所谓的心，却未能战胜她的头脑和意志。

在这方面，她显示出了与他的固执相同的坚毅。她有性格，她从"毫无生气"的陈旧生活中，顽强地替自己创造出坚实而有生气的生活——而且对于他，同样也对于赖斯基，她成了一尊美妙绝伦的雕像，充满独特的生命力，富有那经久不衰的自己的而非借来的智慧，自己高尚的意志。

她比其他的女人高尚。他看到了这点，为自己在她爱情上的成就而自豪，但马上又泄了气，当他意识到，不管他如何绞尽脑汁培养韦拉，把自己的光给她，但是某个他人，她的信念，按她的话说，还有某个年轻教士，还有赖斯基同他的诗歌，祖母同她的道德，以及更多——她自己的眼睛，自己的听觉，敏锐的嗅觉，女人的本能和天性，接着还有意志——全都支撑着她的力量，给她以反对他真理的武器，将平平常常的旧生活和真理，涂上健康的色彩，在这种色彩面前，他为自己，从新的、仿佛是新鲜的源泉中得到的真理与生活，则显得既苍白空洞，又虚伪平淡。

他的新真理和生活，无法吸引她那健康有力的本性，而只是为了让她将它们拆成小块，并且更为相信自己的真理。

瞧，她要走了，没给他留下任何胜利的保证，除了那些将像沙滩上的脚印那样消失的从前的会面。他在争论中遭失败，失去了她，并在她将要离去时方始明白，他永远不会再遇见像韦拉那样的另一个女性。

他把她同其他的，特别是"新"女性相比，她们中许多人按新教义如此陶醉于淫欲的生活，如马林娜那样受自己爱情的支配，他而且发现，这是一群可怜庸俗、比其他堕落的女人更为堕落的女性。堕落的女人屈从于想象和强烈的情欲，甚至金钱，而那些女性好像屈从于她们常常不理解、不确认的行为准则,因而相信别人的诺言,对别人不管什么全做出让步,而且是天真无邪地做出让步,譬如,科兹洛夫的妻子,她们只不过是虚情假意或是脑筋迟钝地用行为准则来做掩盖罢了。

他缓缓而行,意识到,在自己背后将永远留下那个已经再也无法在前面相遇的女人。欺骗她,引诱她,答应"无限期的爱情",与她待上几年,看来,还得结婚……

一想到要利用愚蠢而粗俗的欺骗手段,他又哆嗦起来——不过她现在不会再受他诱骗了。他单腿一蹬,跳上篱笆,双腿越过到另一边。

"看她怎么样!她走了,高傲的女人!惋惜什么,她并不爱我,否则不会离去……她好发表议论!……"他坐在篱笆墙上,思忖道。

"看他一次……他怎么样——然后永不回头……"她站在陡坡的上坡路旁,拿不定主意。

再跳一下:篱笆和水沟便将把他们相互隔断。墙后——理性和意志将迸发得更有力,并获得彻底的胜利。他转过身子。

韦拉在陡坡的上坡路旁站定,好像无力上山似的。

最后,她怀着明显的疲惫迈了两步、三步,便停了下来。然后……轻轻朝后转过身来,战栗起来。马克还坐在篱笆墙上,望着她……

"马克,再见了!"她大叫一声,自己的嗓音令她本人也吓了一跳:声音中有着那么多的忧愁与绝望。

马克迅速将双腿往后挪过来,往下跳,并且三下两下便跃到了她身旁。

"胜利了!胜利了!"他心中在大声呼喊,"她回来了,让步了!"

"韦拉!"他说,那声音似呻吟一般。

"你回来了……永远?……你终于明白了……噢,多么幸福!天啊,饶恕……"

她没有把话说完。

她倒在他的怀抱里。他的亲吻堵住了她的哀号。他又重新将她拥在怀里,像头野兽,飞快跑进小亭子,带着他的猎物……

天啊,饶恕她吧,为她那回眸的一瞥!……

十三

赖斯基像个死人似的,在悬崖顶上的草地上坐了整整一小时,将下巴靠在双膝上,用双手捂着脑袋。他身上的一切都在呻吟。他以可怕的痛苦抵偿自己那宽厚的一时冲动,他感到难过,先是为韦拉,然后为自己,为宽宏大量而诅咒自己。

天真无知,醋意,已失去的对幸福的期望,往后激情的痛苦,依然在激情中既不知白天黑夜的安宁,也不知片刻的休憩!他常痛苦得无法入睡。睡梦并非如朋友般靠近他,而是像哨兵那样出现,用另一种痛楚替代不寐的痛苦。

当他早晨睁开眼睛,他面前已经站着激情的幽灵,也就是刚毅的、厉害的、对他冷淡的韦拉,用微笑来回答他那让她公开名字的要求,唯有名字能给他的热病带来决定性的打击,使疾病得到解救的转机,给病以容易获取的结果。

"可她为何不归!"他突然四处张望着。

他看了下表。她是九点不到离开的,而现在快十一点了!她吩咐他等着,说是马上回来:这一小时够长的啦!"她怎么啦?她在何处?"他惊慌不安地重复道。

他爬上悬崖顶上,坐在长凳上,开始仔细谛听,她是否归来。没有声响,没有簌簌声;只有枯叶落地的萧萧声。

"她让我等着,且忘得一干二净——可我却苦等着!"他说道,从长凳上站起身,又从悬崖上往下走了几步,一直在仔细谛听。

"我的天哪,难道她经常深夜依然幽会?他是谁,她究竟怎么啦,我的这尊雕像,美丽而高傲的韦拉?她也许在那里,同他一起在哈哈大笑嘲弄我呢……他是谁?我想知道——他是谁?"他愤怒地大声道,"名字,名字!我是她情欲的工具、挡箭牌、盖头……什么样的情欲!"

与马克的绝望相同的绝望笼罩着他。五个月来,这个女人一直隐瞒着,一会儿允许他爱,一会儿又脸上挂着笑容疏远他……

"因为迷恋就该受这种精神上的折磨吗?她在与我搞什么名堂?在所有这些勾当以后,难道我无权揭开她的秘密,将那神秘的名字宣布吗?"

他飞速跑下陡坡,停在灌木丛旁。什么也没听见。

"这,可是……很卑劣……"他说,"偷窃秘密……"他钻进茂密的灌木丛里,叨叨着:"这很卑劣,偷……"

他往后折回三步。

"偷窃!"他喃喃道,犹豫不决地站定,用手帕擦去脸上的汗水。"明天又是猜谜游戏,又是美人鱼的眼睛,又是恶狠狠,带着刺耳的笑声,直截了当道:'我爱您!'我得知道真相,结束折磨!"他拿定主意,急忙冲进灌木丛。

他像小偷似的,用手摸索着悄悄潜行,咒骂脚下枯枝的每一下脆折声,却感觉不到树枝打在他脸上。他不知道幽会地点,瞎碰运气地爬着。由于太激动,他坐在地上,喘口气。

良心的谴责让他停了一会儿,然后他重又爬行,双脚乱刨枯叶和泥土……

他绕过在自杀者的坟茔上堆积起来的小土包,朝小亭子方向爬去,朝四周张望着,谛听着,看是否能见到她,听到她的声音。

同时,在塔季扬娜·马尔科夫娜的家里一切如常。吃过晚饭,大家待在客厅里,打着呵欠。季特·尼孔内奇彬彬有礼地同所有人,甚至同波林娜·卡尔波夫娜和维肯季耶夫的母亲说着恭维话,咔一声碰下脚跟,边献殷勤边望着每一位女士,仿佛打算为她们做出一切牺牲。他说,应该竭力为太太们做些"令人高兴的事情"。

"Mr鲍里斯在哪儿？"波林娜·卡尔波夫娜已经第五次问，当着众人，饭前问，饭后问。最后她带着这个问题转向祖母。

"天晓得他——在何处游荡吧；或许进城做客；他去哪儿从不说一声——那么个任性放肆的人！你都不知道派人驾马车上哪儿去接他！"

雅科夫说，鲍里斯·帕夫洛维奇在果园里"散步"，直到深夜。

提起韦拉，大伙也说，派人去叫她来喝茶，她也没来。但她要求给她留着晚饭，说是如果她想吃，会派人来取的。谁也没见到，她是如何走的，除了赖斯基。

"雅科夫，告诉马林娜，小姐若是要吃饭，别忘了把烤菜热一下，而将甜食放进冰窖，不然便化了！"祖母吩咐道，"而你，叶戈尔卡，待到鲍里斯·帕夫洛维奇回来，别忘了报告，晚饭是现成的，别让他以为没给他留，便饿着肚子睡觉！"

"是。"两人答应道。

"夜猫子，真是两个夜猫子！"祖母暗自懊恼又忧愁道，"这么冷的天气还四处游逛……"

"我去果园，"波林娜·卡尔波夫娜道，"也许Mr Boris就在不远处。同我见面他会很高兴的……我发现，他想对我说些什么……"她神秘兮兮补充道，"想必他并不知道我在这里……"

"他知道，因此才离开的。"玛尔芬卡对维肯季耶夫悄声道。

"我想这么着，玛尔法·瓦西里耶夫娜：我跑到前头，待在灌木丛后面，用鲍里斯·帕夫洛维奇的声音向她表示爱情……"维肯季耶夫同样悄声对她建议道，并想离开。

"看来，她会吓得晕倒的，到时奶奶会让您知道厉害的！看您瞎想些什么！"她拽住他的袖子答道。

"对不起，我出去一会儿，我去将逃犯领回来……"波林娜·卡尔波夫娜坚持道。

"去吧，上帝保佑您！"塔季扬娜·马尔科夫娜说道，"只是别扎伤了眼睛，瞧天多黑啊！您哪怕带上叶戈尔卡，让他提着灯。"

"不，我一人去，不需要他来妨碍我们……"

"徒劳无益！"季特·尼孔内奇客气道，"这么潮湿的夜晚绝对不应该让自己八点以后再出去。"

"我不怕……"克里茨卡娅说，披上大披肩。

"我本不敢阻拦您，"他说，"但有个医生——他住在杜塞尔多夫①，靠莱茵河畔……我忘了他的名字——现在我正在读他的一本书，如果乐意，我可以给您带来……他提出一些极好的保健方法……他建议……"

他没把话说完，因为波林娜·卡尔波夫娜已经走了，只对他说了声让他等着，将她送回家。

"十分乐意，十分乐意！"他说，朝她背影鞠躬，并在她身后关上通往院子和果园的门。

十四

悬崖上的这场交谈过后不久，一片漆黑中，灌木丛里传来脚步的嘈杂声。枯枝咔嚓作响，被重重触及的树枝噼噼啪啪，树叶纷纷散落，响起恰似受伤或受惊的野兽那急匆匆的大步跳跃声。

嘈杂声越来越近，越来越近，最终赖斯基从灌木丛中跃出，落在悬崖前的小平台上，但是，比受伤的野兽更惊慌，更无理性。他扑倒在长凳上，挺直身子，一动不动坐了两分钟，接着轻轻将两手一拍，双手捂住了眼睛。

"这是在梦中还是真的！"他喃喃道，一副惘然若失的样子，"是我错了，不可能！是我的错觉！……"

---

① 杜塞尔多夫，德国城市，莱茵河港口，海涅诞生地。

他站起,又坐下,仿佛在谛听什么,然后双手放在膝盖上,爆发出一阵神经质的大笑。

"这里还有什么怀疑、问题和秘密!"他说,重又哈哈大笑起来,笑得前仰后合,"一尊雕像!纯洁无瑕!灵魂美丽!韦拉——是尊雕像!而他!……我寄给'流放犯'的那件大衣乱扔在亭子旁!他自己打赌从我那里索取了二百二十卢布,还有原先给他的八十卢布……是的,是的!这是三百卢布!……谢克列捷娅·布尔达拉霍娃!"

他又哈哈大笑起来,那笑声恰似在呻吟。后来他突然不再大笑,抓住肋部。

"噢,这里疼得很!"他呻吟道,"韦拉是只猫!韦拉是个窝囊废……神经不健全,身单力薄……来自那些天性道德堕落、渺小卑微的女人,她们为低级庸俗的肉欲所征服——常去找某个身强力壮的下流坯!……就这样吧——她是自由的,但她怎么敢辱骂那个不慎迷恋上她的人,辱骂她的兄长和朋友!……"他愤懑地低声道,"噢,报复啊,报复!"

他跳起来,站着,陷入痛苦的思索中!

怎样的报复?跳到祖母那里,抓住她,领她到这里,带上一群人,提着灯,将可耻的行为照个通明,并说:"瞧,这便是那条在您怀里暖了二十三年的蛇!……"

他挥下手,把它放在火烫的额头上。

"真卑鄙,鲍里斯!"他对自己悄声道,"你别这么干!这并非对她的报复,而是对如同你母亲的奶奶的报复!"

他沮丧地低下头,然后突然昂起头,狂暴地跳向悬崖。

"那里,正在为这懦弱的情欲举行庆祝——是的,是的,这黑夜掩盖了爱情的诗篇!"他轻蔑地笑起来。"爱情!"他重复道。"马克!游移不定的磷火,惹是生非者,粗野下流的自由主义者!嗨!表妹啊,表妹!您依靠自己的仰慕者,那个魁伟英俊的图申该有多好!"他恶狠狠低声道,"此人有森林,有土地,有水域,有成群的骏马参加驾马车竞赛,恰如奥林匹亚的竞技会①! 可此人!"

"这是我们的'行动小组'!"他低声道,"是的,从口袋里向警察局长显示拳头,向女仆和执事的妻子们宣传婚姻的荒谬,借费尔巴哈和虚伪的爱情来研究人性,骗取女人们的信任,并迷惑这些神经不健全的聪明女人! ……你就苦恼不堪吧,可怜的雌货,就在这里,在悬崖底下,如同那个不幸的自杀者! 这就是我对你的告别! ……"

他想从悬崖上啐口唾沫,但突然像石头似的呆在原地。违背他的意志,不管愤怒和蔑视,在他的想象中,韦拉的形象从深渊底下缓缓升起,站在他跟前,他从未见过她如此美丽,如此迷人!

她的明眸如星星闪烁,燃烧着爱的火焰。眸中没有任何邪恶与冷漠,惊慌与忧愁;唯见幸福的光芒熠熠生辉。胸乳上,双臂上,双肩上,整个体态上散发着、洋溢着整个健康的生命和力量。

她心平气和地望着整个世界。她站在自己的台座上,但并非一尊洁白的大理石雕像,而是一个充满活力、令人倾倒、富有魅力的女人,如同他为索菲娅的美丽所倾倒,梦见诗一般的幻境那样。那天,他回到自己家中,梦见一尊女人雕像,起先显得一副冰冷、没有苏醒的模样,接着见到她由雕像变成个活生生的人,生命开始在她四周沸腾喧闹,树木开始吐绿,鲜花开始姹紫嫣红,一片暖意……

瞧她,这个活生生的女人,就在他面前! 他亲眼看到,他的雕像韦拉从处女的梦中苏醒。冰与火僵冻和灼烤着他的胸膛,他痛苦得疲惫不堪——但这个纠缠不清的美丽形象始终让他入迷,她闪烁着自尊的光芒,满怀爱恋注视着整个世界,含着友好的微笑把手伸给他……

"我真幸福!"他听到她的轻声细语。

她的足旁,像头雄狮似的躺着马克,默不作声地扬扬得意,她的一条腿一动不动地放在他头上……赖斯基战栗着,竭力清醒过来。

---

① 指希腊为纪念天神宙斯,每四年一次在奥林匹亚举行的驾马车竞赛,每辆马车由一勇士驾驭四匹骏马参加竞技。

他的妹妹，他的美人儿，被人采撷的鲜花那"道德堕落"的凄惨，驱促他离开悬崖——而妒忌，狂怒，尤其是苏醒过来的韦拉那新的、令人倾倒的美貌，重又将他吸引至悬崖，来观看这爱情的喜悦，观看这仿佛令整个世界、整个大自然都欢天喜地的节日。

他好像听到了声音，感觉到鸟儿的飞舞和歌唱，感悟到爱情的私语和强烈而充满激情的喘息，那喘息声仿佛响彻整个果园，整个伏尔加河沿岸地区……

他惊慌失措、呆板地站在悬崖上，时而在想象中望着韦拉那崭新的、苏醒的形象，时而受着非人的痛苦折磨，脸色苍白低语道："报复，报复！"

可周遭和悬崖下边一切全黑洞洞的，万籁俱寂。蓦地，离自己十步远，他发现有个人影从屋里向他靠近。他开始观察。

"谁在这里？"他恼恨地问。

"这是我……是我……"

"谁？"他更凶狠地重复道。

"Mr Boris，是我……Pauline（波林娜）。"

"您！您来此想干什么？"

"我来……我知道……我看出……您早就想说……"波林娜·卡尔波夫娜神秘兮兮低声道，"但您下不了决心……Du courage[①]！这里无人看见，无人听得见……Espérez tout[②]……"

"想'说'什么，您就说！……"

"Que vous m'aimez, o,[③] 我早就猜到了…… n'est-cepas？[④] Vous m'avez fut……mais la passion vous a ramené ici[⑤]……"

他抓住她胳臂往悬崖上拖。

---

① 法语：勇敢些。
② 法语：您可以指望一切。
③ 法语：噢，您爱我。
④ 法语：不是吗？
⑤ 法语：您躲避我……但炽烈的爱情将您领了回来。

"Ah! De grâce! Mais pas si brusquement... qu'est-ce que vous faites... mais laissez done！①..."她吓得喊叫起来，这并非开玩笑，而是真的吓着了。

但他把她拽上陡坡，紧紧抓住她的胳臂。

"想得到爱情！"他狂怒道，"您听着，今天是爱情之夜……您听到喘息声……接吻声了吗？这是情欲在发作，是的，是情欲，情欲！……"

"放开我，放开我！"她拼命尖叫，"我会掉下去的，我头晕……"

他放开她，垂下双手，喘了口气。然后全神贯注地盯着她，仿佛此刻才发现了她。"到一边去！"他叫喊道，疯子似的迅速从她身边，从悬崖跑开，穿过整个果园、花圃，跑进院子。

他在院子里停下，歇口气，朝四周张望。他听见有人在水井旁往自己身上泼水。应该是叶戈尔卡在做晚间盥洗，在洗手洗脸。

"把行李箱搬来，"他说，"明天我上彼得堡！"

并且，自己也从流水槽里往手上注水，将眼睛和头沾湿，快步回屋。

他跑上台阶，只穿一件常礼服，在院子里转悠，望着韦拉的窗户，又回到屋里，等她归来。可是黑暗中十步远便什么也看不见，于是他为观察选了那个金合欢搭的小亭子，但因树叶已凋谢、小亭子里无法藏身而大发脾气。

他待在那里直至天明，如坐针毡——并非因为激情，激情如石沉大海无影无踪。况且什么样的激情还能经得这样的"障碍"？不，他无法遏止地热望见到韦拉的脸庞，见到新韦拉的脸庞，哪怕以鄙夷的目光回报这个"雌货"，为了她的可耻行为，为了她给他、给祖母、给全家、给"整个社会，最后是给人，给女人"带来的侮辱！

"公开去爱吧，别窃取信任，去享受幸福并以贡献作为回报吧，别把人们的尊敬、家庭的爱当儿戏，别无耻地撒谎，别贬低女人自身

---

① 法语：嗨，您开开恩吧！别那么不客气……您干什么……放开我！

的价值!"他思忖道,"是的,得看她一眼,以便使她在这一瞥中看出对自己的评判和惩罚——然后永远离去!"

他因急不可待的激昂而战栗着,等待着她的归来。他会像头雪豹那样从埋伏处跳将出来,堵住她的去路,向她投去这一瞥,并且要对她说一句话……什么话?

他在小亭子里,挠自己头,摸自己脸,将手掌握紧又松开,浑身抽搐着。他突然跃起,抛掉裹在身上的方格毛毯,他的脸庞现出某种幸灾乐祸喜气洋洋的光彩,不知有了什么想法或点子。

"这是命运本身在指点我!"他喃喃道,往大门跑去。

大门还上着锁;他环视四周,发现萨韦利屋里那长明灯的微火。

他敲萨韦利的窗子,待那位推开窗,他吩咐取来便门的钥匙,让他出去,并且别上锁。但他先跑到自己房间,取出他购得的 porte-bouquet[①],冲向暖房,去找花匠。他敲了好久,花匠才醒来,他们俩来到暖房。

天开始蒙蒙亮。他将树林扫视一下,恶意的微笑使他容光焕发。他吩咐为玛尔芬卡的花束选什么样花:眼下有的鲜花都该用上。花匠做了一束非常好的花。

"我还需要另一束……"赖斯基用不坚定的嗓音道。

"同样的吗?"

"不……全用橘黄色花朵……"他悄声道,自己的脸变得苍白。

"行,是塔季扬娜·马尔科夫娜的一位小姐打算订婚!"花匠猜测道。

"你这里有杯水……"赖斯基问,"给我喝!"

他贪婪地喝下一杯,催促花匠快扎花。花匠终于完成。赖斯基慷慨付给他钱,将两束花用纸包上,小心翼翼又急急忙忙地回到家里。

需要了解他暂时离开的这段时间里,韦拉是否回来了。他吩咐叫

[①] 法语:小花瓶。

醒马林娜，让她到自己屋里来，并派她去看看小姐是否在家，或是"已经去散步"。

回话是"出去了"，他便吩咐将玛尔芬卡的一束鲜花放在韦拉桌上，将她房间的一扇窗户打开，说这还是她昨天托他办的事儿。随后他将她打发走，自己在亭子里占了个位置，一动不动地等候着——出于像暴风雨般退去激情，出于妒忌，并且好像还出于某种……怜惜……

但是，怨恨和长时间经受的痛苦暂且还将他身上一切人性的东西淹没。他愤恨地将怜惜之声压下。那颗"善良的灵魂"在他身上痛苦地沉默着。听不到它的声音；它那温顺平和的工作停顿下来。坏念头涌上心头，撕碎他的心。

赖斯基将脸颊靠在手臂上，望着周遭，什么也没见到，除了那条通往韦拉台阶的小径，只感到谎言和欺骗的恶毒。

"我应该开枪打死马克这条狗，或是打死自己；是的，两者必择其一，但我首先要做的是这第三件事……"他低声道。

他双手如捧圣物似的捧着那束橘黄色鲜花，望着它，享受着喜悦，同时一直透过花束四处环顾，朝黑黝黝的林荫道张望，可始终未见她的身影。

天全亮了。下起细雨，道路开始泥泞。

"是否派人给他们送两把伞去？"他心想，凄然一笑，抚摸下花束，闻了闻。

蓦地，他从远处见到了韦拉——张皇失措，害怕，变得有气无力，使他不但无法"像雪豹似的"从隐藏处跃出，挡住她的去路，而且还得紧紧抓住长凳不使自己跌倒。他心儿怦怦跳，双膝打战，目光停在行走着的韦拉身上无法移开。他想站起身——同样也未能做到；他甚至连呼吸都困难。

她低头走着，黑色大披肩将头完全盖住。能见到的只有两只在胸前抓住大披肩的白皙纤手。她缓缓而行，没有扭头四处张望，小心翼翼地绕过下雨形成的一个个小水洼，步子缓慢地登上台阶，走近住所。

仿佛有人除去了赖斯基身上的脚镣手铐。他脸色苍白,从隐藏处跳出来,躲在她的窗下。

她走进房间,恰如沉入梦中,既没发现离去时扔在地板上的衣服已经收拾好,也没见到桌上的花束和打开的窗子。

她机械地将身上的两条大披肩甩在沙发上,脱下脏兮兮的皮鞋,用脚从床底下勾出缎子拖鞋穿上。接着,她没朝自己四周看上一眼,却望着远处的什么地方,倒在沙发上,疲惫不堪地闭上双眸,背和头靠在沙发垫上,仿佛沉入了梦乡。

过一会儿,什么东西掉在地上发出的低沉声音将她惊醒。她睁开眼睛,迅速直起腰,望着四周。

地板上躺着一大束从外边扔进窗子的橘黄色花。

她朝它投去迅速的一瞥,脸色变得死人般煞白,她没有捡起花束,却猛地走到窗前。她见到离去的赖斯基,惊讶得愣了一阵儿。他回过头来,他们的目光相遇。

"宽宏大量的朋友……'侠骨丹心的骑士'……"她喃喃道,吃力地喘口气,像是因为疼痛,只是此刻,她才发现另一束放在桌上为玛尔芬卡选定的鲜花,她拿起它,机械地举到脸庞前,但花束从她手中掉落,而她本人也失去知觉,倒在了地毯上。

第五部

一

翌日,十时起,马林诺夫卡乡村教堂里的大钟开始敲响,该去做日祷了。

家里忙乱起来。有人在套带弹簧的四轮马车和式样已不时兴的四轮轿式马车。马车夫们身穿蓝色新长衣①,头上抹了牛油,一早起便喝得醉眼惺忪。女仆们和丫头们穿上过节穿的相同颜色的印花布连衣裙,系上头巾、三角围巾和绦带,变得花枝招展。她们身上散发出的丁香油香味传到十步以外。

叶戈尔卡显得空前的讲究穿戴,身穿赖斯基赠给他的略显短些的西服上衣,几乎还簇新的绿色方格呢长裤,系一条他自己买的橙黄色领带,加天蓝色西装背心。他穿着这身装束意外地被塔季扬娜·马尔科夫娜碰见。

"这是干什么!"她冲他厉声喊道,"穿得像个丑八怪,你这是像谁啊?脱了!瓦西里莎!把仆役们穿的燕尾服全拿来,给谢辽什卡、斯捷普卡、彼得鲁什卡和这个丑角!"她指着叶戈尔卡说,"雅科夫,让他穿上黑色燕尾服,打白领结,伺候开饭,晚上依旧换仆役制服!"

全家一派盛大隆重的气氛,只有乌莉塔在这个上午下到自己的冰窖里和地窖里,比往日还要深,因此什么都来不及换,使得昨天的和明天的乌莉塔没什么两样。厨子们几乎一早起便戴上了自己的白色尖

---

① 那是当时俄罗斯男子常穿的一种腰部束带的长身上衣。

顶帽，不停手地准备早餐、午餐和晚餐——为主人，为仆人，为从伏尔加河对岸来的客人们。

祖母一清早便下达指示，八时她搞完自己的梳妆打扮后，便来到客厅，招呼客人们和未来的亲家们，一副老年人的雍容华丽和贵夫人的矜持庄重，面露一个幸福的母亲和殷勤的女主人那温和的微笑。

她灰白的头发上戴顶朴素的包发帽；身穿赖斯基从彼得堡给她带来的浅褐色绸连衣裙，十分得体。脖颈上围着胸衣那宽宽的高领，领子上镶着古色古香的明黄色花边。起居室的安乐椅上放着条土耳其大披肩，以备客人们来用早餐和午餐时，让她披用。

现在她准备与全家一起去做日祷，正等着全家人聚集起来。她将双手交叉在胸前，在客厅慢慢走动，几乎没去留意家里的忙忙碌碌。人们进进出出，清洁地毯，准备灯具，擦镜子，取下家具上的布罩。

她时而走近这扇窗户，时而走近另一扇窗子，若有所思地望着大道，随后从另一边眺望果园，从第三面注视院子。由瓦西里莎和雅科夫指挥所有仆人和发号施令，而萨韦利同仆役们干活儿。

维肯季耶夫的母亲身穿带黑色花边装饰的 gris-de-perle[①]连衣裙。维肯季耶夫已经跑来，紧张得八时便穿上了燕尾服，戴上了白手套，只等玛尔芬卡出现。

当她出现时，塔季扬娜·马尔科夫娜高兴和自豪得不得了。她天生丽质，面容姣美，闪烁着健康的光泽，而这个上午，还因受到普遍关注和许多关爱而闪烁着喜悦的光芒，四面八方都是关切的表示，不仅来自祖母、未婚夫和他的母亲，而且在仆人们的每张脸上都流露出真诚的友情、对她的关爱和碰巧赶上她生日的那喜悦的光芒。

她刚起床，祖母便已经去到她房间。一觉醒来，瞥一眼自己周围，玛尔芬卡出于惊讶和突如其来的喜悦，而叫了起来。

她还在睡梦中，谁的一双手，便在她两间屋子的所有墙上挂满了

---

① 法语：珍珠般灰色。

由绿叶和鲜花编织成的花带。她想穿上自己家常穿的朴素的短上衣,可床边安乐椅上代替它找到的,却是件由薄纱和花边织成、带玫瑰色绦带的晨衣。

还没来得及吱声,她又在另两把安乐椅上发现两条非常好看的连衣裙——玫瑰色和浅蓝色,供她挑选。

"哎哟!"她叫了一声,从床上跳起来,穿上新晨衣,没穿袜子——顾不得了——走到镜子前便呆住了:整个梳妆台上放满了礼物。

她不知该看哪件,将哪件抓在手中。她扑向连衣裙,可那里一只华丽的花梨木匣子又将她吸引。她把它打开——那里是个完整的女人化妆盒,几乎有全套的化妆用品:镶银的水晶小瓶,梳子,刷子和许多小物件。

她开始细细观看每件物品,双手战栗着。她拿起一只小瓶,看着另一只,放下那只,又拿起第三只,望着镶银边的梳子和刷子——所有物件都带有她名字的头一个字母 M。写着:"未来的 maman 赠。"

"哎哟!"她叫了一声,慌了神,啪的一声将匣子盖上。

木匣子旁还有一些大大小小的匣子。她不知拿哪个,看哪个。她朝镜子匆匆一瞥,将落到她眼前妨碍她看礼物的那条粗辫子不经意地往后一甩,最后她索性将所有匣子从梳妆台上拨拉到床上,与它们待在一起。

她害怕打开它们,拖延着,最后打开了那只最小的。

那里是只镶嵌有一颗祖母绿宝石的戒指。

"哎哟!"她又重复道,戴上戒指,伸出手,从远处欣赏它。

她打开另一只匣子,稍大些——那里是副耳环。她坐在床上,将它们穿过双耳,伸长脖子照镜子。随后她又打开两只匣子,发现那里是两只大而沉的手镯,样子像条环形蛇,红宝石的眼睛,蛇身上布满闪闪发光的金刚石,她立刻将它们戴在手上。

最后她打开那只最大的匣子。"哎哟!"她叫喊了一声,几乎吃惊得呆住了,见到的是整整一条河——二十一颗钻石,按她的年龄。

那里有张字条，写着几行字："在准备一切之时，"她读着，"我有幸附加上最珍贵的礼物！致我的最好的朋友——自己人。请您收下。您的最最亲爱的维肯季耶夫。"

她笑了，随后看了看四周，吻了吻字条，羞得满脸通红，跳下床，将它藏到自己保存喜爱物品的小柜子里。接着又跑近梳妆台，看是否还有别的什么，结果又找到一只小匣子。

这是赖斯基的一份礼物：那是一块怀表，带珐琅表盖，刻有她姓名的为首字母，有条小链。她用大眼睛望着怀表，接着将目光投向其他礼物，望一眼四面挂满花带和鲜花的墙——突然间跌坐在椅子上，用双手捂住眼睛，热泪像雨水般哗哗流下。

"天哪！"她幸福得呜咽道，"他们为何全都那么爱我？我过去和现在，从来没给任何人做过任何好事！……"

祖母便是这样遇见她的，没穿好衣服，没穿上鞋，手指上戴满镶宝石戒指，手腕上戴着手镯，耳朵上戴着钻石耳环，眼睛上噙满大量泪水。祖母先是大吃一惊，随后得知她落泪的原因，便乐了，在她脸上盖满了吻。

"这是上帝在爱你，我的孩子，"她说道，抚爱她，"因为您本人爱大家，使所有见到你的人都在这个世上变得温暖和美好！……"

"喏，祝愿尼古拉·安德烈伊奇：他是未婚夫，祝愿他的 maman，"玛尔芬卡答道，擦去泪水，"可鲍里斯·帕夫洛维奇哥哥：我该对他祝愿些什么！"

"和大家的一样！他对你流露出的只是喜悦：你朴实，单纯，善良，对奶奶顺从……（内心里却附带说：'一个败家子！干吗花钱买这些贵重礼物，让他瞧着吧！'）你的哥哥，是个怪人，只不过是个很特别的怪人！"

"他真的猜中了，奶奶；我早就想要一块蓝色小表——瞧这种样式，带珐琅表盖的！……"

"那你干吗不跟奶奶要，是因为她什么也没送过吗？"

玛尔芬卡用亲吻捂住她的嘴。

"奶奶，既然您想让我幸福，就爱我到永远……"

"爱——就是爱，这便是我给你的永远礼物！"她说道，替她画了个十字，"瞧，还有这个，让你在我死后别忘了我画的这个十字……"她去掏口袋。

"奶奶！您可是已经送给我两条连衣裙了！……而那些绿叶和鲜花是谁挂的！……"

"全是你的未婚夫和波林娜·卡尔波夫娜昨天派人送来的……瞒着你……今天瓦西里莎和帕舒特卡大清早装饰的……而连衣裙是你的嫁妆；还将有，不止两件。瞧，给你的……"

祖母掏出一只小匣子，从那里取出一枚镶有四颗大钻石的金十字架，给她挂在了脖颈上，然后是一只朴素而式样简单的手镯，刻有题词"奶奶赠孙女"，以及年月日期。

玛尔芬卡靠在祖母的胳臂上，差点又要放声大哭。

"所有奶奶有的——而她是有些东西的——我都将平分给你和韦罗奇卡！快穿好衣服！"

"奶奶，今天您真美！哥说得对，季特·尼孔内奇一定会爱上您的……"

"你得了吧，多嘴丫头！"祖母半生气道，"到韦罗奇卡那里去看看她怎么样？让她同我们一起去做日祷，别晚了！我原本是想亲自去看她的，可我怕上楼梯……"

"我马上去，马上去……"玛尔芬卡道，急忙穿衣服。

二

韦拉昏倒后过半小时才清醒过来，朝四周看了一眼。从打开的那扇窗子里吹进的冷空气，使她的脸庞有清凉的感觉。她微微欠起身子，顾盼周围,随后站起身,关上窗,跟跟跄跄地走到床边,与其说躺倒在床上,不如说倒在了床上,拿前一天她扔在那里的大枕头把脸一蒙,便一动不动了。

筋疲力尽的她陷入沉沉梦乡。疲惫不堪的身体不顾她的意识和意志,暂时失去了知觉。她的辫子从头上掉落,散开在枕头上。她脸色煞白,像个死人似的躺着。

过了三小时,院子里的喧闹声、人声、车轮的碰撞声和祈祷前的钟声,使她从昏睡中摆脱出来。她睁开眼睛,看了下周遭,听到了嘈杂声,意识恢复了一会儿,然后突然重又闭上眼睛,或沉入梦中,或陷入痛苦之中。

这时,有人轻叩她房门。她没动弹。后来敲得用力些,她听见了,突然从床上起来,照了下镜子,被自己的模样吓了一跳。

她迅速用手将辫子盘起,绾了个结,用一只黑色大佩针固定在头上,并将头巾披在肩。她顺便从地板上捡起为玛尔芬卡选定的那束花,将它放在桌上。

敲门声重又响起,还夹杂着在门旁的轻轻抓挠声。

"就来!"她说,把房门打开。

玛尔芬卡跑进来,像道彩虹光彩照人,打扮得漂漂亮亮,显得高高兴兴。她望一眼韦拉,突然停住了。

"你怎么啦,韦罗奇卡?"她问,"你不舒服!……"

高兴劲儿从她脸上消失,让位给惊吓。

"是的,不太好……"韦拉虚弱地答道,"喏,祝贺你……"

她们亲吻。

"你多好,打扮得漂漂亮亮!"韦拉说道,竭力露出微笑。

但笑容没有出现。她动了动嘴唇,眸子却没有笑意。死人般没来得及闭上眼睛的目光和毫无神采几乎呆滞的眼神,与祝贺大相径庭。

韦拉感觉无法控制自己,赶紧拿起花束递给她。

"多精美的花束!"玛尔芬卡道,闻着鲜花,欣喜得飘飘然。"这是什么东西？"她手中感到花束下面有什么硬东西，突然补充道。那是一只精致的 porte-bouquet，用珍珠装饰成，带她的姓名首字母。"哎哟，韦罗奇卡，你啊，你啊！……怎么这样，你们全都这么爱我！……"她说，又打算掉眼泪，"要知道我也爱你们大家……多爱啊……天哪！……这你们是怎么知道的，何时知道的；我甚至都不会说的啊！……"

韦拉的内心几乎深受感动，但什么也无法回答她，只是沉重地喘口气，将手放在她肩上。

"我要坐下，"她说，"我昨晚睡得很不好……"

"奶奶叫你去做日祷……"

"我去不了，亲爱的，你就说，我不那么舒服……今天就不去了……"

"怎么，你将根本不去那儿？"玛尔芬卡害怕道。

"是的，我得躺下，我昨天可能着凉了。不过你对奶奶小声说……"

"我们会来看你的。"

"千万不要！你们会影响我休息……"

"那，我们派人全给你送这儿来……他们给我送来了多少礼物……鲜花……糖果！……我去拿来给你看……"

玛尔芬卡将从谁那里得到些什么全对她说了。

"是的，是的——很好……这很讨人喜欢！给我看看……回头我过去……"韦拉勉强听着，心不在焉道。

"啊，这是什么？还有一束花！"玛尔芬卡见到地板上的那束花，突然道，"怎么把它乱扔在地上？"

她捡起那束橘黄色花，把它交给韦拉。韦拉脸色变得苍白。

"这是给谁的？谁给的？多迷人！"

"这……也是给你的……"韦拉勉强道。

她从抽屉柜里拿出一条绦带，几枚别针，好不容易轻轻动弹手指，将橘黄色花朵别在玛尔芬卡的身上。然后吻了她一下，疲惫地坐倒在沙发上。

"你确实有病——瞧你多苍白!"玛尔芬卡严肃道,"不告诉奶奶吗?她会派人请医生……亲爱的,我们去请伊万·波格丹诺维奇……这多么令人忧伤——在我过生日这天!现在我一整天全没了情绪!"

"没关系,没关系——会过去的!对奶奶一句话也别说,别吓着她!……现在你走吧,让我留下……"韦拉轻声道,"我要休息……"

玛尔芬卡想吻她,突然见她眸中噙满泪水。她自己也哭了起来。

"你怎么啦?"韦拉轻声问,偷偷擦掉眼泪,仿佛要将自己的泪水从眸中偷走似的。

"你掉眼泪,我怎么能不哭呢,韦罗奇卡!你出什么事啦?我的朋友,姐!你有痛苦,得告诉我……"

"没什么,别盯着我,这是神经性……只是告诉奶奶时可要小心,不然她会担心的……"

"我对她说你头痛,而关于你哭的事,我就不提了,否则她真的要难过一整天的。"

玛尔芬卡走了。韦拉在她身后把门关上,躺倒在沙发上。

三

大家都去做日祷。赖斯基黎明时分才回家,一照镜子,认不出自己了,觉得直打寒战,向马林娜要了杯酒,一饮而尽,扑倒在床上。

他并不比韦拉轻松。精神上和体力上被折磨得疲惫不堪的他,受着长时间的痛苦,此刻沉浸于梦乡,仿佛得了热病,投入一位身强力壮的朋友的怀抱,将自己托付给他照顾。而睡梦尽到了这份责任,带他远离韦拉,远离马林诺夫卡,远离悬崖和昨晚在他眼前上演的那出戏。

他梦见的全是另一番景象。他没看见任何"诗的波浪",没有过分翻起"激情的浪花",而是不知不觉来到彼得堡,来到家中,独自一人,处于自己抛弃的画室里,漠然望着那些开了个头却没完成的作品。

后来他梦见,他与朋友们在圣乔治饭店大吃大喝,聊天,听那些单身汉饭局上常讲的庸俗故事——听得他心事重重,无聊透顶,甚至在梦中都想睡觉。

于是他睡着了,做着平淡无奇的好梦,在教堂的钟声将他吵醒前,这梦一直支配着他,头两三分钟他只是处于无理性的宁静作用下,在他和昨天之间形成一道墙。

他忘了他在何处,并且甚至可能忘了他是何许人。大自然充分显示出自己的力量,并用这场坚实的梦使他恢复了力量的平衡。他感觉不到任何痛苦和折磨。一切——如石沉大海。

他伸了个懒腰,甚至无忧无虑地吹了声口哨,不知为何只觉得心情很好,平静如水,觉得他已经很久没有这么好好睡上一觉,没有这么舒坦地醒来过。知觉还没有回到他身上。

但接下来的两三分钟突然使他恢复了记忆——使他想起了昨天。他坐起在床上,仿佛并非自己,而是外力将他举了起来;他一动不动地坐了两分钟,眼睛睁得老大,好像不相信什么似的,但当他深信不疑时,便两手在头顶上轻轻一拍,又倒在枕头上,突然又跳将起来,已经换了一副甚至在昨天最可怖的时刻都未曾有过的面孔。

另一种痛苦,并非昨天的,而是某种新的不良念头涌上他心头——于是他匆匆忙忙、神经紧张、焦急不安地,像韦拉那样打算去悬崖,将乱扔在椅子上的衣服一件又一件地抓起。

他把叶戈尔卡叫来,好不容易在他帮助下胡乱穿上衣服,没穿西装背心便穿上了常礼服,还忘了系领带。他问家里人都干什么去了,得知除了韦拉有病,全去做日祷后,他呆住了,神色大变,从屋里冲出来直扑老房子。

他轻叩韦拉的房门,无人答应。等了两分钟,他推了推门:门没从里面插上。

他小心翼翼地推开门进去,一脸惊恐,脚步只有想进屋杀人的人才可能有的轻巧。稍稍跷起脚走路,哆哆嗦嗦,脸色苍白,害怕随时会因自己内心激动而倒下。

韦拉躺在沙发上,脸冲靠背。她的一头青丝从枕头几乎流泻到地板上,她那灰色连衣裙的裙子部分随意耷拉着,裸露着穿拖鞋的双腿。

她没有回过头来,只是动弹一下,以便回首看看是谁进来了,但显然没能做到。

他走上前去,在她身边跪下,将嘴唇贴在她拖鞋上。她突然回过头,朝他匆匆一瞥,她的脸庞痛苦而惊讶地抽搐了一下。

"这是什么,喜剧还是小说,鲍里斯·帕夫洛维奇?"她低沉道,愤懑地转过脸,没朝他看一眼,急忙用手理了理连衣裙,将穿拖鞋的双腿藏进去。

"不,韦拉,是悲剧!"他说道,声音嘶哑得几乎听不清,并在沙发旁的椅子上坐下。

她朝他嗓音的这声调转过身子,聚精会神地盯着他;她的双眸睁得很大,显得十分惊讶。她见到的是一张她从没见过的苍白的脸庞,仿佛她读出了或是猜出了这张新脸庞、这个新赖斯基的含义。

她从头上揭去头巾,站起身,走到他跟前,在这一瞬间忘了自己所有的风波。她在另一张脸上见到了她自己身上所怀的极度痛苦。

"哥,你怎么啦?你真不幸!"她说,把手放在他肩上,在这片言只语中,在她的声音中,仿佛回响着女人心灵中所有伟大的品质:怜悯,自我牺牲和爱。

他为这温情,为这出乎意外的温暖的一声'你'所感动,怀着同样狂热的感谢之情望着她,昨天晚上,当他忘我地帮助她走下悬崖时,她也是用这样的目光望着他的。

她不经意间以宽宏大量报答了他的宽宏大量,恰如昨天他身上也显露出这样的光芒,那是人心灵中最崇高的本性之一。

他心中既充溢着由各种情感混合成的激动，也为自己的行为更强烈地迸发出绝望的痛苦。一切都在他的热泪中冰释。

他把脸埋在她双手中，号啕大哭，犹如一个失去一切、再也没什么可失去的人。

"我都做了些什么！侮辱你，一个女性，一个妹妹！"他在号啕大哭中哀号。"这不是我，不是一个人，而是一头野兽所干的罪行。这究竟是怎么回事啊！"他惊骇道，四下打量，好似现在才清醒过来。

"别再折磨自己，也别再使我痛苦了……"她喃喃道，温顺而亲昵，"宽恕吧——我忍受不了。你看，我都处在什么境况……"

他竭力不去看她的双眸。而她重又到沙发上半躺着。

"我给你带来什么样的打击！"他惊恐道，"我甚至不请求宽恕：那是无法宽恕的！你看我受到的惩罚，韦拉……"

"你的打击……你给我造成的痛苦是一时的。随后我便明白，它不可能是冷漠的手带来的，我而且相信，你爱我……此刻，我想象得出，你在这些日子里忍受了些什么，昨天……你放心，你没有过错，我们谁也不欠谁……"

"别宣告我无罪，韦拉：刀子——毕竟是刀子。我用刀子刺伤了你……"

"是你唤醒了我……我仿佛睡着了；你们所有人，你，奶奶，妹妹，全家——我好像全是在梦里见到的，我生气，冷漠——处于昏睡状态！……"

"现在我该怎么办，韦拉？离开——我将在什么状态下离去！让我在这里忍受精神上的痛苦——哪怕顺应自己，容忍所发生的一切。"

"说哪儿去了，你的想象力把错误描述成某种罪孽。回想一下，你是在何种情况下，在何种狂热下犯的错！……"

她开始沉默。

"我什么也没有了，除了对你的友情，"她说，把手伸给他，"我并不指摘你——也不能：现在我知道，人们是如何犯错误的……"

她勉强道，显然在克制自己，以便使他良心上稍稍过得去。

他握了下她伸过来的手，凄楚地叹口气。

"作为女人，你心地善良——你并非用理智，而是用心灵在判断这个'错误'……"

"不，是你对自己严格要求。别人会以为自己有权，在对你开了所有这些愚蠢的玩笑之后……这些字条，你知道它们……即使怀着善意的目的——使你头脑清醒，开个玩笑——来回答你的玩笑。但毕竟——太刻薄，太可笑！而你并非开玩笑……因此，我们，毫无必要，只是恶意挖苦，并且什么也不明白……愚蠢！太愚蠢！昨天，你比我更痛苦……"

"嗨，没有！我有时独自发笑，笑自己，也笑你们，你们什么也不明白,瞎忙。尤其当你为'流放犯'要求大衣、被子和钱的时候……"

她瞪大眼睛，惊讶地望着他。

"什么钱，什么大衣？与流放犯有什么关系？我什么也不明白？"

他的脸色变得稍为开朗些。

"我原先也曾怀疑过，这不会是你出的主意，而现在我看出你并不知晓！"

他简短地向她传达了两封要求送钱和大衣的信的内容。

她的双唇甚至都变白了。

"我和娜塔莎轮流给你写，用同一种笔迹，写玩笑似的便函，竭力模仿你的……再没别的了。其余的事我没做过……我什么也不知道！……"她脸朝墙，轻声把话说完。

一片寂静。他若有所思地在地毯上走来走去。她好像说累了，在消除疲劳。

"整个这件事,我不再向你请求宽恕……你也别太激动。"她说,"我同你和解……我指责你的只有一条——你扔那束花太匆忙了。我从那儿离开……本想派人去找你，为的是将整个事件头一个告诉你……哪怕稍稍弥补你所忍受的一切……可是你过于匆忙！"

"嗨，"他脱口而出，"这是我捅了一刀！"

"我们把这一切放一边……以后，以后……现在我指望你，作为朋友和兄长，给予帮助，很重要的帮助……你不会拒绝吧？……"

"韦拉！"

他不再多说什么，但她瞥了他一眼之后，看出是可以要求一切的。

"趁还有力气，我要把这一年来的整个事件向你讲述……"

"为什么，我不想知道，不能，也不应该知道……"

"你别打搅我！我奄奄一息，时间很宝贵。我将向你讲述一切，而由你向奶奶转述……"

他吃惊地将目光停留在她身上，脸上突然浮现出惊恐的表情。

"我无法亲自去说，舌头不听使唤。我快死了，讲不完了……"

"去告诉奶奶？为什么！"他惊恐得勉强说出自己的想法，"你想想，会有什么后果……她会怎么样？……隐瞒一切不更好吗？"

"我早就想过：无论有什么后果，都应该把它们说出来——不隐瞒，经受住！也许，我们俩都将死去，都将神经错乱——但我不能欺骗她。她早就应该知道，但我本希望告诉她别的……因而没作声……多么痛苦！"她轻声补充道，把头放到枕头上。

"告诉……一切，包括昨天晚上？……"他轻声问。

"对……"

"包括名字？……"

她勉强可察觉地点下头，扭过脸去。

她让他坐在自己身边的沙发上，低声耳语地、时停时续地将自己与马克关系的经历叙说了一遍。当她讲完，她裹上披巾，打着冷战，重又躺倒在沙发上。而他则脸色苍白，站起身来。

两人都默不作声，每人都暗自经受着可怕的时刻，她——想着祖母，他——想着她们俩。

他面临的——已经并非激情的狂热，并非自己盲目报复的突然爆发，而是无法避免的责任意识——向另一个温柔可爱的女性去捅上一刀。

"是啊,这是个可怕的任务,其实是个'重要的效劳'。"他心想。

"何时对她说?"他轻声问道。

"快些!趁她还不知道我疲惫不堪,非常痛苦,而我还有许多痛苦……""这还算不上最主要的!"她暗自思忖道。"把酒精递给我,在那边的什么地方……"她指着梳妆台补充道,"现在你走吧……留下我……我累了……"

"今天不能同奶奶说:有客人!天知道,明天她会怎么样!明天吧!"

"哎哟!"她叫了一声,"我是否能活到明天啊!你明天前随便什么时候……让奶奶放心,对她随便说些什么……让她什么也别猜疑……什么人也别打发到这儿来……"

他递给她酒精,问她还需要些什么,是否派个丫头来。

她不耐烦地摇下头,向他使眼色让他离去,然后闭上眼睛,什么也不想见到。她希望——自己周围一片漆黑,万籁俱寂,以使她的双眸接触不到白天的亮光,任何声音传不到她耳畔。她仿佛在寻觅新的、从未有过的精神状态,寻觅头脑和所有力量的静寂和睡意,以使自己变得麻木,成为植物,没有任何思想,没有感觉,没有意识。

而他从她那里出来时,怀着新的、比他来时更为可怕的沉重感。她部分减轻了他的心理负担,同时却使他背上了另一种难以承受的重担。

四

韦拉站起身,在他身后插上门,重又躺下。痛苦和恐惧那低垂的乌云压在她心头。赖斯基的友情、同情、忠诚和帮助——在最初时刻乃是她轻松的可依靠力量,她依靠它,为的是自由地缓一口气,如同溺水者刹那间泅出水面,为的是张大嘴吸气。但他刚从她那儿离开,她便仿佛重新坠入水中。

"生命结束了!"她绝望地喃喃道,看到前方是片光秃的荒原,没有眷恋,没有家庭,没有编织女人生活的一切。

在她面前——唯有一个如坟茔般隐蔽得很深的深渊。她面临的,是同祖母面对面地在一起,并对她说:"瞧,我用什么报答了你的爱和抚养,如何污辱了你的信任……我放纵到了什么地步!……"

在绝望的昏昏欲睡中,她梦见了祖母得知一切后向她投来的目光,她的声音——甚至毫无声息,代替它的是某些如死神般可怕而低沉的声响……

然后,然后——她不知将会有什么,不想继续看这可怕的梦景,只是把脸庞更深地埋进枕头里。泪水在她眸中打转,她让它们往回流,流向心中。

"倘若死了该多好!"她喃喃道,这个念头突然使她容光焕发,喜笑颜开……

门外突然传来脚步声和说话声……是祖母的声音!她的手脚好像不能动弹了。她脸色苍白,一动不动,恐惧地听着轻声但可怕的敲门声。

"我站不起来——我不能……"她轻声道。

敲门声重又响起。蓦地,她使出此刻不知从哪儿来的力气,整理下自己的衣服,跃起身,擦了下眼睛,挂着笑容去迎接祖母。

塔季扬娜·马尔科夫娜从玛尔芬卡那里得知,韦拉不舒服,一整天没出门了,便亲自来探望她。她瞟一眼韦拉,坐到了沙发上。

"嘿,做日祷累了!好不容易才爬上楼!你怎么啦,韦罗奇卡,不舒服吗?"她问道,审视的目光停留在韦拉脸上。

"向过生日的人表示祝贺!"韦拉亲一下祖母的手,随便道,用的是保姆教小女孩在母亲过命名日的早晨对妈妈说话的声音。连她自己也觉得奇怪,仿佛记忆向她提示该说些什么,舌头便将此脱口而出!

"无关紧要！昨天把双脚浸湿了，头有点痛！"她微笑着竭力把话说完。

但嘴唇并无笑意，尽管嘴唇后面露出上排两三颗牙齿。

"昨天就该用酒精擦；你没有吗？"祖母不露声色道，竭力不朝她看，因为听出她的声音很不自然，见到她唇上的笑容是别人的而不是她的，便觉得她没说实话。

"你到我们那边去聚聚吗？"她问。

韦拉内心对这无法实现的考验非常害怕，力不胜任，便显得犹豫不决。

"别强迫自己！"塔季扬娜·马尔科夫娜宽厚道，"以免加重病情……"

这宽厚使韦拉充满了新的恐惧。她觉得，同平时一样，每当良心不安，祖母已然猜到一切，她的忏悔为时已晚。再过一分钟，再说一句话——她便会扑到祖母怀里，对她说出一切！只是力气不听她使唤，还有一个想法阻止着她，那便是全家人都将亲眼目睹自己同祖母间的这场戏。

"奶奶，只是请允许我不去吃午饭，"她说道，勉强支撑着，"午饭后，我可能过去……"

"随你便，我派人把中午饭给你送这儿来。"

"行……行……现在我已经饿了……"韦拉说，自己也记不得她在说什么。

塔季扬娜·马尔科夫娜亲了她一下，用手抚摸一下她的头发，只说了句"吩咐'马林卡'或是'娜塔什卡'来收拾房间，看来，客人中，夫人中有人会来"便走了。

韦拉立刻倒在沙发上，然后稍稍坐了一会儿，拿起香水，往自己头上和鬓角洒了点。

"哎哟，这儿跳得厉害，真疼！"她轻声道，把手放在头上，"天哪，这折磨何时完哪？快些，快对她说出一切！随后，让全世界都知道，都来看吧！……"

她望一眼天空，战栗一下，凄凉地扑倒在沙发上。

祖母一脸哀痛地回到自己房间，像个落水之人。

她招待客人，在他们中间走动，请他们吃东西，但赖斯基看出，看望过韦拉之后，她已经变得心慌意乱。她几乎无法控制自己，许多菜肴她都推辞不吃，连彼得鲁什卡绊倒并打碎了几个盘子，她都没回头；她说话说到一半便停住，若有所思得令人吃惊。

午饭后，客人们利用九月并不暖和的阳光，来到兼做凉台的宽阔台阶上，喝咖啡、甜酒和抽烟时，塔季扬娜·马尔科夫娜继续在他们中间走动，有时并没注意到他们，只是扯一下和理一理自己的土耳其大披肩。接着醒悟过来，突然间勉强说起话来。

赖斯基阴沉着脸，只盯着祖母，注视着她。

"韦拉出了什么问题！"她时断时续地对他悄声道，"你没见过她？她有什么不幸的事！"

他说，没有。祖母疑心重重地瞥了他一眼。

波林娜·卡尔波夫娜没在。她自称有病，派人给玛尔芬卡送来鲜花和绿树。赖斯基早晨独自去她家，想怎么也得对昨天自己与她的那一幕作个解释，并且打听一下她是否发现点什么情况。她装出一副既委屈又欣喜的样子来迎接他，但掩饰得并不高明，尽管他直截了当地告诉她，前天他没在家里吃午饭，而是做客去了，在那里大伙喝得很多，他也多喝了几杯，于是瞧，"竟到了这种地步"！

他请求原谅，并得到她满脸堆笑的宽恕。

"可谁能猜想得到呢：我不是说过了吗？"她后来说道，并顺便向众人描述那诱惑人的一幕，还将"跌倒"一词改为了"晕倒"。

来吃饭的还有前天就进城的图申。她赠给玛尔芬卡一匹十分漂亮的小矮马①，供她骑马闲游。"倘若奶奶允许的话。"他谦逊地补充道。

"现在不由我管了，您得问这个人！"她指着维肯季耶夫，若有

---

① 矮马(пони)，为一种小型马，身高八〇至一四〇厘米，培育于英伦三岛等岛屿，约有二十种骑用和轻挽马品种。

所思地回答道，心里想着别的。

图申是来探望韦拉的，听说她病了，也不过来吃饭，仿佛显得很吃惊。明显显得焦躁不安。

塔季扬娜·马尔科夫娜开始疑心重重地看着图申，韦拉不在，他干吗突然间如此不知所措。她不在客人们中间——这并非稀罕事；早先当他面这也发生过，但从未使他吃惊过。"昨晚他同韦拉怎么啦？"她老想着。

起先，她还为梳妆台的那些礼物同季特·尼孔内奇发生争吵，还差点儿没打起来，后来，她同他单独在起居室里聊了一刻钟，他便变得有些若有所思，即使同夫人们说话，也很少咔一声碰脚跟了，却时而看看赖斯基，时而望望图申，一副严肃而寻根问底的神色，使得他们俩困惑莫解，也用目光询问道，他究竟想对他们干什么。他见状顿时恢复过来，急忙同女士们谈起"令人愉快的事情"来。

塔季扬娜·马尔科夫娜曾是那么高兴，那么的无忧无虑，在祝贺玛尔芬卡生日的同时，还想着如何特别庆祝两周后韦拉的命名日，以便别厚此薄彼，虽说韦拉已断然宣布，在自己的命名日她将去安娜·伊万诺夫娜·图申娜家，或是纳塔利娅·伊万诺夫娜家。

但是，打下午起，塔季扬娜·马尔科夫娜就变了样，看什么都那样疑心重重，使得赖斯基把她比作那匹无忧无虑咀嚼着燕麦的母马，她的嘴在燕麦里一直埋到耳朵旁，蓦地她听到了沙沙声，或是嗅到了某个陌生的神秘敌人。她昂起脑袋，竖起双耳，漂亮地扭过头，一动不动地听着，把眼睛睁得大大的，鼻孔使劲喷气。不要紧。然后她慢慢朝牲口槽转过头，依然听着，不慌不忙地把脑袋摇动三下，蹄子有节奏地敲了三下，不知是使自己安静下来，还是询问缘由，或是警告敌人自己的警惕性——又重新把头埋入燕麦堆里，但小心翼翼地沙沙作响，不时抬起脑袋，往后转动。她已经预感到警告，变得十分敏感。她咀嚼着，抖动着自己的肩膀，耳朵往后、往前、再往后转动。

祖母照顾着客人，突然想起，韦拉"有问题"，她情绪不正常，不像平时那样,而且相反,比平时更差;这样子她可从来未曾见过——想起这些,她又变得惘然若失。当玛尔芬卡来说,韦拉不舒服,将不去教堂时,塔季扬娜·马尔科夫娜首先是生气。

"为你和家庭节日,她最好能把自己的古怪脾气丢开,"她说道,"去做日祷。"

但是,当她得知韦拉不能来吃午饭时,她又为她的健康担心起来,并亲自起身去看她。着凉的借口骗不了她。她根据脸色看出,随后理辫子时又偷偷触了下她的额头,便确信并没有感冒。

可是韦拉苍白无力,面如土色,胡乱躺在沙发上,然后见她身上连衣裙像是根本没脱过,而更厉害的是,韦拉那死人般的笑容使她大吃一惊。

她想起韦拉和赖斯基前天晚上很久没有露面,两人都没有吃晚饭。于是她继续仔细观察赖斯基,而那位竭力回避她的目光——这只能更增加她的猜疑。

赖斯基十分伤心,他的痛苦比过去任何时候更甚。为祖母,为苍白、战栗、孤寂、冷若冰霜、难以接近的韦拉,他的心惊骇得都停止了跳动。

她冲他微笑,伸出手,给他以好听的与她保持友谊的权利——却马上在他猝不及防疾如闪雷般给予她的沉重打击下,在他面前绝望地倒下。

他看出,他的同情对他本人较有利,更令他高兴,但很少能改善韦拉的处境,如同亲人们对重病人的怜悯,并不能消除痛苦一样。

必须挖出病根,可它不在韦拉一人身上,也在祖母身上,以及在于各种其他情况复杂的总和;无法获得的幸福,别离,变得黯淡的生活希望——一切!是的,让韦拉感到高兴并不容易!

祖母真可怜!何等可怕、出乎意料的痛苦将扰乱她心灵的宁静!他想起:倘若她突然倒下,那如何是好!——瞧她——不知所措,还蒙在鼓里,什么都不知道!想到此,他禁不住热泪盈眶。

而他身上还担负着责任,朝这位——自己的母亲的心脏深深捅上一刀!

"倘若她们俩都得了病,那该怎么办!是否派人去请纳塔利娅·伊万诺夫娜?"他决定道,"但是应该先问问韦拉,可她……"

吃过中饭,她突然出现在客人们中间,身穿浅色华丽连衣裙,但颈前系一条围巾,披着暖和的斗篷。

赖斯基惊讶地叫了一声。今天上午她还疲惫不堪,无法说话呢,可现在却亲自过来了!

"女人们是从哪儿汲取力量的?"他心想,望着她如何向客人们表示歉意,带着通常的笑容倾听大伙表示的同情和抱歉,观看玛尔芬卡的礼物。

她不乐意吃糖果,却很高兴吃了块她十分渴望的冰镇西瓜,并预先告之很遗憾她不能同客人们待太久。

她来了,祖母稍许放心些,但同时发现赖斯基的脸色变了,并且竭力不朝韦拉看一眼。她也许是平生头一次咒骂客人们。他们坐下打纸牌,还将喝茶,吃晚饭,而维肯季耶夫要到明天才离去。

赖斯基犹如腹背受敌。

"她出什么事了?"塔季扬娜·马尔科夫娜从一边对他悄声道,"你应该知道……"

"啊哟,快点把一切告诉她!"另一边韦拉绝望的目光在对他说。

赖斯基简直要钻进地里去!

图申也以一种异样的目光看着韦拉。祖母和赖斯基看出了这一点,韦拉本人更是早发现了。

图申的这种目光令她感到恐惧。"他是否知道?是否听说了些什么?"良心对她悄声道,"他对她的评价那么高,认为她比世上所有人都优秀!现在她将默默偷窃他的尊敬……""不,但愿他知道!哪怕出现新的痛苦来替代这可怕的精神折磨——好像她是个骗子!"绝望在她身上小声道。

她不看图申，轻轻同他打了声招呼。而他同情地望着她，并怀着某种羞涩垂下了眼睛。

"不，我无法忍受！我知道他在想什么……要不然我将倒在此地，当着众人，倘若他还……不像平时那样看我……"

而他此刻，好像有意似的，又看了她一眼！

五

她支持不住，同客人们告别，并朝图申做了个谁也觉察不到的手势——跟自己走。

"我不能在自己屋里接待您，"她说，"我们去那边林荫道上走一会儿。"

"那里潮湿，您不舒服……"

"没关系，没关系，我们走走……"她催促道。

他看下表，说他过一小时便要离去，于是吩咐将马匹从板棚牵到院子里，拿着自己带银把手的长鞭，将胶布雨衣搭在手上，随韦拉去了林荫小道。

"我直截了当开始，伊万·伊万诺维奇，"韦拉说，内心战栗着，"您今天怎么啦？您好像……您心里好像有什么事……"

她不再作声，用大披肩遮住脸，哆嗦得耸起双肩。

他在她身边默默走着，想着什么，而她怕抬眼看他。

"您今天不舒服，韦拉·瓦西里耶夫娜，"他若有所思道，"我最好推迟到下次。您没看错，我是想同您聊聊……"

"不，伊万·伊万诺维奇，就今天吧！"她急忙打断道，"您有什么话？我想知道……我也打算同您聊聊……也许，已经迟了……我不能站，我得坐下。"她坐到长凳上，补充道。

他既没注意到她的恐惧与忧伤，也没留意她也打算"同他聊聊"

这句话。他被自己的想法所吸引。而她则被胡思乱想刺痛,猜想他知道了一切,马上会像赖斯基那样捅她一刀。

"哦,来吧!只是快点,让所有打击一下子全都来吧!……"她低声道。

"您说啊!"然后她说道,用各种问题折磨自己:他怎么会知道的,从哪儿?

"今天我来这里……"

"什么事,您说啊?"她几乎叫喊道。

"我不能,韦拉·瓦西里耶夫娜,随您怎么想!"

他走了两步,离她远些。

"您别折磨我了!"她好不容易悄声道。

"我爱您……"他突然朝她转过身,开始道。

"哦,我知道。我对您也是……这算什么新鲜事啊!还有什么?……您……听到些什么……"

"什么?在哪儿?"他问,环顾四周,以为她听到了什么声响,"我什么也没听见。"

他察觉到她的激动不安,突然高兴得喘不上气来。"她很聪慧,早已猜到了我的秘密,有着相同的感情……她激动不安起来,要的是一句开诚布公、亲切明了的话……"

这一切在他头脑里飞驰而过。

"您气度如此高贵,美丽动人,韦拉·瓦西里耶夫娜……那么纯洁优雅……"

"啊!"她突然用绝望的嗓音大叫一声,想站起身,但不能,"您骂我吧……骂吧——拿起这根长鞭,我值得!……可是您是否会这样,伊万·伊万诺维奇!"

她怀着惊讶、痛苦、哀求,在他跟前停止动作。

他惊骇地望着她。

"她病了!"他心想。

"您不舒服,韦拉·瓦西里耶夫娜,"他惊慌不安地对她说,"请原谅我,这件事我提得不是时候……"

"早一天,晚一天,难道不全一样吗——您全说了吧……一下子说出来,马上!……我也将说,为何叫您上这儿,到林荫道上……"

他又被抛进对面。

"这难道是真的?"他勉强忍住满腔喜悦道。

"什么——真的?"她问,仔细听着这突如其来的喜滋滋的声调。"您想说的是别的什么事吧,而并非我心里想的那件……"她稍显平静道。

"不,就是那件事……我认为……"

"您说吧,别再折磨我!"

"我爱您……"

她瞥他一眼,等待着。

"我们是老朋友,"她说,"我对您同样……"

"不,韦拉·瓦西里耶夫娜,我爱是把您当作一个女人……"

她突然直起腰,目瞪口呆,几乎喘不上气来。

"当作世上一个最好的女人!倘若我有权幻想,您哪怕将这份感情分一部分……不,太多了,我不配……倘若您同意,如同我希望的那样……倘若您没有爱上别人,那么……您将成为我的森林女王,我的妻子——那世上便将没有谁比我更幸福的了!……瞧,这就是我想说——而许久没敢说的!我本想把此推迟到您的命名日,但我坚持不了,便来了,为的是今天,在这个家庭节日上,在您妹妹的生日上……"

她两手举起在头上轻轻一拍。

"伊万·伊万诺维奇!"她呻吟着,倒在他的臂弯里。

"不,这并非喜悦!"他闪过一个念头,感到头发在他头上竖起来,"人们喜悦不是这样子的!"

他让她坐到长凳上。

"您怎么啦,韦拉·瓦西里耶夫娜?您是病了,或是有极大痛苦?……"他保持镇静,几乎平静地问道。

"有极大的痛苦,伊万·伊万诺维奇,我要死了!"

"您怎么啦,您说啊,求求您,发生了什么?您说过,您想同我聊聊;那么,我是有用的……没有我做不到的事!您吩咐吧,忘了我的蠢话……很好……该做什么?"

"什么也别做,"她喃喃道,"我应该告诉您……可怜的伊万·伊万诺维奇,您啊!……您为何要喝我的这杯酒?我的天哪!"她说,冷漠的目光注视着天空,"我既不祈祷,也无眼泪!从哪儿也得不到轻松和任何帮助!"

"哪能啊,韦拉·瓦西里耶夫娜!这是什么话,我的朋友,为何那么深的悲观绝望?"

"何必还要这下打击?没有它,打击就够多的了。您是否知道,您爱上了谁?"她说,用仿佛熟睡的毫无生气的目光望着他,勉强把话说完。

他默不作声,做着各种猜测,又将它们推翻。他扔下胶布雨衣,抹去脸上的汗珠。从这些言语中他看出,他的希望已经破灭,明白韦拉爱上了某人……别的他什么也看不出,无法作什么假设。他沉重地叹口气,一动不动地坐着,等待解释。

"我不幸的朋友!"她抓住他的手道。

这句寻常的话语使他的心抽紧了。他感到他确实很"不幸"。他可怜自己,更可怜韦拉。

"我感谢您!"他小声道,还不知道,但预感到一点:她不可能属于他。

"请原谅,"接着他继续道,"我什么也不知道,韦拉·瓦西里耶夫娜。您的关爱给了我希望。我是个傻瓜——别的什么也不是……忘了我的建议,像原先那样只给予我朋友的权利……倘若我配的话。"他补充道,最后一句话他放低了嗓音。"我能否帮助您?您好像期待着我的效劳？"

"您可能配！可我配吗？"

"您，韦拉·瓦西里耶夫娜，对我来说，将永远那么高不可攀……"

"我已经从这个高处掉落下来，可怜的伊万·伊万诺维奇，并且谁也不会再将我抱起……您想知道，我掉落到何处了吗？我们走，您马上就将感到轻松些……"

她摇摇晃晃，轻轻地靠在他臂弯上，领他走上悬崖。

"您知道这地方吗？"

"是的，我知道；那里埋葬着一个自杀者……"

"那里还埋葬着您那个'纯洁的'韦拉：她已然不复存在……她在那悬崖底下……"

她脸色煞白，说话的声调怀着某种毅然决然的绝望。

"您说什么啊？我什么也不明白……请您解释一下，韦拉·瓦西里耶夫娜。"他小声道，用手帕扇着脸。

她用手撑着他肩膀，欠起身子，停下，聚起力量，然后低头三分钟，时断时续轻声对他说了几句，又坐到长凳上。他脸色煞白。

他突然摇晃了一下，好像失去了平衡，坐倒在长凳上。韦拉在暮色朦胧中看到，他的脸庞如何变得煞白。

"可是我还以为……"他怀着古怪的笑容道，仿佛为自己的意志薄弱而羞愧，并慢慢从凳子上吃力地站起身，"只有熊才能使我倒下呢！"

接着他走近她。

"他是谁，在哪里？"他喃喃道。

这问题使她战栗起来。这在图申嘴里说出来，显得粗鲁而不自然，令人吃惊。她觉得好像不可理解，仿佛他有意对人人都明白的女人感情，毫不怜惜地加以伤害，并且坦率得就连女人们也不会那么做的。"为什么？"她暗自吃惊道，"他应该有某些特殊原因的，是什么呢？"

"马克·沃洛霍夫！"她克制自己，大胆道。

733

一瞬间他呆若木鸡。随后,他突然双手抓住自己长鞭的手柄,啪的一声将它在膝盖上折断,把木片和银子的碎块扔在地上。

"他也将是如此下场!"他朝她脸庞俯下身子,吼叫道,全身战栗,毛发竖起,像头跃向敌人的野兽。

"现在他在那里吗?"他指着悬崖问。只听得见他沉重的喘息声。她吃惊地望着他,退到长凳后面。

"我怕,伊万·伊万诺维奇,饶恕我!您走吧!"她惊恐地喃喃道,伸出双手,仿佛防备着他。

"我先杀了他,然后……离开!"他说道,稍稍控制自己。

"您这么做是为我,以便减轻我的痛苦,还是……为自己?"

他沉默不语,望着地面。随后他开始迈着大步来回走动。

"韦拉·瓦西里耶夫娜,教教我,我该怎么办?"他问,依然气愤得直哆嗦。

"首先您得平静下来,说说您为何想杀他,以及我是否愿意?"

"他是您的仇敌,因此自然也是我的……"他声音低得勉强可闻道。

"难道仇敌都该杀吗?"

他低下头,见到脚旁丢弃的长鞭碎片,便俯下身子,仿佛惭愧似的将它们捡起,塞进胶皮雨衣的口袋里。

"我并不抱怨他,请您记住这点。我一个人……有罪……而他是对的……"她好不容易把话说完,带着如此的苦楚,带着内心如此的痛苦,使得图中蓦地抓住她的手。

"韦拉·瓦西里耶夫娜——您经受了太大的痛苦!"

她默不作声。而他同情而又惊讶地望着她。

"我怎么也不明白,"他说道,"'他没错','我并不抱怨';在这种情况下,您还想同我说些什么呢?您为何把我叫到这里的林荫道上来?……"

"我想让您知道一切……"

她转过身,默然望着悬崖。他朝那边瞥一眼,然后又望着她,始终站在她跟前,眸中露着疑问。

"喂,韦拉·瓦西里耶夫娜,别让我摸不着头绪。倘若您觉得有必要把秘密告诉我……"他在这个词上尽最大努力克制自己,"而这个秘密又同您一人有关,那么请您把整个事件解释清楚……"

"您眼下的脸色,您转向我的特别的目光——我搞不明白。我以为您知道了一切,便想对您问清楚,您头脑里都想些什么……我过于匆忙……但反正一样,迟早我要对您说的……坐下吧,仔细听完我要说的话,然后再厌弃吧!"

他把胳膊肘支在膝盖上,将脸埋进手掌,听她说。

她向他简要转述了事情经过。他站起身,来回踱了三分钟,然后停在她跟前。

"您原谅了他?"他问道。

"原谅什么?您看到……是我一人的过错……"

"那么……您同他分手了,还是……希望他回心转意,再回来?"

她摇摇头。"我们之间毫无共同之处……我们早就有分歧。我永远不再见他。"

"现在我才开始搞明白些,不过还不是全部。"图申想了想说,叹了口气,像头卸了套的犍牛,"我以为您被厚颜无耻之徒骗了。"

"没有,没有……"

"于是您叫我来帮忙;我想,请熊'帮忙'的时刻到了,而且差点没给您以真正的'熊那样的效劳'。"他从口袋里掏出长鞭碎片给她看,补充道,"为此我才允许自己向您提出有关名字的无礼貌问题……请原谅我,看在上帝分上,并告诉我其余的问题:您为何向我公开此事呢?"

"我不愿让您把我想得比我本人要好……并对我表示尊敬……"

"您如何做到这一点呢?我不会中止对您所持的看法,永远不会改变,也不可能不尊敬您。"

她的双眸中有某种光芒闪烁一下,随即便熄灭了。

735

"您想强迫自己尊敬我。您善良而豁达;您怜悯一个不幸而名声败坏的女人……您想扶起她。我理解您的宽宏大量,伊万·伊万诺维奇,但我不希望这样。我需要的是您了解……并且当我把自己的手伸给您时,别把手挪开。"

她把手伸给他,他亲吻了它。他急不可待而忧伤地听她讲。

"韦拉·瓦西里耶夫娜!"他用克制的几乎是受了很大委屈的声调说,"我不可能强行去尊敬任何人。图申决不撒谎。倘若我向某人尊敬地鞠躬致意——那必定是表示尊敬,不然我决不会鞠躬。我将依然像以前那样向您行礼,而爱嘛——对不起,这是顺便说说——比以前更甚,因为……您不幸福。您像我一样经受了很大痛苦!您失去了对幸福的希望……只是您把您的秘密告诉我却徒劳无益……"他沮丧地、几乎是绝望地补充道,"倘若我并非从您那里得知此秘密,我不会停止对您的尊敬。您没有必要让任何人相信这个秘密。它属于您一人,谁也不敢指摘您。"

他勉强把话说完,费力地叹口气,不让韦拉看出这叹息有多沉重。他的嗓音不由自主地颤抖着。显然,这个他原本想为韦拉减轻重负的"秘密",如今不单压在她身上,而且也压在了他本人身上。他感到痛苦——并想无论如何将此向她掩盖……

"反正一样,我应该今天把这秘密告诉您,当您求婚时……我不能欺骗您。"

他否定地摇摇头。

"对我的求婚,您可以用简短的**不**回答我。但正如您惠赐我特殊的友谊,那么您便可温和善良地做出解释,说您爱的是另一个人,以便将您赏给我的这个**不**字,涂上一层金色——全齐了。我甚至不会问——是谁。而那秘密……您应该暗自保存;这里没有任何欺骗。倘若您爱着另一个人,又接受我的求婚……出于害怕或别的目的……这才是欺骗,才是'堕落',看来是'丧失名誉'。但您是永远不会做出这种事的。不然……"他朝悬崖那边点点头,并悄声补充道,仿佛在自言自语，"是个不幸……错误……"

他勉强说完，怀着熊一般的力量克制住内心的痛苦，免得让她发现他本人的隐痛。

"真不幸！"他喃喃道，"他从悬崖上离去是对的，而您却有罪！真理何在？……"

"反正我得告诉您，伊万·伊万诺维奇。这很有必要，并非为您，而是为我自己……您知道……我多么珍惜您的友谊；向您隐瞒——这对我将是一种痛苦。现在我轻松多了——我能直接望着您的眼睛，我没有欺骗您。"

泉涌似的眼泪使她无法再说下去，用手帕捂住了脸。他自己也差点没哭泣起来，但只是颤抖着，俯下身子，又吻了下她的手。

"瞧，这是另一回事；感谢您，十分感谢！"他急匆匆道，掩饰自己的激动，"您为我做了件大善事，韦拉·瓦西里耶夫娜。我见到，您对我的友谊没有因别人的感情而遭受损害，就是说它牢不可破。这是最大的慰藉！将来，当我们俩都平静下来……我将为这一友谊而深感幸福……"

"哎，伊万·伊万诺维奇，倘若能将这一年置于脑后的话……"

"快将它忘了：这就同置于脑后一样……"

"可从哪儿取得忘却和忍受的力量？"

"从朋友们那里，"他轻声道，"其中包括……从我身上……"

她仿佛更自由地吸了口气——好像重又吞下口新鲜空气，觉得她身旁高耸着某种力量，在此人身上将升起一座可信赖的坚固山峰，它能将她掩藏在自己的遮蔽处，并用自己岩石的侧峰护围着她——并非挡住极度的恐惧和身体的危险，而是挡住绝望那最初剧烈的进攻，挡住还在升腾的情欲的祸害，以及失望的极度痛苦。

"我信赖您的友谊，伊万·伊万诺维奇。我感激您，"她抹着眼泪道，"我感到轻松些了……倘若……不是奶奶，我将更轻松些。"

"她还不知道？"他问道，并感到自己的问话中有责备之意，便突然沉默起来。

他低下头,设想这将如何给塔季扬娜·马尔科夫娜以致命一击,但避免在韦拉面前暴露自己的担心。

"您看,今天家里有客人,不能谈。明天她会知道一切的……再见,伊万·伊万内奇,我感到极其痛苦——要去躺一会儿。"

他久久望着韦拉。

"我的天哪!这个沃洛霍夫是个瞎眼大傻瓜——或者是个……老奸巨猾的骗子!"他心想,愤怒得直哆嗦。

"您不吩咐些什么?您是否不需要……"他问道。

"是的,您请娜塔莎明天或后天上我这儿来一趟。"

"那下星期我能来吗?"他怯生生问,"来看看您是否安静下来……"

"您自己安静些吧,伊万·伊万内奇,现在再见吧。我勉强支撑着……"

他同她告别,驾着马车从陡峭的山上飞驰而下,差点没从悬崖上跌落下去。间或,他按照习惯去抓长鞭,但落在他手中的是口袋里的碎片;沿途他将它们扔掉。不过他耽误了渡伏尔加河的时间,便在城里朋友家过了一夜,翌日清早回到了自己家。

六

明天来临。家里又充满喧闹和欢笑。仆人们,厨子们,车夫们——全在忙碌着,奔忙着;一些人准备着早饭,另一些人在套轻便马车,一早起他们又都喝得醉醺醺的。

祖母放玛尔芬卡赴伏尔加河对岸,上未来的婆婆家,她一反常态,不爱说话,有几分忧伤。她没有用训导给她增添麻烦,没有热衷于小题大做的警告,甚至玛尔芬卡来问她,该随身带些什么东西和哪些连衣裙——她都心不在焉地回答道:"随你便。"并吩咐瓦西里莎和贴身丫头纳塔利娅将必需的东西准备好,收拾好。

她把自己的孩子托付给未婚夫的母亲玛丽亚·叶戈罗夫娜,并非常严肃地对未婚夫说,让他在那里,在农村,照看好未婚妻,对她保持客气的尊敬,尤其在外人和邻居面前不能太随便,对玛尔芬卡的态度不能像在她面前和在自己母亲面前那样享有自由,免得别人说三道四——总之,不能像在这里那样同她一起到小树林和果园里乱跑一气。

见到维肯季耶夫被这番警告弄得有些脸红,还似乎有点生气,好像显得他不知分寸似的,而他母亲则微微咬着下嘴唇,开始用皮鞋轻轻打着拍子,塔季扬娜·马尔科夫娜连忙换一种友好的口气,爱抚地拍拍"亲爱的尼孔连卡"的肩膀补充道,她自己也知道这些话毫无必要,但说出来是出于老婆子教训人的习惯。此后,她轻轻地暗自叹了口气,直到客人们出发,再也没说过什么话。

吃早饭时韦拉来了,脸色苍白,双眸肿肿的没有睡够。她说,她觉得好些了,但头始终还有些疼。

塔季扬娜·马尔科夫娜对她很亲切,而玛丽亚·叶戈罗夫娜·维肯季耶夫娜言谈间却向她投去两三次难以猜度的目光,仿佛在问:她怎么啦?没有病为何头疼?昨天她为何没过来吃饭,露了一下面,接着便离开了,图申也跟着她走了,而且他们在黄昏中走了一小时?……

但狡猾而聪明的太太对这些问题没有使出任何别的手腕,它们只是在她的眸中显露了一下。但是,韦拉看出来了,尽管那位将目光由疑问转为了同情。塔季扬娜·马尔科夫娜也看出来了。

韦拉对这些问题漠然处之,可塔季扬娜·马尔科夫娜不。她突然低下头,望着地板。

"要是别人问起,我却一无所知!而她是当我面降生的:她是我的孩子!"她痛苦地思忖道。

韦拉脸色苍白,她的脸庞似石头一般;你在她脸上什么也看不到。生命仿佛变得麻木,尽管她与玛丽亚·叶戈罗夫娜什么都聊,也同玛尔芬卡及维肯季耶夫说话。她关切地询问妹妹,她是否准备了暖鞋,劝她穿上厚呢毛纺连衣裙,建议带上自己的厚毛围巾,并让她在渡伏尔加河时,待在四轮轿式马车里,以免着凉。

赖斯基散步归来,来吃早饭时同样一副古怪而坚毅的神色,仿佛一个人面临一场厮杀,或是别的决定命运的重大事件,而且他对此已经做好准备。有什么事情他已经办妥,搞清,或是做出决定。昨日的乌云已经烟消云散。他那么平静地盯着韦拉,如看旁人一般,也不回避塔季扬娜·马尔科夫娜的目光,这又使她摸不着头脑。

"这家伙不知有了什么新念头,看上去与昨天不同,说话与昨天不一样,与自己相违。天哪,他们都在搞什么名堂!"她心想。

赖斯基答应维肯季耶夫去他们家待上两天,并对他去打猎捕鱼的建议十分关注。

客人们终于聚集起来。塔季扬娜·马尔科夫娜和赖斯基乘车送他们至岸边。韦拉同玛尔芬卡道别后留在家里。

韦拉原先生活往来的世界很窄,如今变得更狭小了。她那与众不同的深沉个性长久以来就满足于她在自己周围所进行的观察和积累的少量经验。不多的几个人替代了她的一群人;别人从许多会面,在许多年和许多地方才能收集到的东西,只容许她在两三个角落,在伏尔加河两边,从对她而言代表整个人类世界的五六个人身上,从她理解力成熟和或多或少形成某种观点的前后几年当中来获取。本能和个人意志为她制定了她暂且还是处女的生活法则,而心灵则向她敏锐指出,哪些人她可以给予一些好感,而不犯错误。

她小心谨慎地给人以好感,不像玛尔芬卡对谁都那么诚实。外人中只有神甫的妻子有点像她的心腹,而对图申,她公开承认并称他为自己的朋友——再没有了。

她并不丧失生活的指路途径,并从细小现象中,从聚集在她周围的平庸人物中,得出并不肤浅的结论,对她四周根深蒂固的痼疾、专制、粗陋的风习,实际运用自己的意志力。

她善于在绣十字花用的这块普通底布上，勾勒出复杂生活那广阔而新颖的图案，其中包括她所不了解的其他要求、思想和感情，但她在普通生活篇章之外，阅读她头脑所渴望和理性所要求的其他篇章，并对此也有所领悟。

她望着自己周遭，并且发现——她看到的并非现有的，而是应该有的和她希望有的事物，并因其不存在，而只从自己四周的普通生活中选取一种活生生的可靠事物，除为数不多的例外，创造与她四周相对立的形象。

如同在个人感情上的寂寞谨慎，她在思想知识领域，其步子同样也是疑虑重重、小心翼翼的。她在老房子的书房里看书，起先是出于寂寞无聊，不加选择，没有系统，从书架上信手取来，后来是出于好奇，最后才怀有浓厚的兴趣。

她很快感觉到，这种在别人头脑里漫游的无目的性和无结果性，缺乏一条指导性线索。她狡猾地引科兹洛夫发表议论，自己几乎从不提问和不流露出她在聆听的样子，尤其是她从不当着谁的面显摆，说她知道这了解那，而周围的人们全狗屁不懂。后来，她怀着检验他观点的目的，将那些书重读了一遍，并发现其中蓄含更多的含义和趣味。应年轻神甫的请求，她给他送去书籍，不作为教会学校的学员，心不在焉地又聆听了他在这个或那个作者影响下所叙述的想法和印象。

所有这些人过后，来了马克——并对她所读过的、听过的、熟悉的所有作品，带来新的观点，对一切，对天上人间的权威，对旧生活、旧科学、旧品德和旧恶习，从头至尾给予彻底大胆的否定。他怀着为时尚早的扬扬得意，出现在她面前，并预感到胜利在望。但他错了。

她十分惊讶地看到这股突然不知从何处冒出的新思潮，它思想大胆而不乏引人入胜之处，但她并非庸俗地害怕显得落后，盲目而徒务虚名地扑向它，而且同样刨根问底和小心谨慎地开始仔细观察和谛听新使徒那狂热的布道。

引她注目的，首先是它的不稳定性、片面性和缺陷，仿佛故意捏造谎言进行宣传，耗费精力和聪明才智，出于对自尊心和过于自信的贪婪渴望，而去损害质朴的、显而易见的、已经现成的生活真理，正如她所感觉的那样，仅仅因为它们是现成的。

有时，在对某种新真理的这种绝对热衷中，她看到的只是既无法战胜旧真理，又无法立即投向新真理，而新真理若不靠经验和所有的内心斗争，却相当庸俗地不经斗争，仅凭对一切旧事物的盲目鄙视，而不将旧事物中的善与恶加以区分，是无法立刻掌握的，也无法从没有经过任何检验的新权威们那里，从不知来自何处、没有名字、没有过去，没有经历、没有证书的新人们那里接受信仰。

她在马克的布道和激情中，好不容易才弄清在旧生活中有某种可靠而富有生命力的东西，它可依靠，可爱恋，是那么的经久不变，那么的不虚假，为了这经久不变、生气勃勃而可靠的东西，她对旧生活中那些可笑而有害的荒谬变态，对它所有过时的糟粕，也就加以宽恕了。

她为这些荒谬变态备感痛苦，并常常因这些妨碍生活的荒谬变态而感到压抑，并愿意为真理向充满热情的同志、朋友，看来还有丈夫，最后……对她来说不管他是谁，伸出手去——并且大胆地去反对仇敌，消除谎言和欺骗，扫除垃圾和糟粕，将黑暗角落照亮，不听那些陈旧苍老、软弱无力的声音，不但不听特奇科夫之流的，也不听奶奶本人的声音，她在那里无疑是最后一个以旧事物为支撑、违背自己理智的人——倘若可能，也将祖母引向另一条道路。但是，为此需要让她无可挽回地深信，真理就在前面。

她走得并不过于自信，相反，彷徨动摇，怀疑她是否搞错了，那个布道者是否正确，在他那么热烈向往之处，是否果然犹如此光明纯洁、有理性的东西，不仅能使人们摆脱各种旧枷锁，而且能发现新大陆，找到新的新鲜空气，使人比他原来待的地方登得更高，比他原来拥有的更多。

她听惯了他允诺的福祉,读过了他捎来的书籍,向老权威们扑去,暗自领他们来对质,但她既没找到新的生活和幸福,也没发现真理,大胆的布道者所许诺过的、所号召过的一切,全都没有发现。

可她本人却一直跟随着他,入迷似的渴望了解在这个古怪而又勇气十足的身影后面隐藏着什么。

事情暂时还局限于对活着的大多数人所信仰、所热爱、所期待的一切作无情的否定。马克敌视一切,鄙视一切;但韦拉本人对旧世界中的许多东西也不予承认。没有他,她也了解和看到不正常的社会现象;她需要知道新大陆在哪儿。但她的哥伦布让她看到的并非真理、善和爱情,人类发展和完善那充满活力和激情的理想,只是无数座坟茔,准备吞噬迄今社会赖以生存的一切。这便是法老们干瘪的母牛,它们贪婪地食掉无数肥牛,却未能使自己不再干瘪。

为了真理,他揭露人的丑行,保留人动物体的一面,否认非动物的另一面。在情感上,他只看到许多短时间的幽会和粗俗的享受,甚至从各种为动物所不具、使人变得华丽丰美的幻想中将它们暴露无遗。

他将生命进程本身冒充为生命的终极目标。他将物质分解为一个个组成部分,以为同时也就分解出物质所表现的一切。

他推测现象的规律,却想消灭这些规律所赋予的神秘力量,由于缺乏思维方法和特性,无法了解这一力量,便对它采取否定之举。他阻断进入永恒的希望,否定将一切宗教的和哲学的希望寄托于永垂不朽的可能性,而用天真幼稚的化学和物理学实验,破坏永恒与不朽,想用自己稚嫩的苇秸作杠杆,翻动久远的俗世生活,迫使整个宇宙对宗教的期望,对"风烛残年"的人们的渴望,给予否定的回答。

同时,他否认具有灵魂、拥有不朽权力的人中之人,鼓吹某种真实,某种诚实,某种对最美好秩序和高尚目的的向往,殊不知这一切都是多余的,正如他所指出的,在那种偶然的存在秩序下,人们在那里,据他的说法,犹如酷热天气中一大群蚊蚋,推搡着,乱哄哄飞行着,滋生着,吸吮着,取暖着,并在生命那无条理的过程中消失着,以便明天让位给另外的一群同类。

"是啊，倘若如此，"韦拉思忖道，"那就不值得提高自己，以便在生命结束之时使自己变得更美好，更纯洁，更善良些。为的是什么？为的是几十年的日常生活？为此就该如蝼蚁储备过冬的粮食那样，诚实地积累日常生活能力，而这种诚实乃是狡猾的同义词，这种粮食仅够它有时十分短暂的一生过得温暖舒适……对蝼蚁而言有何理想？需要的是蝼蚁的美德……但是这样吗？证据何在？"

可他要求的不仅是诚实、真理、善，而且是信仰自己的学说，如同另一种学说需要她那样，这种学说允诺她今后永生，并且作为这种允诺的抵押，她在现今就该对一切有所需求的人，登门求助的人，献媚讨好的人，做到有求必应。

除了他身上原有的那些货色，新学说什么也没提供：同样的生活，只是多了屈辱和失望，将来可期望的乃是死亡和腐烂。从旧学说教科书上摘录下自己高尚品德的箴言，新学说沉醉于逐字逐句死抠它们的字句，但并不深入理解其精神及深刻性，并恶狠狠又迫不及待地要求"逐字逐句"地去履行它，对此旧学说早就有所提醒。"新力量"并没有创造出任何别的更美好的人生理想，代替被摈弃的旧理想，留给自己的是肉欲的生活。

她仔细打量和倾听年轻信徒当成新真理、新享受、新启示布道所说的一切，惊讶地发现，在他地道准确的布道中，一切都非新的，它取自同一来源，吸取的并非新人们的东西，他如此夸夸其谈和神秘莫测鼓吹的这一切新思想、新"文明"，其根源皆包含于旧学说之中。

因此，她唯有更强烈地对后者深信不疑，并且确信一个人无论前进多远，都离不开它，只要他别从直道上冲向一边，或是别后退，那么连它的敌人们也将从它那里汲取这一教义，最终，它便是唯一可靠、最完美的人生理想，除此之外留下的唯有错误。

开始令韦拉怀疑的是布道者本人的个性，于是她回避他；甚至在相识伊始听过他两次粗鲁的言谈之后，便将他指给塔季扬娜·马尔科夫娜看，仆人们被责令看管好果园。沃洛霍夫便从悬崖那边绕道过来，自杀者的坟茔使仆人们心存迷信的恐惧，离悬崖远远的。他发现韦拉对自己不信任，便给自己提出任务将它战胜——并且获得了成功。

韦拉，终于对她本人来说，几乎不易察觉地相信了他那片面而表面追求的真诚，并且由不信任而转为惊异与同情。她有时，不过并不经常，甚至拿不定主意，不知自己暗自默默地、专心致志地对生活、对人的观察，对大多数人所奉行的准则，是否绝对正确。

她对自己曾赖以生存的一切进行思考——并感到新的不安，新的问题，于是开始更加渴望，更加聚会神地倾听马克的言谈，同他在田野上，在他跟着她潜入的伏尔加河那边，最后在悬崖底下的小亭子里相会。

在她发现有着明显捏造和诡辩之处，她便以自己的观察、逻辑和意志为武装，与他做斗争，为自己澄清迷雾。怒不可遏的马克跺脚，从自己的主义和权威中筑起炮台，却遇到一道攀缘不上的墙。他暴怒起来，像头"狼"那般龇牙咧嘴，他从未见过的温柔的明眸便是她驳斥的传播工具，而一只坚定而娇嫩的纤手触及他的额头，他一边暗自唔唔发着威，一边却温顺地在她脚旁躺下，预感到在那虽很遥远的前方有着胜利与猎物。

在韦拉毫无准备之处，她便默默听着，机警地注视着——看使徒本人是否坚信自己的学说，他是否具有最牢固的支撑点和经验，或者他只是被巧妙的或闪光的假说所迷惑。他以某种巨大的未来、巨大的自由形象，以取自伊西达①的一切罩布，引诱她向前——他差点没把这个未来看成了明天，召唤她来享受这种生活，哪怕只是一部分，

---

① 伊西达，原为古埃及司生命和健康的女神，古希腊罗马时期她被尊为妇女的援助者和受辱者的安慰者，而基督教将伊西达的这些特点全部移植到圣母身上。

召唤她抛弃自己身上的旧东西,并且相信他,倘若不,那就相信他的经验。"我们便如上帝!"他满含讥笑意味地补充道。

韦拉没有向前走,她斗争着并且不易察觉地、一点一点地亲自转入主动角色:使他回到已经久经考验的真与善的道路上来,首先将他引向爱的真实,人类的而非动物的幸福的真实,而在那里,进一步将他引入她的信仰、她的希冀的深处!……

马克勉勉强强地作了些许让步,听从了她的某些要求:不再做那些怪诞的举动,不再刺激地方当局,在生活方式上变得较为整洁些,不再以恬不知耻招摇过市。

她显得很幸福——塔季扬娜·马尔科夫娜和赖斯基所发现的她的心醉神迷便在于此。她觉得,她的力量暂且还只对他的外部生活产生影响,并希望通过不知疲倦的努力,做出牺牲,她将多多少少做出奇迹——报答她的将是一个女人的幸福——成为她所心仪的人的意中人。

她将把一个坚强有力的新人领入社会。他有头脑,顽强,倘若他如图申那样朴实,朝气勃勃,到那时……她的生活便称心如意了。她这辈子也就没白活。那样她将会不知如何是好。

同时,按照自己那充满热情、神经质的本性,她醉心于他的个性,钟情于他本人和他的胆量,他对新的美好事物的渴望——但并不喜欢他的学说,他的新真理和新生活,并依然忠于她那经久不变的旧生活观和旧幸福观。他召唤她去从事新的事业、新的劳动,但除了分发禁书外,她没见到什么新的事业和劳动。

她同意必要的劳动,她头一次为无所事事而怪罪自己,并替自己勾勒了在不远的将来从事普通但实实在在的劳动的形象,并且羡慕利用自己闲暇时间和双手做家务及部分乡事的玛尔芬卡。

她打算不管怎样,一旦从同马克进行的那场难以忍受的斗争中摆脱出来,便分担妹妹的劳动。不久前这场斗争终于结束了,但不是以这个或另一个人的胜利,而是以两败俱伤和永远的别离而告结束。

这一切，都是趁塔季扬娜·马尔科夫娜和赖斯基陪同客人去了伏尔加河对岸之际，在韦拉的头脑里掠过的。

"眼下他在做什么呢，这头狼？"她有时心想，"是否在庆祝自己的胜利……"

她没有想周全便战栗了一下。

她打开抽屉，从那里取出一封用蓝色信笺写的、封上的信，那是马克一早通过渔夫给她送来的。她看了一眼，想了想——没拆开便坚决将它重新扔进书桌里。

她将所有别的痛苦全深深藏在了心底。当前面临的是一场同新的不幸的殊死搏斗：祖母会有什么事？赖斯基来得及对她小声道，他将在晚上，屋里没别人时，与塔季扬娜·马尔科夫娜说说，免得仆人中有谁发现这开诚布公之后可能给她带来的什么影响。

当赖斯基将自己的预防措施告诉韦拉时，一种不祥之兆令她胸中开始隐隐作痛。她以此估量不祥的程度，并心想最好别活到今晚。

他把一切向赖斯基和图申公开后，稍稍睡了一会儿。她好像平静了些。她扔掉了部分重担，犹如水手们在风暴中抛弃部分货物，以便减轻船只的负担。但最沉重的负担在心底里，她的单桅帆船吃水很深，船的两侧灌满了水，面临新的狂风骤雨，再次进水，船将再也无法浮起。

她想象着扑进赖斯基的怀里，一会儿又扑进图申的怀里，休息了一小时，然后又垂下头。

"没法活了，没法活了！"她喃喃道，来到自己的小教堂，跪着，惊惧地望着圣像。

只有痛苦的叹息声表明，这里不是尊雕像，而是个活生生的女人。圣像微睁的双目若有所思地注视着她，然而又像是没见到她，手指并拢像似祝福，但并没有向她祝福。

她渴求地望着这对眼睛，期待着某种征兆——但没有征兆。她像个死人，悲观绝望地离去。

七

祖母回来后,开始算账,但很快便将所有的女小贩、女裁缝打发走,问起了赖斯基。下人们告诉她,他去了科兹洛夫家一整天。他去那里其实是为了不想在天黑前单独与塔季扬娜·马尔科夫娜待在一起。

她派人去问韦拉,她头还疼吗,是否来吃午饭。韦拉吩咐回话道,头疼好些了,请求把午饭送到自己房间里,并且说她想早点躺下睡觉。

这时,仆人中出了件并不新鲜的事情。萨韦利差点没将马林娜的脊背打断,因为客人们离开的那天清晨,他发现她不在而寻找起来,发现她从维肯季耶夫仆人的住屋里悄悄溜出来。整个上午她藏在顶间阁楼里和菜园子里,最后出来了,以为他忘了此事。

他用缰绳狠命抽她。她在屋子里团团转,抵赖,对天起誓,说这是他的幻觉,是"魔鬼化为她的形象",等等。但当他扔掉缰绳,抓起劈柴,她便哼哼起来,并在挨了头一顿痛揍后,跪倒在他面前,叫着"她错了",向他求饶。

她以一切担保,顺便以"自己的生命"发誓,永远不再犯什么过错,倘若再犯,那么便让上帝杀了她,永遭惩罚。萨韦利停下,放下劈柴,用袖子擦着脑门。

"算啦,"他说,"既然你认罪了,向上帝求援,咱便按你的要求放了你!咱也不再与你断绝关系了!"

他朝她挥了下手。

这一切都传到塔季扬娜·马尔科夫娜那里,但她只是极其厌恶地皱皱眉头,朝瓦西里莎挥下手,让她别再来厌烦她。

有几位太太登门拜访,来了位伏尔加河对岸的地主和两位城里的客人,并留下吃了午饭。

大家听说韦拉·瓦西里耶夫娜病了,都来探望。塔季扬娜·马尔科夫娜解释道，韦拉前天偶感风寒，待在屋里已有两天，而自己因这一谎话心里觉得不好受，不知道在这场假病的下面隐藏着什么样的真相，而且她甚至不敢去请医生，因为他马上便会看出韦拉没得病，有的是必有原因的精神上的障碍。

她没吃晚饭，季特·尼孔内奇出于礼貌道，他也"没有食欲"。后来赖斯基来了，脸色有些苍白，同样推辞用餐。他默然坐在桌旁，脸上挂着某种拘谨的神色，好像并没发现塔季扬娜·马尔科夫娜偶尔向他投来的疑问的目光。

终于，季特·尼孔内奇并足致礼，吻了下她的手便离去了。祖母吩咐准备好床铺，没看一眼赖斯基。她冷冰冰地祝他"晚安"，感到自己深深受了侮辱，无论在心灵上还是在自尊上。

在她身边，她的亲人们中间，正发生着某件神秘而严重的事情，而他们将她撇在一边，把她当成个陌生人或是个活到头的毫无用处的老妇人。

她并没料想到，是尊敬、害怕和怜惜影响他们将事情公开。

赖斯基对她小声道，他需要同她谈谈，让她无论如何不露声色地打发人们离去。她那吓得呆板的目光停在他身上。甚至，她的鼻子都发白了。

"出大祸了？"她生硬道。

他犹豫不决。

"没有……"他不坚定道，"以我看——没出大祸……"

"如若依我看——是有的，那就是说出大祸了！"她轻声道，"瞧你脸色煞白，那么你自己也知道，出大祸了。"

她慢慢让人们离去，说她还不想睡，要同鲍里斯·帕夫洛维奇坐一会儿，并将他领到账房。

她将灯放在稍远些的旧式写字台上，罩上灯罩，在自己那把老式的伏尔泰式的安乐椅上坐下。

他们坐在半昏暗中。她低下头，不望着他，等待着。赖斯基开始自己的叙述，尽可能委婉地、小心翼翼地设法向"这件祸事"靠近。

他的嘴唇发颤，舌头时常不灵便，让自己歇会儿，然后聚起力量继续说下去。

祖母毫不动弹，一句话也不说。临近结束时，他的声音轻得勉强可闻。

他离开祖母那里，天已破晓。他讲完话，她站起身，紧张地慢慢挺直身子，接着同样慢吞吞地垂下双肩，低下头，站着，一只手撑着桌子。从她胸腔里冒出来不知是叹息，还是呻吟。

"奶奶！"赖斯基说，她脸上的表情令他害怕，扑通一下跪倒在她面前，"您救救韦拉……"

"她派人来找奶奶太晚了，"她轻声道，"上帝保佑她！你要保护她，安慰她，随你的便！再也没有奶奶了！"

她迈了一步，他挡住她的道。

"奶奶，您哪能，您怎么啦？"他惊骇道。

"你们再也没有奶奶了……"她站在那里，站在她从安乐椅上站起来的地方，眼睛往下看，漫不经心反复道，"走吧，走吧！"见他拖延着，她几乎怒冲冲叫道，"别再上我这里来……别让任何人来，你来处理一切……原谅我的一切……一切！"

她始终站在原地，如被钉住似的，目光呆滞，神志恍惚。他想对她说些什么。她不耐烦地朝他挥下手。

"去她那儿，爱护她！奶奶不能，没有奶奶了！"她喃喃道。

她用手做了个颐指气使的手势，让他走。他惊骇地走了出来，脸色苍白，把一切托付给雅科夫、瓦西里莎和萨韦利，自己悄悄地竭力注视着祖母会发生什么事。他目不转睛地盯着她的窗户和门扉。

而她机械地重又倒在安乐椅上，仿佛陷入不省人事、死一般的沉睡中，一动不动地待着，直至天明。

清晨，未曾睡觉的赖斯基，还有雅科夫和瓦西里莎见到，塔季扬娜·马尔科夫娜身上还穿着昨天的衣裙，光着头，没戴包发帽，土耳其披巾搭在肩上,从屋子里出来,用脚推开门,穿过所有的房间,走廊,下楼来到果园里,像尊青铜雕像从台座上站起身,动起来,朝谁也不看上一眼,对什么都视而不见。

她穿过花圃,顺林荫小道往悬崖行去,步子平稳而缓慢,头朝前,望着远方,并不左顾右盼,开始大步从悬崖上下去,并消失在密林中。

赖斯基藏在树后,悄悄地跟在她身后。

她一直往下走,往下走,来到小亭子旁,低下头,一动不动地站着。赖斯基屏住呼吸,在她后面悄悄靠近。

"我的罪孽!"她说,双手抱头,仿佛在呻吟,接着突然加快步子继续往前,朝伏尔加河走去,并且一动不动地站在河边。

风儿吹得呼呼作响,衣裙裹住她的双腿,吹拂着她的头发,将她肩上的披肩吹落——她都没发现。

赖斯基闪过一个猜想:她想投河自尽,吓得他心脏好像停止了跳动!

但她慢慢转过身来,迈起大步,在潮湿的沙地上留下一串深深的脚印。

赖斯基稍稍自由地吸了口气,当她轻轻迈着大步往回走来时,他从灌木丛后面朝她脸庞瞥了一眼,吓得魂飞魄散。

他认不出祖母了。她脸上好像阴云密布,而这阴云便是痛苦,便是他昨晚压在她肩上的那桩"祸事"。他看出,没有一双手能替她摘掉这痛楚。

她说得对:再也没有祖母了。这已经不是祖母,不是那个全家慈爱温柔的母亲塔季扬娜·马尔科夫娜,不是马林诺夫卡的女地主,大家住在那里,曾过着平安幸福的生活,她也住在那里,曾平安幸福地生活着,她贤明而成功地管理着一个小小的王国。如今却变成了另一个女人。

她似乎并非自己在行走,而是别人的力量在挟持着她。她步子迈得多宽,她将头和肩挺得多直,抬得多高,而双肩上却扛着自己的这

751

件"祸事"!她感觉不到双腿,顺着树林走进陡峭的山崖;披肩从肩上垂下来,一头扫着地上的垃圾和尘土。她双眸一眨不眨地盯着远处的什么地方,目中流露出那呆板而恭顺的恐惧。

她恰如一个梦游症患者或是个死人,除了"祸事",其他一切意识在她脸上消失。

他在灌木丛中好不容易才跟踪着她,免得她出什么事。她一直走着,战胜陡峭的山崖,只有一回她用双手支着树,将头靠在手臂上。

"我的罪孽!"她重复道,声音直接从胸腔冒出,仿佛吐出一口气,"难受啊,减轻些吧,我受不了啦!"她喃喃道,随后又挺直身子,往山里走,攀上悬崖,用非凡的力量战胜峭壁,在灌木丛中留下衣裙和披肩的破片。

赖斯基望着这位新的非凡的老妇人,感到十分惊讶与恐惧。"唯有伟大的心灵才能怀着如此的力量,承受沉重的苦难。"他心想,"给她们一对雌鹰般的翅膀,翱翔于蓝天白云下,而双眸将深渊望穿。唯有信神的灵魂才能如这位女性那样承受痛苦——也唯有女性能经受住如此痛苦!""人类的一半是女人,"他思忖道,"她们拥有推动世界的伟大力量。只是这力量既没有被她们自己,也没有被男人们所理解、所承认、所培植,反遭男人们的压制、践踏,或者窃取,他们既不善于运用这些伟大力量,出于自尊又无法理智地听从它们。而女人们,并不了解自己那固有的、理所当然的力量,却插手男人力量的领域——并因此相互争斗,造成一片混乱。"

"这不是奶奶!"他极度紧张地望着她,思忖道。他觉得她似乎是这些女性中的一员,在那伟大的时刻,当命运的沉重打击在四周降临,当人们需要的并非肌肉那粗笨之力,并非坚强头脑的自高自大,而是心灵力量的时候,她们突然像女英雄般从家庭圈子走了出来——忍受着巨大哀痛,蒙受着损失,坚持不懈而不倒下!

与祖母相对照,他的头脑中闪过历史上一系列女人的幻影。他在她身上见到了那个古代犹太女人,耶路撒冷的贵妇,部落的女首领——她怀着高傲而蔑视的微笑，倾听百姓中流传的神启和恫吓："王冠将从不知大祸临头的百姓头上摘下"，"罗马人一到，东西抢光光！"她不信，认为耶和华①为以色列②亲手戴在头上的王冠是不可动摇的。但是，当"罗马人一到，东西抢光光"的时刻来到，她便明白不可抗拒的打击来自何方，于是站起身，摘下自己的王冠，默不作声，没有怨言，没有男人们以头撞石，以泪洗刷耶路撒冷城墙的怯懦，只是目中怀着顺从而呆板的恐惧，身穿肥大褴褛的衣衫，在阵亡的王国间踟蹰，朝耶和华之手引导的方向踽行，并且也同此刻的祖母那样，一副受苦受难的神圣脸色，似乎既为自己受到打击，又为自己忍受住打击而自豪。

赖斯基又想起另一位受苦受难的女王，俄罗斯伟大的玛尔法夫人③，她身陷囹圄，受尽莫斯科勇士们的折磨，然在监狱里仍保持着自己的庄严和诺夫哥罗德光荣沦亡那苦难的深重，身体被驯服，但精神不屈，至死依然是该城的地方行政长官，依然是莫斯科的敌人，并且仿佛依然是自由城市那命运的主宰。

另一些受苦受难的女性的灵魂，活人似的在他面前聚拢：一些俄罗斯的女王、王后们，她们按丈夫的意志改变自己的高位，去当了修女，却在修道小室里保持着精神与力量；另一些女王则在决定命运的时刻，站在王国前列，并拯救了它……

怀着同样悲痛的力量，与我们那些摇动天空的巨人们一起走进监狱的，是他们的妻子、大贵族的夫人和公爵夫人们，她们解除自己的显职和爵位，随身带着女性的心灵和万般的美貌，她们至今不知自己

---

① 耶和华为以色列人供奉的"上帝"，亦即古希伯来人崇拜的独一真神。
② 此处以色列为人名，即雅各伯，以色列人三大圣祖之一。《旧约·创世记》中对其生平记述甚详，其中第五十章"雅各伯死后哀荣"中，便有"医生便用香料包殓了以色列"，"若瑟伏在他父亲以色列脸上痛哭"之句。
③ 玛尔法夫人，为诺夫哥罗德城行政长官博列茨基的遗孀。曾领导该城贵族反对莫斯科。1478年该城并入莫斯科大公国后，被莫斯科大公伊凡三世（1462—1505）监禁。

犹如此的美貌,别人也并不知晓,她们如火中的黄金,在粗重活儿那烈焰与浓烟中熬炼,服侍自己的丈夫,那些大公和公爵们,承受着他们的和自己的"不幸"。

于是丈夫们,在对他们而言这崭新的美貌面前屈膝,更勇敢地去承受惩罚。他们被劳役和痛苦烧灼折磨得疲惫不堪,却保持着精神的伟大,那不朽之美在考验中发出光泽,犹如那些在地下沉睡千年的伟大雕像,出土后,身上带着岁月的剥蚀,却依旧光彩照人,闪烁着伟大艺术大师那永恒之美。

如此伟大的力量——在雷电霹雳的打击下,当四周的一切都轰然倒下时——蓦地,会被一位来自平民的俄罗斯妇女无意识地、犹如宝藏似的在自己身上找到,预感到,而她的茅屋、财物、孩子们已为烈焰所吞噬。

她同祖母、同诺夫哥罗德的玛尔法,同那些王后和大公夫人一样,怀着同样内心隐忍的麻木恐惧,一动不动地望着天空,再没有回眸望一眼烈焰与烟柱,抱着从大火中抢救出来的孩子,搀扶着衰老的母亲,迈着有力的步伐离去,她那畏缩沮丧的丈夫倒在地上,啃着泥土,回头观望,诅咒着大火,她瞥了他一眼,踢了他一脚,催促他前进……

她走着,晒黑的双腿迈着坚定的步伐,向前,向前,筋疲力尽,不知会在何处停息或是倒下。她深信,有另一种力量在伴她同行,承担她一人无法承受的"不幸"。

在她那睁大眼睛望着,但什么也看不清的目光里,蕴含着忍受痛苦的力量。脸上燃烧着蒙难者那美和庄严的光芒。雷劈火烧也无法摧毁女人的力量。

赖斯基惊骇地将这些自己在痛苦时刻、因极度的胡思乱想而不请自来的幻象驱赶,而将敏锐的注意力集中在他所亲近的受难的祖母身上,用目光注视着她,竭力想弄清她的内心:她身上究竟出现了什么样的痛苦形象?

塔季扬娜·马尔科夫娜的王国轰然倒塌,楼变空了,她所珍藏的瑰宝，她的骄傲，她的明珠被人掠走了！她仿佛独自在废墟上踯躅。她的内心也变得空荡荡！幸福的家失去了和睦宁静、引以为豪的安康特性。

现如今，她看到了这王国里一片卑鄙龌龊和荒凉——整个世界令她厌恶。当她停下，仿佛想恢复体力，张大嘴吸口气，使因强烈而紧张的呼吸而干裂的双唇感到清爽些，她的双膝打战；再过一会儿——她便将扑通一声栽倒在地，但不知谁的声音给她以力量，对她小声道："走，别倒下——你能走到的！"

于是老年人的虚弱无力销声匿迹，她又走了起来。她走到天黑，在自己的安乐椅上坐了个通宵，睡意蒙眬中受着可怕的梦呓和呻吟的折磨，后来醒了过来，并为此而感到惋惜，她身披朝霞又去了悬崖，从那里来到亭子，在倒塌的门槛上坐了许久，将头抵在光秃秃的地板上，然后离去来到田野上，消失在伏尔加河流域的灌木丛中。

她偶然在田野上遇见一座小教堂，抬头望见圣像，目中流露比原先更厉害的新的恐惧。她急忙躲到一边。

她像一头受伤的野兽，一条膝盖跪倒在地，她艰难地爬起身，加快步伐，摔倒又爬起来，用披巾将脸遮住，避开救世主的圣像，从一旁急奔而过，呻吟道："我的罪孽！"

仆人们怕得要命。瓦西里莎和雅科夫跪在教堂里，几乎不出来。瓦西里莎许愿，倘若女主人能恢复健康，她将步行去朝拜基辅的显灵者，而雅科夫则要给本地圣像捐赠一支烫金粗蜡烛。

其他人全躲在角落里，从缝隙中望着女主人如何像个疯子似的在田野上和树林里徘徊游荡。连马林娜也像个失去理智的痴呆女人，到处瞎跑。

只有叶戈尔卡试着嘻嘻哈哈，去招惹女仆们，但她们将他撵走，瓦西里莎称他为"恶棍"。

翌日，祖母没有进食，赖斯基试着朝她迎面走去，拦住她，同她说话，她颐指气使地朝他挥下手，让他走开。

最终，他端杯牛奶，坚定地走到她跟前，抓住她的手。她朝他瞥了一眼，像是并不认识他，又看了下杯子，机械地伸出她一只颤抖的手，从他手中接过杯子，慢慢地大口喝起来，很快把牛奶喝得一滴不剩。

"奶奶，我们回家吧，别再折磨自己和我们了！"他央求道，"您会毁了自己。"

她对他挥下手。

"天意如此，并非我自己愿意。上帝的威力所致——就该忍受到底。倘若我倒下了，你们便将我带回……我的罪孽！"她低声道，接着往前走。

走了十几步，她朝他转过身。他朝她跑去。

"倘若我忍受不了……死了……"她说道，对他做了个手势，让他低头。

他在她面前跪下。

她将他的头紧靠在自己怀里，使劲吻了它一下，将手放在他头上。

"接受我的祝福，"她说道，"并且亦向她们转致……向玛尔芬卡和……她，我可怜的韦拉……你听着，也向她！……"

"奶奶！"他说道，泪水盈眶，亲吻她的手。

她抽回手，继续前行，在灌木丛中，在岸边，在田野上徘徊。

"教徒的灵魂自有自己的王国！"赖斯基望着她的背影心想，抹掉泪水，"唯有她才为她所爱的人如此痛不欲生，为自己的和别人的过错如此赎罪！"

韦拉的状况还不大好。赖斯基急匆匆地向她转述了与祖母的谈话——第二天，她脸色苍白，疲惫不堪，一大早便派人来把他找去，并问："奶奶怎么样？"——代替回答，他把顺着果园和林荫小道正在往田野走去的塔季扬娜·马尔科夫娜指给她看。

韦拉扑向窗户，急切望着背负着"灾祸"那沉重的担子，在作长途漫游的祖母。她匆匆一瞥，得以抓住祖母脸上的神色，惊惧得跌倒在地，随即站起身，从一个窗口跑到另一个窗口，目随着祖母，哀求似的双手并拢又伸开。

她本人像野人似的，在老房子空荡荡的大厅里走来走去，身后的门一会儿开，一会儿关，往老式的长沙发椅上扑，往家具上撞。

她急切地想到祖母身旁，又惊恐地停住，在祖母眼前出现，也许便意味着置她于死地。

对韦拉的真正惩罚来临了。当她见到这位不久前还很幸福的老妇人，如今变得衣裙褴褛，面容枯黄，疲惫不堪，见到祖母如何为她备受折磨，凄惨绝望，如何为别人的罪愆，因别人精神上的痛苦而痛不欲生时，她只觉得，仿佛是她朝祖母的生命，朝她最亲近的人的生命，深深捅了一刀。

"她为了什么？她是个圣徒！而我！……"她痛苦道。

赖斯基给她带来了塔季扬娜·马尔科夫娜的祝福。韦拉扑上去搂住他的脖子，久久号啕痛哭。

翌日傍晚，人们发现衣裙不整的韦拉，坐在大厅一角的地板上。鲍里斯和当天到来的神甫的妻子，几乎强行将她从那里拖起，放到了床上。

赖斯基请来医生，好不容易将她的失常症状解释一番。医生开了副镇静剂。韦拉服下，但并没有安静下来。经常睡着睡着，便醒了过来，问道："奶奶怎么样了？"

然后重又陷入半睡眠状态。

她没听到可爱的女友在她耳畔的叨叨声，唯有她能知道韦拉的所有秘密，并替她保守秘密，对她言听计从，犹如听从一个强于自己的威风凛凛的人，绝对同意她的思维方式，赞同她的愿望，但是当韦拉头上雷声隆隆，让她去帮助韦拉经受住万钧雷霆和加以安慰时，她却显得无能为力了。

"给我喝水！"韦拉不听女友的嘟哝，轻声道，"别说话，老实待着，别让任何人进来……去打听一下，奶奶怎么样啦？"

晚上也同样。韦拉在半睡眠状态中醒来，经常喃喃道："奶奶不来了！奶奶不爱了！奶奶不原谅了！"

第三天，塔季扬娜·马尔科夫娜离家出走了，无人看见她是如何从家里出走的。赖斯基无法坚持两个不眠之夜，便躺下休息，吩咐一旦祖母从家里出去，便将他叫醒。

但雅科夫和瓦西里莎做早祷去了，而帕舒特卡见到女主人出去，吓得溜进存放在下屋里的笤帚和扫帚堆中，并在那里睡死过去。其他人都各奔东西溜掉了。

不过，萨韦利看见女主人脚步踉跄，扶住树干，从悬崖上下去了，后来她又穿过了田野。

赖斯基急忙跑去跟在她身后，并从旮旯后面看着她如何顺田野慢慢返回来往家转。她停下，往后顾盼，似乎在与农夫的小木屋告别。赖斯基走近她，但没敢与她说话。她脸上的新的神态让他吃惊。看来，凄凉的感觉替代了易受支配的恐惧。她并没有发现他，仿佛目中看到的只是自己的"不幸"。她确实梦见她的王国如何轰然倒塌，不久的将来它的原地如何一片荒凉。后来，他从她那里得知了她所梦见的可怖梦境。

她环顾村子，见到的并非繁荣兴旺、设施完善的一排排房舍，而是缺乏监督和照管的一排半倒塌的小木屋，是酒鬼、乞丐、流浪汉和窃贼们的巢窝。田地荒芜，长满蒿草、牛蒡和荨麻。

她惊惧地从村子扭过身子，进到果园，停下，顾盼四周，已认不出那两幢房子和庭院。

果园，花圃，菜园——混杂成乱糟糟一堆，凌乱不堪，野草丛生。人不去那里，只有老鹰叼着活生生的猎物，在那里的荒野上将它撕碎。

新楼歪歪斜斜，房基下沉；下房坍塌；一只痴呆的小猫在废墟上爬行，悲哀地喵喵叫，一个带足枷的逃犯在下塌的屋顶下躲藏。

老妇人战栗着，回头看一眼老房子。它一直站在那里历经风雨，当所有有生命的东西惊恐地离开这些地方时，它依然阴森森地站着，灰泥剥落，露出深褐色的墙砖。

窗户上没有一块玻璃，窗框腐烂，风儿在倒塌的房间里穿行，将生活的最后一些痕迹撕个精光。

雕鸮在壁炉里筑巢，听不见活泼的脚步声……已经没有她的韦拉，她那时便已去世，只有她的幽灵……顺着退失的、有裂纹的镶木地板上轻快地滑过，将自己的呻吟与风的呼啸声混合在一起，随风疾驰，顺着果园，下到悬崖，进入亭子……

赖斯基见到泪水在祖母脸上慢慢流淌，停下，像凝固了似的。老妇人晃动起来，摸索着寻找支撑，随时都可能倒下……

他朝她扑了过去，并在瓦西里莎的帮助下将她扶到家里，安置在安乐椅上，急忙去请医生。她望着众人，却不认识他们。瓦西里莎痛苦地号啕大哭，跪倒在她跟前。

"塔季扬娜·马尔科夫娜大妈！"她大声喊叫，"快苏醒过来，快画十字啊！"

老妇人画了个十字，叹口气，打手势表示无法开口说话，让人们给她水喝。

她几乎机械地躺到床上，仿佛不明白她在做什么。瓦西里莎替她脱衣，用温布巾给她围上，用酒精替她擦拭手和腿，最后强迫她喝下杯热酒。医生嘱咐她不必着急，躺下睡觉，并开了方子给了药。

不小心的话语传到韦拉那儿:祖母病倒在床上！她甩掉身上被子，将纳塔利娅·伊万诺夫娜推开，想去见祖母。但赖斯基阻止了她，说是塔季扬娜·马尔科夫娜睡得正酣，进入了梦乡。

傍晚，韦拉也病倒了。她发烧，说胡话。她整夜折腾，在梦中叫唤祖母，哭泣。

赖斯基张皇失措，最后下决心请来老医生彼得·彼得罗维奇，并向他暗示韦拉的失常，当然没提及原因。他焦急不安地等到天亮，不停地在韦拉和塔季扬娜·马尔科夫娜之间来回奔波。

祖母蒙头躺着。赖斯基害怕去看她是否睡熟了，还是始终在竭尽全力克服痛楚。他踮起脚走路，去见韦拉和向纳塔利娅·伊万诺夫娜询问她的情况:"她怎么样?"

"不停醒来和哭泣,说胡话!"纳塔利娅·伊万诺夫娜坐在床头说。

"我的天哪!"赖斯基说道,回到自己房间,身心交瘁,扑倒在床上,"我是否会想到,在这样一个偏僻之地突然会落到这样的悲剧,遇到这样的人物?普普通通的生活在其真相暴露无遗时,是多么引人注目和可怕,在这样的折腾之后人们怎么还能保持完整!我们在那里,有一堆人,编织着自己的生活和强烈的感情,如同厨子在烹饪精美的菜肴!……"

八

韦拉到翌日清晨尚未见好。热度没退,虽说她也睡了一觉。但她的梦不断被打断,始终处于半睡眠状态。

赖斯基去见塔季扬娜·马尔科夫娜,并与瓦西里莎一起来到她卧室。

她依然如昨日,一整天以同样的姿势躺着。

"瓦西里莎,你去看看她怎么样?我怕走近她,免得吓着。"赖斯基悄声道。

"是否要叫醒女主人?"

"是的,应该的,韦拉病了……我不知道,是否该去请彼得·彼得罗维奇?……"

他话没说完,塔季扬娜·马尔科夫娜突然欠起身子,坐在床上。

"韦拉病啦?"她重复道。

赖斯基较自由地吸了口气。

祖母昨天还是死人般僵硬的脸,突然浮现出生气、关切和惊恐。她朝他做了个手势,让他出去,并在半小时内结束自己的梳妆打扮。

她一脸惊慌不安,迈着急促的大步子,穿过院子,登上楼梯去见韦拉。仿佛从没有过疲惫。生命回到了她身上,赖斯基对她脸上的惊恐,像见到亲朋好友那样高兴。

她小心翼翼地走进韦拉房间,将深沉的目光集中在她那睡着的苍白的脸上,并小声对赖斯基说去把老医生请来。这时,她才发现神甫的妻子,见到她疲惫不堪的脸庞,于是将她拥抱,并让她回自己家去休息一整天。

"现在谁也不需要:我在这里!"她说,并在韦拉床边给自己安排了个位置。

医生来了。塔季扬娜·马尔科夫娜把病因隐瞒,将韦拉的失常巧妙地对他作了解释。医生发现热病症状,给了药,并说,倘若她安静下来,便不必担心会有危险结果。

韦拉迷迷糊糊地服了药,晚上便酣然睡去。

塔季扬娜·马尔科夫娜坐在床头后面,把头靠在枕头的另一面。她没睡,敏感地监视着每个动静,倾听着韦拉的呼吸。

韦拉醒来问:"你睡了吗,娜塔莎?"没得到回答,便闭上了眼睛,但又带着痛苦的叹息不时睁开,只有记忆和意识使她注意到她的境况。

她急于沉入自己的睡梦中,夜晚使她觉得像个黑漆漆的、可怖的牢房。

深夜,她开始动弹,要喝水。枕头后面伸出一只手把饮料递给了她。

"奶奶怎么样?"她睁开双眸问,又闭上眼睛,"娜塔莎,你在哪儿?到这儿来啊,干吗总是藏着躲着?"

没有回音。

她深深地叹口气,重又打起瞌睡来。

"奶奶不会来了!奶奶不爱我了!"她从睡梦中醒来片刻,忧郁地喃喃道,"奶奶不会原谅我了!"

"奶奶来了!奶奶爱你!奶奶原谅你!"她头上响起声音。

韦拉从床上跃起,扑向塔季扬娜·马尔科夫娜。

"奶奶！"她叫道，把头埋进她怀里，差点昏厥过去。

塔季扬娜·马尔科夫娜将她放到床上，也躺下，将自己花白头发的头与这头浓密深色的秀发挨在一起，那头秀发披散在韦拉苍白美丽、痛苦疲惫的脸上。

韦拉在自己母亲的怀里醒来，无言地流着眼泪，痛哭得全身抽搐，倾诉着自己的忏悔、懊悔、痛楚和突然迸发的所有精神上的强烈痛苦。

祖母默然听着这号啕大哭，用手帕抹去她的泪水，不妨碍她哭泣，只是将她的头紧紧搂在怀里，拼命亲吻她。

"您别爱抚我了，奶奶……抛弃我吧……我不值得……将您的爱与爱抚给妹妹吧……"

作为回答，祖母更紧地把她搂在怀里。

"妹妹已经不需要我更多的抚爱，可我需要你的爱——别离开我。韦拉，别再躲避我，我是个孤身无靠的老妪！"说着自己也哭泣起来。

韦拉用自己全部力量抱紧她。

"我的母亲，请宽恕我……"她喃喃道。

祖母用亲吻堵住她的嘴。

"别作声，一句话也别说——永远！"

"我没有听您的……上帝为您惩罚了我……"

"你说什么哟，韦拉？"塔季扬娜·马尔科夫娜突然打断她，吓得脸色煞白，又变成那个在森林和沟壑里游荡的疯婆子。

"是的，我以为我一个人的意志和智慧，一辈子都足够了，以为我比你们所有人都聪明……"

塔季扬娜·马尔科夫娜自由地舒口气。显然，使她惊恐不安的是某种别的想法或打算。

"你比我聪颖，读的书也更多，"她说，"上帝赐给你许多机敏——但你不如奶奶经验丰富……"

"现在……我也有了些经验！"韦拉心想，把脸靠在她膝上，"带我离开这里，韦拉不复存在。我将是您的玛尔芬卡……"她悄声道，"我想离开这座老房子,去您那里。"

祖母默不作声地爱抚她。

两个脑袋一动不动并排躺在一起,无论是韦拉还是祖母,都不再说话。她们相互紧偎在一起,在黎明前相拥相抱地睡去。

九

早晨,韦拉起床,热度和寒战已退,只是脸色苍白,神情疲惫。她在祖母怀里尽情痛哭了一场,已然消灾祛病。医生说,已无大碍,但吩咐这几天不能出屋。

一切又恢复原先的秩序。韦拉的命名日,按她的意愿不显眼地过了。玛尔芬卡以及维肯季耶夫都没有从那边过来。派了个信使去到他们那里,说是韦拉·瓦西里耶夫娜身体欠佳,足不出户。

图申送来封充满敬意的信札表示祝贺,并请求准许前往。

给他的回复是:"请稍候数日,我尚有微恙。"

从县城里来的所有人,都被以过命名日的女主人有病为借口,予以谢绝了。只有女仆们不管怎样依旧打扮得漂漂亮亮,穿上自己花花绿绿的连衣裙,系上五颜六色的绦带,抹上了丁香油香膏,而马车夫和仆役们又喝得一醉方休。

韦拉和祖母开始相继处于某种新的状态中。祖母没有用任何假装的宽宏大量去惩罚韦拉,虽然她显然无法像赖斯基那样,如此轻松地接受女人生活中这一果敢的尝试,亦并不那么流露出那种无言的蔑视,以此来鄙视这种"错误""不幸",或是叫作"失足",这是纠缠在人们观念中那种旧道德上过分严峻的态度,它甚至无须弄清"失足"的原因。

祖母和孙女,两人相互严肃地对视着,很少说话,要说也大多是些鸡毛蒜皮的小事和日常琐事,但在相互交换的目光中进行的却是整个无声的交谈。

两人仿佛在相互观察，却害怕开始说话。塔季扬娜·马尔科夫娜无论是对"失足"的辩护，还是宣告无罪，均不置一词，显然，她什么亦不愿提及，并且也想让韦拉竭力将一切忘掉。

她只是加倍抚爱，但并非刻意而为，并非虚假伪善，其目的仅仅是为了掩盖自己的判断或是掩饰自己的情感。她确实变得更温存，好像韦拉在说出真心话之后，甚至在说出这一过失之后，使她觉得更可爱更贴心了。

韦拉看到了这不加修饰的率真，但她并不因此而觉得轻松些。她期待和希望的，是严厉的审判和惩罚。譬如，假若祖母将她赶走一年半载，打发到一个最遥远的村子去，而她本人将设法把由于对韦拉的信任和爱而被欺骗被侮辱的感情平息下去，并且最终饶恕了她，将她召回，但依然很长时间不接纳她，不表示出自己对她的爱，不给她以爱抚和温情，直至韦拉在几年内用全部力量磨炼自己的头脑和心灵，使自己收回爱这位母亲的权利——只有那时，她才能感到安心，只有那时，赎罪或是至少忘却过去的日子才会来临，倘若真的如赖斯基所断言的那样，"时间将从生活中抹去一切"的话。

"能全抹去吗？"她忧伤地想。时间未必能抹去她所有的痛苦，如今它们一桩接一桩相继出现，先在一起盯着她的脸，接着便给自己以打击。

她已经遭受几次打击，眼下正忍受着最可怕的痛苦，而她的内心还隐藏着最不幸的痛楚，这谁也不知道，时间也未必能将它抹掉。

她竭力不去想它，此刻她只想着如何使祖母将痛苦忍受下来，减轻对她的打击。

她深深理解祖母的这一沉默，理解她对自己表现出的新的温情，同时尽力发现向她偷偷投来的某种目光，但并不清楚该对它们作何解释。

祖母正在受着痛苦的折磨——这很清楚。由于悲痛，她变了模样，时而躬着背，脸色焦黄，平添了许多皱纹。但是，与此同时，当她望见韦拉，或是听她说话时，会突然挺直身子，目光发出那种温情的光芒，仿佛她只是现在才发现韦拉并非原先的韦拉，原先的孙女，而是比孙女更亲的自己的女儿。

为什么更亲呢？韦拉心想，也许是祖母如今宽恕了她，因为她那颗女性深情的心流露出怜悯。她舍不得惩罚可怜而痛苦的已表示悔过的孙女——于是她决心用基督教的仁慈抵销她的罪孽。

"对，不能再有别的推测，"她平和地想，"可是，我的天哪，承受这样的仁慈，这样的施舍——是何等的痛苦啊！摔倒了，却没有希望站起来——不仅在旁人们面前，甚至在这位奶奶、自己的母亲面前！"

她看来会比从前对她更加关怀备至，更加宠爱她，但那宠爱，如同别人宠爱一个受天性或命运捉弄、可怜的疯疯癫癫的白痴，甚或更糟些——像一个道德上堕落的不幸的兄弟，人们抛给他一点点怜悯的施舍！

自尊，人的尊严，受尊敬的权利，自尊心的完好无损——所有这些全被彻底摧毁！将装点人的这些鲜花从花冠上揪光，人几乎变成了一个物件。

一般，人们都同情地望着一个堕落者，并用沉默来予以惩罚，如同祖母——对她的那样！无论何时，一个人，但凡有过合乎人性的自尊，有过自己应受尊敬的意识，有过傲岸不群的性格——他都无法再活下去。

她听到过一些风流韵事的例子，记起人们对堕落者宣判过什么样的审判，以及这些不幸的人所受到的公开打击和惩罚。

"我有什么比他们更好些？"韦拉心想，"可是马克却使她相信，赖斯基同样也说，过了这条……'卢比肯河'①，便将开始另一种更

---

① 卢比肯河位于亚平宁半岛，公元前42年为意大利与罗马行省南阿尔卑斯高卢的界河。公元前49年恺撒不顾禁令率军越过卢比肯河，挑起内战。此后"越过卢比肯河"这句话，便成了迈出决定性一步、破釜沉舟的同义词。

美好的新生活！是啊，是新生活，不过，是何种'更美好的'新生活啊！"

祖母怜悯她，就因为这一点便可以去死。于是，往往是，祖母喜欢她，以她为自豪，承认她有思想自由和行动自由的权利，相信她，让她自由自在。但这一切都失去了！她欺骗了祖母的信任，没有自尊自爱站稳脚跟！

在亲人圈子里，她是个乞丐。亲人们把她看作一个堕落的女人，扭身走掉，表面上是出于怜悯，暗地里却高傲地想："你永远别想再站起来，可怜虫，别想同我们站在一起，看在耶稣面上，接受我们的宽恕吧！"

"那有什么，我接受，看在耶稣分上，我容忍！但我要的不是宽恕，而是愤怒，是雷霆……又是自高自大！哪里是容忍？容忍意味着——忍受贞节女人责备的目光，在这种目光下长年累月，一辈子不敢抱怨。我不！我将经受一切：图申和赖斯基充满怜悯心的宽宏大量，奶奶掩饰着的惋惜，也许是迫不得已的鄙视……奶奶会鄙视我的！"她思忖道，躲避着祖母的目光，凄婉地默然待在自己屋里，忧愁得全身战栗不已。每当塔季扬娜·马尔科夫娜怀着深切的温情……或如她所觉得的那样，怀着深深的怜惜望着她的时候，她便扭过脸，或是把目光垂下。

此刻，她像平日那样想象，在没同马克相遇前，她纯洁、迷人，她的生活充满韵致——在那个不祥的夜晚之前，她的生活安逸平静……她不禁战栗了一下。

原来，她对别人的评价并不采取轻视态度。正如马克所说的，她甚至连在"笨蛋"面前跌一跤，都会觉得心里难受。她思慕他们对自己的惊奇，她开始可惜如今已失去的众人的崇拜！

"唉，那时哪怕'库尼贡杰'指点我一下也好啊！"她怀着凄楚的幽默想道。

她想祈祷，又无法做到。她将祈祷什么呢？她只得在雷霆来临之前恭顺地低下头，遭受它的打击。她低下头，忍受"鄙视"的重担，如同她所思忖的那样。

表面上，她一切显得很平静，但她的眸子凹陷，苍白的脸庞没有红晕，再也没有优雅的步态，往来的自由。她瘦了，明显受尽生活的煎熬。

她对任何人、任何事都不感兴趣。她让纳塔利娅·伊万诺夫娜回家去，自己待在房间里闭门不出，与祖母一起进餐，每当祖母专注的目光凝视着她，或者温情而柔和地与她说话时，她便把头低下。她变得更加忧悒，并且急于去完成塔季扬娜·马尔科夫娜用语言或目光所表达的每个愿望，比帕舒特卡还显得温顺。

在家里，好像见不到她的身影，听不到她的话语。她走路很轻，像幽灵似的，需要什么，悄声请求，不直接看任何人的眼睛。她什么事也不敢吩咐。她仿佛觉得瓦西里莎和雅科夫看她时充满怜悯，叶戈尔卡则毫无礼貌，十分放肆，而女仆们则个个满含嘲讽。

"瞧，这便是'新的生活'！"她思忖道，她在瓦西里莎和雅科夫的目光前垂下双目，遇见叶戈尔卡和女仆们则迅速把头转向一旁。其实，家里除了赖斯基，任何人都什么也不知晓。可她总觉得，人人对她的情况都了如指掌，她从所有人脸上都看出了自己的秘密。

塔季扬娜·马尔科夫娜边观察韦拉边思量，而且好像也传染上了她的忧伤。她同样几乎与谁都不说话，很少睡觉，很少管事，既不接见管家，也不搭理来询问粮食事务的商人，对家里事也不作吩咐。她坐着，手撑着桌子，头埋在手掌里，独自一人久久待着。

无论是她，还是韦拉，她们俩都离不开赖斯基。他心灵的朴实，性格的温和，每句话里流露出来的真诚，爱唠叨的坦率，最后是想象力的奔放——所有这些都有点儿取乐和吸引着她们俩。

有时候，他甚至迫使她们露出笑容。但是，他竭力想完全驱散乌云般笼罩在她们俩和全家人头上的痛苦，却徒劳无益，无济于事。他发现，无论是他的尊敬，还是祖母的温情，都无法使可怜的韦拉恢复原先的朝气、自尊、自信、智慧和意志力。这使他本人都深感忧伤。

"奶奶鄙视我,她爱我是出于怜悯!我没法活下去,我会死的!"她对赖斯基小声道。他跑去找塔季扬娜·马尔科夫娜,向她转述韦拉新的痛苦。令他可怕的是,祖母竟然心慌意乱,听到韦拉这些低声的呻吟,却找不到力量去安慰她,脸色惨白只顾去做祈祷了。

"你也去做祈祷吧!"有时她顺便对她小声道。

"您替我做祈祷吧——我不能!"韦拉答道。

"哭泣吧!"祖母道。

"欲哭无泪!"韦拉答道,于是她们默然分手,各自回房。

赖斯基同样离不开她们俩,成了她们的朋友。在他眼里,韦拉与祖母像两个圣者,高高挺立,他聚精会神地捕捉她们的每句话,每个眼神,不知该当着谁的面感动得落泪。

他那座和谐美丽的雕像,在韦拉身上完结了。而在旁边,在祖母身上又出现另一座雕像——坚毅刚强、像古希腊罗马雕像那样端正美好的女人雕像。那尊雕像用激情和考验的烈焰净化自己,达到自我认知和泰然自若,而这尊……

她身上这种智慧和力量的源泉来自何处?她还是个处女啊!他怎么也无法理解:对他而言,祖母曾是个谜。他徒劳地寻找过解答。

两人都恳求赖斯基永远留在这里,结婚,成家。

"我害怕,我坚持不住,"他答道,"想象力又要求理想人物,而神经则要求新的感觉,寂寞无聊将把我活活吃掉!艺术家有什么样的目标?创作——便是他的生命!……再见吧!我很快便将离去。"他平淡地说完自己的话,这使她们俩更感痛苦,自己也觉得忧伤,并在忧伤之后还有临近的空虚和寂寞无聊。

祖母陷于自己的忧郁中。韦拉暗自被痛苦折磨得精疲力竭,日子一天天过去。韦拉的忧愁经常不断,难以消除,而塔季扬娜·马尔科夫娜的忧伤随着她关注韦拉的程度,而愈益增强。

韦拉生病期间,她在老房子过夜,躺在韦拉床对面的长沙发上,守护着她的睡梦。但几乎总是发生那样的事情,两个女人都想暗中守伺对方，结果却发现，双方都没睡觉。

"你睡不着吗，韦罗奇卡？"祖母问。

"睡着了。"韦拉答道，闭上眼睛骗祖母。

"您没睡着吗，奶奶？"韦拉问，同样抓住祖母正在看她的目光。

"现在刚睡醒。"塔季扬娜·马尔科夫娜说道，朝另一侧翻了个身。

"没法活！没有安宁，永远也不会有！"韦拉暗自难过道。

"不，痛苦你是摆脱不掉的。上帝命你折磨自己，然后才能将它消解……"祖母心想，深深叹了口气。

"您何时带我去您那儿，奶奶？"

"结过婚，等玛尔芬卡走了……"

"我现在就想过去，我在这里没法住下去，睡不着觉……"

"再等等，等身体稍稍复原些……"

韦拉不再作声，她不敢坚持。"她不会接受的！"她心想，"她鄙视我……"

十

翌日，在这样的一个不眠之夜之后，塔季扬娜·马尔科夫娜一早便派人去叫季特·尼孔内奇。他急匆匆地赶来了，并且带来大西瓜和菠萝做礼物，为顺利摆脱威胁她和"非常好的姑娘"韦拉·瓦西里耶夫娜的疾病和失常而感到高兴，开始没完没了的行并足礼，大献殷勤，那雪白衬衣的皱褶，南京土布做的米黄色裤子，带金扣子的蓝色燕尾服和甜丝丝的微笑，显得色彩斑斓，大放异彩。

"我初次在秋季穿上毛衣了，祝贺我吧，"他说，"是亲爱的鲍里斯·帕夫洛维奇的礼物……"

他朝塔季扬娜·马尔科夫娜瞥了一眼，突然惊得发呆，神色惊惶。

她身穿女毛皮上衣，用一条三角围巾罩住头，默默地对他做了个跟她走的手势，将他领到果园。在那里，坐在韦拉的长凳上，她与他谈了两个小时，然后转过身子，望着自己的脚底下，回到家里，而他没跟她走，一副闷闷不乐的样子，回到自己家，吩咐近侍收拾好行李，派人搞来几匹驿马，去了自己的庄子，那里他已多年未去探察了。

赖斯基顺路去看他，吃惊地听说这条消息。他去找祖母，祖母说，他庄子里有些什么事，不太安宁。

韦拉比任何时候更忧悒。她更经常地随便往长沙发上一躺，望着地板，或者在老房子的屋子里来回走动，脸色苍白，眼睛四周一圈黄斑。

此刻，她额头上便出现一条清晰的线条——未来皱纹的迹象。她在镜中望着自己，忧郁地苦笑。有时她走近书桌，那里有封没拆开的蓝色信笺的信，她抓起钥匙，又惊恐地走开。

"去哪儿？何处能避开整个世界？"她思忖道。

如昨天那样，今天的白天延续到了晚上，也许还将如此延续下去到明天。黄昏来临，黑夜来临。韦拉躺下，将蜡烛吹灭，睁着眼睛望着黑暗。她想忘却一切，睡熟，但毫无睡意。

黑暗中，在她想象中出现了某些斑点，比黑暗本身还黑。一些黑影在窗户的微明处令人不安地掠过。但她并不害怕，神经已然麻木，哪怕犄角旮旯里冒出个鬼魂站在她面前，或是有个小偷或杀人犯溜进房间，她也不会吓昏过去，即使有人对她说，她再也站不起来了，她也不会惊惶不安。

她继续朝黑暗注视，望着漂移过来的波纹状黑影，望着在黑暗中凝聚的黑魆魆斑点，望着像在万花筒中不停旋转变化着的某些圈儿……

蓦地，她仿佛觉得，她的房门开始一点点打开，瞧，还吱咽响了一下……

她支着胳膊肘，眼睛盯着门。

露出点光亮和一只挡着灯光的手。韦拉不再看，把头放到枕头上假装睡熟。她看见这是塔季扬娜·马尔科夫娜，提着盏手提灯，小心翼翼地走进来。她将宽大斗篷式女外衣从肩上滑落在椅子上,轻轻走到床边,身上穿件宽大的白色连衣裙,没戴包发帽,像个幽灵。

她把灯放在韦拉床头后面的小桌上,自己在对面的卧榻式沙发上坐下,动作那么轻盈,当她将灯放在桌上时,竟然没发出砰的响声,坐下时卧榻也没有吱吱作响。

她凝视着韦拉,韦拉闭上双眸躺着。塔季扬娜·马尔科夫娜手托腮帮,目光很少从韦拉身上移开,忍住叹息,轻轻地减轻胸部的负担。

过了一个多小时。韦拉突然睁开眼睛。塔季扬娜·马尔科夫娜凝神望着她。

"你没睡着,韦罗奇卡?"

"睡不着。"

"为何?"

沉默无言。韦拉注视着塔季扬娜·马尔科夫娜的脸庞,发现她脸色苍白。

"她忍受不了打击,"韦拉心想,"无法再装下去,真相暴露在外……"

"奶奶,为何您晚上也来折磨我?"她轻声道。

祖母默默望着她。

韦拉对她报以长久的凝视。两个女人用眼神进行交谈,并且好像相互理解。

"别这么盯着我,您的怜悯会杀了我。最好将我从家里驱逐出去,而别将蔑视一点一滴地表露出来……奶奶!我感到难以承受的沉重!请原谅,而倘若不能,那就随便往哪儿将我活着掩埋了吧!我真想投河自尽……"

"韦拉,为何你舌头说出的话,并不完全是你头脑所想的?"

"可您为何缄默不语?您头脑里在想什么?我不理解您的沉默,我因此而备受折磨。您有话想说,可您不说……"

"韦拉,说出来难受啊。祈祷吧——并在不言之中理解奶奶……

倘若可能的话……"

"我试着祈祷过,但不行。祈祷什么?祈求速死?"

"把一切都忘了,你还愁什么?"塔季扬娜·马尔科夫娜道,再次试图安抚韦拉,从卧榻上移坐到她床上。

"不,忘不了!我的罪过记在您的目光里……它们一直在说……"

"说什么?"

"说不能再活着,说……一切全毁了。"

"你并没有能够读懂奶奶的眼神!"

"我将死,我知道!只是快些,哦,快些吧!"韦拉说着,朝墙扭过脸去。

塔季扬娜·马尔科夫娜轻轻地摇摇头。

"不能再活下去!"韦拉心灰意懒地坚决重复道。

"可以的!"塔季扬娜·马尔科夫娜深深叹息道。

"在……这之后?……"韦拉朝她转过脸,问道。

"在这之后……"

现在,韦拉无望地叹口气。

"您不知道,奶奶……您不是这样的人!"

"我是!……"塔季扬娜·马尔科夫娜朝她俯下身子勉强听得见地喃喃道。

韦拉迅速而全神贯注地朝她瞥了一眼,又瞥了一次,两次,然后凄然倒在枕上。

"您是圣人!您从未处过我的境地……"她说,好像在自言自语,"您是个遵守教规者!"

"是个罪孽深重的人!"塔季扬娜·马尔科夫娜勉强听得见地喃喃道。

"人人有罪……但不是像我这样的罪人……"

"是这样的……"

"什么?!"韦拉突然支着胳膊肘欠起身子问道,目光和声音里充满恐惧。

"像你一样的罪人……"

韦拉双手抓住她的女短上衣,脸庞紧贴着她的脸。

"你为何要诋毁自己?"她战栗着,几乎低声嘟哝道,"是为了安慰和挽救不幸的韦拉?奶奶,奶奶,你可别说谎!"

"我从不撒谎,"老妇人勉强克制住自己,小声道,"这你知道。现在我会撒谎吗?我是罪人……是罪人……"她说,慢慢跪倒在韦拉面前,并把灰白的头低垂在她胸前,"你也宽恕我吧!……"

韦拉吓呆了。

"奶奶……"她喃喃道,吃惊地瞪大眼睛,仿佛复活了似的,"这可能吗?"

突然,她用力将老妇人的头紧紧搂在胸前。

"你干吗?为何对我说这些?……别作声!把自己的话收回去!我没听见,我将它忘了,把它当作自己的谵语……别为我而折磨自己!"

"不行,这是上帝的旨意!"老妇人跪在床边,低头道。

"起来,奶奶!……到我这儿来!……"

奶奶在她怀里哭泣。

韦拉也像孩子似的号啕大哭起来。

"你为何要说……"

"该说!**他**吩咐我要收敛,"老妇人指着天空道,"请求孙女的宽恕。韦拉,首先请你宽恕我。这时我才能宽恕自己……我徒劳地想回避秘密,与它一起死去……我以自己的罪孽毁了你……"

"是你拯救了我,奶奶……从绝望中……"

"也救了自己,韦拉。上帝将会宽恕我们,但他要求心灵的纯洁!我原以为我的罪孽已被忘却,被宽恕。我默不作声,让人们觉得像个遵守教规的人,不对!我在你们中间好像是口'涂上油漆的新棺材',可里面却藏着没洗刷过的罪孽!于是它便在什么地方在你的罪过中暴露出来！上帝以此来惩罚我……你就真心诚意宽恕我吧……"

"奶奶！对自己的母亲难道可以用'宽恕'这个词吗？你是个圣人！没有另一个这样的母亲……我要是了解你……我会不听从你吗？……"

"这是我的另一桩可怕的罪孽！"塔季扬娜·马尔科夫娜打断她，"我保持沉默，并且没使你……离开悬崖！为此，你母亲会从棺材里找到我，我感觉到了——我一直梦见她……眼下她就在那里，在我们中间……你就宽恕我吧，已故的人啊！"老妇人说，朝天伸出双手，发疯似的四面顾盼。韦拉身上一阵战栗。"你也宽恕我吧，韦拉，母女俩都宽恕我吧！……我们将做祈祷！……"

韦拉使劲扶她起来。

塔季扬娜·马尔科夫娜沉重地站起身，坐到卧榻上。韦拉递给她香水和清水，给鬓角蘸上点水，给她服了几滴镇静剂，自己坐在地毯上，往她双手上洒亲吻。

"你要知道，没有任何不暴露出来的秘密！"塔季扬娜·马尔科夫娜整理下自己的衣裙，开口道，"四十五年了，只有两个人知道：**他**和瓦西里莎，我还以为我们全将带着秘密死去。可是瞧，它暴露出来了！我的天哪！"塔季扬娜·马尔科夫娜说道，仿佛处于癫狂状态，她站起身，双手合十，并朝救世主圣像伸出手去，"倘若我知道这个雷霆不知何时会打到另一个人……我的孩子身上，我那时就会在广场上，在大教堂前，在人群中忏悔自己的罪孽了！"

韦拉吃惊地听着，瞪大眼睛望着祖母，不敢相信，犹豫不决，想知道一切地探究她的每个眼神和动作，这是否英雄主义的举动，是否宽宏大量的打算——挽救她这个失足者，扶她站起来？但是老妇人的祈祷，下跪，眼泪，提及韦拉死去的母亲……不，任何一个女演员都不敢演这么一场戏，而祖母她又是那么诚实而正直！

韦拉开始觉得胸中暖洋洋的，心中轻松些了。她心里已经暗自挺立起来，仿佛从梦中醒来，感到身上生命的浪涛重又川流不息，宁静如友人般在轻叩她的心灵，感到这心灵犹如一座漆黑衰败的神殿，被灯火照亮，重又充满祈祷和希冀。墓穴变成了花坛。

她身上的鲜血开始在血管里自由流淌；远处渐渐接受中断了的进程，犹如一块损坏的、被工匠修复的钟表又开始走时。人们又将对她友好相待，大自然又将为她闪烁美丽。

明天，她起床时将变得精神饱满，生气勃勃，平静稳重，她将见到一张张最喜爱的脸庞，将相信赖斯基所说的话，她将是他最好最富诗意的梦想，此话一点不假。

图申将依然为她的友谊而深感自豪和幸福，并会如他曾亲口所说的那样"更加爱她"。

如今，她和祖母将不再是奶奶和孙女的关系，而是两个亲密平等、形影不离的朋友。

她甚至在对祖母说话时开始无意识地像赖斯基那样，以**你**相称，她与赖斯基谈话时敞开心扉，忘了那个冷冰冰的**您**，而且一直保留着这个权利。

只是现在，在忏悔之后，她才理解了祖母对她的这种更加强化的温情和爱抚。是啊，祖母是把她那无法忍受的痛苦担在了自己年老的双肩上，用自己的罪愆抹去她的罪孽，并不认为她"丧失了名誉"。丧失过名誉！这个公正、聪颖、世上最温情的女人，这个爱所有人，如此虔诚地履行自己一切职责，从不得罪任何人，欺骗任何人，将全部生命献给他人的女人——这个受人尊敬的女人，曾经"失过节，丧失过名誉"！

那么，她，韦拉，也应该成为祖母这样的人，将全部生命献给他人，用责任感，用无止境的牺牲和劳动，开始"新的"、不同于将她拽到悬崖底下去的那种生活……热爱人们、真理和善……

这一切旋风般在她头脑里掠过，仿佛将她吹到九霄云外。她，像一个被除去脚镣手铐的罪犯，内心里变得更加自由。

她蓦地站起来……

"奶奶，"她说，"你宽恕了我，你爱我甚于所有人，甚于玛尔芬卡——这我都看见了!可你是否看出,是否知道,我有多么爱你吗?倘若我不是那么强烈地爱你,我便不会那么痛不欲生了啊!我与你互不了解有多么久啊!……"

"现在你知道了一切,请听听我的忏悔——并且严厉谴责我,或是宽恕我——那么上帝也将宽恕我们……"

"我不想听,也不该听,我不敢!为了什么?……"

"为了我现在忍受的那件四十五年前就该经受的事情。我隐瞒了自己的罪孽!你熟悉他,鲍里斯也认识他。让孙儿来嘲笑白发苍苍的老库尼贡娜吧!……"

祖母激动地在房间里走了两圈,怀着宗教徒似的狂热决心摇晃着脑袋。

她重又像回廊上那幅家族肖像中的老妇人,神态严肃高傲,神色庄重自信,一张饱受痛苦却傲然不群的脸庞。在她面前,韦拉只觉得自己是个可怜的小姑娘,胆怯地望着她的双眸,暗自将自己刚激发起与生活做斗争、尚显稚嫩的力量,同老人在长期生活斗争中久经考验的力量作番衡量,显然后者仍很强大,坚不可摧。

"我并不了解她!我那备受称赞的'智慧'在她那深渊面前,算得了什么!……"她思忖道,急忙去帮助祖母——阻止她做忏悔,让不必要的沉重痛苦离开她那备受煎熬的灵魂。她跪倒在祖母面前,抓住她的双手。

"你自己感到,奶奶,"她说,"你现在为我所做的一切:我一辈子也无法报答你。别再继续往下走;你对自己的惩罚到此为止!倘若你一定想,我便把有关你过去的话悄悄告诉哥——并让它永远封闭起来!我见到了你的痛苦,那你为何还用忏悔残酷折磨自己?审讯完成——我不再接受它。不该由我来听你的忏悔和审讯你——只让我把你的神圣白发奉若神明,并祝福终生!我不会听的:这是我最后的话!"

塔季扬娜·马尔科夫娜叹口气,然后将她拥抱。

"那就这样吧！"她说，"我接受你的决定，把它当作上帝的宽恕——并感谢你对我这头白发的容情……"

"现在我们走吧，去你那边，我们俩都该休息了。"韦拉说。

塔季扬娜·马尔科夫娜几乎双手抱着她来到楼里，让她躺在自己床上，自己卧在她身边。

当韦拉在她怀里身子暖和过来，静静入睡后，祖母小心翼翼地起身，拿起提灯，用手给韦拉的眼睛挡着光亮，好几分钟照着她的脸，感动的目光注视着这苍白秀美的前额、闭着的眸子和犹如由大师之手雕刻出来的那白色大理石般纯净清秀的线条，以及线条中蕴含的深切的平和、宁静。

她放下灯，替熟睡的韦拉画了个十字，嘴唇轻触下她的前额，在床边跪下。

"对她发发慈悲吧！"她几乎狂暴地祷告道，"倘若你依旧充满怒气，那就把怒气从她身上移开，把打击落到我那白发苍苍的头上！……"

祷告后，她在熟睡的韦拉旁久久坐着，然后在她身旁躺下，用自己的双手围着她的头。韦拉有时醒来，朝祖母睁开双眼，重又闭上，半睡半醒地越发把脸紧贴在她胸前，仿佛想更深地钻进她的怀抱。

十一

日子一天天过去，随着它，寂静重又降临在马林诺夫卡上空。被意外灾祸妨碍的生活，犹如河流受石滩阻挡，重又冲过障碍继续流淌，越显平稳。

但在这寂静中，缺少了无忧无虑。无论是户外的大自然，还是人们身上，仿佛都覆盖上了秋意。人人都若有所思，凝神思索，寂静无声，人人都散发出一股凉气，笑容、笑声和欢乐从人们身上飞走，恰如树叶从树上飘落。折磨人的悲痛已然摆脱,但原来生活的色彩和音调全已改变。

韦拉与祖母间形成了一种紧密而不用言语表达的关系。自从那晚的相互忏悔之后,虽然相互安慰,但并不互相放心,两人都疑问地、多少有点不信任地望着远处,替未来担心。

这整个如地震般突如其来、动摇她内心世界的惊慌不安,是祖母自己制造出来的吗?——韦拉问自己,并在塔季扬娜·马尔科夫娜的眼神中去猜测,她是否会习惯并非原先的而是另一个韦拉,她对她所期待的新的、未知的而并非她所指望的那个命运,能安之若素吗?她是否会不知不觉暗自抱怨韦拉的一意孤行扰乱了自己老年人幸福的睡梦?心灵的泰然和宁静何时才会回到她身上?

而塔季扬娜·马尔科夫娜也在竭力猜测韦拉的未来,她是否会忍受俯首听命顺从的十字架?因为在她看来,那是命运为赎罪而加在她身上的。被打掉的傲气和低首下心的自尊,是否会损害她那年轻娇嫩的力量?她的忧郁能治愈吗,是否会变成慢性疾病?

祖母机械地重新接受统治自己王国的权力。韦拉热心地去干那些繁忙的家务事,尤其关心玛尔芬卡的嫁妆,并往那里投入自己的兴趣和劳动。

根据她的智慧和能力,她期待着生活和时间可能给予她的某种正经劳动,但下决心并不回避发生在她身边的任何事情,不管它多么普通和细小——她发现,轻视细小琐事,并在虚假的等待或想象出某种虚幻的新劳动和新事情的幌子下,隐藏着的大部分是懒惰或无能,或最终是病态而可笑的自尊心——对自己的评价超过了自己的智慧与能力。

她拿定主意,"事情"是不能靠想象出来的,而是靠各种情况的力量在特定时刻依次推出的,并且,以这种自然而然的途径诞生的事情,才是重要和必需的。

所以,必须机灵地留意四周,看是否有空着未办的事情,在它之后还将依次轮流出现别的事情，而不必去追求什么磷火，或者去追求赖斯基所说的那种"幻景"。

更不该懈怠地抄着手，沉溺于"怡然自得的幸福"之中和长久的"游手好闲"中，而无所事事。

她的脸色比原先更苍白，目光里少了些光芒，动作也不那么灵活。所有这些可能都是突然得上的热病所致，周围的人们也如此认为。在众人面前，她举止自然平常，她缝啊，拆啊，与女裁缝们闲谈，填清单，记账，完成祖母的委托。谁也发现不了什么。

"小姐复原了。"仆人们说。

赖斯基同样也发现了她身上的可喜变化，见她有时若有所思，有时则捕捉到她流下的晶莹泪水，便猜想这只是她躲开灾祸和可怕事情的痕迹。他感到很满意，他自己的忐忑不安也随着所有障碍和激情，所有疑惑、角逐和忌妒从记忆中的消失，而越来越减弱和平息。

由于祖母的坚决要求（塔季扬娜·马尔科夫娜本人不能亲口说），韦拉只是向赖斯基转述了关于祖母恋情那含糊其词的迹象，恋爱的对象是瓦图京，而有关"罪孽"她却只字未提。但是对赖斯基而言，这种半信任的言辞未能解开谜团——祖母哪会有这种事，在他眼里，祖母是个老姑娘，她能够汲取力量，并非怀着少女的坚强，而是勇敢地忍受住，不仅是自己的——"不幸"的重担，而且还安慰韦拉，将她彻底从精神破灭和个人的绝望中拯救出来。

而她显然做到了这点。她是如何获得支配韦拉头脑和信任的权力的？他觉得纳闷——祖母更让他惊讶，而这种惊讶是他不由自主表露出来的。

他对她的态度都带有深深的敬意和柔情，带有不露声色的顺从。原先用可笑的嘴仗对她言语进行的反驳，如今让位给对她的每句话、每个愿望和意图那彬彬有礼的尊重。甚至在他的举动中也表现出拘谨，几乎达到胆怯的程度。

当她的面，他不在沙发上半躺半坐；她走近他时，他起身站立；

她去散步时，他顺从地跟着她去村子和田野，耐心地听她对经济所作的说明。一切方面，甚至在他对祖母的细小态度上，都渗透着由这位有着强大精神威力的女性无意中唤起的某种惊奇。

而她，理智而庄严地承受起自己的和别人的重负，在微不足道的人们俯首倒下的地方，站稳了脚跟，完成了功勋，并且在他面前，渐渐地重又变成一个普通女人，埋头于生活琐事，仿佛将自己的能力和气魄重又掩藏起来——直至出现这种情况，甚至谁都怀疑，她怎么突然间成长起来，成了个女主角，完成了什么样的功绩。

在不胫而走的某种不可解的乌云过去后，仆人们中间有着一种困惑莫解的沉重感。人人安静下来。听不到喧闹声、骂人声、笑声，小丫头们还把叶戈尔卡赶走，全都变得安安静静的。

瓦西里莎处于特别困难的境地。她和雅科夫，正如已经说过的那样，曾经许过誓愿，倘若女主人恢复知觉和健康，他要向本地圣像捐赠一支烫金粗蜡烛，而她则要步行去基辅。

一天，雅科夫从女主人拨给他的灯油费里取了几枚买蜡烛的钱，一大清早便悄悄离开了院子。他在做晨祷时将那支许愿的蜡烛插在了圣像前。

但是，他发现他从家里取出的钱还有剩余。他从教堂出来，连续不断画着十字，并去了镇上，将剩钱留在了那里，脸颊和鼻子上泛着淡淡的红晕，"两腿轻飘飘地"回家来。

塔季扬娜·马尔科夫娜意外遇见了他。老远便闻到了酒味。

"你怎么啦，雅科夫？"她惊讶地问，"你这是为何……"

"我有福得享啊，太太！"他答道，十分虔诚地往一旁点了下头，双手握成掌窝状交叉在胸前。

他也告知瓦西里莎，说他"有幸"还了愿。

瓦西里莎瞥了他一眼，并且突然间变得不知所措。她同样"许过愿"，并且直到此刻都在小姐们身边忙忙碌碌，为婚事做准备，许愿的事儿都没记起来。

可突然间雅科夫已经还了愿,况且只需一个早晨就回来了,满心虔诚的快乐!可她许的愿却是去趟基辅啊!

"我将怎么去,没有力气。"她说,抚摸着自己的身子,"我几乎没有骨头,一身肥肉!我可走不到——老天爷饶了我吧!"

她确实是一身肥肉。她带着这身肥肉在自己屋里待了三十年,坐在窗边的一把椅子上,围着酒瓶子,足不出户,只是轻轻地在小姐们身边走动和上储藏室。她只喝咖啡和茶,吃面包、土豆和黄瓜,即便在开斋期①,也只是吃点鱼。

她去找瓦西里神甫,请求解决她的疑难。她听说,因身体虚弱,仁慈的"神甫们"甚至可以完全解除许的愿,或是以别的来替代。"用什么替代呢?"她问自己,一旦瓦西里神甫允许她替代的话。

她说了因为什么她许了愿,并问她该去吗。

"你既然许了愿,怎么能不去呢?"瓦西里神甫说,"该去!"

"可我是因为害怕才许的愿,我以为女主人要死了呢。可她三天后起来了。这样我为何还去那么老远的地方呢?"

"是啊,去基辅,这路可不近!瞧,问题就在于此,答应了,接着又往后缩!"他数落道,"这不好。既然不愿意,就不该允诺……"

"神甫,愿望是有的,就是没力气,一身肥肉难受极了——去趟教堂,连呼吸都困难。我七十岁了!倘若女主人在床上躺上三个月备受痛苦,给她授过圣餐,涂过圣油,而上帝因为我那有罪的祈祷而让她病愈了,那是另一回事,这样我哪怕爬也要爬一阵儿的。可她病了不到一礼拜!"

瓦西里神甫现出笑容。

"那怎么办?"他说道。

"我另许个愿。不能更改吗?"

---

① 东正教在封斋节的四十天里,所有肉食全被禁止,而开斋期便指可以吃肉的时期。

"改个什么呢?"

瓦西里莎想了想。

"我让自己过斋节,一辈子肉不进口,直到死。"

"那你喜欢它吗?"

"不,看着都讨厌!早就与它疏远了……"

瓦西里神甫又现出笑容。

"怎么能这样,"他说,"要知道,替代难做到的许愿,该用同样难度的或更难的才行,可你却挑了个更容易的!"

瓦西里莎叹了口气。

"有没有一件什么事是你最不愿完成的——你想想!"

瓦西里莎想了想,说是没有。

"喏,那就该走着去基辅!"他决定道。

"倘若不是一身肥肉,我倒是乐意去,去朝拜上帝嘛!"

瓦西里神甫思索一下。

"怎么让你减轻些呢?"他出声地思忖道,"你喜欢什么,都食用些什么食品?"

"茶,咖啡——还有加蘑菇和土豆的稀汤……"

"你喜欢喝咖啡?"

"非常喜欢。"

"那就这样——把咖啡戒了,不再喝!"

她叹口气。

"是啊,"她心想,"这果然很难:同走着去基辅也差不多!"

"那我吃什么呢,神甫?"她问。

"吃肉。"

她瞥了他一眼,看他是否在笑。

他果然笑眯眯望着她。

"要知道你可是不喜欢肉的,喏,那就作出牺牲吧。"

"这算什么好处:它是斋日禁食的荤食,神甫。"

"你就在斋期食用它们吧!那好处便是少长些肉。给你半年期限:忍着吧——就算你还了愿。"

她十分担心地离开了,并从翌日开始顺从地完成新的允诺,叹息着,将鼻子从清晨给女主人送去的热气腾腾的咖啡壶那儿移开。

还有马林娜也出了不好的事情。还在女主人病前,她突然变得性情孤僻,心事重重,在暖坑上闲躺了一星期,后来便干脆躺倒了,声称身体不好,起不了床。

"上帝在惩罚你!"萨韦利说,哼哼着,替她裹上暖和被子。

瓦西里莎报告了女主人。塔季扬娜·马尔科夫娜吩咐请来巫医梅拉霍利哈老婆子,仆人们和其他下人都是去她那儿治病的。

梅拉霍利哈给病人作了仔细检查,悄声告诉瓦西里莎,说是马林娜的病超出了她的知识范围。马林娜便被送进二百俄里外的邻县门诊所。

萨韦利亲自将她送去,回来后,仆人们将他围住提出各种问题。他想说什么,但只是瞥了大伙一眼,额上的皮肤抬得比平日还高,伸出粗手指做了个手势,接着啐了口痰,不加理睬,迈过门槛进了自己的小贮藏室。

过了一个半礼拜,玛尔芬卡同未婚夫和他母亲从伏尔加河对岸回来了,比去时还高兴、幸福和健康。他们俩都胖了,带来了自己的笑声、活力、喧闹、奔跑和愉快的交谈。

可是刚在家里待上两小时,他们发现大家对他们那叽叽喳喳的真情流露,没作任何反应和嘉许,便胆怯了,安静下来。他们的笑声和愉快的交谈,犹如在空屋子里那样,在大伙周围响起忧伤的回声。

某种愁云弥漫着一切。连鸟儿也不再飞临玛尔芬卡给它们喂食的台阶。燕子、椋鸟和小树林里的所有居民都飞走了,伏尔加河上空也见不到了仙鹤。所有猫儿都四散跑掉,不见踪影。

花儿枯萎,花匠将它们扔掉,楼前,代替花坛的是一圈圈翻松的黑土,一片片灰白的草皮和一条条空空的畦垄。一些树包上了粗蓆。

小树林因落叶而变得越来越光秃。伏尔加河本身变黑了，准备结冰。

但这是大自然！这本身并无意义，而只是给人们增添了一丝忧闷。可是瞧，"大伙儿都怎么样了，包括全家？"玛尔芬卡问，朝四周打量，困惑莫解。

玛尔芬卡的小窝，她楼上的房间，失去了自己的欢乐氛围。那里同韦拉一起出现愁闷的缄默气氛。

玛尔芬卡目中噙满泪水。为何一切全变了？为何韦罗奇卡从老房子搬了过来？季特·尼孔内奇在何处？为何祖母不责骂她玛尔芬卡：她去做客一星期，却在那里待了两周，祖母为此甚至未置一词？不再喜欢她了？为何韦罗奇卡不像从前那样独自去田野和小树林了？为何人人都如此闷闷不乐，相互不说话，不再像去河对岸前那样逗弄她的未婚夫了？祖母和韦拉为何沉默寡言，什么也不说？全家都怎么回事儿？

有些问题他们好歹回答了几句，安慰一下玛尔芬卡。另外一些问题则用沉默来回避。

"韦拉搬了过来，"他们对她说，"是因为老房子那边她房间里的炉子坏了，不保暖。"

"季特·尼孔内奇制止村子里的混乱去了。"

"韦拉不去散步，是因为她感冒了，在床上躺了三天，差点得了热病。"

玛尔芬卡听到"热病"一词，事后大吃一惊，哭泣起来。

她问："奶奶和韦拉怎么默不作声，为何奶奶一次也不骂她，是否意味着不爱她了。"塔季扬娜·马尔科夫娜捧住她两边的脸颊，沉思着叹口气，亲吻她前额。这使玛尔芬卡更觉忧伤。

"我们骑马来着，尼古拉·安德烈伊奇订购了一副女用马鞍。我一个人坐小船玩，自己划船，同农妇们一起去小树林！"玛尔芬卡对祖母道，希望她别为此而责骂自己。

塔季扬娜·马尔科夫娜好像责怪地摇摇头，但玛尔芬卡看出这是假装的，她心里在想别的事，或是想离开，坐到韦拉身边去。

玛尔芬卡感到忧伤,嫉妒她对姐姐的关心,但不敢说,只得偷偷哭泣。这未必不是玛尔芬卡最大的痛苦,以至她也不由得接受那弥漫在马林诺夫卡及其居民头上的那种沉闷而了无生气的基调。

她同维肯季耶夫一起默然坐着,没有说什么悄悄话。以前他们总是故意可着嗓门交换自己的秘密。已经极少极少能叫赖斯基来同他随便闲聊,或是让维肯季耶夫像过去那样逗她发笑,使她怎么也忍俊不禁,无意间笑出声来,但接着便感到害怕,朝四周张望一下,闭上嘴威吓他。

这种沉默、拘谨和忧伤的声调也并不合维肯季耶夫的天性。他开始背地里唆使母亲去求塔季扬娜·马尔科夫娜,允许将未婚妻领走,重新上科尔钦诺,直至十月底举行婚礼。令他高兴的是,随之而来的是既容易又很快地得到了同意,于是年轻的一对,如燕子般快活地啁啾着,离开寒秋,双双飞往那暖和而充满阳光和笑声的自己未来的巢穴。

但是,祖母发现玛尔芬卡挺伤心,便尽可能将她的注意力从各种猜测和想法上引开,亲切地对待她,使她放心,让她高高兴兴、无忧无虑地离去,并答应亲自去她那里,"倘若她在那里举止得体,表现机敏的话"。

赖斯基去了趟季特·尼孔内奇那里,将勉强活着的他领了回来。他人瘦了,脸色枯黄,勉强能走动,只是当他见到了塔季扬娜·马尔科夫娜,见到了她和自己置身的环境,坐在桌旁,餐巾塞在领结后面,或是挨着她的安乐椅,坐在靠窗的凳子上,端着她斟的一杯茶——他才一点一点清醒过来,开始像一个玩具被人夺走、又突然失而复得的孩子那样高兴起来。

蓦地,他开心得笑了起来,用餐巾挡住,情绪激动地搓搓手,站起身,不知何故向在座的所有人鞠躬致意,且十分艰难地咔的一声碰了下脚跟。而当大家都笑他时,他比众人更厉害地笑起来,取下假发,狂暴地抚摸自己的秃顶,或是替代帕舒特卡,爱抚地拍拍瓦西里莎的

785

脸颊。

总之,他有点傻头傻脑,第三天才完全清醒过来——这时,他已经像其他人一样,变得沉静而若有所思。

马林诺夫卡的家庭圈里又增添了一名成员。赖斯基有一天突然带着科兹洛夫来吃饭。对一个被狄多娜①抛弃的丈夫,哪儿也不可能给予他比这儿更诚挚、更殷勤好客的接待。

塔季扬娜·马尔科夫娜以女人的知情达理,不让他发现她知道他的痛苦。通常在这些场合,她都用不自然的沉默来迎客,而对他却用开玩笑的方式,于是大家也都仿效这种语气。

"列昂季·伊万诺维奇,你这是怎么啦(她早已对他以你相称),把我们全给忘了?鲍里斯说我没本事宴请你,说你不喜欢我的饭菜:你对他说过吗?"

"怎么会不喜欢?我何时对你讲过?"他严肃地对赖斯基道。

大伙儿全笑起来。

"哦,您存心!"科兹洛夫说,勉强一笑。

他已经得以克制自己的痛苦,开始意识到当着众人必须沉住气,以虚假的彬彬有礼来掩饰自己的苦楚。

"是的,我很久没上您家里来了,我妻子……去了莫斯科……见见亲戚们,"他轻声道,望着脚底下,"这样我也就未能……"

"那你就在我们家住上一段时间,"塔季扬娜·马尔科夫娜说,"一个人在家里多寂寞……"

"我等着她……怕我若不在家,她便不回来。"

"他们会让你知道的,要知道她回来必定会经过我们这里。只要她一进镇子,我们立刻便能看见。从老房子的窗口能见到大路上的来往车辆。"

---

① 狄多娜为古罗马诗人维吉尔(公元前70—前19)的著名英雄史诗《埃涅阿斯纪》中的人物,曾爱上特洛伊战争的英雄埃涅阿斯,并引出一场爱情悲剧。

"确实如此……从那里看得见去莫斯科的大道。"科兹洛夫眼睛一亮,抬眼望着塔季扬娜·马尔科夫娜道,有点儿高兴起来。

"真的,搬我们这里来……"

"好吧,我大概会……"

"说实在的,列昂季,我今天就不放你走,"赖斯基说,"我一个人闷得慌;我同你一起搬到老房子里去,等玛尔芬卡结过婚,我便要离开。你留在奶奶和韦拉身边,将是她们的首席大臣、朋友和护卫。"

他望着大家。

"好啊,敬谢不敏,只是别有什么烦扰之处……"

"你怎么不害臊……"祖母开始道。

"对不起,塔季扬娜·马尔科夫娜!"

"吃吧,别说空话了;你的汤要凉了……"

"我真是想吃了!"他突然道,拿起勺子笑了,"我很久没吃什么东西了……"

他若有所思地望着某处,可能是莫斯科大道吧,机械地吃着汤,后来又吃了给他端上的另一盘大馅饼,接着是一盘肉,默默地吃完了全部午餐。

"你们这里真安静,真好!"吃过午饭他说,望着窗外,"还有绿荫,空气又新鲜……听着,鲍里斯·帕夫洛维奇,我要将藏书重新搬到这儿来……"

"好啊,好啊,哪怕是明天,它们可是你的,你想怎么处理都成……"

"不,不,现在我要它有何用!我搬来是想照看它,不然这个马克又会……"

赖斯基像鸭子似的满屋子叫了一声。韦拉没有从绣品上抬起头,塔季扬娜·马尔科夫娜开始朝窗外张望。

赖斯基将科兹洛夫领到老房子,看他的房间,祖母吩咐下人替他摆张床,晚上生上炉子,并立刻按上窗框。

科兹洛夫急忙朝窗户跑去,寻找那扇能见到莫斯科大道的窗子。

787

十二

雾蒙蒙秋天里的一天,当韦拉用过早餐,正待在自己房间里埋头干活,全神倾注地用针给细纱胸衣打褶时,雅科夫给她递上一封由一个"小男孩"捎来的蓝色信笺的信,说是嘱咐他等候回信。

瞥见这封信,韦拉仿佛惊呆了,一时间没有从雅科夫手中接过信,随后接过它放在桌上,简短道:"行,你走吧!"

雅科夫一走,她往顶针上哈了口气,想继续干活,但她的双手蓦地同活计一起落在了膝上。

她用胳膊肘撑在桌上,双手将脸捂住。

"何等的惩罚啊!这种残酷折磨是否有终结之时?"她绝望道。

接着她站起身,从抽屉柜里取出原先没有拆开的那封信,将它们放在一起,重又以自己的姿势坐下,双手捂住脸。

"怎么办?当我们已经永远分手时,他还能等到什么回信?难道他还想叫我出去?……不,他不敢!……可是倘若他叫我出去呢?……"

她战栗一下。

她探察一下自己的内心,窃听她能给他的希望给予什么回答,便重又战栗一下。"这一回答无法说,"她心想,"从我这里永远也打听不到!"

她望着这有着熟悉笔迹的蓝色信函,并不急忙拆开——倒并非因为怕看,并非因为对"猛虎"的牙齿感到恐惧。她仿佛从一旁望着,看这条"蟒蛇"现在如何从她身边爬过,按赖斯基的说法,它不久前还可怕而令她窒息地盘成一团,闪闪发光的鳞片不再令她目眩。她转过身子,因另一种而并非原先的感情而战栗起来。

她因这封信而感到窒息,突然间,当被斗争折磨得虚弱不堪的她已经永远挣脱它——并将自己身后的那座桥烧毁之时,它却要把她带到深渊的另一边。她不明白，他怎么可以写信呢？他本人为何还不早早跑开？

他要是知道，悬崖上面发生了何等急剧的转折，他当然不会再写信来。应该通知他，送信的人还等着……难道看看信？……是的，应该！……

她一下子从两封信上撕去火漆，开始读先前写的头一封信。

"难道我们果真不再见面了，韦拉？这难以置信。几天前这也许还有意义，可是**现在**这对我们俩都是沉重的无益牺牲。为了达到幸福，我们持续不断地奋斗了一年多——而当幸福来临时，你却头一个跑掉了，可反复强调永久的爱情的正是你本人。这合乎逻辑吗？"

"合乎逻辑吗！"她停住，轻声重复道。然后仿佛克制住自己，继续往下念。

"已经准许我离开，但我**现在**不能将你撇下，这样不诚实……你可能以为，我得意扬扬，已经轻快地离开了：我不愿你这样想……我不能留下是因为你爱我……"

她那只持信的手落在膝上，过一会儿她慢慢地往下读：

"……还因为，我本人也处于患热病状态。我们将会幸福的，韦拉！你要相信，我们的一切斗争，我们的一切没完没了的争论只是一具情欲的假面具。假面具一经消失——我们便不再有什么可争论的。你所希望的无限的爱情：许多人都曾向往过，但这是不存在的……"

她停了一会儿。

"他指的是无限的狂热!"她心想,并怜惜地一笑。接着往下读。

"我的错误在于,我向你预报了这一真理:生活本身会使我们发现它的。从今以后我不会再触及你的信念;我们不需要它——当前需要的是情欲。它有自身的规律;它嘲笑你的信念——将来还将嘲笑无限的爱情。眼下它战胜了我,战胜了我的计划……我向它屈服,你也屈服吧。也许我们俩一致行动,我们便将轻易摆脱开它,趁着没出事赶快离开,而独自离开艰难而又糟糕。

"我们都无力改变信念,正如我们无力改变本性,而我们俩又不会装假。这既不合乎逻辑又不诚实正派。应该各方面都开诚布公和志同道合;我们做到了第一条,但没能达到志同道合;因而,只得缄默不语,不管信念而成为幸福的一对;情欲并不需要信念。我们将默然不语和幸福不已。我希望你会同意这一逻辑。"

她双唇上又显露出某种恰如苦笑的神情。

"他们大概是不会让你同我一起离开的,况且也不能!只有疯狂的情欲会使你对此充满激情,我并不将希望寄托在这上面:你并非一个心目中只有家庭小圈子的没头脑女人,而我也不是个小男孩。或者为了下决心离开,你得有另一些与我相同的信念,而且因此,你在心目中要有另一种未来,较之你和你的亲人们所期待你的大相径庭,却同我所拥有的一模一样的未来:不确定的,未知的,居无定所,或是没有'窝',没有家,没有财产的未来。我承认,我无法动身。因此,我应该作出牺牲,也就是我想现在就作出牺牲,并且正在作牺牲。倘若你希望得到奶奶的赞许——我们便在教堂举行婚礼,并且我将留在此地直至……一句话,时间无限。韦拉,我做了一切,并将实现我所说的一切。现在该你做了。记住,如果我们现在分手,这将像是一场愚蠢的喜剧,你在那里将轮到一个不惹人喜欢的角色,倘若赖斯基知道了,他头一个嘲笑的便是你。

"你瞧,我把一切都向你预告了,就像那时预告的那样……"

她用手做了个像是不耐烦、几乎是绝望的动作,并且漫不经心地读完最后几行。

"等待致我的女房东谢克列捷娅·布尔达拉霍娃的回信。"

韦拉好像看得有些疲惫。她冷淡地放下信,又拿起另一封刚才雅科夫给她捎来的信。

信是用铅笔匆匆写就。

"每天我在悬崖下踯躅徘徊,等候你对第一封信的回音。此刻我偶然得知你在家里身体不适,因此哪儿也见不到你。韦拉,来吧,倘若病了,快些写上两句话。我可以到老房子来……"

韦拉吓得停下,然后急忙读完结尾:

"倘若我今天收不到回信,"信上接着写道,"明天五时我将在亭子里……我该尽快决定:是走还是留下?你来哪怕说一句话,告别一下,假如……不,我不信我们现在已经分手。无论如何,我等着见到你,或是得到回信。倘若你病了,我将亲自偷偷走进……"

"我的天哪!他还要在那里,在小亭子里!……威胁要来……送信的人还等着……'蟒蛇'还一直绵亘着!……一切都没过去……

一切都未死去!"

她迅速掀开小柜的木板,取出几张信笺,提起羽笔,蘸一下墨水,想写信——但不能。她的双手直哆嗦。

她放下笔,又将头俯在手掌里,闭上眼睛,集中思想。但思想无法集中,忧愁和心跳使她脑子里一团乱麻。她把手贴在胸口,好像想遏止疼痛,又拿起纸笔,一会儿便放下了。

"我无法写,没力气,喘不上气来!"她往自己手上洒花露水,使脑门和太阳穴有清凉感——又看了看信,先是第一封,再是另一封,将它们扔在桌上,反复道:"我不能,我不知从何开始,写什么?我不记得我曾如何给他写信,原先都说了些什么,用何种语调……全忘了!"

"送信的人等待何种回音?我只有一种回答:我无法写,没力气,头脑里一片空白!"

她下楼,滑过走廊,找到雅科夫,吩咐他对小男孩说,让他走,回信以后再说。

"可以后什么时候?"她问自己,慢慢回到楼上,"今天天黑前我是否有能力给他写信?写什么?还是那句话:'我无法写,我什么也不想,心中寥落……'而明天他将在那里、在亭子里等候。失望的等待会使他激怒,他将用枪声反复召唤,最终他将同仆人们,同奶奶发生冲突!……我该亲自去,告诉他,他干得'不光明磊落,不合情理'……对他不用讲什么宽宏大量:这,狼是不会懂的!……"

这一切在她头脑里飞驰,她时而抓起笔又放下,时而想亲自去,找到他,将这一切告诉他后,扭身就走——并像过去那样,抓起大披肩和三角头巾,急匆匆地跑向悬崖。眼下,她同当时那样,双手徒劳地寻找着大披肩和三角头巾。所有的衣物都从手中掉落,她疲惫不堪,坐倒在沙发上,不知怎么办。

去告诉祖母?祖母会做到所需的一切,但这两封信函会使她很伤心:韦拉想避免发生这样的事。

去告诉表哥鲍里斯，委托他去结束马克的期望和幽会企图。赖斯基——是她真正的最亲近的朋友和保护者。但是他身上那热烈的激情或是"心情"，那勃发的情欲，"情欲在想象中的反映"，无论什么，是否都已过去了？倘若过去了，韦拉推理道，也许有充分理由，那么，是否是因为争斗和角逐消失，周遭的一切都平息下来的缘故？倘若爱欲主角的出现，重又在赖斯基身上激起已经平息的恼怒和火气，记起所受的侮辱——那么他便无法忍受这个大公无私的调停人角色，反倒会欲火中烧，变成另一个危险角色。

图申！对，他能担当此任，不会出错，并且有可能达到目的。可是这将使图申与情敌面对面在一起，让他去与一个人接近，此人曾在背地里顺便摧毁了他对幸福的希冀！

她想象，这位将她奉若神明的朋友，当他同狼陷阱里的主角会面时，还必须忍受些什么，此人乃是她道德堕落的缔造者，是她未来的破坏者！他该用何等的意志力和自制力，才不致使他们在悬崖底下的会面成为狼与熊的相遇？

她否定地摇摇头，但还是决定不向图申隐瞒这些信函，不过在她悲剧的结尾，她不愿得到他的任何同情，无论是出于他内心的怜悯，还是因为她在请求图申协助的同时好像是在抱怨马克。"而她是不会指责他的……决不会！"

因此，除此之外她无人可求了！她曾在这三人身上寻求过保护，不使自己陷入绝望的境地，如今她在继续寻找渐渐失去的自信，心灵上感到重新出现的平和。

再有几周几月的平静、忘却和友好的抚爱——她便将渐渐恢复健康，并开始新的生活。然而她迟迟不向他们伸出信任之手——已经不是出于自傲，而是出于怜悯，出于对他们的爱。

但长久等待也不可能。明天又将送来书信，她再不回答，他便会亲自登门……

噢，怎么行呢！倘若灾祸已然无法避免，她心想，那就两害相权取其轻——把信交给祖母,让她决定做该做之事。祖母同样不会出错,如今她们彼此理解。

经过一番思考之后,她给图申写了一封信。同样那几页纸,同样那支羽笔,半小时前还拒绝为她服务,如今却顺从地为她工作。手指迅速地写下了两行字。

"如果可能,明天清晨请来一趟!很久没见到您了——我想见见。我很寂寞。"

她派普罗霍尔将便函送去,让他把它送到码头渡船上,交给每天进城来的图申的仆人,让他们带回"德莫克"。

原先,韦拉掩藏起自己的秘密,陷入沉思,不与别人分享自己的内心世界,避开交往密切的人们,总觉得自己比周围的所有人都强。现在正相反。一个人的力量,头一次遇到沉重考验,却原来毫无作为。

她因自己的傲慢自大而受到了惩罚,并突然感到自己在风暴来临之际是那么的束手无策,而当风暴过去,她又成了个孤立无援的可怜孤儿,像孩子似的向人们伸出双手。

原先,她好像出于慈悲,只将信任赐予自己的一个心腹女友,神甫的妻子。这是她随心所欲使然,使她无意中失去了朋友。如今她低着头,抑制住傲气,开始寻求帮助,感到身旁人人都比自己强而有力,他们的聪明才智都胜过自己孤芳自赏的意愿。

韦拉常常把自己每天生活的琐碎细节、日程、事件、感觉、印象,甚至情感告诉自己的女友,也把自己同马克的关系和盘托出,却向她隐瞒了这悲惨的转折,只是说一切都结束了,他们永远分手了——不过如此。神甫的妻子到底也不知道悬崖下的故事,并且认为韦拉的病是由于分手的绝望造成的。

她也像爱纳塔利娅·伊万诺夫娜那样爱玛尔芬卡,但她爱她们俩,好比爱孩子,有时好像是把她们当作交谈者。在生活的平静时刻,她又会去召唤纳塔利娅·伊万诺夫娜，将日常生活琐事的细枝末节向她详细转述，而那位又会向她小声地唯唯称是，将她的孤独感冲淡。

但在决定命运的不幸时刻，韦拉将会去祖母那里，会派人去找图申，会去敲表哥鲍里斯的房门。

眼下她便去敲这三人的门了。

十三

她将两封信揣在口袋里，若有所思地轻声来到塔季扬娜·马尔科夫娜跟前，在她身边坐下。

她刚去看过婚床，与女裁缝一起量了做枕头需用多少细纱、花边，正坐在自己那把安乐椅上。

她朝韦拉瞥了一眼，然后又突然瞥一下，并将不安的目光停留在她身上。

"出什么事了，韦拉，你心绪不佳？"

"并非心绪不佳，而是累了。我从那边收到两封信，是……"

"是从那边？"祖母重复道，脸上变色。

"一封早已收到，一直没拆开，另一封是在今天。瞧它们，你看看吧，奶奶。"

她将两封信放在桌上。

"干吗让我看，韦罗奇卡？"塔季扬娜·马尔科夫娜说道，勉强克制自己，竭力不往信那边看。

韦拉缄默不语。祖母发现她神情忧郁。

"难道你需要让我知道那里写的什么？……"

"需要，奶奶，你读读吧。"

祖母戴上眼镜，读了起来。

"我看不清字迹，我的心肝，"她苦恼地将信推开，"你最好简要说说,为何需要我知道。"

"我无法叙述,没力气,喘不上气来……最好还是我念吧。"

她轻声地,跳过一些单词和语句,念完信,将它们揉成一团,藏进口袋里。塔季扬娜·马尔科夫娜在安乐椅上挺了挺身子,重又拱起背,将痛苦压下,然后聚精会神地望着韦拉的双眸。

"韦罗奇卡,你是怎么想的?"她用并不坚定的嗓音问道。

"你问我怎么想!"韦拉责难道,"同你一样,奶奶!"

"这我知道。但他表示愿意……举行婚礼,想留在此地。也许……倘若他像大伙一样是个人……倘若他爱你的话……"塔季扬娜·马尔科夫娜怯生生道,"倘若你……期盼幸福……"

"是的,他把婚礼称作'喜剧',并提出举行婚礼!他认为,为了幸福我需要的只是这件事了……奶奶!你可是了解我发生了什么——为何还要问呢?"

"是你来找我,问你该拿什么主意……"

祖母畏怯道,因为她依旧不明白韦拉为何要给她念信。马克的粗鲁放肆使她深感不安,为韦拉担心得直哆嗦,害怕这热烈的情感会出现危险的转折,但她掩藏起自己的激动不安。

"我并非为此来找你的,奶奶,"韦拉说,"难道你不知这一切早已解决了吗?我什么也不想,我连走路都十分勉强——倘若我还能自由呼吸,期望着充满活力,那只有在一种条件下:让我什么也不知道,什么也听不到,永远忘掉……可他却旧事重提!叫我去那里,用幸福来引诱,想举行婚礼!……我的天哪!"

她绝望地耸耸双肩。

塔季扬娜·马尔科夫娜的不安消失了。她在安乐椅上随便活动着身子,整了整自己衣裙上的皱褶,用手从桌子上拂去什么碎屑。一句话——她恢复了常态,变得活跃起来,犹如一个突然吓呆的人重又神志清醒过来。

"奶奶!"韦拉重新鼓足力气道,"我什么都不想!你记住一条:

倘若他现在靠某种奇迹完全变样，变成原先我所希望的那样——倘若他开始相信我所信仰的一切，像我……曾经想爱他的那样爱我——到那时，我也不会再去响应他的召唤……"

她不再作声。祖母听着，屏住呼吸，像在听极乐鸟歌唱。

"我若与他在一起是不会幸福的：我永远忘不了原先的这个人，也永远不会相信他会变成新人。我所受的痛苦太沉重，"她将自己的脸颊贴在祖母手中，轻声道，"但是，你意识到了，明白了，而且救了我……你是我的母亲！……你为何要问，要怀疑呢？在这样一些痛苦面前，还会有什么样的炽烈情感保全下来？难道可能重犯这样的错误！……我身上已一无所有……除了空虚和凄凉，要不是你，还可能有绝望……"

韦拉滴下泪水。她将头倚靠在祖母肩上。

"别再提这件事了，也别使自己忐忑不安！"祖母道，勉强克制住自己，用手替她擦去泪水，"要知道，我们曾决定永远不谈此事……"

"如果不是这两封信，我是不会提的。我需要宁静……奶奶！带我走，藏起我……或是让我去死！我累了……没有力气……让我休息……可他叫我去那里……还想亲自过来……"

她哭得更凶了。

祖母轻轻站起来，让她坐在自己位置上，而自己则挺直全身。

"啊！若是这样，若是他还来找你，"她嗓音发颤道，"还来折磨你，他要为这些眼泪遭报应的！……奶奶会把你藏起来，保护你——放心吧，我的孩子：你再也听不到有关他的任何……"

祖母战栗着说这番话。

"你想怎么做？"韦拉吃惊道，蓦地站起来，走到塔季扬娜·马尔科夫娜身旁。

"他叫你去，我便从悬崖上下去找他，替你去赴情人的约会——然后看他是否还给你写信，是否还来这里，还来召唤……"

祖母在起居室走动，气得不知所措。

"明天他几点到亭子,好像是五点?"她断断续续问道。

韦拉始终惊讶地望着她。

"奶奶!你没明白我的意思,"她抓住她的双手,温顺道,"你放心,我不是向你抱怨他。你千万别忘了是我一人的错——在各方面。他不知道我发生了什么事,才写信的。只应该让他知道,解释清楚我病得怎样,精神很沮丧——可你好像是打算去吵架似的!我并不想那样。我想亲自给他写信,可是不能——看得出气力不济,哪怕我想去……"

塔季扬娜·马尔科夫娜平静下来,沉思着。

"我想请求伊万·伊万内奇,"韦拉继续道,"可是你自己知道,他多么爱我,他抱有什么样的希望……让他去同那个会把一切全毁了的人打交道——不行!"

"不行!"塔季扬娜·马尔科夫娜摇摇头证实道,"何必去打扰他?天晓得他们之间会发生什么事情……不行!你有自己的亲人,他熟悉一切,他像对妹妹那样爱你:鲍留什卡……"

韦拉默不作声。

"是啊,倘若他只是像对妹妹那样!"她心想,并不想对祖母公开赖斯基对她的炽热情感;这并非她的秘密。

"你愿意,我就去同他谈谈……"

"等等,奶奶,我自己去对他说。"韦拉答道,怕牵连上表兄。

她信赖他的心地,相信他的智慧和感情,但不信任他那捉摸不定、变化无常的胡思乱想和专心致志的能力。

"我怎么也得通过哥哥,或是集中精力,亲自去回复这两封信,让他明白我处于一个什么样的状态,打消他会面的任何希望。而眼下,我只需要暂且让他知道,他不必到小亭子里去徒劳等待……"

"这我去办!"祖母突然道。

"但是你不会亲自去同他见面吧?"韦拉说,探询地盯着祖母的眼睛,"请记住,我并不怨恨他,对他没有恶意……"

"我也是!"祖母喃喃道,望着一旁,"你放心,我不去,我只是做到他别在亭子里等候……"

"原谅我,奶奶,再次为这件新的伤心事!"

塔季扬娜·马尔科夫娜叹口气,亲吻她。

十四

韦拉半平静地走了,竭力猜测祖母可能采取什么方法阻挠马克明天在亭子里等她。她担心,对赖斯基的炽烈情感一无所知的塔季扬娜·马尔科夫娜预先不通知她一声,便委派他去,而毫无思想准备的赖斯基,很可能会像一个自私的感情和幻想并未完全熄灭的人那样,激越地去行事。

韦拉得知赖斯基没有离开院子,便上老房子去找他,自打科兹洛夫搬到他们家,赖斯基便住进了老房子。韦拉是想告诉他有关两封信的情况,想听听他对此有何看法,并据此让他明白,倘若祖母委派他去同马克见面,他应该担当何种角色。

她像幽灵似的顺老房子那穿廊式的房间走去,绕过自己原先的房间,踏着因岁月而失去光泽的镶木地板,经过用布蒙上的镜子和老式座钟,笨重的老式家具,来到一间窗子朝向市场和田野的舒适小屋。她无声无息地推开赖斯基居住的房门,站在门槛上。

赖斯基坐在桌旁,埋头于自己艺术家的文件夹,正在整理各个地方的素描、水彩画肖像、勾上轮廓的未完成图画、名著的小型彩画临摹本,同时挑选出一堆塞进文件夹里的文学回忆录、札记、随笔、开了个头又扔下的诗歌和中篇小说的草稿。

仔细挑选出整整一堆积累的长篇小说素材后,他陷入了沉思。他的眼神暗淡,一张接一张地仔细研究着,时而摇头,沉重地叹气,时而打着哈欠流出眼泪。

"瞧,六年前也是如此,"他忧郁地沉思着,"为了展览,我着手画一幅复杂的大型画……却原来得在画上投上好几年的心血……如今,我又在自己身上背上了这样的包袱:写长篇小说!积累了很多素材……有多少想法,笔记,资料!……""长篇小说,是我打算干的事吗?一堆典型人物,场景,情节!而全部力量,所有兴趣,以及你的长篇——全在韦拉身上:你就写她一个人吧!是的,就是这样!……抛弃一切多余的不相干东西,我就写她一人……将自己简化,把这整个包袱扔到一旁。这里可什么,什么也没有!"

他开始赶紧将与韦拉毫无关系的素材挑出来,剩下几十张纸,那里扼要地记着有关她性格的印象、场景,同她的对话,他爱恋地重读了一遍。

蓦地,他放下纸片,为一个新的想法而大吃一惊。

"可是为何我至今还没有画过一幅她的肖像?"他突然问自己,那时,他头一次见到玛尔芬卡,便在初次印象的影响下,将她的面容表现在画布上,这些特征呼之欲出,'肖像上有着真实、生命,各部位都准确如生……除了肩和手'。"他心想。可是没有韦拉的肖像;难道没有它便离去?……现在什么也不妨碍了;他没有了炽烈的情感,她不会再回避他……有幅肖像,写小说更轻松些:她就在眼前,栩栩如生……

他从文件夹上抬起双眸……他跟前站着一个活生生的韦拉!吓了他一跳。

"这是奶奶的'命运之神'派你来见我的!……"他说。

韦拉发现他受惊吓,笑得下巴颏直哆嗦。而他眼不离她的明眸。

他再次被表妹的美艳所吸引——但那已非原先的那种美,那么光彩照人,辉映着生命柔和的色彩,天鹅绒般高傲而炽烈的目光,闪烁着"夜色"的温柔——正如他为当时还神秘而费解的魅力那难以察觉的火花所做的形容那样。

这无意识地显示的、向四周散射出明亮而灼人光芒的青春与美貌已然消失。

如今，从她眸子中显示出的，是娇慵无力的忧伤和极度的疲惫。热情而生气勃勃的脸色，已经为明显的苍白所替代。笑容中已然没了自豪，没了迫不及待、勉强克制住的青春活力。温和与忧愁悄悄爬上她的脸，她那整个端正苗条的身姿，充满若有所思温柔的优雅，及一种忧郁的安谧。

"这是朵百合！原先的韦拉在何处？哪个更好：那个还是这个？"他思忖着，深受感动地向她伸出双手。

她走近他，并非原先那婀娜的步子，步态轻盈动人，而是平稳而悄无声息，从远处传来轻微而干巴巴的敲击声。

"我打搅你了，"她说，"你在干吗？我想与你聊聊……"

他目不转睛地望着她。

"你为何这样看着我？……"

"等一等，韦拉！"他低声道，没听见她的问话，强烈而惊讶的目光没从她身上移开。"坐到这里来——就这样！"他说，让她坐到小沙发上。

而自己则急匆匆钻到房间的角落里，在那里翻寻一番，取出画框，上面蒙着绷得紧紧的粗麻布，又移出画架，并开始在角落里四处找寻装颜料的小箱子。

"你想干吗？"她问道。

"别作声，别作声，韦拉，我好久没见到你这么美貌，好像我这段时间瞎了眼！刚才你进来那瞬间，它的光芒突然刺痛我的神经，一个艺术家觉醒了！你别怕这欣喜。快，快，把这美貌给予我，趁这时刻尚未消逝……我还没有你的肖像……"

"这是什么想法，鲍里斯！现在还有什么美貌！我都变成什么样了？瓦西里莎说，装进棺材里的人都比我漂亮……等下次吧……"

"你对自己的美毫不明白：你是 chef-d'oeuvre[①]！不能推延到下次。

[①] 法语：美的杰作。

你看，我头发都竖起来了，感到身上一阵寒战……眼泪就要夺眶而出……坐着——过一会儿，便全齐了！"

"我累了，哥……我没有力气，勉强才走来……我觉得冷；你这里太凉快……"

"我给你挡着点，给你摆个舒适些的姿势，你不用盯着我，随便些，就像我不在这里！"

他让她拿本书坐在沙发上，在她后背和手臂底下放上枕头，替她在肩上和胸前搭上自己的苏格兰方格毛毯。

"头保持什么姿势随你便，"他说，"你觉得舒服些、平静些就行。你想做什么动作，想往哪儿看或是根本不看都成——忘了我在场！"

她冷漠地服从了，坐着摆了个疲惫的姿势，便陷入沉思。

"我是想同你聊聊，给你看……两封信……"她说。

他默不作声，端详着她，同时用粉笔在画布上勾勒着。

过了十分钟。

"我收到两封信……从马克那里……"她小声重复道。

他缄默不语，用粉笔勾勒着。

过了一刻钟。他抓起调色板，在上面调上颜料，热切地注视着韦拉，急匆匆，偷偷摸摸似的，在画布上描她脸庞的轮廓。

她又对他重复一遍有关信函的事。但他默不作声，望着她，好像头一回见到她。

"哥，你没听见啊？"

"是的……是的……我听着呢……'马克来的信'……喏，他怎么样，身体如何，捞到好处了吗？"他连珠炮似的说。

她吃惊地望着他。她好不容易下决心说出马克的名字，心想这个名字便会像块烧红的铁触动他，可他却问他身体如何！

她又瞥了他一眼，便不再觉得奇怪了。倘若她代替马克而提到卡尔普、西多尔——效果将是相同的。赖斯基机械地听着，却什么也没听进去。

他只听见她的嗓音,却专心致志于工作上,见到的只是她,却并没有深入领会她的话,只是机械地重复一下名字。

"你为何什么也不回答我?"她问。

"回头,回头再说,韦拉,看在上帝面上!现在别同我说话——你暗自随便想些什么吧。就算我不在此地……"

韦拉又试了试,但他已然什么也听不清,只是急忙给脸部正式上色。

很快,她便专心起来,并非沉浸于忧伤之中,也非陷入惊慌不安,而是想着那两封信,想着马克是否会来,祖母会怎么办——陷入某种混乱之中,充满许多惊慌不安、模糊不清的感觉和回忆,徒劳地竭力想把思想集中在一个感觉、一个时刻上。

她用方格毛毯将自己紧紧裹上,使身子暖和些,并不时望一眼赖斯基,但几乎没看见他在干什么,只是始终在沉思,沉思,好像在她眸中,反映出她那年轻的但已被搅得深深不安和尚未平静下来的全部生活历程。思索、悲痛,问题和来自生活中的回答,对安宁的渴望,对未来的隐痛和怯生生的期待——所有这一切,全在她眸中闪现。

而默不作声、聚精会神、艺术家的激情使之脸色苍白的赖斯基,正在画她的明眸,不时望一眼韦拉,或是默默回顾着自己与她的初次相见,回忆当时的狂热印象。屋子里一片死一般的寂静。

蓦地,他停下来,竭力去捕捉和确定她那若有所思、对什么都视而不见却似深渊般深邃而会说话的眼神。

他用画笔在画布上点染眼珠,想捕捉到真实——并且捕捉到了感情的真实,而在那里,在韦拉鲜活的目光里还透出某种蛰伏的力量。他涂上另一种颜料,画出眼神——但不管他如何绞尽脑汁——他画出了她的眸子,却画不出她的眼神。

他求助于昔日教员那两个神奇的点,那两点火花,亦无补于事。当年,教员曾用它们突然使索菲娅的眸子在他笔下熠熠生辉。

"不,这里的点还太少!"他在做出新的努力,来表现她的眼神后说道。

他思索，调颜料，从画像前走开，重新端详。

"得等一等！"他决定道，并开始给脸颊、鼻子、头发正式上色。

画了半小时，他再次动手画眸子。

"再画一次……最后一次！"他说道，"倘若不成功——我就不再画：不行！"

"现在，韦拉，你往这里看五分钟，瞧，看这个点。"赖斯基朝向她，指点她往哪儿看，而自己则盯着她……

她睡着了。他一言不发地愣住了，看着她，吓得不敢出声。

"噢，多美啊！"他感动得喃喃道，"她顺便睡着了。是的，画她的眼神真是粗鲁无礼，她的所有凄惨事情和故事全装在这眸子里。连格勒兹①本人在此也会放下画笔的。"

他画了一对闭上的眼睛，望着她，对她在宁静睡眠中那思想、感情和美丽的生动形象，感到赏心悦目。

然后，他放下调色板和画笔，朝她轻轻俯下身子，更轻微地用嘴唇触了下她那苍白的纤手，悄无声息地从屋子里走了出去。

十五

翌日中午，韦拉听到大门外响起马蹄的嘈杂声，便朝窗外望去，见到骑着匹黑马走进院子的图申那魁梧匀称的身影，一瞬间她的双眸露出快乐的神色。

韦拉无意识地在镜前理了下妆，叹息着注视自己，心想："鲍里斯哥哥怎么会想起给我画像！"

---

① 格勒兹（1725—1805），法国画家，感伤主义代表人物，尤以描绘儿童与妇女的妩媚头像著名。

她下楼，穿过所有房间，握住了从大厅通向前厅的那扇门的把手。而那一头，图申也握住了门把手。他们开门，撞在一起，互相笑起来。

"我从楼上看到了您，便迎头赶来……您好吗？"她突然问，聚精会神地望着他。

"我不会碰到什么事的！"他腼腆道，把脸扭向一边，不想让她发现自身的变化，"那您呢？"

"还可以，就这样。曾经病了，差点儿没躺倒。现在过去了……奶奶在哪儿？"她问瓦西里莎。

瓦西里莎说，女主人用过茶，带上萨韦利不知上哪儿了。

韦拉邀请图申上楼去自己屋。

他们坐在长沙发两头，默然无言，互相悄悄打量着。

"脸色苍白，"她思忖，"瘦了，受侮辱的感情，受欺骗的希望使他备受打击……"

图申确实显得焦急不安，但主要并非因为"受侮辱的感情"，而是出于对她的关心，不知她后来怎么样了，她的悲剧是完结了，还是没有？

有关自己的焦急不安问题，有关"受侮辱的感情和受欺骗的希望"问题，最初几天使他感到心痛，为了忍受这一打击，需要他的机体像熊一样健壮，需要上帝赐予他的和他本人所积聚的全部精神力量。而他多亏这一力量，多亏自己率直纯朴的天性，使他经受住了这场斗争。这天性，与嫉妒心，与恶毒刻薄和渺小的自尊心，与所有形成愚蠢情欲的盲目情感，都是格格不入的。

他相信韦拉是绝对正确的，正是这一信念，使他对韦拉保持着纯洁深沉的精神上的热烈情感，正是她那迷人美貌的魅力，以及对她才智和内心诚实的信赖，使他压下情欲那本能的利己主义，使他不仅未在痛苦中蒙受绝望，也没有对韦拉态度冷漠。

从她说出心里话的那一刻起，他便不顾自己剧烈的痛苦，公正地相信和意识到她没错，而是个"不幸者"，并且当即将这一想法向她表达出来：现在他也是这么想的。他认为，马克各方面都是有罪的，是个更为不幸的盲目无知的蠢货。

由此，透过痛苦，透过这杂乱无章的感情、忧郁和侮辱，图申在自己心上依然默默地、暂且偷偷地点着一盏灯，一盏发着微光的希望之灯，当然并非原先的那种希望，那种对相互间感情充足而巨大的幸福的期望，而是希望别完全失去韦拉，永远保持住她的友谊，在遥远的不定何时的将来，加深她对自己平静而持久的好感，以及……以及……

他的想望到此结束，不敢继续往前走，因为随之而来的是一个自然而然的问题：如今她怎么样了？她的悲剧是否结束了？马克是否会回心转意，意识到他所失去的东西，重新去追逐离他而去的幸福？他会不会跟着她从悬崖底下往上攀登？她会不会重又回头看望？他们会不会相互把手永远伸给对方，成为幸福的一对，像他图申和像韦拉本人那样理解幸福？

于是，当韦拉让塔季扬娜·马尔科夫娜看那两封信的时候，直接刺痛她内心的那些疑惑和问题，同样也在折磨着图申。这个问题不停地啃咬着他。他觉得让马克坚持自己的见解，并且只留在悬崖底下，是难以置信的。"他可不是个傻瓜，不是瞎子……""她总是因为什么才爱上他的吧……不，爱上他是不可能的，而只是对他入迷罢了，一种尴尬的迷恋……"他思忖道，"一旦他醒悟过来，回到她身边，她便将感到幸福……愿上帝保佑！愿上帝保佑！"他为韦拉的幸福祈祷着，并且就是在这些时刻，变苍白了，变瘦了——因为感到无望，为自己苦恼不堪的未来，为没有心上人，没有幸福，没有韦拉，没有这一切的一切，以及……以及……以及……

"这是什么样的生活？"他心想，"这便是我原先过着的生活，那时我并不知世上是否有个韦拉·瓦西里耶夫娜，不能再这样生活下去。没有她——事业将停止，生活将停止！"

他差点没亲自动手去砍伐制桅杆用的树木，更加勤奋地料理锯木厂的工作，替代伙计亲自管理账房的账册，或是在林中纵马疾驰，前后二十俄里，把马累得满身大汗，来减轻自己的痛苦和消除所有这些问题，避得远远的——但有个问题，像呼啸的秋风，不知疲倦地与他一起飞驰：伏尔加河那边出了什么事？

多少次，他骑马来到河岸边，朝对岸眺望！他多么想骑着马跳上启碇的渡船，爬上高山去打听，去询问……

但她说过："您等着！"而这句"您等着"对于他是不容违背的。

如今，他口袋里揣着她的便函来了。她叫他来，但他并没有策马上山，而是悄悄骑着马，不慌不忙地下马，耐心等待着，让下房里的马车夫发现他，将他的马牵走，而他则怯生生地去拉门把手。甚至在进她房间后，他还胆怯地偷偷看她，不知她为何叫他来，等待他的是什么。

开始两人还挺尴尬。她——是因为"秘密"他已知道，虽说他是朋友，但毕竟对她来说是外人。她突然将秘密向他公开，是在发热病中，神经受到了刺激，当时她从他的某些话语中怀疑他已经知道了一切。

不公开也不行：她珍视他友谊的迷人之处，并不想偷走对他的尊敬。况且他向她求过婚。但是毕竟他知道了她的"罪孽"，而这令人觉得沉痛。她羞愧地低着头，避免直接与他的目光接触。

他亦很不自在，因为当时他那么不合时宜，并且不适当地向她公开了自己的希望，而她给他的答复又坦率得可怕——因此他感到难堪，为她，也为自己。

他们互相猜测着，默不作声。

"您原谅我了吗？"她终于用胸音小声道，竭力不看他。

"我，原谅您？为何？"

"为您所遭受的一切，伊万·伊万诺维奇。您变了，人瘦了，您心里很苦——这我看得出。您和奶奶的痛苦，是对我的沉重惩罚！"

"我的痛苦不该让您担心，韦拉·瓦西里耶夫娜。它是我的。是我自招的，而您却使它减轻了。瞧您还想着我，给我写信，说您想见我：这难道是真的？"

"是真的，伊万·伊万诺维奇。倘若我失去了你们三个人，奶奶、您和鲍里斯哥哥，我会经受不住孤独的。"

"喏，瞧，您还提什么痛苦！您抬头看看我。我想，我这段时间变胖了些。"

他露出一个人高兴时脸上突然出现的红晕。

"我明白，"她说，"因此我与你们在一起就显得更不自然了。奶奶都成什么样了！"

"怎么啦？我怕问……"

她向他讲述了这两星期所发生的一切，除了塔季扬娜·马尔科夫娜的自白。

他紧张地等待着，看她是否顺便提及有关马克的情况。但她一句话也没说。

"要是您本人能快些平静下来就好！"他若有所思道，"一切都将过去和忘却……"

"会忘却，但不会宽恕……"

"没人需要什么宽恕……"

"即使别人忘却了，宽恕了，我本人也无法忘掉和宽恕自己……"她小声道，并且打住。脸上显出痛苦。

"我开始稍事休息，忘却……"她继续道，"眼下玛尔芬卡的婚礼在即，有许多事情要做，我的注意力便分散了……"

"怎么回事，难道有什么事情打扰？"

"是啊……昨天我非常惊惶不安；现在还没有完全平静下来。我怕怎么也得……对，您是对的，我应该快些平静下来……我本以为，一切全结束了……我该从这里离开！"

他把目光垂下，默不作声。红晕和片刻的欢愉从脸上消失。

"出什么事了吗？"他问，"您是否需要……什么帮助，韦拉·瓦西里耶夫娜?"

"是出了点事。但这个忙我不叫您帮,伊万·伊万诺维奇。"

"也许,我不能做到?"

"不,不是!您读一读我收到的信,就全明白了……"

她从抽屉里取出两封信交给他。图申读完信,人便变瘦了,脸又像来时那样苍白。

"是啊,当然,这里我是多余的:您一人便能……"

"我不能,伊万·伊万诺维奇……"

他探询地望着她。

"我不能,无论是给他写上两句,还是去见他……"

他开始恢复常态,抬起头,盯着她。

"可是我得给他回音,不然他会等在那里,等在小亭子里,或是上这儿来,如果我不给……可我不能……"

"什么样的回音?"图申问道,低下头,两眼盯着自己的皮靴。

"您同奶奶一样,都问什么样的回音!您难道没看过信?他用幸福骗人,还提出要举行婚礼……"

"那有什么?"

"那有什么!"她重复道,夹杂着轻微的气愤,"昨天我试着给他写上两行:'我与您,过去没有,婚后也将不会有幸福,我永远不再见您。别了!'——可我没能写。我想去把这亲自告诉他,便离开——但双腿走不了:摔倒了。他一点也不知道我出了什么事,还以为我依旧处在炽烈感情的高潮中呢,因此还抱有希望,写信来……应该把一切告诉他,而我又不能去!无人可以托付:奶奶看了这两封信,像火药那样,火冒三丈。我怕她经受不了……可是我……"

图申突然站起身,走到她跟前。

"于是您想到了我:'图申——经受得住,并将为我效劳……'于是把我叫来……是这样吗?"

他全身容光焕发。

"不,伊万·伊万诺维奇,不是这样的。我叫您来是为了……在这惊慌不安之时能见到您。当您在这里时,我好似能平静些……"

"韦拉·瓦西里耶夫娜!"他说道,红晕又出现在他脸颊上。

他几乎感到无比幸福。

"而让您去那里,"她继续道,"不,我不能再使您去受这新的侮辱,不能让你同一个您……无法心平气和见面的人面对面在一起……不,不行!"

她摇摇头。

"受侮辱!韦拉·瓦西里耶夫娜!……"

他想说话,但只是在她跟前双手合十,像做祈祷似的。双目炯炯有神地望着她。

她十分惊讶和感激地望着他,见到只要有一点关注,有一点礼貌的感情——那么的一点点——便能使他幸福。而这是在发生了一切之后!……

"他那么爱我!为什么……"她忧郁地思忖道。

"受侮辱!"他重复道,"对,我会感到很沉重,倘若您派我带着橄榄枝去找他,帮他费力地离开悬崖来到此地的话……这种信鸽的角色对我确实不合身份——不过,我也能去让你们言归于好,倘若我知道您将会很幸福……"

"奶奶会去的,还有我母亲,倘若她还活着……而此人也打算去——寻觅我的幸福——并失去自己的幸福!"她又思忖道。

"伊万·伊万诺维奇!"她几乎含着眼泪道,"我相信您,您会去办这件事情!但我是不会让您去的……"

"我知道您不会让我去,也不会愚蠢地去做此事。而眼下我也不该去扮演熊的角色。但是去见见他,把您未能写成的这两行字的意思向他转达,这可是一种幸福啊,韦拉·瓦西里耶夫娜!"

她垂下眸子。

"我只能给他这种幸福,以回报……他所做的一切……"她心想。

发现她很忧伤,他突然心慌意乱,收敛下来;高傲的姿态,闪耀的目光,脸上的红晕——全消失了。他对自己冒失的喜笑颜开,不谨慎的"幸福"话语后悔不已。

"我又干蠢事了!"他暗自苦恼,把她对他表示的一件平平常常的友好委托,看作是对他所抱希望的某种间接奖励,正如她所说的,那是因为她已经无人可托。

他这突如其来的兴高采烈和这句"幸福"的话语,仿佛重又承认对她的爱和向她求婚,除此之外,还向她显示,他自私地在为她与马克断绝关系而感到高兴。

韦拉望着他,猜到他再次从自己期盼幸福的悬崖上滑落下来。她的心,那女人的本能和友情——都急忙来帮助可怜的图申,她也不让他的所有希望彻底落空,给他保留了她在目前状态下所能给予的一个希望——那就是无限的信任和尊敬。

"是的,伊万·伊万诺维奇,我现在看出,在这件事上我也对您寄予希望,只是我并没向自己承认,并且始终下不了决心求您帮忙。但是,倘若您宽宏大量表示愿意,那么我会很高兴并深表谢意。谁也没有像您那样给我以帮助,因为谁也没有像您那样爱我……"

"您这么说,韦拉·瓦西里耶夫娜,那是宠我;但这是对的!您把我看透了……"

"倘若,"她继续说道,"您去见他不觉得为难的话……"

"不……我不会晕过去的。"

"那么今晚五时您去亭子,并对他说……"

她沉思着,说什么。然后拿起铅笔,写了她刚才对他说过的那两句话,对原先说过的话没作任何补充。

"这便是我的回答!"她说,将没有封口的纸条递给他,"请交给他,并且随便补充两句,如果您需要的话,您知道一切……"

他将纸条藏进兜里。

"请记住一点,"她匆匆补充道,"我丝毫不责难他……丝毫不诉怨……因此……"

她停住。他等着。

"您的长鞭子就别随身带着了吧！……"她几乎向着一旁，小声把话说完。

"我就该这样。"他说，使劲吸了口气。

"请原谅，"她打断道，把手伸给他，"这不是非难——根本不是！记忆力恰好提醒我。用这一句话表达，我更轻松些，但您应该明白，在这次会面中，我希望什么，不希望什么……"

"就这一点有些遗憾，您以为，没有这句话，我会不明白似的……"

"原谅我这个病人……"

他将伸给他的手握住。

十六

等了片刻，塔季扬娜·马尔科夫娜回来了，赖斯基也来了。塔季扬娜·马尔科夫娜和图申相互见面不免有些不好意思。他们都感到尴尬：他知道，祖母清楚他对韦拉作过表白——而她感到难受的是，图申了解韦拉的风流韵事和"罪孽"。

他的目光里显露着沮丧，而在她的言谈中则透露出为韦拉觉得不好意思和对他本人的同情。他们聊天，甚至谈到一些普通事情都显得有些不自然，但到吃午饭前，相互的好感占了上风，他们恢复了常态，相互直视眼睛，信赖彼此的感情和性格。他们甚至好像相互间亲近起来，并且在默不作声时也一个向另一个用眼神交流原本可以用言语说出的那些往事，倘若这需要的话。

午饭前，韦拉同塔季扬娜·马尔科夫娜一起留下，她竭力或是多半是害怕知道，祖母能采取个什么措施，以便让马克不再在亭子里等她。她决定饭后不离祖母寸步，以免自己控制不住亲自从悬崖上去相会的愿望。

但塔季扬娜·马尔科夫娜饭前并没有提起昨天的交谈,而午饭后,当赖斯基离去回自己房间时,图申穿上了大衣,说了声"有事",便不知去向,她便让所有丫头去擦拭选定给玛尔芬卡做嫁妆用的银茶壶、咖啡壶和托盘等。

韦拉在一旁安静下来,心里想象着同图申一起飞到了亭子里,忐忑不安地、忧愁而极度紧张地思忖:"可别出什么事!但愿就此结束!那里现在不知会出什么事啊!"

而那里,五点差一刻,图申偷偷来到小亭子附近。他熟悉这地方,但显然好久没来,忘了,因此他东张西望,一会儿往那边,一会儿往另一边,顺着那勉强可辨的小径,怎么也找不到小亭子。他停在灌木较多较密的地方,这才记起亭子就在此地附近的什么地方。

他站定,朝四处张望,不安地看一下表。指针快到五点,可他既没见亭子,也没见到马克。

蓦地,从远处传来急促的脚步声,松林和云杉林之间出现个人影,又消失了。

"好像是他!……"图申心想,用整个胸腔深深吸了两口气,像匹疲惫的马儿,将挺立在身旁的一棵年轻的云杉树前后摇动,然后将双手插进大衣兜里,一动不动地站立着。

马克像是从埋伏地跳出来似的,站在图申所在之处,吃惊地环顾四周,发现了图申,变得目瞪口呆。

他们相互对望了一阵,接着都碰了下自己的制帽。马克一直困惑莫解地四处打量。

"小亭子在哪儿!"最终他大声发问。

"我也在找它,并不知道它在哪边!"

"什么'在哪边'!我们现在就站在它的上面:昨儿早晨它还在这里呢……"

两位均不再作声,不知亭子出了什么事。其实它是这么回事:塔季扬娜·马尔科夫娜答应韦拉,马克将无法"在亭子里等到她",于是真的履行了诺言。在她与韦拉谈完话过后一小时,萨韦利带上五名农夫,手握斧子,从悬崖上下去,他们在两小时内便捣毁了亭子,肩上扛着柱子和木板回来了。而一帮老婆子和小孩儿们则按照祖母的命令,将碎木片都捡得光光的。

翌日清晨,女主人亲自率领花匠和萨韦利,还有另外两个人,吩咐将曾有亭子的地方尽快平整好,夯实,铺上草皮,并将一些年轻的松树和云杉移栽到这里。

"事后心里明!"她在心里暗暗责备自己,"要是我在韦罗奇卡将一切告诉我之后,立刻把亭子拆了……这样也许那个恶棍便会猜到,并且不会再给她写这些该死的信了!"

恶棍确实猜到了。

"老太婆知道了——这是她干的!"他心想,"韦拉做事品行端正:全向她坦白了!"

他向图申转过身,朝他点点头并打算离去,但发现他的目光专注而严酷。

"您在此干吗,散步还是怎么着?"他问道,"您为何这么盯着我?上这里来做客吗?"

"是啊,来做客。我并非来散步的,而是来同您见面的。"图申冷淡而谦恭道。

"同我!"马克朝他飞快转过身道,疑惑地盯着他。"这是怎么回事,难道他也知道了?看来他也对韦拉存有妄想。别是这个林中奥赛罗想演场悲剧:难道他也需要'血','血'!"马克得以想到这一点。

"同您,"图申重复道,"我受人之托来见您。"

"谁?一个老太婆?"

"哪个老太婆?"

"别列日科娃!还会是谁!"

"不是。"

"那么是受韦拉之托?"他几乎惊吓道。

"您是想说韦拉·瓦西里耶夫娜?"

"喏,好像是瓦西里耶夫娜。她怎么样,身体好吗?她让您转告我什么?……"

图申默默地将便函交给他。马克朝它扫了一眼,不经意地将它塞进大衣兜里,接着摘下制帽,开始用手指揪头发,不知是想把自己在图申面前的窘迫压下去,还是要将痛苦、伤心或是恼怒的感觉控制住。

"您……全知道了?"他问。

"请允许我对此不予回答,倒是想问您:您对回信有什么要说的吗?"

"我是要给你回答的!"马克想道,"可我不给!"

"我没什么可说的。"他冷冷地大声答道。

"但是,您当然是会履行她的请求的:别再打搅她,别提醒自己……别写信,别再光顾此地……"

"这关您什么事?因为您是她未婚夫,所以来问罪?……"

"为此没必要非是未婚夫,作为普通朋友也可以执行委托。"

"倘若我还要写信,还要光顾——那又怎么样?"马克开始暴躁道,好像硬要显得粗鲁无礼。

"我不知道韦拉·瓦西里耶夫娜将如何对待此事。倘若她又给我新的委托,我还会做她所需之事。"

"您真是个言听计从、毕恭毕敬的朋友!"马克恶毒讽刺道。

图申严肃地盯了他一会儿。

"是的,您说得对,我是她的这种朋友……请别忘记,沃洛霍夫先生,"他补充道,"眼下您不是在同图申说话,而是在同一位女士。我站在她的立场上,而且决不放弃,不管您说什么。我想,为了您别再去惊扰她,她的愿望对您足够了。她刚从一场重病中恢复过来……"

马克默默地在草地上来回走动,在听到最后几句话后来到图申跟前。

"她怎么了？"他几乎温和道。

图申不作声。

"请原谅我，我不冷静，我知道这很蠢！但是要知道，您看到的，我也——好像在热病中。"

"我觉得很遗憾；那么，您本人也需要安静……对这张便函，您给个什么答复？"

马克不想回答他。

"我自己回复，我会写信的……"

"她肯定拒绝此信——我可以向您保证，她不可能按另一种方法行事……她病了——她的健康需要宁静，而只有当您不再光想着自己时，宁静才会出现。我将转达您对我说过的话，并且告诉她，是我亲眼目睹的……"

"喂，您是希望她幸福吧？"马克开始道。

"当然。"

"您见到她爱我，她对您说过……"

"不，我没见到，她也没对我说起过什么爱情，只是交给我这张纸条，并要求重申，她不可能也不愿意再同您见面和收到您的信。"

"多么荒谬——遭受痛苦并使别人也受折磨！"马克说道，将早晨刚铺上的树木四周的新土用脚踢起，"您可以使她摆脱这种折磨，摆脱疾病和体力衰弱……摆脱一切——倘若您……是她的朋友！老太婆将亭子拆了，但无法摧毁情欲；毁掉韦拉的是情欲……这可是您亲口说的，她病了……"

"我并没说，她得病是因为情欲……"

"那她病怏怏是因为什么？"

"是因为您给她写的信，说您在亭子里等候，威胁要亲自登门。她对此无法忍受——这才委托我转告。"

"她只是这样说，而自己却……"

"她说话始终是真实的。"

"那她为何将此事委托您？"马克突然问。

图申不吭声。

"那是她信任您，因此，您可以向她解释，拒绝幸福是多么没有道理。要知道她在那里，在自己家里是寻求不到幸福的……您最好劝她别再折磨自己和别人，并且竭尽全力去动摇这位祖母的道德……同时我希望她……"

"如果您善于了解她的话，"图申打断他，"那您早就该知道，她是那种任何'解释'和'劝说'都不认可的人。至于动摇'奶奶的道德'嘛，我看毫无必要，因为我赞同她……"

"原来如此！您是个令人惊异的外交家，您完成委托很出色啊！"马克气恼道。

图申不作声，观察着他，平静地等待他的答复，不管愿意不愿意。

这种缄默不语的平静使马克勃然大怒。亭子被毁和图申出来充当调停人的角色向他表明，他的希望破灭，韦拉不再犹豫不决，已打定主意永远不再同他见面。

他内心充满恶毒的意识，认为韦拉感到痛苦并非出于对他的炽烈情感——不然她就不会向祖母坦白承认，更不会向图申公开。他以前就知道她脾气固执，情欲都无法将它制服，因此他才几乎绝望地做出了最后让步，决定娶她，并且在一段不确定的时间内留在此地，留在这个县城，使他的情欲暂时持续下去，但并非永远。他相信自己关于爱情的见解是一贯正确的，并预见到对他们俩来说，这爱情同样早晚都将达到尽头，他们将"暂且互相依恋着不分离"，以后……

他将要推迟这"以后"的期限，希望随着时间的推延，当冷淡的时刻来临，韦拉自己不再坚持祖母的那套道德。

如今就连他的这一牺牲——建议结婚——也无补于事。它并没有被接受。他既非危险分子，也非不可或缺的人。他被人家打发走。此刻他蒙受的，正是不久前他还在嘲弄、并不相信的痛苦。"不合理！"他心想。

"我不知道,我该怎么办,"他依旧高傲道,"对您的外交任务,我无法给予回答。当然小亭子我不会再去,因为它已经不存在……"

"信您也别写了吧,"图申替他回答道,"因为没人将它们转交。她的家您也别去了——您不受接待……"

"您是谁?"马克恶狠狠道,"您想干什么,守护她?"

"我会的,倘若韦拉·瓦西里耶夫娜愿意。其实,家里有女主人,还有……一帮下人。但我以为,您本人是不会不讲体面、破坏女士们宁静的……"

"鬼知道这有多荒谬!"马克吼叫道,"人们替自己发明了镣铐……便一个劲儿去纠缠那些受难者……"

他依旧想守住阵地,带着几分尊严离开,为自己保留不作回答的权利。但图申已经知道,不可能有别的回答。马克感觉到了这一点,开始逐渐后退。

"我快要走了,"他说,"再过一星期……韦拉……瓦西里耶夫娜是否能同我见上一分钟?……"

"完全不行:她病了。"

"难道她,那么给她治过吗?"

"她只需一种药:就是别再让她想起您……"

"我可是不十分信任您,"马克尖刻地打断道,"您好像……对她有好感——而且……"

图申又摇了摇云杉,但不作声。他了解马克的处境,并且明白何种情感在烧灼着他,或是何种狂怒在激荡着他,因此克制住自己,并没有对他的恶行恶语相加,而只是担心马克因傲慢的偏执赖着不走,或是受令人激荡的情欲余波所驱,还企图给韦拉写信,或与她见面及打扰她。他想彻底打消马克的这一念头。

"倘若您不相信我——那么您手上有证明。"他说。

"收条——是的。这并不意味着什么。情欲是海洋。今日暴风骤雨,明日便风平浪静……也许,现在她已经在后悔派您来……"

"我不这么想;她要是没预见到这一点,便不会派人来。您,正如我所见到的,对她根本就不了解。况且一切我都向您转达了——当然,您将尊重她的愿望……我也不再坚持要回复……"

"没有任何回复!我这就走……"

"这正是她所需的回复……"

"不是她,而是您所需的,也许,还是耽于幻想的赖斯基和那个老太婆所需的……"

"是啊,好吧,也是我们所需的,也可能——是全城所需的!我只是允许自己向韦拉·瓦西里耶夫娜担保,您的答复将由您真正履行。告辞。"

"再见……骑士……"

"什么?"图申稍稍蹙眉问。

马克脸色煞白,望着一边。图申碰了下帽檐便走了,而马克依旧在原地站着。

十七

使他恼怒的是,他走得尴尬,走得极不体面,比他曾经向赖斯基预言的还要糟,糟糕的是他的整个风流韵事竟然在悬崖底下而告结束,他必须头也不回地从这里离开,临了,不但没有给予同情和说句告别的话,而且把他好像敌人似的撵走,况且还是个弱不禁风、不堪一击的敌人,隔一个星期,隔一座他正在翻越的山,便能将他摆脱。

这一切都因为什么?"他马克可是一点错也没有啊!"可是却在最后一次会面时遭人拒绝——毫无疑问,她并非因为害怕情欲的诱惑,而是仿佛害怕粗暴的欺侮,便挑选另一个人来当了调停人!

而这位旁人用韦拉的权势来颐指气使,不越出礼仪的界线,有节制地将他撵走,就像撵走一个好打架滋事的客人或好偷鸡摸狗的窃贼,又关门窗又放狗。人家还向他暗示,家里有女主人和一帮下人……就差没提警察了。

看来,在这点上有他自己的过错(马克故作宽容地责备自己),使自己习惯于他称之为自由和理性的社会生活条件和方式,蔑视任何习以为常的秩序,而这个县城的人们并不承认他那一套。

是否韦拉现在好像羞于自己的情欲,对改造他感到了无望,背着他通过旁人来摆脱他,像摆脱一个偶然或无意中成为熟人的蠢货?

还有这位调停人,别看他那很不客气的挑衅行为,却明显有所克制,他害怕的当然不是危险,而是对韦拉和他本人来说都觉得丢人的一幕——同一个有伤大雅的人交往。并且对此还需要给个回复!而回复只有一个:除了迫使他接受这位对他千方百计寻衅、冷漠有礼的"骑士"和"外交家"之外,没有,也不可能给予别的回答。马克无论怎样应付,还是给了答复!

可是不管韦拉做出什么决定,毕竟为了纪念往事,她也应该……哪怕给他亲自写封确定的回信——倘若她病了和无法忍受会面的话。即使情欲的火焰已然冷却,她也可以同他好离好散,向他确认她无法容忍前面未知的痛苦处境,以及他的世界观——并且他们最好相互尊重地分手。可是她却把他打发走了——没有敬意,好像都不屑说上最后一句话,好像他做了什么见不得人的事……他错在哪儿?他开始回忆最后的会面——没发现自己在背后做过什么……

他是对的,在各方面都是对的:这不露声色、不明不白的分手算什么事?她不能把自己像"风烛残年的老朽们"所谓的"失身"怪罪于他啊……不能!而眼下他付出的代价,到了自我牺牲的地步,抛弃自己的事业,同意……举行婚礼!却为何来这一手,用简短的一张纸条,替代友好的书信,用个中间人——来替代自己?

是的——这一手像把刀,将他刺痛。一股凉气从头到脚将他包裹。然而,是哪只手将他刺了一刀?是老太婆怂恿的?不是——韦拉不是这样的人,你无法怂恿她!那么,是她本人。可是为什么,他干了什么?

马克慢慢走向篱笆墙,萎靡不振地爬到它上面,坐下,放下双腿,没有往大路上跳,而是竭力回答自己所提的问题:"他干了什么?"

他记起最后一次见面时,他如何"老老实实"地警告过她。他的话是那个意思:"记住,我什么都对你说在了头里,倘若你,在上面提到过的话之后,向我伸出手来——你就是我的;如若你有过错,那可不是我……"

"这合乎逻辑!"他几乎大声嚷嚷——并且突然间,好像在他身边从地下升起一股臭味和刺鼻的油烟。他从篱笆墙上跃到大路上,像当时那样,头也不回便……

随后,他记起他如何就在此地,在危险时刻,撇下她一人留在悬崖上。"我走了。"他对她说(老老实实地),便离去,但回过身来,将她那神经紧张的绝望叫喊**别了**,当作召唤而接受——并且急忙朝呼叫声跑去……

对问题"我干了什么"的这第一个回答,像把锤子似的在敲他的脑袋。

他下山,但刀子干着自己的事儿,扎得越来越深,越来越深。记忆无情地在他面前以一系列不久前发生的种种事情伴随着。

"当你不信任我时,举行婚礼也是不诚实的!"他曾高傲地对她说,将婚礼和"无限期的爱情"统统予以拒绝,希望没有这场牺牲而获取胜利,而现在却又建议举行那场婚礼!他自己也没预料到。他没有及时认清韦拉的价值,拒绝了她,高傲地离去……而过几天又珍视她了!

"这便是你干的事!"锤子又在敲他脑袋。

"你从逻辑和诚实中做了两道幌子,"意识从醉汉的自尊心中渐渐清醒过来,对他说道,"以便让你带着自己'新的力量'躲到它们后面,留下一个弱不禁风的女子,为自己的和你的迷恋还清债务,只是许给她一条:离她而去,不承担任何'债务''准则'和'责任'……留下她独自扛着它们……"

"当她虚弱地倒下时,你没有'诚实地'爱惜她,随后也没有'合乎逻辑地'克制情欲,而去找她寻求满足,'不诚实'地做出让步,接受曾被你的'理智'拒绝过的婚礼,而以后则关切地应允——让她独自过别离生活!你将她引诱,并……达成协议!这就是你干的事!"锤子又一次敲他脑袋。

"她'开玩笑',当面毫不客气称你是头'狼',"锤子接着敲打,"如今她并非开玩笑,背后称你是头贪婪成性的狼——留在她记忆里的是狐狸的狡诈,朝众人吠叫的犬的恶毒,而不会留下有关人的任何痕迹!她从悬崖上带走的只是一种精神上的折磨,一种终身无法治愈的痛苦:她怎么会瞎了眼,很久没有猜透你,遭受诱惑,忘掉一切?……庆贺吧,她永远不会把你忘却!"

他全明白:她简短的便条,她的疾病,以及图申代替她本人在悬崖底下的出现。

科兹洛夫后来曾见到过他,并告诉赖斯基,眼下他暂时去了诺夫哥罗德省的老姑家,然后打算重新申请当贵族士官[①],随之调往高加索。

十八

赖斯基同图申彻夜长谈。只是现在他们才开始较为聚精会神地相互注视,并在分手时双方都有尽快结识的愿望,由此可见,彼此都给对方留下了良好印象。

晚间,图申请赖斯基上自己家做客一周,看看他的森林,他蒸汽锯木厂里的机器如何工作,他的劳动组合和整个林业经济。

赖斯基想把韦拉的肖像画完,因此没有接受邀请。但翌日一早醒

---

① 此处俄文为 юнкер,有两个不同的意思:士官生和贵族士官。士官生为俄国 1864 年以后军事学校的学生,贵族士官则为 18—19 世纪上半期经过士官学校培训自愿加入俄国军队的贵族。据文中情节看,他再去当士官生的可能性不大。

来，听见院子里的马蹄声，朝窗外瞥了一眼，见图申骑着自己的乌骓正从院子离去。赖斯基突然又想随他同行。

"伊万·伊万诺维奇！"他在通风小窗里叫喊道，"我与您一起去！我穿上衣服，您可以等我一刻钟吗？"

"非常高兴！"图申说，从马上下来，"您别急急忙忙的，我哪怕等上一小时！"

他去赖斯基屋里。塔季扬娜·马尔科夫娜和韦拉听到他们说话，赶忙穿衣，请两人喝茶，同时当然塔季扬娜·马尔科夫娜又得以挽留了他们一小时，并提出一份早餐计划，使得他们俩顿时以离去相威胁，倘若她不以一块煎牛排为限的话。上牛排之前是丰盛的小吃，而牛排之后出现的是鱼，鱼之后是烤野禽。待到端上馅饼，他们便从桌旁站起身告辞——没有待很久。

仆人们给赖斯基备好了马，在他们后面，塔季扬娜·马尔科夫娜派了辆马车，装满了给安娜·伊万诺夫娜的小礼品。于是他们俩原本想八点上路的，好不容易十点才从家里出发，十点半才登上图申的那艘渡轮。

伊万·伊万诺维奇在同塔季扬娜·马尔科夫娜和赖斯基交谈时，以及后来在回家途中——都很沉静，聚精会神，经常缄默不语。

关于韦拉，两人均一句不提。每人都知道对方了解韦拉的秘密，因此他们甚至都不好意思说出她的名字。除此之外，赖斯基知道图申向她求过婚，知道他持何态度，并在整个这场悲剧中他经受过什么样的痛苦。

自从他得知此事的那一刻起，他对图申的所有含醋意的成见便消失了，先是让位给富有好奇心的观察，后来当韦拉告诉他一切之后，便是对图申的同情、尊重、甚至惊奇。

随着赖斯基对韦拉的这位朋友精力较集中的研究，这种惊奇便愈加增长。在这种情况下，想象力通常又帮了他的忙，把图申阐述得很有说服力，不过并没有把他当作豪迈而充满浪漫色彩的典范：其个性过分单纯,不加掩饰和缺乏幻想。

在图申的"德莫克"逗留了一周,在他家中、田野上、森林里、劳动组合和工厂里见到他,在他办公室的壁炉旁同他彻夜长谈直至天明——使赖斯基对图申有了充分了解,对他身上的许多东西感到惊讶,而令他更为惊讶的是韦拉的眼力和感觉,她看清了这个朴实完美的人,并在自己所爱的人中间给了他与祖母和妹妹相同的地位。

这种好感一直保存下来,甚至在旁人炽烈的情感和病态的情欲最盛的时候,这种情欲通常会专横地吞噬一切别的嗜好,乃至其他所依恋的人。而即使在那时,她对图申的友谊依旧保存着自己的鲜活程度和力量。这一点便充分说明情况对他十分有利。

她下意识地感觉到,她所特别关注和喜爱的他的力量——乃是一种全人类的力量,正如她对他的爱并非排他的、狭隘的偏爱,亦同样是一种全人类的情感。

她对他的爱并非出于情欲——也就是说并非肉体上的:这并不依赖于意识和意志,而是依赖于某种神经系统(赖斯基心想,也许是依赖于履行某种低级生理功能的最不高明的神经系统),而且,她对他的喜爱并不仅仅作为朋友,尽管她把他称为朋友,但她并不期待因他的友谊而为自己带来任何结果,按自己的理论,她拒绝任何自私自利的友谊,而只是把他当作一个"人"来喜爱,并且如此向赖斯基表明自己在初次同图申见面时对他的喜爱,也就是,总的说来是作为一个"人"而喜爱上他的。

赖斯基以自己对图申的观察,验证了从韦拉那里所听到的一切——并且证实和确认了这一切——而曾经如此热心地为赖斯基揭示各种不可解的或为光泽和色彩所掩盖的方方面面的他的分析,应该让位给对坦率诚恳的个人那自然而然的向往,那里几乎没有任何"光泽"和"色彩"。

这是一个纯朴而天生有才华的人,犹如璞玉浑金,质朴无华,确实可以去爱他,除了自私自利的或必须履行义务的爱情,也就是妻子、母亲、兄弟、姐妹可以去爱他的那种爱情外,还有一种像人那样去爱他的爱情。

赖斯基望着他,听着他,看到他经济上的活动和安排,看到同他周围人们的关系,同管事伙计、同农民们——同他四周所有人:同他互相接触,同他一起工作,或是仅仅说说话,在一起居住的人们的关系,赖斯基对他身上某些表面上似乎对立的、其实十分和谐地共存于一起的品行:言谈举止的和缓从容,意图和行动的果断坚定、有条不紊,观点的正确和信守不渝,道义的严格公正,心地的善良细腻,天生的而非后天养成的仁慈宽厚——以及某种令人感动的对自己个人品质的不信任,对自身胆怯而又腼腆的怀疑——混合着在发号施令、工作、行动和事业上的大胆而又坚定,这一切均使他感到惊讶不已。

他身上潜藏着无意识的、天生的、几乎毋庸置疑的生命系统和活动方式。他好像并不知道如何做,可总是得到好的结果,好像是几十个训练有素的聪明头脑通过思考、技能和劳动才做成的。

赖斯基记起图申带给他的最初印象,他甚至认为他有点儿不聪明,眼光狭小,与别人初次见到他时可能产生的印象相同,尤其是那些所谓的"聪明人",他们首先要求智慧的表面特征,他的"风度""情调"和"机智",他们自己拥有着这些,却常常并不拥有那些应该潜藏在风度和情调下的本质上的材质。

如今,有机会更近地和完全无私地观察图申,赖斯基断定,这种臆想的"不聪明和眼光狭小"不是别的,正是智慧与那些组成心灵和意志力品质总和的平衡,断定智慧、心灵和意志力这三者,在他身上相互紧紧地融为一体,哪一种都不突出,都不锋芒毕露、光芒四射,却缓慢但持久地将人们吸引。

他那颗跳动着的心,同头脑一起友好地相邻相处,这一切,均专心于生活,埋头于事业,因而连他的意志也是智力和道德力顺从的工具。

他的生命在完成着自己的和谐进程,犹如在大自然赋予他的能量指挥下，奏响了一部和谐优美的音乐作品。

对大自然赋予他的几乎是现成的材料进行加工，是项艰苦的劳动，对此他毫无功绩——过去没有，现在也没有，这是实情。他本人并非自己道路、自己命运的创造者；他恰如一颗行星，它必须顺着被划定的轨道旋转；大自然向它提供所需数量的光和热，赋予它流动所需的性能——于是它便沿着这规定的路线坚定不移地运转。

确实是这样的。但是要知道，他其实并非一颗行星——很可能远远偏向一边。靠自然力和谐运转的机器，有可能陷入紊乱——由于外部各种逆风的到来，推动，停顿，由于被宠坏的愚蠢的意愿。

而他没有这种不协调。他靠内部的力量击退外部的种种逆流，而自己的热情在他身上永不熄灭地燃烧着，他不偏离，不改变智慧与心灵、意志的和谐——并且完美无缺地完成着自己的行程，始终站在智力和道德发展的高处，看来，是大自然和命运将他安置在那里的，因而，他几乎是无意识地屹立着。

但是要知道，有意识达到这一高度——通过痛苦、牺牲、一生艰苦的劳作——当然，没有外人和有利环境的帮助而取得成功者并不多，也可以说几乎没有，其实，像许多人那样，会感到厌倦、绝望，或是对生活的奋斗感到厌烦，半途而废，拐向一边，最终完全失去道德发展的使命，并对它不再相信。

而图申却坚守在自己高处，没有从那里离开。赋予他做人的才干，他没有埋没，而是让它运转，不让它丢失，从大自然的造物中，而并非从自己所拥有中获得好处。

"不，这并非图申身上的局限性，"赖斯基判定道，"这是心灵的美，光明而伟大！这本身便是大自然的宽容，是它直接体现在可靠而现成的形式中的卓越力量。在这里，人的长处是意识到并保留住自身这种天生质朴的美，并善于当之无愧地拥有它，也就是珍惜它，相信它，做个襟怀坦白的人，懂得真理的魅力，靠真理活着——从而不折不扣拥有一颗纯朴的心灵，并且珍惜这一精神力量，倘若并不高于聪明人的能力,那么至少也同它处于同等水平。"

可是眼前人们羞于这种精神力量,看重"蛇一般的聪明",却为"鸽子似的纯朴"而感到脸红,把后者指为天性幼稚,至今认为智力水平比道德水平好,认为达到这个高度是不可思议的,因而,真正而持久的人类进步是不可思议的。

听啊,如此必需的道德发展水平,人人都已具备,好像每个人都已达到,而将它像鼻烟壶似的揣进了自己口袋里,说这是"不言而喻"的,对此是无须谈论的。大家都同意社会存在不能没有道德,同意人道、诚实、正义是本质,是个人和社会生活的基本规则,同意"诚实,诚实,再诚实",等等。

"一派谎言?"赖斯基说,"在大部分人身上,道德发展甚至都还没有开始呢,有时也包括智慧高度发展的聪明人在内,而他们拥有的只是一些像路上捡来的几分小钱那样的规则(而并非行为准则),以及表面上的一套礼节,作为信条,谁不遵守这些规则就将被逐出或随便囚禁在何处。"

大部分人有准则的 decorum[①],而准则本身既不牢靠又稀少,犹如勋章,只是个别享有特权的个人装饰。"他有规则!"有人以这样的口气议论某人,好像是说:"他脑门上有疙瘩!"

而且好吧,倘若有人忽然想要一本正经地坚持在社会公众中灌输和发展规则的必要性,并坚持让他们遵守行为准则,认为这同样十分迫切和刻不容缓,譬如就像迫切需要修建铁路那样,那么这种人必将受到人们的嘲笑。而这时,倘若他胆敢不读法国或英国引起热烈议论的巨著,不了解某部最新的政治经济学公理,不了解政治上的最近阶段,或是物理学上的重要发现,那么人们决不会原谅他在智力发展上的最小疏忽!

人们相互把"会与人相处"当作伟大功绩,也就是会"讨人喜欢",

---

① 拉丁文:假象,幌子。

实际上他们原本有充分理由不照此办理。人们把某些本事称为会过日子，他们善于与所有人搞好关系，使你好我好大家都好，善于将粗野的不道德品行掩藏起来，而把合适的东西公之于众——也就是在当时让为此性质所需的一切转动起来，犹如按琴键，大部分人是没有音乐修养的。

图申生活着，并没有料想到他居然会过日子，如同莫里哀的bourgeois-gentilhomme①未曾料想到"出口便成散文"，他照样过日子，不问他因此是好还是坏。正如聪颖明达的韦拉简明而又准确地断定他的那样：他是个"人"。

在图申的林中庄园逗留六天后，赖斯基同他一起乘四轮马车回家，途中一直在想这件事。"图申是我们真正的'行动小组'，是我们目前必将显现的可靠'未来'，尤其是当这一切，"赖斯基环顾四周的田野和远处的村落，判断道，"当这一切将要**自由**时，当一切幻影、怠惰和娇生惯养将要消失，要给真正的'事业'、许多大众的'事业'让位时，当自愿的'受难者'同幻影一起消失时，代替他们，在社会的整个阶梯上便将出现'劳动者'和'图申们'……"

按照自己敏感的天性，他喜欢上了这个朴实、温文尔雅而又坚毅刚强的新人。他打算以后再在"德莫克"逗留一段时间。他想深入了解图申经济结构的秩序。他只是刚来得及发现外部秩序，看到这种经济惹人注目的结果，但还来不及深入到它机能过程本身。

在村子里，他暂且没有发现最常见和到处都是的现象：杂乱无章，农村贫困经济的痕迹，不结实的小木屋，粪堆，脏兮兮的水洼，坍塌的水井和小桥，乞丐，病人，酒鬼，伤风败俗。

赖斯基向图申表达惊讶和快活，说所有的建筑物看上去全像新盖的那样，清洁，精致，甚至连一个干草屋顶都没有，图申对他的惊讶

---

① 法语：意为醉心贵族的小市民，引自法国作家莫里哀（1622—1673）的知名作品《贵人迷》，描绘和讽刺了资产阶级企图跻身贵族阶层的社会心理。

同样感到吃惊。

"显然,您不是农村居民,不是当家人,"他说,"林中庄园和村庄,其屋顶都是干草盖的——这甚至不讨人喜欢!自己的森林,小木屋怎么会坍塌呢!"

赖斯基那双并非当家人的眼睛,无法充分评价图申在庄园里创立的全部经营才干。他顺便发现,那里还有某种类似感化警察局的机构,来审理农夫们的小案件,还有类似银行、医院、学校的一些设施。

图申对许多事情避而不谈,觉得不好意思用自己的事情去"纠缠"客人,并急忙领着他、一个艺术家去看森林,那是他引以为豪的心爱事业。

森林的景致果然让赖斯基惊倒。它保存得如同公园一般,在那里,活动、工作、照料和科学的痕迹随处可见。一群人看样子是某个劳动组合。农夫们个个都像东家,好像在干自己的家务。

"要知道他们在我这里干活,既为自己也为别人,领的是薪水。"图申对赖斯基的问题"这是因为什么?"回答道。锯木厂给赖斯基的印象是某座想象中宏大而华丽的建筑物,那里的舒适和优雅使它像个标准的英国企业。用闪闪发亮的钢和铜制作的机器,就某种意义而言是些极好的样品。

图申本人在这里显得像个头号会干活的人,他熟悉自己的技术,熟悉所有小物件和细节,爬上机器,检查它,用手触摸轮子。

赖斯基惊奇地望着,尤其是当他们来到工厂办事处,有五十名工人带着申请、说明拥进屋里,将图申团团围住。

他同他们费力对付了一个来小时,突然为撇下客人而觉得不好意思起来,便领着赖斯基离开人群,为这些无谓的琐事向他道歉,带他去看一些好地方。

赖斯基被所有这些新鲜事物、人物、这个工厂、这些将从水路运往彼得堡和国外的大量木材所吸引,使他决定再逗留一周,以便研究这个大事业的意义和机制。

但他没能久留。塔季扬娜·马尔科夫娜来信召唤他,让他立刻回去,信写得很简短,只说"有事"。

图申请求同他一起走,说是"为他送行",可其实是想了解塔季扬娜·马尔科夫娜为何叫赖斯基回去:是否韦拉又出了什么事,她是否又需要他?他不安地回想起自己同马克的会面,以及此人如何不得已才很不情愿地给了答复:他将离开。

"他离开了吗?是否又给她写信了?没去惊扰她?"他往城里赶,心里很不安。

赖斯基一回到家,首先跑到韦拉那里,在新鲜印象的影响下,用明亮的色彩充分勾画出图申的肖像,图申在他所生活和活动的圈子内的意义,以及自己的惊奇和对他产生的好感。

这个普通而讲究实际的俄罗斯人,正在履行着土地和森林主人的使命,在自己的劳动者中间,他是最强壮的劳动者,同时也是他们命运和富裕生活的管理者及领导者,赖斯基在他身上见到了某个伏尔加河中下游左岸的罗伯特·欧文[①]。

"可你却很少对我说起过他的工作!……"他结束道。

韦拉高兴地听着赖斯基的话,脸上甚至出现了红晕。他以最急促的心情向她转述了这头"熊"和他的熊窝给他留下何等幸福的印象,以自己中肯的分析赋予图申的形象以亲切的情调,给日常生活、经济产业、林区和所有地方的风习描绘了一幅灿烂的图画——所有这些几乎使韦拉心向神往。

她在赖斯基的概述中,不无自豪地看出并非直截了当的对自己的称赞,为的是她曾透彻地评价了图申,并且能够喜欢上他身上质朴的气质。

"哥,"她说,"你给我描绘的不是伊万·伊万诺维奇:他我早就熟悉——而是你本人。最有意思的是你自己并不怀疑你本人的肖像结

---

① 罗伯特·欧文(1771—1858),英国空想社会主义者。

果也不难看。你就在此处称赞我,说我在图申身上看清了人!但这并不难!奶奶同样了解和爱他,并且这里所有人都……"

她叹口气,好像为自己没更多地爱他而感到伤心,不然的话……

他想说些什么作答,但祖母派人来找他,要他立刻到她屋里去。

"请告诉我,韦拉,"赖斯基突然醒悟过来,"她叫我去干什么?……"

"我不知道,总是有什么事情吧。她没对我说,我也不问,但我看得出。我怕别是那里又出了什么事!……"韦拉补充道,突然变得很冷淡,将友好的口气转而改为自己忧郁的若有所思。

正当赖斯基从她那里离开之时,图申派人来问能否见见她。她吩咐有请。

十九

祖母将帕舒特卡支走,等赖斯基来后,便关上起居室的房门。很明显她本人心绪不佳。赖斯基也有点儿怕。

"别是出了什么不愉快的事情,奶奶?"他问,在她对面坐下。

"该发生的,便会发生。"她望着一边伤心道。

"您快些说,我如坐针毡!"

"老坏蛋特奇科夫在报复我和你!他不知在何处从一个疯女人那里挖关于我过去的事情……从那里什么也没捞着……大家对过去的事情不感兴趣,而我本人也已经是一只脚进了棺材,对自己并不操心。可是韦拉……"

她叹了口气。

"怎么回事?"

"她的事情不再是秘密……城里流言四起……"塔季扬娜·马尔科夫娜痛苦地小声道,"刚开始我搞不明白,为何星期天在教堂里,副省长夫人两次向我问起韦拉——她身体好吗——两位太太也挤过来听我将会说些什么。我朝四周瞥了一眼——人人脸上全一副表情：'韦拉怎么啦？'我说她曾经病了，现在很健康。全过来打听，她出什么事啦。我怎么应付，怎么掩盖！大家全觉察出……"

"难道有什么透露出去了？"

"幸而真正的不幸隐藏着。我昨天通过季特·尼孔内奇得知一二。散布的流言蜚语倒没落到那个人身上……"

祖母扭过身去。

"落在谁身上？"

"落在伊万·伊万诺维奇身上——这最糟糕。他在这里毫无过失……你还记得吗，玛尔芬卡生日那天他来了，坐在那里不作声，像个死人似的，同谁也不说一句话，待到韦拉露面他才活过来？这一切客人们全看见了。不这样，他爱韦拉也早就不是秘密；他可不是善于隐瞒的人。当时大家发现他与她一起去了果园，后来她悄然回了自己房间，而他却拂袖而去……你知道他为什么来吗？"

赖斯基点头做了个肯定表示。

"你知道？嗨，现在所有人挂在嘴边的就是韦拉和图申。"

"那我怎么给卷了进去？您说特奇科夫提到了我？"

"把你牵连进去的是波林娜·卡尔波夫娜！那天晚上，你同韦拉散步到很晚，她来找你。你对她说了许多话——也许是开玩笑——可她按自己的意思理解，便把你扯上了！说你爱上了韦拉，而她好像要把你拉过来，使你脱离什么'深渊'，脱离悬崖，还能怎样！就这样喋喋不休。你在那里同她怎么啦，又同韦拉都偷偷说了些什么？你可能是头一个，早就知道她的秘密了，可就是把'钥匙'藏起来瞒着奶奶！瞧，这便是你们'自由'的结果！"

她深深叹了口气，满屋子都听得见。

赖斯基攥紧了拳头。

"这种老妖精太少见了！明儿我就给她这么来一回……"他威胁道。

"你找谁兴师问罪去！责怪她毫无用处，她很可笑，也没人会相信她。而那个爱搬弄是非的家伙知道，韦拉在玛尔芬卡生日那天离开，同图申一起去了林荫道散步，在那里谈了很久，前一天晚上又不知上哪儿去了，后来便病倒了——他就把波林娜·卡尔波夫娜的故事按自己的意思改头换面。说是'晚上她不是和赖斯基在一起散步，而是同图申！……'这些话从他那里传遍了全城！还有个喝醉酒的婆娘造了我许多谣言……特奇科夫全打听到了……"

塔季扬娜·马尔科夫娜将目光垂向地上，脸上一瞬间显得红通通的。

"啊,这是另一码事！"赖斯基严肃道,开始在屋子里激动地走动,"您给特奇科夫的教训对他没起作用,那样我按另一种方式再给他个教训……"

"你想干什么？你可千万别！最好别去碰他！你将会证明这是谎言，你大概是会证实的。这也并不复杂繁难，只消问问伊万·伊万诺维奇在玛尔芬卡生日的前一天在哪里。如果他在伏尔加河对岸，他自己的家里，那么人们便会问，真相何在？……究竟她与谁一起待在小树林里？克里茨卡娅曾见到你独自在山上，而韦拉是在……"

塔季扬娜·马尔科夫娜低下头。

赖斯基扑向安乐椅。

"那怎么办？"他为韦拉担忧道。

"听天由命！"塔季扬娜·马尔科夫娜非常悲痛地喃喃道,"上帝通过众人决定人们的命运——因此人言可畏啊！应该克制自己的怒火！显然措施还没到位！……"

又是一声深深的叹息。

赖斯基在起居室里走动。两人默不作声，每人都暗自意识到事情很棘手。上流社会只见到一个角落里某个悲剧的表面迹象。韦拉与人的疏远，图申始终不渝的崇拜，她不依赖于祖母权威的自主性格——这些社交界全知道，并且习惯了。

但是，对此也增添了某种模糊不清的斑点；赖斯基在韦拉身旁的某种忙忙碌碌早已被发觉，甚至传到乌里扬娜·安德烈耶夫娜耳朵里，她在会面时对此亦曾向他暗示过。克里茨卡娅同样有所发觉，并且对于这一点当然是不会那么温文尔雅的。图申恭恭敬敬的爱慕人人都看出来，并且不止塔季扬娜·马尔科夫娜一人有意让他娶韦拉为妻。

县城里，人们一般期待着两件大事：不久将举行的玛尔芬卡与维肯季耶夫的婚礼，以及有可能实现的韦拉与图申的婚事。可这时却突然间违背众人的期待，出了件令人不解的事情。韦拉在妹妹生日那天露了一会儿面，几乎没同谁说上一句话，便同图申躲进了果园，她从那里回了自己房间，而他没同家里的女主人见上一面，便不辞而别。

人们从克里茨卡娅那里得知，赖斯基同韦拉在家庭节日的前夜做了长时间的散步。此后，韦拉便声称病了，塔季扬娜·马尔科夫娜本人也生了病，插上家门，任何人不予接待。赖斯基发疯似的走来走去，回避众人；医生们关于病情说得含含糊糊……

关于婚礼毫无消息。图申为何不求婚呢，甚或倘若提了，又为何没被接受呢？猜疑落在了赖斯基身上，是他引诱了韦拉；那么——他又为何不娶她？上流社会的意见是无情地要求诉诸法庭——孰对，孰错——以便进行自己的宣判。

无论是塔季扬娜·马尔科夫娜，还是赖斯基——都感到情况的严重性，并害怕这一审讯——当然，为了韦拉。韦拉却不怕，而且浑然不知。她顾不上那些。她被自己的创伤和内心的惊慌不安所占据——并集中全部精力去消除它们，不过暂时尚徒劳无益。

"奶奶！"在长久沉默之后赖斯基突然道，"首先您应该亲自将一切告诉伊万·伊万诺维奇。他将如何消除这流言蜚语；他是这流言的主角，也是评判人，他如何决定——您就怎么办。您不用怕他的判断。我现在对他很了解——他的判断很正确。他不会让韦拉遭不幸的，他爱她——这我看得出来，虽然我们一句话也没谈起过她。他对她的命运比对自己的还难受。他身上发生着来自两方面的不幸事件。他同我一起来到了这里,因为您给我的信也使他感到惶惶不安……当然,是为了她。随后我得去找波林娜·卡尔波夫娜,也许我还想见见特奇科夫……"

"我不想让你去见特奇科夫!"

"奶奶,不能饶了他!……"

"我不愿意,鲍里斯!"她那么断然和严厉,使他低下了头,一句话也不再反驳。"那是什么好结果都不会有的。你刚才已经想出了该做的事情:是的,首先得告诉伊万·伊万诺维奇,然后我们再看您是否去找克里茨卡娅,从她那里了解有关这些流言的情况,另作判断,或是……说出真相!"她叹息着补充道,"我们看看伊万·伊万诺维奇对此如何处理。你去请他上我这里来,而对韦拉你一句话也别说。她什么也不知道——愿上帝保佑,千万别让她知道!"

赖斯基去见韦拉,而图申则接替他出现在塔季扬娜·马尔科夫娜的屋里。

二十

当图申跨过塔季扬娜·马尔科夫娜房间的门槛时,她内心觉得不安。他也克制着自己的忐忑不安,默不作声,双目低垂,向她问好——因此,两人在最初时刻都互相不看对方。

他们不得不触及他们之间还未曾暗示过的共同伤痛,虽说彼此交换了意味深长的目光,并且从愁闷的沉默中相互了解。现在他们将面临面对面的交谈。

两人都缄默不语。她乘机偷偷仔细打量他,并且发现这两三个星期内他身上发生了某些变化:他的神态好像变得不那么傲然和精神,有时候显得无精打采,动作也变得迟缓。人消瘦了,脸色显得苍白。

"您刚从韦拉那里来吗?"她终于问道,"您发现她如何?"

"还不错……她,好像身体好了……很平静……"

塔季扬娜·马尔科夫娜叹口气。

"平静什么啊!嗨,随她去吧,可是给您添了不少麻烦,伊万·伊万诺维奇!"她轻声道,竭力不看他。

"我的麻烦算什么!应该使韦拉·瓦西里耶夫娜安静。"

"老天爷不保佑,不是这个命啊!刚开始恢复点元气,我也从家里的灾难中歇息过来,这灾难暂时算是藏进墙里头了,可现在却越过墙头……"

图申突然竖起耳朵听,好像听到了枪声。

"伊万·伊万诺维奇,"塔季扬娜·马尔科夫娜断然道,"城里流言蜚语四起。您知道的,我和鲍里斯曾发过一阵火,揭下了伪君子特奇科夫的假面具。这可能与我的年岁不相称,可他实在太自高自大。再也无法忍受!现在他来揭我们的假面具了……"

"揭你们?揭谁的——您的?"

"他对我也胡说了些什么——不过没人听他的,我不中用了……而对韦拉……"

"对韦拉·瓦西里耶夫娜?"

图申欠了欠身子。

"请坐下,伊万·伊万内奇,"塔季扬娜·马尔科夫娜说,"是的,对她。也许是活该……也许这是报复。可是这里他们把您也给牵连上了……"

"把我,同韦拉·瓦西里耶夫娜一起?"

"是的,伊万·伊万诺维奇,瞧,真正的惩罚就在于此!"

"请允许我知道,他们都说了些什么?"

塔季扬娜·马尔科夫娜将流言向他转述。

"城里人们在说,我家里有问题;他们见到您同韦拉去了果园,上了悬崖,坐在那里的长凳上,热烈地说了阵话后便离开了,而我和她便全病倒了,谁也不接见……瞧,流言蜚语就从那里出来的!"

他默默听着,想说什么,但她制止他。

"让我,伊万·伊万诺维奇,把话说完,这并非全部。鲍里斯·帕夫雷奇……在玛尔芬卡生日的头天晚上……去找过韦拉……"

她突然打住。

"后来呢?"图申急忙问。

"克里茨卡娅在他后面慢慢跟着;她发现鲍留什卡焦急不安……他冒出几句对韦罗奇卡说的话……波林娜·卡尔波夫娜信以为是冲她说的。人家当然不信她的——都知道她底细——可现在他们得知了真相,知道生日头天,韦拉同谁一起在小树林里……从那可恶的悬崖底下升起的乌云笼罩着我们全家……和您。"

"他们对我都说了些什么?"

"说是就在头天晚上,韦拉在那里,在小树林里,悬崖下面同一个人……说是,同您在一起。"

她不再作声。

"您想让我做什么?"他恭顺地问。

"应该说出曾经有过的真相。现在您,"塔季扬娜·马尔科夫娜最后断然道,"首先应该替自己辩护:您一生清白,以后依旧应该是这样的……而我和韦拉,待到玛尔芬卡婚礼过后,立刻上诺沃肖洛沃,去我的庄园,永远……您赶快去找特奇科夫,对他说,前一天不在城里,因此,您也就不可能在悬崖上……"

她不再作声,凄凉地沉思默想起来。图申躬身坐着,身子前倾,低着头,望着自己双脚。

"倘若我不这么说呢?……"他突然昂起头回答道。

"伊万·伊万诺维奇,您知道该怎么办,就拿定主意。您还能说别的什么吗?"

"假如我去对特奇科夫说——不,不是同他,我不想同他说话,我去对别人说,我是在城里,因为这是事实:我没在伏尔加河对岸,而是在这里的一个朋友家住了两天,我还要说,前一天……我在悬崖上——哪怕这不是真的——同韦拉·瓦西里耶夫娜在一起……假如我再补充道,说……我提出求婚并遭到了拒绝,说这使我和您都很伤心,因为您是——赞同的,说韦拉·瓦西里耶夫娜本人很生气,但我们的友谊并没有因此而受到损害……看来,可以作个暗示,还存有某种很遥远的希望……许诺考虑考虑……"

"也就是说,"塔季扬娜·马尔科夫娜若有所思道,"求过婚,没有说妥……是啊!倘若您那么善良……可以这样。但是要知道,过后他们可不会停止纠缠,他们将等待,询问:快了吧,什么时候?许诺可不能永远是许诺……"

"他们会忘掉的,塔季扬娜·马尔科夫娜,尤其是倘若你们像所说的那样离开的话……要是他们没忘……而您和韦拉·瓦西里耶夫娜又始终担惊受怕……那就接受求婚……"图申轻声把话说完。

塔季扬娜·马尔科夫娜脸色骤变。

"伊万·伊万诺维奇!"她责备道,"您把我和韦拉当什么人了?为了迫使那些恶毒的舌头沉默,将那些并非流言而是痛苦的真相扑灭,为此得利用您原先对她的眷恋和宽宏大量?使您还是她今后一辈子都不得安宁!我不想从您那里期待这些!……"

"毫无根据!这里谈不上什么宽宏大量!我以为,您讲述这些流言蜚语,并为此把我叫来,是为了简短明了对我说:'伊万·伊万诺维奇,这件事你也被牵连进去:你替自己和她一起辩护清楚吧!'瞧,到那时我也会像维肯季耶夫那样直接叫您奶奶,并在您面前跪下。事情本应该是这样的嘛!"他沮丧道,"对不起,塔季扬娜·马尔科夫娜,您办事通常从老习惯、老规矩开始,还得打听过去情况如何,将说些什么,而自身的头脑和心灵却以后再说。但如果从头脑和心灵开始,那您就不会有这种痛苦,我和韦拉·瓦西里耶夫娜的白发也会少些……"

他打住了,似乎冷静下来。

"请原谅!"他突然压低变得胆怯的嗓音道,"我管起了别人的事情。我替韦拉·瓦西里耶夫娜拿起了主意——不过全部关键都在她身上!"

"您瞧,伊万·伊万诺维奇,没有我的'头脑和心灵',您自己也说到了实情上!要是并非命运,我的'头脑和心灵'早就为您说话了!那么,出于怜悯您现在想娶她,而她便将嫁给您——我又想说,为了您的……宽宏大量……您是否想这样?这正派和正当吗?我和她能这么做吗?您是了解我们……"

"倘若她觉得我合适,那便是正派和正当的。她爱我,作为一个'人',作为朋友:这是她的话——当然,她的评价比我本人所值的要高……这是最大的幸福!要知道,这意味着渐渐地……她会爱上我,像爱上个好丈夫……"

"伊万·伊万诺维奇,这门婚事会给您带来什么啊!……多少痛苦啊!……您考虑考虑吧!我的天哪!"

"我不会碍谁的事,塔季扬娜·马尔科夫娜,我看到您操心劳神,极度悲伤——我不会打搅您的:为何您希望替我考虑和着想呢?请允许我自己来搞明白这门婚事会给我带来什么吧!"图申突然急躁道,"它将带来一生的幸福!而我呢,有可能再活五十年!倘若不是五十年,那至少也有十年、二十年的幸福!"

他几乎绝望地挠头,这两个女人并不理解他,不同意将那幸福交给他,这幸福就在他身边飘动,躲闪,不让他到手,倘若他能用自己的熊爪将她抓住,便永远不再放走。

可是她们视而不见,不理解,而且还始终在堆砌一座座突然在他道路上赫然屹立的山头,当他以爱与痛苦的巨大力量将它们克服,它们便突然消失,再也不见踪影。

难道他在这场搏斗中无益地厮杀了一番,虽然站住了脚,却没有获得失去的幸福。只有一座无法克服的山峰:韦拉爱上了别人,她希望与这另外一个人共享幸福——瞧,真正的悬崖原来在这里!如今她的希望已然消失,或正在消失,根据她所说的话("她从不撒谎并了解自己。"他心想)——应该再也没有什么,再也没有任何山头!可是她们并不理解,还在想象各种障碍!

"然而并没有障碍,没有,没有!"图申狂怒地暗自喃喃道,并且几乎恶狠狠地望着塔季扬娜·马尔科夫娜。

"塔季扬娜·马尔科夫娜!"他说道,突然间重又唱起一个高音,激昂有力,"要知道,倘若有森林妨碍前进,人们便将它伐尽,逢海渡海,遇山打洞,勇敢的人们一往无前!而这里既无森林,也无高山大海——什么也没有:有过墙,倒了,有过悬崖,也不在话下!我架桥过去,双腿决不会发抖……把韦拉·瓦西里耶夫娜给我,把她给我吧!"他几乎大声喊叫,"我把她送过悬崖和桥梁——任何妖魔别想妨碍我的幸福和她的安宁——哪怕她活上百岁!她将是我的女皇,躲在我的森林里,在我的保护之下,受不到任何威胁,忘掉任何悬崖,哪怕它们有成千上万!这您怎么会不理解我!"

他站起身,突然用手帕捂往双眸,开始绝望地在屋里走动。

"我理解,伊万·伊万诺维奇,"塔季扬娜·马尔科夫娜沉默一会儿,含泪轻声道,"但问题并不在我身上……"

他蓦地停下,擦擦眼睛,用手抚摩一下自己浓密的长发,握住塔季扬娜·马尔科夫娜的双手。

"请原谅我,塔季扬娜·马尔科夫娜,我总是忘了主要的东西:无论高山、森林、深渊都无法阻碍——却有一个障碍不可逾越:那就是韦拉·瓦西里耶夫娜不愿意,那么——她在前面所见到的生活将比与我在一起更幸福……"

又惊讶又深受感动的塔季扬娜·马尔科夫娜想反问些什么,但他制止她。

"再次对不起!"他说,"我没有把话说周全。关于我的话题我们放一放,我离题了。您叫我来,是想把有关流言蜚语的事告诉我,并且认为这会给我添麻烦——是这样吗?您请放心,也让韦拉·瓦西里耶夫娜放心,您把她送走吧——让她别再听到这些闲话和议论!而这决不会让我慌神的!"

他冷冷一笑。

"这种娇嫩柔弱不合我的脾性。我对流言嗤之以鼻,而刚才我们所说的我求婚并遭拒绝,这使您、我和全家都很伤心……因为我早就希望……我会在城里顺便去说的。**那个人**明后天就将永远离开(我已经打听清楚)——所有的一切都将被忘掉。我原先什么也不怕,现在更是没什么可珍惜的了。既然已经决定,韦拉·瓦西里耶夫娜将永远不会做我的妻子,那么从今往后,我是死是活,反正一样……"

"将会是您的妻子,伊万·伊万诺维奇,"激动得脸色煞白的塔季扬娜·马尔科夫娜说道,"倘若……那件事会被忘掉,会消失……(他做了个不耐烦的无望手势……)倘若这座悬崖您不认为是深渊的话……我只是现在才明白,您有多么爱她……"

她还害怕相信图申眸中含着的泪水和他这些朴实的话语,这些话把整个未来交还给了她,拯救了韦拉毁灭的命运。

"将会?"他重复道,大步走到她跟前,感到他的头发在头上竖了起来,战栗跑遍了全身,"塔季扬娜·马尔科夫娜!您可别拿徒劳的希望引诱我,我不是小孩子!我说过的话——那是可信的,但我希望那些对我说过的话——也是可信的,以后不会再从我那里收回!是谁向我担保,说韦拉·瓦西里耶夫娜……不定什么时候……将会……"

"是奶奶担保:现在——这反正一样,她本人……"

图申抓住她的手,朝她闪现出感激的目光。

"不过您等等,伊万·伊万诺维奇!"见到图申突然间像是比原先长高了,变年轻些了,她缩回手,几乎惊骇地急忙补充道,"现在,我——已经不是作为奶奶,而是作为一个女人在说:您等等,还早,那件事她还顾不上!她还很抑郁,您让她自己去恢复元气!别去打扰,给她留些较长的时间!她受到创伤,经受不住……况且还不了解您,眼下不会相信您,她会想,您热情正炽,不想放过她,而以后便会改变主意。让她安静。您方才提到我的头脑和心灵;瞧,它们在对我说:等等!是的,我是她奶奶,眼下连我都不去触动这件事,那您就更不

841

待说了……记住我对您说的……"

"我将记住一句话:**将是**,并且暂时靠它活着。塔季扬娜·马尔科夫娜,您是否见到,您的这句话对我是怎么回事吗?……"

"我见到了,伊万·伊万诺维奇,我也相信,您说的并非空话。因此我的这句话才脱口而出;您也别对它过分上心——我自己也怕……"

"我将期盼着……"他轻声道,并用祈求的目光望着她,"唉,倘若我也能像维肯季耶夫那样什么时候叫声'奶奶!'该有多好。"她对他做了个手势,让他离开,当他出去后,她倒在安乐椅上,用手帕捂住了脸。

二十一

翌日,赖斯基一清早便给克里茨卡娅预先送了张便条,请允许他在十二点半时上她家,并收到回条"Chamiée, j'attends[①]",等等。

她家里的窗帘全放下,屋里香气袭人。她身穿一袭白色薄纱家常女短衫,扎条腰带,宽大的镶花边袖子,胸前一朵黄色大丽花,薄薄搽了些胭脂,在自己的小客厅迎接他。那里的长沙发旁已经摆桌准备开饭,两套餐具并排安放着。

"我的告别拜会!"他说,向她鞠躬,愉快的目光停留在她身上。"怎么是辞行!"她吃惊地打断道,"我不想听!您现在就走,正当我们……不可能!您是闹着玩:残酷的玩笑!不,不,您快笑一笑,把令人痛苦的话收回去!……"

"您这是什么?"他突然眼睛盯着桌子,高兴道,"新鲜鱼子!"

她将自己的手伸进他胳膊底下,领他到摆满丰盛早餐的小桌旁。他一盘接一盘地打量着。两只水晶玻璃盘里是鱼子。

---

① 法语:非常高兴,我等着。

"我知道您喜欢……是的,您爱吃……"

"鱼子吗?只要一见到,甚至全身都哆嗦!而这是什么?"他又一次愉快道,一只接一只稍稍举起银盘子的盖。"波林娜·卡尔波夫娜,您多么娇气啊:甚至肉饼没有锡纸您都不能吃!嘿,还有块菌状巧克力——**年轻时代的奢侈!**①——petit-fours, bouchées de dames②!嘿!您想同我干什么?"他转向她,高兴得直搓手,"您有什么打算?"

"瞧,我等待什么:我等待的就是这笑容、笑谑和笑声啊——是的!您别提离开。让悲伤去一边! Vive l'amour et la joie③."

"嗯!多么'abandon'④!甚至有点吓人……"他提心吊胆想道。

"请坐啊,我们坐一起,坐这儿!"她邀请道,抓住他的手,帮他坐在自己身边,轻佻地替他蒙上餐巾,像人们同孩童和老人们做的那样。

他机械地服从,贪婪地不时瞥一眼鱼子。她替他移过碟子,他开始满足上午新鲜的食欲。她亲自给他夹肉饼,往带棱玻璃杯斟香槟,给自己的香槟酒杯也斟满,娇媚地往嘴里送一小块一小块的小点心,欣赏着他。

烤野禽和两杯香槟下肚,他们碰杯,互相离得很近地对望着——她狡猾而温存,他——疑惑而有点儿害怕——他们终究打破了沉默。

"您想说什么?"她含有深意地问,仿佛期待着某种特殊的回答。

"哎哟,多好的鱼子啊!我还无法清醒过来呢!"

"我看见了……我看见了,"她狡猾道,"摘下假面具吧,全是装的……"

"唉!"他从杯子里呷口酒,叹气道。

---

① 此句引自普希金的《叶甫盖尼·奥涅金》第十六章中的诗句。
② 法语:天哪,多精美的小点心。
③ 法语:爱情和快乐万岁。
④ 法语:随便。

"Enfin la glace est rompue①? 胜利在哪一方？谁预感到了，谁作了预言？ A votre sante②！"

"A la vôtre③！"

他们碰杯。

"您记得吗……那天晚上，您说过'大自然在庆祝爱情……'"

"记得！"他阴沉着脸喃喃道，"它决定了一切！……"

"是啊，不对吗？我知道！一个可怜丫头是否能把您留在自己弱不禁风的情网里…… une nullité, cette pauvre petite fille, qui n'a que sa figure？④ 既无经验，也无光彩，野丫头一个！……"

"不，她不能！我挣脱了……"

"于是您找到了那个……寻觅很久的人：您承认吧！"

他迟迟不作答。

"Buvez-et du courage⑤！"

她把杯子移给他。他一饮而尽，她立刻重又给他满上。

"承认吧……"

"我承认。"

"那么当时发生了什么，在那边……在小树林里？……您是那么激动。说啊……受了打击？……"

"是的，受了打击，而且……失望。"

"还会有别的结果吗：您——和她，一个乡下丫头！"

她傲然整理下自己衣服，照了照镜子，将衣袖上的花边舒展开。

"那里是怎么回事？"她问道，竭力使自己的语调显得冷淡。

"这并非我的秘密！"他说，好像清醒过来。

---

① 法语：那么，坚冰已经打破。
② 法语：为您的健康干杯。
③ 法语：为您的健康。
④ 法语：一个微不足道的小人物，可怜兮兮的小丫头，除了漂亮外表，什么也没有，能行吗？
⑤ 法语：喝口酒——勇敢些。

"Oh, je respecte les secrets de famille[①]……喝吧！"

她把酒杯挪过去。他喝了两口。

"哎哟！"他冲全屋叹了口气，"能否将通风小窗打开？……我难受，头疼！"

"Oh, je vous comprends[②]！"她跑去打开通风小窗，"Voilà des sels, du vinaigre de toilette[③]…

"不，谢谢！"他说，用手帕往自己脸上扇动。

"您当时多吓人哪！我恰好及时赶到，不对吗？也许，没有我，您就跌入深渊了，掉到悬崖底下去了！那边小树林里是怎么回事？……啊？"

"唉，您就别问啦！"

"Buvez done[④]！"

他懒洋洋地喝了一口。

"那里，我想……"他仿佛自言自语道，"在寻找幸福……我听见……"

"什么？"她屏住呼吸，小声问道。

"嗨！"他大声叹气，"最好把门打开！"

"那里有……图申——是吗？"

他默默点点头，又喝下一口酒。

她的脸庞上充满恶毒的喜悦。

"Dites tout[⑤]."

"她独自沉思默想在散步……"他小声道，而波林娜·卡尔波夫娜边摆弄着他的表链，边将自己耳朵凑近他嘴唇。"我顺着她的足迹走，

---

① 法语：噢，我尊重家庭的秘密。
② 法语：噢，我明白您的意思。
③ 法语：这是盐，这是洗漱用的醋。
④ 法语：您喝啊。
⑤ 法语：您全说出来。

845

想最终打听出她的答复……她从悬崖上走了几步，突然有人朝她迎面走去……"

"是他？"

"是他。"

"这我知道,因此她才去了果园哦,我知道了,qu'ily a du louche[①]！他想干什么？"

"他说，您好，韦拉·瓦西里耶夫娜！您身体可好？……"

"伪君子！"克里茨卡娅道。

"她大吃一惊……"

"假装的！"

"不，她真的吓得够呛，而我藏了起来——听着。'您从哪儿来？'她问，'怎么来到这里？'他说：'我今天进城来待两天，为的是明天参加您妹妹的生日……我挑选这一天……'"

"Eh bien？[②]"

"Eh bien！他说：'您决定吧，韦拉·瓦西里耶夫娜：让我活还是死！'"

"Ou le sentiment va-t-il se nicher[③]！——在这棵橡树身上！"波林娜·卡尔波夫娜说道。

"'伊万·伊万诺维奇！'韦拉用央求的嗓音道。'韦拉·瓦西里耶夫娜！'他打断道,'您决定吧，我明天去见塔季扬娜·马尔科夫娜，是提出求婚呢，还是跳进伏尔加河？……'"

"他是这么说的？"

"如同书上写的那样！"

"Mais il est ridicule[④]，那她怎么样：'哎哟，啊呀？！'"

---

① 法语:哦，我知道，这里隐藏着什么。
② 法语:结果怎样？
③ 法语:瞧，倒还藏着感情。
④ 法语:不过他挺可笑。

"'不，伊万·伊万诺维奇，让我（这是她说的）自己来决定，我是否能以像您对我所抱有的这份丰富而深厚的感情来回报您。给我半年到一年的期限,到那时,我会说——**不**,或者**是**,那样的……'哎哟！您这里多闷啊！不能放点儿穿堂风吗？"（"是否别再编了？好像，够了？"赖斯基思忖道，朝波林娜·卡尔波夫娜瞥了一眼。）她脸上满是失望的神色。

"C'est tout①？"她问。

"Oui②！"他说，吹了声口哨，"但是图申说，他没有失去希望，第二天，玛尔芬卡生日那天，他来打听她的最后回话，并且又从悬崖下去,穿过小树林,而她陪伴着他……第二天,似乎希望使他振奋起来,而我的希望便永远消失了……"

"再没别的了！可是这里，天晓得都说了些什么……有关于她的，有关于您的！他们甚至连塔季扬娜·马尔科夫娜这么一个受人尊敬的，可以说是神圣的老妇人亦不怜惜！……世上有多么恶毒的舌头！……这个令人厌恶的特奇科夫……"

"对奶奶都说了些什么？"赖斯基小声问道，轮到他屏住呼吸和竖起耳朵了。

他从韦拉那里听到过有关爱情的一点暗示，从瓦西里莎那里也听到些什么，可是哪个女人没有自己的浪漫史？四十年后怎么会死灰复燃呢？有些什么谎言和流言蜚语？得弄清楚——用各种方法——把特奇科夫的嘴堵上。

"关于奶奶究竟说了些什么啊？"他曲意逢迎小声道。

"Ah，c'est dégoutant③。谁也不信，大家都嘲笑特奇科夫，他竟然有失身份去问一个醉得精神失常的叫花婆子……我可不想重复……"

---

① 法语：就这些。

② 法语：是啊。

③ 法语：嗨，脏话连篇。

"我求您啦……"他温柔地悄悄道。

"您想?"她向他俯身也悄悄道,"我全说——全都……"

"嗯,嗯?"他催促道。

"这个老婆子——就是那个总待在圣母升天教堂门前台阶上的——她说,好像季特·尼孔内奇爱过塔季扬娜·马尔科夫娜,而她也爱过他……"

"这我知道,听说过……"他急忙打断道,"这没什么了不得的……"

"已故的谢尔盖·伊万内奇也曾向她求过婚……"

"这我也知道,她不愿意——他就娶了别的女人,而家里又不许她嫁给季特·尼孔内奇。整个事情就是这样。瓦西里莎知道这件事……"

"Mais non[①]!不止这些。当然,我并不信……这不可能!塔季扬娜·马尔科夫娜!"

"酒鬼老太婆还说了些什么?"赖斯基追问道。

"说是……有天夜里,伯爵暗中发现塔季扬娜·马尔科夫娜同瓦图京在暖房里 rendez-vous[②]……但这样明显的 rendez-vous……不,不……"她突然大笑起来,"塔季扬娜·马尔科夫娜!谁信啊!"

赖斯基立刻开始认真听。某些想法在他头脑里出现,这种流言使他喘不过气来。

"后来呢?"他轻声问。

"伯爵给了季特·尼孔内奇一个耳光……"

"这是谎话!"赖斯基从座位上跳起来,打断道,"季特·尼孔内奇是位绅士……他决不会忍受这种……"

"我也说是'谎言'!"克里茨卡娅急忙同意道,"他也受不了……"她继续道,"他将伯爵打翻在地,掐他喉咙让他喘不上气来,不知从

---

① 法语:不然。

② 法语:幽会。

哪里的花丛中抓起一把花匠的弯刀，差点没把他杀了……"

赖斯基脸色都变了。

"是吗？"他问，急得好不容易才喘过气来。

"塔季扬娜·马尔科夫娜制止他的手说：'你是贵族，不是强盗——你有长剑啊！'便将他们拉开。不能打架，以免将她宣扬出去。两个情敌相互保证：伯爵对一切保持沉默，而那位——不结婚……瞧，因此塔季扬娜·马尔科夫娜始终还是姑娘家……散布这种……下流的诽谤是否太卑鄙！"

赖斯基激动得深深呼吸了一下。

"您看，这是……谎言！"他说，"谁能听过见过这些人？"

"花匠就睡在那儿的一个角落里，好像一切全听见看见了。他是个农奴，害怕得没敢吭声……而这个酒鬼老婆子就是花匠的孀妇，她便是从他那里听来的——并说了出来……自然是胡说——谁信啊！我头一个就说：谎言，假话！这是神圣而可敬的塔季扬娜·马尔科夫娜！……"克里茨卡娅又大笑不已，并突然克制住。"可是您怎么啦？Allons donc, oubliez tout！ Vive la joie①！"她说，"您干吗愁眉苦脸？别再皱眉头。我让人再拿瓶酒来！"

"不，不，我怕……"

"怕什么，说啊！……"她精神倦怠地问。

"头晕起来……我不习惯喝酒！"他说，从座位上站起来。于是她也站起身。

"再见，永远……"

"去哪儿！不，不！"

"我躲避这些危险地方，躲避悬崖，躲避深渊！……再见，再见！……"

他抓起帽子便迅速离去。她像石头人似的呆着，然后急促摇铃。

---

① 法语：忘掉一切吧！快活万岁。

"给我备四轮马车!"她对进屋的女仆说,"快给我更衣——我要去拜会!"

赖斯基刚从她家里出来,便将一切忘得一干二净:只剩一个"流言"! 他感到在酒鬼老婆子的叙述中——在这个流言中——有真相……

他手中握有解开过去、解开祖母整个生活的钥匙。

他一切都明白了:她为何是这样一个人?这精神上的力量,这实际存在的智慧,这对生活和心灵的了解,是从哪里来的?为何她那么快便取得了韦拉的信任,并使她安静下来,而自己却如此激动不安?而韦拉应该知道一切……

一个老妇人的形象完完全全站在他面前。

他原本只想对韦拉、自己和图申的传闻赋予另一种倾向,却在无意中接触到自己家族史中已被忘却然而生动的一页,以及另一出对主人公已无危险的戏——它已过去四十年之久,却将他本人深深吸引。

如今,他理解了祖母。他怀着一颗激动得要停止跳动的心走进她房间,热切的目光紧盯着她,却忘了向她报告,他如何向克里茨卡娅转述了有关韦拉在悬崖上散步的故事。

"鲍留什卡!"她吃惊道,往后退了一步,"这是怎么啦,我的朋友——你身上一股酒气,像是从酒桶里出来似的……"

她凝神看了他一会儿,见到他那紧盯着她的含有深意的目光,自己便又疑惑地瞥了他一眼——蓦地转过身子将背对着他。

她明白,他知道了关于她本人的"流言蜚语"。

二十二

终于,举行了玛尔芬卡和维肯季耶夫的婚礼,出乎共同的期待,婚礼十分简朴。被邀参加婚礼的只是县城上流社会一些人和郊区的几个地主，不过凑在一起也有五十余人。

星期天，日祷过后，他们在乡村教堂举行了结婚仪式，然后客人们被邀在老房子的大厅里参加盛宴，一个星期前它就被洗刷得干干净净，以便最后一次在此设宴庆祝。

既没有流成河的美酒，也没有酒酣耳热的脸庞；既没有放肆无忌的话语，也没有兴高采烈的呼喊。对俭朴婚礼最感失望的是仆人们，尽管人人喝得不少，但还没到丧失理智、烂醉如泥的地步，因此他们认为喜事办得既不热闹也不快活。

女主人在此显露出自己平时的先见之明，以免车夫、厨子和仆役们喝得大醉。他们全都要派用场的：一些人准备早饭，另一些侍候客人用餐，第三拨人用彩车送新郎新娘和所有侍从到渡口摆渡过河。此前事情同样不少。运嫁妆到伏尔加河对岸就忙了整整一星期：衣柜，行李，老房子里许多值钱的东西——总之，整套家什。

玛尔芬卡喜气洋洋，容光焕发，像个天使——美丽，迷人，像朵绽放的玫瑰，并在这天，身上显现出新的容貌，脸上显出新的含义，若有所思的笑容上和有时挂在睫毛上的泪珠表现出新的情感。

新生活的意识，漫长的未来，职分的严峻，欢庆和幸福的时刻——这一切都给她的面容和美貌增添了温柔和动人的神采。新郎为人谦和，几近羞怯，他的活泼欢快劲儿消失了，玩笑不再开，他深受感动。祖母沉浸在幸福之中，韦拉脸色苍白，莫测高深。

赖斯基怀着兄长的感动观察新娘，当她完全穿戴停当从自己房间里出来时，他先是欣喜地叫了一声，随后发现她婚礼用的橘黄色花束中有一些干巴枯萎的花朵，便惊慌失措。

"这是什么？"他急忙问，自己已经猜到几分。

"这是从韦罗奇卡在我生日那天送给我的花束中取的花。"她天真道。

赖斯基以某种他立刻想出来的不吉利例子为借口，说服她抽掉这些花朵，并亲自迅速帮她把花儿拣了出来。

以后一切都进行得事事如意,包括真的从祖母怀里被人拉走的新娘的号啕大哭——不过,这同样是诸事顺遂的大哭。

祖母自己强忍着。她脸色煞白;看得出,她必须用异常的努力才站稳双脚,望着从岸边渐渐离她而去的女儿,她曾平静地待在她的怀里、臂弯里和双膝上那么长久。

只有在家里,当她感到她的怀抱里并非空荡荡的,感到韦拉充满热情地扑进她的怀里,并感到她那全部的爱几乎不与别人分享地属于这另一个懂事而成熟的女儿时,她才流下了眼泪——她是通过这样一条痛苦考验的道路而成为她女儿的。

婚礼后,图申没有回自己家。他留在城里的朋友家。翌日,他便同一个建筑师一起来到塔季扬娜·马尔科夫娜家中。每天他们都审核计划,然后察看两座房子、果园和所有附属房屋,磋商,绘图,计算,准备好来年春天彻底的改建。

从老房子里搬出了所有的贵重物品,家具,油画,甚至较为完好的镶木地板块,一部分被安放在新房子里,一部分存放在几间大贮藏室里,甚至在顶楼上。

塔季扬娜·马尔科夫娜同韦拉打算去诺沃谢洛沃,然后上维肯季耶夫家做客。图申则邀请她们俩在他姐姐安娜·伊万诺夫娜家里和自己的"德莫克"度过春天和夏天。

对此邀请,塔季扬娜·马尔科夫娜叹息着答道:"我不知道,伊万·伊万诺维奇!我可能不敢答应,但也并不拒绝:看机会吧!不知韦拉如何!……"

为了以防万一,图申还是同那个建筑师一起立刻考虑有关房子的装饰,以便接待和安置尊贵的客人们。

赖斯基又从老房子搬回了新房子自己的房间里。科兹洛夫回自己家,不过在塔季扬娜·马尔科夫娜带韦拉离开后,再迁居进她的屋子。图申邀请他去自己那里,向自己的那帮居民传授文化知识,并从他本人开始。科兹洛夫搔搔头,想了想,叹口气,望着通往莫斯科的大道。

"以后吧,到冬天……"他说,"而眼下我等着……"

他没把话说完,便沉思起来。而他等待着自己给妻子信的回复。乌里扬娜·安德烈耶夫娜不久前给女房东写信,希望把她……留在家里的那件防寒的斗篷式女外套寄去,并给了自己的地址。而对丈夫只字未提。科兹洛夫亲自将女外套寄去,并给她写了封感情深厚的信——加上呼唤,谈到自己的友谊,甚至爱情……

可怜的人!没有回信。他开始少量地去给中学上课,但在课堂上他垂头丧气,心不在焉,对自己学生的玩笑胡闹毫不理会,那帮学生对他的痛苦不知同情和怜悯,只把他看作"滑稽可笑"。

自打塔季扬娜·马尔科夫娜暂时离开后,图申自告奋勇地当起了马林诺夫卡的主人。他把它称作自己的冬季行宫,要求每周去一回,管理这个家、村庄和仆役们,他们中只有叶戈尔、厨子和马车夫随女主人去了诺沃谢洛沃。其余的全留在了原地,维持原状。雅科夫和萨韦利被托付给图申,由他支配。

赖斯基将祖母和韦拉的肖像画完,而克里茨卡娅没完成的肖像,他只是在胸前添了朵黄色大丽花。婚礼后过了一星期,他宣布过两天便动身离去。

"叶戈尔,把箱子从顶楼搬下来,将外衣和内衣准备好:我要走了。"

这一回叶戈尔相信了。在收拾外衣、内衣和靴子时,他发现有三四件名贵衬衣已经不太新,按他的意思,与多余的男外裤、男式西装背心和一双鞋后跟穿歪的皮鞋一样,将它们没收,当作自己的利钱。

季特·尼孔内奇比谁都凄凉。原本他想跟着塔季扬娜·马尔科夫娜到天涯海角,但"流言蜚语"之后,他同她一起走至少在近期内并不合适了。这有可能证实那桩旧事,尽管一部分人对此并不相信,而另一些人又早已将它忘怀,因为活着的证人除去那个疯疯癫癫的老婆子,谁也不在了。

不过，塔季扬娜·马尔科夫娜还是准许他上她那里过圣诞节，而是否留在那里，看来得视情况而定。他稍稍高兴地舒了口气，并欣然接受图申的建议：在此之前到他那里去做客。

对韦拉的流言突然停息，或是重新变为一种期待，等待她宣布成为图申的未婚妻。自从赖斯基在克里茨卡娅那里共进早餐之后，一切又都落在图申头上，并顺便猜测韦拉和他在悬崖底下的那次散步。

但是，无论图申，还是韦拉和塔季扬娜·马尔科夫娜本人，自从她和图申交谈之后，对求婚一事再也没有交换过片言只语。模模糊糊的污点毕竟也是污点，不仅对上流社会，而且对当事人本身，也就是对图申和祖母，都如此。

无论塔季扬娜·马尔科夫娜对韦拉与图申的友谊，以及自己对韦拉的影响寄予多大希望，但她心里还是隐隐出现一些担忧。她指望韦拉顺从听话——这是实情，但并不希望盲目服从自己的意志。她不想这么做，也不准备将意志强加于韦拉。

她期望听从心灵本身：她觉得作为一个人，作为一个朋友，而并非作为丈夫去爱伊万·伊万诺维奇是不可能的，可是为了这样去爱，就该首先嫁给他，也就是直接从目的开始。

她猜到韦拉的心情，并且决定现在为时尚早，不能提及此事。但是，使韦拉平静下来，这时刻何时才能到来？她太与众不同，不能按旁人那样去判断她。

因此，当城里一些十分确凿有据的传闻，以及关于韦拉与图申的婚姻好像已定的揣测，传到塔季扬娜·马尔科夫娜的耳朵里时，她暗自有些害怕和郁闷不乐。

只有韦拉一人对此一无所知，毫不怀疑，并继续把图申看作原先的朋友，而且自从他在悬崖底下挺身而出，并勇敢地经受住自己的痛苦，怀着原先的尊重和好感向她伸出手去，在同样时刻显得既善良正义，又宽厚豁达，她对他有了更高的评价——而按照自己天性，比他更成熟和有知识的表哥赖斯基,达到他的程度,却要通过如此痛苦的道路。

二十三

离去前夕,赖斯基的房间里挂满和摊满了外衣、内衣、靴子和别的东西,而桌子上则堆满了他准备随身带走的皮包、画稿和笔记本。动身前的最后两三天,他将自己全部文学素材收拾到一起,并重新看了一遍,顺便将他从长篇小说创作提纲中那些匆忙写上的关于韦拉的笔记挑了出来。

"我试着,从这里,在事情发生地开始!"夜晚,他对自己说。这是他在家乡的屋顶下度过的最后一个夜晚,他在书桌后面坐下。"哪怕写上一章!以后,在远方,当离开这些人物,离开自己的激情,离开所有这些悲喜剧的时候——它们的画面从远处将显得更为清晰。遥远将使它们笼罩着诗的光华;我将看到一个纯粹的创造的人,一座自己的雕像,没有现实琐事的杂质……我将试试!……"

韦拉

长篇小说

他停下思考问题:分几卷?"一卷——这不是长篇,而是中篇。"他思忖道,"两卷或三卷:三卷——好像你得写上三年!不,两卷够了!"于是他写道:**"两卷集长篇小说。"**

"现在是卷首题诗:他早就准备好了!"他小声道,并凭记忆直

接写下歌德的以下诗篇,诗篇下是他不久前完成的译文:

Nun ist es Zeit, dass ich mit Verstand
Mich aller Thorheit entled'ge,
Ich hab'so lang, als ein Komödiant
Mit dir gespielt die Komödie.

Die prächt'gen Coulissen, sie waren bemalt
Im hoch romantischen Stile,
Mein Rittermantel hat goldig gestrahlt,
Ich fuühlte die feinsten Gefühle.

Und nun ich mich gar säuberlich
Des tollen Tands entled'ge:
Noch immer elend fühle ich mich,
Als spielt'ich noch immer Komödie

Ach, Gott! im Scherz und unbewusst
Sprach ich, was ich gefühlet;
Ich hab, mit dem Tod in der eignen Brust
Den sterbenden Fechter gespielelet!

够了!该是我将这傻事抛却,
该是我重新恢复理智的时候!
别再与你一起充当一名戏子,
将一幕幕悲剧演得像闹着玩。

侧幕那些布景绘得花花绿绿,

> 我有腔有调的表演充满激情;
> 大氅华丽,帽子上插支羽翎,
> 我体验的感情全都美妙绝伦。
>
> 如今虽说我将破烂东西抛弃,
> 虽说已无舞台上的荒唐玩意,
> 可是我的心里依旧七上八下,
> 恰如我还在没完没了地演戏。
>
> 我为那假装的痛苦对着台词,
> 却原来那痛苦竟然实实在在,
> 天哪,我扮演受伤的角斗士,
> 那致命的创伤使他必死无疑!①

他再看了一遍,随后叹了口气,将胳膊肘放到桌上,双手托着脸颊,望着镜中的自己。他忧郁地见到自己瘦得厉害,原先富有朝气的红晕和脸部线条的灵活已经消失。青春和容光焕发的痕迹被彻底磨灭。这半年,他并非白白应付过去。瞧,灰白的头发泛着银光。他用手微微撩起一缕浓密的黑发,同样不无忧伤地发现它们变稀疏了,乌黑的色彩混合着灰白。

"**是的**:**我扮演受伤的角斗士,那致命的创伤使他必死无疑!**……"他叹息着小声道,拿起笔想写。

这时,叶戈尔进来问,几点钟叫醒他。赖斯基朝他挥下手,让他别打扰,说是不用叫醒,他自己会起的,也许他根本就不睡,因为他有许多"事情"要做。

---

① 原著诗篇除德文原文外,尚有俄译文,是否作者冈察洛夫本人所译,不得而知。此处中译文系据原著俄译文译出。

晚饭时,叶戈尔把这句话讲给女仆们听,补充道,老爷可能又要像秋天开始时那样,晚上"干傻事"了。

"这很有意思,"他结束道,"挺不幸的,可某种情况下也挺可怕!"赖斯基在卷首题诗下写上:

献词

接着他想了想,在屋子里走了三个来回,突然坐下,开始写作。

"女士们!这部作品既受到你们鼓舞,"他急速写道,"也是献给你们的!请你们赏识并接受。倘若遇到有怨怼、油滑、误会之处——你们将会理解和作出判断,这是我的情感、我的想象和笔触所致!我把自己的作品和我本人置于你们强大的保护和鼓励之下!从你们那里我只期待……'奖励'。"他写上,又划掉,改为"宽容"。

"我像个白痴,手擎第欧根尼①的灯笼,在你们中间久久徘徊,"他接着写道,"为自己的理想,为自己的雕像,在你们身上寻找不朽之美的容貌!我克服一切障碍,忍受所有痛苦(须知障碍和痛苦是必定会有的——没它不行:'真所谓:**在痛苦中生子**②。'他心想)——我一直走自己的路,去搞自己的创作。紧靠着美人——我见过你们的迷惘、情欲和堕落,我自己受你们的迷惑,也堕落过,重又站了起来,并始终召唤你们去攀登高峰,去经受考验,不受魔鬼的引诱,不受尘世荣华富贵的支配,以另一种力量的名义召唤你们走上自我完善之路,并召唤我们:孩子,父亲,

---

① 第欧根尼(公元前400—前约325),古希腊哲学家,详见前注。
② 语出《圣经·创世记》第三章"原祖违命",第十六。原意为天主对女人说:"我要增加你怀孕的苦楚,在痛苦中生子。"

兄弟，丈夫……以及你们的朋友，同你们在一起！

"受你们超凡脱俗的美丽，及你们无法抗拒的力量——女性爱情的鼓舞，我用软弱无力的手来写女性，希望你们能从中哪怕认出一个缺乏鲜明表现力的影像，不单看到你们的眼神，音容笑貌，美丽和婀娜多姿的体态，而且看到你们的感情、智慧和心灵——你们最美妙力量的全部魅力！

"我并不引诱你们去到那些莫测高深学问的无底深渊，也不引诱你们去干非女性的粗活，不同你们进行有关权力的争论，不容争辩地将优先地位交给你们。我们并不相同：你们高于我们，你们是力量的源泉，我们是你们的工具。我要对你们说，别从我们手中夺走无论是木犁、铁锹，还是宝剑。由我们来替你们翻地，美化大地，由我们下到大地极深处，及横渡大海，点数星星——而你们，则生育我们，像神明那样爱护我们的童年和青年时代，将我们培养成为诚实的人，教我们劳动、人道、善良和造物主赐给你们心灵的那种爱——于是我们坚定地经受住生命的决战，跟着你们去往那边，在那里一切十分完美，在那里有着恒久的美！

"时代从你们身上解除了被狡诈而粗野的暴虐强加的许多桎梏；还将卸下剩下的那些桎梏，为你们将智慧和心灵相结合的伟大力量提供空间和自由——于是你们将公开走自己的路，而且将比我们更好地利用这种自由！

"抛弃狡猾的行为——这是虚弱的工具——以及它那所有愚昧无知的手段和目的……"

他停下，思考又思考——将最后两行抹去。"我好像开始说蠢话！"他喃喃道，"而季特·尼孔内奇教女士们只做一些'快乐的事'。"

献词之后，他用粗大字母写上：

第一卷

第一章

他站起身，轻轻搓着手，开始在房间里快速走动，深思第一章如何开头，写些什么。

踱了半个来小时，他放慢了脚步，好像脑子里在同困难作着斗争。脚步变得越来越轻，越来越慢。最后他停在房间中央，像是慌了神，撞在了什么石头上，感到打了个趔趄。

"是啊，"他战战兢兢小声道，"大概，害怕代替'高山'，突然……我脑子里怎么会有这么个念头！"他沉思起来。

"啫，我怎么写韦拉的悲剧，我还没能够为她的坠落安排好深谷，"他心想，"而俄罗斯姑娘们将她的错误当作榜样，像羊那样，一头接一头地跳下悬崖！……而在俄罗斯大地上悬崖又那么多！爸爸妈妈们又会说些什么！……"

他在原地站了五分钟，随后突然哈哈大笑起来，又以急促的脚步在房间里走了起来。

"俄罗斯的韦拉们会如何脸色苍白，而所有的玛尔芬卡们会如何脸红耳赤，倘若她们知道我把她们比作了……羊！"

"并非这妨碍了我写长篇小说，"他说，伤心地叹口气，"而是别的原因……譬如……书刊检查！是的，书刊检查有影响！"他几乎高兴道，好像找到了幸福的好东西，"可是还有什么？"

便又沉思起来……"看来再没什么了？因此，还是得写……"

他放慢脚步，仔细思考长篇小说的结构，故事情节，韦拉性格的安排，暂且不公开的心理问题……环境，衬托部分；若有所思地坐着，把胳膊肘放在桌上，头靠在它们上面。随后用无水的笔在纸上划出痕迹，懒洋洋地将它蘸了下墨水，更为懒散地在"第一章"之后写上：

"有一天……"

他想着,思考着,将脑袋搁在手臂上,斟酌着下文。过了一刻钟,他的双眼开始经常眨巴,非常想打盹儿。

他觉得坐着打盹不舒服,便移到长沙发上,把头靠在沙发柔软的皮面上,伸直双腿:"让精力稍稍恢复,然后再动手写……"他决定道……并很快睡熟了。房间里响起平稳而有节奏的鼾声。

当他醒来,天已破晓。他一跃而起,用惊奇和几乎惊慌失措的目光望着四周,仿佛在睡梦中发现了新大陆似的,见到了什么出乎意料的新东西。

"睡梦中也是雕像!"他说,"全是雕像,雕像!这是什么,是暗示?是旨意?"

他走近桌子,聚精会神地盯着他写有开场白的稿纸,叹口气,摇摇头,陷入某种也许是沉重的思考中。"我在干什么!我把时间和精力都耗费在什么上了?一晃又是一年!长篇小说!"他愤恨道。

他将手稿推到一边,急忙在抽屉里的一堆信件中翻寻,从那里拣出一封一个月前收到的画家基里洛夫的来信,将它扫了一眼,抓起一张纸,坐到桌旁。

"我急忙——趁头脑健全和记忆清晰,"他写道,"要头一个告诉您,亲爱的基里洛夫,有关新的和出乎意料的、刚刚为我展现的艺术和工作前景……首先我赶快给您乱扔两行,回复您的来信。您在信中写道,您打算去意大利,去罗马——如果我在路上耽误的话。我便自己去彼得堡。请等一等——看在上帝分上——我同您一起去!带上我!请可怜可怜只是今天才恍然大悟、猜透自己使命的瞎子和疯子!我在黑暗中毫无目的地徘徊了很久,并且差点变成个自杀者,也就是说险些断送了自己的天赋,走上了邪路！您在我的绘画中发现了天才的迹象：我是应该紧握画笔的，可我却投身于音乐，最终搞起了文学——简直是不专心致志！我又想起要动手写长篇小说！无论是您，还是任何人，谁也没有制止我，谁也没有对我说我是个雕塑家，是个异教徒，是个艺术上的古希腊人！想象出某个'有理性的、充满崇高精神的维纳斯'！画些风俗画和日常生活画，认识和阐述生活的原理，是否为我的事业！心理，分析！

"我的事业是形式，是刺激神经的外部美！

"对于长篇小说——需要……另一种东西，而主要的是几年的时间！我不怜惜劳动，更不吝惜时间！倘若我确信我的力量在笔中！

"不过，我将保存这些稿纸：也许……不，我不想用不牢靠的希望来迷惑自己！我的创作与笔并不和谐。深入思考生活的复杂机制不合我的本性！我是个雕塑家，我重复一遍：我的事业只是发现美——并且朴直地、'并不油腔滑调自作聪明'[①]，将它表现在作品中……

"以后我也许会保存这些稿纸，那也只是为了什么时候回想起来，我曾是个见证人，见过别人曾如何生活，我本人曾如何生活，感觉到（或是更确切些，是意识到），我经受了什么——并且……

"并且在我死后——别人将会找到我的稿子：

他像我一样，点上自己圣像前的长明灯……[②]

"并且，或许他会写作……

"现在，您想知道我是谁，我是干什么的？……一个雕塑家！

"是的，是个雕塑家——别发出惊叹声，也别骂人！我只是现在才确定这一点，很久以来，我一点儿迹象和召唤都不理解：

---

① 引自普希金的历史悲剧《鲍里斯·戈都诺夫》(1824—1825)。
② 同上。

为何无论韦拉、索菲娅,还是许许多多人——我首先是让他们以塑像出现!现在我明白了!

"我是雕塑家——这您知道,是您发现了我身上的才华。因此,我只需找到自己的工具和方法!有的人手指是想象的工具,是用来握笔的,有的人手指是用来拨琴弦和弹奏琴键的,我的手——正如眼下所悟到的——是用来塑造和拿雕刻刀的……我有双眸,也有审美力和 fen sacre[①],是吗?这您无法批驳!别争论,我不听,而最好是解救我,带上我,并帮我走上一条新的道路,走上菲狄亚斯[②]、伯拉克西特列斯[③]、卡诺瓦[④]的道路——以及还有极少数人的道路!

"谁也不能说——我不会成为这极少数人中的一员……我的想象力极其丰富。想象力的火花,正如您所说,撒到肖像上,甚至也在我菲薄的音乐试作上闪烁!……因此,倘若想象力的火花没有在诗歌、长篇小说、悲剧或喜剧作品中闪烁,那么这是因为……"

他打了个喷嚏。

"瞧,这意味着——是对的!"他心想,"我是雕塑家——只是个雕塑家。我放弃音乐——它使我成为其他东西的附属品。我诅咒在音乐和长篇小说上失去的时间和经历。再见,基里洛夫——别反对:倘若您欲摧毁我艺术和活动的新理想,那就杀了我。也许,您将用你的怀疑来动摇我——那么我便将一去不返地消失在幻影和无尽苦闷

---

① 法语:神圣的火。
② 菲狄亚斯(公元前5世纪初—约前432),古希腊雕塑家,作有奥林匹亚神庙宙斯像和帕耳忒农神庙雅典娜像。
③ 伯拉克西特列斯(约公元前390—约前330),古希腊雕塑家,作有优美动人的阿佛罗狄忒大理石雕像。
④ 卡诺瓦(1757—1822),意大利雕塑家,古典主义代表人物。以塑造形象生动的墓碑雕像和优美神话雕像著称。

的波涛中！倘若雕塑艺术背叛了我（千万不要！我不愿相信：说**是**的人实在太多），我将亲自处决自己，我将去寻找那个，无论他在何处，头一个对我的长篇成就表示怀疑的人（这是马克·沃洛霍夫），并郑重地对他说："是啊，你是对的：我——是个**失败者**！"而在此之前，让我活着并有所指望吧！

"去罗马！去罗马！——去有艺术的地方，这并非奢侈，并非消遣——而是劳动，是满足，是生活本身！再见！后会有期！"

他灵巧地将所有纸张都收拾起来，拢成一堆，杂乱无章地将它们塞进了旧的大皮包里——说了声"嘿"，好像驼子蓦地去掉了驼峰，并且高兴地搓起手来。

二十四

翌日，一大早，全家都起床——送客人。图申赶来了，年轻的维肯季耶夫夫妇也赶来了。玛尔芬卡出奇的美，出奇的怡然自得，又出奇的腼腆。对投向她的每个目光，向她提出的每个问题，她的脸上都会飞起红晕，并以心情上、温柔的语气上和敏感想法的情调上那神经质的、难以捉摸的变化来加以回答。这一切变化，说明这一周来她新生活的充实和有意义。维肯季耶夫像个少年侍从跟在她身后，注视着她的明眸，看她是否需要什么，想要什么，是否有什么惊扰她。

他们的幸福过于充满年轻人的活力，自私地占领了周遭的一切。除了自己，他们几乎对任何人任何事都视而不见。可是周遭尽是一些忧郁的或若有所思的脸庞。半天过去，一对年轻夫妇终于回头看看他人，并从利己主义中清醒过来。玛尔芬卡脸色阴沉下来，一直紧挨着表哥。早饭大家什么也没吃，除了科兹洛夫，他若有所思，神色忧闷，独自机械地吃着一盘凉拌沙拉，唉声叹气，望着某处模糊不清的空间。

塔季扬娜·马尔科夫娜试着想说说领地、财务账目，直至赖斯基转赠给两个表妹的庄园,但他用那么疲惫的目光瞥她一眼,使她放下了算盘,只把他保存在她那里的六百卢布交给了他。他当着她的面,将三百卢布给了瓦西里莎和雅科夫,让他们分给仆役们,并对他们的"友谊、关怀和热心帮助"表示感谢。

"太多了——怪僻的人!他们会去胡喝一通的……"塔季扬娜·马尔科夫娜喃喃道。

"随他们去吧,奶奶,您就放他们一马吧……"

"我当然乐意,哪怕现在他们就离开这个家!如今我和韦拉只需两个丫头和一个男仆。不过他们才不走哪!他们上哪儿去找安身所?一个个都变得娇生惯养的,一辈子吃现成饭!"

早饭后,大家都围着赖斯基。玛尔芬卡泪流满面,哭湿了三四块手帕。韦拉将手臂靠着他肩,挂着娇慵无力的微笑望着他,图申一脸严肃。维肯季耶夫的脸在友好地朝他微笑,可是"樱桃大"的泪水却从眸子中顺鼻子流下,玛尔芬卡见状用自己手帕羞答答地将它拭去。

祖母阴沉着脸,克制着,怕动真情。

"同我们一起留下吧!"她以责备的口吻对他说道,"你上哪儿?连自己都不知道……"

"去罗马,奶奶……"

"为什么?神甫你没见过?"

"雕塑……"

"什么?"

向她解释清楚新计划要费很长时间,所以他只是挥下手。

"您留下吧,留下吧!"玛尔芬卡抓住他肩膀,纠缠道。韦拉什么也不说,知道他不会留下,只是了解他性格,不无悲伤地心想,他现在到哪儿去安身,将把自己的空余时间和他永远在自己身上感觉得到的"才能"用到何处,他既不会认清自己原有的才华,也不善于将它留在自己身上,并用在事业上。

"哥!"她悄声道,"倘若有一天你又觉得寂寞无聊控制了你,你还会来这里，来这个如今大家都理解你、爱你的角落看看吗？"

"一定来，韦拉！我的心在这里找到了栖身之地；我爱你们所有人——你们是我唯一的始终不变的一家人，没有别的家了！奶奶，你和玛尔芬卡——到哪里我心里都装着你们——而现在别拦我！想象力将我吸引去那个……我没去过的地方！我头脑里沸腾起来……"他对她小声道，"经过差不多一年我将做出……一座你的雕像——大理石的……"

她的下巴笑得颤动起来。

"而长篇小说呢？"她问。

他挥了下手，对此他已经顾不上。

"待到我临死前，谁愿意，便让他摆弄我的稿子；素材很多……可我命中注定要创作出你的半身雕像……"

"过不了一年，你又会迷上一个的，都不知道该塑谁的像……"

"也许会迷上，但我永远不会爱上谁，除了你，我要用大理石凿出你的雕像……瞧她，多么栩栩如生，在我面前！……"

她始终笑吟吟地望着他。

"一定，一定！"他热切地使她相信。

"你又是'一定'！"塔季扬娜·马尔科夫娜插嘴道，"我不知道，你到那边打算干什么，倘若你说了'一定'便什么结果也不会有！"

赖斯基走到图申跟前，他正若有所思地坐在角落里，默默观看着告别场面。

"倘若何时要完成……那件我们大家祝愿的大事，伊万·伊万诺维奇……"他朝他俯身小声道，专注地望着他的眼睛，图申明白他的意思。

"就这些，鲍里斯·帕夫洛维奇？这会发生吗？"

"我相信会的，否则不可能。倘若奶奶和她的'命运之神'想要做的话……"

"那也得另一个——我的'命运之神'愿意……"

"它会的！"赖斯基坚定道，"倘若这事发生，您向我保证，您得发电报通知我，不论我在何方：我想要将花冠给韦拉戴上……"

"行，倘若发生的话……我保证……"

"而我保证赶到。"

科兹洛夫同样把赖斯基拉到一旁，低声对他说了很长时间，请求寻找他妻子，交给他一封写给她的信和她的地址，当赖斯基仔细把信放进皮夹子，这时他才放心。"对她说……给我写信……"他最后央求道，"如果她打算……到这里……你就给我发电报让我知道：我好上莫斯科去迎她……"

赖斯基答应一切，劝他暂时休息休息，寒假到图申家去做客，心情沉重地转过身去。

大家缓慢地走到台阶上，来到轻便马车旁，心情忧郁，默默无言。玛尔芬卡在继续哭泣。维肯季耶夫已经递给她第五块手绢。

正当赖斯基准备上车的最后时刻，他转过身来，再次看一眼给他送行的人群。他，塔季扬娜·马尔科夫娜，韦拉和图申交换了目光——并在这一目光中，在这一瞬间中，突然他们所有人都仿佛闪现一个做了半年的噩梦，闪现他们所忍受的一切痛苦……谁也没说一句话。无论玛尔芬卡，还是她的夫君，都不理解这目光——而聚集在不远处的仆人们也什么没有发现。

带着这一瞥，带着头脑里这一梦，赖斯基从他们的视野中消失了。

二十五

在彼得堡，赖斯基首先朝基里洛夫扑去。他差点去摸他，这是基里洛夫吗，他是否还在这里，而没有撇下他独自离去？他将自己想搞雕塑的新期望又重复了一遍。基里洛夫皱起眉头，以至鼻子完全缩在了大胡子里面——并且不满地转过身去。

"这算怎么一回事！根据您的来信我心想，您别是疯了？要知道您有一种才能，干吗又扔到一边去？您拿起铅笔，重新再上美术学院——瞧，还得买一本这个。"他给他看一厚本石印解剖学图谱，"您妄想搞雕塑！太晚啦……您这样有什么根据啊？……"

"我觉得，我的——这手指（他将五指攥在一起，并轻轻地揉搓）恰恰有搞雕塑的本事……"

"什么时候您才想起来！即便有本事，那也晚了！"

"什么晚了！我有个熟悉的准尉——雕得多好！……"

"准尉是这样，可您……都有白头发了！"

他坚决地摇了几下头。赖斯基不同他争论，而是去找了雕塑教授，认识了他的学生们，每周三次去工作室。在自己家里，他搬来黏土，购来头、手、脚和躯干模型，扎上围裙，开始热心地搞起雕塑来，不睡觉，哪儿也不去，只同雕塑教授和学生们见面，同他们一起参观伊萨克基辅大教堂①，在维塔利②作品前惊讶得发呆，细察手法、细部和新艺术的这一新领域。总之，他沉浸在狂热之中：除了雕像，他什么也不看，除了埃尔米塔日博物馆③，他哪儿也不去，并一直催促基里洛夫快点去意大利和罗马。

他没有忘记科兹洛夫的委托，按照地址去寻找他的妻子，那是在戈罗霍瓦街的一幢 chambres garnies④ 里。走进房间的过道，他听到华尔兹的音响和说话声。他听出是乌里扬娜·安德烈耶夫娜的声音。他把名片和科兹洛夫的信交给了替他开门的女仆。等了一会儿，女仆返回，神情有些尴尬，说是乌里扬娜·安德烈耶夫娜不在，去了皇村的熟人家，并将从那儿直接前往莫斯科。赖斯基来到过道屋，一位女士

---

① 彼得堡的伊萨克基辅大教堂建于 1818—1858 年，气势宏伟，高达 101 米。
② 伊·维塔利（1794—1855），俄国雕塑家，古典主义代表人物，作有胸像《普希金》（1837）。
③ 世界上最大的博物馆之一，1764 年建立，1852 年对公众开放，收集有大量古希腊罗马和西欧、东方的艺术珍品。
④ 法语：带家具出租的公寓房间。

迎面遇上他，并问他找谁。他说找科兹洛夫的妻子。

"他们卧病在床，谁也不接待！"她也撒谎道。

赖斯基什么也没给科兹洛夫写。

他与阿亚诺夫刚见上一面，便将自己住宅里的东西搬到了他家，而将住宅租了出去。因抵押的土地，他从监护人那里获得了一笔很大的款子，一月他便同基里洛夫一起动身了，开始赴德累斯顿，去朝拜《西斯廷圣母》①，柯勒乔的《夜》②，提香③，保罗·委罗奈斯④，等等。

在德累斯顿，白天他都与基里洛夫在绘画陈列馆度过，很少上剧院。赖斯基催促基里洛夫继续上路，去荷兰，然后去英国和巴黎。但基里洛夫固执己见，连英国他都不愿去。

"我干吗要去英国？那里我不想去，"他说道，"那里的所有珍品都在私人陈列馆里：不让进去。而公共陈列馆——藏品极不丰富。从荷兰到英国您一人去吧，而我去巴黎，去卢浮宫。我在那里等您。"

他们便这样做了。不过，赖斯基在英国一共就待了两星期，他甚至还没来得及惊讶地叫一声"哎哟"——生活社会结构的巨大变化令他感到压抑——便急忙去了令人快活的巴黎。白天他见到的是卢浮宫，晚上见到的则是像老鼠一样的奔跑，高兴地尖叫，无休止的狂饮和旋风般生活的醉态，而从这里带走的只是这狂欢暴饮的陶醉，这并未使他得以从这旋涡中，更深地理解他仓促获得的思想、观察和印象。

当南方春天的第一缕阳光刚从阿尔卑斯山后照亮大地，两位画家便穿过瑞士直奔意大利。

---

① 《西斯廷圣母》(1515—1519)，为意大利画家拉斐尔（1483—1520）所作的圣母题材名画，画面和谐典雅，庄严肃穆，现藏于德国德累斯顿茨温格尔官内的绘画陈列馆。

② 柯勒乔（约1489—1534），意大利文艺复兴盛期画家。《夜》又称《基督诞生》，作于1530年左右。

③ 提香（约1477—1576），天才的意大利画家，威尼斯画派最杰出的代表人物。

④ 保罗·委罗奈斯（1528—1588），意大利大画家，他的《马利亚与圣徒及库钦的家族》(1560)，现藏于德累斯顿。

赖斯基灵活地接受各种印象，一个接一个地变更着，从艺术转向大自然，转向新的人们，新的会面——感到三个最深刻的印象，最珍贵的印象，祖母，韦拉，玛尔芬卡——处处伴随着他，闯进任何一个新的感觉中，使他的余暇时间感到充实，感到他与她们三人由一种牢固的联系联结着，只是有了这种联系一个人才常常心情舒畅——无论因为什么都若无其事，哪怕有时会有痛苦，无论因为什么，即使有时命运冷淡地触动一下这种联系。

这三个身影也到处出现在他画家的想象中。大海上白浪涛涛的拍击声，阿尔卑斯群山那隐约可见的白雪皑皑的峰顶——都使他见到了祖母白发苍苍的华首。她从委拉斯开兹①、席拉尔－多弗②的肖像画中露面——如同韦拉从牟利罗③的人物中，玛尔芬卡从格留兹④、有时从拉斐尔的头像中……

在瑞士的悬崖底下隐约显出韦拉的形象，在峭壁上他梦见自己同她绝望的搏斗……随后是抛掷的花束，她的痛苦，她的赎罪……一切的一切。

他战栗一下并清醒过来，后来又见到了她们，带着微笑和爱，朝他伸出双臂。

三个身影跟随着他，并且到了阿尔卑斯山的那面，那时，他面前升起另外三个庄严形象：自然，艺术，历史……

他狂热地献身于她们，亲身感受到许多新的体验，使他的机体几乎病态地震颤不已。

---

① 委拉斯开兹（1599—1660），西班牙画家，作有宗教画、历史画和善于表现性格特征的肖像画，如《纺纱女》等。

② 弗朗苏瓦·席拉尔－多弗（1770—1837），法国画家，其肖像画以理想化形象及主题与风景背景的密切结合著称。

③ 牟利罗（1618—1682），西班牙画家，他画中的理想化和伤感的女性形象柔和感人。

④ 格留兹（1725—1805），法国画家，他所创作的妇女儿童头像妩媚动人，如《少女和鸟》、《娇儿》（1765）等。

在罗马，他与基里洛夫一起安排了一个工作室，他曾把时间都分给了博物馆、宫殿和遗址，很少去感受大自然的美丽，也曾闭门不出，拼命工作，后来置身于新的人群中，使他仿佛觉得那是一幅巨大而鲜明的活动画面，庄丽而充分地、异常吃惊而赤裸裸地，表现出死去的和活着的人类那千年的辉煌和全部的卑鄙龌龊。

而在任何地方，在这火热的艺术家生涯中，他从没背叛过自己的家庭，自己的一伙人，没有扎根于异国的土壤里，始终感到自己在那里是个匆匆的过客和与周围环境不相称的外人。经常，在工作之余，在令人兴奋的南国美景那新鲜而强烈的印象中清醒过来之时，他便想往回走，回家去。他想要积聚起足够的自然与艺术那永恒之美，他想要吸收那如化石般古老的传说之精华，将一切带回到那里，带回到自己的马林诺夫卡……

在他身后，始终屹立着并向自己热切召唤着——他的三个身影：他的韦拉，他的玛尔芬卡，他的祖母。而在她们身后，又屹立着比她们更为强大更加吸引他的——另一个巨人般的身影，另一个伟大的"祖母"——俄罗斯。

世界名著名译文库 柳鸣九 主编

李辉凡 编选

World Classics in Chinese Translation Series

悬 崖

〔俄罗斯〕冈察洛夫 著 严永兴 译

上

江西教育出版社

图书在版编目（CIP）数据

悬崖：全2册 / (俄罗斯) 冈察洛夫著；严永兴译. -- 南昌：江西教育出版社，2016.8
（世界名著名译文库 / 柳鸣九主编）
ISBN 978-7-5392-8915-1

Ⅰ. ①悬… Ⅱ. ①冈… ②严… Ⅲ. ①长篇小说－俄罗斯－近代 Ⅳ. ①I512.44

中国版本图书馆CIP数据核字(2016)第184909号

悬崖：全2册
XUANYA：QUAN'ERCE
［俄罗斯］冈察洛夫/著　严永兴/译　柳鸣九/主编

江西教育出版社出版

（南昌市抚河北路291号　邮编：330008）
各地新华书店经销
三河市祥达印刷包装有限公司印刷
690毫米×960毫米　16开本　55.5印张　字数748千字
2016年11月第1版　2016年11月第1次印刷
ISBN 978-7-5392-8915-1
定价：110.00元

赣教版图书如有印装质量问题，请向我社调换　电话：0791-86710427
投稿邮箱：JXJYCBS@163.com　　电话：0791-86705643
网址：http://www.jxeph.com

赣版权登字-02-2016-502
·版权所有　侵权必究·

"世界名著名译文库"编委会

主　编　柳鸣九

编　委　（按姓氏笔画排序）

王守仁　丹　飞　史忠义　宁　瑛　冯季庆　朱　虹

刘文飞　李辉凡　陈众议　陈绍敏　罗新璋　贺鹏飞

倪培耕　高中甫　黄　梅　谭立德

主编助理　赵延召　乌尔沁　张晓强　闫富斌

目 录

译本序……………………………………… 严永兴 1
第一部……………………………………………… 1
第二部……………………………………………… 167
第三部……………………………………………… 399
第四部……………………………………………… 587
第五部……………………………………………… 709

译本序

严永兴

一

离我们日新月异的现代化社会有一百五六十年之遥的北国俄罗斯，有条宽阔的伏尔加河至今奔流不息，河岸边是一片郁郁葱葱的森林。森林后面有座悬崖，翻过悬崖，神奇地出现一座小小的庄园，没有高楼，没有繁华，没有电灯，没有电话，没有汽车，没有现代化设施，但有树林，有花坛，有果园，有蛮不错的结实小楼，古色古香的红木家具，有马，有四轮马车，还有藏书室，有俄国、法国甚至意大利等一些国家17、18世纪思想家和作家们的古版图书。《悬崖》的主人公们就生活在这样一个世界里，有令人解颐的欢乐，也有让人蹙眉的愁苦，主人公的故事和命运牵动着你我的心。

这个冈察洛夫，真是写故事的大师，惊鸿一瞥，晚霞满天，朦朦胧胧让你分不清何是今天，何是过去，何是人间，何是自然。

二

伊万·亚历山德罗维奇·冈察洛夫（1812—1891），俄国作家。出生于商贾巨头家庭，父亲曾在伏尔加河流域做大宗粮食生意。七岁丧父，由教父照管，培养了冈察洛夫自幼对文学的兴趣。

1834年从莫斯科大学语文系毕业后回到家乡，任省长办公厅秘书，后至彼得堡财政部任职。工作之余开始文学创作，1847年他的第一部长篇小说《平凡的故事》问世，即获巨大声誉。作品描写主人公阿杜耶夫自幼在外省地主庄园里，过着宁静好幻想的少爷生活，来到彼得堡后渐渐成为一个精明强干的企业家的故事。

1849年冈察洛夫回到阔别十四年的故乡度假，外省封闭的小城生活，奔流不息的伏尔加河，陡峭的河岸和悬崖，触动了他的创作欲望，他把一些人物、场景记在纸片上，直至二十年后才得以最终动笔完成他的第三部长篇小说《悬崖》。因为当时他正潜心创作他的第二部长篇小说《奥勃洛莫夫》，作品于1847年动笔，至1859年完成并发表，立刻为他赢得第一流俄国作家的声誉。作家以细腻的笔触塑造了一个没落地主的典型、一个"多余的人"的形象——奥勃洛莫夫。三部作品被视为相互连贯的一个整体，是19世纪40至60年代俄国社会形象而真实的写照。

冈察洛夫是位语言大师，作品艺术技巧高超，人物形象个性鲜明、典型生动，语言精细优美，炉火纯青，尤擅景物描写，浸透作家思想感情的俄罗斯大地和伏尔加河景色，犹如一幅幅绘画作品，充满灵性和绚丽色彩。

三

《奥勃洛莫夫》（1859）是冈察洛夫的第二部名著。主人公奥勃洛莫夫是个三十开外的乡村地主，身体发胖，生性善良，颇有教养，由于拥有家传的庄园领地和三百五十名农奴，他养尊处优，无忧无虑。他担任过公务员，但服务两年便辞职了，把它当作无法忍受的沉重负担。他在彼得堡住了十二年，一直未回过自己的庄园。

与他相反，他的朋友施托尔茨精力充沛，生气勃勃，富有创业精神,是一个拥有三十万资产的企业家。为了减轻他的体重,防止中风,施托尔茨经常拉着他到彼得堡各处游玩,参加社交活动,但很快游乐和社交活动使他感到疲惫不堪。施托尔茨又把聪明活泼的二十岁姑娘奥丽加介绍给他,让他谈恋爱。

奥丽加邀他爬山,看戏,听音乐,督促他看书,但很快他便觉得恋爱是件苦差事。但奥丽加深爱着他,他不得已,便准备与她结婚,可是一想起婚前要做许多事情,要找房子,上法院……便愁容满面,一再推迟婚期。久而久之便渐渐失去任何兴趣志向,害怕变动,甚至连友谊和爱情也无法使他振作。他只知道成天吃喝和躺在沙发上混日子,以致成为完完全全的废物,五年后他得了中风,悄然离开人世。

作者通过这一形象表明,主人公的一切病症都是农奴制的恶果。作品反响巨大,甚至后来在俄语里"奥勃洛莫夫"成了形容一切怠惰、害怕变革和无力从事任何实际工作的人的代名词。

四

《悬崖》(1869)是冈察洛夫的第三部重要作品。为这部作品他从构思,到1860年动笔,直至1868年最终完成,花了二十年的时间。而我为了译好这部作品,从阅读到翻译,花了两年时间,直至2002年12月中才告完成。

作品的主人公赖斯基这个人物,以前无论是俄罗斯还是我国的评论家,都认为也是个奥勃洛莫夫式的人物,只是因为时期不同,两人显出了不同的经历、爱好和性格。

但是随着时代的变迁,我认为,解读作品也应该有新视角,新思路。

奥勃洛莫夫是农奴制时期的俄国地主,是个对什么也提不起精神的懒蛋。而赖斯基是农奴制改革后的地主,与奥勃洛莫夫有相似之处,而更多的是不同之处,体现出农奴制废除后的新的变化。

赖斯基不像奥勃洛莫夫那样饱食终日，无所事事。他聪明好学，兴趣广泛。他学绘画，学钢琴，看书，记笔记，写小说。他与他的中学同学科兹洛夫保持着深厚的友谊，将父亲留下的全部藏书都托他保管，后来索性想全部馈赠给这位爱书如命的老同学。科兹洛夫软弱忠厚，对赖斯基所托兢兢业业，但一个叫马克的流放犯，满脑子的新思想，常来看书，却常撕下书页卷他的烟卷，一面书架的书快要给他撕遍。科兹洛夫急忙给赖斯基写信，让他来庄园处理毁书事件。

恰好赖斯基在彼得堡追求他的表妹索菲娅毫无进展，两个姑妈又成天让他陪着打牌，消磨时间，这让他厌烦至极，于是便来到这悬崖边上他名下那个叫马林诺夫卡的小庄园。

于是，作家成功塑造的三位女性形象——祖母、玛尔芬卡和韦拉便出场了。

祖母是赖斯基家的远房亲戚，因为赖斯基父母早逝，由她来掌管赖斯基这份不大不小的庄园和家业。她精明能干，善良又不乏骄横，把个小小的领地管理得井井有条。

赖斯基的两个远房表妹韦拉和玛尔芬卡也失去了双亲，在祖母膝下长大，祖孙三人相依为命，姐妹俩都长得楚楚动人，令赖斯基心动。妹妹玛尔芬卡天真无邪，清纯活泼，爱劳动，爱花，爱动物，爱小鸟，爱孩子，爱做家务，爱做手工，向往家庭美满幸福，是个胸无大志、贤妻良母式的女性。赖斯基向玛尔芬卡试探爱意，可她依偎在他身旁却茫然不知，因为在她眼里，将庄园大方地留赠给她和姐姐的赖斯基，只是她可敬可亲的表哥。她爱的是小青年维肯季耶夫。赖斯基也看出来，与自己在一起，她拘谨不安，而与维肯季耶夫相见，便露出青春活泼的少女本性。

于是，他又把感情移向韦拉。韦拉出奇的娇美，冷艳，不苟言笑，但有着丰富的内心世界，熟读古今名著，不满足于小庄园宁静安谧却死水一潭的生活，追求自由、真理和新思想，要求独自把握自己的命运。她很冷静地处理与表哥的关系，把他当兄长，当挚友，同时也拒绝了伏尔加河对岸青年林场主图申的求爱。赖斯基暗自神伤,却发现韦拉经常独自外出。受妒忌所驱,他悄悄跟着表妹,想知道哪个男子有此福分。却发现韦拉翻过悬崖去相会的,竟然是不修边幅、言语举止粗俗不堪的马克。

殊不知,追求新思想新生活的韦拉,看上的正是狂放不羁的马克那种与众不同的自由思想,她入迷了,陶醉了,沉浸在对未来美好的自由生活的幻想中。但后来,她发现自己错了,马克的所有思想都是空想,从未为实现他们的理想去认真干一件脚踏实地的事情。而且他也并不想同她结婚,只是与她同居,什么时候双方厌烦了,便什么时候分手。韦拉失望了,决心同他分手。

赖斯基躲在远处,并没听见他们的谈话,不知就里,回到家,将一束黄花扔进韦拉的窗户羞辱她。韦拉受不了这双重打击,浑身战栗,病倒了。祖母急坏了,替韦拉请来医生,又天天亲自陪伴着她,为她做祈祷。不知好歹的马克,托人给韦拉带信,要与她见面了断此事。韦拉病情加重,她找来图申,图申手持马鞭挺身而出,上悬崖去会马克。马克在图申的凛然正气下终于退缩,悻悻离开小城。

大有骑士风度的图申年轻有为,他带赖斯基到自己的林场小住。令赖斯基吃惊的是,茫茫的森林里竟然会有一个如此先进、如此完美的林场。图申开发森林资源,又保护大自然;这里没有苦力,没有雇工,而是一批掌握先进生产工具和知识的工人;厂房整齐,工人新村焕发着生气,这让赖斯基惊呆了,心想,图申与韦拉才是天造地设的一对。

玛尔芬卡与维肯季耶夫的婚礼如期举行,热闹而欢快,韦拉也渐渐复原。赖斯基决心离开此地,出国学习雕塑,开开眼界。他与画家基里洛夫一起徜徉在卢浮宫、德累斯顿和意大利的艺术殿堂里,身心得到了升华。他常想往回走,回家去。他想要积聚起足够的自然与艺术那永恒之美,将一切带回到那里,带回到自己的马林诺夫卡……

在他身后,始终屹立着并热切召唤着他的三个身影:他的韦拉,他的玛尔芬卡,他的祖母。而在她们身后,又屹立着比她们更为强大、更加吸引他的——另一个巨人般的身影,另一个伟大的"祖母"——俄罗斯。

冈察洛夫在《悬崖》这部作品里的语言技巧更为成熟,无论写景、对白和人物内心世界的刻画都臻炉火纯青的境地。文学,我认为,最具震撼力的不是技巧,而是思想,是它所蕴含的情感。文学所具有的一种无可替代的特殊功能,便是对人类的情感作用。冈察洛夫在书的近结尾处写道:"人的长处是意识到并保留住自身这种天生质朴的美,并善于当之无愧地拥有它,也就是珍惜它,相信它,做个襟怀坦白的人,懂得真理的魅力,靠真理活着——从而不折不扣拥有一颗纯朴的心灵,并且珍惜这一精神力量,倘若并不高于聪明人的能力,那么至少同它处于同等水平。

"可是眼前人们羞于这种精神力量,看重'蛇一般的聪明',却为'鸽子似的纯朴'而感到脸红,把后者指为天性幼稚,至今认为智力水平比道德水平好……如此必需的道德发展水平,好像每个人都已达到,而将它像鼻烟壶似的揣进了自己口袋里……"

须知,这可是作者在距今一百五六十年以前写的啊!这也许便是优秀文学作品的力量与魅力。

译着《悬崖》,它所蕴含的朴实自然的思想与情感,有时如一道闪光,在一瞬间打动我的心灵,引起共鸣。无论什么时代,无论何种民族,人都是需要道德与亲情的。

第一部

一

彼得堡有许多大街,在其中一条大街那装饰马虎的住宅里,坐着两位绅士。一位三十五岁左右,另一位四十五岁上下。

第一位是鲍里斯·帕夫洛维奇·赖斯基,第二位是伊万·伊万诺维奇·阿亚诺夫。

鲍里斯·帕夫洛维奇的面容生动,表情丰富。乍一看,他比实际年龄年轻:宽阔白皙的前额显得鲜亮饱满,双眸时而闪烁思想、情感和欣喜的光芒,时而陷入沉思,耽于幻想,此刻,他的目光几乎似年轻人那样富有朝气。有时,这双眼睛显得成熟、疲惫、烦闷,将自己主人的年龄暴露无遗。双目间甚至聚起三道淡淡的皱纹,那是时光和阅历无法消泯的标记。乌黑顺溜的头发披落在后脑勺和耳朵上,可鬓角上已有些许银丝显现。脸颊和前额,眼睛和嘴巴旁,依然保持年轻的色泽,可太阳穴和下颏周遭的肤色已呈黄褐色。

总之,根据这副面容,极易将人生阶段猜透,青春与成熟的争斗已然完成,此人已进入其人生的另一半,他所经历的每一个人生体验、情感和病痛,都留下了痕迹。唯独他的那张嘴,在薄薄的双唇难以觉察的变化中和笑容中,还保存着年轻人的、有时几乎是孩童的那份纯真。

赖斯基身穿家常灰大衣,盘腿坐在沙发上。

伊万·伊万诺维奇则相反,他穿件黑色燕尾服。白手套和呢帽放在身旁桌子上。他神色自若,或是说,他对周围可能发生的一切,持漠然等待态度。

目光机灵，双唇透着聪颖，黄褐色的脸庞，一头修剪漂亮的花白头发和一脸斑白的络腮胡子，举止温和，言谈持重，装束得体——这便是他的外表肖像。

从他脸上，可以读到不露声色的自信和对他人察言观色的了然。凡观察过他的人都会说："此人活得潇洒，懂得生活，了解人。"倘若不把他归于气质不凡、特殊的人群，至少也会将他列入生性质朴的那类人。

他是人才辈出的彼得堡人中的佼佼者，人们称他为上流人士。是的，他属于彼得堡，属于上流社会。很难想象，除了彼得堡，他会待在别的什么城市里；除了上流社会，也即彼得堡居民中闻名遐迩的最高层，他会待在别的阶层里。尽管他公务缠身，私事繁忙，但你常常会在各家的大客厅里遇见他，早晨拜访，中午宴会，夜间家庭晚会，最后便是牌局。他马马虎虎，平平常常，既非性格刚强，亦非意志薄弱；既非学富五车，亦非不学无术；既非信仰坚定，亦非怀疑一切。

不学无术或缺乏信仰，在他身上的表现形式为某种轻率而浅薄的否定一切：他对一切漫不经心，从不真诚地接受任何事物，既不对它深信不疑，亦不特别偏爱入迷。与人交往，他怀着几许嘲笑和怀疑，几许冷淡和平静，既不给谁以始终不渝的深情厚谊，亦不与谁结下不共戴天的深仇大恨。

他在彼得堡出生，上学，人到中年，西边没有到过比拉赫蒂①和奥拉宁包姆②更远之地，北边没有到过比托克索沃③和中罗加特卡④更遥之处。因此犹如水滴中的太阳，在他身上反映出彼得堡的整个世界，显现出彼得堡的全部实际、风气、生活方式、本性和公务——此乃

---

① 拉赫蒂为芬兰港市。
② 奥拉宁包姆为罗蒙诺索夫市的旧称，芬兰湾码头，距彼得堡以西不远。
③④ 均距彼得堡以北不远。

彼得堡的第二特性，别无其他。

关于其他种种生活，除却国内外各种报纸提供给他的以外，他本人没有任何概念和观点。彼得堡的激情，彼得堡的观念，彼得堡年复一年的日常生活，其中包括恶习和美德，思想，事业，政治，大概还有诗歌——他的生活便围着这些转，不曾想从这个圈子里挣扎出来，因为他在此，为自己的本性找到了最奢华、最充分的满足。

四十年来，他不断冷漠地观察着，看每年春天一艘艘挤满旅客的游轮，如何启航驶往国外；看四轮公共马车，随后是火车，如何在俄罗斯大地上驶过；看成群结队的人们，如何"怀着天真无邪的心情"出游，去呼吸另一种空气，去凉爽凉爽，去寻找感觉和消遣。

他从未感到有类似需求，也不认为别人有此种需求，只是平静而冷漠地盯着他们，盯着这帮异类，脸上的表情彬彬有礼，目光中却在说："随他们便，反正我不去。"

他谈吐朴实，随意从一个话题转到另一个话题；世上、上流社会和京城里出现的一切事情，他无所不知；倘若战争爆发，他密切注视战事的各种细节，冷静了解英法内阁的改组情况，阅读议员们最近在国会和法国议院所做的报告；他熟悉新上演的歌剧，对夜晚在维堡区①有谁被杀一清二楚。他对京城每个名门望族的家谱、事业和庄园状况、家庭丑闻如数家珍；他明察行政机关内每秒钟所发生的事，包括人事变动、人员升擢与奖励；他知悉城里的各种流言蜚语、家长里短。总之，他对自己的世界了如指掌。

上午他满世界转悠，也就是奔波于各家的客厅，多多少少也是为私事和公务；晚上常常先是看戏，最终是在英国俱乐部②或熟人家里打牌，几乎人人他都熟悉。

他打牌从不出错，有出色赌徒的美誉，因为他对别人出错牌十分

---

① 维堡区在彼得堡东北部、涅瓦河右岸，有许多大工厂。
② 当时是彼得堡贵族聚会的场所。

宽容，从不发火，而且显得彬彬有礼，好像搭档非但没出错，而且出了张好牌。此外，他既玩大赌注的，也玩小赌注的，既同高手玩，也陪任性的太太们一起玩。

他在建筑部门的公务进行得不错，在办公室里干了十五年苦差事，执行的是别人的设计方案。他机敏地揣度上司的想法，赞同他业务上的观点，灵巧地在纸上体现各种方案。上司换人，观点和方案亦随之改变，阿亚诺夫在新设计理念下与新上司一起共事，依然聪明灵巧；他所服务过的部长大人们都喜欢他起草的报告和呈文。

眼下，他在一位部长手下担负一项特殊使命。每天一早，他来到部长办公室，然后去部长夫人的客厅，实实在在地完成她委托办理的几件事情，而每到晚上，在约定的日子里，他必定按约去凑牌局。他有相当大的官衔、相当高的薪俸，却无所事事，清闲得很。

倘若允许钻进别人的灵魂，那么，在伊万·伊万诺维奇的灵魂里，没有任何黑暗，任何秘密，往后也不会有任何难以猜度的东西，即使麦克白的女巫们亲自以某种更为美好的命运来诱惑他，或是将他如此执着、如此精神抖擞所攫取到的东西夺走，也已无能为力。他步步高升，从五等文官升为四等文官，最后，又因长期而又卓有成效的服务，以及无论在公务上还是在牌局上的"不倦努力"，他又擢升为三等文官，并保留原薪在某个不朽的常设机构或一个什么委员会里抛锚泊港；在那里，任凭人类的海洋汹涌澎湃吧，世纪风云变幻吧，民族和帝国的命运落入深渊吧，一切均将在他身旁一闪而过，直至中风或其他打击中止他的生命历程。

阿亚诺夫结过婚，丧偶，并有个十二岁的女儿，用公费在贵族女子中学受教育，而他安顿好自己的事务，过起了平静而无忧无虑的老单身汉生活。

唯独一桩事，扰乱了他的安宁，那就是因坐着不动的生活引起的痔疮；对他而言，前景令人担忧，他得暂时中断此种生活，到什么地方的矿泉去待着。医生曾这般威吓过他。

"是否该穿上衣服啦：四点一刻！"阿亚诺夫说。

"是啊，该穿了。"赖斯基答道，从沉思中清醒过来。

"你在想什么？"阿亚诺夫问。

"是在想谁？"赖斯基纠正道，"一直在想她……想索菲娅……"

"还在想！嘿！"阿亚诺夫说道。

赖斯基开始穿衣。

"我把你拽到那儿去，你不心烦吗？"赖斯基问。

"根本没有：在那里和在伊夫列夫家，不都是玩吗？说实话，赢老太太的钱，很不好意思：安娜·瓦西里耶夫娜瞎吃自己对手的牌，而娜杰日达·瓦西里耶夫娜要什么牌就大声嚷嚷。"

"请放心，你不必为五戈比去行骗。两个老太太收入达六万呢。"

"我知道，这一切都将归索菲娅·尼古拉耶夫娜吧？"

"归她，她是亲侄女。可何时才会到手哪！两个吝啬鬼，会活得比她长。"

"她父亲好像也稍许有些……"

"不，全给他花光了。"

"花哪儿啦？他几乎不玩牌的。"

"什么花哪儿啦？那么女人呢？这通忙乎，petits soupers①，这整个儿的 train②呢？去年冬天，他在晚会上送给 Armance③ 一套餐具便价值五千，可她连晚宴都忘了邀请他……"

"对，对，我也听说了。为了什么？他去她那里做什么？……"

两人笑起来。

"索菲娅·尼古拉耶夫娜的丈夫好像也给她留了些钱！"

"没有，七千卢布进项；这是她的零花钱。其实全靠两个姑妈。哦，该走啦！"赖斯基说，"午饭前我还想上涅瓦大街走走。"

---

① 法语：倾心的消夜。

② 法语：生活方式。

③ 法语：阿尔芒丝。

阿亚诺夫和赖斯基走在大街上,朝左右两旁点头,行礼,握手。"现在你在别洛沃多娃那里待的时间久吗?"

"和通常一样,暂且还不撵我。怎么,感到寂寞啦?"

"不,我在想上伊夫列夫家是否赶趟?我倒并不觉得寂寞……"

"幸福之人!"赖斯基羡慕道,"倘若世上没有寂寞无聊该多好!也许比抽顿鞭子还难以忍受?"

"劳驾,别作声!"阿亚诺夫充满迷信的恐惧将他制止,"还说些乱七八糟不吉利的话!身上长个痔疮就够我受的了!大夫们就知道把我从这里打发走,说是全是这坐着不动的生活闹的,所有不幸就在于此!其实还有空气:还有什么比这空气更好的吗?"他欣喜地嗅了口空气,"如今我挑了个比医神阿斯克勒庇奥斯还善良的人:他打算夏天用酸奶替我治病,要知道我长的是内痔……明白吗?那么你是出于无聊才上自己表妹家的?"

"自然啦,这还用问!难道你坐到牌桌旁不是因为无聊?人人都像逃避瘟疫那般在摆脱无聊。"

"你挑了服多么蹩脚的药来摆脱无聊,天天一个样:陪着女人说些无聊的空话!"

"你打牌,难道天天不一个样?你是在牌局上躲避寂寞无聊……"

"哦,不,它可不一个样:有个英国人进行过运算,分出一副同样的牌,千年才可能重复一回……还有手气呢?牌手的性格、牌技、花样呢?打错牌呢?……不可能一个样!可是,瞧,陪着女人斗嘴皮子,一个冬天又一个春天!今天,明天……瞧,这一套我可不懂!"

"你不懂得美,这有什么法子?有人不懂音乐,有人不懂绘画:这是自己家族的智力不发达……"

"对,确实是自己家族的原因。瞧我的局里,有个伊万·彼得罗维奇,当个副手:此人不论对官太太还是女仆全纠缠不休,一个也不放过,当然,全得有几分姿色。对她们说恭维话,献殷勤,送糖果,送鲜花,难道他智力发达？"

"我们不谈这话题，"赖斯基说，"不然我们俩又将钻牛角尖，差点动起手来。我不懂你的牌艺，你有权称我外行。可是，关于美，你也别硬要大发议论。任何人都按自己的方式欣赏绘画、雕塑和女性那鲜活的美；你的那个伊万·彼得罗维奇这样欣赏，我那样欣赏，而你怎么也不欣赏——那随你便！"

"你同女人们玩牌的，我见过。"阿亚诺夫说。

"是，我玩牌，那有什么？你也玩，并且差不多老赢，可我老输……这有什么不好的？"

"是啊，索菲娅·尼古拉耶夫娜是个美人儿，而且还是个有钱的、打算出嫁的姑娘：娶她吧，万事总该有个结局。"

"是啊，万事总该有个结局，而无聊又该开始！"赖斯基若有所思地重复道，"可我不要结局！请放心，她们不会将她许配给我的！"

"那么，依我看，就没必要再来往了。你简直就是个唐璜！"

"不错，是唐璜，一个无聊之徒：依您看，是这样吗？"

"可不是：那依你看，他是什么？"

"哦，那么拜伦、歌德，还有一帮画家、雕塑家，全是无聊之徒了……"

"难道你是拜伦或是歌德不成？……"

赖斯基恼火地扭过脸去不看他。

"唐璜主义在人类中同样是堂吉诃德式的行为：还更深刻些；这种欲望还更有天赋些……"他说。

"既然是种欲望，那就结婚吧……我对你说……"

"嗨！"赖斯基几乎绝望道，"要知道，结婚可以一次、两次、三次；莫非我就不能像欣赏雕像之美那样，去欣赏美吗？唐璜首先享受到的是美学上的此种欲望，但很粗俗；作为自己时代、教育和风习之子，他沉溺其中，超过了此种崇拜的极限，再没有别的。嗨，我同你有什么可说的！"

"倘若不想结婚，那就没必要再去。"阿亚诺夫淡漠地重复道。

"你听我说，在某种程度上你是对的。我首先想说，我的迷恋永远是真诚的，没有预谋，这并非追逐女性，请你永远明白。当我的偶像哪怕有一个细节接近理想，我的想象力立刻会将她塑造为一个理想中的人物，其余部分则由我自然而然地加以补充完善，于是便出现幸福的理想、家庭的理想……"

"瞧你，那就结婚吧……"阿亚诺夫说。

"等等，等等，从未有过一种理想能待到婚礼前的：它失去光泽，消失，而我则离去，变得冷漠无情……想象力创造什么，具体的分析便将其毁坏，犹如纸糊的房子。或者是理想不待我冷静下来，便离我而去……"

"可毕竟你还是每天同女人待在一起，闲聊啊！……"阿亚诺夫摇摇头，固执地强调道，"就譬如今天吧，你还有什么可说的？如果她们不让她嫁给你，你还想从她那里得到些什么？"

"那我也问问你：你想从她姑妈那里得到些什么？你得了什么牌了？你是赢是输？难道你上那里是想把那份六万卢布的进项全赢过来？你是去玩牌，还是去赢钱……"

"我没有任何打算：我这么做是因为……因为……为了找乐趣。"

"是因为……因为无聊，你要知道，我才是为了找乐趣，同样也没有什么打算。至于我如何欣赏美，你和你的伊万·彼得罗维奇无法理解，你和他都别介意——那就齐了。要知道，有一种人对强烈的情欲异常崇拜，而另一些人对此种需要一无所知，并且……"

"强烈的情欲！情欲这玩意儿可是影响生活。需要劳动——只有事业才是摆脱空虚的一剂良药。"阿亚诺夫庄重道。

赖斯基停住脚步，拦住阿亚诺夫，恶狠狠笑着问："事业？什么样的事业，请说说，这倒挺有趣！"

"什么什么样的事业？公务啊！"

"难道这也算事业？请告诉我，除少许例外，公务中有哪项事业，离了它是玩不转的?"

阿亚诺夫惊讶得吹了声口哨。

"你瞧!"他说,朝自己四周望了一眼。"就是他!"他指着一个警察局的小官吏,此人正目不转睛地朝一边盯着。

"你去问问他,"赖斯基说,"他为何站在这里,那么专注地望着是在等谁?等位将军!他都不瞧我们一眼,因此任何一个过路人,都可以把我们的手帕从口袋里掏走。难道你以为你的几张公文纸便是事业?关于事业,我们不必再多费口舌,告诉你吧,说实话,当我在我的画上涂鸦时,当我在钢琴上乱弹一通时,甚至当我为美貌所倾倒时,我才干得更欢……"

"除了美貌,你在自己表妹身上还找到什么特殊之处?"

"除了美貌!哦,这就是全部!其实,我对她知之甚少:美貌加知之甚少,便将我吸引过去……"

"天天在一起,怎么还会缺乏了解?……"

"了解不多。我不知道在她娴静的外表下隐藏着什么,不知道她的过去,也无法猜测她的未来。她是个女人还是个洋娃娃,她在过着这样的生活还是在假装如此生活着?这都折磨着我……你看,"赖斯基接着说,"看见这个女人了吗?"

"是那个胖胖的、带着包袱爬上出租马车的女人吗?"

"是啊,还看见那个从四轮轿式马车的窗户朝外张望的女人了吗?以及从街角拐出朝我们走来的那个姑娘?"

"嗯,那又怎么啦?"

"你匆匆一瞥便能从她们脸上看出某种或关切,或忧伤,或欢愉,或思索,或无拘无束的迹象;总之,那是运动和生命。不过稍稍需要选配一把钥匙,才能说出这个女人有家庭和孩子,就是说有过昔日的生活;而那边那位看得出充满热情或是显露出活生生相爱的迹象,就是说她拥有今天;而这边这位,年轻的脸上透着希冀,心中的愿望暴露无遗,预示着她那并不安定的未来……"

"是吗?"

"是啊,到处都有着某种生气蓬勃、要求有所作为、创建功绩、期望生活、呼唤生命的迹象……可在索菲娅那里,这一切全没有,什么也没有,空空如也!甚至没有冷漠,没有寂寞,想诉诉苦,说一句曾经有过真正的生活但给毁了,也不可能!她容光焕发,容貌出众,但既无所求,也无奉献!因此,我对她一无所知!而你对我去打牌还惊讶不已。"

"你早告诉我这些,我就不会惊讶了嘛,因为我自己也是这种人,"阿亚诺夫说,突然停住脚步,"去我家里,不去她那儿……"

"你家?"

"是啊,我家!"

"怎么,你想显示美貌?……"

"我将显示宁静安逸,并为此感到满足;其实她同样……这与你有什么关系?……"

"与你是毫无关系,可她确实很美,美如天仙!"

"那就结婚算啦,倘若不想或不能结婚,就打住,料理事业……"

"你先着手吧,你可以把藐视死板的活生生的智慧和充满热情的灵魂,投入到事业中,并指出如何把精力用于某种事业上,什么值得奋斗;而让自己的纸牌、拜访、招待晚会和公务全见鬼去!"

"你本性真不安稳,"阿亚诺夫说,"缺乏严格的管教和艰苦的磨炼,因此便瞎胡闹……还记得吗,你的娜塔莎在世时,你曾说过……"

"娜塔莎!"他轻声重复道,"这是我心头唯一的一块重石,在这美好的印象和短暂的迷恋中,请别妨碍我对她的怀念……"

他叹了口气,两人默默走到弗拉基米尔教堂①,拐入一条胡同,走进一座贵族宅邸的大门。

---

① 位于彼得堡一条中央大道上,离涅瓦大街不远。

二

赖斯基只是一年前,才同二十五岁的索菲娅·尼古拉耶夫娜·别洛沃多娃相识,她嫁给在外交部门供职的别洛沃多夫不久,便成了寡妇。

她出身古老而富裕的帕霍京家族,未出嫁前便丧母,她的父亲过去一直对夫人言听计从,如今感到自己获得了自由,却突然醒悟,其青春年华已被婚娶消磨,再想过上一阵享乐生活已来不及。

他开始过起单身汉的生活。他想克服年龄和身体条件的限制,但未如愿,只是看着别人又吃又喝,自己的肠胃却消化不了。但他还是来得及给自己的财富以致命打击。

代替无法消受的享乐,他表现出顽童般的老年人的虚荣心,开始癫狂般与人交往,用以犒劳自己对夫妻生活的忠诚,很快将所有现金、妻子的全部钻戒和女儿的大部分嫁妆花光。在婚前就被他抵押掉的不动产上,又欠下十分可观的债务。

待到财源枯竭之后,他还间或——每年一次——有时两次,搞点儿开销很大的名堂,给某个**阿尔芒丝**①买钻石戒指、轻便马车、餐具,一连三个星期上她家,陪她上剧院,请她吃晚餐,召来一帮年轻人,然后停息下来,直至搞到下一笔钱。

尼古拉·瓦西里耶维奇·帕霍京是个十分精神、威风凛凛的老头,一头柔软、令人起敬的白发。看外表,你会把他当成某个帕默斯顿②呢。当他得意地挽着胳膊、领着索菲娅·尼古拉耶夫娜去某处参加舞会和公众游艺会的时候,显得尤为精神。不熟悉他的人们尊敬地站到一旁,而熟人们一见到老顽童,先是嘻嘻笑,随后亲昵而开玩笑地拽住他的

---

① 原文为法语。

② 帕默斯顿(1784—1865),英国社会活动家,子爵,曾任英国首相。曾是针对俄国的英法土耳其同盟的鼓吹者。

手,让他安排愉快的午餐,凑到耳朵上告诉他令人开心的故事……

老头儿开玩笑,给众人讲趣闻,说俏皮话,尤其喜爱与同岁人回忆已逝的青年时代和当今时代。他们异常兴奋地记起鲍里斯伯爵或丹尼斯伯爵输了大堆大堆的金子;又为自己花费那么少、日子过得那么窘迫而难过。他们向聚精会神聆听的年轻人传授生活的伟大艺术。

不过,帕霍京更喜欢回想当年赴巴黎的情景,那是1814年,俄国人以宽宏大量的胜利者身份来到巴黎,他们的殷勤客气盖过了法国人,革命已经将法国人在这方面的品质破坏殆尽,使他们在挥霍无度上压倒最为慷慨大方的英国人。

老头儿嘻嘻哈哈地过日子,成天没正经,只讲些高兴事,甚至在剧场看戏也满脸堆笑,观赏女演员的纤足,或是用长柄眼镜看她的 La gorge①。

当出现不愉快的事情,遇见的不是午宴,不是后台迷人的戏剧,而是生活的神经被触动,听到雷声滚滚的时候,当他的四周出现重大问题及需要想办法和下决心的时候,老头儿便愚钝地困惑莫解,陷入忐忑不安的沉默中,只会频频地咬嘴唇。

从前,他头脑灵活,爱开玩笑,细心,性格中不乏大胆的激情。但是,他在近卫军干了十六年,法语学得极棒,可以用法语流利地说、写、唱歌,却几乎不识俄文。他拥有漂亮的住宅、骏马、轻便马车和两万卢布的进款。

谁也没有他穿着讲究,如今到了老年,他还向裁缝提供时尚的款式;他始终穿得很体面,走路精神矍铄,气度高贵,说话充满自信,从不失态、失去自制。判断一切经常违背逻辑,但运用诡辩却灵活自如得非同一般。你可以不同意他的观点,但想改变他的看法极难。上流社会、阅历、他的整个人生没赋予他任何内涵,因此他像怕火似的

---

① 法语:乳胸。

害怕严肃认真。但正是那种人生阅历和经常生活在一帮人中间，使他见多识广、具有结交三教九流各式人物的能力，养成了他某种十分讨人喜欢的小聪明，不熟悉他的人初次接触，甚至会信赖他的见解和建议，然后受骗上当，这才看清他的为人。未等他在游手好闲、大肆挥霍方面陷入生活危险的旋涡，家里便给他成了亲，那年他二十五岁，姑娘美丽出众，门第古老，但冷冰冰的，性格专横，立刻便摸透了丈夫的禀性，将他牢牢握在手心里。

如今，尼古拉·瓦西里耶维奇·帕霍京每周要去出席一次某个委员会的会议，拥有个重要头衔和两枚星形勋章，正难熬地期待第三枚。这是他的社会意义。

他还有另一个期待：出国，去趟巴黎，不是手持武器而是带着金币，像从前那样在那里住上一阵。

他常怀着欣喜羡慕的心情回忆革命时期的奇闻逸事，说是一个门第高贵的浪荡公子，在那里的商店里打碎了一只碗，受到老板指责，他索性大打出手，打碎更多东西，然后偿还了能买下整个商店的钱；说另一个人花高价买下国王的一幢别墅，送给了一名舞女。最后，他总以怀旧的感叹结束他的故事。

妻子去世不久他就要求出国，但他的生活方式、脾性和怪癖在社会上声名远播，因此对他请求的答复，只是简单一句话："没必要。"他咬咬嘴唇，忧郁一阵，然后做出一件乖戾的大事，一掷千金，便消停下来。待到将财产彻底挥霍光，他去巴黎的念头也就烟消云散。

自从他挥霍尽所有钱财，除了痛苦地等待第三枚星形勋章，还有件事让他终日不忘，时常惦记，绞尽脑汁，使出浑身解数，那就是如何从自己的两个老姑娘姐姐、索菲娅的姑妈那里搞到钱。

娜杰日达·瓦西里耶夫娜和安娜·瓦西里耶夫娜·帕霍京娜，虽说十分吝啬，亦瞧不起自己弟弟的个性，不过她们珍惜他所姓的姓氏，看重家族的声誉、尊严和传统，因此，除了付给他固定的五千卢布零用钱外，还时不时给他一些差不多也是这个数的资助。而每到年底，她们常常边数落边训斥边差点儿掉泪，替他付清欠裁缝、家具商和其他商人的钱，几乎又是这个数。

她们清楚他的钱都派了什么用场，但对此持宽容态度，因为她们明白，这个时代的浪荡公子全这德行，所以把此看作男人们的天性。只是当他想在她们面前炫耀自己的荒唐行为，或是有人打算告知他的什么乖戾行径时，她们便捂住耳朵，像两个道德高尚的淑女。

在她们眼里，他无足轻重，毫无用处，既做不了事，亦出不了点子——他就是个糟老头和坏父亲，但他是帕霍京，而帕霍京家族古老悠远，先辈和祖先们的画像挂满整个大厅，厚厚的家谱一张大桌子上都放不下，他们中的许多人都曾声名显赫。

她们以此为豪，并原谅了弟弟的一切，只是因为他是帕霍京。

她们俩曾经在上流社会出尽风头，只因为除她们外别人都已忘怀的原因，而成了老处女。她们索居在祖上的老宅里，在那里，在已成家的弟弟家里度着晚年，对帕霍京的独生女儿索菲娅严加管教，倍加照管。侄女嫁人打乱了她们的生活，可是她当了寡妇，又失去了母亲，像进了修道院似的，重新处于姑姑们的威严和监护之下。

她们是两个神态庄重的老太太，头发花白，身高马大，在家时身穿厚丝绸深色衣服，头戴巨大包发帽①，手上戴有许多宝石戒指。

娜杰日达·瓦西里耶夫娜有抽搐的毛病，包发帽下还戴顶丝绒小帽，肩披银鼠皮镶边的天鹅绒短上衣，而安娜·瓦西里耶夫娜戴假发套，披大披肩。

两姐妹各有一只女用手提包，而娜杰日达·瓦西里耶夫娜还有只高高的金鼻烟壶，壶旁有几条手绢，还养了条莫普斯哈巴狗，狗老了，总是一副惺忪蒙眬的样子，发出嘶哑的呼哧声，除了自己的女主人，家里的人它谁也认不清。

她们的房子古老，长长的，两层楼，三角楣饰上有纹章，墙体又

---

① 包发帽为18—19世纪妇女常戴的帽子，结通常在下颏上。

厚又重，小窗很深，窗间墙很宽。

屋子里是一长排没有尽头的穿廊式裱有花缎的房间；房间里一个个乌黑沉重的雕花橱柜，陈设着古瓷和银器，犹如一口口石棺，同笨重的沙发和洛可可式的靠椅一起，靠墙摆放着，那些椅子豪华结实，但坐着并不舒适。看门人像希腊海神波塞冬，听差个个上了年纪，沉默寡言，女仆们全穿深色服装，戴包发帽。高高的轻便马车带着丝穗子，良种马老掉了牙，脖颈和脊背细长，牙齿老得暗淡无光，拉起车来脑袋点得厉害。

索菲娅的房间看来比别的屋子稍为令人开心些，尤其当女主人本人在的时候：那里会有鲜花、乐谱和许多时兴的小玩意儿。

倘若再能稍许随意些，多些杂乱无章、阳光和喧闹声，那么这里便会是个清洁、愉快、无忧无虑的栖身之处，可以在此沉入幻想，读书入迷，玩得上瘾，甚至谈情说爱。

可是，鲜花插在了粗笨的老式花瓶里，如同插在墓上的骨灰瓮里，一大堆笨重而古老的银器使房间变得更加缺乏生气。再说两位姑妈不能容忍杂乱无章：花儿在花瓶里稍为摆得精巧些，安娜·瓦西里耶夫娜进屋，便摇铃将头戴包发帽的女仆叫来，吩咐将它们给收拾匀称了。

倘若一本贵重的硬面书放在沙发上或椅子上，娜杰日达·瓦西里耶夫娜便会将它放到书架上；倘若阳光过于自由自在地射进来，在玻璃器皿上、镜子上、银器上撒欢儿，安娜·瓦西里耶夫娜觉得刺眼，便会默然用手指朝窗帘一指，于是厚重的、不能弯曲的、丝织的帷幔便会匀称地从环扣上落下来，挡住光亮。

可是，楼下尼古拉·瓦西里耶维奇的屋子里，却充满杂乱无章。老式传统在那里与当代舒适的风韵混杂在一起。沉重的布耳式[①]家具

[①] 布耳式是指法国17—18世纪镶嵌木器的样式，得名于16世纪法国宫廷木工Boulle（1642—1732）。

旁，摆放着由加姆勃斯①制作的折叠沙发床，高高的哥特式壁炉前挡着一架围屏，上面画有轻佻②的风情画，早晨常常会在桌子上见到昨晚吃剩的残肴，沙发上有时能找到女人的手套、皮鞋，他的卫生间里有整整一铺子的各种化妆品。

如果说楼上静悄悄的一片寂静，那么楼下则时常能听到清晰响亮的说话声、笑声，总是那么热闹、乱七八糟。他的近侍③是个法国人，言语恭恭敬敬，目光放肆无礼。

三

赖斯基和阿亚诺夫先是穿过许多房间，最后才来到一间住房跟前，也即两个老妇人和索菲娅·尼古拉耶夫娜居住的房间前。

他们走进客厅，哈巴狗朝他俩嘶哑地吠了一声，但无力多吠一阵，在自己跟前转了个圈，又重新躺下。

安娜·瓦西里耶夫娜朝他俩点点头，娜杰日达·瓦西里耶夫娜温和地点下头，快活地擤了下鼻子回答他们的鞠躬礼，接着又嗅了下鼻烟，明白今儿个她将会有牌局。

"Ma cousine④。"赖斯基说，向别洛沃多娃伸出手。

她含笑鞠躬，把手伸给他。

"Sophie⑤，打铃，让他们送吃的来。"当客人们在桌旁坐下，大姑说。

索菲娅·尼古拉耶夫娜起身，但赖斯基抢在她前头，猛然拉了下细绳。

---

① 加姆勃斯为18—19世纪彼得堡制作家具的著名工匠。
② 原文为"福勃拉斯风尚的"，意即轻佻。福勃拉斯为法国作家罗韦·德·库弗列的长篇小说《男舞伴福勃拉斯游记》（1787—1790）中的主人公。
③ 贵族社会中侍候主人饮食起居的侍仆。
④ 法语：表妹。
⑤ 法语：索菲娅。

"告诉尼古拉·瓦西里耶维奇,我们坐下用午饭了。"老妇人对仆人冷静庄重道。"开饭吧!鲍里斯,今天你可来晚了:五点一刻!"她责备赖斯基。

他是两个老妇人的表侄和索菲娅的表哥。他的家亦是个古老家族,曾经很富有,同帕霍京家有姻亲关系。不过他同自己的亲戚相识还不到一年。

这全得怪他自己。两个老妇人早已听说他的家族,并打听他是否就出身于曾居某地的那个赖斯基家族?

这情况他知道,但他躲了起来,并不留意此事,且对结交一个无聊、古板、有钱的家庭毫无兴趣。

他本人既不无聊古板,也不富有。他对自己家族的老一辈毫不上心,甚至从不记起来,亦从未想过。

幼时他便成了孤儿,由一个冷漠无情、单身的监护人照看,开始此人把他交给一个女亲戚抚养,论辈分她是赖斯基的堂祖母。

她是个心地极好的女人,可除了自己的那块小天地,她什么都不想知道,于是,赖斯基便在那里,在一个僻静之地,在果园和小树林里,在小小不言的家务和农事的忙忙碌碌中度过了几年,稍长大些,监护人便将他送进一所中学,在那里,一切有关这个家族的传说,他们昔日的富裕,它同其他古老家族的亲缘关系,都从小男孩的记忆中彻底消失。

以后的发展、事业和倾向,更使赖斯基摆脱了有关老一辈的所有传说和故事。

因此,他并不急于同自己彼得堡的亲戚套近乎,他们也只是根据传闻听说他的。可是自打有一年冬天,他在一个舞会上见到了索菲娅,并同她说了两回话,他便开始想方设法与她的家人结识。这通过她父亲很容易做到:赖斯基就这样做了。

他认识一个长得很不错的女演员,并在她的家庭晚会上灵巧地博得了老头儿的好感,然后把一幅自己画的这位女演员的肖像送给了他,向他提及自己的家族和一些亲戚故旧，并且很快就被老人介绍给两个老妇人和他的女儿。

他是那么的令老妇人们入迷，交谈中，他对老年人的明哲时而显得畏怯恭顺，时而显得活跃欢快，以至她们很快改称他为**你**，并开始叫他 mon neveu①，而他亦开始叫索菲娅·尼古拉耶夫娜为表妹，关系变得十分亲近，并且在她家获得旁人百年也得不到的一些权利。他可以一天到她家两次，去给她送书和乐谱，随便去吃饭，但他依然不满足。他习惯于当代新风尚的社会，习惯于毫无拘束地同女人们交往。

可是索菲娅很少同他单独待在一起：总有一个老太太在场，不是这个就是那个；交谈很少超出日常生活或家族回忆的范围。

倘若涉及有深刻现实意义的问题，老妇人们立刻便会用语气和劝谕，使任何交谈带上自己的印痕。

其实，赖斯基热切希望了解的，并非索菲娅·尼古拉耶夫娜·别洛沃多娃——她那里没有什么需要了解的，除了她本人很美，有教养，出身名门，风度娴雅之外——他想在她身上探寻的只是个妇人，想观察和确定在这个娴静漠然的美丽外表下，隐藏着什么？它似乎同样光彩夺目，可为何从不向谁投去迅速的、渴望的、火热的，抑或干脆是寂寞的、疲惫的一瞥，亦从未说过一句迫不及待的或异常热情的话语？

但事实上，她确实很美。她结过婚，且已是个孀妇，这算不了什么；在她那宽阔的、宛若牛奶般洁白的前额上和气度高贵、线条略显粗犷的脸庞上，还留存着少女的、几乎孩子气的对生活的懵懂和无忧无虑。

她仿佛未曾听说过世上还有强烈的激情和惊慌不安，有事情的怪异变化和感情的粗暴玩弄，并导致受诅咒挨痛骂，失去这脸上的光泽。

灰蓝色的大眼睛充满平静而永不闪烁的光芒。但双眸中恰似有情感在燃烧；看来她并非一个冷漠无情的女子。

---

① 法语：表侄。

可是，这是何种情感？这是某种普遍的厚道，是对世上所有人的一种善意，倘若这只是一种情感，那么它只是在某些人的眸子中才会显露出的情感，他们吃得饱饱的，无忧无虑，心满意足，未曾经历过痛苦和贫穷。

她有一头深色的、几乎乌黑的秀发，一条浓密大辫子用些大别针固定在脑后。双肩和乳房丰满得令人惊倒。

脸庞、肩膀和手臂的色泽浑然一体，肤色鲜艳，显得十分健康，未受过任何伤害，无论是疾病还是灾难。

她穿着朴素，倘若细看她身上的所有穿戴的话，却显得十分华美。她衣服的料子很特别，鞋穿着并不那么合脚，好像穿在别人脚上似的。

头一次，她在某处的一个晚会上出现时，使赖斯基觉得如梦似幻，像幅油画，美奂绝伦。

另一个晚上，他是在剧场里远远见过她一面，第三次又是在晚会上，然后是在街上——任何一次都始终是同一幅画面，鲜艳而又亮丽。

他徒劳地想用执着的目光弄清她的思想、心灵，以及在此外表下所隐藏的一切：除了深邃的宁静之外，他什么也没搞清楚。对他而言，她依然是那幅画，或是博物馆里的一尊出色的塑像。

大家认为，严格说她是举止庄重娴雅的榜样，具有 comme il faut①，都惋惜她失去家庭幸福，期待许墨奈俄斯②重新给她戴上婚戒。

在家里，两个姑姑和一帮老头老太太常常当着她的面给她算命，看哪个追求者会是她的夫君：有时是位比别人更常登门的公使，有时是个不久前刚受到嘉奖的将军，有一天她们正儿八经提到了一个外国老头，某个没落的王公贵族的后裔。她漠不关心地看着，默然无言，仿佛此事与她无关。

别人都认为这门亲事很般配，甚至算是 sublime③，唯有赖斯基，

---

① 法语：上流社会的风度。
② 希腊婚姻之神，类似我国的月下老人。
③ 法语：高攀。

天晓得为什么,费尽心机反对这桩婚事,想替她另择佳偶。

她面含微笑,亲昵地看着他操心。脸上从无丝毫的不安、希冀和冲动。

每当听到舞台上响起撕心裂肺的哀号,他便急忙瞥她一眼,看她会怎样,但均属徒劳。她照旧看戏,那种令全场观众心惊肉跳的紧张情绪,或是天真无邪的同情,她全然没有。

甚至连对生活令人发笑的表现,引得全场观众长时间哈哈大笑的喜剧场面,也只能博得她一丝笑容,以及同坐在包厢里的女伴默默交换一下目光。

"她还是嫁过人的呢!"赖斯基困惑莫解地想。

他认识她之后,又让自己过去的同事阿亚诺夫同她家人相识,为的是每周两次给两个姑妈凑牌局,而自己则利用这一点机会,尽可能地同表妹亲近,间或听听她的声音,看上她一眼,自己也不清楚因为什么,图个啥。

四

当大伙已经在饭桌旁就座,尼古拉·瓦西里耶维奇才来到,他身穿短短的常礼服,领结系得无可挑剔,脸刮得干干净净,男式西装背心白得耀眼,模样儿显得年轻,一头香喷喷的灰白头发很漂亮。

"Bonjour, bonjour①!"他朝众人点头答话,"别费心啦,我不同你们一起用午饭了,ne vous dérangez pas②。"当大伙邀请他坐下时,他说:"我今天出趟城。"

"得了吧,Nicolas③,出趟城!"安娜·瓦西里耶夫娜说,"要知

---

① 法语:你们好!你们好!
② 法语:请别张罗啦!
③ 法语:尼古拉。

道那里雪还没有化呢……或是风湿病早就不犯了？"

帕霍京耸耸肩。

"怎么办！Ce que femme veut, Dieu le veut①！昨天 Ia petite Nini② 在农场为维克托订了午餐，说是'想呼吸呼吸新鲜空气……'所以我就得去！……"

"请吧，请吧！"娜杰日达·瓦西里耶夫娜挥挥手，"把详情细节替这个 petite Nini 保存好吧。"

"您犯不着去冒险，"阿亚诺夫说，"我穿着厚实的大衣还觉得冷呢。"

"嘿！mon cher③伊万·伊万诺维奇：您要是穿上毛皮大衣就不会冷了！……"

"到郊外去做 Partie de plaisir④，穿毛皮大衣！"赖斯基说。

"到郊外去！你已经想象到'郊外'的概念了：绿草，清溪，牧童，可能还有牧女……你这个高手！亦请想象一下没有绿草、没有鲜花的郊外乐趣……"

"没有温暖，没有清泉……"赖斯基打断他。

"只有空气……可空气嘛在屋子里亦能吸到。那么，我去穿皮大衣……顺便在礼帽底下再戴顶丝绒小圆便帽，因为昨天和今天总觉得头昏脑涨：什么都听得见，仿佛钟声大作；昨天在俱乐部人们在我身旁流畅地说着德语，我却以为他们是在嗑核桃……不过我还是得去。女人嘛！"

"这位也是唐璜？"阿亚诺夫轻声问赖斯基。

"是啊，就某种意义而言。我再对你说一遍，唐璜们和堂吉诃德们一样，形形色色，无穷无尽。此人身上，崇拜美的那种优美细腻的

---

① 法语：女人想要什么，上帝便做什么。
② 法语：小妮妮。
③ 法语：我亲爱的朋友。
④ 法语：令人开心的游玩。

感觉已然止息。他要的是粗鄙的、肉欲的……"

"嗨,老弟,你从美中搞出个什么玄妙玩意儿啊!"

"如今,"帕霍京继续道,"女人们只有同我们这种岁数的人在一起,才能找到快活。(他从不叫自己是老头。)她们多可爱:譬如 Pauline^①对我说……"

"请吧,请吧!"娜杰日达·瓦西里耶夫娜不耐烦道,"走吧,既然您不想在这儿吃饭……"

"哦,ma soeur^②,就两句话。"他朝大姐弯下腰去,神色恳求地轻声对她说着什么。

"又来了!"娜杰日达·瓦西里耶夫娜惊讶而又冷淡地打断他,固执道:"没有!"

"Quinze cents^③!"他央求道。

"没有,没有,mon frère^④:复活节前您刚得了三千,就已经花没啦……这太不像话……"

"Eh bien, mille roubles^⑤!还伯爵:上星期我跟他借的钱,见到他不好意思。"

"没有就是没有:您就好意思见到我?"

他离开她,沉思地咬着嘴唇。

"爸,他们没对您说伯爵今天来找过您?"索菲娅听到伯爵的名字,问道。

"说了,可惜没遇上。明天我将去他那里。"

"明天一早他要去皇村。"

"他说的?"

---

① 法语:波利娜。
② 法语:姐姐。
③ 法语:一千五。
④ 法语:弟弟。
⑤ 法语:那就一千卢布。

"是啊,他是顺路过来的。他说需要见到您,有桩什么事情……"帕霍京又咬起嘴唇来。

"我知道,我知道,为这个!"突然他猜到了,"清理文件,merci①,复活节前他又避开我,交给了伊里亚! Qu'il aille se promener②!你不去夏园?"他问女儿,"请原谅,我来不及……"

"不,我明天同Catherine③一起去:她答应来接我。"

他亲了下女儿的额头走了。吃完饭,阿亚诺夫和两个老妇人坐下玩牌。

"嗳,伊万·伊万内奇,您可别生气,"安娜·瓦西里耶夫娜说,"倘若我又忘了打自己的梅花Q的话。今天我甚至做梦都梦见它哩。我怎么会把它给忘了呢! 我打了张梅花九去对别人的J,却把Q留在了手里……"

"偶然的!"阿亚诺夫客气道。

赖斯基和索菲娅起先待在客厅里,后来转到索菲娅的书房里。

"今天上午您干什么?"赖斯基问。

"去了趟贵族女子中学,找利季娅。"

"啊!去找表妹。她怎么样,可爱吗?快毕业了吧?"

"到秋天,夏天我们将带她去郊外避暑。是的:她很可爱,比以前好看多了,只是还很好笑……她们全都特别好笑……"

"怎么啦?"

"她们团团围住我,什么都使她欣喜万分:花边,连衣裙,耳环,甚至连皮鞋也要看……"索菲娅笑道。

"怎么样,您给看了吗?"

"没有。夏天得让利季娅去掉这些天真幼稚……"

"为何要去掉? 天真烂漫的女孩子,对什么都入迷,什么都让她

---

① 法语:谢谢。
② 法语:让他滚开。
③ 法语:卡捷琳娜。

们开心,幸好,她们对皮鞋也感兴趣,然后她们会喜欢上您别墅里的花草树木……难道避暑时您连这些也将妨碍她们?"

"哦不,花草树木——这谁会去妨碍她们?我只是不让她们看我的鞋:这没必要,多余。"

"生活难道可以没有多余的东西,没有不必要的东西?"

"看来今天你又打算同我吵架?"她说,"不过请别大声嚷嚷,不然姑妈逮住一句什么话,便想知道详情细节:重复一遍多没意思。"

"倘若将一切都归结为必需的、一本正经的,"赖斯基继续道,"那生活将会多么乏味,多么无聊!就因为人想了新东西来补充生活,才给生活增色添彩。抛开秩序、形式和您的那些无聊的规矩,才会有欢乐。"

"要是 ma tante①听到您这句……'抛开规矩'……"索菲娅说。

"她立刻就会说:请吧,请吧!"赖斯基抢着说,"而您会说什么?"他问。"您就别再提'ma tante'了,哪怕就一回!或者这就是您自己对抛开规矩的看法,只不过是想借 ma tante 的权威来表达罢了?"

"您照例是希望把女孩子们想看皮鞋的愿望当成一桩大事,由此把我数落一通,然后迫使我同意您的看法……是吗?"

"是啊。"赖斯基说。

"您为什么总喜欢盯着我的这些可怜的规矩不放呢?"

"因为这些规矩不是您的。"

"那是谁的?"

"是两个姑妈的,祖母们的,祖父们的,曾祖母们的,曾祖父们的,是所有这些袖口浆得硬邦邦、穿筒式连衣裙、萎靡不振的老爷太太们的……"

他朝那些画像指了指。

"您瞧,赞成我规矩的人有那么多。"她开玩笑道,"可赞成您的呢?……"

---

① 法语:姑妈。

"更多！"赖斯基拉开窗帘，反驳道。

"您看，所有这些行走的、乘车的、来回穿梭的，所有这些生气勃勃、并非萎靡不振的人们——全是赞成我的！到他们那里去吧，表妹，而不是离开他们往回走！那里才是生活……"他放下窗帘，"而这里却是墓地。"

"至少，cousin①，您能否一次便永远做出 resumé②：他们的规矩是什么，"她指了指街道，"这规矩的内容是什么，为何那么多的人靠着它们曾经生活了那么久，突然却需要改变成另一种活着的人所需要的……"

"答案就在您的问题中——'曾经生活了'，这是您说的，而我要补充说：'已经死了。'而这些人，"他指了指街上，"他们活着！生活得怎么样——这不好说，表妹。这意味着我要整个儿将生活，尤其是当代人的生活向您叙述一遍。瞧，我花了多少时间想方设法在给您讲啊，争论啊，举例啊，我看得出……等于什么也没讲。"

"那是谁的过错，我吗？"

"是您的错，表妹。别的且不论，叙述我还是会的。可您不屈不挠，不动声色，决不走出自己的城堡……这我得向您深鞠躬。"

他朝她深深地鞠了一躬。她微笑地望着他。

"我们俩都将不屈不挠：不离开自己的规矩，看来，就是这样……"她说。

"不离开盲目无知——这算不得什么功勋！……世界正在走向幸福、成就和完美……"

"可是我……cousin，完美吗？您前天对我说过，而且甚至打算证明，倘若只要我想听的话……"

"是的，您很完美，表妹；可是要知道，米洛斯的维纳斯③，格勒

---

① 法语：表哥。
② 法语：结论。
③ 又称"断臂的维纳斯"，雕像于1820年发现于希腊米洛斯岛，因而有此称，现收藏于巴黎卢浮宫博物馆。

兹①的头像,鲁本斯画的女性,比您更完美。不过……您的生活、您的那些规矩……却十分不完美!"

"那要想搞明白这种生活和您的那套颇费思量的规矩,该怎么办?"她用平静的嗓音问,这嗓音表明,她并不想采取行动将它们搞明白,只是因为聊到此话题才说的。

"怎么办?"他重复道,"首先,从窗上摘掉这幅帘幔,从生活上也同样,用真诚的目光看一切,这时您将明白,那些老头们早已褪了颜色,为何还从自己的涂金相框里对您撒谎,昧着良心欺骗您……"

"Cousin!"因言辞尖刻,索菲娅面带微笑为祖宗们抱不平。

"是的,是的,"赖斯基激昂地继续道,"他们在撒谎。您瞧,这个目光坚毅脸上扑粉的老头,"他指着一幅挂在窗间墙上的画像说,"据说,他甚至对自己家里人都十分严厉,人人畏惧他的目光……他从墙上还这么说:'持身严正!'干吗:是为人,为妇,还是怎样?全不是,而是要'无愧于家族和姓氏',倘若——天哪千万别——出现一个人物,拥有祖上的声望,具有靠自己的头脑和双手获得的价值,他便会说:'别举目望他,记住,你姓帕霍京!……'不许多看一眼,不许产生大胆而自然的好感……千万别结 mésalliance②!而他本人——赐谁或不赐谁以接近自己的荣幸呢? 'Il faut bien placer ses affections③!'他讲这番话用的是自己非凡的方言,用以表达的是自己非凡的概念。而他亲自把自己的生命和健康随意花在什么样的 affections④ 上了呢?他把这些 affections 在自己妻子、这位鼻子尖尖的干瘪老太婆身上用过吗?……"赖斯基指指另一个女人的肖像,"没有,她忧悒不乐地盯着什么,双眼深陷在眼窝里:她同您一样也是好出身、好风度、好教养的一种牺牲品……我可怜而不幸的表妹……"

---

① 格勒兹(Greuze,1725—1805),法国画家,晚期以画妇女的妩媚头像著称。
② 法语:不相当的婚姻。
③ 法语:在自己的恋情上需格外小心。
④ 法语:恋情。

"Cousin, cousin！"索菲娅淡然一笑制止他。

"真的，表妹！您被骗了，您的两个姑妈也是在可怕的欺骗中度过了一生，为幻想、梦想、落满尘土的回想而牺牲了自己……是他吩咐的！"他说，几乎狂怒地盯着画像，"他自己就靠欺骗、狡猾或暴力生活，挥霍，制造恐怖，却命令别人不可恋爱，不可享乐！"

"Cousin！我们上客厅吧：对这番滔滔不绝十分精彩的话，我什么也不能回答……真可惜，让您白费唾沫了！"她略带嘲笑口吻说道。

"是啊，"他答道，"祖先扬扬得意。他遗留的规矩牢不可破。他很欣赏您啊，表妹：心平气和的娴雅，完美无瑕的纯洁和光彩夺目的光泽，如光环那样笼罩在您四周……"

他叹了口气。

"这一切都是多余的、用不着的，cousin！"她说，"这完全没有的事。祖先并不欣赏我，也没有光环，不过我倒是很欣赏您，很久没去看戏了：在这里不用挪地却看了一场好戏……您知道吧，您让我想起了谁？恰茨基……"

他沉思起来，并在想象中审视自己，笑了。

"这是实话，我愚蠢又可笑，"他走近她说，高兴而和善地现出笑容，"也许，我同样一下轮船便闯进了舞会①……但是也有穿裙子的法穆索夫②之流！"他指了指姑妈，"难道再过五年、十年……"

他并没有把自己的意思说完，做了个不耐烦的手势，便坐在沙发上。

"您说什么欺骗、暴力、狡猾？"她问，"这根本不存在。谁也没有对我有任何妨碍……祖宗有什么过错？是因为您未能讲清楚的那些规矩？您多次攻击它，都无济于事……"

---

① 此句典出普希金的诗体长篇《叶夫根尼·奥涅金》第八章第十三节"他像恰茨基一样，翩然归来，／一下轮船，便闯进舞厅"。

② 法穆索夫和恰茨基均为格里鲍耶多夫（1795—1829）剧作《聪明误》中的主人公。前者已被作为凶顽、愚蠢和谄媚的形象典型。

"是啊，对您都无济于事，这是实话，表妹！您的祖先们……"

"您也一样：您也有祖先。"

"我们的祖先都聪明机智，"他继续道，"他们在暴力和意志无法能及的地方创立了体系，体系又转变为传统，而您将像同丈夫的尸体一起焚烧的印度女人那样，按照体系，根据传统死亡……"

"听着，恰茨基先生，"她制止道，"至少您得告诉我，我为何将死亡？是因为我不懂新生活，不……不容让……您管这叫什么……发展？这是您喜爱的词儿。可见您达到了这种发展，对吗？可我每天都听到您无聊透顶……有时候您还让大伙儿无聊透顶……"

"也让您无聊透顶？"

"不，不是开玩笑，我为您感到可惜……"

"说说自己，表妹，别把自己和我相提并论：我很怪僻，我……我……不知道我究竟是什么，这谁也不知道。我有病，精神不正常，而且我活够了，变坏了，变丑了……或者不是，是我不了解自己的生活。但您清纯完好，您的未来多么光明，然而我为您感到不安。令我精神痛苦的是生命在白白流逝，犹如一条流淌在荒原上的河……而您难道也受着大自然的支配？看看您自己……"

"我该怎么办，cousin：我不明白？您刚才说了，为了了解生活，首先得把窗帘摘掉。假定说，它被摘了，我也不再听祖先的，所有这些人为何奔跑，去哪儿，"她指着街道，"使他们感兴趣的，惊慌不安的是什么，我全知道。那么，接下来还需要干什么？"

"还需要……"

他站起身，瞥一眼客厅，轻轻走近她，然后轻声但清楚地说："需要爱！"

"Voilà le grand mot①！"她嘲弄道。

两人沉默不语。

---

① 法语：这可真是个伟大的词儿。

"看来，您也在责备她们，为何她们不恋爱。"她朝客厅里的姑妈们用头指了指，微笑着补充道。

赖斯基懊丧地朝姑妈们挥下手。

"您似乎比姑妈们强，是吗，表妹？"他反问道，"她们只不过老态龙钟，有病，而您漂亮，容光焕发，令人目眩……"

"Merci，merci①。"她急忙打断他，脸上挂着自己通常的仿佛凝结了的微笑。

"您为何不问问我，表妹，什么叫爱，我是如何理解爱情的？"

"干吗？我并不需要知道。"

"不，是您不敢问！"

"为什么？"

"他们听得见。"赖斯基指指祖先们的肖像。"她们不准许……"又指指客厅里的姑妈们。

"不，**他**听得见！"她说，朝自己丈夫的全身像指了指，画像带哥特式金色画框，挂在沙发上方。

她站起身，来到镜旁，理了理脖颈上的花边。

与此同时，赖斯基端详起她丈夫的画像：他见到的是对灰眼睛，不大的尖鼻子，露着嘲讽神情、抿紧的嘴唇，短发，浅棕色的络腮胡子。然后他瞥一眼她丰姿绰约、美丽的身材，心里想象那位幸运儿，不管他是否能对这位女神颐指气使，却有权获得她的芳心。

"不，不，绝非此人！"望着肖像，他思忖，"这也是位祖宗，没来得及褪色的祖宗；你并非受他，而是受自己信念的支配……"

"您总是关注自己喜爱的话题，关注爱情，可您看看，cousin，要知道我们已经老了，到了不再想这种事的时候了！"她说，娇媚地照着镜子。

"就是说，到了不再生活的时候……我——假定就如此，可您呢，表妹？"

---

① 法语：谢谢，谢谢。

"别人是如何生活的，差不多全一样吗？"

"无一例外！"他坚定地说。

"怎么？照您说，彼埃尔公爵，安娜·鲍里索夫娜，列夫·彼得罗维奇……他们全都……"

"生活着，或是回忆爱情，或是谈着恋爱，不过全都装成一副……"

她笑了起来，着手把鲜花收拾匀称，然后又来到镜前。

"是啊，他们爱过或是正在爱，当然是暗地里，不由此而闹出任何故事。"说完便向客厅走去。

"还有一句话，表妹！"他叫住她。

"关于爱情？"她问，停下脚步。

"不是,您别怕，至少眼下我不会对它感兴趣。我想说的是别的事。"

"您说吧。"她坐下来随和道。

"我干脆说吧：请告诉我，您是从哪儿感染到这份娴静的，您如何得以在您生活的每一个有节奏的运动中，保持安静、自尊、脸上的这份容光焕发、从容自信和谦逊的？您不用争斗，不用诱惑，不用失节，不用胜利，是怎么应付过来的呢？为此您都做了些什么？"

"什么也没做！"她惊讶道，"您想干吗，想让我抽风啊？"

"可是您看看自己周围一些人，他们可不像您那样，一个个全一脸惊慌，怨声载道。"

"是啊，我见到了，为他们惋惜:ma tante 娜杰日达·瓦西里耶夫娜，总是抱怨神经抽搐，而爸爸则抱怨精神太旺……"

"那别人呢，大伙呢？"他打断道，"难道是这样生活的吗？您是否问过自己，他们为何苦恼，哭泣，受折磨，而您没有？为何别人不得不为一日三餐而忧闷地活在世上，而您没有？为何他们瞎折腾，又爱又恨，而您没有？……"

"您说的是在那里东跑西颠、忙忙碌碌的人们吗？"她用头朝街上指指，问道，"但您自己说过，我并不了解他们的生活。是的，我不熟悉这些人，亦不了解他们的生活。与我无关……"

"无关！就是说这与生活无关啰！"赖斯基几乎叫起来，使得其中一个姑妈的神志从牌局中清醒过来，对他们大声说道："你们在那里都争论些什么哪，别打架啊！……他们这是在聊什么哪？"

"又是'生活'：你只是反复强调这个词儿，好像我是个死人似的！我能料到接着还会有什么。"她说着便笑起来，露出两排美丽的皓齿，"先涉及规矩，然后……是爱情。"

"不，奥林匹斯神①并未死亡！"他说，"表妹，您简直就是奥林匹斯的女神——瞧，表白得都到尽头了。"他补充道，带着绝望，好像他未能将这片大海搅得翻江倒海似的，"我们上客厅吧！"

他站起身，她却坐了下来。

"您没有使凡人得到保佑，没有体察他们的生活，您过着奥林匹斯神呆板而无上幸福的生活，您喝的是琼浆玉液，吃的是美食仙果——您多幸运！"

"还需要什么：我什么都有了，因此我什么都不需要……"

未等她说完，赖斯基便跳了起来。

"您亲自说出了自己的判断，表妹，"他对她进行暴风雨般的攻击，"'我什么都有了，因此我什么都不需要！'但您是否问过自己，哪怕就一次：一无所有、什么都需要的人世上有多少？您看看自己周围，您的四周是丝绸、天鹅绒、青铜器、瓷器。您并不知道现成的午餐是从哪儿来的，轻便马车等候在台阶旁，将拉您去舞会和歌剧院。十名仆人伺候您，不用您多费口舌，便让您称心如意……您不用打手势表示不耐烦：我知道这都是些老生常谈……您有时是否想过，这一切都是哪儿来的，谁提供给您的？您当然没想过。钱是由管家从乡下寄到账房的，又放在银托盘上给您送来，您不点一下便藏进了梳妆台……"

"姑妈点了十遍，藏在了自己那里，"她说，"而我如同一名中学生，

---

① 因希腊神话中众神居住在奥林匹斯山而得名，后常被作家、诗人们比喻为超尘脱俗、头脑冷静的人。

去要自己的一份,她才给我,您知道的,每次都得唠唠叨叨数落一通呢。"

"我知道,可还是给了。您听了唠叨数落,然后便去花钱。可是倘若您知道,在那边,怀孕的农妇正在酷热下收割庄稼……"

"Cousin！"她怀着恐惧试图阻止他,但很不容易,当赖斯基情绪激昂的时候。

"真的,她把小孩子们扔在家里,让他们同母鸡啊小猪啊在一起,倘若家里没有个年老体弱的奶奶,那么他们的生命每分钟都岌岌可危:因为恶狗、驶过的大车和雨水积成的水洼……而她的丈夫此刻也在犁沟里、耕地上挣扎,或是在严寒中与辎重车队一起吃力地前进,为的是得到一块面包,真的只是一块面包,给全家解饿,同时替账房增添上五个或十个卢布,这就是后来用托盘给您送来的钱……您不了解这一点,因此说'这不关您的事'……"

她的脸上,蒙上了一层不常见的惊慌不安和困惑莫解的阴影。

"这里面我有什么错,我能做什么？"她轻声道,声调柔顺而毫不嘲讽。

"我可不是在宣扬共产主义,表妹,您尽可放心。我只是回答您的问题——'做什么',并且想证明谁也没有权利对生活一无所知。生活本身将触及您,伤害您,把您从怡然自得的平静心态中唤醒——有时还十分粗暴。教会'做什么'——我不会,也不可能。别人会。我只是想叫醒您:您在熟睡,而不是在生活。这会有何结果,我不知道——但我不能袖手旁观,对您的熟睡视若无睹。"

"可您自己,cousin,对这些不幸的人们都做了些什么:您不也有农夫和这样的……农妇吗？"她好奇地问。

"很少做,或是差不多什么也没做,我很惭愧,或是让那些曾经教育过我的人感到惭愧。我早已解除监护,可是掌管一切的还是那个监护人——我也不清楚是怎么回事。我还有个堂祖母,在另一个角落——那里有一小块土地:由他们掌管毕竟比我强。不过,我至少不认为自己有权以不了解生活为托词,我多少知道一些,也谈论它,哪怕是现在，有时也写点，争论一下——毕竟在做。除此之外，我还给自己找了件事：我喜爱艺术，并且也……稍许搞一点……绘画、音乐……写点儿东西……"他望着自己的靴尖，轻声讲完。

"您对我说的这些太重要了！"她若有所思地说，"倘若您不是在唤醒我，那就是在吓唬我。我将睡不安稳。无论是姑姑们，还是我的丈夫 Paul①都从未给我讲过这些——谁也没有。管家伊万·彼得罗维奇带来文件、账目，我就听到有时他们提到粮食和歉收。可是……这些个农妇……和小孩子们……从未听到过。"

"对，这是些 mauvais genre②！要知道当你的面甚至都不好意思说'农夫'或是'农妇'，而且还是个挺着大肚子的孕妇……但是'文雅的语调'自然无法给人下命令……应该从自己身上磨掉自己的一切，同所有人一样！"

"什么时候……我们去乡下度个夏天，cousin，"她说，显得比通常活跃些，"您去那里，并且……并且我们不再让小孩子们同狗在一起爬——这是首先要做的。然后，我们请求伊万·彼得罗维奇别再派遣……这些农妇干活……最后，我将不再领自己的零花钱……"

"嗨，表妹，伊万·彼得罗维奇就会将它装进自己口袋里啦。我们已经涉及政治经济学和五花八门的经济学，涉及社会主义和共产主义，我在这方面可不擅长。令我心满意足的，是我打破了您的平静。您说，您将睡不安稳了——这很有必要；也许，明天您脸上将不再有这样的光泽，但它会闪烁另一种美，不是天使的，而是人之美。渐渐地，您会努力明白，除了拜客和闲散的宁静，您是否真的就没有什么事可做呢，而且您将怀着另一些想法去观看街道。您只要，哪怕是偶尔想象一下，譬如，倘若您不得不在一个冬天的夜晚，独自在那里步行，登上五楼去上课？倘若您并不知道，您的屋子是否暖和，是否能

---

① 法语：保罗。
② 法语：粗俗的语调。

给自己挣得一双矮勒皮鞋,或是一件宽大斗篷式的女外衣——而且还并非为自己,而是为孩子们?然后,您又被萦绕心头的思想搞得精疲力竭:当您精力不济时,您将拿他们怎么办?……您在这么一种思想下生活,犹如被乌云笼罩着,过上十年、二十年。"

"C'est assez, cousin[①]!"她急忙说,"拿上钱,去那里给……"她指指街道。

"自己学着去给吧,表妹;但先要理解这些人的忧虑,信任他们,到那时您才能学会给钱。"

两人都不再说话。

"原来还有那种 principes[②]……那往后干什么?"她问。

"往后……恋爱……成为情人……"

"再往后呢?"

"再往后嘛……'生育,繁殖并使大地上住满人'[③],可您是不会执行这传统……"

她脸红了,怎么也忍不住,扑哧一声笑了起来,他也笑了,使他心满意足的是她自己帮他那么明确地说出了爱的最终目的。

"倘若我爱过呢?"她说。

"您?"他望着她毫无热情的脸庞,问道,"您爱过而且……受过痛苦?"

"我曾经很幸福。为何一定要受痛苦?"

"因为您不懂得生活,不了解别人的苦难:谁需要什么,为何农夫浑身是汗,为何农妇在无法忍受的酷热中挥镰收割——全因为您没有爱过!爱而没有痛苦——不可能。没有的事!"他说,"倘若您

---

① 法语:够了,表哥。
② 法语:原则。
③ 此句引自《圣经·创世记》第一章,第二十八句,但引得不准确。完整的应为:"天主降福他们说:'你们要生育繁殖,充满大地,治理大地,管理海中的鱼、天空的飞鸟、各种在地上爬行的生物!'"

的舌头撒了谎,眼睛可不会撒谎,尽管刹那间这些色泽改变了颜色。您的眼睛表明,您好像昨天才出生似的……"

"Cousin,您是诗人,演员,好像您必须有悲剧、创伤和呻吟,我不知道还有什么!您不懂得平静幸福的生活,我真不明白您的……"

"这我意识到了,表妹;但是您会懂得爱吗?——这就是我想知道的!您爱过,可从未从您那奥林匹斯山的宁静恬适中走出来过吗?"

她否定地摇摇头。

"您说说,您是怎么做的!就这么待着,平静地望着一切,就这样由您的两个仙女侍奉下,款款更衣,平静地等候四轮轿式马车,以便去那心驰神往的地方?您从未怒不可遏过吗?没有千百次暗自问自己:他是否在那里,等着您,想着您?您从未因徒劳等待、白白失去时间而显得疲惫不堪,或是因见到他在那里感到幸福,而脸红起来?如他不在,您脸上的红晕并未消失,也未大惊失色过?"

她否认地摇摇头。

"当他走进这里时,您没有感到过高兴,没有开口便朝他扑了上去?……"

"没有。"她依旧笑着说。

"那是您就寝的时候……"

她脸上现出不安。

"他没有在这里站着?"他继续道。

"哪能啊,cousin!"她几乎惊惧道。

"哪怕在您想象中,他也没站着,没朝您俯下身子?……"

"没有,没有……"她摇头否定道。

"没有抓住手,响起亲吻声?……"

她的面颊泛出红晕。

"Cousin,我结过婚,您是知道的……assez, assez, de grâce[①]……"

[①] 法语:够了,够了,发发慈悲吧。

"假如您爱过，表妹，"他不听她的，继续说道，"您就该记得，当您经过这么一个夜晚后醒来，该是何等珍贵；您又该是多么喜悦，当您懂得您存在着，有世界、人们和他……"

她垂下长长的睫毛，微微摆动着鞋尖，不耐烦地听下去。

"倘若连这都没有，表妹，您算什么爱啊？"

"另一种。"

"您说说：为何将**崇高**的爱情隐瞒？……"

"我没隐瞒：其中无任何秘密和崇高之处，而是同大伙儿一样……"

"哎，就是同大伙儿不一样，不，不一样！倘若您没有爱过，还会在某个时候恋爱的，到那时，您将会怎么样，这寂寞的房间将会怎么样？花瓶里的花儿将不会插得如此匀称吧，这里的一切将把爱情诉说吧。"

"够了，够了！"她微微一笑制止道，并非因为急不可待的寂寞，而是受到仿佛由刺激性争论所引起的疲惫的影响，"倘若屋子里变得杂乱无章，我就把自己设想为两个姑妈，"她笑道，"乱扔的书，散乱的花——全街都自由自在往这儿看！……"

"又是姑妈！"他责备道，"离开她们寸步难行！一辈子全这样吗？"

"对……当然！"她沉思道，"有什么办法呢？"

"那您自己呢？难道就没有一点儿自由的冲动、个人的步子、任性、淘气、顽皮，哪怕是说蠢话，做蠢事？……"

她思考着，好像想起些什么，随后突然现出笑容，稍稍有点儿脸红。

"啊！表妹，您脸红了？就是说，姑妈们并非一直坐在这里，并非什么都看得见，什么都知道！告诉我，这是怎么回事儿！"他央求道。

"果然，我想起了一件蠢事，有机会再对您说。那时，我还是个小姑娘。您将看到，我也会流泪，会激动，会害羞……et tout ce que vous aimez tant①！不过告诉您是为了您别再提什么爱情、激情、呻吟、

---

① 法语：以及您最喜欢的一切。

号啕痛哭之类的。现在让我们去姑妈那边吧。"

他走进客厅,而她走到玻璃柜跟前,拿起小瓶,倒了几滴香水在手心,若有所思地闻了闻,然后在镜子旁整理一下,这才进到客厅里。

她挨近姑妈坐下,专注地看她们玩牌,赖斯基在她身后站着。

她文静端庄,容光焕发。而他却相反,内心七上八下,一心只想知道,此刻她头脑里和心里在想些什么;想从她眸中看清,他是否触动了她的神经;但她一次也没有朝他抬起眸子。直到后来,已经打完牌,她站起身,才同他说话,脸上依然是昨天、前天、半年前那副神态。

"这个女人如何生活,靠什么生活!倘若痛苦未曾将她折磨,希望无法让她激动,忧虑不能使她感到苦恼——倘若她果真'超升于激越的世情'①,却为何不感到寂寞,不受生活的煎熬……而我竟然既寂寞无聊又备受煎熬?极其好奇地想知道!"

五

"喂,你进行得怎么样?"当他们来到街上时,赖斯基问阿亚诺夫。

"赢了四十五卢布,而你呢?"

赖斯基耸耸肩,把同索菲娅的谈话内容转述了一遍。

"那有什么:这是因为闲得无事嘛。嗯,开心吗?"

"开心,真是句蠢话!只有孩子和法国人才想着法寻开心,s'amuser②。"

"那你做的该叫什么,又是为了什么呢?"

"为了什么,我不是已对你说过,"赖斯基生气道,"因为她的美貌使人迷恋,刺激人,没有烦恼,令我满足,懂吗?如今产生了一个

---

① 此句引自普希金的抒情诗《美人》(1832):"她的一切都和谐、珍异。/一切超升于激越的世情。"

② 法语:解闷儿。

想法：画张她的肖像。这得花上一个月，因为我得研究她……"

"留神，别钟情。"阿亚诺夫说，"你说过，你是不会结婚的，而同她在激情中玩玩，也不行。不知什么时候，你便会烧得遍体鳞伤……"

"你这是跟谁说话！"赖斯基打断道，"好像我不明白似的！不管在梦中，还是真的，我都要看看她怎么把我烧伤。倘若有天我被难以摆脱的激情烧伤，我就娶那人为妻……哦不，激情，或是被摆脱，或是倘若无法摆脱，都并非以婚礼结束。对我而言，不会有安逸的生活：不是痛苦，便是梦景和寂寞！"

"今天你在表妹面前什么角色没担当啊！她称你是恰茨基……而你又是唐璜，又是堂吉诃德。亏你做得出来！倘若你穿上长袍突然开始布道，我也不会吃惊的……"

"我也并不吃惊，"赖斯基说，"虽说我没穿长袍，可布道我会，并且真心诚意，到处都去——凡被我发现有谎言、装假、罪恶的地方——总之，缺乏美的地方，尽管本人也很丑，这算什么……我的本性对什么都做回应，只要你刺激神经，它就热情奔放！……你知道吗，阿亚诺夫，我有个正经八百的念头，早就藏在心里，那就是写部长篇小说。现在我想把自己的所有时间都用在这上面。"

阿亚诺夫笑了起来。

"正经八百的念头！"他重复道，"你提及写小说，好像在说一桩什么大事！不过真的，你写吧，反正除了写小说，你也没有什么可干……"

"你别开玩笑，也别取笑：长篇小说中可什么都能装，它不是悲剧或是喜剧，它犹如大海：无边无岸，或是说望不到岸；并不拥挤，什么都能装下。你知道，是谁使我产生写小说的念头：是我们共同的老熟人安娜·彼得罗夫娜，你还记得她吗？"

"那个女演员？"

"是啊，这很可笑。她是个可爱的女人，又很有心计，像所有女人那样，在自己的事情上一心只想着自己，当她们像鱼儿那样没从水中爬上岸的时候，便待在水里，也就是自己圈子里，如鱼得水……"

"嘿,这有什么好奇怪的?"

"哦,她一张口,说的便是自己。她想搞艺友义演①,可没有剧本:我们的剧作家并不多,谁有本子,早就答应给了别人,可译本她又不想要。她就想主意自己编……"

"并非神仙才烧得出瓦罐②!看来,她想出来了。"阿亚诺夫说。

"正是。她怀着十分可爱的天真无知,把自己的想法全都告诉我。譬如,她说:在《聪明误》③里,excusez du peu④,所有人物都是最普通的人,说的是最寻常的事,情节亦很简单:恰茨基坠入爱河,但姑娘没嫁给他,却爱上了别人,他得知后,一怒之下离她而去。父亲生他俩的气,她生穆尔恰林的气——完了!……她说莫里哀作品中的悭吝人,才叫吝啬,达尔杜弗⑤才是真正的伪君子。她说,甚至可以琢磨出更精巧有趣、更错综复杂的情节来。总之,她觉得喜剧如同你看待长篇小说一样,并非很严肃的东西。她不搞悲剧:她谦虚地承认自己在这方面无能为力。她着手写喜剧,一周写了十页,我请求看看——无论如何也不肯!我问:'怎么样,完成了?'她说:'无论怎样绞尽脑汁,也收不了尾,剧中的人物们一直说啊说,无法中止,于是我就放弃了。'可怜的女人!真可惜,她需要一部有开头和结尾、开端和结局的喜剧。而倘若她写长篇小说,也许就不会扔掉了。并且,她的那些人物至今还可以一直聊下去。因此,阿亚诺夫,我要写长篇小说。将全部生活都放进小说,既有整体也有局部。"

"是自己的还是别人的生活?"阿亚诺夫问,"看来,你会把我们所有人全装进去……"

"请放心。用画笔效果不错的,在别的艺术里并不适合。一切取

---

① 旧时的一种义务演出,票房收入捐赠给某个或几个演员,亦可捐给剧院其他人员。
② 俄罗斯谚语,意即没有学不会的事情。
③ 俄国作家格里鲍耶夫 1824 年创作的喜剧,中译本有的亦译成《智慧的痛苦》。
④ 法语:不多不少。
⑤ 莫里哀的代表作五幕诗体喜剧《达尔杜弗或者骗子》(即《伪君子》,1664)中的主人公。

决于色彩和头脑的几分理解力,取决于想象力的鲜明和视角的独特。些许幽默,以及情感和真诚,还有自制力和……诗意……"

他不再作声,若有所思地走着。

"Excusez du peu！"阿亚诺夫重复道,"写吧,心血来潮,突然想起什么便写,东西就出来了。"

赖斯基叹口气。

"不行,"他说,"还需一条,我没提到:这便是……才能。"

"那当然,没知识人别写……"

"你有知识,你为什么不写？"赖斯基打断道。

"为什么？我有东西写。我写公文……"

"你的长篇小说能给我开五千卢布薪水,外加一套带供暖设备的住宅,还有官衔,是吗？……"

"说这种话,你不害臊！何时我们才能变得有点人情味？"

"自打我领到两千卢布的薪水起,我就开始变得有点人情味了,而如今更明白人道问题同经济是不可分的……"

"我知道,我知道。可你对这恬不知耻的利己主义,为何那么勇于表现呢？"

阿亚诺夫打算激烈回答,此时一辆马车驶来,马车夫朝他们扯着嗓子嚷嚷,争论便没有继续下去。

"那么绘画也就不搞啦！"阿亚诺夫说。

"怎么不搞,索菲娅的画像呢？……这几天就开始画。我不再理睬学院,同谁也不见面。明天去找基里洛夫,你认识他吗？"

"不记得,好像见过:一副披头散发的样子……"

"对,不过他可是位博大精深、真正的艺术家,这样的人如今没有,最后一个莫希干人①……我将只画索菲娅的肖像,并请他指点,而在长

---

① 语出美国作家库珀(1789—1851)的小说《最后一个莫希干人》(1826)。喻某个衰亡种族最后的幸存者。

篇小说上我将试试自己的能力。原先我也写过些东西，有些片断，如今我将正儿八经开始。这对于我是一种新的创作门类，不知是否顺利……"

"听着，赖斯基，这我多少明白一些，你该放弃的首先不是绘画，而是索菲娅，也别搞长篇小说，倘若你想写的话……最好早晨写，晚上玩牌：下小赌注，非赌博性的……这样不会受刺激……"

"刺激这玩意儿，对长篇小说倒是需要的。真的，我一触牌，便会把你身上的大衣脱下来，去输掉的。那里简直深不见底：幸好，我从不朝它看上一眼，倘若张望一下，那么产生的不是长篇小说，而是悲剧了。不过，你说得也有道理：一仆不能事二主！怎么也得让我把给索菲娅画像这档子事搞完了，到那时，在她的美貌打动下，我，我……但愿这颗星星，宛若她的……你不知道？我也不知道，反正都一样——但愿她是个见证人，证明我最终做成了某件事情：或是绘画，或是长篇小说。对——长篇小说！把自己的生活和别人的生活掺和在一起，再列入大量的观察、思想、经验、人物肖像、情景、感受……une mer à boire①！"

他们默然走着。阿亚诺夫用口哨吹起小曲，赖斯基低头闷走，忽而想索菲娅，忽而想长篇小说。在一个行将分手的十字路口，赖斯基突然问：

"何时再去那里？"

"那里是何处？"

"索菲娅家啊。"

"你又想去？我以为你已经埋头长篇小说，便不妨碍你啦。"

"我对你说过：生活即长篇小说，长篇小说即生活。"

"谁的生活？"

"所有人的，甚至你的！"

"两个姑妈叫我星期三去打牌。"

"太久了，不过只好如此——星期三见！"

---

① 法语：一项规模宏大的任务。

六

赖斯基在彼得堡住了十年,也就是他在那里有个安身之处,有三间租自德国女房东的像样房间,自从他辞职后,他经常保留着这套住房,而自己在彼得堡难得住上半年。

他早就辞职,也就在刚工作不久。放眼四周,他得出一个奇特的结论,即职务本身并非目的,而只是随便把一大堆人安置到某处的一种手段,倘若没有职务,他们便没必要降临人间。倘若没这么些人,那也不需要那么些职务让他们去承担。

他的监护人,也就是他的表叔,决定让他先进军界,然后当文官,这首先是为了摆脱在这一点上因疏忽大意而引起的各种责任和责难,其次也是因为大家都纷纷将年轻人送到彼得堡,免得在家里闲着,"顽皮淘气,游手好闲,无所事事,惹是生非"等,这样一些消极目的。

在彼得堡既有修正和约束,也有监督和工作;在彼得堡可以谋到检察官的职位,日后渐渐地还能当上省长——这是明确的目标。

后来,在彼得堡住了一阵,赖斯基自己断定,在此生活的全是成年人,而在俄罗斯其他地方生活的,全是些贵族少爷。

但赖斯基已经年过三十,而他还什么都没有播种,既没有收获,也没有按内地来的俄罗斯人的那条仕途走。

他不是军官,不是官吏,没有通过钻营和关系,为自己打通过任何路子,仿佛有意要与一切相违,以一个贵族少爷的身份独自留在彼得堡。他在警察分局登记的,是退职十级文官。

会相面术的人根据面部,难以判定他的本性、喜好和性格,因为这张脸变化无常,难以捉摸。

有时,他显得讨人欢喜,双眸放光,观察者刚断定他性格直爽开朗,有感染力,甚至坦率健谈,可一两个小时后再看他时,简直让人大吃一惊,他脸色苍白,内心似乎有某种无法摆脱的痛苦,好像生来就没有笑过。

此刻他显得不好看:脸上的线条极不协调,前额和脸颊上失去充满生气的红晕,替代的是病怏怏的色彩。

但是,倘若平和的生命气息重又轻轻将他吹拂,或是干脆"使他幸福的心情大增",他的脸上便映出蕴积的全部意志力、内心的和谐与自制力,有时,则是某种沉思中的自如和与这张脸极为相称的某种沉入幻想的表情,它不知是隐含在这乌黑的眸子里,还是流露在嘴唇轻微的颤悠中。

他的精神面貌更难以捉摸。每每有这样的时刻,他"以他的神情欺骗了所有人",以令人神魂颠倒的随和赢得对方的好感,恰巧在这一时刻偶然遇见他的人们,便会说,再没有比他更善良、更讨人喜欢的人了。

另一些人在倒霉的时刻偶尔遇见他,这时他脸上黄斑突起,双唇因神经性颤抖变得歪斜,对别人的宽慰和同情他报以呆板冰冷的目光和粗鲁尖刻的言辞。那些人怀着悲伤和怨怼离他而去,有时是永远。

这都是些什么时刻,什么日子——无论是他本人和他人全不得而知。

"一个凶狠、冷漠、自私自利的家伙和傲慢的人!"在不幸时刻遇见他的人们说。

"哪能呢,他是个极可爱的人:昨天他令我们大伙着了迷,全因他而欣喜若狂!"另一些人说。

"演员!"有些人强调道。

"虚伪之徒!"另有些人反驳道,"当他想获得什么的时候,那言语和眼神不知从哪儿租来的,脸部如演戏似的!"

"得了吧!这颗心最诚实,气度高贵,不过易冲动,充满热情,爱生气!"有两三个友好的声音替他辩护。

于是即使他的亲密熟人,对他也形成不了一个确定的概念,更别说形象了。

幼年时,在祖母家受教养时,上学前和上学时,他身上就表现出那些谜一般的特征,那种习惯和志向的不稳定性及不确定性。

当监护人将他送进学校,人们让他坐在长凳上的时候,作为一个新人,在教室里的头一件事好像便该是认真听课,听老师问什么,听同学们回答什么。可是,他却首先盯着老师:他什么样,怎么说话,怎么嗅鼻烟,他的眉毛和络腮胡长什么样,接着开始研究在他肚子上晃动着的光玉髓①小印章,然后发现他右手大拇指在中间分成两半,像是两只核桃。

后来,他仔细观察每个同学,发现所有特点:一个同学的脑门和太阳穴往脑袋里凹陷,另一个肥大的脸庞朝前突出;那边有两人,脑门上一个靠右,一个靠左,都长着一绺竖立的头发,等等;他挨个打量着,捉摸着每个人的神态。

一个自信地望着老师,用目光请求向自己提问,急得又挠膝盖又挠头。另一个脸上红一阵,白一阵——犹豫不决,缺乏信心。第三个固执地往下看,怕得要命,只想别问到他。有的在抠鼻子,什么也没听。那位该是个可怕的大力士,而这位黑不溜秋的是个骗子。他连写有习题的黑板,甚至粉笔和擦黑板的抹布都注意到了。顺便他也想到了自己,他怎么坐,他的脸该是什么样,别人看他时会怎么想,他会使同学们觉得是什么样子。

"我现在正在讲什么?"突然间老师问他,发现他心不在焉地把目光投向整个教室。

赖斯基把他讲课的内容逐字逐句对他说了一遍,使老师十分惊讶。

"也就是说这是什么意思呢?"老师继续问。

赖斯基不知道:他同样机械地听着,看着,用耳朵捕捉的只是老师的话。

---

① 一种粉红色或红色的玉髓。

老师又讲解了一遍。赖斯基又听着，留意他的话是怎么响起的：有的话老师说得短促迅速，低沉有力，像是扯断什么似的；有的话他拖长声，如吟唱似的，突然又将十个词像爆豆子般说出来。

"喏？"老师问。

赖斯基脸红了，甚至给吓得满脸是汗，但不知怎么回事，没吱声。

这是位数学老师。他到黑板前，写上习题，开始讲解。

赖斯基只瞥见他如何急促有力地写下一串数字，然后如何朝他走来，先是老师戴光玉髓印章的大肚子，接着是他那鼓鼓的胸部，胸衣上撒满了烟丝。没有什么能躲避赖斯基的目光，只有解题方法放过去了。

分数他好歹过了，代数四则也通过了，但等学到方程式，赖斯基因脑力紧张而感到疲惫厌倦，再也学不下去，对为何和如何求平方根，已经完全不感兴趣。

教师经常为他费尽心思，但几乎每次都叹息道：

"坐到自己座位上去吧，你这个没头脑的小伙子！"

但是，遇上老师心情好的时候，他以游戏的形式，不是以书本上而是以自己想出的一些习题，说出来，不用跑到黑板跟前，不用石笔，不用规则，不用脚蹬——这时，赖斯基靠自己头脑里一闪而过的猜测，便得到了结果，比所有人都快。

在他头脑里有一个自己的数字王国：它们像士兵一样按自己的方式排列在那里。他替它们想出某些自己的符号和特征，它们据此排列，组合，乘除；它们的所有形状有时呈现为熟人，有时类似于各种物体。

"哼，你还不是个没头脑的小伙子！"老师高声道，"不会用规定的、因而简便的方法解题，却毫无规则、不假思索地随口而说。你臆想出来的规则比我们还笨！"

然而，赖斯基学会写作却很快，他嗜好读历史、史诗、长篇小说、寓言，哪儿能搞到书，他就到处去借，但要写实的，抽象议论的他不喜欢，总的来说，他喜欢能把他从幻想世界吸引到现实世界的书。

上地理课,如同在课堂上进行的那样,按照顺序,按照书本,讲气候,讲民族,他便无论如何什么也说不上来,尤其是当教师提问道:

"喂,把欧洲的全部山脉复述一遍!"或是:"说出地中海的所有港口。"

然后在课外,他便会开始讲述某个国家,或是海洋、城市——他是从哪儿听来的!这书中可没有,老师也没讲过,而他绘声绘色描述景色,仿佛那里他都亲眼见过。

"你啊,全是瞎扯!"有时疑心重重的听众说,"这,瓦西里·尼基季奇可没说过!"

有一天校长暗中听到,他正在讲野人如何捕人吃人,他们的森林和住处都什么样,用什么样武器,他们如何待在树上捕猎野兽,甚至开始模仿他们扯着嗓子说话。

"倒是个扯废话的行家,"校长对他说,"可一到考试你却说不出江河系统!瞧我用鞭子抽你,等着吧!从不想认真学点什么,没正经事的坏孩子!"并猛然揪一把他的耳朵。

赖斯基看着校长如何站定,如何说话,他的一对眼睛多么凶恶冷酷,分析着校长揪他耳朵时为何他全身冰冷,想象着他们将怎样鞭打他,在谢瓦斯季亚诺夫那里他的鼻子将如何恐惧得突然煞白,他全身仿佛将会稍许消瘦,博罗维科夫将激动得怎样发抖,如何跳将起来,嘿嘿窃笑,善良的马斯良尼科夫会怎样泪流满面,扑上来抱住他,同他告别,好像跟一个判处死刑的人诀别。接着,人们将如何扒去他的衣服,他将打寒战,先是心脏,后是四肢,他怎样无法自己躺下,而守卫西多雷奇如何将他轻轻放下……

他在想象中听到了自己的尖叫,见到了晃动着的双腿,便战栗了一下……

他神经崩溃:不再吃东西,睡眠不好。他感到因威吓而受到了凌辱,如果这威吓实现,那将毁掉他美好的一切,他的整个一生将是卑微、贫穷和痛苦,他本人也将像个叫花子,被人抛弃,受人鄙视。

这时,仿佛存心似的,神甫讲起了被众人遗弃在粪堆里受尽苦难的约伯①的经历……

赖斯基痛哭流涕,大家都叫他"爱哭的家伙"。他垂头丧气,一连三天看上去像个阴郁的人,竟然无法认出:这是他吗?他什么也不对同学们说,不管他们如何纠缠不休。

这样一直挨到星期日。到了周末,赖斯基回到家,在书架上找到一本莫斯卡蒂尔尼科夫翻译的《被解放的耶路撒冷》②,便忘了所受的威胁,人不离沙发,急忙吃完中饭,又躺下看书直至天黑。星期一,他一清早便把书带进了学校,偷偷地、急忙而又贪婪地把书读完,读完后,两个星期他把读到的内容讲给这个和那个同学听。

他做了许多紧张的梦,梦见一些遥远的国度,梦见身披铠甲的奇异的人们,以及巴勒斯坦多石的荒漠在他面前显示出自己干燥可怖的美;这些沙土和酷热,这些善于过如此严峻、艰苦生活和那么容易死去的人们!

他全身颤抖,想到荒漠的乱石上坐坐,想去砍杀那些萨拉泰人③,想受干渴的折磨毫无必要地死去,只是为让人知道,他是会去死的。他彻夜不眠,读阿尔米达如何令骑士们和里纳尔德迷恋的故事④。

"她长什么样?"他思忖,时而觉得她像瓦尔瓦拉·尼古拉耶夫娜大婶,走路像玩具猫似的晃脑袋,眯缝眼;时而又觉得像校长老婆,目光锐利,双手白嫩;时而又像警察局长的女儿,一个穿钩花女衬裤、模样儿俊俏、蹦蹦跳跳的十三岁小姑娘。

---

① 《旧约圣经》中第一卷为《约伯传》,记叙约伯遭难和通过上帝的亲自启示、终获幸福的故事。
② 意大利诗人托尔夸多·塔索(1544—1595)的著名长篇叙事诗,创作于1579年。俄译文于1819年出版,为无韵散文体。
③ 萨拉泰人是中世纪初欧洲人对阿拉伯人的称呼,以后又泛指伊斯兰教徒。
④ 《被解放的耶路撒冷》中的一个情节。阿尔米达为东方女神,里纳尔德是长诗的主人公。

他蜷成一团，贪婪地看书，几乎不喘一口气，内心却激动得痛苦不堪，当勇敢的里纳尔德，或是在科坦夫人的长篇小说①中，马利克-阿黛尔在女巫的脚旁受尽折磨的时候，他还会突然间发狂似的将书扔掉，张皇失措地跑出去。

有时，想象力会突然出乎意料地把他带到另一个国度，同一个叫奥西安②的在一起：那里有另一种生活，另一番景象，更雄伟，虽说也更严酷，更离奇。

这一切，不同于他身边的日常生活，引起他极大的兴趣，将他带入一个神奇的境界，他从那里如醒酒那样醒过来。

此后，他久久脸色苍白，闷闷不乐，直至异域的生活和异域的欢愉重又活水般喷洒在他身上。

表叔让他看四个亨利的历史，以及18世纪前的所有路易和12世纪前的所有查理③的历史，但这一切对他而言，已经如同喝了罗姆酒后喝白开水，淡而无味了。只有伊凡三世④和四世⑤，还有彼得大帝，才能将他唤醒片刻。

他急切去读普卢塔克⑥，只是为了继续离开当今的生活，但那位作家令他觉得枯燥无味，不像后来的捷列马克⑦和再后的《伊利昂

---

① 科坦夫人（1770—1807），法国女作家，此处提及的作品为她1805年创作的长篇历史小说《马蒂利达》，作品主人公为阿黛尔。

② 奥西安为传说中的苏格兰克尔特族武士兼行吟诗人，相传生活在3世纪。1765年，苏格兰作家麦克菲森（1736—1796）发表假托他发现的奥西安的诗篇译作，作品浓郁的中古色彩和忧伤凄凉的情调，使麦克菲森享誉全欧洲，并引来大量仿作。

③ 这里包含法国、英国、德国、瑞士众多的国王和皇帝的名字。

④ 伊凡三世（1440—1505），1462年起为莫斯科大公，1480年推翻鞑靼人统治，形成统一的俄罗斯国家的领土核心。

⑤ 伊凡四世（1530—1584），1533年起为"全罗斯大公"，俄国第一位沙皇（1547起），号称"雷帝"。

⑥ 普卢塔克（约45—约127）古希腊作家、历史学家。著有大量古希腊和古罗马著名国务活动家的出色传记。

⑦ 指法国作家、大主教费纳隆（1651—1715）的哲理空想长篇小说《捷列马克历险记》（1699），主张实现开明的君主制。

记》①那样向他提供画面和情景。

在同学们之间,他显得很古怪:他们同样不知道如何了解他。他的好恶变化无常,使得他既无长久的朋友,也无长久的敌人。

这个星期,他缠住一人不放,到处找他,与他待在一起,看书,给他讲故事,说悄悄话。然后不知为何便会将他抛弃,盯上另一个人,盯着盯着,又会把他忘掉。

某个同学不合时宜地对他说了什么,惹恼了他,他便会紧绷着脸,大发脾气,用各种形式和持续不断的敌意发泄恶感,哪怕怨恨本身已变得淡漠,起因也被淡忘;但全班,最主要是他本人所关注的敌对者,他也要将敌视持续很长时间。

后来他发现自己身上的温顺和宽宏大量可以显示一番,为此感到莫大高兴,以至浑身震颤了一下;于是安排了一场和解,举止庄重又气度高雅,使大伙着了迷,当然最着迷的还是他本人。

他好像旁观着这一切,望着自己和他人,望着眼前的这场面,心满意足。

当一切结束,当喧闹、狂乱、叽叽喳喳离他而去时,他蓦地清醒过来,以惊异的目光扫视周遭,用内心的声音询问自己:这是为什么?他耸耸肩,自己都不知为什么。

有时则相反,他会因一些小事而欣喜:某个同学家境富裕,像文选和常谈中提到的品德高尚的孩子们那样,将自己的白面包给了穷人,或是将别人干的坏事揽到自己身上,或是他觉得那个同学眉头紧皱,是在作深刻的思考,他便会突然对他产生同情心,含着眼泪介绍他,探寻他身上某种隐秘的、不平凡的东西,对他尊敬有加;于是,其他人也感染上了这莫名其妙的恭敬。

可是过了一星期,同学们在一个美好的早晨起床,来到赖斯基跟前,兴高采烈地谈起了这只凤凰,可他却哈哈大笑起来。

---

① 《伊利昂记》亦译《伊利亚特》,与《奥德修记》合称荷马史诗。

"你们找这么个废物,还那么客气!滚一边去,卑鄙的家伙!"他说。

大伙张开大嘴,他为自己的狂热感到难为情。落到"奇事"上的光线已然暗淡,色彩消失,样式老套,他便放弃,改而用贪婪的目光寻找别的现象,别的感觉,别的景象;倘若没有,他便无聊苦闷,肝火旺盛,没有耐心或一副若有所思的样子。

校门外的实际生活很少能将他吸引进自己的洪流中,无论是它令人心旷神怡的方面,还是它那艰苦严酷的工作。倘若监护人叫他去看看人们如何打黑麦,或是工厂里如何搓呢绒,如何漂白麻布,他便躲开,爬上望楼去眺望森林,或是去河边,进灌木丛,钻密林,去观察昆虫们如何忙活,敏锐地注视鸟儿往哪飞,什么模样,待在哪儿,如何理喙;如若逮住一只刺猬,便同它玩闹;同男孩子们一起钓一整天鱼,或是听住在村外土窑里的疯老头子讲"普加乔夫"——贪婪地谛听有关残酷的苦难、死刑的详情细节——并直勾勾地盯着他那没有牙齿的嘴巴和失去光泽的双目那深陷的眼窝。

他会怀着病态的好奇心,一连数小时留意"堕落的费克卢什卡"嘟哝含糊的话语。在家里,他读各种乱七八糟的闲书。碰见《萨克森的强盗》①,他一口气读完;拽出埃卡尔兹豪森②并用丰富的想象进行详细打听,透过迷雾问出个清楚结论;落到手中的一部《特里斯特拉姆·项狄》③他读了十遍;还找到几本《东方魔法揭秘》,他也读了;随后还读过俄罗斯童话和壮士歌,后来又突然投向奥西安,投向塔索和荷马,或是随库克④一起游往那些神奇的国度。

---

① 法国作家沃汝阿的长篇小说,俄译本 1818 年出版。

② 埃卡尔兹豪森(1752—1803),德国作家,他的神秘主义作品在 18—19 世纪初的俄国十分盛行。

③ 英国作家劳伦斯·斯特恩(1713—1768)的长篇小说,书名全称为《特·项狄的生平和见解》,作品共九卷,全书没有情节,充塞着许多插曲和谈话,内容形式标新立异。

④ 詹姆斯·库克(1728—1779)英国航海家,曾领导三次环球航行。冈察洛夫在自传中亦曾提及爱读他的作品,"甚至能背诵"。

倘若什么书也没有，他就会整天躺着，一动不动，好像做苦工似的：幻想带着他飞驰到比奥西安、塔索，甚至库克更远的地方——或是某种回应的感觉、瞬间的印象，似热病发作，令他浑身直打哆嗦，于是他站起身，疲惫不堪，脸色苍白，久久不能恢复正常状态。

"懒人，懒鬼！"他周围的人说。

他害怕这样的评判，偷偷哭泣，有时又绝望地想，因为什么他是懒人和懒鬼？"我究竟是什么？我将是个什么东西？"他心里思忖着，并听到严厉的话语："学习吧，像萨夫拉索夫、科夫里金、马柳耶夫、丘金那样学习吧——他们可全是优等生！"

他们无论数学还是历史，都同样学得好，作文，绘图，图画，外语，样样都好，没什么可说的——全是幸运儿！他们受到大伙的尊敬，他们神气十足，睡觉安稳，向来如此。

而他今天脸色苍白，沉默寡言，闷闷不乐，像个死人——可一到明天又唱又跳，天知道为什么。

更为使他害怕和痛苦的，是看门人西多雷奇令人难受的同情，但他的朴实又令赖斯基感动。有一回，他一连两课书没熟读，第二天一早倘若背不出，他就该留下不准吃午饭，可大伙全睡了，他已经没有时间再背书。

西多雷奇悄悄起床，点燃蜡烛，把课本从教室里取来交给赖斯基。

"学吧，老爷，"他说，"趁他们睡了。谁也看不见，而明天你将知道得比他们更好：其实，他们算老几，欺负你这个孤儿！"

赖斯基的眼泪唰地流下来，一是因为受欺负，二是因为西多雷奇的善良。他瞥一眼优等生们，他们正鼾声大作，出于自傲，他没有去背熟功课。

可是，倘若他的自尊心受伤害，触动神经，那时他像照相似的瞥一眼书本，便能记住一行行数字，猜中习题——突然似焰火那般光华熠熠，令全班，有时是老师大吃一惊。

"装的！"同学们心想。"这个懒家伙还真有两下子！"老师思忖。

51

他感觉到并且明白，他既非懒鬼，亦非懒人，而是另一种东西，但这只有他一人感觉到和明白，再无别人——不过他不明白他究竟是什么，这谁也没有向他解释清楚过，也没有人向他说明是否需要学数学或者别的什么。

在机关里，无足轻重的人这一称号更是牢牢固定在他身上。上司没有从他那里取得过一份呈文，他亦从未看完过一份公文，然而他却给他待着的那个办公室带来欢笑和趣闻。他身边总是围着一群人。

但是，有关公务的想法，只要不通过报告形式，如同俄语通过语法那样，而是在嘻嘻哈哈和无所事事中说出来的，不知为何他十分清晰，只要别把公务落在纸上。

他观点的新奇常使官员们为难。科长听完他的想法，便冷笑着把交给他的某件公文从他手里夺回来，交给另一个人。

"劳驾，请您来写这份法令，"科长说，"眼下鲍里斯·帕夫洛维奇正在画自己的草稿呢！"

科长说得没错：赖斯基办公就像画画，或者说公务就这样在他头脑里画成。

他的想象力突然冒出火花，于是他通过闪烁的悟性，抓住真理的影子和顶端，想象出剩余部分，而且已不靠长期的经验和劳动，便取得牢靠的胜利。

他已经疲惫，他继续往前，双眸和想象力在寻找别的东西，他展开想象的翅膀飞行，飞过芸芸众生靠双腿勇敢顽强地走过渡过的高山深谷和海洋。

他并不掌握知识，却仿佛在自己的想象中发现了知识，仿佛在镜中，现成的，感觉到了它，并满足于此；去了解它，他感到枯燥，于是他抛弃令他厌烦的东西，在四周寻找新的、鲜活的、惊人的事物，让一切在它那里闪耀、搏动、显现，用生活影响生存。

他四周，没有人将他这种求知欲的热切激情引向明确的轨道。

照看他的，在此地只有监护人，在彼地只有祖母，他们首先是让教师们在约定的时间里来给他上课，或是让他别耽误学校的课，其次则是他身体健康，吃得下，睡得香，穿着整洁，为人正派，应该是个有教养的孩子，"别同各种坏人来往"。

至于他在那里读什么，看些什么书，他们并不过问，祖母还把父亲老房子藏书室的钥匙交给他，他在那里闭门不出，轮流看书，时而斯宾诺莎，时而科坦的长篇小说，时而圣奥古斯丁①，而第二天又抽出伏尔泰或帕尔尼②，甚至薄伽丘。

他学艺术比科学学得好。的确，在艺术上他也是兴之所来：老师一连两星期让全班画眼珠，他忍受不了，给眼珠添上了鼻子，甚至开始涂上胡子，老师正巧遇见，先是揪他头发，接着细瞧后说：

"你在哪儿学过？"

"哪儿也没有。"他答。

"不错，老弟，只是你瞧，这就叫乱套：脑门和鼻子挺好，可耳朵长哪儿去了，还有头发简直成了粗纤维。"

但赖斯基扬扬得意道："说得好，老兄：脑门和鼻子挺好！"对他来说这便是一顶桂冠。

他独自在院子里高傲地溜达，意识到他比谁都棒，直到第二天在"重要课程"上当众丢脸。

不过他对绘画倒是入了迷，画"眼珠"一个月后，他临摹了卷发男孩，随后是芬格尔③的头像。

他秘藏心中的梦想是临摹挂在教师住所里的那幅女人头像。她稍稍向肩部低着头，惆怅而若有所思地望着远处。

"请让我临摹一下这幅画吧！"他用少女般胆怯而柔和的嗓音请

---

① 圣奥古斯丁（354—430），基督教神学家、宗教活动家，基督教历史哲学创始人，著有《论上帝之城》。

② 帕尔尼（1753—1814），法国诗人，著有《情诗集》（1778），诗篇既遵循古典风格又充满激情。

③ 芬格尔，亦译斐迦尔，苏格兰传说中的英雄，亦即奥西安之父。

求教师，上嘴唇神经质地颤动着。

"要是你把玻璃打碎了呢？"老师说，但还是把头像给了他。

赖斯基十分幸福。每当他来到老师家，一见到头像心儿便发紧。如今她在他手中，他要把她画下来。

这一星期没有一个严肃认真的老师能从他那里得到什么。他坐在自己的角落里，画啊、擦啊、描啊、再擦，或是默默沉思；瞳孔中碧蓝笼罩，双眸中仿佛蒙上一层薄雾，唯有双唇稍稍能觉察到颤动，上面泛出玫瑰色的湿润。

夜间，他便把画带回共同寝室，有一次他细细端详着这对温柔的明眸，注视着她那脖颈微倾的线条，他战栗一下，胸中一紧，感到憋气，使他于神思恍惚中，紧闭双目，情不自禁又稍显持重地哼哼起来，双手抱住画作紧靠于一处，再也喘不上气来。玻璃发出脆折声，哐当一声摔在了地板上……

画好这幅肖像，他已经得意忘形，不知天高地厚。他的画同高年级学生的图画一起在公开考试上陈列出来，老师则稍作修改，只是在某些不足之处加了些浓彩的粗细条，在头发上添了三四道如铁栅栏那样的黑线，又在每个眼睛上点上一点——于是那双眸子顿时看上去像活的一样。

"他这是怎么回事？他为什么能如此生动、果敢、牢靠地获得成功？"赖斯基想，敏锐地望着那些线条和点，尤其是令双眸充满活力的那两个点。后来他画了许多线和点，始终想掌握老师那么有力、那么坚定地画上去的这些线和点所显示出的生命、热情和力量。有时他仿佛抓住了这秘密，却又让它在他手中滑脱。

可是将眼珠、鼻子，以及前额、耳朵和手的轮廓画上百遍，他又觉得枯燥得要死。

他漫不经心地画着眼珠，但关心的只是如何在它们上面重现老师的点，如何使它们看上去活灵活现。他没有成功，他便扔下一切，灰心地把臂肘支在桌上，把脑袋支在胳膊肘上，骑上自己心爱的幻想之马,或是让马儿骑上他,在广阔的空间,在自己的世界和形象之际驰骋。

他高傲地走动溜达,陶醉于浮浅的成就之中,"天才,天才!"这声音在他耳畔回荡。但很快大伙儿知道他如何作画,便不再发出赞叹声,可他已经习惯于赞许。

在乡下,他又迷上了绘画,给女仆们、马车夫,后来给村里的农夫们画像。

他给疯疯癫癫的费克卢什卡在土窑里画了一张像,光线恰当地照亮脸庞和散乱的头发,躯体则隐在黑暗中,因为他没有足够的耐心和能力把双手、双腿和身子画完。怎么能整个上午呆坐着呢,当太阳那么兴高采烈和慷慨地将阳光流泻在草地和小河的时候……

瞧,好像有人从邻居家冲出来,也许将跳起舞来……

过了三天那幅画变得平淡无奇,想象中充溢着的已是另一幅画。想画幅轮舞,马上又想画醉酒的老汉和疾驰的三套马车。又有两天沉醉于画中:它在他头脑里好像栩栩如生。他要画农夫和农妇,三套马车他不会画——教室里马儿可不让进。

过一星期,这幅画又被忘得一干二净,又重新用别的代替……

他喜爱音乐到了迷醉的地步。在学校里,受优等生们鄙视的愚钝的男孩瓦休科夫,是赖斯基经常与之交往的对象。

大伙常常揪瓦休科夫的耳朵:"滚,到一边去,傻瓜,笨蛋!"他听到的只有这些话。唯独赖斯基令人感动地对待他,因为瓦休科夫对什么都不上心,无精打采,呆板,甚至在人人喜爱的俄语教员那里,他都没有学会任何一课书——每天吃完中饭,他便拿上自己的手提琴,把下颚放在它上面,拉动琴弓,把学校、同学、不愉快的事儿忘得一干二净。

他的双目对自己眼前的东西都视而不见,而是望着别处,望着远方,在那里他仿佛看到了什么特别的神秘的东西。他的目光变得怪异,严肃,有时仿佛在哭泣。

赖斯基坐在他的对面,惊讶地盯着瓦休科夫的脸庞,注视着他如何拿起小提琴，此刻他的目光还显得呆板无神，接着他慢腾腾拿起琴弓，给它擦上松香，然后用手指触动琴弦，拧拧弦轴，又拨拨琴弦，这才拉动弓——依然一副无精打采的神情。但瞧，一开始演奏，他便苏醒过来，不知往哪儿飞去。

没有了瓦休科夫，出现了另一个人。他的瞳孔扩大，眼睛不再眨巴，一切变得晶莹剔透，明亮深邃，显得自豪而聪颖，胸部呼吸缓慢而深沉。脸上掠过怡然自得和幸福，皮肤变得细嫩，明眸碧蓝，目光炯炯：他变得十分卓越。

赖斯基开始想象望见瓦休科夫所观望的地方，想象见到他所见到的东西。周遭谁也不在：既无同学，也无长凳和书柜。一切仿佛为雾霭所遮蔽。

几个音符奏响后，展现出一个深邃的空间，那里出现个运动着的世界，波涛、舟楫、人儿、森林、白云——所有的一切仿佛都在漂浮，从他身旁疾驰而过，进入广袤的空域。而他觉得，自己好像越长越高，喘不上气来，犹如有人在呵他痒痒，或是他沉浸在……

琴声悠悠，梦亦悠悠。

蓦地，敲击声、叫喊声和某种冲撞声将他唤醒，亦把瓦休科夫唤醒。没有了琴声，梦幻世界消失，他苏醒过来：四周是同学、长凳和课桌——瓦休科夫放好小提琴，不知是谁已经揪住他的耳朵。赖斯基愤怒至极，扑上去揍那个闹事者，然后他陷入沉思，久久徘徊。

全部神经都在为他唱赞歌，生命在他身上犹如大海喧腾，思想和情感如波涛翻滚，撞击着奔腾而去，往四周抛洒着浪花与泡沫。

在这些音响中，他听到了某种熟悉的声音；往事的回想在他跟前飞逝，仿佛那是个女人的身影，她曾搂着他坐在自己膝上。

他在记忆中翻寻，好不容易依稀记起曾经抱过他的是母亲，他用脸颊紧偎在她胸前，注视着她的手指如何依次弹奏着琴键，传出如诉如怨或欢快活泼的音响，谛听着心脏如何在她胸中跳动。

女人的身影在记忆中复苏，变得越发清晰，恰如此刻她正从坟茔中站起，活生生出现了。

他记得，音乐过后，她如何全身颤抖着，把那份喜悦凝聚在对他的热烈亲吻中。记得她如何给他讲述一幅幅图画：这个手执里拉琴的老人是谁，高傲的沙皇哑然无语地听着，生怕惊动他。这个被押上断头台的女人是谁。

随后，他记起，她如何带他上伏尔加河，如何几小时坐着眺望远方，或指给他看一座被阳光照耀的山峰，一片昏暗的绿荫和航行的船只。

他看到，她如何一动不动地极目远眺，那时她那双明眸是多么清澈、深情、美丽……"如瓦休科夫的那样。"他想。

可见，她亦曾在这一片绿荫中，在滔滔江水中，在蓝天白云中，看见了瓦休科夫在拉小提琴时所见到的一切……那些山峰、大海和云彩……"我亦见到了它们！……"

赖斯基正出门打算去钓鱼，琴声响起，那是那个女人、邻居家的家庭女教师在弹钢琴，于是他在原地呆住了，躲在女教师的椅子背后，大张着嘴。

他不在了，不知在哪里消失，不知是谁又将他带到了空中，他又猛长，全身充满力量，能举起并托住石拱，就像那个被赫剌克勒斯①替代的巨人。

琴声撞击他的胸部，隐隐作痛，钻入脑子——他的头发、双眼已然湿润……

蓦地，琴声停息，他清醒过来，感到难为情，便跑了。

他开始学音乐，先跟瓦休科夫学小提琴——瞧，已经来来回回拉了一个星期：a，c，g，瓦休科夫把着他的手教，可弓子老擦着他耳朵，忽而弓子一下触动两根琴弦，忽而手臂软得直哆嗦——真不行！瓦休科夫拉的时候，手动得多顺溜！

---

① 赫剌克勒斯为希腊神话中的英雄，他力大无穷，建树过许多功勋，如解救普罗米修斯、战胜安泰。还有有关他十二件功勋的传说，其中之一便是他代替撑天巨人托起天庭的拱门。

过了两个星期,他还是忘了,忽而这只手指,忽而那只手指,尽出错。同学们破口大骂。

"去你们的吧!"一个优等生说,"在这里得干点正经事,可他们吱吱嘎嘎,哪是拉什么小提琴!"

赖斯基扔下小提琴,开始求监护人让他学钢琴。

"钢琴容易学,学得快。"他心想。

监护人给他雇了个德国人,可是决定同他严肃谈一谈。

"听着,鲍里斯,"他说,"我早就想问你,你准备让自己干什么?"

赖斯基不懂他的问话,默不作声。

"你都十六岁了,"监护人继续道,"该考虑事业的时候了,可据我看,你至今还没想过,你上大学和工作选哪个部门。进军界很难:你的产业不大,而按自己的姓氏你该在近卫军里服役①。"

赖斯基沉默不语,望着窗外,看公鸡搏斗,猪在厩肥里乱刨,猫儿偷偷走近鸽子。

"我在与你谈事业,可你在往哪儿瞧!你打算干什么?"

"表叔,我打算当画家。"

"什么?"

"我想成为一个艺术家。"赖斯基确认道。

"鬼知道你在想些什么!谁会让你去当?你知道什么是艺术家吗?"他问。

赖斯基不吱声。

"艺术家——就是这样一种人,他或是向你借钱,或是胡说八道,让你一礼拜迷迷糊糊……当艺术家!……这可是,"他继续道,"意味着一种放荡的流浪生活,一贫如洗,破衣烂靴,富有的只是幻想!艺术家就像天上的鸟儿在顶间阁楼栖息。我在彼得堡见过他们:这是

---

① 沙皇时代在精锐部队服役是名门望族的特权,同时伴随着的则是个人昂贵的开销。

一帮纵酒寻乐的人，穿着奇装异服，每晚聚在一起，在沙发上一躺，抽着烟斗，胡说八道，念念诗歌，大喝伏特加，然后宣称他们是艺术家。他们披头散发，衣冠不整……"

"表叔，我听说，如今艺术家很受尊敬。您可能回忆起旧时代了吧。学院里可出了许多名人……"

"我并不太老，也见过世面，"表叔反驳道，"你听过钟鸣，却不知道钟在哪个钟楼上。名人！艺术家是名人，那医生也是。可是你去问问，他们是何时成为名人的啊？何时他们能担任公职并轮上个三等文官！待到他建起一座大教堂，或是在广场上竖了个纪念碑——人家才赏赐他呢！开始他们是因为穷，为了一片面包——你去打听打听：他们大部分是获释的自由奴隶、小市民，或是外国人，甚至犹太人。他们是不得已才被驱赶着当艺术家的，他们是逼着进演艺圈的。可你，是赖斯基！你有土地和现成的面包。当然，为了交际为何不可以有一些招人喜欢的才能：弹钢琴，在纪念册上画点儿什么，唱抒情歌曲……所以我给你雇了个德国人。但拿画家当职业——简直是胡闹！你何时听说过哪个公爵、伯爵画画儿，或是老贵族塑泥人的……没有！这是因为什么？"

"那鲁本斯呢？"赖斯基突然打断他，"他曾是廷臣，公使……"

"你扯哪儿去啦：这是两百年前的事！"监护人说，"而且是在那边，在德国人那里……可你得上大学，进法律系，然后到彼得堡供职，学会办案，谋个检察官的职位，亲戚们再帮你当上个宫廷少年侍从[①]。如果不出意外，那么依你的门第和亲戚关系，三十岁你将成为省长。瞧，这才是你的功名！但糟糕的是，我看不出你头脑里有什么正经东西：你只知道同小孩子们去钓鱼，画泥坑、小酒馆旁喝醉酒的农夫……你去田野和森林，哪怕有这么一次问问农夫那些谷物何时播种，干吗卖掉？……一次也没有！看样子你当个主人都不成！"

[①] 沙皇俄国和某些古代君主制国家宫廷内侍从的一种低级职称。

表叔叹口气，赖斯基有些垂头丧气：表叔的教训只对他的神经起了点作用，让他心中郁闷。

德国教师同瓦休科夫一样，首先将他的手掰得变了形，然后开始一面注视着在琴键上的每一次敲击，一面用脚踏着拍子，低声唱着：啊啊——呜呜——噢噢。

只是觉得对监护人太过意不去，赖斯基才没有抛弃这种折磨，并得以在几个月内把这第一步马马虎虎对付过去。但他还是一直使性子：弹琴不用老师要求的那根手指，而是哪根灵巧用哪根，他不想弹音阶练习，却用耳朵捕捉印在他脑子里的旋律，当他得以捕捉到曾在别人那里听到过，并令他惊倒的那种表达力和力度时，他便觉得十分幸福，就如同最初，美术老师的那些线条和点令他惊奇不已那样。

他没有同乐谱友好相处，老师带来的落满尘土、颜色发黄的音乐技法的乐谱集，他没有一本接一本地顺序练习。但他经常边听自己弹奏，边沉思默想，感到脊背一阵寒战。

他已在远处见到座无虚席的大厅，他的演奏使密密麻麻的听众和行家们心灵受到震撼。女士们听他演奏，脸颊火烫，他亦因成功而羞得满脸发烧……

他悄然擦去顺脸颊流下的泪珠，因自己的幻想而全身发热，茫然发呆。

当他终于勉勉强强掌握了第一步，手指弹奏已稍显自如，它们似乎是在给这个大厅、这些女士们演奏，心情无比激动——但稍有难度的技法他还不会弹。

很快他就超过了县里那些天真美丽的小姐，他那演奏的胆量和力度令她们吃惊，手指在琴键上来回移动，灵活自如。她们还在埋头于那些早已过时的回旋曲和四手联弹的奏鸣曲，而他跳过技法和奏鸣曲，先弹卡德里尔舞曲和进行曲，随后弹歌剧，课程进行按照自己的大纲，由他根据想象和听来的乐曲口述而定。

听过交响乐，他背熟那些吸引他的乐曲，将这些旋律重新弹奏，令小姐们惊讶得如痴如醉;他是最棒的,优于所有人;德国人说他的能力提高得很快,令人惊异,但懒惰更令人吃惊。

但这并非灾难:懒惰和漫不经心某种程度上对演员们更相宜。有谁还对他说过,天才不需太用功,下苦功的只是那些庸才,为的是勉强获得可怜地近似于大自然那巨大而所向披靡的恩赐——天赋。

七

赖斯基中学毕业,上了大学,并于一年夏天到自己堂祖母塔季扬娜·马尔科夫娜·别列日科娃家去度暑假。这位祖母住在祖传的小庄园里,是鲍里斯从母亲名下得到的。庄园包括一片不大的、离县城不远的土地,中间只隔着田野和伏尔加河畔的一个集镇,以及五十名农夫和两座房子:一座石屋,无人照看,废弃了;另一座木屋,是他父亲盖的,塔季扬娜·马尔科夫娜同两个也是表亲关系的孙女,就住在这里,小姑娘一个七岁,一个六岁,都是孤儿,是她的表侄女留给她的,她爱侄女,像亲生女儿似的。

祖母有自己的财产,是家里分给她的,还有自己的小村庄;她始终是个姑娘,自从赖斯基的父母亲去世后,她的侄儿和侄女们便迁居到这个小庄园里。

她照看着它,犹如管理一个小王国,精明节俭,勤恳细心,但独断专行,按封建主的方式。她不让监护人插手她的事务,不承认任何证明文件、公文、契约、字据,维持上一代封建主们在世时原先的秩序,对监护人的来信她答复道:所有字据、契约和证明文件都记录在她脑子里,由她负责,当孙儿长大成人,她将向他作出说明,而在此之前,依照他父母的口头遗嘱,她是全权主人。

监护人耸耸肩,挥挥手,因为庄园不大,又掌握在像祖母这样的主人手中,一定能更好保存下来。

赖斯基上了大学,来她这里顺便看看,道个别,兴许时间会挺长。

在这一角落,童年时人们曾将他从这里带走,后来他长成小男孩,有时亦曾于暑假来此做客,如今一个什么样的伊甸园向他敞开了胸怀。周遭是怎样的景色——屋子的每扇窗都是一幅特殊的画框。

一面是河岸陡峭、扎沃尔日耶①蜿蜒起伏的伏尔加河;另一面为广袤的田野,耕作的和荒芜的冲沟;而远处,所有这些的尽头,是蓝莹莹的群山。第三面可见村镇、村庄和县城的一部分。空气新鲜,凉爽宜人,吸一口犹如夏天沐一次浴,浑身为之一振,精神爽快。

围绕整座房子的,是这样的景色,这样的空气,田野环抱,果园拱卫。两座房子附近是广阔的果园,保存完好,有幽冥的林荫道、凉亭和长椅。离房子越远,果园便越显荒芜。

枝繁叶茂的大榆树近旁和一条糟朽的长凳四周,满是樱桃和苹果树;那边是花楸,而那边是一小群椴树,它正想围成一条曲径,却突然钻进密林,同云杉林、桦树林兄弟般混杂在一起。蓦地,一切结束于一座悬崖,一排长满灌木的林丛和一道直达伏尔加河的几乎半俄里长的堤岸。

果园旁,靠近屋子,是一畦畦菜圃。那里有圆白菜、芜菁、胡萝卜、香芹菜、黄瓜,然后是硕大的南瓜,温室里则有西瓜和甜瓜。在这大量蔬菜中,向日葵和罂粟显得尤为鲜艳,引人注目;菜豆在杆子旁爬蔓。

小屋窗前,一个大花坛在阳光下变得五颜六色,色彩缤纷,从花坛有道门通向院子,而另一道玻璃门同类似于外廊的大阳台相连,通往用作住所的木屋。

塔季扬娜·马尔科夫娜喜欢看到眼前开阔敞亮,阳光灿烂,花香四溢,而别像个穷乡僻壤。

屋子的另一面朝向院子,她可以看到大院里、下房里、厨房里、

---

① 伏尔加河沿岸地区有高扎沃尔日耶(右岸高地,海拔四一八米)和低扎沃尔日耶(左岸低地,海拔一五〇米)之分。此处应指右岸。

干草棚里、马厩里、地窖里所发生的一切。这一切都在她眼皮底下,恰如在她手掌心。

只有那座老房子如同眼中钉,处在院子深处,阴森森的几乎总是处在阴暗处,灰蒙蒙的萎靡不振,有些地方窗户给钉死,台阶上野草丛生,笨重的大门闩着同样笨重的门闩,但盖得又牢固又厚实。而那座小屋,从早到晚洒满明亮的阳光,树木离它远远的,使它开阔敞亮,空气新鲜。只有花坛犹如一条花带,从果园那头将它环抱,重瓣玫瑰、大丽菊和其他花卉不由得让人感到就在窗前。

在屋面下搭巢的燕子在屋子四周飞舞盘旋;红胸鸲、黄鹂、黄雀儿和红额金翅雀在果园和小树林里栖息,每到夜晚则有夜莺啼啭。

各种家禽和毛色不同的狗挤满院子。几头母牛、一头山羊和两个女仆到田野上早出晚归。几匹马待在马厩里几乎闲着无事。

屋子四周的花丛上,蜜蜂、熊蜂、蜻蜓环飞,蝴蝶的翅膀在太阳光点上颤动,母猫和小公猫们蜷缩在角落里晒太阳取暖。

屋子里的生活多么欢乐和宁静!那儿什么没有?房间虽小,但舒适,摆放着古老的、从大屋里搬来的爷爷们的、叔叔们的家具,悬挂着赖斯基的父母亲笑容可掬的画像,以及托付给别列日科娃照看的两个小女孩的双亲的画像。

地板上过漆,打过蜡,铺着漆布;炉子贴有花花绿绿、古老的、同样取自大屋的瓷砖。柜橱里塞满老式的、一走动便颤动的碗碟和碰得叮当响的银器。

显眼之处,摆放着古老的萨克森瓷盘、牧女、侯爵小姐和中国的瓷罗锅、桶状茶壶、糖罐、沉重的瓷勺。小圆凳、包铜雕花的红木桌子、小茶几紧靠在舒适的角落里。

塔季扬娜·马尔科夫娜的书房里,摆着一张古老的、同样包铜雕花、带镜子的写字台,上面放有瓷瓶、孔雀羽毛和神像。

但老太太把镜子蒙上了,她说:"你在对面看到自己的脸,妨碍写东西。"

那里，还有张她用餐、喝茶和咖啡的圆桌，相当坚硬，以及一把包皮革、带洛可可式高靠背的古老安乐椅。

按教养，祖母是个旧世纪的人，她不喜欢箕踞而坐，总是举止端庄，虽朴实随和，然举止持重体面，讲究礼仪，从不像眼下的太太们那样盘起腿来，她说："女人这么坐多丢人！"

鲍里斯觉得她长得很美，其实她就是个美人儿。

她高挑个儿，不胖亦不干瘦，是个生气勃勃的老太太……甚至算不上什么老太太，而是个五十上下的女人，乌黑的双眸灵活有神，笑容善意优雅，以至即便当她生气、目中雷雨大作时，也可在这狂风暴雨后面见到晴朗的天空。

双唇上方长有淡淡的唇须；左脸颊靠近下巴处有颗胎痣，痣上长着一绺浓密的汗毛。这给她的脸庞还增添了一道慈祥。

她的一头白发剪得短短的，在家时，她不系头巾在院子和果园里走动，遇到节日和有客人时，她才戴上顶包发帽；但包发帽勉强顶在头顶，于她并不合适，并且好像随时准备从脑袋上飞走。她亲自陪客人坐了五分钟，道了声歉，便将它摘了。

上午，她穿件宽宽大大、有腰带和几个大口袋的白色短上衣，下午换上件棕色上衣，逢重大节日则穿上像银子般闪闪发亮、稍能弯曲、窸窣作响的衣服，肩上披条古老的、专由瓦西里莎一人存放和取出的披巾。

"伊万·库兹米奇叔叔从东方运来的，花了三百个金币①；如今这样的披巾多少钱也搞不来！"她显摆道。

腰带上和口袋里挂着和放着许多钥匙，因此，祖母好像一条响尾蛇，她顺院子或果园行走时，老远便能听到她身上发出的声音。

马车夫们听到这响声，马上把烟头藏进靴子后面，因为她在世上

---

① 一译"切尔文"，18—19世纪俄国的金币，面值三卢布，一个金币含金量为七点七四二三四克纯金。

最怕的是失火，由于这缘故，她把抽烟视为最大的恶习。

厨师和厨娘们一听到钥匙的叮当声，同样忙活起来——急忙抄起刀、长柄大勺或是扫把，而基留沙赶紧从马特廖娜那里跳开，往大门口跑，而马特廖娜早在祖母出现之前，已经跑进棚子，好像十分吃力的样子拽着大洗衣盆。

屋子里，听到从院子返回的女东家的钥匙声，马舒特卡急忙从自己身上摘下脏兮兮的围裙，随手用什么东西便擦起手来，有时是条东家的头巾，有时是块抹布。再往手心吐几口唾沫，使劲儿将干巴的不顺从的发辫捋平，然后在圆桌上铺上最精美的干净桌布；而瓦西里莎是个沉默寡言、愁眉不展的女人，与女主人同龄，并不很肥胖，而是因为长期待在房间里身体变得虚胖和憔悴，她正将一套煮沸的银咖啡壶和杯盘端来。

马舒特卡站在角落里，她总是躲在阴暗处离女主人更远些，并竭力装得十分爱整洁。女主人要求这一点，可马舒特卡却对保持整洁有点儿别扭。她用那双洗得干干净净的手拿东西不那么牢靠，一不留神便打碎东西；茶炊或是茶碗会从手中滑落；同样，穿上干净衣裳连走路都别扭。

每当吩咐她星期天梳好头，洗个澡，换身衣服，于是照她的话说，她整天就像装进了口袋里。

好像她只有此时才感到幸福：当她因擦地板，冲刷门窗，洗碗碟，将全身弄得脏污不堪、披头散发的时候；当她弄得蓬头垢面，令人无法辨认，而那双手脏到如此程度，倘若需要挠一下鼻子或眉毛，她得动用胳膊肘的时候。

相反，瓦西里莎是个过分拘泥、傲慢自大、总是低声说话和所有下人中唯一一个爱整洁的女人。她从最年轻时起便来侍候女东家，当她的侍女，再没离开过，熟悉老太太的全部生活，如今成了她的女管家和可信赖的女人。

她们之间用最简单的言语说话。祖母几乎不需向瓦西里莎下什么指示：她本人知道该做的一切。如果有紧急的事要办，祖母并不提出要求，而是好像提建议似的去办这样或那样的事。

祖母不会向自己的手下人提出请求，因为这不符合她封建主的本性。家奴，听差，仆役，使唤丫头——这一切永远如此，无论如何不可改变。

她办事很少用个人命令：家庭事务她交给瓦西里莎去管，村里事务则由管家或村长去办。除了瓦西里莎，对任何人她都不称呼全名，除非遇到这样的名字，你无论如何无法将它压缩和简化，如农夫费拉蓬特和潘捷列伊蒙就称作费拉蓬特和潘捷列伊蒙，她称村长为斯捷潘·瓦西里耶夫，而其他所有人一概为：马特廖什卡，马舒特卡，叶戈尔卡，等等。

倘若她用名字和父名称呼谁，那么此人便明白，他已大祸临头："上这儿来，叶戈尔·普罗霍雷奇，昨天一整天你掉哪儿啦？"或是："谢苗·瓦西里伊奇，你昨天在干草棚大概抽小烟斗了吧？你瞧我的吧！"

她用手指着威吓，有时晚上起来盯着窗户：烟斗里的火星别突然着起来，别有人打着灯笼在院子里或板棚里走动？

"奴仆"和老爷之间的差别永远无法消除，什么也不能消除。她严厉得恰如其分，宽厚和仁慈亦恰到好处，但一切全在主人观念的范围内。甚至当伊琳娜、马特廖娜，或其他女仆的无特权婴儿来到世上时，她怀着尊严受辱的神情，默默听取了有关此事的呈报，然后盼咐瓦西里莎给点那里需要的东西，鄙夷地望着一边，只说道："别让我再见到她，下流坯！"马特廖娜和伊琳娜复原后，避开女东家一个月，以后便一点事也没有了，而孩子嘛，"去了乡下"。

仆人中若是有谁生了病，塔季扬娜·马尔科夫娜甚至会晚上起来，派人给他送去酒精和软膏，第二天派人送他上医院，更多的是送到梅拉霍利哈那里，医生她是不会请的。然而某个孙女舌头稍有瘙痒或是肚子有点儿鼓，基留什卡或弗拉斯便会摆动胳膊肘和双腿，骑上没鞴鞍的马,策马疾驰,上城里找大夫。

"梅拉霍利哈"是对住在城郊集镇上的一个老太婆的称呼,她用些简单方法替"仆人们"治病,手到病痛消除。常常,经过她治疗,有人将一辈子弯着腰吃尽苦头,甚或有人不能用自己的嗓音说话,一生只会发出哼哼声;有人从她那儿回来失去了双目,或是没了颌骨——但毕竟疼痛消除,农夫和农妇们又干活了。

这样病人和医生满意,而地主自然就更满意。因为梅拉霍利哈只对农奴和小市民行医,医疗管理部门对她也就不予注意。

塔季扬娜·马尔科夫娜让仆人们喝菜汤稠粥,给他们喂得饱饱的,直至吃撑,逢年过节吃大馅饼和羊肉;圣诞节烤鹅烤猪;但她不允许在他们的伙食和衣着上温情有加,作为仁慈,她会把自己的残羹剩饭时而给这个或那个女人。

她喝茶和咖啡,女主人喝过后轮到瓦西里莎,然后是女仆们和上年纪的雅科夫。节日里,会给马车夫们、地主家的农夫们和村长端上一杯酒,看在他们繁重劳动的分上。

早晨,女仆们正收拾桌上的咖啡用具时,一个健壮的农妇闯进房间,脸颊极为红润,嘴巴永远挂着笑容——哪怕挨打时也是;这是孙女韦罗奇卡和玛尔芬卡的保姆。在她身后跟着进来一个十二岁的小姑娘,是她的小帮手。她们是带孩子们来祖母屋里吃早饭。

"哦,我的小鸟儿,哦,怎么办?"祖母说,总是为难,不知先亲谁好,"唔,怎么样,韦罗奇卡?瞧这乖孩子,头发梳得好好的。"

"我也是,奶奶,我也是!"玛尔芬卡叫喊道。

"玛尔芬卡的眼睛是怎么啦,红红的?别是睡梦中哭的?"她关心地问保姆,"别是太阳晒的?你那里的窗帘拉上了吗?你可是小心点,粗心的婆娘!回头有你瞧的。"

还有三四个年轻女仆待在女仆住的房间里,她们整日里弯着腰,缝东西或钩花边,因为祖母不能见到仆人们无所事事——而在前厅里却闲坐着若有所思的雅科夫和一个十六岁的男孩、爱逗乐的叶戈尔卡，以及两三个给雅科夫打下手的仆役，他们也什么事都不干，并且经常调换。

雅科夫本人也只是在饭桌旁侍候，懒洋洋地用树枝赶着苍蝇，懒洋洋和若有所思地换盘子，是个不爱说话的人。待到女主人询问他，这才勉强回句话，好像他活在世上天晓得有多沉重似的，好像心头压着多大苦恼似的，虽说他根本什么苦恼也没有。女主人委派他当管家，只是因为他驯顺听话，饮酒有节制，也就是不会喝得烂醉如泥，而且不抽烟，上教堂又十分热心。

八

赖斯基正巧在孩子们用早餐时遇见祖母。祖母两手举起轻轻一拍，猛地跳了起来；差点儿没将桌上的碗碟碰掉。

"鲍留什卡，你这个调皮鬼！也不写封信，突然就来了：一进门，吓我一大跳。"

她搂住他的头，很快望一眼他的脸，像是想哭，但只是搂紧头思索着，又飞快朝赖斯基母亲的肖像瞥一眼，抑制住了叹息。

"嗯，嗯，嗯……"她想说些什么，问些什么，但什么也没说，什么也没问，只是笑了笑，急忙掏出手帕擦眼睛，"妈妈的宝贝儿子，同她一模一样！瞧，她曾经有多美，一个美人儿。瞧啊，瓦西里莎……记得吗？多像！"

咖啡，茶，白面包，早餐，中饭——这一切都向还很腼腆、胆怯、娇弱、有着年轻人好胃口的大学生猛攻，所有的东西他都吃得津津有味。祖母几乎目不转睛地盯着他。

"叫人来，告诉村长，把所有人、所有人全叫来，说是主人来了，真正的主人，老爷来了！敬请光临，老爷！欢迎光临祖传的老窝！"她带着戏谑和讽刺的语调，学着农夫的腔调，谦恭道，"请对我们仍加庇护：这个塔季扬娜·马尔科夫娜欺压我们，使我们破产，您得替我们做主啊！……哈哈哈。喏，给你钥匙，喏，这是账册，您请发号施令，让老太婆解释清楚：她把一切挥霍到哪儿啦，农村木屋为何都倒塌了？……得了吧，马利诺夫卡的农夫们在城里的小窗户下挨家乞讨呢……哈哈哈！而在你表叔兼监护人那里，在新庄园里，我寻思农夫们穿的是擦过油的皮靴和红衬衣，住的是两层楼的木屋……主人，你为何不吱声啊？为何不问问账目？吃早饭吧，然后我领着你四处看看。"

吃罢早饭，祖母头戴亚麻布风帽，脚蹬厚底鞋，带着把大伞，领鲍里斯去看自己的产业。

"喏，看吧，主人，请发表高见，看有什么经营不善之处，别纵容奶奶。瞧，窗户旁的小花园，是我不久前开辟的。"她说着，穿过花坛，朝院子走去，"韦罗奇卡和玛尔芬卡一直就在我眼面前玩，在沙土里刨坑。保姆靠不住：我就从窗子里看她们在干什么。等她们再长大一点，就不用买花了：有自己种的花。"

他们走进院子。

"基留什卡，叶廖姆卡，马特廖什卡！全都躲哪儿去啦？"祖母站在院子中央大声叫喊，"怎么啦，太热吗？出来个人啊！"

马特廖什卡出来，禀报说基留什卡和叶廖姆卡被打发去村子叫农夫们了。

"这是马特廖什卡：你还记得她吗？"祖母说，"你过来，蠢货，站着干什么？吻老爷的手：这是我孙儿。"

"我害怕，主人，我不敢！"马特廖娜说，走到老爷跟前。

他腼腆地拥抱她。

"这耳房是新盖的吧，奶奶，从前没有。"鲍里斯说。

"你看出来了！对，是新盖的，老屋你还记得？全糟了，地板缝有巴掌大，黑乎乎的，全是烟黑，而现在，你瞧！"

他们走进新耳房。祖母指给他看马厩里的变化，还有马匹，还有特意为家禽盖的单间，以及洗衣房，甚至牲口棚。

"老厨房也没了，这是新的，特意单独盖，免得把火引到大屋去，这样仆人们也不挤。现在每个男的和每个女的都有了自己的住处，虽说很小，但是独间。瞧，这里是粮食，食品；那里是新地窖，酒窖也是重新盖的。"

"你在这儿站着干吗？"她朝马特廖娜转过脸，"去告诉叶戈尔卡，让他跑到村里通知村长，我们自己去那里。"

在果园里，塔季扬娜·马尔科夫娜向他介绍每棵果树和灌木，领他经过林荫道，与他一起从山上眺望树林，最后他们进了村。天气暖和，秋播的黑麦在中午徐徐的微风中轻轻地波浪起伏。

"这是我的孙子鲍里斯·帕夫雷奇！"她对村长说。"怎么，趁院子里热，都在收拾干草吗？看来，炎热一过便要下雨。这是主人，真正的主人来了，我的孙儿！"她对农夫们说。"你见过他吗，加拉西卡？看啊，他有多帅！伊柳什卡，难道黑麦地里的小牛是你的？"她问，同时又顺便朝水塘望了一眼。

"又在树上晾衣服！"她转向村长，愤然道，"我吩咐过拉根绳子。告诉瞎子阿加什卡：她总喜欢在柳树上晾衬衣！一个活宝！她要把树枝全折断了！……"

"没有这么长的绳子，"村长无精打采地说，"得上城里去买……"

"那你干吗不对瓦西里莎说：她便会向我报告。我每星期都去一趟：早就买回来了。"

"我说过，是她忘了，或者说用不着惊动主子。"

祖母在手帕上打了个结。她喜欢说，没有她什么事也办不成，虽说任何人都能买来绳子。但根本别想她会把钱信托给谁。

虽然她并不吝啬，但她用钱十分节俭；花费之前她会考虑再三，心里提心吊胆，甚至脾气有点儿暴躁；但钱一支付，她顿时将它忘诸脑后，甚至不爱记账；倘若记账，那也只是为了，用她的话说，日后别忘了钱派什么用场和别大吃一惊。更多的是她不喜欢突然花费太多，开销一大笔款子。

　　除了料理大事,她的生活也有许多小事要操心。忽而她要让女仆去剪裁和做针线活,忽而得让她们去修补什么,忽而要煮,忽而要洗。"事必躬亲"的她,召唤着,看管着,以便一切都在她眼面前进行。

　　其实,她本人什么也不必碰,而是像老年人那样姿态优雅地将一只手在腰部一叉,另一根手指颐指气使地指指点点,该怎么做,往那儿放,如何收拾。

　　家里的柜子、箱笼、精制的匣子和贵重的首饰匣上的钥匙叮当作响,那里收藏着给孙女们做嫁妆用的古老而华贵的内衣、亚麻布、绸缎、发黄的名贵钩花织物和钻石,而主要的是钱财。放茶叶、糖、咖啡和其他食品的柜子钥匙则在瓦西里莎那里。

　　早晨,安排好活计,喝过咖啡,祖母站在旧式账台旁结账,然后坐在窗边望着田野,留意劳作,看院子里都在忙活些什么,倘若院子里有什么做得不合她心意,便打发雅科夫或瓦西里莎过去。

　　随后,倘若有必要,她就上市场,或是进城拜访,但从不多待,看上五分钟,便立刻去另一家和第三家,并于吃中饭前回到家。

　　可她对别人来访就不这样,特喜欢招待客人吃早饭和用午餐。不管老太太生活如何,也不论何时,早晨和晚上,不塞饱肚子,她是谁也不放走的。

　　冬天,吃过中饭,单独一人时,祖母便坐在壁炉前,每每默默地沉思默想。她以一个无忧无虑的女主人的优雅姿态坐着,仿佛集中思想在思考,或是在作深沉的回忆——此刻她喜欢四周寂静无声,一个人久久待在暮色苍茫中。夏天她在菜园和果园里度过:为了健康,她让自己戴上麂皮手套,带上小铲,或小耙,或喷壶,挖一畦地,浇浇花,清除某个灌木上的毛虫,摘下醋栗上的蛛网,累了,便与她最好的老朋友、交谈者和谋士季特·尼孔内奇·瓦图京一起喝茶,结束夜晚。

九

季特·尼孔内奇按其本性,是个绅士。他在那里,在省里拥有二百五或三百名农奴——确切数字他并不知晓,他从不上庄园去看一眼,而让农民们随便做什么,缴给他多少租金也由他们自己做主。对他们从没有不信任过。他羞怯地收下他们捎来的钱,不点一下便放进旧式写字台,朝农夫们挥下手,让他们随便去哪儿。

他原先在军界供职。老人们还记得他是个长得很帅的年轻军官,为人谦和,彬彬有礼,但勇敢,性格直率。

年轻时,他常回自己庄园看望母亲,度完假再走,最后他退伍,然后进城,买了个不起眼的小楼,三面窗户临街,在那里给自己筑了个永久的巢。

虽说他在某个中等武备学校里受过的教育极差,但他爱看书,尤其是政治和自然科学方面的。他的言谈举止、待人接物透着一种谦和的羞怯,同时在这种谦和下又隐藏着对自己人格的自信,这种自信他从不显露,但在某种程度上又在他身上明显存在着,好像待到必要时,才准备表现出来。

无论同谁多亲近,他总是在言谈举止中保持着谦恭和稳重。无论是省长、老友,还是新朋,他都同样鞠躬,咔一碰脚跟,将它稍稍往后退一步,保持老派的礼仪。在女士面前,他从不坐下,甚至在街上说话都要摘帽;拾手帕,端小板凳,他总是抢在众人前头。倘若别人家里有少女,他便捎去一磅糖果、一束鲜花;谈话的语调亦竭力适合她们的年龄、课业和爱好;保持最文雅谦和的举止和旧时代骑士一贯的恭敬;不容许自己言语中有什么暗示,更不用说非分之想;在她们面前出现准穿燕尾服。

他不抽烟,亦不洒香水,不把自己打扮得年轻些,但爱整洁,优雅干净，仪表、举止、交际都显得气度高贵。他总是穿得干干净净，尤其喜欢内衣，显示的不是绣花、式样，而是洁白。

他身上的一切都很朴素，但一切都好像光彩夺目。南京土布的裤子干干净净，熨得平平整整；蓝色燕尾服像是新缝制的。他五十岁，但由于假发和总是刮得光光的下颏，看上去是个精力充沛、面颊红润的四十岁男子。

他的目光和笑容那么和蔼可亲，立刻便博得众人对他的好感。虽说钱财有限，看外表却是个慷慨大方的贵族：他出手一百卢布的那种大方和殷勤，就像一掷千金似的。

他对祖母怀有一种恭敬和几乎虔诚的友情，但这友情又充满着如火的热情，因为只要他来到她那里，坐下，望着她，便可断定他在爱她，爱得神魂颠倒。虽说天天是她的客人，但无论在对她的态度上，或是待在她身旁，他都按自己的习惯从不流露出亲密的迹象。

她亦向他报以同样的友情，但在举止上要活跃和亲密些。她甚至操纵着他，这当然要归功于她活泼的性格。

记得她年轻时候的人们说，她曾是个活泼而又十分美丽、身材苗条、有点儿拘礼的姑娘，家务的繁忙使她变成一个口齿伶俐、永远忙个不停的女人。但她身上仍遗留着青年时代的特点和另一些习惯。

当她披着披巾、沉思默想时，就像挂在前辈老屋游廊上的一幅老妇人画像。

有时，她身上会突然出现某种坚毅、庄重、高傲的东西：她挺着腰，脸庞被某种突如其来严肃的或重要的思想所照耀，仿佛这思想将带她远离庸俗的生活去过另一种生活。

她独自坐着，有时会笑起来，笑得那么优雅和沉入幻想，像是一个无忧无虑、很有钱财、娇养惯了的女东家。她或是一手叉腰，或是双手交叉抱在胸前，眺望着伏尔加河，忘掉家务琐事，那时她脸上又会掠过一丝忧郁。

几乎没有一天季特·尼孔内奇不给祖母或两个孙女捎来礼物。三月里,当任何地方还都听不到蔬菜的消息时,他会捎来新鲜的黄瓜或一小筐草莓,四月则是一把鲜蘑——"最早的时鲜货"。橙子刚运进城,桃子刚上市——它们首先出现在塔季扬娜·马尔科夫娜的家中。

城里原先曾有传闻,后来因时间太久而停止了,说是季特·尼孔内奇年轻时来到城里,爱上了塔季扬娜·马尔科夫娜,而塔季扬娜·马尔科夫娜也钟情于他。但双亲不同意这门婚事,而选定了另一位当她的未婚夫。

她同样也不同意并始终是个姑娘。

这说法是否确实,只有他们自己清楚。不过他每天上她那儿倒是真的,或是上午,或是晚上,并在那儿结束一天。对此大伙都习惯了,在这方面也就不再作进一步的猜测。

季特·尼孔内奇喜欢同她聊世上发生了什么事,谁跟谁开战,为了什么;知道为何我们粮食便宜,倘若能把它从全国各地运往国外会如何。他还对所有古老家族、所有统帅和部长,他们的生平经历耳熟能详;能说出为何一个海洋所处位置比另一个高;他头一个通告英国人或法国人想出了些什么,并且判断这是否有利还是无益。

他会告诉塔季扬娜·马尔科夫娜,糖在下游地区已经跌价,让她别受商人们的欺骗,或是茶叶很快要涨价,让她预先储备。

有什么事情需要在政府机关办的,季特·尼孔内奇全给办了,疏通了,有时甚至还会隐瞒下多余的费用,也许无意中被揭露了,她便会数落他几句,他很难为情,请求原谅,并足致礼,吻她的纤手。

她与地方当局经常对立:他们是否该派人到她家住宿,或是下令修路,征收税赋;她认为上司的所有类似命令都是强制,于是责骂,争吵,拒绝缴纳,不愿意听共同利益之类的话。"什么事也别管。"她说。她并不喜欢警察,尤其不喜欢一个警察局长,几乎把他看作强盗。季特·尼孔内奇试过几次,使她容忍有关共同利益的想法,但毫无结果,只做到让她同地方当局和警察言归于好。

瞧，年轻的赖斯基来到的是一个怎样的宗法制寂静的怀抱。一个孤儿的身边，好像突然出现了家庭、母亲和妹妹们，季特·尼孔内奇的身上则是热心肠叔叔的范例。

十

祖母刚打算给他解释她的地里都种了些什么，眼下最好种什么，孙子便开始打哈欠。

"你听着：这可全是你的事；我只是你的工长……"她说。但他打着哈欠，看一些什么鸟儿躲进了黑麦田，蜻蜓如何飞翔，揪下一把矢车菊，聚精会神地打量农夫们，更为凝神细听农村的宁静，望着蓝天，觉得这里的天空格外的高邈。

祖母同农夫们谈话谈得忘了一切，他便跑进果园，从悬崖上往下跑，穿过密林来到岸上，直至伏尔加河河边，面对眼前的景色说不出话来。

"不，太年轻，还是个小孩子：少不更事。"祖母目送着他，心想，"瞧他跑得多欢！会出息成什么样呢？"

伏尔加河在两岸间沉静流淌，河上布满岛屿、浅滩和灌木丛，沙洲错落。远处砂石山峰的侧影一片金黄，山峦上林木苍翠；白帆点点，海鸥鼓翼平稳飞翔，它们朝水面低飞，几乎触及江水，又盘旋而上，而一只苍鹰则在田园上空高高缓缓地滑翔。

鲍里斯已经不注意眼前的景色，他敏锐地发现这景色是他头脑里的重复；那边重峦叠嶂，这里是座小木屋，浓烟滚滚；他相信且发现，那里便是浅滩和点点白帆。

他闭上双眼，站立良久，想起了童年，记得他身旁坐着母亲，记起她的面容和她观望景色时明眸那沉静的光芒……

他悄悄回家，开始攀登悬崖，那景色恰似绕到他前面，又展现在眼前。

有关这悬崖，在马利诺夫卡和整个邻近地区留下一个悲伤的传说。那里，在悬崖底下灌木丛中，当赖斯基的双亲在世时，一个爱吃醋的丈夫、城里的裁缝，因妻子不忠，将她和情敌杀死后，当场自刎。人们将自刎者就埋在了他行凶作案的现场。

整个马利诺夫卡、自由村、赖斯基一家和县村，都被恐怖所震惊。如同这种情况下经常发生的那样，人们中出现了传闻，说自杀者身穿白衣，在林中游荡，有时攀上悬崖，朝有人住的地方窥探一番后消失。出于迷信的恐惧，用云杉树和野蔷薇灌木当篱笆隔开、从悬崖顺山脊延伸的那部分果园，便被扔下不再经管了。

仆人们已经谁也不去悬崖，自由村和马利诺夫卡的农夫们绕过它，宁愿顺另一道山坡和悬崖下山到伏尔加河，或是走通行马车的大道，虽说路陡，两边又有障子。

将赖斯基家的果园与森林隔开的那道篱笆早已坍圮并消失了。果园里的果树亦同云杉林、野蔷薇灌木和忍冬相互缠绕、混杂在一起，形成一个荒凉、幽僻之地，里面还掩藏着一个废弃的半倒塌的凉亭。

赖斯基的父亲甚至还盼咐，在上方那块果园上、离悬崖开始不远处挖了条沟，作为果园的边界。

当赖斯基从悬崖上下来，走进密集的灌木丛时，他记起了那个悲凄的传说，双肩颤抖，身子发冷。

他活灵活现地想象那情景，爱吃醋的丈夫如何激动得全身发抖，偷偷钻进灌木丛，如何扑向自己的情敌，用刀子朝他猛刺；也许他妻子就在他脚旁，她如何颤抖，恳求宽恕。但他满嘴白沫，一刀又一刀地将她刺死，然后在两具尸体上割断了自己的喉咙。

赖斯基战栗一下，情绪激动忧郁，离开这该死的地方往回返，回到了家里。可同时，这偏僻荒凉的森林令他向往，引诱他进入神秘的幽暗，招呼他去悬崖，从那里眺望伏尔加河和它的两岸，景色秀丽。

鲍里斯置身于画中，一脸沉思，心旷神怡，美不胜收——真想永远屹立于此。

他闭上双眼,试图抓住他在想什么,但抓不住;思想出现又消逝,犹如伏尔加河的道道江流;只觉身上仿佛有个声音在向他歌唱,声音中,宛若有面镜子,映出眼前的那幅美景。

韦罗奇卡和玛尔芬卡将他的注意力分散。她们缠着他,逼他画鸡,画马,画房子和祖母,不让他离开一步。

韦罗奇卡是个肤色黝黑的小姑娘,一对乌黑的眼睛,目光尖锐,已经开始有点矜持,羞于顽皮淘气:她孩子般蹦蹦跳跳了两三步,会突然停下来,羞怯地看看自己周围,从容不迫地走几步,然后便小鸟似的偷偷迅跑起来,像小鸟儿啄食似的,迅速揪下一片醋栗叶,急忙塞进嘴里,平静地合上嘴唇。

倘若鲍里斯摸下她的头,她马上将头发抚平,倘若亲了她一下,她轻轻擦干净。她抓住一只小球,抛了它两下,倘若它滚走了,她不会走去把它捡起,而是跳起来,摘下一片树叶,竭力弹得噼啪作响。

她很固执:倘若有人说,我们去那儿,她不去,或是不会立刻去,而是先否定地摇头,然后不是走,而是跑,而且是连蹦带跳地跑去了。

她不请赖斯基画画,但倘若玛尔芬卡提出请求,她会比玛尔芬卡更专注地看人家如何画画,并什么也不说。她也不像玛尔芬卡那样要画和铅笔。她六岁多一点。

玛尔芬卡正相反,她是个白皙、漂亮、胖胖的小女孩,五岁。她经常使性子,爱哭,但时间不长,眼泪还没擦干,她已经尖叫着笑了起来。

韦罗奇卡很少哭,哭也声音很轻,倘若有什么事情让她伤心,她就变得沉默寡言,也不会很快恢复,她不喜欢别人强迫她请求宽恕。

她沉默着,沉默着,然后突然出乎意料就没事了,又开始连蹦带跳地奔跑,偷摘醋栗,而更经常偷摘的是一种长在地界沟里的、甜得腻人的黑色浆果,而祖母是严厉禁止采摘的,因为吃了好像会呕吐。

"他总是在想什么呢?"祖母见孙子经常突然高兴之后又蓦地沉

思默想，便试图猜透他的心思，"他总是在那里干什么呢？"

但其中的答案鲍里斯并没有让她等好久：他让祖母看了他的画夹，然后给她弹奏了所有卡德里尔舞曲、马祖卡舞曲、歌剧片断和自己的幻想曲。

祖母一个劲儿地叫好。

"完全，完全像母亲！"她说，"她也总是忧郁，什么也不需要，总是不知为什么唉声叹气，好像在期待什么，突然便弹起琴来并开心起来，或是手不释卷，没法让她把书丢开。看啊，瓦西里莎，他把你和我都画上了，瞧，简直一模一样！等等，待会季特·尼孔内奇要来，你藏起来，把他画下来，明儿我们悄悄派人到他那里，把画贴在他办公室的墙上！小孙子怎么样？弹得多棒！不亚于在姑妈家待过的那个法国侨民……而且他沉默寡言的！明天我就带他进城，去见公爵夫人，去见市长！可惜你怎么也无法让他听听庄园的事儿：太年轻！"

鲍里斯总算把《被解放的耶路撒冷》和奥西安的故事，甚至荷马的一些片断和讲义上的什么内容给祖母转述了一遍，替她，替孩子们和瓦西里莎画了像，还弹奏了钢琴。

然后他跑到伏尔加河上，坐在悬崖上或是跑到河边，躺在沙滩上，望着每一只鸟儿，望着蜥蜴和灌木丛里的小昆虫，并注视自己，看那景色是否映在了自己身上，画面中的一切是否还那么真切鲜明，过了一星期他发现那景色消失了，变得暗淡，发现自己好像已经……感到无聊。

可祖母还一心想让他看账目，向他解释留多少用来打点衙门，多少用来修庄园，改建花了多少钱。

"韦罗奇卡和玛尔芬卡的账目是单立的：你看，"她说，"别以为有你哪怕一戈比的钱用在了她们身上。听我说……"

但他并不听，而是看祖母如何记账，如何透过老花镜望着他，她的皱纹和胎痣什么样，并且只要见到眼睛和笑容，便会突然笑起来，扑过去亲她。

"你在同他谈正事，可他却淘气：多没正经的小男孩！"祖母有一天说，"跳吧，画吧，待到将近老年、有个方便舒适的角落时，再说声谢谢吧。还有那边的一个庄园，天晓得将会怎么样，监护人是怎么管理的！这已是个老庄园，在那里住惯了……"

他开始要求去看看老房子。

祖母无法拒绝，便不太乐意地把老房子的钥匙交给他，于是他去看那些他生于斯长于斯，并留下模糊记忆的房间。

"瓦西里莎，你随他一起去吧。"祖母说。

瓦西里莎准备动身。

"不必，不必；我一人去。"鲍里斯执拗道，仔细看看那把齿孔间长满铁锈的沉重钥匙，便走了。

给他开门的是外号叫刁钻鬼的叶戈尔卡，因为他总是待在女仆屋里，刁钻促狭地嘲弄那些女仆们。

"还有我，我也要同哥哥一起去。"玛尔芬卡请求道。

"你去哪儿，亲爱的？那边可吓人啦——呜！"祖母说。

玛尔芬卡吓怕了。韦罗奇卡什么也没说；可是当鲍里斯来到老屋门前，她已经站在那里，紧贴着门，害怕把她拽开而紧抓着锁把。

赖斯基心中害怕，紧张地走进前室，朝下一个房间怯生生瞥了一眼：这是个带圆柱的厅堂，有上下两排窗户，但窗户上积满灰尘和霉层，结果屋子里代替两道光线的，是昏暗。

韦罗奇卡刚闯入前室便连蹦带跳得往前冲，跑得飞快，只朝挂有画像的两边瞥了一眼，便消失不见。

"你上哪儿？韦拉，韦拉？"他叫道。

她停下，把手放在下一扇门锁上，默默望了他一眼。他还没来得及到她那里，她已经消失在门后。

厅堂后是两间被熏黑的、阴森森的客厅；一间内有两尊用布套蒙住的雕像，像两个幽灵，还有两个旧枝形吊灯，亦蒙着布套。

到处是变黑的、用沉重的橡木和乌木制作的圈椅和桌子，桌上放有青铜器、木雕工艺品、中国大花瓶、雕有骑着酒桶的巴克科斯[①]的座钟、椭圆形镶枝条形镀金镜框的大镜子，卧室里放着张大床，犹如一口蒙着织锦缎的豪华棺材。

赖斯基很难想象，在这样的灵柩台上如何睡觉：他觉得，活人在这里是无法入睡的。天盖形幔帐下，涂成金色、悬垂着的丘比特，浑身斑驳褪色，脏污不堪，他朝床铺拉紧弓箭；角落里是些雕花橱柜，象牙雕刻，螺钿珠母镶嵌。

韦罗奇卡打开一只橱柜，伸进小脑袋，然后一只接一只打开小箱子，也伸进小脑袋：柜子里，男人的老式长衣和大扣子绣花礼服，散发出潮味和尘土。

沿墙挂满画像：你哪儿也躲不开它们——它们的目光无处不在。

整座房子充满灰尘和空荡。每个角落仿佛都传来沙沙声。赖斯基每迈出一步，角落里仿佛也有人迈了一步。

地板在脚步下的震动，使得多年的积尘从圆柱和天花板上轻轻落下，掉下来的灰泥一点点、一块块杂乱地躺在有些地方的地板上。窗户上，苍蝇悲戚地嗡嗡着，想要从落满尘土的玻璃上往外飞。

"是啊，祖母说得对：这里太可怕！"赖斯基战栗一下说。

但韦罗奇卡跑遍了每个角落，已经从楼上面的房间回到了下面，那些房间同楼下的大厅堂和客厅完全相反，像修道院的小屋，紧凑，舒适，窗外视野开阔。

房间里光线暗淡，死一般沉寂，一切都死气沉沉，而朝窗户外望去，你会疲劳全消：那里四周是蓝天，绿荫闪现，人影幢幢。

韦罗奇卡像只小鸟穿行在这些破旧东西中间，无论是画像令人厌烦的目光，还是潮湿、灰尘和这些令人悲伤的荒凉，她都不受惊扰。

"这里好，地方多！"她环顾四周道，"楼上多好啊！那么多的图画和书籍！"

---

① 古希腊葡萄种植业和酿酒业的保护神，即酒神狄俄尼索斯。

"图画,书籍,在哪儿?我怎么不记得!好韦罗奇卡!"

他抓住她,吻了她一下。她擦了下嘴唇,跑着把书指给他看。

赖斯基找到两千册书,埋头看起书名来。那里全是百科全书派[1]和拉辛、高乃依、孟德斯鸠、马基亚维利[2]、伏尔泰的著作,古代经典作家们的法文译本和《疯狂的罗兰》[3],以及苏马罗科夫[4]和杰尔查文[5]、瓦尔特·司各特[6]和熟悉的《被解放的耶路撒冷》,法文版的《伊利昂记》和卡拉姆津译的《奥西安》,还有马蒙泰尔[7]、夏多布里昂[8]的作品和无数的回忆录。许多书籍上的连页都没有裁开,可见书的主人们,也就是鲍里斯的父亲和祖父还没来得及读它们。

从此,屋里开始听不见赖斯基的声音;他贪婪地几卷接几卷地阅读,甚至不再去伏尔加河。

他看书,画画,弹钢琴,祖母听得出神;韦罗奇卡把下颏支在钢琴上,连眼也不眨,聚精会神盯着他。

有时他写诗,大声朗读,陶醉于诗的音乐中;有时他画河岸,沉浸在激情和画中;前方有什么在等待着他,他并不知道,但他强烈地

---

[1] 以狄德罗为首的法国启蒙思想家,他们参加编纂《百科全书,或科学、艺术和工艺详解词典》(1751—1780,三十五卷)。

[2] 尼·马基亚维利(1469—1527),意大利政治思想家和作家。著有《君主论》(1513)、《曼陀罗花》(1518)、《佛罗伦萨史》等。

[3] 《疯狂的罗兰》为意大利诗人卢·阿里奥斯托(1474—1533)的最优秀的骑士叙事长诗,作于1502年至1516年期间,共四千八百余行。

[4] 亚·苏马罗科夫(1717—1777),俄国作家,古典主义主要代表之一。著有悲剧《霍列夫》(1747)等。

[5] 加·杰尔查文(1743—1816),俄国诗人,俄国古典主义代表,著有《权贵》(1774—1794)、《瀑布》(1791—1794)等。

[6] 瓦尔特·司各特(1771—1832),英国作家,著有浪漫长诗《最后一个行吟诗人之歌》(1805)和历史长篇《艾凡赫》(1819)等。

[7] 琼·马蒙泰尔(1723—1799),法国诗人、剧作家,著有《贝利萨留》(1767)、《一个父亲的回忆录》(1804)等。

[8] 弗·夏多布里昂(1768—1848),法国作家,著有《革命论》(1797)、《基督教真谛》(1802)、《墓外回忆录》(1899)等。

战栗一下,仿佛预感到某些意义重大的精美享受,见到了那个充满音乐和绘画的世界,那里泼溅着、演奏着、搏动着另一种引人入胜的生活,如同那些书上所描述的那样,而并非他周遭的那种生活……

"喂,我又想问问你,"有一天祖母说,"为何你又重新进中学堂了?"

"是上大学,奶奶,不是进中学堂。"

"全一样:反正你是在那里念书。还念什么啊?在监护人那里念过,在中学念过:画画,弹古钢琴①还学什么?大学生们只会让你学会抽烟斗,大概——千万不要——还教你喝酒。你还是进军界,参加近卫军吧。"

"表叔说,没有财产……"

"怎么没有,这是什么?"

她指着田野和小村庄。

"这有什么?……管什么用?……"

"怎么不管用!"于是她开始几百几千算起来……

她没在京城生活过,也从未在军界服务过,因此不清楚为此需要多少钱和做些什么。

"没有财产!我给你送一个团的粮食去!得了吧……没有财产!那表叔把收入都花哪儿啦?"

"奶奶,我想当艺术家。"

"怎么去当艺术家?"

"当画家……大学毕业进美术学院……"

"你说什么,鲍留什卡,快画十字!"祖母勉强听明白他想说什么,便说,"你是想当老师?"

"不是,奶奶,不是所有的演员都是老师,有许多著名的天才,他们名声很大,得到许多钱是靠绘画或是音乐……"

"那么你也将靠自己的画儿去挣钱,或是夜晚去弹琴挣钱?……

---

① 一种击弦键盘乐器。15世纪起即已使用,19世纪初为钢琴所替代。

多丢人！"

"不，奶奶，艺术家……"

"不，鲍留什卡，你别让奶奶伤心；让她活到这一天，高高兴兴见到你穿上近卫军制服；像个棒小伙来到这里……"

"可表叔说，想让我当文官……"

"当个小官吏？弯着腰抄抄写写，淹没在墨水里，上上衙门；以后谁会嫁给你？不，不，去当军官，娶个有钱的女人！"

虽说赖斯基并不赞同祖母和表叔的意见，但在他的前途上还是闪现出自己的身影，时而身穿骠骑兵制服，时而身着少年侍从的服装。他骑着骏马看上去多帅，他的舞姿有多灵巧。这天他给自己画了幅像，身披斗篷，漫不经心倚靠在马鞍上。

十一

有一天，祖母吩咐套上自己那辆高高的老式四轮轿式马车，头戴包发帽，身穿银色外衣，肩披土耳其披巾，命马车夫穿上镶金银边饰的长制服，进城去拜访，让他们见见孙子，同时上小铺进行采购。

两匹养得肥肥的马拉着他们缓缓小跑着，胸腔里回响着某种恰似打嗝儿的声音。马车夫手执马鞭，缰绳放在双膝上，偶尔扯动一下，懒洋洋地打着哈欠，好奇地打量着两旁熟悉的景物。

祖母这次在城里的巡游更加隆重。没有一个人不向她低头问候的。她停下来同另一些人说上几句。她把所有遇见的人的名字都告诉孙子，凡从房屋旁经过，她都解释，谁住在那里，生活如何——这一切都是在行进的瞬间完成的。

他们行驶到一排木屋店铺前，商人将拿帽子的手伸得远远的，脑袋稍稍往一边低着，满脸堆笑，向她行礼表示欢迎。

"致敬，塔季扬娜·马尔科夫娜！……"他笑着说，露出一排闪闪发亮的雪白牙齿。

"您好。瞧我给你们带来了孙子,庄园真正的主人。我把他的钱都花在您的铺子里了。他画画和弹钢琴有多棒!……"

赖斯基拽祖母的袖子。

库兹马·费多特奇向赖斯基同样低头行礼。

"买卖好吗?"祖母问。

"没什么可抱怨的,太太。只是您难得光临啊。"他答道,掸掉安乐椅上的灰尘,恭恭敬敬地给她挪了挪,而给赖斯基端了把椅子。

铺子里有呢绒布匹,另一间屋里则有干酪、糖块、香料,甚至青铜器。

祖母把布匹翻检了一遍,问问干酪和铅笔的价钱,说了说粮食的价格,又转到另一家铺子,然后到第三家,最后驱车穿过市场,只买了根绳子,交给了普罗霍尔,为的是农妇们别再将衣服悬挂在树上。

普罗霍尔将绳子打量许久,在手中一寸寸慢慢抻直,又仔细看了看两头,便藏进帽子里。

"喏,现在该去访客了。"她说,"我们上尼尔·安德烈耶维奇家。"

"这个尼尔·安德烈耶维奇是谁?"鲍里斯问。

"我难道没跟你说过?这是个局长,一个重要人物:有名望,聪明,沉默寡言;倘若开口,每句话都不是白说的。城里谁都怕他:他说什么都是神圣不可侵犯的。你要博得他欢心:他喜欢数落人……"

"奶奶,这有什么意思,他数落什么?我又不想……"

"太年轻,你还太年轻;过后你会亲自道谢的。幸好,教人聪明理智这样的人还没绝迹!因此当谁受到他的夸奖,都感到不胜荣幸!还那么笃信上帝!当他得知,一个穿戴讲究的人在圣三主日①没去教堂,便将此人痛骂一顿,骂得他张口结舌。他说:'我要告你,这是自由思想!'要知道他会去告的,同他可不能开玩笑。他曾让两个地

---

① 圣三主日,又称"三一主日",天主教和东正教敬拜的三位一体上帝的节日。在"圣灵降临节"后第一个主日举行。

主受监护。人们怕他如怕火。可是他挺善良,遇见孩子夸奖一番,路上的小甲虫,他从不踩死,而是用手杖拨到一旁,说:'当你不能赋予生命,就别剥夺生命。'看外表他很傲慢,前额像你祖父,脸很严肃,眉毛长在一起。可真能讲,让你听得出神!你得博他欢心。他也很富有。大伙说,他把省税务局揣进了自己口袋,他好像还骗光了亲侄女的全部家产,并把她关进了疯人院。真作孽,真作孽……"

但在家里没遇上尼尔·安德烈耶维奇:他上局里了。

驶过省长的家门口,祖母高傲地背过脸去。

"这儿住的是省长瓦西里耶夫……或是某个波波夫(祖母很清楚他是波波夫,而不是瓦西里耶夫)。他以为我会第一个去拜访他,所以也不顺便来看看我:塔季扬娜·马尔科夫娜·别列日科娃会去看某个波波夫或是瓦西里耶夫!"

省长什么也"没以为",但使别列日科娃感到懊恼的是他对她并不在意。

"尼尔·安德烈耶维奇比他神气,比他年长,比他有声望,可是逢新年和复活节他还经常拜客,有时还请客吃饭呢!"

随后他们去老公爵夫人家,她住在一座阴森森的大宅子里。

那里只有她蜗居的一个角落还有点儿生气,而其他二十间屋子同祖母的老房子一样寂静。

公爵夫人是个尖鼻子的瘦老太太,身穿镶花边的深色衣服,头戴一顶大包发帽,一双小手干瘪,瘦骨嶙峋,布满青筋,手指上戴满古老的镶宝石戒指。

"公爵夫人!……"

"塔季扬娜·马尔科夫娜!……"两个老妇人大声叫喊。

一只小狮子狗在长沙发椅底下狂吠。

"我把孙子带来瞧瞧——他是真正的主人:会弹钢琴,会画画!"

他只得弹上一曲。随后给他端上一碟草莓。祖母和公爵夫人一起喝咖啡,赖斯基把几个屋子、一些画像、家具和从花园里高兴地往屋里张望的绿荫,全打量了一番;他见到打扫干净的小径,到处整洁古板,井然有序;他听到所有房间里有半打各式的钟——座钟、挂钟、铜钟、孔雀石小钟,叮叮当当轮流鸣响;他端详斜眼、身佩红绶带①的公爵画像和公爵夫人本人的画像,并与原型作对比,画中的她,发髻上插朵白玫瑰,面色绯红,双眸炯炯有神。他注视着,这一切似乎早已印在他的头脑里,那边的什么地方,仿佛能显现出房屋,公爵夫人,小狮子狗和头发斑白、身穿镶金银边饰燕尾服的仆役,听到钟的嘀嗒声……

他们还顺路上一个年轻的女地主、当地的风流女子波林娜·卡尔波夫娜·克里茨卡娅的家,她把人生看作一次次胜利,每当无人朝她情意绵绵地看上一眼,或是悄声细语地对她哪怕说上一句温柔的暗示,她便觉得这是忧伤的一天。

有道德的女人们,严厉的法官们,顺便说说,还有尼尔·安德烈耶维奇都大声谴责她,塔季扬娜·马尔科夫娜只是不喜欢她,认为她是个没正经的轻浮女子,但还是接待她,犹如接待各式各样粗俗的和高尚的人那样。不过,年轻人对克里茨卡娅却趋之若鹜。

在波林娜·卡尔波夫娜·克里茨卡娅那里,祖母一共就待了十分钟,但女主人还是来得及穿上镶花边的宽大女上衣,前面的扣子也没扣上。她双目盯着赖斯基;他还是个小年轻,这对她不算什么,她来得及对他说,他的眼睛和嘴巴很有魅力,从她开始他将取得许多胜利……

"您干吗给他说这些话,他还是个孩子!"祖母半生气道,并起身告辞。波林娜·卡尔波夫娜表示歉意,说丈夫在局里,允诺将亲自登门拜访,最后双手捧住赖斯基的双颊,亲吻了前额。

"不要脸,太放荡!连孩子也不放过!"祖母一路唠叨道。

而赖斯基很难为情。一个年轻女子,白皙的脖颈,说话随便,用大胆的目光看人,挑逗起男孩子的想象力。他觉得她是某个光明女神,某个女王……

---

① 红绶带上挂有亚历山大·涅夫斯基一级勋章,是俄罗斯最高勋章之一。

"阿尔米达！"突然间他想起了《被解放的耶路撒冷》，忘乎所以地大声说。

"不要脸的女人。"祖母嘟哝道，驱车来到首席贵族①的门廊前，"尼尔·安德烈耶维奇知道了会说什么？得啦，轻浮的女人！"

首席贵族的宅第多宽敞，多气派！不过，外省的宅子不美的很少：景色，水和洁净的空气，是那里廉价而谁都能得到的财富。院子宽敞，花园宽敞，连主人的杂屋和马厩都宽敞。

宅子长长的一字儿排开，全是平房带气楼。整个儿一派幸福富裕的景象：客人光临，犹如俄底修斯上国王那儿做客②。

人丁兴旺的家庭每每围桌而坐，而这一家共有十八口：交谈时，他们在草地、在阳台，时而喝茶，时而喝咖啡。

女管家整天钥匙叮叮当响；餐厅从不关的。仆人们端着盛满菜肴的盘子，从厨房经院子送到屋里，返回时每个人都蹑手蹑脚地带着空盘子，用手指或舌头将剩菜残羹打扫干净。忽而给太太加汤，忽而给姑奶奶添素菜，忽而给小少爷端粥，忽而给老爷来点咸菜。

客人一群群经常不断，仆人计有四十来个，其中有些先于主人吃过饭，用树枝懒洋洋地赶苍蝇，赶着赶着有人便打起瞌睡，索性用树枝将老爷的秃头或太太巨大的包发帽挡住。

午餐时端上两道汤，两个冷盘，四碟调味汁，五种大馅饼。酒嘛，一种比一种酸——外省经常宴客之家中，一切都有规有矩。

马厩里有马二十四：一些套太太乘坐的四轮轿式马车，另一些驾老爷乘坐的带弹簧的四轮马车；有的拉双套马轻便马车，有的拉单马车，有的拉孩子们乘坐游玩的大四轮马车，有的用来拉水；有的供大儿子乘骑用，一匹德国马是为小儿子们准备的；最后，那匹小马驹是四岁小男孩的。

---

① 旧俄由省、县贵族会议推选出来的一种贵族头衔。
② 俄底修斯，希腊神话中的伊塔刻岛国王，此处指他参加使节团去见特洛伊国王普里阿摩斯，以求通过和平途径归还海伦。

家里的房间知多少！男教师的，外语女教师的，外国家庭女教师的，食客的，女仆的……家里的职务又有多少！

全家人吵吵嚷嚷、大声叫喊着来迎接塔季扬娜·马尔科夫娜和赖斯基，人声，狗吠声，亲吻声，椅子移动声闹成一片，并且马上招待用早餐，喝咖啡，吃浆果。

仆人们、丫头们在厨房跑进跑出，这盛情款待祖母无论如何也摆脱不掉。

同龄人将赖斯基团团围住，逼他弹琴，他们自己也弹；逼他画画，自己也画，还拉来了法国教师。

"Vous avez du talent, monsieur, vraiment！①"看了他的画，此人说。

赖斯基如登天堂。

然后他们带他到马厩，备好马，在练马场和院子里骑马，赖斯基也骑了一会儿。两个女儿，长得一黑一白，但与正在长个儿的少女一样，都有一双红红的、长长的小手，都束着紧身胸衣，流畅地讲一口漂亮的法语，使小伙子入了迷。

怀着令人惬意的激动，赖斯基沉思地从那儿上车。他想回家，但祖母吩咐还要拐进某一条胡同去。

"上哪儿啊，奶奶？该回家了。"赖斯基说。

"我们还得去趟莫洛奇科夫老两口儿家，就回家。"

"他们有什么出众之处？"

"出众之处嘛，他们……都是老人！"

"哦，原来都是老人！"赖斯基不满道，首席贵族家的生气勃勃的景象和波林娜·卡尔波夫娜的亲吻还起着影响。

"多么可敬的一对，"祖母说，"丈夫和妻子都已八十高龄。城里都听不到他们的动静：他们家静悄悄的，连苍蝇都不飞过。他们静静坐着，发出轻声细语，相敬如宾。是所有人的榜样：活了一辈子，好

---

① 法语：事实上您是个天才，先生。

像刚睡醒似的。没有孩子，没有亲人！打着盹，还活着。"

"一对老人！"赖斯基不满道。

"你皱什么眉头啊，得尊敬长者！"

确实，他们要去见的一对夫妇，只是两位老人而已，再没别的。但他们精神矍铄，温顺安详，与世无争，是多么好的两位老人啊！

两人都是那么高尚整洁，穿得干净利落：他脸刮得光光的，她一头灰色的卷发，那么温和地说话，那么亲切地相视，在垂下窗帘、光线暗淡、清凉怡人的房间里有多美好。生活中也该是美好的！

祖母怀着尊敬和嫉妒，赖斯基怀着好奇心望着这对老人，听他们回忆青年时代，说她曾是省里的头号美人，而他是个英俊小伙，引得女士们神魂颠倒。而赖斯基对他们的话并不相信。

由于祖母的坚持，他给他们弹奏了钢琴，关于这长久而缓缓移动的生活，他头脑里带走的只是沉闷的回忆和令人昏昏欲睡的场景。

但不顾一切占统治地位的，却是阿尔米达和首席贵族的两个女儿。他轮流把她们看得至高无上，时而这个，时而另一个，心里想象跪倒在她们面前，给她们唱歌，为她们画像，或是愁闷地沉思默想，或是身上感到一阵寒战，于是他高昂着头，走来走去，满楼、满园子歌唱，沉浸在狂热中。好几个昼夜他睡不安宁，辗转不安……

某种场景在他面前浮现；他羞怯而调皮地微笑，双手将谁抓住，好像搂在一起，并在怪异的陶醉中哈哈大笑……

十二

在大学里[①]，赖斯基对时间作了分配，每天上午听课和上克里姆

[①] 在作家的手稿中，准确交代了赖斯基按表叔的建议上了法学系，许多有名望的教授在系里任教，但他什么法也没有学好，无论是罗马法、国家法，还是民法，而是在其他系四处乱窜，对哪个系感兴趣便上哪个系。

林宫花园，星期天上尼基塔修道院做日祷，看交接班和拜访糖果点心店老板彼埃尔和彼多蒂。每天晚上待在"自己的圈子"里，也就是一帮性子暴躁、心胸豁达、上流社会的同学们。

这一切都沸腾着，喧闹着，高傲地等待着未来的成就。

赖斯基同在中学时一样，探询地盯着每个教授，每个同学，出于无聊，他开始留心听课上都讲些什么，作为消遣。

如中学里听俄语老师课那样，他不听语言结构的规律，而是观察教授如何讲话，如何落词的重音，谁如何听讲。

但是，讲课只要涉及生活本身，情节中出现人物和事件，历史上、史诗中甚或长篇小说中有希腊人、罗马人、日耳曼人、俄罗斯人——但是栩栩如生的人物——开始说话，赖斯基的耳朵便不由自主地张开：他顿时便见到了这些人和他们的生活。

他一个人，甚至有教授们的帮助，也对付不了经典著作：它们没有俄文译本，乡下祖母那里虽有一些法文译本，但当时他无人指导，还不理解它们的意义，只是匆匆浏览一下而已。它们让他觉得既严肃又枯燥。

只是在二年级，有两三门课程开始讲到它们，于是"优等生"的手里才出现原版书。那时他同一个受贫穷折磨、变得胆小畏葸的科兹洛夫同学交上了朋友。

这个科兹洛夫是个助祭①的儿子，起先在教会学校，后来在中学和家里学了希腊文和拉丁文，在学这两种语言的同时，他研究古代生活，而对当代生活几乎不予重视。

赖斯基对他表示亲切并博得了他的信任，起先是因为他孤单、凝思、朴实和善良，后来突然间发现他身上有种激情，一种"神圣的火焰"，有关古代生活的深刻理解达到了明察秋毫的程度，而且思路严密，

---

① 助祭是正教中神职人员最低一级，神甫的助手，在举行宗教仪式时参加唱赞美诗、诵祷词。

分析精到。

而他把理解古代世界的奥秘告诉了赖斯基，使他那永远像大海般充满活力、激荡不安的本性受到影响，但是要让赖斯基长久而永远地像他本人那样停留在古代生活上，这他无能为力。

赖斯基带着从他那里拣来的一些东西便躲开了，给科兹洛夫留下了自己的一份友情，而留给自己的则永远是科兹洛夫朴实的形象和天真无邪的心灵。

他从普卢塔克和《小阿纳哈尔西斯希腊旅行记》①，转到阅读泰特斯·利维乌斯②和塔西佗③，埋头研究前者的细枝末节和后者感染力很强的传记，又同荷马、但丁一起入睡，且经常忘记自己周遭的生活，而生活在编年史、民间史诗甚至俄罗斯民间故事中……

当大家开始提交学位论文题目时，他张皇失措，垂头丧气起来，不知如何着手论述诸如《有关民族性研究的史料》，或是《论古俄罗斯货币》，或是《由北向南的民族迁移》这样的论文。

他不是论述，而是细察民族迁移，仿佛这就在眼前。他见到黑压压的一群人蝗虫似的在运动，露宿，燃起篝火堆堆；他见到身披兽皮、手执粗棒的男人们，衣衫褴褛的母亲们和饥肠辘辘的孩子们；他见到他们如何砍杀、灭绝前进道路上的一切，如何将掉队的人们消灭殆尽。他见到灰蒙蒙的天空，贫穷的地区，甚至俄罗斯的古币；他见到的一切是如此生动逼真，可以将它们画下来，却不知如何"论述"：既然他已看得如此清晰，还有什么可论述的？

夏天他喜欢去四郊，走进古老的修道院，细细观察黑暗的角落、神像和苦难圣徒们发黑的面容，比教授们更丰富的想象力，把他带入

---

① 法国作家让-雅克·巴泰勒米（1716—1795）作于1788年的长篇小说，作品描述古希腊的文化和政治制度。

② 泰·利维乌斯（公元前59—公元17），罗马历史学家，著有《罗马建城以来的历史》（一百四十二册，保存下三十五册）等。

③ 塔西佗（约56—约117），古罗马历史学家，著有阐述69—96年罗马和整个帝国生活的《历史》和《阿古利可拉传》等。

俄罗斯的古代。

在那里，如活人般聚起原先的沙皇们、修士们、士兵们、书记官们。莫斯科好像是个辽阔而古老的帝国。斗殴，处决，鞑靼人，顿斯科伊①，约翰们②都朝他走来，请他去做客，去看看他们的生活。

他常常看很长时间，直至碰到身边的什么，这才清醒过来：他面前是修道院的旧墙和古老的神像，身处修道小屋或阁楼中。他若有所思地从古代昏暗的烟黑中出来，直到和暖的新鲜空气吹拂他全身。

赖斯基开始写诗和散文，先给一个同学看，然后再给另一个看，随后是全圈子看，而圈子里的同学们告知他是个天才。

于是鲍里斯动手写历史长篇小说，写完几章，同样在圈子里朗读一遍。同学们开始尊敬他，说他"好像大有希望"，成群地跟着他。

赖斯基和他的圈子只是在测验和考试上才身价下降，他们退居次要地位，坐到了第四排的板凳上。

来到第一和第二排的依旧是那些"优等生"们，他们上课时驯顺地坐着，记所有的笔记，高傲而又平静地去考试，并且更为高傲而又平静地从考场返回：这全是些未来的学士③。

他们对该圈子冷眼相看，给赖斯基定义为"浪漫主义作家"，他的诗篇和散文，他们冷淡地听着，或是压根儿就不听，认为它一钱不值。

他们学习所有科目同样勤勉，并不偏爱一门。以后在工作和生活中，不论到哪儿，不论处于何种境地，他们做任何事处处都能"令人满意"，他们走得稳当，不会偏爱哪一边。

赖斯基的同学们把他的诗和散文送给"天才的"教授们和"最高权威"们看，尾巴似的跟在他们后面的那伙人就是这么称呼他们的。

"嗨，伊万·伊万内奇！嗨，彼得·彼得罗维奇！这可是一帮天才，

---

① 即德米特里·伊万诺维奇（1350—1389），1380年任莫斯科大公期间在库利科夫战役全歼鞑靼大军，被称为"顿斯科伊"。

② 历史上许多国王和莫斯科大公、俄国沙皇都名约翰。

③ 俄国19世纪80年代前授予高等学校成绩优异的毕业生的学位。

我们的巨擘！"这些年轻人翻着白眼，兴高采烈地重复道。

其中的一位"最高权威"，在讲课时当众分析赖斯基的诗，说在这些诗中，占优势的是绘画的成分、形象的丰富和音乐的天赋，但没有深度和缺乏力量，不过，他预言，随着年龄的增长这是能达到的，他祝贺作者同样是天才，并劝告他保护和珍爱缪斯，也就是认真写诗。

赖斯基欣喜得飘飘然，他走出教室，圈子里因此而狂喊了三日。

另一位"最高权威"读了他长篇的开头，便邀请赖斯基上自己家。

从教授家出来，他像洗了个热水澡，也领到了天才的专利特许证和一大摞旧书、史册、公文契约。

"认真研究，培养您的才华，"教授对他说，"您当前程无量。"

赖斯基"更认真"地游历四郊，又钻进一幢幢古老建筑，把那些石头又看又摸又嗅，读上面的铭文，可教授给他的编年史，他连两页也没有整理，却去写他在富有诗意的梦幻中梦见的俄罗斯生活，最后还十分"认真地"写了首小诗，诗中歌颂了一个同学，此人写了篇《论债据》的论文，可从没向女房东付过房钱和饭费。

他艰难地一个个年级升上去，考试时始终张皇失措，答错考题。但未来天才的名声，几首得意的小诗，几下平淡无奇的挥手，几篇俄国历史的随笔，替他赎了身。

"您想上哪个部门工作？"有一天系主任的问题突然在他头上响起，"再有一星期您就毕业了。您将干什么？"

赖斯基默不作声。

"您选择什么职位？"那人又问。

"我……想当艺术家……"他想这么说，但记起监护人和祖母对此的态度，便没开口。

"我……写诗。"

"但这并非职位：这是……顺便捎带着的。"主任说。

"也写小说……"赖斯基说。

"小说可以写：当然您有天分。但这是当您才华养成之后的事。"

而职位……我问的是职位？"

"我先进军界，参加近卫军，然后当文官，当检察长……省长……"赖斯基答道。

主任笑了笑。

"那么说，是先当贵族士官①——这就清楚了！"他说，"只有您和列昂季·科兹洛夫什么打算还没有，别人可全都有决定了。"

当人们问科兹洛夫他想去哪儿，他回答，"到外省随便什么地方当个教师"，并且固执己见。

十三

在彼得堡，赖斯基当上了贵族士官：他抖擞精神疾驰在队列中，腿发麻，脸发烧，背上如有蚂蚁爬，在团队的音乐声中挺直身子，军刀、马刺碰得铮铮作响，去迎接将军们。而每到夜晚，便与豪放的伙伴们一起，驾着三套马车飞驶出城，参加欢乐的野餐，或是向首都的俄罗斯的和非俄罗斯的"阿尔米达"学习生活与爱情，在那个奇妙的王国里"逐渐破灭对天国的信仰"。

其实，他差点破灭对名誉、诚实和整个做人的信念。他去体验了这个"神奇的世界"——以自己敏感的本性的力量，海绵似的将塞给他的一切现象吸收进来，虽说并不情愿，也不十分卖力地趋之若鹜。

这个世界的女人，使他觉得好像是个特殊类型的人儿。犹如蒸汽和一部部机器，将活生生的人力替代，于是在那里，生命和情欲的一整套机关，将天赋的生命和自然的情感替代。这个世界，没有眷恋和怀念，没有孩子和儿女，没有兄弟和姐妹，没有丈夫和妻子，只有男

---

① 18—19世纪上半期自愿加入俄国军队的青年贵族。虽与士官生为同一个词，但士官生是指俄国1864年以后军事学校的学员。

人和女人。

男人们，有的在事业和烦恼中，因懒惰，因粗鲁，每每抛弃火一般温暖宜人的亲情、乐融融恬静舒适的家庭，像进赌场似的，去光顾这个永远准备好风流韵事和凄惨悲剧的世界，为的是陶醉于虚情假意之中，以高昂的代价换得欢心与满足。有的则被青春和热情吸引，来到一个虚假的爱情王国，在那里，她们使出所有娇媚高雅的手段，恰如名厨以一桌精致的菜肴，使美食家离开他吃腻的家常便饭。

那里，充满各式各样、无穷无尽的算计：追求奢华，贪图虚荣，出于嫉妒，很少是出于自尊，从来没有是出于内心，也就是出于感情。美人们使一切为算计而牺牲：包括激情本身，倘若激情，甚或强烈的情欲落到她们身上，当角色和规定的利益要求于此时。

她们并非妓女，而是一些不幸的女人，她们为一块面包、一件衣裳、一双鞋和一张席而为饥饿的色狼们服务。不，那里是些献身于强烈的、虽说是做作的情欲的女人，是些乖巧的女演员，像赌牌高手那样玩弄着爱情和生活。

那里没有深远的目标，没有经久不变的最终意图和期望。动荡不安的生活并不召唤她们去往风平浪静的港湾。这种祭祀的献身者，"给人以满足的母畜"[①]，她们并不像风月场上真正的赌家那样，打算交上红运便罢手，丢下一切，安安稳稳去过另一种生活。

这样的女人倘若出现在那个圈子里，便会丧失自己的个性，自己的魅力；一旦失去了理解和性格的自由，她将像赌徒那样被引诱离开可靠而美好的道路，或是她将在倾慕者眼中失去价值。

她的生活，永远是一场情感的赌博，其目的是永无止境、习以为常的享受，当她累了，才会感到腻烦。对将来，她有一种恐惧，那就是人老珠黄无人理睬。

别的她什么也不怕。玩弄情感时，她摆出各种姿态，露出各种表

---

① 语出普希金的短篇小说《埃及之夜》。

情，装出各种性情，如租赁化装舞会用的服装那样，借用来为角色所需。她羞答答，怯生生，显得温文尔雅，或高傲不驯难以接近，或温柔体贴百依百顺——一切视扮演的角色和时机而定。

但扔掉假面具，她每每恶毒凶狠，粗俗拙劣，甚至危险可怕。不能对她加以恐吓和欺辱，为了报复或消遣，她会毫不犹豫地去破坏别人的家庭幸福和安宁，不论是否走运：使人倾家荡产是她的天赋。

围绕她的必定是奢侈无度。她不必过早拥有自己的欲望。

她的住所是座殿堂，却像个家具和贵重小饰物的展览会。陈设的趣味并不属于女主人，而是属于家具商和工匠。没有精美细腻的艺术家生活的痕迹：她这样的生活别人是无法过的，非憋死不可。那里的趣味就在整套餐具、轻便马车、骏马、听差、女仆和芭蕾舞女演员那样的服装上。

倘若偶然有幅技艺高超的绘画和一尊珍贵的雕塑，它们的珍贵之处并非在笔力和刀法的令人惊叹，而在于所付的金额。无论是男主人、女主人，还是孩子和忠实的老仆——她的住所里都没有。

她仿佛生活在驿站上、路途中，时刻准备离去。她没有朋友——既无男士亦无女友，只有许多熟人。

这种行当的美人，或如赖斯基称之为"懦弱王国"的美人，她的生活是一幅零零碎碎、五光十色、永远运动变化着的图案：在自己的圈子里拜访，上剧场，游玩，奢华得不成样子的早餐和午餐，直至凌晨，再到深夜，又继续到次日的中午。关心的只有一点——希望这种灯红酒绿的生活别中止。

可怕的是空闲的、内容不充实的白天和夜晚——没有忙碌、出行、上剧场和约会。这时，思想便会活跃，产生许多使人厌烦的问题，看来还会有纠缠不清的情感、良知，出现未来的幽灵……

她怀着恐惧，摆脱不习惯的沉思默想，驱走问题，重又感到轻松。这在一些人身上倒并不常见。她的思想大部分是原封未动的，没有心肝，毫无知识。

购买钻石戒指，当然并非由她本人付钱（这是她生活中最不做作的一件事），购买服装，必定要比所需的多，做供应商的命运女神，是她虚荣心的要点。

最广泛的喜好是旅行：在巴黎假冒伯爵小姐，在意大利占用官邸，珠光宝气，美色撩人，根据官衔、地位和运气，顺便将另一人征服。

她心目中的理想男人，首先是 homme généreux, libéral①, "气度高贵"地挥金如土，其次是 comte, prince②，等等。有关智慧、名誉、性格，她有自己的特殊理解。

男人的变态，是节俭、稳重、正派。在她眼中，悭吝人是恶魔。

赖斯基混迹于彼得堡的"花花公子"圈里，先当上青年军官，随后当了青年达官，为崇拜美色而付出了大量金钱，离开时带走了深深的悲伤和许多长久的非有不可的体验。

他坚持当军官已无济于事，他一个劲儿地做梦，时而梦见伏尔加河和她的两岸，绿树浓荫的果园和树林覆盖的悬崖，时而见到瓦休科夫羞怯的目光和狂怒的面孔，听见小提琴的琴声。

他梦见艺术的广阔舞台：美术学院或音乐学院，他喜欢把自己想象成一名艺术工作者。

在他的想象中出现了尘土飞扬的昏暗画室，被窗帘挡住的阳光，大理石的石块，开始动笔的画稿，人体模型；他自己则身穿雅致的工装上衣，披着长发，怡然自得、幸福地望着自己的作品：他的笔下诞生了一个头像。

头像尚无生气，双眸里没有生命和火花。可是他在眸子上点了奇异的两点，又添上两道清晰的线条，突然头像便活了，开始说话，她那么直率地望着，闪烁着思想、情感和美妙……

参观者怯生生地朝屋里张望，低声交谈……

---

① 法语：慷慨、宽厚的人。
② 法语：公爵，伯爵。

最终便是展览。他从角落里望自己的画作,但未能见到,它的面前是一群人,那里人们说着他的名字。有人违背他的意愿,叫了他一声,人们便从画作前朝他转过身子。

他很难为情,梦也就醒了。

他提出请求调任文职,于是被安置到阿亚诺夫的科里。不过读者诸君已然知道,他担任文职并不比武官出色。他辞去文职又进了美术学院。

他怯生生来到那里,朝四周观望。所有人都默然坐着,在画半身雕像。他也动手画画,但两小时过后他离去,开始在家里画半身雕像。

但在家里,他忽而抽烟,忽而跷起二郎腿坐在沙发上看书,或耽于幻想,头脑里响起音乐声。他坐到钢琴旁,便忘乎所以。

三周后,他又上美术学院:那里所有人还是默默地在画半身雕像。

他在同学中认识一个人,把他叫到自己身边,给他看自己的作品。

"您有才华,哪儿学的?"人们对他说,"只是……手臂长了……背部也不像……画得不准确!"

同时,他们一起聚餐,邀请赖斯基参加,他听到他们时而谈色彩,时而谈半身雕像,谈双臂、双腿,谈艺术的"真实",谈美术学院和有可能便去杜塞尔多夫、巴黎、罗马。他们判定他当学生得有一年的实习期,或是如赖斯基补充的得有一年的"受苦受难期"。七年八年——真是些可怕的数字。那时,他们全已是成年人。

他六个月没去学校,后来去了,还是那帮同学在画……半身雕像。

他瞥一眼另一个班:那里站着个男模特,一帮人在画他的躯体。

过一个月赖斯基又去,依然深入在躯体和自己的画中。依然是默不作声,依然是聚精会神。

他进到教授的工作室,见到他梦中的景象:尘土飞扬的屋子,被窗帘挡着的阳光,画,假面,手,腿,人体模型……全是。

只是出现在他面前的画家,并非身穿雅致的工装上衣,而是弄得脏兮兮的大褂,并非长发披肩,而是剪得很平整的短发,脸上并非怡然自得的表情，而是室内工作的艰苦、不安和疲惫。他痛苦的目光凝视着自己的画，时而走近它，时而离开它，思索着……

接着他又突然像溺水似的一动不动，说不出话，只有眼睛还发亮，一只手发疯似的擦去、改正原先的画稿，急匆匆将新的、刚捕捉到的、逼出来的线条补上去，好像害怕它会被忘掉似的……

赖斯基羞怯地回到自己家里，将油画底布绷紧在画框上，开始用粉笔画草图。他画了三天，又擦又画，终于抛开半身雕像和草稿，拿起了画笔。

他换了三幅画布，在第四幅上画了他曾梦见过的那个头像，即赫克托耳①的头像和他的妻子安德洛玛刻②和孩子的脸庞。但手他没有画，心想："手是最后该做的事！"服饰则按他匆忙读过的荷马史诗不假思索随便画了个轮廓：手边没有别的史料，哪里去找，你仓促能找到吗？

那幅画他画了半年。赫克托耳和安德洛玛刻的脸占据了他的整个创作，点缀部分他没有画："这等以后什么时候再说吧。"

孩子他也画得潦潦草草，他之所以画上，是因为没有孩子这别离场面不可信。

他想把画作给同学们看看，但他们自己还在临摹半身雕像，连颜色还没上呢，算了吧，他们都自顾不暇、胡子拉碴的了。

他决定去给教授看看：教授并不自以为是，为人宽厚，大概会对画作出正确评价。他屏住气息带着画去，将它放在走廊上。

教授吩咐把画拿进工作室，看了一阵。

"这是什么玩意儿？"他说，目光从画上扫过，但第二次又匆匆

---

① 赫克托耳为荷马史诗《伊利昂记》中特洛伊人的统帅，在和阿基琉斯的决斗中牺牲。他那英勇的保卫者、钟爱妻子的丈夫和慈祥的父亲的形象，激励了许多艺术巨匠的创作。

② 在荷马史诗《伊利昂记》中安德洛玛刻是爱恋丈夫及孩子的贤妻良母的化身和典范。史诗中她与赫克托耳别离的场面被认为是世界诗歌中最抒情最感人的场面之一。

一瞥，突然一把抓起它，放到画架上，审视的目光死死盯着画，眉头紧皱。

"这是您画的？"他指着赫克托耳的头像问。

"是我。"

"这也是您？"教授指着安德洛玛刻。

"也是我。"

"而这个呢？"他指着小孩问。

"是我。"

"不可能，这是两个人画的。"教授断断续续答道，并打开另一间屋的门，叫道："伊万·伊万诺维奇！"

另一个画家伊万·伊万诺维奇走了过来。

"看！"

他指着两个人的头像和小孩让来人看。此人默默凝神细看。赖斯基战栗起来。

"你见到了什么？"教授问。

"什么？"此人说，"这不是出自我们的人。是谁在这幅涂鸦的画上添上了头像？……是的，头像……唔……只是耳朵不合适。这是谁？"

教授问赖斯基，他在哪儿学的，承认他有才华，而当他得知，赖斯基在美术学院只来过十次，且连半身雕像也没画过时，便气急败坏地指责起来。

"您看，没有一条线条是正确的。这条腿太短，安德洛玛刻的肩不合适；倘若赫克托耳挺直身子，那么她只能够到他肚子。而这些肌肉，看啊……"

他露出膝盖然后是手臂给赖斯基看。

"您不会画，"他说，"您该学三年半身雕像和解剖学……而赫克托耳的头部，眼睛……是您画的吗？"

"是我。"赖斯基说。

教授耸耸双肩。

伊万·伊万诺维奇也耸耸肩膀道:"哼!您有才华,这很显然。学习吧,将来……"

"总是您学习吧:将来!"赖斯基心想。而他并不想学习——立刻。

他心有所思地回到家里,在那里找到了一些信。祖母责骂他退出军界,监护人建议他在参政院①谋个职位。他还给赖斯基寄来一些推荐信。

但赖斯基没进参政院,在美术学院也没画半身雕像,而是读了许多书,写了许多诗和散文,跳舞,出入于上流社会,上剧院和找"阿尔米特"们,这期间作了三首华尔兹和画了一些女人像。随后,疯狂的谢肉节②过后,他突然清醒过来,想起自己艺术家的职业,又奔向美术学院:那里的学生们正默默地埋头画半身雕像,另一个教室里则在画身躯……

十四

在约定的晚上,赖斯基和别洛沃多娃又在她的书房里相见。她已经打扮好准备去看戏:父亲本想同她一起去吃饭,但还没见人影,虽说已经七点半了。

"我一直在思考我们的谈话,表妹,而您呢?"

"我,cousin……对不起,我没想过。我们都说了些什么?……啊,是的!"她记起来,"您问过我什么事情的。"

"您答应过我什么的。"

---

① 俄国1711—1917年隶属沙皇的最高国家机关。根据1864年司法条例规定,是最高审级法院。

② 大斋前的一个星期,这时可以吃荤食肉。大斋也称"斋戒""禁食",为基督教虔修方式之一,全部或部分地禁食和水。

"那么是什么呢?"

"告诉……某件'蠢事',童年,然后讲您的合法爱情……"

"这一切很简单,cousin,我甚至都说不上来;您随便去问哪个已出嫁的女人吧。哪怕问问 Catherine①……"

"哦,不,表妹,就是不能问 Catherine;她就知道服装和出门做客,出门做客和服装……"

"我该对您说些什么呢?我都不知道从何说起。Paul②通过公爵夫人来求婚,她对 maman 说,maman 告诉了两个姑姑;她们召来众亲戚,然后告知爸爸……跟大家做的一样。"

"最后才告诉他!"赖斯基高兴道,"那您是何时知道的?"

"自然是那天晚上。这算什么问题!您是以为我是被迫的吧?……"

"不,不,表妹,您别这么讲。请您就从受教育开始吧。您是如何受教育的,在哪儿?先讲讲那件'蠢事'……"

"在家里受的教育,您知道……Maman 既严厉又认真,从不开玩笑,几乎没有笑容,很少爱抚孩子,家里全听她的:保姆,女仆,家庭女教师,全都按她的吩咐做,连爸爸也是。她不去儿童室,但那里井然有序得如同她就住在里面。我七岁时,记得身后总跟着个德国女人马格丽特:她替我梳头,穿衣服,然后我们叫醒德雷德桑小姐,一起去见 maman。Maman 在问好之前先仔细看我的脸,让我转身三次,看是否一切都好,甚至连双腿也要看过,然后看我如何行屈膝礼,这才吻一下我的前额,准我离开。用过早餐,她们带我去散步,如是天气不好便坐四轮马车……"

"您是如何淘气,嬉戏的?说说吧……"

"我不淘气:德雷德桑小姐在我身边走,我离她三步远都不许的。有一回有个小男孩掷皮球,它滚到我的脚下,我捡起球,跑去

---

① 法语:卡捷琳娜。
② 法语:保罗。

还他,小姐告诉了 maman,三天都没让我去散步。不过,过去的事我记住很少,只记得舞蹈老师来了,教授道:chassé en avànt, chassé à gauche, tenez-vous droit, pas de grimaces①……午饭后允许我在大厅里玩一小时皮球,跳绳,但得轻轻的,以免打碎镜子和崴了脚。Maman 不喜欢我脸红耳赤的,因此我是不许拼命跑的。她们还相信,好像我……"她笑起来,"当我画画、写字和跳舞的时候,会吐舌头,因此更经常响起 pas de grimaces②的声音。"

"Chassé en avànt, chassé à gauche 和 pas de grimaces:是啊,这是最好的教育课程,与军人应有的仪表一模一样。后来怎么样?"

"后来,派了个法国女人 madame Cléry③来照料我,但是我不知道为何很快就辞退了。我记得爸爸如何替她辩护,但 maman 不想听……"

"嗯,现在我感到您没有童年:这向我解释了一些事情……她们让您学了些什么吗?"他问。

"毫无疑问:histoire, géographie, calligraphie, l'orthographe④,还有俄语……"

这时,索菲娅·尼古拉耶夫娜稍稍停住。

"我相信,我们接近了一个悲剧性的转折和它的主人公——俄语教师。"赖斯基说,"这是我们的 jeunes premiers⑤……"

"是的……您猜对了!"别洛沃多娃笑着答道,"我所有功课学得都一个样,就是说全很糟。历史只知道1812年,因为 mon oncle, prince Serge⑥当时在服役,参加了那次战役,他经常给我讲起它;我还记得有个叶卡捷琳娜二世,还有革命,因为那场革命 mr de

---

① 法语:向前一步,向左一步,保持直立,别做怪相。
② 法语:别做怪相。
③ 法语:克莱丽夫人。
④ 法语:历史,地理,书法,正字法。正字法即为了统一用文字表达话语(词汇、词汇形式及表意成分)而规定的书写规则。
⑤ 法语:使女人动心的男子。
⑥ 法语:我的叔叔谢尔日公爵。

Querney①出逃,而其余的全是些战争,希腊的,罗马的,有关弗里德里希二世②的,这一切全在我这里搞得颠三倒四。但是 mr 叶利宁教的俄语,我几乎全学会了。"

"至今一切都发展得相当好。你们还做了些什么?"

"朗读。他读得非常好,由他带书来……"

"都是些什么书?"

"现在全忘了……"

"后来呢,表妹?"

"后来,当我十六岁时,给了我单独的两间屋子,让 ma tante③安娜·瓦西里耶夫娜同我住在一起,而德雷德桑小姐回英国去了。我学习音乐,给我留下一个法国教师和俄语老师,因为当时在上流社会人人都说,会说俄语应该如说法语那么好……"

"Mr 叶利宁是否很……很讨人喜欢,很好,并且……comme il faut④?"赖斯基问。

"Oui, il était tout-à-fait bien⑤,"别洛沃多娃说,有点儿脸红,"我与他处熟了……当他没有来上课,我便感到烦恼,有一回他病了,有三个星期没来……"

"您绝望了吧?"赖斯基打断道,"您哭泣,晚上睡不着觉,并且为他祈祷了吧?是吗?您……"

"我可怜他,甚至请求爸爸派人去打听他的健康……"

"甚至!那么爸爸怎么样?"

"他亲自去了一趟,发现他 convalescent⑥,便接他到我们家吃饭。

---

① 法语:奎尔奈伊先生。出逃是指18世纪的法国资产阶级革命。
② 弗里德里希二世(1712—1786),1740年起为普鲁士霍亨索伦王朝国王,大统帅。
③ 法语:我的姑妈。
④ 法语:很有教养。
⑤ 法语:是的,非常有教养。
⑥ 法语:正在恢复健康。

Maman 起先很生气，开始同爸爸吵架，但叶利宁那么有礼貌，那么谦恭温雅，使得她邀请他参加我们的 soirées musicales 和 dansantes①。他受过良好教育，会拉小提琴。"

"后来怎么样？"赖斯基急不可耐地问。

"爸爸第一次在他病后把他接来时，他脸色苍白，沉默寡言……目光那么无精打采……我很可怜他，便在吃饭时问他得的什么病？……他感激地，几乎温情地瞥了我一眼……可是吃完饭 maman 将我拉到一旁，说一个姑娘问一个年轻的外人的健康，这太不像话，况且他还是个教师，还添油加醋道：'谁知道他是这样的人！'我觉得很难为情，便走开，在自己房间里哭泣，从此我再也不问他的事情……"

"真是的！"赖斯基讥讽道，"一只脚刚从奥林匹斯山降向人间，便挨了骂。"

"别打断我：我会忘掉的。"她说，"叶利宁继续同我一起朗读，逼我写作文，但 maman 吩咐我多用法文写作。"

"叶利宁怎么样，始终朗读吗？"

"是啊，他朗读，并用小提琴给我伴奏：他很古怪，有时沉思默想，半个小时都不作声，我叫他名字，他会战栗一下，非常怪地望着我……像您有时看我那样，或是坐得那么近，让我害怕。不过，我并不……对他恼火……我对这些怪脾气已经习惯了；有一次他把自己的手放在我手上：我感到很不自在。但他自己并没发觉在干什么，我也就没将手挪开。甚至有一天……当他没有来上音乐课，第二天我对他很冷漠……"

"好！父母没说什么吗？"

"您笑话吧，cousin，它确实很可笑。"

"表妹，我这是高兴，而非讥笑：不对吗，您那时生活很幸福，很开心，不像后来，不像现在这样？"

---

① 法语：音乐晚会和跳舞晚会。

"是啊，真是那样：我像个傻女孩，挺高兴见到他突然胆怯起来，不敢朝我瞥一眼，而有时正相反，久久盯着我——有时甚至脸都白了。兴许，我有点儿对他卖弄风情，当然，是孩子气的，出于无聊……我们有时……是很无聊！但是我觉得他很善良，也很不幸：他没有任何亲人。我对他非常关切，同他在一起我很快活，这是真的。然而为这种蠢事我付出了很高的代价！……"

"哦，快点！"赖斯基说，"我等着正剧呢。"

"在我命名日那天，我们家有招待会，他们已经把我领去。我练会了贝多芬的《月光奏鸣曲》，那是他最喜欢的曲子，您也喜爱……"

"因此您弹它就别提多完美啦……接着讲，表妹，这很有意思！"

"那时上流社会已经听说我，知道我喜爱音乐，并说我将成为最好的艺术家。本来 maman 想雇钢琴家亨泽利特①的，但听到这种议论便改变了主意。"

"先辈们的智慧说，当艺术家有失体面！"赖斯基说。

"我急切等待这次晚会，"索菲娅继续道，"因为叶利宁并不知道我为他学会了这首曲子……"

别洛沃多娃打住了，不好意思起来。

"我理解！"赖斯基提示道。

"大伙聚在一起，在那里又唱又弹，而他不在；maman 两次问我怎么啦，弹不弹奏鸣曲？我尽可能推托，最后她命令我弹奏，j'avais le coeur gros②——就坐到钢琴旁。我想我一定脸色苍白，但当我刚弹奏序曲，便在镜子里发现——叶利宁站在我后面……后来他们对我说，好像我突然热情激荡：我心想，这不是真话。"她害羞地补充道，"我只是高兴而已，因为他懂音乐……"

"表妹！您自己说吧，别老抬出父母。"

---

① 亨泽利特（1814—1889），当时彼得堡著名钢琴家。
② 法语：我心里很苦恼。

"我弹啊,弹啊……"

"神采飞扬,热情奔放,充满激情……"他提示道。

"我想——是的,因为开始大家全默默听着,谁也没作老生常谈的赞扬:Charmant,bravo①,可当我一演奏完,大伙都一齐高喊,将我围住……但我对此毫不留意,没听道贺,演奏刚结束便朝他转过身去……他朝我伸出手,而我……"

索菲娅羞答答地打住了话头。

"哦,您就朝他扑去……"

"扑了过去!不,我也朝他伸出手去,他……握了握我的手!好像,我们俩都脸红了……"

"如此而已?"

"我顿时清醒过来,开始回答大家的道贺,致意,我想上 maman 那边去,但我望了她一眼,便……感到害怕;我走近两位姑妈跟前,但她们稍微说了句什么,便走了。叶利宁在角落里用异样的目光目送我回另一间屋子。Maman 等客人散后,没有和我道别便离开了。娜杰日达·瓦西里耶夫娜告别时直摇头,而安娜·瓦西里耶夫娜目中噙满泪水……"

"癫狂有不同的原因,"赖斯基说,"这些人发疯全在于体面……哦,第二天早晨怎么样?"

"第二天早晨,"索菲娅叹口气继续道,"我等着他们来叫我上 maman 那儿去,可是好久也没人唤我。最后 ma tante 娜杰日达·瓦西里耶夫娜来找我,冷冰冰说让我上 maman 那里。我的心跳得很厉害,开始我甚至看不清 maman 的房间里都有些什么物和人。那里挺暗,门帘和窗帷全放了下来,maman 显得很疲惫,近旁坐着姑妈,mon oncle,prince Serge②和爸爸……"

---

① 法语:好!太美妙啦!
② 法语:我的叔叔谢尔日公爵。

"全体贵族会议①——画像上的人全到场了！"

"爸爸站在壁炉旁烤火。我望着他，心想他亲切地看我一眼，我会轻松些。但他竭力不瞧我；不幸的人怕 maman，我发现他真可怜。他一直咬着嘴唇：他激动时常这么做，您知道的。"

"他们怎么样？"

"'请允许我问您，您是谁，您怎么样？'Maman 轻声问。'您的女儿。'我用勉强可以听见的声音答道。'不像。您操行如何？'我缄默不语：没什么可回答的……"

"我的天哪！不作回答！"赖斯基说。

"'你们昨天演的是哪出戏啊：喜剧，正剧？这是谁的作品，您的还是这位老师的……叶利宁的？''Maman，我没演戏，我是无心的……'我心里感到十分沉重，勉强才说出口。'那更糟，'她说，'il y a donc du sentiment là dedans②？您听听，'她转向爸爸，'您女儿都说了些什么……您喜欢这样的表白吗？……'他真可怜，比我还不好意思，更显悲哀，双眼往下看；我知道，只有他一人不发脾气，而此刻我羞愧得真想死去……'您是否知道，你的老师是个什么样的人？'maman 问道，'Serge 公爵全了解清楚了：他是个医生的儿子，东跑西颠教教课，写写文章，为俄国人写法文信到国外去要钱，就靠这生活！''多丢人！'ma tante 说。我没继续听下去，我晕了过去。当我清醒过来，身旁坐着两个姑妈，而爸爸拿着酒精站着。Maman 不在。我有两星期没见过她。后来，我们见到时，我哭了，请她原谅。Maman 说，这件事使她受了很大伤害，她几乎大病一场，涅柳博娃表姐看到了这一切，便一五一十地讲给米希洛夫家里人听，他们便指责她太不留意，斥责她为何要接收一个天晓得是谁的人。'瞧，你让我都遭到了什么！'maman 最后说。我请求原谅和忘掉这件蠢事，

---

① 1785—1917 年俄国贵族阶层的一个自治机构。有省、县两级。每三年召开一次，审理解决有关贵族事务和一般地方事务。

② 法语：就是说那里还牵涉有感情。

并保证以后举止得体,守规矩。"

赖斯基哈哈大笑。

"天晓得,我以为是一出什么好戏呢!"他说,"而您却给我讲了一个十六岁少女的历史!表妹,我希望待到您有了女儿,您会换一种做法……"

"怎么:让她嫁个教师?"她说,"这可能吗,您自己没认真思考过吧!"

"为什么不可能,倘若他正直,受过良好教育?……"

"谁也不知道叶利宁是否正直:相反,ma tante 和 maman 说,好像他有不良企图,想迷惑我……其实他是出于自尊,因为他还不敢有什么不良企图……"

"不!"赖斯基强烈反驳道,"他们全在欺骗您。当您的那些穿戴讲究的表兄弟,prince Pierre,comte Serge[①]想把您的头脑搞晕时,他们是面不变色心不跳的:瞧,谁居心不良!而叶利宁倒是没有任何企图,正如从您的话里我发现,他爱您才是真诚的。而这些人,"他转过身,指指身后的那些画像,"他们 par convenance[②] 娶你们为妻,然后再去同舞女……"

"Cousin!"她严肃地、几乎是惊恐地说。

"是的,表妹,这您自己也清楚……"

"我该怎么办。去对 maman 说,我要嫁给 mr 叶利宁……"

"是的,您晕过去,并非因为您跌倒,而是因为您敢于支配您的心灵,然后离家出走,做他的妻子。'写写文章,替人写写信,教教课,得点钱,就靠这生活!'其实多可耻!而他们,"他又用手指着祖先们,"而他们获取,却什么也不用写,而且一辈子都吃别人的——多光荣!……叶利宁情况如何?"

---

① 法语:彼埃尔公爵、谢尔日伯爵。
② 法语:为了利益。

"我不知道。"她漠然道,"他被解雇后,我再也没见到过他。"

"那您呢,还好吗?"

"还好……"

"在您面前曾经面对面地出现过一个真正的生活,出现过幸福,可您把他从自己身旁推开了!因为什么,为了什么?"

"可是,cousin,您知道,我嫁过人,过过这种生活……"

"同他吗?"他望着她丈夫的画像问。

"同他!"她温情地望着画像道。

"您是怎么出嫁的?"

"很简单。当时他刚从国外回来,常来我们家聊聊巴黎的情况,谈谈女王和公主,有时在我们家吃饭,于是便通过公爵夫人求婚。"

"哦,他们便同意了,而且您就第一次同他单独待在一起……而他有过什么……"

"没有什么!"她惊讶地笑着说。

"但是要知道……他总得对您说说,他为何向您求婚,是什么引起他对您的迷恋……谁也没有您美丽动人……"

"还得说说,'他一谈起我便永远没完没了,又怕成为一个多愁善感的人……'"她补充道。

"后来呢?"

"后来他坐下打牌,我去购置衣服;当晚他就待在我们包厢里,第二天便宣布是我的未婚夫啦。"

"事实上这也太简单了!"赖斯基说,"那么后来呢,结婚之后?……"

"我们去了国外。"

"啊!终于没顾上社交界,没顾上亲戚:随便到哪里,上意大利,瑞士,莱茵河,到一个美丽的地方,并在那里心心相印,心醉神迷……"

"不,不,cousin,我们去了巴黎:丈夫受委派去那里办事,经他介绍我进了宫。"

"上帝啊!"赖斯基叫道,"竟然犹如此荒唐的事!"

"我很幸福,"别洛沃多娃说,笑容和目光都表明她以十分愉快的心情在回顾过去,"是的,cousin,当我平生头一次来到杜利埃尔宫参加舞会,并走进国王、王后和公主们的圈子里的时候……"

"全都赞叹地叫起来?"赖斯基说。

她点点头,随后又叹口气,仿佛惋惜这美好的过去一去不复返。

"我们在巴黎接待客人,然后去矿泉,丈夫在那里举办庆祝活动和舞会:那时不少报纸上都有过报道。"

"那您幸福吧?"

"是啊,"她说,"我很幸福:我从未见 Paul 有过不满的神色,也从没听他说过……"

"……一句温柔亲切的话语,您也没见过他热情体贴的时刻?"

她沉思而又否定地摇摇头。

"我没有听到过他拒绝我的愿望,甚至毫无道理的要求……"她补充道。

"难道您也有过毫无道理的要求?"

"是啊。在维也纳,他半年前就事先安排好了旅店,我们抵达后,我又不喜欢,于是……"

"他便租了别家旅店。多温情的丈夫!"

"多周到,égard①,"她说,"对每句话都那么尊重!……"

"当然:要知道您是帕霍京家族的嘛,开玩笑!"

"是啊,我有过幸福,"她断然道,"这样的幸福再不会有了!"

"谢天谢地,阿门!"他结束道,"金丝雀在笼子里也同样幸福,甚至还啁啾歌唱;但那是金丝雀式的幸福,而不是人那样的幸福……不,表妹,这对您的精神自由、思想自由和心灵自由,是一种完全有步骤的、极其精细的扼杀!您——是上流社会后宫内一名美丽的囚犯,

---

① 法语:殷勤。

在自己的无知无识中庸庸碌碌地活着。"

"那我也不想拿这无知无识换取您那危险的有知有识……"

"是的,"他打断道,"金丝雀待久了,当人们打开笼子,它也不会飞走,而是胆怯地往窝里躲藏。您也同样。表妹,从梦中复活吧,抛开您那些 Catherine,m-me Basile[①],那些出游——去了解另一种生活。当心儿追求自由时,别去理会表姐会说什么……"

"那 cousin 会说什么——是赞同吗?"

"是的,那么您就记住表哥赖斯基的话,大胆勇敢地走进热烈的爱情生活,走进您并不熟悉的那边去吧……"

"但为何必须是热烈的爱情呢,"她提出异议道,"难道幸福就在其中?……"

"为何自然界有大雷雨呢?……热烈的爱情,就是生命的雷雨……噢,哪怕体验一下这强烈的暴风雨呢!"他满怀激情道,并沉思起来。

"您瞧,cousin,除了您,其他所有人都让我躲避热烈的爱情,而您却想怂恿我,让我以后追悔一辈子……"

"不,热烈的爱情不会使你追悔莫及的:它将使空气清新,驱除瘴气和偏见,让您享受真正的生活……您不会倒下,您太纯洁,太崇高;您不可能行为不端。热烈的爱情不会使您变丑,只会将您高高举起。您将取得善与恶的认识,为幸福所陶醉,并思量一辈子——并非这种美丽而不切实际的幻想。在您的宁静中,将会有脉搏的跳动,幸福将永驻心中;您将漂亮百倍,您将温柔而忧悒,让人将自己的心灵深处展现在您面前,到那时,整个世界将跪倒在您的面前,像我那样……"

他当真跪了下去,但她做了个惊惧的动作,他才停止。

"待到以后我遇见您,也许您曾受尽折磨、痛苦不堪,但您拥有幸福和经验,您将会说您没有白活,您不会再推托不了解生活。到那

---

① 法语:卡捷琳娜、巴济尔夫人。

时,您会朝那边街上张望,想了解您的农夫们在干什么,想供养他们,教育他们,给他们治病……"

她听着,若有所思,脸上掠过疑虑、阴影和回想。

"并非所有男人都是别洛沃多夫之流,"他继续道,"您的朋友就不怕心酸,敢于信口开河,而您只要听到过一次心声,独自在某个楚赫纳人寂静的村子里生活过,就会对您的那个上流社会感到胆战心惊。巴黎和维也纳在那个村子面前将变得黯然无光。Prince Pierre,comte Serge①,姑妈们,这些窗帘和帷幔统统滚开,这些画像全走开:这一切只会妨碍幸福。您将痛恨帕莎和达莎,痛恨看门人和一切出门做客——到那时一切都将令您厌烦。您的处境将令您窒息,您会觉得这里逼仄,因没有所爱、没有能教您如何生活之人而烦闷。当他到来时,您反倒会觉得不自在,因他的声音而战栗,脸色红一阵,白一阵,当他离去时,您的心会大声呼喊,随他飞驰,等待令人痛苦的明天,后天……您茶饭不思,夜不能寐,坐在这把安乐椅上通宵达旦,没有梦魇,没有安宁。但是倘若明天见到他,甚或感到有见面的希望,您都会比那鲜花还鲜艳,感到幸福,他亦为这灿烂的顾盼而心花怒放——不仅是他,而是所有见到您光彩夺目美丽非凡的人们……"

"怎么回事,看来爸爸不会来了?"她说,环顾四周,悄悄补上一句,"您说的那些毫无可能。"

"为什么?"他问,双眸紧盯着她。

他的想象力被激发,不由自主把自己置于主人公的位置,时而大着胆瞥她一眼,时而想象地跪倒在地,直发愣,一脸麻木。她瞟了他两次,后来感到害怕,或是不想再瞥他。

"为什么不可能?"他重复道。

"要知道,我可是金丝雀啊!"

---

① 法语:彼埃尔伯爵,谢尔日伯爵。

"噢,那么这窗帘将会掉下,而您将会轻盈地飞出笼子;到那时您将憎恨姑妈和这些萎靡不振的老爷们,而这幅画像(他指着她丈夫的画像),您将怀着敌意望着它。"

"嗨,cousin!……"她责备地阻止道。

"是的,表妹,您将计算失去的、曾经度过的每一分钟,计算您过去如何生活,如今如何生活……这种派头十足、端庄的外表将消失不见,您将会沉思,将会忘掉这种无法折弯的衣服,不再穿它……您会恼火地扔掉沉重的手镯,小十字架也将不再那么规范和平静地挂在胸前。以后,当您胜过双亲和姑妈,越过卢比肯河①,生活便开始了……您身边将闪过一个个白天、黑夜、小时……"

他紧挨着她身旁坐下:陷入沉思的她没发现。

"您将发觉不了它们逝去,"他悄声道,"您将只是感到满足,您将无法将您的梦想与它分离,您管束不了您的心,您所从未经历过的一切将使您惊讶不已。"

他抓住她的手,她战栗了一下。

"您在家,一个人,会幸福得哭泣起来:有个人会在您身旁偷偷走动,望着您……而此刻,倘若他出现了,您会高兴得叫起来,蹦起来,并且……并且……向他扑去……"

他们俩突然都站了起来。

"您将会献出一切……一切……"他紧紧握住她的手悄声道。

"Assez,cousin,assez②!"她激动道,不耐烦、几乎恼怒地挣脱手。

"您还会有遗憾,"他依旧悄声道,"遗憾没能献出更多,遗憾没有做出牺牲!那时您将到街上去,到黑夜中去,单独地……假如……"

"Mon Dieu,mon Dieu③!"她说,望着门,"您说什么?您自己

---

① 亚平宁半岛上的河流。公元前49年恺撒自高卢率军队越过卢比肯河,从而破坏法律,挑起内战。后来"越过卢比肯河"便成了采取绝不改变的决定的同义语。

② 法语:够了,表哥,够了。

③ 法语:哦,天哪,天哪。

知道这不可能！"

"完全可能，"他悄声道，"您会跪下，将双唇贴在他的手上，您会快乐得哭泣……"

她坐到安乐椅上，仰起头，沉重地叹了口气。

"Je vous demande une grâce, cousin①。"她说。

"您要求吧，吩咐吧！"他兴高采烈道。

"Laissez moi②！"

他朝门口走去，又回头望了一眼。她一动不动坐着，脸上只有让他离开的不耐烦神色。他刚出去，她便从长颈玻璃瓶里倒了一杯水，慢慢喝下，然后吩咐将马车卸了套。她坐在安乐椅上，一动不动地沉思起来。

几分钟后听到脚步声，门帘拉开。索菲娅战栗一下，迅速朝镜子瞥了一眼，站起身来。进来她的父亲和一位客人，那是个中年男子，高高的个子，黑头发，一张沉静的脸。非俄罗斯人的面貌特征。父亲把他介绍给索菲娅。

"米拉里伯爵，ma chére amie③，"他说，"grand musicien et le plus aimable garçon du monde④。在这里待两星期；你在公爵夫人的舞会上见过他吗？对不起，亲爱的，我在伯爵那里；他不放我去剧院。"

"我已经吩咐把马车卸了，爸爸；我也不想去。"她答道。

索菲娅请客人坐下。他们开始谈论音乐，而尼古拉·瓦西里耶维奇做了个咬嘴唇的动作，去了客厅。

---

① 法语：我请您宽恕，表哥。
② 法语：别打扰我。
③ 法语：我亲爱的。
④ 法语：卓越的音乐家和最可爱的年轻人。

十五

赖斯基迷迷糊糊地回家去,勉强看清道路和街道、步行和乘马车的人们。他看到的全一个样——索菲娅,像一幅镶着丝绒和花边的画,身着绸缎衣服,手上戴满钻石戒指,但已经并非原先沉静、难以接近的索菲娅。

在她脸上,他得以见到生命第一缕羞怯的光芒,短暂的急不可耐的闪光,随后是惊慌不安和恐惧,最终引起了她情绪的某种激动,也许是对爱情无意识的渴望。

他曾顺口说出对她的疑虑、问题,兴许还有对虚度年华的惋惜,总之,用话打动了她。他梦见不远的将来会有热烈的爱情、戏剧,雕像变成一位女士。

暂且他为自己小小不言的成就和鼓动深感骄傲,看来先辈们在她眼里已从高高的台座上掉落下来。

"再有两三个晚上,"他思忖,"他将替她把帷幔的一角掀得更高些,她将见到光芒四射的远方,并突然间明白生活和幸福。再往后,某个时候她的目光将惊异地停留在某人身上,然后垂下,又大大方方地看上一眼,顿时说不出话来——于是,眨眼间她变得面目一新。"

"但这个'某人'将会是谁呢?"他忌妒地想,"不就是那个首先唤起她身上情感意识的人吗?不就是他才有权向她心灵投入这种情感吗?"

他照照镜子,沉思一会儿,走近通风小窗,把它打开,吸一口新鲜空气,耳畔传来大提琴的乐声。

"唉,此人又在拉锯了!"望着对面耳房的窗户,他懊恼道。"还是那个曲子!"他补上一句,砰的一声将小窗关上。

虽说琴声不太响亮,但依然传到他耳畔。每天早晚,他总是在窗口见到一人俯身在乐器上,听到他一连几星期重复那几个几乎不成调的经过句①，五十遍，一百遍。几个月便这么过去。

"笨驴！"赖斯基说，躺在沙发上想入睡，可是不管他如何把耳朵紧贴枕上，想把声音堵住，可它就是不让他安生。"不，这声音太刺耳。"

"真是头蠢驴！"他重复道，坐到钢琴前，开始弹出强烈的和弦，想压倒大提琴的声音。接着开始奏出欢快的颤音，再转而弹奏一些歌剧的旋律，以免听到令人难受的声音，这才好不容易在即兴演奏中忘乎所以。

他跟前出现了索菲娅：他边弹，边始终见到她，已经怀着觉醒了的激情，既感到痛苦，又含情脉脉，但一想到问："她爱谁？"——他的琴声便仿佛猝然中断。他站起身，打开通风小窗。

"还在拉哪！"他重复道，感到吃惊，想再次砰的一声将窗关上，但他蓦地停下，在原地愣住了。

琴声已非昔比：他听到的既非牛哞，亦非困难的过渡音的重复。极富技巧的手用琴弓拉着琴弦，仿佛拨动心弦；琴声如诉似泣，又似涛声隆隆，海浪般向听众袭来，将他投入旋涡，蓦然又抛上浪尖，带向广袤无垠的碧空。

一个个完整的世界在他面前敞开，一幅幅如梦的幻影疾驰而过，一个个神奇的国度如仙境展现。赖斯基目瞪口呆：他只见一个人的身影，穿着男式西装背心，一支蜡烛照亮汗涔涔的前额，却看不见双眸。鲍里斯全神贯注地望着他，如同那时望着瓦休科夫。

"啊！这究竟是怎么回事！"他心想，战栗着，几乎怀着恐惧倾听这波涛如潮的和声。

"这是怎么回事？"他重复道，"他是从哪里获取这些音符的？是谁提供给他的？难道是日积月累年复一年驴一般的耐心和坚忍不拔？画半身塑像，在琴弦上拉锯，得花多少年！可在一幅画上赋予人体以

---

① 指快速进行中各音的持续。

火焰，以生命，只需神奇的一个点，一条线；而在音符中注入激情，只需手指急剧的抖动！我既有点，也有急剧的抖动，于是所有这些闪电全在此、在胸中燃烧。"他捶着自己胸说，"但我却无力将它们投进他人的胸膛，用自己的火在观众和听众的血液中燃起火焰！这神圣之火没能转化成我的音符，不能顺从地落在画幅上！长诗和长篇小说中的人物为何不能和谐地聚集在一起？"

他又屏气凝神倾听：既没听到弓也没听到弦的声响，没有了乐器，而是仿佛演奏者本人的胸膛在自由而富有灵感地歌唱。

感动的泪水涌上赖斯基的眼眶，他轻轻关上小窗。

要知道他——赖斯基——也有坚忍不拔的精神！他作了多少努力，为了……应付表妹，他用了多少智慧，玩了多少想象力，下了多大工夫，为了唤起她身上的火焰、生命和激情……瞧，这些精力都花到哪儿了！

"别将艺术带进生活，"有人对他悄声道，"也别将生活带进艺术！……爱护艺术，爱惜精力！"

他走近画架，揭去绿色塔夫绸，那里是幅索菲娅的画像：双眸是她的，双肩是她的，泰然自若是她的。

"但如今的她已并非如此！"他喃喃道，"显露出生命的迹象，我看到了它；瞧它就在我眼前——如何将它捕捉到？……"

他拿起画笔和调色板，涂抹了一阵眼睛，稍稍改了下双唇的线条，便叹口气，放下笔走开。衣服，这些花边、天鹅绒都好歹打出了轮廓。最不好办的是手臂不准确。但天色已暗，夜间上颜料会走样。

他还望一眼另几幅落满尘土的画作，全是开了个头便搁下的草图，然后走到炉子旁，挑了几个画框，选中几个，顺便对赫克托耳的头像琢磨了一番。

最终他取下一幅尺寸不大的油画，是一个年轻的浅发女子，好像匆匆画了个轮廓，又稍稍上了上颜色。他把它放到画架上，胳膊肘支在桌上，十指插进头发里，将呆板而充满深深忧愁的目光停留在这个头像上。

在若有所思的恍惚中，他坐了良久，然后清醒过来，又坐到写字桌后，开始翻阅手稿，注意力集中在一些手稿上，然后摇摇头，撕了，扔进桌下的纸篓里，其他的放在一边。

在一堆文学习作、诗歌和散文中，他找到一个笔记本，上面的标题是《娜塔莎》。

那里记录着一段往事，那时他风华正茂，刚接近生活，爱过，也被人爱。当时在这段感情驱使下，他把它记录了下来，并不知道原因所在，也许是怀着多愁善感的目的，将这些纸片献给自己当时的女友留作纪念，或是为自己留下札记和一份老年时对自己青年时代爱情的回忆，也许他当时就已经产生写长篇小说的念头，此事他曾告诉过阿亚诺夫，并且从个人生活中也已隐约显出令人感动的故事情节。

在那里，关于自己，他用第三人称概要地写了篇精巧的特写，透过它隐约显出一个温柔体贴、含情脉脉的女子。考虑嗣后自己的长篇，他预先写好这篇特写，并将此作为一段情节归入长篇小说。

"……他在艺术家圈子里用过午饭，回到家里，"赖斯基小声念着自己的笔记本，"见到自己桌上有张便条：'亲爱的鲍里斯，来帮帮我：我快死了！……你的娜塔莎。'"

"我的天哪，娜塔莎！"他失声喊道，跑下楼梯，冲上街道，乘出租马车往兹纳缅尼耶飞驰，进胡同，跑进屋，到三层，"两星期没来了，两个星期——这太久了！她会怎样？"

他停在门前，喘口气，激动得忽而去抓门铃的小把手，忽而又放开它。最终拉响门铃进了屋。

女房东迎接他，那是个上年纪的妇人，一个官太太，她缄默不语，垂下双目，仿佛含着责备的意思回答他的致礼，而对他颤抖着悄声问的问题："她怎么啦？"——什么也没说，只是让他走在前头，小心翼翼地在他身后关上门，便径自离去。

他踮着脚走进房间,朝四周打量,不安地寻找娜塔莎。

房间里有一张红木鬃垫沙发,沙发前是张圆桌,桌上放着针线盒和一些未完工的女红。

角落里微微燃着一盏小灯,靠墙放着几把鬃垫椅子,窗台上有几个瓦罐,里面的花儿已经枯萎,还有两只鸟笼,里面的金丝雀缩着脖子打着盹。

他望着几扇屏风,胆怯地站着,害怕去那儿。

"谁在那儿?"屏风后传来微弱的声音。他走了进去。

屏风后的床上,枕头间,躺着个被小灯幽暗的光照着、蜡一般浅色头发的年轻女子。目光炽烈但干涩,嘴唇同样火烫而干燥。她想转身看他,做了个灵活动作,随即用手捂住胸口。

"是你,鲍里斯,是你!"她软绵无力、温柔而高兴道,向他伸出枯瘦苍白的双手,望着他,不相信自己的眼睛。

他向她扑去,亲吻双手。

"你病倒在床上,至今不让我知道!"他责备道。

她竭力想用软弱无力的手握住他的手,但做不到,重又将头落在枕上。

"对不起,现在还打扰你,"她吃力地说道,"我想见你。整整一个星期我就这样躺着:胸口疼痛……"她喘着气。

他没有听她的,惊恐地望着她那不久前还充满笑意的脸。而如今的她怎么了!

"你怎么啦?……"他想说,但忍受不了,把脸放到她枕头上,突然放声大哭起来。

"你别,你别!"她说,温情地用手抚摸他的头:这些热泪使她感到幸福,"这没什么,医生说会好的……"

但他号啕大哭,他明白,这病不会好的。

"我想要你来安慰我。我独自一人太寂寞,我感到害怕……"她叹了口气,望望自己周围。"你的书我全看了,就在那把椅子上。"她补充道,"当你翻检时会在那里发现我用铅笔做的记号;我在所有同我们的……爱情……相似的地方……都画上了线……噢,我累了,不能再说……"她打住,用舌头湿润火烫的嘴唇。

咽了几滴水后,她向他指指枕头,并做个手势,让他把自己的头放在上面。她将手放在他脑袋上,而他偷偷擦去泪水。

"在这里你会觉得无聊的,"她虚弱无力道,"对不起,我把你叫来……倘若你知道,眼下我感觉有多好!"她在沉入幻想的昏迷中说道,闭上眼睛,抚摸着他的头发。然后她搂住他,瞥一眼他的眸子,使劲儿想微笑。他默然而温情地回答她的抚摸,咽下涌出的泪水。

"今天你同我一起坐一坐吗?"她盯着他双眸问。

"整个晚上和夜晚,我不离开你……"

他刚控制住泪水,热泪盈眶。

"不,不,为什么?我不想让你烦闷……你睡一会儿,放心,我不要紧,真的不要紧……"她想微笑,但做不到。

"我要对你说件事,你不会生气吧?"

他握住她潮乎乎的手。

"我耍了个滑头……"她悄声道,将自己的脸颊紧贴着他的脸颊,"我病痛好一些已经有三天了,可我写的是我快死了……我想把你诱来……原谅我!"

她笑了,可他却吓呆了:他听说过这"好一些"意味着什么。但他竭力装出笑容,猛然握住她的手,惊骇地时而看着她,时而望着自己周围。

他好像突然间从上流社会,从一群快乐的朋友、艺术家和美女们中间,进到坟墓里。他坐在床边,陷入自己的幻想中,在那里,他年轻人逍遥自在的生活和突然落在他身上的痛苦,像两幅截然相反的图画同时并存。一间欢声笑语的大屋,一群身强体壮的交谈者,围着桌子举行豪华午宴,在鲜花和唑唑作响的香槟酒杯中间,又说又唱，喧闹着。女士们一张张兴高采烈的脸庞，在高谈阔论的男人们中间艳丽动人，令人赏心悦目。这里有女音乐家、芭蕾舞女演员、歌唱家、画家、纨绔子弟，有美貌、智慧、天才和幽默——那是生活整个阳光灿烂的一面！蓦地他跨入它那黑暗阴郁的一面：这间简陋的小屋和里面那即将熄灭、衰弱无力的生命。

那里，宴会的女皇有着鲜艳娇嫩、闪烁着青春活力的前额和明眸，瀑布般披落在后脑勺和脖颈上的乌黑发辫，高耸的丰乳和秀美的双肩。而这里，却是一对凹陷的星火般发着微光的眼睛，干枯得毫无光泽的头发，瘦骨嶙峋的双手……两幅图画以可怕的极大反差将他压垮，两个极端中横亘着如此深渊，而其实它们却近在咫尺。美术馆里，它们绝不可能被并排陈列在一起，生活中它们却凑到了一起——他用痴呆的目光望着两幅画。

恐惧和悲痛使他战栗，对他产生强烈的影响。他违背自己意愿，将人分类，给此人、别人和自己确定位置，添上需要的，删除有损画面全貌的。同时，他对自己这无情的幻想过程感到了害怕，用手捂住心脏，以便止住疼痛，使由于恐惧而冻僵的血液变热，把自己的痛苦掩盖过去，这痛苦，在她每一次虚弱的呻吟下，都欲化作凄厉的号叫从他心中迸发出来。

弥留之际的这种爱恋，如烧红的铁将他灼伤；他犹如从坟茔上采摘花朵似的，以号啕大哭接受她的每一次爱抚。

当疼痛减弱，能听见娜塔莎艰难的喘气声时，他面前静悄悄展现出这个目前正在消逝的生命的全部经历。他见到那时的她还是个小姑娘，目光羞怯，天真无邪，在贫困多病的母亲很差的照料下生活。

他是在一个危急时刻认识娜塔莎的，当时，有人替她的无知和天真准备好了罗网。一个头发花白的假朋友，假装同情和冒充旧交，为她母亲奔走，张罗赡养费，遣来医生，每晚来一趟了解健康情况，父亲般热烈亲吻女儿……

其实，她与她的在慢慢死去的母亲得的是同一种病，如今因为这种病，她活了十几年的女儿也将死去。赖斯基了解所有情况后，决心拯救这个孩子。

他真诚而热心，从"恩人"的罗网中把母女俩救出，让她们看清了假善人的本意——于是他本人爱上了娜塔莎，娜塔莎也爱上了他——他们双双找到了幸福，两人在病榻前得到了母亲对他的祝福。

他们俩对组成家庭都有着朴实纯洁的想法。他喜欢她的纯洁无瑕，她珍爱他的一副好心肠。两人都向婚礼的花环伸出了双手，但双方……并没有坚持到底。

母亲在病榻上躺了半年，受尽折磨，死了。这具棺材横在他们和婚姻之间，是突然笼罩她年轻生命的黑色丧服，亦损害了她那柔弱的、患遗传病的肌体，而爱情又在肌体中比哀痛和疾病更强烈地燃烧着，令她焦躁不安，渴望幸福。

医生们对迫不及待的愿望下了自己的禁令。他们说："应该等三四个月。"婚姻的圣堂还需等待，爱情却把他们引向前。

他将她从老头那里拯救出来，他使她免受贫困，但他却没有摆脱自我。她爱他并非出于情欲，而是出于某种十分平静、毫不令人担心的爱情，没有眼泪，没有痛苦，没有牺牲，因为她并不明白，什么是牺牲，不明白可以爱上一个人，又可以不再爱。

对她而言，爱就是呼吸，就是生存，不再爱便是停止呼吸，不再生存。对他提出的问题："你爱吗？怎么爱？"她紧紧搂住他的脖子，勉强像孩子似的回答："就这样！"问她："你会不再爱吗？"她沉静道："我死了，便不再爱。"

她爱，毫无所求，并无企望，对待朋友如知己，从不想象他是否能够，或是应该成为另一种人？他是否会另有所爱，或是人人都像她那样爱？

而他，当热烈的情感进入夏季这最炎热的季节时，向往的却是情欲,是情欲那无穷无尽、形形色色的样式,是各种各样的闪电,是强烈而充满热情和醋意的爱情那全部激情。

娜塔莎越发好看了,胖了,心情也愉快了,但她脸上一次也没闪现过深藏于心、抑制着的陶醉的神秘光芒,从未闪现过心慌意乱、失去理智的目光,这目光会将她充满心灵的火焰泄露。

其实,一切都是为了幸福:为心灵开辟一处温暖而永久的栖身之地。而头脑面临的,则是长期而无穷无尽的工作:让工作开展起来,得到发展,训练和培养年轻女性领会力很强的智慧。工作也是创造性的,在感激的基础上创造,为自己创造,造就出个人幸福的生动典范。

但幻想需要的是精致和警觉。安宁使她松懈:他的生活仿佛停滞了。但她对此一无所知,没料想他身上还会有条毒蛇与爱情毗邻而居。

自打她钟情的那刻起,她的目光和微笑中便出现一个恬静的天堂:它显露了两年,而且眼下仍在她那垂死的双眸中显现。冰凉的双唇喃喃地说着自己始终不变的"我爱你",纤手还在重复习惯了的抚爱。

有时他厌倦了,几个月销声匿迹,回来时迎接他的依然是那恬静的笑容和目光,依然是温柔的悄声细语和情话。

他坚信,这将永远伴随着他,这种信念让他久久感到满足,然后他却在此信念中发现了烦闷无聊的种子和幸福崩溃的起始。

任何时候,不管因为什么:因为他已不是原先的他,因为明天他将成为不同于今天的另一个人,或是她独自一人度日,被遗忘,处在可怕的孤独中,她都没有责难,没有眼泪,没有惊讶的目光,或是侮辱性的言辞。

在她的内心和思想中,没有责难和眼泪,没有脱口而出的责备的言辞。她不曾料想可以生气、哭泣、猜忌、希望,甚至以自己权利的名义提出什么要求。

她只有一个愿望和权利：爱。她认为并相信，爱和被爱就该如此，而不该按另一种方式，全世界都是这样爱和被爱的。

她将他的暂时离去看作一个偶然的不愉快事件，譬如看作他病了。而他的归来，她温顺地感到幸福，并且认为，即使他不回来那也是应该的，理所当然的。

生活中的委屈和不幸，有时从另一面落到她的头上：她因痛苦和惊异而脸色煞白，双腿发软，不省人事，不知如何不受委屈，如何对付不幸。

她依恋自己钟情的人，并怀着眷恋之情死去，始终认为**应该如此**。

这是个纯洁而又光辉的形象，犹如佩鲁吉诺①的人物像，天真无邪地生活和爱，怀着爱恋走进生活，怀着爱恋离开生活，温和而安静地做着祈祷。

生活和爱情仿佛为她唱赞歌，她倾听着，幸福地沉思着，只有感动和信任的泪水凝结在她濒死的脸庞上，没有因不幸、病痛和苦难有丝毫的责难。

她的去世，部分是由于不经心的抚育，由于在贫困和压迫中度过的多病的童年，由于落入她肌体内的毒汁发展成致命的病疴，最终是因为所有这些"应该如此"，虽说这一切并未遭到来自她这边的号哭和愤恨，但毕竟使她年轻衰弱的胸部积重难治，置她于死地。

她该活到老年，她既不责难生活，亦不责难男友和他反复无常的爱情，从不责难任何人任何事，正如眼下她不因自己的去世，责难任何人和任何事。无论是她疾病缠身的痛苦生活，还是过早的告别人世，她都认为**应该如此**。

---

① 佩鲁吉诺（1445—1523），意大利画家，文艺复兴早期翁布里亚画派代表人物。作品优雅秀美，细腻深刻。

她的男友有时冷淡、烦闷、缄默不语地盯着她，她从不去寻找其中的含义，不去猜测爱情是否已经冷漠，亦从不想搞清原因。

他经常闷闷不乐坐在她身旁，恶狠狠默不作声，不听她天真无邪的喃喃絮语，不理会她温情的爱抚，寻思："不，她不是那种女人，像条汹涌的大河，闯入生活，卷走所有障碍物，漫出河岸在田野上泛滥。或是如一把火，照亮道路，激励力量，将他们锻炼得充满精力，使他们每时每刻、对每个思想都激动不已，热情洋溢，怡然自得，激情满怀……指引他们生活，帮助他们看透生活的意义、任务，并将它完善。到哪里去觅这样的风流女子？这只小羊羔温和地啃着草，摇着尾巴往我身上靠，犹如偎依在母亲身旁……不，这是草木般缺乏精神的生活，这不是生活，而是梦魇……"

对她温情的私语他报以长长的哈欠，抓起呢帽，几个星期、几个月不知去向，或是进艺术工作室，或是参加满是烟味和嘈杂的午宴和晚餐。

现在他坐在病榻旁，默想着娜塔莎的经历和自己的恋爱经过，当全部过程静静展现，垂死者的形象在他面前变成无言的责备时，他的脸色煞白。

他忆及自己的忘性和漫不经心，不可能有别的侮辱性行为：连魔鬼都会在这鸽子般温柔驯顺的目光前下跪的。

他诅咒自己，没有以爱情的整个海洋回报只献给他一人的生命，没有让她处在父亲、兄长、丈夫的亲情中，不仅让她受尽风吹雨打，而且遭致死亡。

"死神！天哪，给她以生命与幸福，拿走我的一切！"事后绝望的哀求在他身上号叫。他于想象中登上断头台，自己把头放在死刑台上，高喊：

"我是个罪人！……倘若不是我杀了她，那也是我让人杀了她：我不想理解她，在只有小油灯幽静的光亮和鲜花的地方，我找寻到的却是地狱和闪电。天哪，怎么会这样！我是凶手！难道我……"

他又将脸贴在她的枕上，想象地央求她别死，许愿以自我牺牲换取她的幸福。

"晚了！晚了！"绝望和她困难的呼吸告诉他。

他记起，那时她仿佛成了他全部生活的目的，那时他与她一起编织幸福的图案，他像条蛇似的装饰着她的颜色，使自己仿佛处在画中，处在这幽静的光亮之中，并在她身上发现构成她精神实质的真诚和温柔，那时他亦是真诚的，像她那样微笑，和她一起欣赏小鸟和花儿，孩子气似的为她的新衣服感到高兴，与她一起去她母亲和女友的墓上哭泣，因为她哭，他给栽上花……

他记起，他观赏小鸟，栽花，哭泣——同她一样都是真诚的。如今这些泪水、微笑、天真的欢愉都到哪儿去了，为何它们都变得庸俗了，为何现在他不再需要她了？……

"你在想什么哪？"他耳畔传来微弱的声音，"再给我喝点……别看着我，"喝过水她继续道，"我已经什么用处都没了！把小梳子和小包发帽递给我，我要戴上。不然你……见我这副模样，不会再喜欢我……太丑了！……"

她心想，他还爱着她！他将小梳子和小包发帽递给她，她想给自己梳好头发，但拿小梳子的手落在膝盖上。

"我累了，梳不了！"她说，痛苦地思索着。

他被刀子砍伤，头火烧般疼痛。他跳起来，头脑里瞎想着在屋子里转悠，几乎狂怒地冲向每个角落，难于自制，不知他在干吗。他跑去找女房东，问她，他委托她找的医生来过没有。

女房东说，他来过，还带来个别的大夫，为此她还多付给他们多少钱。"我全记着账！"她补充道。

"那些人说什么？"他问。

"自然是看看她，给她听听胸，进另一个房间，默默耸耸肩，将塞给的纸币紧紧攥在手心里，把燕尾服的扣子扣上，便急忙消失了。"

赖斯基听完这简短的说明,吓得直发呆,又走向床边。与朋友一起的热闹宴会、演员们、歌手们、醉人的欢愉——所有这一切都同持续此生命的各种希望一起一去不复返。

他跟前只有这张正在消失的脸,毫无怨恨的痛苦的脸,挂着爱恋和顺从的微笑;这是个有生命的生物,毫无祈求,既不祈求保护,甚至也不祈求一点儿力量!

而他站在那里,身体健康,充满至今还在浪费着的这份精力,不再需要她,任凭这只小鸟遭遇风暴和恶劣天气!

这并非功勋,而是义务。没有牺牲,不经努力和困苦不能在世上生存:"生活并非只是鲜花盛开的花园。"后来他思忖并记起鲁本斯的画《爱情的花园》,那里优雅的绅士和美貌的女士成双成对坐在树下,阿摩耳①在他们周遭飞舞。

"撒谎者!"他骂鲁本斯,"为何他不在花园里交替安排些衣衫褴褛的穷人和垂死的病人与情侣们在一起呢:这样才真实!……而我是否能这样?"他问自己。倘若他强迫自己同她生活在一起,为她而活着,将会怎样呢?同床异梦、冷漠和最难以忍受的敌人,是寂寞无聊!这种生活的远景和这种同床异梦、冷漠、寂寞无聊的情景,出现在他现成的幻想中:他在那里见到了自己,他是多么阴郁、狠心、冷漠,也许他将更快把她拖进坟墓。他绝望地挥了下手。

"狂怒可以克制,"他为自己辩解道,"但你无法克制冷漠,无法隐藏寂寞,哪怕你将自己的整个意志朝此挪动一下!而这可能毁了她:随着年龄的增长她会猜到……是的,随着年龄的增长,然后她会容忍,习惯,找到安慰,并生存下来!而如今她快死去,出乎意料短促的一出悲剧、整个儿一个不幸事件、一部深刻的心

---

① 阿摩耳,即厄洛斯,希腊神话中的爱神。在罗马同厄洛斯相当的是阿摩耳或丘比特。他的形象是个长着金翅膀、张弓搭箭的少年或儿童。

理长篇突然落在他生活中。"

"过来,同我坐在一起!"传来娜塔莎的声音,将他的思索打断。

此后过了一星期,他低头走在娜塔莎的灵柩后面,时而念叨着对自己的诅咒,诅咒自己那么快便不再爱她,时常长久地把她忘了,不加珍惜,时而又自己安慰自己,他在自己的爱情上处于无权地位,他从未有意识使她伤心,对她温柔体贴、细心照料,最终并不在他,而在于她身上缺少一种能使长燃之火永不熄灭的材料,她在自己的爱情中睡熟了,已永远无法从宁静的睡梦中清醒过来,也不能将他唤醒,她身上没有强烈情欲的征兆,没有一根驱赶生命的长鞭,让生命中产生有益的力量,从事生产劳动……

"不,不,她不是个女人,而是只鸽子!"他想,望着轻轻摇晃着的灵柩,流下热泪。

他若有所思地站在教堂里,望着因点着蜡烛引起的空气的微微颤动和不大的一群送葬者:最前面站着个高高的胖亲戚,冷漠地嗅着鼻烟。他身旁可见泪流满面、面红耳赤的姨妈,后面是一群孩子和瘦弱无力的老婆子。

在灵柩旁的地上跪着的,是最后赶到、对娜塔莎的死比所有人都尤为震惊的她的女友:她的头发没有梳好,她古怪地朝四下里打量一番,然后仔细瞧了瞧死者的脸,把头放在地板上,猛然号啕大哭……

他慢腾腾回家转,有两星期他闷闷不乐、沉默寡言,不朝画室看上一眼,不同朋友们会面,只在偏僻的街道和胡同里徘徊溜达。痛苦平息了,眼泪干涸了,剧烈的疼痛消失了,头脑中只留下因蜡烛燃烧引起的空气颤动、轻缓的歌声、姨妈因泪水而通红的脸庞、女友抽抽搭搭的哭泣……

手稿到此结束。

赖斯基结束阅读,愁眉苦脸、若有所思地坐了些时候。

"这篇特写苍白无力！"他暗自道，"如今人们不这么写了。这种幼稚的东西，在《苦命的丽莎》①时代是当之无愧的好特写。她的画像（他走到画架前）——并非画像，而只是一幅稍稍上过色的草图《苦命的娜塔莎》。"他叹口气评论道，终于他记起她，望着草图。"你生前，同样如在画布上和纸上，用我的笔被苍白地涂上了一层生命的色彩！二者都该重新画过和写过！"他结束道。

随后他叹口气藏起笔记本，拿起一沓白纸，开始添加自己新长篇的提纲。

已成为回忆的情节，使他觉得是别人的事件。他客观地看待它，并首先列入自己的提纲。

他一直写到天明，白天他又不止一次回到笔记本上，晚上回到家，他重又坐在桌旁，记下他有可能梦见的东西。

场景，性格，亲人、熟人、友人、女人们的肖像，在他笔下改变成典型，并写满了整整一个笔记本，他还随身带上一个小笔记本，经常在人群中、晚会上和午宴时取出小纸片和铅笔记上几句，藏好，又掏出来边思索边记，想得出神，便写了半句停下，突然离开人群躲到僻静处。

同时生活将他唤醒，使他离开创作梦，并召唤他摆脱艺术上的享受和痛苦，回到真实的享受和现实的悲伤中，对他而言所有悲伤中最难以忍受的是寂寞无聊。他从一个感觉扑向另一个感觉，并非为一个想象而需要精神上的养料，而是捕捉各种现象，保藏和几乎是强行截住各种印象，但始终在寻觅着什么，希望停在某处，试试……

眼下他把某些他本人尚未明了的希望寄托在表妹别洛沃多娃身上，以与她亲近为乐。暂且他不想有更多的希求，除了能经常见到她，聊聊天，唤醒她的生命，倘若可能，唤醒她的情欲。

---

① 《苦命的丽莎》（1792）为俄国作家卡拉姆津（1766—1826）创作的感伤主义中篇小说。

但是,她是高不可攀的。他开始感到疲乏,寂寞无聊和烦闷开始冒头……

十六

五月已过。该随便去个地方躲避彼得堡极地的夏天。可是去哪儿?赖斯基反正全一样。他做了各种方案,但一处也没有选定:他想去芬兰,但放弃了,于是决定一人独居于帕尔戈洛沃①的湖泊区写长篇小说。这方案他亦放弃了,于是正经八百地打算同帕霍京一家去梁赞庄园。但他们改变主意,留在了城里。

夏季集体侨居国外也曾让他醉心于出国,突然一件事出乎意外地让他另作决定。

有天回到家,他收到了两封信,一封来自塔季扬娜·马尔科夫娜·别列日科娃,另一封来自他的大学同学、在其家乡当中学教员的列昂季·科兹洛夫。

起先祖母经常给他写信,寄账目:他回信简短,但对热爱他、长期替代他母亲的老妇人满怀爱意和深情,他把账目撕了,扔在桌子底下。

后来她开始写得少了,抱怨老了,眼睛花了,还得操心孙女们的教育。看到她那粗大、清楚、刚毅的笔迹,他乐了。

"……你应该吗,鲍里斯·帕夫洛维奇,"她顺便写道,"把我这个老婆子忘了?要知道你可是只有我一个亲人啊。看来,如今是新时代,老太婆在世上变得多余了:年轻人是这么认为的。可我还不能死:我有两个孙女要照管,她们早到了结婚年龄。暂且没有给她们安排好,我就将祈求上帝延长我的寿命,到那时,

---

① 帕尔戈洛沃为彼得堡以北一城镇,四周多沼泽和湖泊。

随他神圣的意愿!

"我并不埋怨你把我忘了;但是如果——没有的事——我不在了,我的两个姑娘,你的妹妹们,虽说不是亲的,就将落得孤苦伶仃了。你是她们的近亲和靠山。你同样得考虑考虑庄园:我变老了,不能长久当你的女管家;你将把自己的财产遗留给谁掌管呢?他们会把一切偷光的,什么也不会剩下。难道节省下来的财产将化为乌有?每当想到你世代相传的银器、青铜器、绘画、钻石、花边、瓷器和水晶破璃器皿全将散失到仆人手中,转归犹太人、高利贷者所有,卖到伏尔加河沿岸和集市,无缘无故地消失殆尽,并且谁也指望不上,我的心都好像停止了跳动!只要祖母在世,你尽可放心,一根线头也丢不了,可以后就指望不上谁了。两个孙女,她们怎么样?韦拉善良聪颖,但古怪孤僻,什么也不过问。玛尔芬卡将是个好主妇,还年轻;没关系,早该出嫁了,可理解力还像个孩子——谢天谢地!待到有了经验,她会成熟的,而我爱护她,她亦珍惜这一点,因此不违背祖母的意愿,为此上帝将褒奖她。她在家务上是我的帮手,而庄园事我没让她参与:这不是姑娘家的事!仆人中如今我有了个认真的农夫,名叫萨韦利;我自己身体很弱,村子由他掌管,而雅科夫和瓦西里莎在家做所有我需要做的事情。

"别推迟了,快来吧,让祖母高兴一阵:她是你的亲人,不单在亲戚关系上,而且在内心里:你小时候曾感觉到这一点。我不知道你长大了是什么样,你曾经可是个好孙子。哪怕来看看妹妹们;兴许你会碰上好运气……我本想在你来之前不作声的,但按老婆子的习惯我忍不住。有个包税商①马梅金从莫斯科迁居来:他有个待字闺中的独生女儿,再别的孩子。倘若上帝赐福于我

---

① 俄国曾把某些捐税的征收权交私人承包,承包人即为包税商,国家则向包税商收取一定数额的款项。此项包税制于1863年取消。

让我等到这桩喜事：给你完婚并将庄园亲手交给你，那时我便可以安静地合眼了。结婚吧，鲍留什卡，你早已到年纪啦，到那时我的两个女孩子在我死后也不会成为无家可归的孤儿。你将是她们的兄长和保护人，而你的妻子便是善良的姐姐。你若是个单身汉，她们就无法生活在你身边——结婚吧，满足祖母的愿望吧，上帝不会抛弃你！

"我将等候回音：事先写封信来，我吩咐在楼下替你收拾三间屋子，打扫干净，而让玛尔芬卡躲到楼上明亮的小房间去：你是主人！

"季特·尼孔内奇向你鞠躬：他老了些，但还是个好样的。笑容依旧，说话还是那么机智，鞠躬还那么姿态优雅，胜过年轻漂亮、服饰华丽的公子哥儿。我的朋友，请带件麂皮背心和一条麂皮裤来：说是如今穿上它们能防风湿病。我要送他一件他意想不到的礼物。

寄上最近两年的账目。请接受我的祝福。

塔季扬娜·别列日科娃"

"奶奶！"赖斯基高兴地叫道，"我的天啊！她在召唤我：我去，我去！要知道那里有幽静和有益健康的空气与食物，有善良、温柔、聪明女子的爱抚，还有两个妹妹，两个新的、我所不熟悉的，同时又十分亲近的脸庞……外省的小姐们！有点儿可怕：也许是些丑八怪！"一想到这儿他皱起了眉头……"但是我去：这是命运派遣我……可是倘若那里很无聊呢？"

他觉得害怕，随后又安下心来。

"一感到无聊，我立刻就离开！"他自己安慰自己，"我去，我去，那里有列昂季。列昂季！"赖斯基说，一想起这个列昂季就笑。他都写了些什么？

"昨天我无意间,自己也不知道怎么回事,便闯进了你的领地,"列昂季写道,"也许是由于心不在焉(你知道,我有这毛病),我没有走那条巷子便到了山脚下,当我爬上山才发现无意间走到你祖母的果园里,于是便想往回走。但塔季扬娜·马尔科夫娜在窗内见到我,暮色朦胧中起先她把我当作小偷,便又放狗又派人,待到搞清楚是我,就喊我去她那里,对我很亲切,让我吃晚饭,直吃得撑破肚子,甚至还想安排我睡觉,而更多的是把我大骂一顿,说我不常去,吩咐我立刻给你写信,说服你回来。她说,庄园你放心,倘若你居住此地,她将亲自把它交还给你,并让你完婚。

"说实在的,我亲爱的朋友鲍里斯·帕夫洛维奇,我也想亲自给你写信,但是不敢,为什么,我下面会说的。庄园只是个无谓的借口:祖母想见见你才是真的,可她不知道怎样才能骗你来。你管理庄园不如她好。但这权且放在一旁:使我为难的是,我不知道如何提及需要你立即到达、进行最严厉的审判和惩处罪犯的主要话题。我指的是你的那些藏书。

听着,你爱我,这我知道。在中学和大学里你对我比谁都好:你常鼓励我,与我一起看书,爱我并时时帮助我,付房钱给女房东……买内衣……(赖斯基迅速跳过这行),不戏弄我,不同我玩'把戏',不打我——或是打得最少:揪头发总共才两次,不像别的人……不过去他们的吧,随这帮浪荡子便吧!他们同样并非出于恶意,而是因为无所事事和轻浮好动!因此,以这一友谊的名义,请你别生气……或是不,请你打一顿,第三次再揪一把头发,不过你得把话听完。你还记得那些古老的哥达[①]版的经典著作吗?(怎么不记得!)有着珍贵的硬书皮。你还记得老版本的莎士比亚吗,原文和注释参半的。你还记得……羊皮纸

[①] 哥达为德国城市,很早就成为图书出版和贸易的重要城市,古老的哥达版书籍更受图书收藏家们青睐。

的第一版法国百科全书吗？你还记得……（你当然记得，若忘了倒更好！）我编的那份目录：对这些出版物，我都给它们打上了像坟墓上那样的黑十字架！你听着，并且揍我好了：神甫们的作品很完整，整个神学部分依旧原封未动;柏拉图①、修昔底德②，以及其他历史学家和诗人们的作品亦都完整无缺。而斯宾诺莎、马基亚维利和其他部分的五十部精装豪华版本全毁了……当然是由于我的毛病、胆怯和该死的轻信。

"你要问这个毁书的欧麦尔③是何人吗？人们都叫他马克·沃洛霍夫：对他而言世上没有任何神圣的东西。即使你把埃利泽维尔珍本书④给他，他也会从里面把书页撕烂。正如我可怕地得知，可惜为时已晚，他有个很可恶的习惯：他看书时，便从所读的书上撕下书页卷烟，或是用它做成小烟斗，用它来剔指甲或掏耳朵。我恍恍惚惚发现，他还回来的书好像都比原先的薄了些，但很久也没能猜出原因，直至他坐在我身旁干起这种事情。他像个老手，拿起一本古希腊诗人阿里斯托芬的著作——希腊原文附法文译文——立刻当着我的面，突然从后面撕下一页，我甚至都来不及眨眼。这个沃洛霍夫是我们城里的一个怪物。在这里谁也不喜欢他，又全都怕他。至于我嘛，不能不喜欢他，又不能不怕他。他忽而在路上摘取我的制帽为乐，如果我没发现，忽而晚上他又

---

① 柏拉图（公元前428—前348），古希腊唯心主义哲学家，苏格拉底的学生。重要著作有《苏格拉底申辩论》《斐德罗篇》等。

② 修昔底德(公元前460—前400),古希腊历史学家，著有《历史》(八卷本)一书,论述伯罗奔尼撒战争史（至公元前411年）。被认为是古希腊史学的顶峰。

③ 此处的欧麦尔，系指欧麦尔一世（约591—644），阿拉伯哈里发国第二位哈里发，在位时夺得亚洲和非洲的大批土地，传说他下令烧毁了著名的亚历山大图书馆，使大量珍贵图书毁于一炬。

④ 16—17世纪荷兰出版商埃利泽维尔出版的书籍。埃利泽维尔是个出版和印刷世家（1581—1712），老埃利泽维尔·路易斯（约1540—1617）于1581年开始从事出版工作，后来由儿孙们继续经营。小开本《埃利泽维尔》读本，后来成为图书收藏家们的热门。

来敲窗户还帽。有时,他又会突然带来一瓶好酒或是从菜园里(他住在种菜人家里)拉来整整一车蔬菜。他是派遣到这里居住的,处在警察的监视下,从此这个小城镇便不能说是安全的。

"看在上帝的面上,别把我有关他的介绍转告他。他一定会向我和你耍诡计的。我曾因损坏的图书要求他做出解释,但他对我露出一脸凶相,使我不敢再问下去。他说他曾经与我们同在一个大学里,只是不在一个系。看来,他在说假话。

"这里都知道他在彼得堡的一个团里服过役,同样与人合不来,被调往俄国内地某处,便辞了职,住在莫斯科,落入某个偶然事件中,于是被遣送至此,正如我所说的,在警察的监视下。他同警察永远充满敌意。尼尔·安德烈伊奇和塔季扬娜·马尔科夫娜不愿听他的事。不过关于他扯得够多的了!来吧,你将亲眼看到他是什么人了。如今我用自白卸下了重负,心里也轻松些。此后遇见你也不会那么害怕。

"来吧,鲍里斯,我的朋友,来见见祖母:倘若你能来,便能见到她是怎样爱你,怎样爱惜你的庄园,可不像我那样看管图书!你的两个妹妹,韦拉和玛尔法是什么样的美人儿啊!这一切都如何等候着你啊,你的果园什么样啊,伏尔加河上什么样的景色啊!……倘若你了解这一切,你便会一秒钟也不拖延,飞驰而来:来从塔季扬娜·马尔科夫娜的手中接过庄园,而从我那里接收藏书——来惩罚和拥抱我这个有罪的但爱你的同学和朋友。

"又及:我的妻子向你问候,并嘱我转告,她依旧爱你,而当你来后她会更加爱你。

列昂季·科兹洛夫"

赖斯基几乎流着泪读完这封长信,并回忆起怪人列昂季和他的藏书癖,笑他为藏书而惊慌不安。"将藏书赠予他。"他想。

"列昂季,奶奶!"他希望道,"美人儿,两个表妹韦罗奇卡和玛尔芬卡！伏尔加河和它的沿岸地区，静寂不动、怡然自得的幽静，那里的人们不是在生活，而是在生长和静静地衰老，那里没有疯狂的情欲和精巧而有害的享乐，没有令人痛苦的问题、任何思想活动和意志——在那里我将集中精力，整理素材，创作长篇小说。眼下怎么也得把索菲娅的画像完成，与她告别，便dahin，dahin！[①]"

十七

清早起，赖斯基就坐在索菲娅的画像后面，并且这样坐着已非第一个早晨。这项工作令他疲惫不堪。他打量着画像，突然间懊恼地将遮布往画像上一扔，在房间里踱来踱去，停在窗前，吹着口哨，用手指敲玻璃，有时则离开院子，愁眉苦脸、不满地在外面徘徊。

翌晨又是如此，同样不满意和暴怒。有时，他坐着坐着，便突然抓起调色板，急忙调好颜料往某处涂上几笔，添上阴影，停下，打量着，思索着。然后否定地摇摇头，叹口气，扔下调色板。

而画像画得惟妙惟肖。索菲娅就是人人见过和熟悉的那样：平静娴雅，光彩照人。体态也是那么和谐匀称；她那高高白皙的前额，少女般开朗直爽、天真无邪的目光，高傲的脖颈，梦一般蛰伏着的高耸的丰乳。

是她，整个儿是她，但他不满意，艺术家的精神痛苦折磨着他！他在真人身上激发生命，给黑暗带来火种，她身上展现的是新生活的激情和特征，而画像中却没有！

"基里洛夫为何还不来？他可是答应来的。兴许他在产生一种念头，该如何做才能使女神成为女人。"他思忖。

[①] 德语:去那里，去那里！此句系引自歌德所作长篇《威廉·迈斯特的学习时代》(1796)中的一首诗，俄罗斯学者洛特曼认为诗篇表达了作家对18世纪末德国生活贫困的反抗和对精神自由的渴望。

他手指上套着调色板，低头又陷入沉思，痛苦地渴望掌握艺术的奥秘，在画布上创造出他此刻梦见的那个索菲娅。

他想起她的激动、她那恳求的嗓音抛弃了她，离她而去；想起她多么想向高傲求援，但未能如愿；她多么想把手挪开，但无法挣脱他的双手，她未能战胜自我……那时的她同这幅肖像多么不相像！

他看出，他引起了她的疑惑，看出这些疑惑是哈姆雷特式的。他猜出她心头的疑惑："事实上，我是否像需要的那样生活着？我是否为我的家族和圈子里的人那无用的自尊和体面，而牺牲了人的活生生的东西？应该承认，有时同姑妈、爸爸和Catherine在一起我常常感到无聊，只有cousin赖斯基一个人……"

当赖斯基把索菲娅的想望引向自己的时候，他的心开始剧烈跳动。

他已经看不见画像，看到的是别的什么东西。他的眼睛如梦游症患者那样，睁得大大的，一眨也不眨；它们盯着某个地方，见到了活生生的索菲娅，见到她如何独自一人待在家里想望着他，陷入沉思，并未留意她自己坐在哪儿，或是毫无目的地在房间里走动，停下，仿佛突然被某个新的思想之光所惊倒，走到窗前，拉开窗帘，将好奇的目光投向街道，投向人头和脸庞攒动的活的洪流，敏锐地注视着公众熙来攘往的循环往复，并不躲避这喧闹嘈杂，亦不厌恶这粗鲁人群，恰似她也成了它的一部分，仿佛她明白某位先生怕迟到，如此急匆匆要赶往何处；看来她已然知道，这个官吏为一年三四百卢布的薪俸，把自己三分之二的生命、鲜血、大脑、神经出卖。

她可怜一名背上勉强扛着个大口袋的农妇。她猜到这个女人带着个包袱，里面包着最后一件宽大斗篷式女外衣，匆匆而行，为的是付房租，等等。索菲娅若有所思、关心的目光伴随着形形色色的男人和女人。

她对这种生活注视良久，并且似乎懂得了它，然后不乐意地离开窗口，忘了放下窗帘。她拿起一本书，翻了一页，又专心思索起其他人如何生活的问题。

她的美貌是有理性的，她的明眸并非无忧无虑和清澈明亮地在注视，而是在思索。明眸中充满焦虑，为这些在街上奔跑忙碌的"其他人"，他们虚弱，穷苦，以劳动为生，号叫哭诉。

她突然感到，她不是活着，而是在生长，出芽。折磨着她的，是对这种生活的渴望，是对生活中生气勃勃的相爱相怜和苦难悲伤的渴望，是对劳动的渴望，但首先是对相怜相爱的渴望。

书从手中掉落到地板上。索菲娅并未试图将它捡起；她漫不经心地从花瓶里摘下朵小花，并没留意其他花儿开得争奇斗艳，有些则已凋零。

沉溺于一己的她嗅了下小花，心不在焉地用嘴唇咬了下叶儿，轻轻地，几乎无意识地来到钢琴旁，侧身随便坐在琴凳上，用一只手奏出沉思的和弦，一直在想啊，想啊……

随后，她轻声地，有点像是叹息，说出一个人的名字，不由得战栗一下，胆怯地回头一望，双手捂住脸，就这么待着。

房间里阒无一人，只有阳光透过没有拉上帘幔的窗子闯进来，在镜子上自由自在溜达，在带棱的水晶玻璃器皿上散裂。一本打开的书乱扔在地板上，脚旁是咬下的花叶……

他抓起画笔，睁大渴求的双眸，望着此刻在头脑里见到的那个索菲娅，微笑着久久地在调色板上调颜料，数次想在画布上动笔，但都犹豫不决地停下，最后他用笔在眼睛上勾画，加重一点阴影，将眼睑稍稍展开。她的眼神变得豁达开朗些，但依旧平静如秋水。

他轻轻地，几乎是机械地又将眸子点上几笔：它们变得更为栩栩如生，秋波撩人，但还显冷淡。他久久地在双目旁用笔涂描，又沉思地调颜料，在一只眼睛上勾上一条线，再像那时中学老师在他毫无生气的画上点点那样不经意地点上一点，随后又在另一只眼睛上画了些连他自己也无法解释清楚的线条……于是突然间，这双眸子里闪烁的火花令他惊呆了。

他退远些，打量着，吓傻了：明眸中有束光芒向他径直射来，但整个表情却很严峻。

他无意识地，几乎是偶然地稍稍改变了一下双唇的线条，在上唇上勾了条轻轻的细线，将某处的阴影改柔和些，再退几步，打量起来。

"是她，是她！"他说，透不过气来，"如今是真正的索菲娅！"

他听到自己身后的脚步声，充满活力地转过身去：来者是阿亚诺夫。

"伊万·伊万内奇！"赖斯基激动道，"你来我太高兴了！看啊，是她，是她吗？你说啊？"

"等等，让我看。"

伊万·伊万诺维奇久久看着。赖斯基焦急地等着。

"这是谁？"阿亚诺夫慢腾腾说。

赖斯基惊得发呆。

"你不认识索菲娅？"他问，稍稍从惊讶中恢复过来。

"怎么，是索菲娅·尼古拉耶夫娜？可能吗？"阿亚诺夫说，睁大眼睛望着画像，"你不是另有一幅吗？那幅看来更好：在哪儿？"

赖斯基懊丧地，几乎鄙视地挥下手。

"那是同一幅！"他说，"我只是修改了一下。你怎么看不见呢，"他冲阿亚诺夫责怪道，"原来那幅没有生命，没有火焰，昏昏欲睡似的，萎靡不振，可这幅！……"

"随你便，那幅更像！"阿亚诺夫固执道，"可这幅……她在那里像喝醉似的。"

"你才喝醉了！走开！"

"我可是并不在行。"阿亚诺夫冷淡道。

赖斯基不回答他，使劲儿给画像上的头发和天鹅绒上色。

过了一刻钟基里洛夫来了。此人矮小，枯瘦，全身都藏在络腮胡子、小胡子和大胡子当中。身子几乎全看不见，只有一双凹陷的眼睛不自然地发亮，一只鼻子蓦地如驼峰突起在密林中，而末端重又固定在毛发中，毛发后面见不到脸颊、下颏和嘴唇。脖颈同样潜伏于大胡子中，而剩下的整个躯干好像装在一只口袋里，裹在一件全是褶子、宽大得直晃荡的大衣里，大衣底下露出另一件沾满油画颜料斑迹的大衣或常礼服的下摆。脚上穿一双走路时发出轻柔的沙沙声的鞋，帽子磨破，油渍麻花，帽筒歪斜。

望着这聚精会神、凝神沉思和热烈的目光，望着这张仿佛在胡子那穿不透的覆盖层下平静、严峻、神情呆板的脸庞，尤其当他在自己幽暗的画室里，手拿调色板站在画架前，古怪而如钉子般犀利的目光盯住他正在描绘的圣像时，你不会想到这是位如鸟儿般自由自在的世界艺术家，寻觅的是生活的光明面，却会把他看成为最憎恨欢乐和只知悲伤的苦行僧，一位艺术的修道士。看来他就是这种人。

他默默地、慢慢地、但深深地专心于画像中。赖斯基焦急不安地注视着他的脸部表情。最初的瞬间基里洛夫惊讶地把目光停留在画像的脸部，并且好像将赞许的目光久久集中在双眸上；他的皱纹舒展开了。他仿佛做着一个令人高兴的梦。

随后，他仿佛突然醒了；脸上慢慢泛出并非愉快的惊喜，而是痛苦的惊异，蹙起前额。他转过身，把帽子放在桌上，掏出香烟，抽了起来。

"您觉得如何？"赖斯基问。

"为这幅画您把我叫来？"基里洛夫问。

"怎么啦？"

"再见。我该回家了……"

"请等等，随便说点什么。"

"说什么：无关紧要的话！"

"哦，是的，您刚从幻想中清醒过来，因此觉得无关紧要！"赖斯基委屈地反驳道，"嗨，您半死不活的！原先您还承认我有天赋呢，谢苗·谢苗内奇……"

"为何要对您重复一遍呢？我已经说过！"他叹口气，"倘若您走这条路，将精力耗费在摩登脸蛋上的话……"

"摩登脸蛋！您知道这是谁吗？"

"谁？"基里洛夫朝画像飞快瞥一眼重复道，"某个女演员呗……"

"你们都怎么啦，好像全疯啦！那个说见到的是个喝醉酒的女人，这个说是女演员！同你们有什么好说的！"

赖斯基开始将画像盖上。

"我把画带上去见她：最好让模特儿本人来评价。谢苗·谢苗内奇！我希望从您这儿哪怕听到一句亲切的话语：您常常在我的各种画作中发现点什么，哪怕是生命的火花……"

"这里也有火花啊！"基里洛夫说，指着眼睛、双唇、高高的白皙前额，"这儿非常好，这儿……我不认识你所画的本人，可是我看出这儿挺真实。这算得上一幅题材高雅、高质量的画。可您却把这对明眸，这份热情和亲切，给予了一个搔首弄姿、卖弄风情的轻浮女子和玩偶。"

"不，谢苗·谢苗内奇，画摩登脸蛋的画匠不可能选择如此高雅的题材。这不是轻浮女子，不是搔首弄姿，她值得您的笔来描绘：这是端庄纯洁和高傲的典范；这是神，虽说是奥林匹斯山上的神……但她与您是同一种族，就是说，她并非来自那个世界！"

"若是这张脸带上笃信上帝的、聚精会神的目光，而没有这种热切的情欲的话！……听着，鲍里斯·帕夫雷奇，把肖像改成一幅画吧；抛弃您的上流社会、愚蠢行为和追逐女人……拉上窗帘，闭门独居三四个月……"

"为了什么？"

"画一幅笃信上帝的女人啊！"基里洛夫蹙眉道，结果连他的鼻子也钻进了大胡子，整个脸庞好像个毛刷子，"去掉这些天鹅绒和丝绸！让她跪下，就跪在石头上，给她肩上披件粗布斗篷，把她双手放在胸前……瞧，这儿，在这儿，"他用手指在脸颊四周画着，"少些光亮，不要这块肌肉，使双眼柔和些，让眼皮稍稍掩上些……那时您自己也将下跪和祈祷……"

"不，谢苗·谢苗内奇，我不想进修道院；我想要生活、上流社会和欢乐。没有人的地方我哪儿也不去，一步也不迈；我崇拜美，我喜欢她，"他温情地瞥一眼画像，"用身体和心灵，并且承认……"他滑稽可笑地叹口气，"更多的是用身体……"

基里洛夫挥了下手，开始在屋子里踱步。

"您身上的才华将要毁灭；您没有自立，没有闯出一条大道。您缺乏毅力，您有极度的热情，还有情欲，却无耐心！瞧，这儿，您看那双手只初具轮廓，而且并不正确，双肩也不匀称，可您已经裹起来，急着去显摆，夸耀……"

"问题不在于画得粗糙，谢苗·谢苗内奇！"赖斯基反驳道，"您自己说过，眼睛和脸部很真实；我也觉得掌握了奥秘。头发和手会有什么事？……"

"何苦呢，何苦说假话呢！"基里洛夫打断道，"您不会画手，而且没有耐心学！要知道倘若把这只手臂伸长，它将比另一只短；其实，您的美人儿是个畸形！您总是很轻率，可无论生活还是艺术都不能当儿戏。二者都得严肃认真，因此这世上杰出的人才和艺术家并不多……"

他叹口气，脸庞深深埋进头发里。

"好吧，按您的说法得避开人，避开生活，愁眉不展，永远毫无笑容，而且……"

"是的，请别见怪！"基里洛夫打断道，"倘若您想在艺术上搞出些比甜蜜的微笑和丰腴的肩膀更牢靠的东西，或是比农家后院和喝醉酒的农夫更重要点的东西，那么就得舍弃美女和酒宴，变得头脑清醒，一直工作到头昏脑涨，昏迷不醒；就该跌倒了爬起来，绝望得要死，再一点点苏醒过来，半夜里一跃而起……"

"我画这张……差不多……"赖斯基说，"就是从床上一跃而起，有时哭泣，直到精神错乱的地步……"

"依我看，你们俩全都疯疯癫癫！"阿亚诺夫冷淡道。

"是啊，您跳起来是为了涂您的这幅'真情'。"他指了指索菲娅裸露的肩头，"不，您晚上起来，该将这人体画上十遍，直至画正确，这就是您两周的任务：我会来观看的。而现在，再见。"

"等等，老师，等等！"赖斯基让他止步。

"放我走！您对艺术缺乏尊重，"基里洛夫说，"对自己缺乏尊重。艺术家协会是个兄弟般团结的团体，正如共济会①一样：它分布于全世界，为了同一个目标。画家是'泥瓦匠'的亲戚。您回忆一下希拉姆②和他的秘密。是啊，原来如此！不可能既享受生活，放荡不羁，做客，跳舞，同时又创作，画画，制图和雕刻。不行，"他激烈而几乎粗暴地攻击赖斯基，"扔掉这些糖果，去当个修道士，正如您自己恰当表达的那样，把一切献给艺术吧，念经、持斋吧，放聪明些，同时也单纯些，像蛇和鸽子似的，不管您周遭出现什么，不管生活将您引向何方，不管您落入什么陷坑，都记住和信奉一种教义，觉察一种感情，体味一种激情——对艺术的爱好！让他们为此而诅咒您，轻视您吧——走您的路：只有到那时实现了使命和服务，您才会'有很多报酬'，也就是永生。但是您缺乏勇气，没有精神力量，而且还不够贫困。把您的庄园给穷人们，跟随救世主的创造之光走。您不行！您是老爷，您并非降生在艺术的牲口槽里，而是出生于绸缎和丝绒堆里。可艺术并不喜欢老爷……它同样挑选'非名门望族'……把这个不知羞耻的女人盖上吧，或是将它画成一幅跪倒在耶稣脚旁的荡妇吧。再见。两周后我再过来看看。"

他将烟卷扔进沙罐，抓起帽子便先走了，赖斯基没来得及把他

---

① 共济会一词源自法文 franc-macon（自由的泥瓦匠或石匠），为18世纪产生于欧洲的宗教道德运动，俄国的共济会组织出现于1792年，至1820年与十二月党人运动结合。共济会其名称、组织和传统来自中世纪石匠与建筑工匠行会团体，部分继承了中世纪骑士和秘密修会的传统。共济会会员试图建立一个全世界的秘密组织，以达到其把全人类联合在宗教兄弟同盟的乌托邦目的。

② 希拉姆为来自古代腓尼基沿海城市提尔的一名铸工，建造了所罗门王的王宫。这一传说被共济会会员用来作为含讽喻意味的神话。

拦住。

"什么样子！"阿亚诺夫说，"怪人！其实他为何不去当修道士啊？帽子压瘪，油渍麻花的，穿得破破烂烂，一副穷酸相。真正的苦行僧！他不喝酒吗？"

"除了水，什么也不喝。"

"哼，他不是要上吊，便是要发疯。"

赖斯基深深地叹了口气。

"是啊，"他说，"这是最后一个莫希干人：真正的、不掺杂的但谁也不需要的画家。艺术从象牙塔来到人群中，也就是来到了生活中。应该如此！他在鼓吹什么：这个狂徒！"

但是，在继续基里洛夫比喻的同时，他也在默默将自己与这个不能进天国的年轻人相比较。他沉思着在房间里前后走动。

沮丧把他吞没，心中充满泪水。此刻他真诚地打算抛弃一切，到荒漠里去，像基里洛夫那样，穿破衣烂衫，吃粗茶淡饭，像索菲娅那样看破红尘，抹啊，涂啊，直至倒下，把索菲娅改画成一个荡妇。

他甚至迅速抓起一块新绷紧的粗麻布，放到画架上，开始用粉笔大笔勾画做祈祷的人形。他让她伸出双臂，充满激情、狂怒地画完手指；擦掉，重画，再擦掉，始终没有结果！

急躁不安开始折磨他，不成功的第一稿使这种情绪转变为暴怒。他擦掉，重新开始慢慢勾勒，线条密实而粗重，好像想把粗麻布杵破。基里洛夫所说的绝望开始替代暴怒。

他放下粉笔，在头发上擦了下手指，走近索菲娅的肖像。

"改画肖像，"他想，"基里洛夫对吗？我的整个目的、任务和思想是美！我被美笼罩，并想将支配着我的这一容光焕发的形象再现：倘若我捕捉到了美的'真实'，还有何求？不，基里洛夫寻找天堂的美，他是苦行僧；而我寻找的却是人间的美……我把画像给索菲娅看，她会说什么？以后我再改画吧……只是绝不是荡妇！"

他笑了，心想倘若索菲娅得知基里洛夫的这一想法，她会说些什么。他渐渐安静下来,欣赏起画中的"真实",又回到原先自由的幻想、自由的艺术和自由的创作。他小心翼翼地包好画像,带着它去见索菲娅。

十八

赖斯基对是否能见到索菲娅,以及她会怎么说和说些什么将信将疑。

"这儿恰似沸腾起来!"他摸着自己胸口想道,"噢,将有一场风暴,让暴风雨来吧!今天是决定性的一天,今天秘密应该公开,我也将知晓……她是否爱我?倘若是,我的生活……**我们的生活就该变样**,我不去……或是,不,**我们**去那里,去祖母那里,去一个美好的地方,两个人……"

他解开画像,将它放在客厅的一把安乐椅上,轻轻顺着一排穿廊式房间朝索菲娅的屋子走去。仆人在下面告诉他,她一个人在家,姑妈们去做日祷了。

他捂着心口,仿佛制止它,不让它跳动,踮起脚走路。他曾梦见撒落的花朵、卷起的窗帘、在水晶玻璃器皿上闪耀的放肆的光线。他轻声悄然走近,见到了索菲娅。

她坐着,胳膊肘撑在桌上,将脸埋在手掌里,在想望,在打盹,或是……在哭泣。她衣着随便,没有被束紧在无法弯曲的衣衫铠甲里,没有戴花边,没有戴手镯,甚至没有梳理,头发不经意地挽个发髻,套在发网里;家常穿的宽大上衣搭在肩上,宽宽的褶皱落到腿旁。地毯上放着一双缎子便鞋:只穿袜子的双脚放在天鹅绒小凳上。

他从未见过她这番模样。她没发现他,而他大气也不敢出。

"表妹，Sophie①！"他用勉强听得见的声音叫她。

她战栗一下，稍稍离开桌子，惊讶地望着赖斯基。她的眸中流露出疑问：他怎么啦？从哪儿突然冒了出来？为何上这儿来？

"Sophie！"他重复一遍。

她站起身，整个身子挺得笔直。

"您怎么啦，cousin？"她简短地问。

"对不起，表妹，"他说，已经没有了欣喜，"我偶然遇见了您……在这样一种极富诗意的杂乱无章中。"

她环视自己四周，仿佛突然醒悟过来并摇铃召唤。

"Pardon，cousin②，我去化妆！"她冷淡道，同女仆一起进了卧室。

他听见她在责备帕莎，为何赖斯基到来不向她通报。

"这究竟怎么回事？"赖斯基望着他带来的画像，心想，"她又不像了，她总是这样！……哦不，她骗不了我：她现在当我面摆出的这副沉静和冷漠，并非原先的那种——噢，不是！这很勉强，是被迫的。那里隐藏着什么，在这冷若冰霜下——我们看看再说！"

她终于出来了，做过头发，穿上窸窣作响的衣服。她不看他一眼，站到镜子旁戴手镯。

"我带来了您的画像，表妹。"

"在哪儿？让我看看。"她说，跟着他到了客厅。

"您是在奉承我，cousin：我不是这样儿的。"她说，仔细看着画像。

"唉，不是，离真人差远了！"望着眼前的真人，他假装着沮丧道，"美，这是什么力量！唉，若是我有这么个美人的话！"

"您会怎么做？"

"我会怎么做？"他说，专注而狡猾地盯着她说，"我会让某个她十分幸福……"

---

① 法语：索菲娅。

② 法语：对不起，表哥。

147

"您也会让上千人招致不幸——是吗？您会对所有人试试自己的力量，对谁都毫不留情……"

"啊！"赖斯基不放过她，"你这样傲慢不可接近并非出于怜悯吧？……您害怕将多余的目光抛掷，因为您知道这对谁都不会有好结果。一副优雅的新面孔！自信对您很相宜。这高傲比祖先的傲慢强：美是一种力量，高傲是有意义的。"

他很高兴，因为如同他感觉的那样，他发现为何她那么固执地躲避他，为何那么突然间改变了好沉思默想的架势，重又躲进她的战壕里。

"但是，您不必过分有怜悯心：为了接近您，能同您说说话，谁又会拒绝痛苦呢？谁不会跪着在您身后爬行到天涯海角，不只是为了喜悦、幸福和成功，有时就单单为了一个微弱的对成功的希望……"

"何苦呢，cousin，您又重复自己的老一套！"她说，但语气不十分冷淡。她好像在怀疑，她是那么有感染力吗，所有人是否都会像这个兴奋的、热切的、疯疯癫癫的艺术家那样慢慢地跟着她呢？

这细小的怀疑色彩没有逃过赖斯基的眼睛。他从她的眼神中领悟到了弦外之音，捕捉到了（有时是不知不觉的）她身上闪烁着的所有光线和阴影，不但用理智识透，而且仿佛用神经感觉到发生了什么事，甚至应该是她身上发生了什么事。

"您自己都见到了，"他继续道，"为一个并无特殊意义的亲切目光，为一句并不许诺奖赏的话语，大家奔走忙碌，一博您的青睐。"

"真的吗？"

"您没发现吗？就是这样！"

"真的，没有。"

"说实话，您发现了，而且暗自扬扬得意，可是您还嘲弄我，逼我对您本人说。您知道我讲的是实话，并在我的言语中看到了自己的形象，且对此十分欣赏。"

"暂时我还是在画像中见到自己的形象，即使那样也过于夸大了，可口头上您只会骂人。"

"不,画像只是一幅苍白无力、很差的临摹;可信的只有您明眸的一道光芒和您的微笑,即使这样也并非始终如此;您很少这样看人和微笑,好像害怕似的。不过有时隐约显露出来;有一天它闪现了,被我捕捉到,我只不过暗示出这一真实而已,可您瞧,结果多好。咳,那时您多美好!"

"这是何时?"

"就是那次我对您讲述……还有,您记得吗,您爸爸带这位米拉里来……"

她默不作声。

"米拉里?"他重复道。

"我记得。"她干巴巴说。

"怎么,他经常来您这儿吗?"见她语调这么冷淡,赖斯基问。

"是的……有时候来。他歌唱得很好。"她补充道,坐到沙发上,背靠亮处。

"什么时候他再来您这儿,我也过来……让我认识认识。"

"这儿挺冷!"她说,活动下肩膀,"该吩咐生壁炉了……"

"我是来同您告别的;我要走了——您知道吗?"他瞥了她一眼,突然问。

她什么也没说。

"上哪儿?"她只问了一句。

"去乡下,上祖母那儿……我不在了,您不会舍不得,不会感到寂寞吗?"

她思索着,好像决心暗自回答这个问题。

"您看,表妹,只要这里有某种犹豫,只要您没有表示是与否,那么对我而言便是幸福。突然的一声**是**——便意味着欺骗、客套或是那种我不该得到的幸福;而因为一声**不**,我将感到痛苦。但您自己并不清楚,您究竟舍得还是舍不得:这从您那里已经得到许多了,这已经是半个胜利了……"

"而您希望完全的胜利?"她笑着问。

"我是个不想当将军的坏士兵,我本有话要说,但不说了:这太过奢求……不可能。"

他望着她,天知道想表示些什么,甚至暗自期待她能问句"为什么?"但她什么也没问,于是他把叹息压了下去。

"不可能,"他重复道,"并且为了证明我不怀犹如此巨大的希望,我来同您告别,也许会去很久。"

"我为您感到可怜,cousin。"突然她轻声说,语调柔和,几乎带着感情。

他朝她转过身子,那么生气勃勃,如一个患牙痛的病人,突然疼痛消失那样。

"可怜!"他重复道,"这是真的?"

"完全是真的。您知道的,我从不撒谎。"

他握住她的手掌狂喜地亲吻。她没移开手。

"瞧,瞧,为了获得吻您手的这种权利,所有这些聚在您周围的人什么不愿去做啊!"

"因此您是幸福的:您自由地得到了这种权利……"

"是啊,作为cousin!可是,我还有什么不愿意去做呢,"他说,几乎用一对醉眼望着她,"为了再吻一下这只手……这算什么……"

他想再吻,但她把手抽开了。

"我不敢怀疑您有点儿……可怜我,"他接着说,"但十分想知道为什么。为何您愿意有时见到我?"

"为了听您说。当然您有许多夸大之辞,但有时您对一些问题解释得很正确,那些我虽也明白,但无法亲口说出来,不善于……"

"啊,您终于承认了!这就是您为何需要我的原因:您把我看作一本阿拉伯语辞典……一个并不怎么好的角色!"他叹息着补充道。

"可是,cousin,刚才您自己说过您不想当将军,说任何人只要能引起我的关注,打算……爬到任何地方……我不要求如此,但倘若您能给我一点……"

"友谊?"赖斯基问。

"是的。"

"哦,是这样,我懂了。哎哟,这原来是友谊!"

"不,cousin,我看您并没拒绝'将军的军衔'……"

"不,不,表妹,我并不希冀,因此我再说一遍,我要走了。但您对我说过没有我,您感到寂寞,说您需要我,所以我才像个落水者一把抓住了稻草。"

"您不会白费劲的。我表示愿意给您的并非无关紧要的东西,而是友谊。倘若为了一个亲切的目光,或是一句话可以爬得那么远,直到天涯海角,那么为了我轻易不给任何人的友谊……"

"友谊之美好,表妹,是当它成为向爱情迈进的一步时,否则它只是一桩荒唐事,有时甚至是一种侮辱。"

"何至于呢?"

"是这样。您给了我不用通报便能进您房间的权利,而且并非永远:瞧今天您就生气了,想赶我到城里替您办事,这是表哥的特权,甚至会同我商量如何购置衣服,倘若我有兴趣的话;您还使我有幸听到您对您的亲族、熟人真诚的评语,而且甚至倾诉您所受的侮辱……倾诉您恋爱时内心的秘密……"

索菲娅的脸色显得不自然;她甚至假装朝一边打了个哈欠。他发现了。

"您是否已经爱上谁了?"他突然问。

"什么?"

"这么不好意思说明什么?"

"不好意思?我不好意思了?"她照着镜子说,"我没有不好意思,只是记起我们有过约定,不谈有关爱情的事。请您,cousin,"她突然严肃道,"记住约定。劳驾,我们别再谈此事。"

这个请求让他感到奇怪,并思索起来。以前她也请求过,但是开玩笑式的,面带微笑。自尊心悄悄告诉他,他叩她的心扉并非徒劳,它做出了反应,她的惊慌和那突如其来、尴尬的别谈爱情的请求,是害怕,是谨慎。

接着他抛开这一想法,因意识到自己是个纨绔子弟而脸红耳赤,于是寻找别的原因,但心儿在呻吟,痛苦,难过,两眼疑惑不解地紧盯着她,话在舌头上打转,但口难开。嫉妒已然将他折磨。

"这是怎么回事?难道我真的钟情于她了?"他心想,"没有,没有!我有什么事?要知道我又不是为自己操心,为的是她……为了她的发展……'为了社会'。再作一次最后的努力!"

"最后一个问题,表妹,"他大声道,"倘若……"他思索:问题可是决定性的,"倘若我不接受您因品行端正像奖状一样送给我的友谊,而是打定主意要'当将军',您会说什么呢?我是过去有可能,还是现在有此可能?……""她并非卖弄风情的女子,她会说出真情的!"他想,"您会支持这个希望吗,表妹?"

他战战兢兢说出最后一句话,胆怯地望着她。她笑了起来。

"您没有任何希望,cousin。"她冷冷地说。

他做了个不耐烦的动作,仿佛对此是不能怀疑的。

"不,绝不可能!"她断然重复道,"您总是夸大其词:普通的客套话您当作什么 entrainement①,一般的关注被您看成是热情,而且自说自话,念念不忘。请允许我提醒您,您表演得不像一个表兄和朋友。"

"您这不是把我与社交界那些追逐女人、向她们大献殷勤的家伙混为一谈了吗?"

"Fi,quelles expressions!②"

"不错,您就是把我与那些在客厅里、包厢里东游西逛的家伙混

---

① 法语:倾慕。
② 法语:呸!岂有此理!

为一谈了,他们装出一副温柔多情的模样,满嘴热情洋溢、恭敬有加的话语和一脸不自然的俏皮机智劲儿。不,表妹,倘若我谈到自己,那么我说的是真心话,我的言语表达出我的心声。我同您接触已有一年,当我离开时,我心里想的是将您与我一起带走,我感觉什么便会表达什么。"

"为何对我讲这些?"她突然问。

他沉默不语,被这句"为何"搞得不知所措。他曾问过"当将军"的希望,答案已尽在其中。这已足够,他本应无须再问,可他偏要打破砂锅问到底。

"您……不爱我吗,表妹?"他轻声而温情地问。

"很不爱!"她答道,感到很开心。

"别开玩笑,千万!"他激动道。

"我没有开玩笑,向您保证。"

"我真笨,竟然问她爱不爱我,太愚蠢了,"他思忖,"最好一走了之,什么也不知道,什么也别问……瞧:'超然于世界和强烈爱情'的她,也像任何一个卖弄风情的女人一样耍滑头、绕弯子和回避问题!不过我终于搞明白了!心中的一丝想法突然间贸然说了出来……"

就在这内心独白之时,她带着调皮的微笑望着他,显然她不无折磨他一番的快意,倘若……不是他贸然冒出一个出乎意料的问题,她还会继续折磨他的。

"您爱上了这个意大利人米拉里伯爵,是吗?"他问,目光紧盯着她,并且感到脸色苍白,仿佛一瞬间把千斤重负压在了自己肩上。

笑容,友好的声调,随意的姿态——全因为他的这个问题在她身上消失了。他面前是个冷漠、严厉、陌生的女人。她曾经与他那么亲近,而如今好像远在天边,不再是他的亲属和朋友。

"想必,这是真的:我猜中了!"他想,并且分析他为何作此猜测,根据何在。他只在她那里见过米拉里一面,可是当提及他时,她的脸上掠过某种阴影,并且扭过身子背对着光坐。

"天哪！为何别人茫然无知和倍感幸福的地方，我却什么都看到，什么都知道？为何那簌簌声，那微风轻拂，甚或沉默不语对我便足够了呢，便什么都明白了呢？该死的嗅觉！现在毒汁已然渗入心脏，又有什么好处呢？"

她默不作声。

"您生气了，表妹？"

她缄默不语。

"说啊，是生气了？"

"类似的猜测会发生什么，您自己知道。"

"我知道得更多，表妹，我知道您为何生气。"

"请讲。"

"因为这是实情。"

她动弹一下，惊讶地瞥了他一眼，仿佛说："您还固执己见哪！"

"这目光可不是您的，而是借来的！"

"是我装出来的！您把自己打扮得真高尚，赖斯基先生！"

他笑起来，随后叹了口气。

"倘若这说得不对，那么……在我的猜测中有什么令人不快之处？"他说，"倘若说得对，那么便是……在此实情中有何令人不快之处？表妹，您考虑考虑这二者必择其一的推论，您得承认您想用自尊压倒您可怜的 cousin 是无济于事的！"

她轻轻耸了耸肩。

"是的，是这样，您此刻所做的一切，并不表示您的不快，而是秘密被窃取后的懊恼……而生气只不过是伪装。"

"什么秘密？得了吧！"她说，提高了声调，瞪大着眼睛，"您恶意使用表哥的权利——全部秘密就在于此。我疏忽的是，任何时候都接待您，甚至连姑妈和爸爸不在家时亦……"

"表妹，别用这种口气！"他开始变得友好、热情、诚恳，于是她也几乎变温和了，渐渐恢复了原先那种自由随便、坦率信任的姿态，仿佛发现，她的秘密并未落到令人不快的人手中，如果这里面有秘密的话。"瞧，这就是奥林匹斯山！"他继续道，"既然您只不过是个女人，而并非女神，您就理解我的处境，望一望我的心，不要那么严厉，带点宽容吧，甚至哪怕对您而言我完全是个陌生人。可是，我是您的亲戚啊。您说您像朋友般爱我，见不到我便感到寂寞……可是一个女人只对她所爱的人才是有怜恤心的，温柔的，诚实的，公道的，而对其他所有人都是残酷无情的。我宁愿向歹徒的刀下乞求怜悯，也不向一个女人求得同情，尤其当她需要保守自己的爱情和秘密的时候。"

"您何必对我说这个？这对我完全不合适！我还请求您别再提爱情和热情……"

"我知道，表妹，我还知道其中的原因：我触到了您的痛处。但是，我的友好关系难道就那么拙劣？……难道我就不值得信赖？……"

"什么信赖？什么秘密？求求您，cousin……"她说，不安地望着两边，好像想离去，堵住耳朵不听，什么也不想知道。

"哪怕我想自己'当将军'的希望显得很可笑，"他不听她的，继续热烈而温情地说，"可是，可是我在您的眼里终还值点儿什么吧，不对吗？我再多说几句：在您四周，在您的整个生活中，过去和现在从未有过，或许将来也不会有与您比较亲近的人。不久前您自己也同样说过，虽说不那么明显。您没有一个真正的活生生的人，能那么亲近地了解人和他们的心，能向您解释您本人。您在我身上看清了自己的思想，检验自己的情感。我不是姑妈，不是爸爸，不是您的先辈，不是丈夫：他们中没有谁懂得生活，他们全都装腔作势，封闭在贫乏的旧观念圈子中，封闭在千篇一律的教养，也就是所谓的'举止风度'的框框中，并以此乞丐似的消磨时光。我是个活生生的精神焕发的人；我给您带来的是这儿不熟悉的观念和感情；对您来说我是个新事物；我使您……对不起……使您不感到寂寞……这是否是实情，表妹？"

她缄默不语。

"当然，现在是另一回事：现在您因我要走了而高兴，"他继续道，

"其他所有人都可留下，您需要的是我一个人离去……"

"为什么？"

"因为在这一时刻，只有我一个人是多余的，只有我一人识破了您萌芽中的秘密。但是……倘若您将它告诉了我,那么我将在他之后，成为您所最可亲的……"

她做了个动作，站起身，在房间里走动，环视四周的墙和画像，望着远处一排房间，仿佛见不到摆脱这一处境的出路，又不耐烦地坐到安乐椅上。

"但是……"他又开始用亲切友好的声音道，"我爱您，表妹（她伸直腰），百般地爱您，多半为您那惊人的美貌；你无意中不由得将我支配。您可以让我做一切事情，这您清楚……"

"听我说……您是想让我相信，您有……某种类似热烈的爱情，"她说，好像对他做出让步是为了把他坚持不懈的分析引开和掩盖，"留神，您别是在撒谎……比如说迫不得已的？"见到他又打算突然进发出什么滔滔不绝的话，便补充道，"一两个月前还什么都不曾有，有的也只是一时的冲动，突然间便那么快……要知道这并不自然，无论是您的欣喜还是痛苦；对不起，cousin，我并不信，因为我连您想要获得的怜悯都没有。悉听尊便，我可是不得不把您从亲表哥的位置上降下来：您是最令人心烦的 cousin 和朋友……"

"热烈的爱情不需要多少年，表妹：它可以在瞬间产生。但是我并不想让您相信我的爱情，"他忧郁地补充道，"至于我现在很激动，我可没有骗您。我不再说我绝望得要死，不想说这是我一个生死攸关的问题，不说了；您什么也没给我，您也没有夺走我什么，除了我在自己身上勾起的希望……这是一种感觉：当然它很快就将过去，我知道。缺乏精神滋养的感受并不牢固——谢天谢地！"

他叹口气。

"您想要干什么？"她问。

"您害怕我探视您的心灵，使我感到受了侮辱……"

"那里什么也没有。"她平淡道。

"有的，有的，令我痛苦的是我甚至没有博得这种信任。您害怕我会不习惯于您的秘密。我心里难过，我的目光居然让您害怕，让您难为情……表妹啊，表妹！我是想让您摆脱黑暗和盲目，这是我的正事，我的功绩，可是我有罪……这个米拉里……"

她听着，显得十分平静，但听到最后一句话，她猛然站了起来。

"倘若您，cousin，稍稍珍重我的友谊，"她说，甚至嗓音都稍稍变了，像是在颤抖，"倘若您还想在此做点什么有意义的事情……还想见到我……那么……请别提他的名字！"

"对，这是真的，我猜中了：她爱上了他！"赖斯基确定道，他觉得已经轻松些，疼痛消失，因毫无希望，因问题已获解决，秘密已经弄清。他已经开始从一旁客观地看索菲娅、米拉里，甚至自己了。

"别怕，表妹，看上帝分上，别怕，"他说，"友谊就很好！害怕就像奸细，感到惭愧则……"

"我既不怕任何人，也没有感到难为情的事！"

"怎么会不怕呢，上流社会和那些人！"他指了指先辈们的那些肖像，"瞧他们如何瞪大眼睛看着呢！但难道我是他们？难道我是上流社会那帮人！"

"说实话，倘若先辈们听到和见到您的话，"索菲娅相当平静和随便地说，"够他们害怕的！今天什么话没说啊！又是责备，又是déclaration①，又是醋意……我以为这只有在舞台上才有可能……唉，cousin……"她愉快地叹口气结束道，在自己平静的声调中又带了点嘲弄的味道。

事实上她是没有什么可害怕和难为情的：米拉里伯爵到她那里去过六次，总是有其他人在场，他唱歌，听她弹琴和聊天，从来没有超出通常谦恭礼貌和刚能察觉香味的巧妙恭维的范围。

---

① 法语：表白。

要是别的女人，早已将美男子米拉里的名字大胆挂在嘴边，以博得他的注意为荣，向他卖弄风骚，可索菲娅却不准叫他的名字，因此当赖斯基如此不合时宜地猜测"秘密"时，她都不知道如何堵住他的那张嘴。

没有任何秘密可言，如果说她并非无动于衷地接受了这一猜测，那么大概也是为了消除他身上怀疑的阴影吧。

她在热恋——这多荒谬，千万别这么想！谁也不会信的。她仍旧勇敢地抬起头，平静地望着他。

"再见，表妹！"他慢腾腾说。

"难道今天您不在我们家待了？"她亲昵道，"您何时走？"

"恭维，狡猾：把不愉快的事抹上金色！"赖斯基心想。

"您为何要问我？"他反问道。

"我发现我的友谊对您微不足道！"她说。

"哦，不对，表妹！您怕我，这算是什么友谊啊！"

"幸好我还没什么可怕的。"

"还没什么？那倘若以后有什么可怕的，您是否会将您的信任赐予我呢？"

"可是您说这是一种侮辱：此后我就害怕……"

"别怕！我说过，相互间的感情能爆发出希望，可这种感情……不是还没有吗？"他怯生生地问并探询地瞥了她一眼，觉得毫无指望中希望还没有完全从他那里悄悄溜走，不由得暗暗称自己是个大傻瓜。

她缓慢地否定地摇了摇头。

"而且……也不可能有了？"他依旧刨根问底道。

她笑了。

"您习性难改，cousin。"她说，"您总是迫不得已强迫别人同您卖弄风情。但我不愿意，我要直截了当对您说：不。"

"因此，您害怕对我表示信赖！"他沮丧地说。

"Parole d'honneur①，我没有什么可信托的。"

"哦，您有的，表妹！"

"您想让我信任您，这有什么，dites positivement②。"

"好吧：请您说说您是否感到某些变化，自打这个米拉里……"

她做了个动作，脸上的表情又从友好变成冷漠和不自然。

"不，不，pardon——我不叫他名字……自打，我想说，自打**他**出现，开始到家里来……"

"听我说，cousin……"她开口道，并停了一会儿，显然难以继续启齿，"比如说，如果……enfin si c'était vrai③——这当然是不可能的，"她说得很快，像是顺便提及似的补上一句，"但是……在这之后……这……与您……有什么关系……"

"有什么关系！"他突然瞪大着眼急忙打断道，"有什么关系，表妹？您对一个parvenu④，对一个意大利人米拉里屈尊俯就，可您是帕霍京娜，是我们社会的光辉、骄傲和一颗明珠！您……您！"他令人吃惊地、几乎是惊惧地重复道。

她惊恐地望着他如何突然间火冒三丈，朝她投来愤怒的目光。

"但他，首先是伯爵……而并非parvenu……"她说。

"这爵位是买来的或是偷来的！"他激烈反驳道，"他便是莱蒙托夫所说的那种奸猾之徒，他们到此是为'攫取幸福和官职'⑤，他们钻进大户人家，寻求女人们的庇护，混进官场当个达官贵人⑥。当心点，表妹，我的职责是保护您！我是您的亲戚！"

他说这一切几乎口冒白沫。

"谁也没发现他有过类似事情！"她说，越发感到惊诧，"况且倘

---

① 法语：说实话。
② 法语：请您说得明确些。
③ 法语：总之，这是真的。
④ 法语：靠钻营而飞黄腾达的人。
⑤ 语出莱蒙托夫的长诗《诗人之死》(1837)。
⑥ 原文为Гран-сеньор，源自法文grand seigneur。

若爸爸和 mes tantes^①接待他的话……"

"爸爸和 mes tantes！"他轻慢地重复道，"他们见多识广——您听他们的吧！"

"该听谁的，听您的？"

她现出笑容。

"是啊，表妹，我对您说：您得提防着点！这是些危险的外来人：兴许在这招人喜欢的苍白无力和猫一般柔顺随和的风度之下，隐藏着无耻、贪婪和天知道一些什么东西！他会败坏您的名声……"

"但他到处被接受，他很谦逊、和蔼，极有教养……"

"您见到的这一切都是凭自己的想象，表妹！"

"但您对他并不了解，cousin！"她带着淡淡的笑容反驳道，开始拿他的突然间易动怒的情绪为乐。

"为了看清这是个 chevaliers d'industrie^②，我有一分钟便足够了，因为饥饿，他们成千上万从意大利跑来捞好处……"

"他是演员，"她辩护道，"如果说他没有上舞台，那是因为他是伯爵和富裕……c'est un homme distingué^③。"

"啊！您维护他——我表示祝贺！瞧，奥林匹斯山上的光芒落到了谁身上！表妹！表妹！您对谁赐以青睐！回心转意吧，看上帝面上！以您的理解能力，难道您会去屈尊俯就于一个来历不明、也许自称是伯爵的外来人……"

她已经彻底开心起来，仿佛忘了自己的恐惧和谨慎。

"那叶利宁呢？"她突然问。

"什么叶利宁？"他问，被她突然间打断了。"叶利宁，叶利宁……"他犹豫不决道，"这是儿童的淘气，中学生的崇拜。可这儿是强烈的情感，热烈而危险的爱情！"

---

① 法语：姑姑们。
② 法语：骗子和冒险家。
③ 法语：他是个有教养的人。

"怎么啦：您总是对我叨叨热烈的爱情——喏，就算我热恋了。"她笑道，"同叶利宁怎么啦，同伯爵怎么啦，难道我不同样要出去吗（她指指街道）？要知道我应该在那儿'见到幸福，陶醉于它'的！"

赖斯基咬紧牙齿，坐在安乐椅上，恶狠狠一声不吭。她继续以他的处境为满足。

"哎！"他说，感到苦恼而激动，并非因为他在自相矛盾中被抓住和揭穿，也不是因为美人儿索菲娅在他手中溜走，而是因为他只是怀疑那成为亲爱者的幸运给别人碰上了。没有别人，他本可以平静地受自己命运的支配。

而她却得意扬扬地看着他，那么坦然，那么平静。她是对的，而他却乱了套。

"那么，cousin，我该相信什么：是他们？"她指指先辈们，"还是抛开一切，谁也不听，混在人群中去过'新生活'？"

"在那里您也依然相信自己！"他抓住了一根稻草，突然高兴地反驳道，"先辈的遗训悬在您的头上：您的选择毕竟落在了伯爵身上！哈哈哈！"他猛然大笑起来。"倘若他不是伯爵，您会注意到他吗？随您便吧！"他懊恼地挥下手。"要知道……'关我什么事？'"他用她的话反驳道。"我发现，他，这个 homme distingué[①]，已经用优雅的、充满智慧、新鲜的和某种激情的优雅谈吐触动了、惊动了和……和……对，对吗？"

他强作欢颜，勉强笑了起来。

"好吧，多美啊！意大利，碧空，阳光和爱情……"他说，激动地晃着腿。

"是啊，记得吧，在您的计划中也有这些，"她说，"您要把我送到外国去，甚至到楚赫纳人的农村去，并且在那里，'独自同大自然在一起'……按您的说法，我现在该是很幸福吧？"她戏弄他。"唉，

[①] 法语：有教养的人。

cousin！"她补上一句并笑起来，然后蓦地收住笑容。

他蹙额望着她。她又变得若有所思和冷若冰霜；小心谨慎重又占上风。

"放心吧，什么事也没有，"她温和道，"不过我还是得感谢您，为这堂新课，为这番警告。可是如今我很为难，不知该怎么做：那阵您让我上那儿，上大街——如今……您又为我担心。我可怜见的，究竟该怎么办？……"她以一种滑稽可笑的驯顺问道。

两人都默不作声。

"我想把画像带走。"他突然说。

"为什么？您说过，您准备给我做礼物的。"

"不，我要改画：我要将它……画成个罪人。"

她又笑起来："随便画吧，cousin，上帝保佑您！"

"同样亦保佑您！……但是……表妹……"

他打住了，突然气消了。他温厚地笑起来，不知是笑她还是笑自己。

"但是……但是……我们难道就这样分手了：冷冰冰的，带着懊丧，不像朋友那样？……"他突然开口道，懊丧已经过去。他站起身，朝她伸出双手，双眸重又欣喜地望着她。不知他是希望友谊，还是想让心儿转向原先良善的感情。印象的萌芽尚未完全泯灭，火花依然微微发着光，当他看着她时，还会被她所吸引。羞怯的战栗在他嗓音中依然可闻。同时可感到发自他内心的善意，心灵中从未有过粗俗的情感。

"像朋友那样！可您怎样对待我的友谊？……"她责备道。

"请把它还给我，表妹，"他央求道，"请稍稍原谅……钟爱您的cousin并再见！"

他吻了下她的手。

"难道我不能再见到您？"她赶忙问。

"为这个问题请把另一只手给我。我还是原先的赖斯基，还是要对您说：去爱吧，表妹，去获得美好的享受，还记得吧，我就是在此对您讲的……只是别把赖斯基彻底忘了。但您为何会爱上……伯爵？"

他含笑轻声补充道。

"您还是自己的那套'恋爱'经!……"

"何苦假装呢,何苦!随您的便,表妹,有我什么事?我闭上眼睛捂住耳朵,便是瞎子、聋子和哑巴,"他说着,闭上了眼睛,捂上了耳朵,"但是,"他突然补充道,直勾勾盯着她,"倘若您感觉到了我曾说过、预言过的一切,感觉到了也许我引起您……自寻苦恼的一切,您是否能告诉我?……我坚持这一点。"

"您是想招来'侮辱'吗?"

"不需要,我将是友谊的英雄和勇士,是表兄弟中第一人!我考虑并发现,表兄弟和表姐妹间的友谊,是很可爱的友谊,并接受您的友谊。"

"A la bonne heure①!"她说,向他伸出手,"倘若我对您曾预言过的,感觉到了什么,那我会告诉您一人,或是永远对谁也不吐一词。但这将永远不会有,也不可能有了!"她急忙补充道,"不说了,cousin,那边马车驶来:是姑妈她们。"

她站起身,在镜前整理一下,迎着她们走去。

"您会回我的信吗?"他跟在她身后问。

"很高兴:关于一切,除了……爱情!"

"习性难改!"他心想,"以后会怎样,我们走着瞧!"

他悄然走了,若有所思,神情迷惘,深深沉溺于一己。自私爱情的痛苦和失恋的忧伤,在他身上渐渐消退。热烈的爱情不复存在,索菲娅本人、这个空虚冷漠的女人好像不复存在了;装饰物那五光十色的金银线消失不见了,先辈们的画像和姑妈们消失不见了,也没有了可恨的米拉里。

一个端庄、纯洁而又美丽的女人形象,如同从雾霭中出现在他跟前,那并非索菲娅,而是某个像是古希腊罗马不朽妇女的身影。这不

---

① 法语:一路平安。

过是一个创作上的梦想，被扩展成一幅巨画，越来越将他笼罩。

他屏住呼吸，沉浸在艺术家的梦幻中，观察着这幻景，大气都不敢出。

女人的身影有着索菲娅的面容，在他看来是一尊苍白冰冷的雕像，矗立在某个荒漠上，处在明亮如月光皎洁的夜空下，却无明月；处在光亮中，却并非灿烂阳光，在干燥光秃的巉岩间，到处只有枯树、死水和可怖的寂静。她将那毫无生气的脸庞朝向天空，双手放在膝头，半张着嘴，仿佛渴望苏醒。

蓦地，从巉岩后闪烁起明亮的光芒，树上的叶子开始颤动，溪流开始轻轻地淙淙作响。有人在树枝上猛然抖动身子，有人在丛林中奔跑；有人在空气中呼吸——于是空气开始流动，光线将雕像苍白的脸庞染成金色；眼皮慢慢睁开，火花在胸前掠过，冰冷的身躯猛然哆嗦，苍白的脸颊变得通红，道道光线落在双肩上。

身后一条浓密的发辫松开，披散在背上，石的躯体充满光泽，生命的波涛顺大腿涌动，膝盖开始发颤，胸腔中冒出气息——雕像充满了生气，将喜悦的目光引向四周……

接着，接着生命似波浪般涌上苏醒的意识……

肢体开始有了生命，有了形体；雕像微微动弹，炯炯发光的双眸频频朝四周张望，她企盼着、等待着什么，开始思念起什么。空气中充溢着暖意；头顶上枝丫伸展，脚旁鲜花满地……

赖斯基一直轻声行走着，用心灵注视着这一梦境：雕像和四周的一切渐渐复苏，变得越发鲜艳……待到他走到家门，他所塑造的女人渐渐又变为索菲娅。

荒漠消失；索菲娅，在他的幻想中，重又待在自己的书房中，穿着自己紧箍身子的衣裳，弹奏着贝多芬的奏鸣曲，心情激动地倾听着脸色苍白、满腔热情的米拉里的絮语。

但他既无醋意，也不感到痛苦，他只因一个好像完全变了模样、对他来说并不熟悉的女人的美貌而心里突突地跳。他已经是在欣赏他们的爱情，为他们的欢乐而高兴，因渴望把两者变为形象和声音而苦恼。在他身上情人已然死去，无私的艺术家已经复活。

"是的，一个艺术家是不该生根和一去不复返地把自己系在一个地方的。"他犹如呓语般在昏厥中幻想，"让他去爱，受折磨，偿还人间的一切贡赋……但永远别让他在它们的重负下跌倒，而是让他断绝这些关系，精神矍铄地站起来，恬淡、坚毅，去创作；让荒漠和岩石在他的笔下生机盎然，向人们显示——他们如何生活，恋爱，蒙受痛苦，享受乐趣和离开人世……否则画家何必来到世上！……"

赖斯基还将此幻象仔细地列入未来的长篇小说提纲中，如同他原先曾把同索菲娅的谈话和有关娜塔莎的情节，以及许多其他应该加入他幻想实验室的内容列入其中那样。

"这部长篇小说在哪儿？"他忧郁地想，"没有它！所有这些材料也许只能搞出个长篇的引子！至于长篇本身——还有待将来或者根本不会有！在那里，在偏僻的地方，在乡下我能找到什么长篇小说！看来，在母鸡和公鸡中间只有安闲的田园生活，而不是有着火样热情、行动和热烈爱情的活生生的人们所拥有的长篇小说！"

不过他还是先将自己的文学素材装满箱底，然后在一只特殊的箱子里安放了铅笔素描、油画风景和肖像等，还带上画笔、颜料和调色板，以备倘若长篇小说万一进行得不顺利，可以在农村搞一个小小的画室。

随后才放入备用的内衣、外套和一些给祖母、表妹的礼物，以及塔季扬娜·马尔科夫娜托他带给季特·尼孔内奇的麂皮背心和裤子。

"好，现在——dahin[①]！将会有什么事，看看再说！"他若有所思道，乘车离开了彼得堡。

[①] 法语：去那里。

第二部

一

赖斯基乘坐一辆驿站那铺着粗席的带篷马车,由三匹瘦马拉着,迈着徐缓、无精打采的步子,穿过条条小巷驶往自己的庄园。

他不无窘意地远远望见自家烟囱里冒出的袅袅炊烟,望见白桦和椴树掩映着这栖身之所的一抹嫩绿,望见老房的瓦屋顶和银带似的时而在树林间闪烁、时而在树林后隐没的伏尔加河。从河岸那边朝他飘来一股他很久没有呼吸过的新鲜而有益健康的空气。

瞧,近了,近了:你看,小花园里鲜花五彩缤纷,姹紫嫣红;远处已可见椴树和金合欢的林荫道和那棵老榆树,往左则是苹果树、樱桃树和梨树。

你看,狗儿在院子里奔跑撒欢,猫儿蜷缩在角落里晒太阳;你看,椋鸟笼①在细竿上晃悠;鸽子在新房的房顶上走来走去,燕子在上空徐徐飞翔。

你看,庄园后、村子旁,整块草地摊满了在太阳下暴晒的亚麻布。

你看,有个农妇在滚圆木桶,一个马车夫在劈木柴,另一个坐上四轮大车正打算驶出院子:这些人他全不认识。啊,你看,雅科夫无精打采地站在台阶上朝两旁张望。这是个熟人:可老多了!

你看,还有一个熟人,叶戈尔,爱取笑人,他正第三次徒劳地使

---

① 椋鸟为雀形目,长十八至四十三厘米,能捕食有害昆虫,也食葡萄。椋鸟笼状如小木匣,人们常将它装在树上或竿子上,供椋鸟栖息。

劲儿往马上跳,可马儿不让;女仆们同样咧嘴嘲笑他。

他好不容易才认出叶戈尔:那阵儿他还是个十八岁的小伙子。如今他长大成人了:胡子及肩,但额上仍留着那绺蓬起的头发,依旧是厚颜无耻的目光和永远龇着的牙齿!

你看,好像还有一张熟悉的脸庞:像是马林娜或是费多西娅——大致是这类人;他依稀记起一个十五岁的年轻姑娘,很像此刻正穿过院子的这个女人。

赖斯基在轻便马车旁步行,勉强挤过把房屋、院子、花坛、果园跟可通行车辆的道路隔开的栅篱,敏锐的目光居然来得及将一切全打量了一番。

他继续欣赏所有这些熟悉的景象,目光从一个景物转到另一个景物,并突然一动不动地将它停留在一幅意外的景象上。

在类似外廊的台阶上,放着一些木桶,桶内种植有柠檬、酸橙树、仙人掌、芦荟和各种花卉,一道高大的栅栏把院子和花坛果园隔开。台阶上站着一个姑娘,二十上下,另一个十二岁的小姑娘端着两只盘子站在她跟前。姑娘光着脚,穿一件印花布衣裳,抓起一把把黄米,撒给家禽。她的脚边聚起一群母鸡、火鸡、鸭子、鸽子,最后还来了乌鸦和麻雀。

"咕咕咕,咯咯咯!唧唧唧!"姑娘用亲昵的嗓音召唤家禽来吃早餐。

母鸡、公鸡、鸽子边急急忙忙啄食边后退,仿佛害怕时刻可能发生的背叛行为,接着又拼命往里钻。而当一只寒鸦兜了一圈,想侧身偷食黄米时,姑娘便跺脚。"走开,走开;你来干什么?"姑娘挥手叫道,于是一群长羽毛的小家伙朝不同方向四散飞起,过了一会儿那些小脑袋又挤作一堆,贪婪而匆忙地啄食,像偷粮食似的。

"嗨,你真贪心!"姑娘朝一只大公鸡挥手道,"你谁也不让吃,不管我撒给谁,到处抢!"

清晨的阳光明亮地照耀着忙忙碌碌的一群家禽和姑娘本人。赖斯基得以看清她那双深灰色的大眼睛，圆圆的健康的脸颊，洁白细密的皓齿，在头上盘成两圈的浅栗色辫子，以及在白色薄短上衣上浮雕般凸起的、完全发育的乳房。

脖颈上没有三角围巾和活领：白皙的脖子毫无遮掩，露出晒得黝黑的淡淡的阴影。当姑娘朝贪食的公鸡挥手的时候，她的一条辫子因而滑落到脖子和背上，但她不予理会，继续撒食。

她时而微笑，时而蹙眉，像这个早晨那样纯朴、朝气蓬勃地观察着，看是否所有家禽都平均吃到了食，寒鸦是否跑近，麻雀是否聚得很多。

"你没见小鹅吗？"她用响亮的胸音问小女孩。

"还没有，小姐，"小女孩说，"也许把它扔给猫吃了吧。阿菲米娅说它死了。"

"不，不，我自己去看，"姑娘打断道，"阿菲米娅没有一点儿怜悯心：活的家禽她都想扔。"

赖斯基一动不动地望着这场景，望着姑娘、家禽和小女孩，谁也没有发现。

"果然如此：安宁闲适的田园生活！我知道！这应该是我表妹，"他思忖，"她多可爱！多清纯，多迷人！但她是哪位：韦罗奇卡还是玛尔芬卡？"

他不等驿站马车夫拐进大门，便冲向前，跑完剩下的一段栅栏，突然出现在姑娘面前。

"妹妹！"他伸出双手大叫一声。

立刻像施了魔法似的，一切全消失了。他都没来得及察觉姑娘和小女孩是如何不知去向的，去了哪儿；一群麻雀灵巧而齐心地从他鼻子旁鼓翼飞上了屋顶。鸽子鼓掌似的拍打着翅膀，瞎子般四散着在他头顶上盘旋。

母鸡绝望地咯咯乱叫，顺角落乱跑，吓得试图跳过墙去。公火鸡抬起鸡爪，四面顾盼，用自己的语言怒骂，犹如好发脾气的长官因不守秩序而下令中止操练。

院子里正在干活的人们全慌了神，大张着嘴望着赖斯基。他本人也几乎惊慌失措，望着空空如也的地方：他眼前只剩下撒落一地的粮食。

但屋子里已经响起嘈杂声、说话声、走动声、钥匙的叮当声和祖母的嗓音："他在哪儿？在哪儿？"

她走来，急急忙忙，张开双臂，容光焕发。她将他紧紧拥抱，笑容在她嘴唇两旁形成道道光芒。

她虽说显老了，但老当益壮，老而弥坚：没有病态的斑点，双眸和嘴上没有下垂的深深皱纹，没有忧郁呆板的眼神！

可见，她生活得很充实，很好，倘若她也在奋斗的话，那么她并没有让生活把自己战胜，并且在这场斗争中只耗费少量的精力。

她的嗓音不如从前那么响亮，如今走路也用起了拐杖，但她腰不弯，没说有什么病痛。依旧不戴包发帽，依旧剪着短发，那透着健康和慈祥的目光依旧使她面庞容光焕发，不仅是面容，而是整个外貌神采奕奕。

"鲍留什卡！你是我的朋友！"

她拥抱他三次。她和他都流下了眼泪。在这拥抱中，在这嗓音中，在这突然间攫住她的欢愉中——犹如一缕阳光向她照来——有多少温情、温暖和爱。

他感到自己几乎是个罪人，在世上闲逛，过着自己独身的、无所依归的生活，剖心沥肝，挥霍感情，追逐禁果，寻找所依恋的人儿，然后天性却在此为他准备了好感、幸福和温暖的一角。

如今他打算爱祖母。他紧紧揪住她：吻她的嘴唇、双肩，吻她的花白头发和手。她使他觉得，与十五六年前相比，现在她好像完全变了一个人。那时她脸上没有眼下他见到的那种神采、睿智和某种新的东西。

他十分惊讶，却不曾想到那时他本人也并非那么聪颖，能看面相，能据此猜出智力或性格。

"你在哪儿销声匿迹啦？要知道我等候你整整一个星期：你问玛

尔芬卡——我们没有在半夜前睡过觉,我把眼睛都望穿啦。玛尔芬卡一见到你,吓惊了,把我亦吓一跳——她像个疯姑娘似的跑来。玛尔芬卡!你在哪儿?到这儿来。"

"是我的过错:我把她吓着了。"赖斯基说。

"可她跑了:人十分聪明!跟我一起等候,也不睡觉,去迎候,跑厨房。要知道我们每天都准备好你爱吃的菜肴。我、瓦西里莎和雅科夫每天早晨便聚在一起商量,回忆你的习惯。别人几乎全是新人,只有这三个人,还有普罗霍尔、马里什卡,也许还有乌莉塔和捷连季记得你。我们一直在琢磨,如何安顿你,给你吃什么,怎样安排就寝,让你乘坐什么车。叶戈尔卡比谁都机灵:他提醒的比谁都多,我因此而让他当你的近侍①……我净说这些没意思的话:好曲不能当饭吃!瓦西里莎!瓦西里莎!我们别光坐着,快摆桌开饭,离吃中饭还早着哪,他先吃早饭。把茶、咖啡端来,全拿来!"连她自己也笑了,"让我仔细看看你。"

祖母把他领到亮处,聚精会神地望着他。

"你变得多难看……"她上下打量他,"不,没关系,还活着!只是晒黑了!小胡子对你很合适。干吗留起了大胡子!剃掉,鲍留什卡,我不喜欢……哎哟哟!有些地方长了白头发:这怎么回事,我的鲍留什卡,早早就开始老了!"

"这并非因为老,奶奶!"

"因为什么?你身体好吗?"

"很好,活着,我们谈点别的吧。瞧您,谢天谢地,还是老样子……"

"什么老样子?"

"不见老:依然是个美人!您要知道:我从未见过这样漂亮的老年人……"

"谢谢您说的赞美话,孙儿:我很久没有听到了;哪儿谈得上漂亮!

---

① 贵族社会中侍候主人饮食起居的侍仆。

你瞧,该欣赏谁:你的两个妹妹!我贴着耳朵告诉你,"她小声补充道,"城里城外都没有这样的美人儿。尤其是另一个……除非娜斯坚卡·马梅金娜来争:你记得吗,我写过信,那个包税商的千金?"

她调皮地对他眨眨眼睛。

"有点儿记不得了,奶奶……"

"喏,这以后再说,而现在快用早餐,旅行后歇歇……"

"另一个妹妹在哪里?"赖斯基四下打量着问。

"到伏尔加河对岸神甫妻子家做客去了。"祖母说,"多倒霉:此人身体有病,派人来把她接走了。真想不到在这种时候出事!我今天就派匹马去接她回来……"

"不必,不必,"赖斯基阻止她,"干吗为我而打搅她们呢?等她回来,我会见到她的。"

"你怎么这样突然间便来了:我们守啊,等啊,全白费劲!"塔季扬娜·马尔科夫娜说,"农夫们每晚上在我这里守候。瞧,刚才我还派叶戈尔卡顺着上面去大路口呢,他没见到你吗?而萨韦利,我派他进城打听消息,可你啊,又跟从前那样!嗨,快拿早饭来啊!怎么总是等不来呢?地主来到自己的世袭领地,可什么也没准备:就像待在驿站上!先把原先准备好的拿来吧。"

"奶奶!什么也不需要。我饱极了。我在一个驿站上喝过茶,在另一个驿站喝了牛奶,到第三站正赶上一家农民办婚事——他们请我喝酒,吃蜂蜜和加香料的蜜糖饼干……"

"你是来自己家,来奶奶的老窝,吃这些乱七八糟的东西不害臊啊。一大早吃蜜糖饼干!倒是该让玛尔芬卡上那里:她就乐意去参加婚礼,吃蜜糖饼干。进来吧,别认生!"她对着门口说,"你赶巧碰上她穿着晨衣,她便不好意思了。进来啊,这又不是外人,是你哥。"

送来了茶和咖啡,最后是早餐。不管赖斯基如何推辞,他也得什么都着手吃一点:这是让祖母放心、不破坏她早晨情绪的一种方法。

"我不想吃!"他推辞道。

"就算路上没吃过东西:这里的风俗就是如此!"她坚持自己的意愿,"来,喝点肉汤,来,吃只雏鸡……再吃个大馅饼……"

"我不想吃,奶奶。"他说,但她不听他的,往他盘子里放。于是他喝了肉汤,也吃了雏鸡。

"现在把火鸡吃了,"她继续道,"瓦西里莎,把渍伏牛花果拿来。"

"火鸡怎么能吃得了!"他说着动手吃火鸡。

"饱了吗,朋友?"她问,"满意吗?"

"当然!还有什么?莫非还有大馅饼……您刚才好像提到过什么大馅饼……"

他又吃了大馅饼——全是出于"风俗"。

"你怎么回事,玛尔芬卡,把自己请客的东西拿来啊:瞧,哥哥来啦!进来啊。"

五分钟过后,门轻轻打开,玛尔芬卡羞红着脸,垂下眸子,很拘束地慢慢走了进来。瓦西里莎跟着她,端着整整一托盘各种甜食、蜜饯、饼干和其他吃食。

玛尔芬卡面含一点笑意,羞答答地站着,但又怀着调皮好奇的目光望着他。她的脖颈和双臂上戴上了镶花边的活领和臂袖,头发紧紧编成辫子盘在头上;身上穿件巴勒吉纱罗连衣裙,腰部紧束着一条浅蓝色绦带。

赖斯基扔下餐巾,霍地站起来,来到她跟前,欣赏起她来。

"多么迷人!"他高兴道,"这就是我妹妹玛尔法·瓦西里耶夫娜!我来做自我介绍!哦,那只小鹅活着吗?"

玛尔芬卡腼腆起来,不好意思地向他行了个屈膝礼,便羞怯地坐到角落上。

"你们俩都疯了,"祖母说,"见面难道有这样问好的吗?"

赖斯基想亲吻玛尔芬卡的纤手。

"玛尔法·瓦西里耶夫娜……"他说。

"这算怎么回事,还这样叫'瓦西里耶夫娜'?你难道不再喜欢她?

是玛尔芬卡，而不是玛尔法·瓦西里耶夫娜！要是这样，那就请你叫我塔季扬娜·马尔科夫娜得啦！亲吻吧：你们是兄妹。"

"我不，奶奶：你瞧，他拿小鹅戏弄我……他偷看可不合适！……"她一本正经地说。

大伙笑了起来。赖斯基搂住她的腰，吻了她两边的脸颊，她也克服腼腆地坚决回吻了他，所有的羞怯从她脸上消失。

显然，再过一分钟，再有一句话，这羞怯的笑容过后，便将开始滔滔不绝的闲话和爽朗的笑声。她于是强忍着——由此显得很拘谨。

"玛尔芬卡！您还记得，你是否还记得……我们怎样在此奔跑，画画儿……你怎么哭鼻子？……"

"不……哦，我记得……像在梦中……奶奶，我记得还是不记得啊？……"

"她哪里会记得：连五岁还不到……"

"我记得的，奶奶，真的记得，像在做梦……"

"打住吧，女士，对天起誓：你这是从尼古拉·安德烈伊奇那里学会的！……"

赖斯基刚涉及对往事的回忆，玛尔芬卡便不见了，又很快带着练习本、图画、玩具来到他跟前，亲昵而又信任地聊了起来，接着又与他坐在一起，近得似乎一个拘谨的姑娘是绝不会这么坐的。他们的膝盖几乎碰在了一起，但她没有发现这一点。

"你看，哥，"她兴致勃勃道，目光愉快地在他的眸子上、唇髭上、大胡子上转来转去，打量他的双手和服饰，甚至还朝靴子瞥了一眼，"您瞧，有这样的奶奶，竟说我记不得——可我记得，瞧，我真记得您如何在这里作画：我当时坐在您的膝头上……奶奶把您的画、肖像、本子、所有东西都藏了起来，收藏在那边，这间她保存银器、钻石和花边[①]的

---

① 手工或机制的织物，没有经纱、纬线交织成镂空花纹，主要用于装饰。俄国流行编结花边，沃洛格达花边、叶列茨花边久负盛名。

黑屋子里……不久前，您刚写信说您要来，她才取出来给了我。瞧，我的肖像——我有多可笑！瞧，韦罗奇卡。这是奶奶的肖像，这是瓦西里莎的。瞧，韦罗奇卡的素描。而您记得吗，您如何用一只手抱着我，而让韦罗奇卡坐在肩上，带我们过河？"

"你连这也记得？"祖母谛听着问，"真是个吹牛大王——你也不害臊！这是不久前韦罗奇卡讲述的，而你当作自己的来贩卖！她还记得一些，并不多，很少一点……"

"瞧，现在我画得怎样！"玛尔芬卡说，将她画的一束花给他看。

"画得非常好——真棒，妹妹！是写生画？"

"是写生画。我还会用蜡做花儿！"

"学音乐了吗？"

"学啊，我弹钢琴。"

"那韦罗奇卡呢：画画，弹琴吗？"

玛尔芬卡否定地摇摇头。

"不，她不喜欢。"她说。

"那她会什么，做手工活？"

玛尔芬卡又摇摇头。

"她喜欢读书？"赖斯基追问道。

"是的，她读，只是她从不说读些什么，连书也从不给别人看，甚至都不说是从哪儿搞到的。"

"我的这个孙女很腼腆，脾气古怪。天知道长得像谁！"塔季扬娜·马尔科夫娜严肃道，叹了口气。"你别拿这些小事来烦你哥，"她对玛尔芬卡说，"一路上他累了，可你还给他看这些无聊的玩意儿。最好让我说说正经事，说说领地。"

在鲍里斯跟玛尔芬卡谈兴正浓的这段时间里，祖母若有所思地望着他，又记起了他母亲的面容，但也发现他的一些变化：正在消逝的青春，成熟的种种迹象，过早出现的皱纹，以及古怪的、她所不理解的目光和"令人费解的"表情。从前她常常能从他脸上揣摩出他的心

175

思，而如今那上面只能看出许多她无法辨明的东西。

但他却感到心里暖洋洋的，心情很愉快。他忽然陷入由这些图画和这次会面所引起的静思默想之中。

"这里愉快而又单纯，但愿就这样保持下去！"他在心里祝愿着。

"我将竭力使自己神志别太清醒，哪怕在假期里，做个有福之人！只是感受生活，而不去观察它，或是观察亦只是为了描绘情节，并不用像醋那样酸溜溜的分析去触动它……否则太痛苦！我们要看看，为了情节，上帝将会赐给我些什么？玛尔芬卡，奶奶，韦罗奇卡——她们适合什么体裁呢：长篇小说，戏剧，还是只适合田园诗？"

二

他张大嘴打了个哈欠，当他从沉思中醒来时，祖母拿着账目和收支账册站在他跟前，脸上一副办公事的神态。

"你一路上是否累了？也许你想睡一觉：你瞧，你在打哈欠。"她问，"那我们就留待早晨再说。"

"不，奶奶，我只是做出想睡觉的样子！这是神经性的哈欠。不过，您白费心了，账目我是不会看的……"

"你怎么能不看？你不接受领地，不需要报告表，那你来干吗？……"

"什么领地！"赖斯基不经意道。

"什么领地：你看看吧，多少赋税、土地啊？瞧，四年前添置的，你看，一百二十四俄亩。其中用作放牧地的有……"

"真的？"赖斯基机械地问，"是您购进的？"

"不是我，而是你！不是你把购地委托书寄给我的吗？"

"不，奶奶，不是我。我记得您给我寄过一些什么文件，我把它们转给了自己的朋友伊万·伊万诺维奇，而他……"

"你可签了字的：看吧，这是副本！"她指给他看。

"也许我是签过字,"他说,没瞧一眼,"只是不记得了,也不知是什么。"

"你都记住些什么?要知道你看过我的账目和统计表,我寄给你的不是吗?"

"不,奶奶,我没看过。"

"怎么会呢,这里全标得明明白白,你的进款都是干什么用的,你看过吗?"

"不,我没有看。"

"因此你就不知道你的钱都花到哪儿了?"

"不知道,奶奶,也不想知道!"他答道,仔细观察着他所熟悉的远方,观察着蔚蓝色的天空和伏尔加河对岸那冈峦重叠的白垩山,"你要知道,玛尔芬卡,我还记得童年时读过的德米特里耶夫①的诗句:

啊,伏尔加河,你郁葱雄伟,
但对不起,首先要请你惠赐,
将注意力集中在歌手的诗上,
虽然他在这世界上默默无闻,
但毕竟也是由你哺育长大……"

"鲍留什卡,原谅我:你好像有点儿神经错乱!"祖母说。

"有可能,奶奶。"他冷漠地同意道。

"我寄给你的那些关于领地的报表都放哪儿啦?在你那里吗?"

他否定地摇摇头。

"它们在哪儿呢?"

"什么样的报表,奶奶,真的,我不知道。"

---

① 此处的诗人为俄罗斯诗人伊万·伊万诺维奇·德米特里耶夫(1760—1837),感伤主义的代表人物,作品有哀诗、讽刺诗、民歌体歌谣、寓言和叙事歌谣等。以下所引诗句,出自他的诗篇《致伏尔加河》(1794)。

"有关农民、代役租①、出售粮食、菜园产量……的报表,你还记得近年来进款是多少吗?每年平均一千四百二十五卢布——你看……"她想敲账本,"钱你可收到过?最后一次我本想汇给你五百五十卢布纸币②:你当时来信,让我别寄。我便存进衙门:那里有你的……"

"这关我什么事,奶奶!"他不耐烦道。

"那跟谁有关呢?"她惊讶道,"你是否这样以为:我用了你的钱?看吧,瞧这里每个戈比都记着账。仔细看看……"她把一本线装大账册塞给他。

"奶奶!我撕了所有账目,倘若您再拿这些东西来烦我,真的,我把它们也撕了。"

他拿起账册,但她急忙从他手中把它夺了过来。

"你要撕:你怎么敢?"她暴躁道,"你撕账册!"

他笑了,蓦地抱住她,吻她的嘴唇,像他小时候经常干的那样。她挣脱开,擦了擦嘴。

"我在这里卖力,有时坐到深更半夜,写啊,计算每个戈比:可他却要撕了!难怪你一句话也不跟我提起钱,什么盼咐啊,安排啊,全没有!你对领地都考虑过什么呀?"

"没考虑过,奶奶。我甚至都忘了是否有它。如果记起来,那也是这些房间,因为那里生活着一个世上无比卓越的妇女,她爱我,我也爱她……而且只爱她一人,再没有别人……哦,如今又爱上两个妹妹,"他高兴地转过身子,抓住玛尔芬卡的手,吻它,"我爱这里的一切,直到刚生下的小猫咪!"

"我有生以来没见过这种人!"祖母说,摘下眼镜盯着他,"瞧,

---

① 指地主每年向农奴征收的货币和产品。在俄国,实物代役租1861年宣布取消,货币代役租对临时义务农民一直保留到1883年以前。

② 俄国1769年发行的纸币,因为纸币贬值和实行银单本位制,于1849年1月1日停止使用。

我们这里只有无家可归的马尔库什卡才这样……"

"这个马尔库什卡是什么人?列昂季给我写信提到过什么……说起列昂季,奶奶,他过得怎么样?我去他那里……"

"他都干些什么吗?坐在那里,俯身在书本上,盯着一个地方,你别想让他把书丢开!夫人则盯着另一个地方……他连鼻子底下发生什么事都看不见。瞧,如今同马尔库什卡交上了朋友:有他好受的!他已经来抱怨过,说是此人把你的书都偷走了,还是怎么着……"

"Bu-ona sera! Bu-ona sera[①]!"赖斯基唱起了《塞维尔的理发师》[②]中的曲调。

"你是个不同于一般的怪人!"祖母恼火道,"你为何来此:请好好说清楚!"

"来见您啊,住一住,休息休息,看看伏尔加河,写点东西,画些画……"

"那领地呢?写作,瞧你干的工作!倘若你不累,我们上地里去看看秋播作物。"

"以后吧,以后吧,奶奶。叽叽叽,哒哒哒,啦啦啦……"他又精心哼起《塞维尔的理发师》中的旋律。

"得啦:叽叽叽,啦啦啦!"她滑稽地模仿他,"你想看管,并接手领地吗?"

"不,奶奶,我不想!"

"那谁来看管它呢?我老了,照管不好啦,应付不了啦。我若接过去,又扔下不管,到那时你将怎么办?……"

"我将什么也不做;挥挥手,一走了之……"

"你不吩咐交给别人去管?"

---

① 意大利语:晚安,晚安!

② 《塞维尔的理发师》为意大利作曲家罗西尼(1792—1868)创作的歌剧,1816年在罗马首演。

"不,暂且您还乐意——您就看管着,快快乐乐过日子。"

"我要是死了呢?"

"到那时……完全听其自然。"

"那农夫们呢?让他们想干什么就干什么吗?"

他点点头。

"我认为,他们现在就已经想干什么就干什么了。把他们解放了吧……"他说。

"解放?将近五十名农奴,得解放!"她重复道,"而且白白地,从他们那里什么也不收?"

"不收!"

"那你将靠什么生活?"

"他们租我的土地,将会付给我些什么的。"

"付给些什么?出于慈悲,想得倒美!唉,鲍留什卡!"

她望着赖斯基母亲的画像。久久盯着她那对娇慵无力的眼睛和若有所思的笑容。

"是啊,"她随后小声道,"其实不该提起死者的这一点,但她是有过错的!她把你带在身边,悄声说些什么,弹奏拨弦古钢琴,对着书本哭泣。结果便是:你就会唱唱歌,画张画儿!"

"房子怎么办?这银器、衣服、钻石、餐具往哪儿放?"沉默一阵后,她说,"难道交给农夫们不成?"

"难道我还有钻石和银器?……"他问道。

"我对你反反复复说了多少年!从母亲那里留下的:往哪儿放?你瞧怎么办吧,等等,我给你看清单……"

"不用了,求求您,不用了:是我的,是我的,我信。因此,这些东西我是否有权按自己的意愿擅自处理?"

"你是主人,怎么会无权呢?把我们撵走吧:我们住在你这里是做客——只不过我们没吃你的粮食,对不起……你看,这是我们的收入,这是支出……"

她把另两册线装大账本塞给他,但他用手将它们推开。

"我信,我信,奶奶!那么这样:您派人到局里找个官吏,托他立张字据:房子、东西、土地,我把一切都赠给我两个可爱的妹妹韦罗奇卡和玛尔芬卡,给她们做嫁妆……"

祖母紧皱眉头,不等他把话说完,急不可耐地就想发作。

"但只要您还在世上,"他继续道,"一切都应该在您的直接掌握和管理之下。而将农夫们全解放了……"

"这不行!"别列日科娃使劲叫喊道,"她们不是叫花子,她们每人都有五万。待到奶奶去世后,还将增加两倍,也许还要多些:这全是留给她们的!不行,不行!而你的奶奶,谢天谢地,也不是叫花子!她有一席栖身之地,有一小块土地,有个屋顶可以藏身!你多富啊,傲慢的家伙,来恩赐哪!我们不稀罕,我们不稀罕!玛尔芬卡!你在哪儿?过来!"

"在这儿,在这儿,就来!"玛尔芬卡响亮的嗓音在她进去的另一间屋里应答着,并从那里轻快地跑了进来,兴高采烈,生气勃勃,欢蹦乱跳,面带微笑,但突然停住了。她望一眼祖母,又看看赖斯基,感到莫名其妙。祖母正在大发雷霆。

"你听听:你哥要把房子、银器和花边赏赐给你。要知道你是个没有嫁妆的丫头,是个叫花子!快行屈膝礼,感谢大恩人,吻他的小手。你怎么啦?"

玛尔芬卡紧贴炉子,望着两人,不知该对她说什么。

祖母把所有账本、账目全推开,傲然把双手交叉在胸前,开始望着窗外。而赖斯基坐在玛尔芬卡边上,握住她的双手。

"你说,玛尔芬卡,你想从这里迁到另一座房子,"他问,"也许迁到另一个城市去吗?"

"哦,千万别:这怎么可以!谁想出这种馊主意!……"

"还有谁,奶奶呗!"赖斯基笑嘻嘻地说。

玛尔芬卡觉得不好意思,幸好奶奶没听见。她正生气地望着窗外。

"我这儿可是什么都有:果园和苗床,鲜花……还有家禽呢?它们将由谁来照料啊?怎么可能——绝对不行……"

"嗨,瞧,是奶奶想带着你们俩离开。"

"奶奶,亲爱的,去哪儿啊?为什么?您这是打算干什么呀?"她扑向奶奶表示亲热。

"走开!"祖母生气地把她推开。

"玛尔芬卡,你真的不想从这个窝里飞走吗?"

"不,绝对不!"她摇摇头断然道,"扔下花坛和我的房间……这怎么可以呀!"

"韦罗奇卡也是吗?"

"她比我更甚:她无论如何不会舍弃老屋的……"

"她喜欢老屋?"

"她在那里住,只觉得那里好。倘若把她带走,她会死的,我们俩都会死的。"

"哦,这么说你们永远不从这儿离开,"赖斯基补充道,"你们俩将在这里出嫁,你,玛尔芬卡将住这间屋,而韦罗奇卡住在老屋里。"

"谢天谢地:您干吗吓唬人?您自己将住哪儿啊?"

"我不会住的,而什么时候我来做客,就像现在这样,你们就在顶楼给我间屋子——我们将一起散步,唱歌,画画儿,喂家禽:唧唧唧,喳喳喳!"他模仿她的叫声。

"啊,您真厉害!"她说,"我以为您甚至没来得及看清我呢,原来您全偷听到了!"

"喏,这件事就这么定了:你和韦罗奇卡接受我的这一切作为礼物,是吗?"

"是的……哥……"她高兴道,朝他探过身子。

"你敢!"在此之前一直默不作声的祖母厉声制止道。玛尔芬卡坐到自己位置上。

"真不害臊!"她责备玛尔芬卡,"你在哪儿学会接受外人礼物的？好像奶奶没教过你似的；她自己一辈子没有占过别人一戈比的便宜……可你,没来得及同他说上两句话,就已经接受馈赠了。害臊啊,害臊!我的韦罗奇卡无论如何是不会接受的:她才傲哪!"

玛尔芬卡噘着嘴。

"您自己方才……还说过,"她生气道,"他跟我们不是外人,而是兄弟,还让我同他亲吻;而兄弟就什么都能送。"

"这合乎逻辑!对此无法反驳。"赖斯基赞许道,"这样就解决了:这一切都是你们的,我在你们家做客……"

"不许要!"祖母命令道,"你说:我不要,不需要,我们不是叫花子,我们自己有领地。"

"我不要,哥,不需要……"她开始讽刺地重复道,随即笑了起来。"不需要就是不需要!"她补充道,叹了口气,调皮地盯着他。

"可在你们那里,在奶奶的领地上没有这些啊。"赖斯基继续道,"看啊!屋子四周多好的一片毯子似的草地!没有小花园怎么住啊?"

"我要小花园!"她悄声道,"只是您可别——告——诉——奶奶……"她动着嘴唇、不出声地把话说完。

"那花边、衣服、银器呢?"他低声说。

"不需要!我有自己的花边,银器也是!再说我喜欢用木勺吃……我们这里全按农村那套。"

"那么这些萨克森①茶碗,这些大肚茶壶呢?这样的瓷器如今不制作了。难道你不要?"

"茶碗我要,"她悄声说,"茶壶也要,瞧,这张小沙发和几把小安乐椅,我也要,还有这块绣着狄安娜和一群小狗的桌布。我还想要我的小房间……"她叹息着补充道。

"嗨,整座房子,都拿去吧,玛尔芬卡,亲爱的妹妹……"

---

① 萨克森历史上曾为德国中部的一个公国,因"瓷都"迈森所产的瓷器而闻名退迩,迈森瓷器的标志是两把交叉着的蓝剑,这亦是萨克森公国的国徽。1806—1918年为王国,首都德累斯顿。

玛尔芬卡朝祖母瞥了一眼，然后偷偷地冲他肯定地点点头。

"你喜欢我？是吗？"

"啊，很喜欢！自打您来信说您要来，我便每天晚上梦见您，只不过完全不是这个样子……"

"那是什么样子呢？"

"脸色绯红的，不爱沉思默想，而是心情愉快，高高兴兴的；您好像总是在胡闹和奔跑……"

"要知道有时候我常是这样子的。"

她不相信地瞟了他一眼，摇了摇头。

"那么房子你要吗？"他问。

"我要，只是得让韦罗奇卡亦同意要老房子。不然我一个人不好意思：奶奶会骂人的。"

"喏，这就行了！"他高兴地大声道，"亲爱的妹妹！你不傲气，不像奶奶！"

他吻了下她的前额。

"什么行了？"祖母突然问，"你接受了？谁允许你的？既然你自己不知害臊，那奶奶也不允许靠别人活着。就这样吧，鲍里斯·帕夫洛维奇，把账册、账目、清单和领地上所有不动产契照①都接手过去。我不再是您的女管家。"

她把文件和账本全摆在他面前。

"这里是四百六十三卢布现金，是您的。三月份农夫们送来的粮款。这里根据账目，您可以看清多少交付衙门，多少用于杂用房的施工和修缮，筑新栅栏，付萨韦利的薪俸——全在这里。"

"奶奶！"

"没有奶奶，只有塔季扬娜·马尔科夫娜·别列日科娃。去把萨韦

---

① 不动产契照为十月革命前俄国的一种文件，证明有权占有某种财产的文书，也即私人购买不动产（如地皮、地皮上的房产和其他建筑物）的证书。

利叫来！"她说，拉开女仆居住的房间门。

一刻钟后，一个四十五六、上年纪的农夫侧着身子走进屋来，此人身材结实粗壮，仿佛撑着一些粗大的骨骼，因而显得很肥胖，虽说他身上没有一点点脂肪。

他脸色阴沉，浓眉下垂，慢慢抬起的眼皮宽阔，轻易不看人一眼，不说一句话。甚至几乎不打手势。他从一个话题转到另一个亦是慢吞吞的，很吃力。

费脑子的活儿他完成得很困难：当他竭力想说出自己的想法时，得用眉毛、脑门上的皱褶，某种程度上用他那根食指来帮忙。

他剪了个童花头，头顶剃得精光，额前耳后剪得一般齐，胡子很少刮，因而他的嘴唇上和下颏上几乎总是撅着鬃毛似的胡子。

"瞧，主人驾到！"祖母指着赖斯基说，他正观察着萨韦利如何进屋，如何慢吞吞地鞠躬行礼，慢吞吞地朝祖母抬起眼睛，然后，当她指着赖斯基时，又如何慢吞吞地朝他转过身子，并若有所思地行鞠躬礼。

"现在你来向他报告，"祖母说，"他将亲自管理领地。"

萨韦利重又朝赖斯基半转过身去，皱起眉头，稍稍有点精神头地瞥了他一眼。

"遵命！"他一字一顿道，慢吞吞地抬起眉毛。

"奶奶！"赖斯基半开玩笑半认真地阻止。

"孙子！"她冷冷地应答。

赖斯基叹了口气。

"您有何吩咐？"萨韦利轻声问，没抬眼睛。赖斯基不作声，心想给他什么指示。

"很好！你听着，"他生气勃勃道，"你知道衙门里哪位官吏能签署有关领地转让的文据？"

"加夫里洛·伊万诺维奇·梅舍奇尼科夫替我们签署所有文件。"他不是突然间，而是思考一下才说。

"哦,那就把他请来!"

"遵命!"萨韦利低下头答道,并慢吞吞、若有所思地转过身,走了出去。

"这个萨韦利怎么心事重重的!"赖斯基目送着他说。

"有像马林娜·安季诺夫娜这样的老婆缠着,你也会心事重重的!安季普你还记得吗?嗯,那就是他女儿!萨韦利是个能干的农夫,我这里卖粮、收款的重要活儿都由他来干,人老实能干;瞧,命运不知在何处守候着!人人都有自己的苦难!你这是什么打算,或是真的疯了?"祖母沉默一会儿说。

"这是否是我的?"他用手朝自己四周画了个圈说,"您什么也不愿拿,又不准孙女们……"

"喏,是你的也好!"她反驳道,"可干吗要把人放了,东西分了?"

"总该做些什么啊!我是要离开这里的,您又不愿意管:总得安排一下……"

"为何要走?我还以为你根本不走了呢。你还要去奔波啊!结婚和住下吧。可事实上你做了多好的安排啊:把三万家当都给了别人!"

她不安地思索着,显然在作内心斗争。她可从来没有想过会不让自己去管理庄园,也不愿意不管。如今她不知该怎么办。她原本只想吓唬一下赖斯基——不料他突然把这当真了。

"看来,怕是他会干得出来:瞧他那样!"她战战兢兢地想。

"好吧,"她说,"趁我还有精力,我再管管。否则,看来像表叔那样管理,你要受监护了!你将靠什么过日子呢?你这个怪人!"

"他们会从那个领地上给我寄钱的:两千银卢布——足够了。我还要工作,"他补充道,"画画,写作……我这就打算到国外去住些日子:为此,那块领地我要抵押或卖掉……"

"天哪,你怎么啦,鲍留什卡!你这样子随时会沦为乞丐的!画画,写作,出卖领地!你莫非要为授课奔忙,去教小学生了吧?唉,你啊!离开军界,好好的军官不当,你看看现在,穿着短尾巴的灰礼服东跑西颠！不是乘坐四套轿式马车①到来，而是搭乘驿车，独自一人，没有仆役，站站换马，踽踽而行，差点儿步行到来的！还算是赖斯基家族的人！你到老屋里去看看祖先们：你简直使他们蒙受羞辱！丢人呀，鲍留什卡！你若像谢尔盖·伊万诺维奇叔叔那样戴上带穗肩章回来，娶上个有三千农奴陪嫁的媳妇，那就完全不同了……"

赖斯基笑了起来。

"你笑什么！我在说正事呢。若是这样，奶奶会多开心啊！到那时你就不会送什么花边、银器了：该自个儿用了……"

"嗨，就因为我不结婚，不需要花边，所以才决定把这些全赠给韦罗奇卡和玛尔芬卡……是不是这样？"

"还是你那一套！"祖母说。

"是啊，老调重弹，"赖斯基继续道，"如果您不同意，我就把所有东西送给外人：这就行了，我保证……"

"瞧，还来个：我保证！"祖母不安道。她又犹豫了。"把领地送掉！非同一般的怪人！"她重复道，"完全不可救药！请问，你这是过的什么日子，都在干什么？这个世上还有谁像你这样？人人都像个人样。可你——像什么人！你看，还留起了大胡子——剃了，剃了，我不喜欢！"

"我像什么人，奶奶？"他大声重复道，"凡人中最最不幸的人！"他沉思起来，把头靠在沙发靠垫上。

"永远别再说这种话！"祖母胆怯地打断道，"命运在偷听，而且还会惩治你：你将真的是个不幸之人了！一个人永远要知足，或是显得心满意足。"

她甚至害怕地回头望望，仿佛命运就站在她背后似的。

"不幸的人！请问，有什么不幸的？"她说，"健康，聪颖，有领地，谢天谢地，你看，多好的领地！"她用头朝窗外指了指，"还想怎样：

---

① 这是当时上流人士出行时旅途中乘坐的豪华马车，可在里面睡觉。

难道还有什么不知足的？"

玛尔芬卡笑了起来，赖斯基也同她一起笑了。

"不知足，这是什么意思？"

"就是说，知足者常乐，否则人是不会感到幸福的。"她说，透过眼镜望着他，"该用原木敲他脑袋，这样他才会明白什么是幸福，才会知道知足没什么不好，总比原木敲脑袋强。"

"原来如此，实践出智慧！"他想。

"奶奶，这是生活的感悟——这是真理！您是个哲学家！"

"瞧你又聪明又有学问，连这也不懂！"

"和好吗？"他说，从沙发上站起来，"既然你同意重新掌管这小块土地……"

"是庄园，而不是小块土地！"她打断道。

"也请您同意把所有破烂东西和废物给这两个可爱的小姑娘……我孤苦伶仃，并不需要，而她们以后要当女主人。您不愿意，我就送给学校……"

"给一帮学生！这不行！让这帮淘气孩子拿走！他们翻过栅栏一次又一次偷走了我们多少苹果！"

"您快拿走吧，奶奶！难道您到了老年要扔掉这个窝？……"

"破烂东西，废物！价值一万的银器、衣服、水晶玻璃器皿是破烂东西！"祖母强调道。

"奶奶，"玛尔芬卡请求道，"花坛和小花园得给我，还有我的绿色小屋，以及这些画着牧童的萨克森茶碗和绣着狄安娜的桌布……"

"你还不闭嘴，不知害臊的丫头！人家会说我们是叫花子，把孤儿骗得精光！"

"谁会说？"赖斯基问。

"所有人！尼尔·安德烈伊奇就会第一个大声嚷嚷。"

"哪个尼尔·安德烈伊奇？"

"你不记得啦：那个局长？你中学毕业后来这里时，我跟你去过他家——没遇见。后来他到乡下来过,你没有见过他。你该去趟他家:大家都尊敬和怕他,别看他退休了……"

"去他的吧!我跟他有什么关系!"赖斯基说。

"哎,鲍里斯,鲍里斯,清醒清醒吧!"祖母几乎十分虔诚地说,"那是个受人尊敬的人物……"

"他有什么值得尊敬的?"

"老人,为人严肃认真,得过星形勋章!"

赖斯基笑了起来。

"有什么好笑的?"

"'严肃认真'是什么意思?"他问。

"说话有板有眼,教人怎么生活,不会唱什么唧唧唧,哒哒哒。要求严格,对不道德的事情予以谴责!严肃认真就是这意思。"

"所有这些'严肃认真'的人,不是大蠢驴,就是伪君子!"赖斯基说,"'教人怎么生活',可他自己会生活吗?"

"怎么不会!积攒下一笔财产,出人头地……"

"我们有的人自以为出人头地,其实他是猪群里冒尖……"

玛尔芬卡笑起来。

"你说话这么粗鲁,我不喜欢,不喜欢!"祖母恼怒地反驳道,"你自己冒过什么尖,先生:既不会敬神,也不会打鬼,什么也做不了!可尼尔·安德烈伊奇无论如何,依然受人敬重:他要是知道,你如此漫不经心地管理庄园——必定会谴责你!倘若我同意要你的东西,他将会谴责我,因为你是个孤儿……"

"您曾经对我说过,他侵吞侄女财产,盗窃国库,他还谴责别人……"

"别说,这可别说,"祖母急忙道,"你得记住一个规矩:我的舌头就是我的敌人,言多必失!"

"难道我是小孩子,无权想给谁就给谁,何况是给自己的亲戚!"他继续道,"我自己不需要,因而给她们,应该是合乎情理和正当的。"

"若是你要结婚呢?"

"我不结婚。"

"怎么知道?任何一次相遇……你看,我们这里就有个富有的及笄姑娘……我给你写过信……"

"我不需要财富!"

"不需要财富?胡扯什么!老婆总该要吧?"

"老婆也不需要。"

"怎么不需要?你怎么维持生活?"她不相信地问道。

他笑了,什么也不说。

"到岁数啦,鲍里斯·帕夫洛维奇,"她说,"你瞧,两鬓已白发染霜啦。你想,我去求亲?多漂亮,多有教养啊!"

"不,奶奶,我不想!"

"我并非开玩笑,"她说,"我脑子里早就在考虑了。"

"我也不是开玩笑,我脑子里从来没想过。"

"你哪怕认识一下!"

"结婚吧,哥,"玛尔芬卡插嘴道,"我来哄您的孩子……我特喜欢同小孩子们玩。"

"那你,玛尔芬卡,想过出嫁吗?"

她脸红了。

"告诉我实话,凑到耳朵上。"他说。

"是的……有时想。"

"有时想,什么时候啊?"

"当我见到孩子们的时候:我特喜欢他们……"

赖斯基笑了起来,抓住她的双手,直盯着她的明眸。她满脸通红,身子忽而扭向一边,忽而扭向另一边,竭力不去看他。

"你倒是听听,她对你说的!"祖母数落道,边听边收拾账目,"简直像个孩子,心里想什么,嘴里便说什么!"

"我特别喜欢孩子,"她腼腆地辩解道,"我见到娜杰日达·尼基金什娜可羡慕了:她有七个孩子……你往哪儿转身,到处是她孩子。这多快活!我想要多一些的小弟弟和小妹妹,或者哪怕是别人家的孩子。我会把家禽、花儿和音乐全扔下,去全心照料他们。有人胡闹,得把他放到角落里,那个要喝粥,这个在叫唤,另一个动手打人;这个该种牛痘,那个该掏耳朵,另一个该教他走路……还有什么可能更快乐的!孩子们多可爱,他们天生优美动人,天真可爱,活泼善良!"

"也有很难看的,"赖斯基说,"难道你也会喜欢他们?……"

"有生病的孩子,"玛尔芬卡严肃道,"没有丑孩子!小孩子不可能丑。他还没有学坏嘛。"

这番话她说得热烈,几乎充满炽烈的爱心,以至她那对优美的乳房在薄纱衫下颤动起伏,仿佛想摆脱束缚。

"一个多么典范的妻子和母亲啊!亲爱的玛尔芬卡,我的妹妹!你的丈夫将多么幸福!"

她羞怯地坐到了角落里。

"她总是同孩子们在一起:有他们在的时候,你就别想把她撵走,"祖母说,"他们又吵又闹,你简直得累死!"

"有没有谁看中了你,"赖斯基继续道,"有没有求婚的男子?……"

"你这是想干什么,我的老爷?没有奶奶的允许,她怎么会梦想结婚啊?"

"怎么,没有允许她连梦想都不行吗?"

"当然,不行。"

"这可是她的事。"

"不,不是她的,暂且是奶奶的事。"塔季扬娜·马尔科夫娜说,"只要我活着,她就不能不服从。"

"你这是干什么,奶奶?"

"什么干什么?"

"这样的绝对服从:没有您的允许,玛尔芬卡甚至都不敢恋爱吗?"

"先结婚,再恋爱。"

"怎么'先结婚,再恋爱'?您是想说先恋爱,再结婚吧!"

"好吧,好吧,这在你们那边是这样,"祖母挥下手说,"可我们这里是先观察,了解对方的为人,同他一起长期相处,到那时我们才把姑娘嫁给他。"

"这样你们可不叫嫁姑娘,而是把她们给卖了,奶奶!是否有这层意思……"

"你啊,鲍留什卡,请别用自己的这种想法去教她们!……你看,你去世的母亲就是这样子……结果过早进了坟墓!"

她叹口气,沉思起来。

"不行,这全得改变!"他暗自道,"不给恋爱的自由。多么粗暴!要知道都是些善良温情的人!可他们的脑子里还多么糊涂!"

"玛尔芬卡!我来开导你!"他转向她说,"奶奶,您看,这座小房子,连同这里所有的一切,仿佛就是为玛尔芬卡所建的,"赖斯基说,"只需添建些儿童室。去爱吧,玛尔芬卡,别怕奶奶。而您,奶奶,还妨碍她们接受礼物!"

"哎,好吧,考虑考虑,考虑考虑,"她说,"既然你自己不娶媳妇,那就随你便,把花边送给她们结婚用,还怎么样:只是不能让谁知道,尤其是尼尔·安德烈伊奇……得悄悄的……"

"没有任何约束、合乎情理、公正合法的行为,还要悄悄的!我们还得长久地、像猫头鹰似的生活,害怕白天的光亮,听从尼尔·安德烈耶维奇猫头鹰似的智慧!……"

"嘘嘘嘘!"祖母开始发出嘘声,让他别吭声,"他会听见的!他是个老人,劳苦功高,而主要是严肃认真!我没同你说妥——你再跟季特·尼孔内奇谈谈。他要来吃中饭。"塔季扬娜·马尔科夫娜补充道。

"一个怪人,非同一般!"她心想,"他什么都满不在乎,什么都不放在眼里!庄园他要送掉,一本正经的人们在他眼里全是傻瓜,又自称是个不幸的人!我倒要看看,他还将干些什么?"

三

赖斯基拿起制帽,打算去果园。玛尔芬卡表示情愿带他看看庄园的全部产业,包括自己的小花园,还有果园、菜园、花坛和亭子。"只是我怕进林子;我不从悬崖边上走,那边很可怕,太荒凉!"她说,"韦罗奇卡来了,她会陪您去那里。"

她头系三角围巾,打把阳伞,小精灵般顺着苗床和和鲜花丛奔跑,全身透着健康的色彩,灰蓝色的明眸露出愉快的心情,透明的织物里显出夏装。她全身犹如一道由这些花朵、光线、暖意和色彩组成的彩虹。

鲍里斯望着这一切,心中感觉到自己的沉思和乖僻。他好像显得煞风景,对此美景他同样应该年轻、精力饱满、朝气勃勃,需要有一对跟她一样水汪汪、富有生命活力的明眸,需要跟她一样的欢蹦乱跳。

他想像画家那样,无私忘我地替她画幅肖像,譬如说,就像他给祖母画的那样。想象力曾热心帮他描绘出她老年人的全部美,于是便获得了他平静客观地观察到的人物形象。

可是同玛尔芬卡在一起,却做不到这一点。他仿佛觉得,就连花园亦因她在场而显得美丽非凡,玛尔芬卡在它两旁款款而行,细细打量花坛,忽而将那朵花卉,忽而又将另一朵花卉的头状花序抬起。

"瞧,这朵玫瑰昨天还是个花蕾,您看如今开得多艳。"她说,得意扬扬地把花儿指给他看。

"恰如你本人!"他说。

"嗨,是玫瑰花儿美!"

"你比它更美!"

"您闻闻,它花香袭人!"

他闻了闻花儿,跟着她踽踽而行。

"瞧,这些雏菊该浇水了,这些芍药也一样!"她说着,可人已在花园的另一头,从大圆桶里舀了一壶水,姿态优雅地用力提着喷壶,边浇灌木边敏锐地四处打量，看有什么需要浇水的。

"可在彼得堡，连丁香都还没开花呢。"他说。

"真的？可我们这里已经谢了，眼下金合欢开始开花。待到椴树开花，对于我便是节日——花香四溢！"

"这里鸟儿真多！"他说，倾听着树上那欢快的啁啾声。

"我们这里还有夜莺，您看那边，小树林里！我的小鸟全是在这里逮的！"她说，"瞧这里的菜园里有我的苗床：我自己整的。再远点——那边是西瓜，甜瓜，瞧这边是菜花，洋蓟①……"

"我们走，玛尔芬卡，上悬崖，去看看伏尔加河。"

"您去吧，我可不敢靠近，我害怕。我的头会晕的。况且我并不喜欢到那个地方去！我同您待不了太久！奶奶吩咐我张罗午饭。要知道在这里我是女主人！银器柜、贮藏室的钥匙全在我这里。我让人给您去拿樱桃果酱：这是您爱吃的，瓦西里莎说的。"

他用微笑感谢她。

"午饭想吃什么？"她问，"奶奶存心要好好宴请您。"

"我可是吃过午饭了。莫非是准备晚饭？"

"离吃晚饭还有半天哪。喝茶时会有酸牛奶；您最喜欢吃什么，带乳皮的酸凝乳……还是……"

"是的，我喜欢酸凝乳……"赖斯基心不在焉地回答。

"或是酸牛奶？"

"是的，酸牛奶也好……"

"哪样更好？"她问，没听到回答，便转过身去看他在干什么。而他正全神贯注地注视她如何稍稍提起绣花连衣裙的裙边，跨过小水沟，连衣裙下又如何伸出一只圆滚滚、如雕似琢般匀称秀美而又结实的小腿，脚穿白色锁边长袜，足蹬饰有红色上等山羊皮和扣环的矮靿

---

① 洋蓟属菊科，多年生草本植物，栽培于欧洲、印度、阿尔及利亚等地。俄罗斯栽培于欧洲部分南部。既是蔬菜（含糖、蛋白质、维生素 C、B），又为油料作物、饲料作物和观赏植物。每公顷可产花序五〇—二五〇公担。

漆皮鞋。

“你喜好讲究衣着，玛尔芬卡：漆皮鞋！”他说。

他以为，出其不意被抓住的她会感到难为情的，便做好思想准备欣赏她的窘态，看她如何急忙羞怯地把连衣裙从手中抛下。

“这是我们和奶奶在集市上买的。”她说，还把裙子稍稍往上提了提，以便他能更好地看清矮靿皮鞋。“而韦罗奇卡那双是雪青色的。”她补充道，“她喜欢这种颜色。中饭您想吃什么，您还没说呢。”

但他没有听她说。“可爱的孩子！”他思忖，“你是用不着装出一副羞答答样子的！”

“我不想吃，玛尔芬卡。把手给我，我们上伏尔加河畔。”

他把她的纤手贴在自己胸上，感到他的心如何怦怦直跳，感到一种亲近……是种什么亲近？天真可爱的孩子的，善良好心的妹妹的，还是……年轻美丽、心花怒放的人儿的？他感到害怕，他是否能做到像个画家似的来观察她，而并非像通常那样给她留下轻佻的印象呢？

他眼前是个天性朴实纯洁的理想人物，是那部平和的家庭长篇小说暗自所要塑造的一个人物形象，同时，他也感到长篇已引起他本人的极大兴趣，使他觉得美好、温馨，觉得周围的生活仿佛正在将他吸引……

“你唱歌吗，玛尔芬卡？”他问。

“是的……唱得不多。”她腼腆道。

“唱什么？”

“俄罗斯抒情歌曲；我起初唱意大利乐曲，可是教员走了。我会唱 *Una voce poco fa* [1]，只是对我来说很难。那您唱歌吗？”

“一副破锣嗓子，不过不停地唱。”

“唱什么？”

---

① 意大利语：《在午夜的寂静中》，是罗西尼的歌剧《塞维尔的理发师》中的美丽少女罗西娜的一首咏叹调。

"什么都唱。"于是他唱起了《伦巴底人》①的一段,接着是《塞米拉米达》②中的进行曲,并突然中止。

他亲切地盯着她的眸子,握住她的手,使自己的步子与她同步。

"为了幸福再也不需要什么了,"他思忖着,"只是得善于及时止步,别好高骛远。别人如若处在我的位置也会这么做。为了享清福,这里一切都有了——但是……这并非我的幸福!"他叹口气,"看惯了……想象力便会疲惫,印象也就丧失……幻想刚刺激下神经,便如肥皂泡似的破灭!……"

他放开她的手,沉思起来。

"您怎么不作声啊?"她问。"什么也不说!"然后又暗自补充道。

"你喜欢看书……你看书吗,玛尔芬卡?"他神志清醒过来,问道。

"看啊,觉得闷得慌,便看书。"

"看什么?"

"随便什么。季特·尼孔内奇带来杂志,我就看故事。有时我从韦罗奇卡那里拿本法文书。前不久我读了埃奇沃斯小姐的《埃琳娜》③,还读过《简·爱》……这本书很好看……我两个晚上没睡觉:一直读,无法放下。"

"你更喜欢什么书?哪种读物?"

她稍为思考一下,显然很难确定哪种。

"您会笑话的,就像方才您取笑小鹅那样……"她说,拿不定主意。

"不,不,玛尔芬卡,我可不会取笑这么可爱、漂亮的妹妹!要知道你有多可爱吗?"

"嗨,有什么可爱的!"她随便道,"又白又胖!瞧,韦罗奇卡才

---

① 《伦巴底人》为意大利作曲家威尔第(1813—1901)于1843年创作的爱国主义歌剧作品。曾于1845年在彼得堡上演。

② 《塞米拉米达》为罗西尼1823年创作的歌剧作品。曾于1826年在彼得堡上演。

③ 玛利娅·埃奇沃斯(1767—1849),爱尔兰女作家,擅写心理长篇小说,著有描写18世纪爱尔兰宗法社会生活方式解体的《拉克伦特古堡》(1800)等。她的"上流社会"长篇《埃琳娜》作于1834年,1935年在俄国出版。

可爱呢，姿色迷人！"

"你倒是喜欢读什么？诗歌作品读吗？诗歌？"

"是的，读过茹科夫斯基①的诗，不久前读过普希金的《马泽帕》②。"

"怎么样，喜欢吗？"

她否定地摇摇头。

"为什么？"

"玛丽亚让人可怜。瞧，我在您的藏书室里找到了《格列佛游记》，留在自己身边。我读了七遍。稍许忘了，便再读一遍。我还读了《公猫摩尔》《谢拉皮翁兄弟》《沙人》③：这些是我最喜欢的。"

"你还喜欢什么样的书？是否读过什么严肃作品？"

"严肃作品？"她重复道，那张脸突然严肃地稍稍皱了起来，"是的，你看，我从您的藏书中留下了几本，但太难，我未能将它们读完……"

"哪些书？"

"夏多布里昂的 *Les Martyrs*④，这对于我实在太过高雅了！"

"那历史著作呢？"

"列昂季·伊万诺维奇给过我一本米希勒的 *Précis de l'histoire Moderne*⑤，后来又给了本罗马史，好像是基博⑥的……"

---

① 瓦·安·茹科夫斯基（1783—1852），俄国浪漫主义诗人，他的诗充满感伤主义的幻想和用浪漫主义手法再创作的神话故事人物。

② 此处指的是普希金历史题材的叙事长诗《波尔塔瓦》（1828）。

③ 这些均为德国作家霍夫曼（1776—1822）的作品。其中《公猫摩尔》全称为《公猫摩尔的人生观》（1820—1822），标志着霍夫曼创作的高峰，《谢拉皮翁兄弟》共四卷（1819—1821），有许多艺术家的故事，都是脍炙人口的佳作。

④ 《殉教者》（*Les Martyrs*）为法国作家弗朗索瓦-勒内·夏多布里昂（1768—1848）于1809年创作的一部长篇小说。别林斯基曾称它为"基督教的长篇史诗"，"相当夸张和辞藻华丽"。（参见《别林斯基全集》第十卷，第一〇八页，莫斯科，1956）

⑤ 米希勒（1798—1874），为法国具有理想主义倾向的历史学家，他的《近代史概论》（*Précis de l'histoire moderne*）俄译本出版于1838年。与赫尔岑为好友，但别林斯基对他的历史著作持否定态度。（参见《别林斯基全集》第二卷，第四六六—四七六页）

⑥ 应为吉本（1737—1794），英国历史学家，著有叙述2世纪末至1453年罗马和拜占庭历史的《罗马帝国衰亡史》（1776—1788）。

"也就是吉本：怎么样？"

"我没读完……卷帙太浩繁了！这只该教师们看，为了教……"

"那么看长篇小说吗？"

"看啊……不过只读那些以婚礼结尾的。"

他笑了起来，她也跟着嘻嘻笑了。

"这很蠢，是吗？"她问。

"不，挺可爱。你身上不可能有蠢事。"

"我常常先翻翻，"她大着胆子继续道，"如果书中的结局很悲惨——我就不再读。你瞧，我刚开始看《异教徒》[①]，听韦罗奇卡说未婚夫被处决，我就扔下了。"

"因此，你也不喜欢看《聪明误》？那里也没有以婚礼结束。"

她摇摇头。

"索菲娅·帕夫洛夫娜很可恶，"她说，"而恰茨基挺可怜：他痛苦是因为比谁都聪明！"

他微笑着细听她的文学论述，怀着越来越好的心情看一下她的眼睛和她笑时露出的细密皓齿。

"我们来一起阅读，"他说，"你的概念自相矛盾，鉴赏力不高。你想学习吗？你将会明白，如何正确做出有批判力的评价。"

"是，不过您挑书，要选结局令人高兴的、有婚礼的……"

"要儿童读物吗？"他狡黠地问，"一本是《喂粥》，另一本是《种痘》，行吗？"

"可恶，可恶！我什么也不跟您说了……你什么都说，什么都不放过……"

"那么你未经奶奶许可，谁也不嫁啰？"

"不嫁！"她坚定地说，甚至因她不会做这样的蠢事而颇为得意。

---

① 《异教徒》为俄国作家伊万·拉热奇尼科夫（1792—1869）所作的长篇小说（1838），描写18世纪的俄罗斯生活。

"这是为什么?"

"要是他是个牌迷,或是个酒徒,或是从不顾家,或是个不信神的家伙,你看,就像马克·伊万内奇那样……我怎么知道?可奶奶全清楚……"

"马克·伊万内奇不信神?"

"他从不上教堂。"

"那要是这个不信神的家伙,或是牌迷喜欢上你呢?……"

"反正一样,我不嫁给他!"

"倘若你爱上了呢?……"

"爱上个牌迷或是像马克·伊万内奇那样嘲笑宗教的家伙,这可能吗?我从不与他说话,怎么会爱上他?"

"因此奶奶说什么就是什么?"

"是啊,她比我见多识广。"

"那你何时才会长见识,过日子呢?"

"待到……我成年,住上自己的家,有自己的……"

"孩子们?"赖斯基提示道。

"自己的母牛、马儿、母鸡,家里有许多人……是的,有孩子们……"她红着脸补充道。

"而在此之前奶奶便是一切?"

"是的。她聪明善良,什么都知道。她比这里和整个上流社会所有人都好!"她兴奋地说。

他开始默不作声,想起了别洛沃多娃,想起跟她的交谈,想起索菲娅和玛尔芬卡间的相似之处,以及这种相似的各种原因和相异的缘故。

两个形象在他那里呈现,并请求着什么:两位都是有所准备的,两位都是娇好的——每人都各具自己的美——两位都在某幅画中泛着耀眼的光芒。

由此将会产生什么——他不知道,并暂且决定用油画颜料画幅玛尔芬卡的肖像。

他们来到悬崖旁。玛尔芬卡怯生生地朝下望了望,战栗一下,直往后退。

赖斯基把目光投向伏尔加河,注视着它那沉寂的江流,看它如何将浩渺的汛水顺着两岸的草地漫溢,忘了一切,一动不动地愣住了。

汛期尚未过去,河水侵占了平坦的沿岸地区,并在陡峭的河岸旁喧嚣着,打着圈儿拍溅着山麓。条条舟楫不易察觉地、仿佛静止不动地在不同地点缓缓行进。团团白云在碧空中高挂。

玛尔芬卡走到赖斯基跟前,淡漠地望着那片早已习惯了的景色。

"瞧这些船,是运瓷器的,"她说,"而这些两头尖尖的大木帆船是从阿斯特拉罕驶来的。瞧,您看到这些被水围住的小屋了吗?那里住的是纤夫们。您看,这两个小山包后面有条路,那是通往神甫妻子家的。现在韦罗奇卡就在那里。那里多好啊,在岸上!七月我们将上岛,去喝茶。那儿花多极了。"

赖斯基缄默不语。

"那里有野兔栖息,只是眼下它们被水淹了,真可怜!我有家兔,我待会儿给你看!"

他继续默不作声。

"夏末,这些船运来西瓜,"她继续道,"它们堆在这里可多了!我们买来只是浸泡着,待到用正餐最后一道甜食时,我们便吃自己的西瓜,它们好大哟,有时有一普特重。去年有只西瓜超过了一普特,奶奶给高级僧正送去了。"

赖斯基一直眺望着。

"老是不开口!"玛尔芬卡暗自嘀咕道。

"我们去那边!"他突然道,指着悬崖,抓住她的手。

"哎,不,不,我害怕!"她说,哆嗦着往后退。

"同我在一起你还怕吗?"

"我怕!"

"我不会让你掉下去的。难道你不相信我会保护你?"

"相信,但我怕。你看,韦罗奇卡不怕:她独自来这里,甚至在黄昏时分!那里埋着个杀人犯,可她无所谓!"

"喏,如果我对你说'闭上双眼,把手给我,去我领你去的地方'——你会把手给我吗?会闭上眼睛吗?"

"会的……我会把手给您,也会闭眼睛的,只是……我会悄悄用一只眼看的……"

"哎,现在你来试试——闭上双眼,把手给我;你看,我多么小心地领着你:你不会感到害怕的。来吧,相信我,把眼睛闭上。"

她闭上双眸,但还是能看得见,待到他抓住她的手,刚跨了一步,她突然发现他是迈步往下走,而她则站在悬崖边上,便战栗一下挣脱了他的手。

"我无论如何也不去了,决不!"她哈哈笑着,尖声叫喊着离开他,"我们走吧,该回家了,奶奶在等着呢!午饭怎么办?"她问道,"您爱吃通心粉吗?鲜蘑菇呢?"

他什么也没回答,欣赏着她。

"你多迷人!你天性完美纯洁!对它多么忠贞!"他说,"你对艺术家是难得的人才!你朴实无华,自然真实!"

他吻了下她的手。

"关于我,你好话都说尽了!嗳,您去哪儿?"

没有回答。她朝悬崖走近两步,怯生生地朝那边望了一眼,只见灌木哗哗往两边分开,赖斯基如同踩着宽宽的阶梯,顺着沟壑的凹凸处跳跃而下。

"多可怕啊!"她战栗地说着回家去。

四

赖斯基绕过整个县城,从沟壑深处重新登上山冈,来到自己庄园的另一端。他开始从山顶下来往城外居住区走去。整个县城横亘在他眼前，尽收眼底。

他怀着由过去的、几乎是童年的回忆所唤起的美好感情，望着这一大片各式各样的大房子、小房子和茅草屋，它们或挤成一堆，或零零落落地散布在高地和低洼处，或沿沟壑边缘蔓延，或落入沟底。那些小房子有的带阳台，有的带遮阳布篷，有的带望楼①，有的带接盖的房子，有的带威尼斯式窗户②，或用勉强能见的缝隙代替窗户，有的带鸽子窝、椋鸟笼，有的带杂草丛生的院子。他望见在篱笆间蜿蜒曲折、不见尽头的小巷和胡同，望见空荡荡、没有住家、但有着响亮路牌的街道："莫斯科大街""阿斯特拉罕大街""萨拉托夫大街"。街道上市场林立，堆满了大堆大堆的树韧皮、咸鱼和干鱼，大桶大桶的焦油和白面包；见到牲口粪气味传得老远的大车店院子那洞开的大门，以及在街道上辘辘驶过的轻便马车。

早已过了晌午时分。小城上空弥漫着一片休眠似的寂静，弥漫着一片海洋上常见的风平浪静，那是陆地上的风平浪静，是俄罗斯广袤的草原、乡村和城市生活的风平浪静。跟所有这些市镇一样，这并非一座城镇，而是一座墓地。

它不知是已然死去，还是犹在酣睡，或是在沉思。敞开的一扇扇窗户张着不说话的大嘴，没有呼吸，没有脉搏跳动。生命跑到哪里去了？何处是这躺卧着的躯体的双眼与舌头？一切都五光十色，绿荫覆盖，但一切都寂静无声，阒无声息。

赖斯基走进大街小巷：甚至一丝风也没有。已经三天没有触动过的尘土，在车轮的碾压下变成一道车辙顺街道铺伸；一头山羊在篱笆的阴影里休憩，几只母鸡刨了些坑在里面趴着，一只不知疲倦的公鸡在觅食，时而用一只脚爪，时而用另一只脚爪麻利地在尘土堆里抓扒。

---

① 欧洲常见的一种建筑样式，在通常为平面的建筑物上搭建的小阁楼、塔楼或添建部分。

② 也即顶端带半圆形装饰的窗户。

毛色不同的狗三只一堆，四只一群蜷缩着身子，随意躺在哪个院子里，偶尔因无所事事吠叫着朝跟它们毫不相干的稀少行人扑去。

空旷，寥廓——犹如置身于荒漠。某处，有个身穿红衬衣的白胡子老人从窗子里伸出脑袋，打着哈欠，朝两旁望了一眼，吐了口唾沫，又缩了回去。

在另一扇窗户里，从街上便能看到一个人身穿长袍，坐在皮沙发上打鼾。他身旁的小桌上放着份《公报》[①]、一副眼镜和一瓶克瓦斯饮料。

另一个人头戴男式便帽，几个小时地坐在大门口，无所事事、安静地望着长有一枝荨麻的水沟和对面的栅栏。一块手帕在他手里已经揉了许久，始终未曾下决心去擤鼻涕：因为懒。

那头有个人在窗口闲坐着，拿着个海泡石烟斗，无论谁何时经过，他总是坐着，一副心满意足、毫无所求、悠闲自得的神色。

在另一处，赖斯基又见到一个同样坐在窗前的上年纪的妇女，一辈子就在自己胡同里度过，没有忙乱，没有热情和激动，没有同与自己相似的形形色色人物的每天会面，对大城市里、事业和娱乐中心里人们如此深刻而沉重地体验到的寂寞无聊，一无所知。

赖斯基从一条胡同转到另一条胡同，见到有个家庭正在进餐，而在另一边，一个小市民家里，人们已经端上了茶炊。

在空寂无人的街道上，两个人、三个人之间的交谈，一里外便能听见。空旷中的人声和木质马路上的脚步声，显得分外响亮。

不知何处的板棚里，有个马车夫在劈柴，一头小猪在粪肥堆里哼哼；与地面齐平的低矮窗户上，破破烂烂的白棉布窗帘吹得鼓起来，缠在了木樨草、万寿菊、凤仙花上。

那里坐着个很精神、挺漂亮的女人，正把头伏在绣品上勤奋刺绣，毫不理会炎热和所有人都难以克服的瞌睡。家里就数她一人精力充沛，

[①] 《公报》（1702—1917）为一份由官方在莫斯科和彼得堡出版发行的报纸。

也许她正留意着那熟悉的脚步声……

从一座房屋敞开的窗户里,上百人齐声重复一个字母 A 的嘹亮嗓音朝他袭来,因而大门上"小学校"的牌子便显得完全多余了。

再往前,他遇上了盖房子,到处是成堆的碎木片、刨花和原木,一帮木匠在一只大木盘旁围成圈。一只大圆面包,撒上葱末的克瓦斯,一块发红的咸鱼——便是一顿午饭。

农夫们安安静静默然坐着,轮流把勺子伸进盘子里,又将它们放下,咀嚼着,不急不忙,不开玩笑,饭后也不闲聊,而是勤奋地、仿佛十分虔诚地完成他们繁重的工作。

赖斯基想画下这群疲惫不堪、愁眉不展、有着塔希提人那样黄褐色皮肤的农夫的脸庞,画下他们晒黑的、又干又硬、手指无法弯曲、长着铁一般坚硬指甲的双手,画下他们有节奏地张得很大的嘴巴和慢慢咀嚼的双唇,以及吞咽面包和米粥时的那副饥饿相。

是的,是饥饿,而不是食欲:农夫们经常没有食欲。食欲产生于游手好闲、散步和安逸,而饥饿是由时间和繁重劳动引起的。

"但是,一幅多么强烈的静与梦的画面啊!"他环顾四周思忖道,"犹如一座坟墓!对于长篇小说,这是个广阔的背景!只是我该往这个背景里添加什么呢?"

他在心中将画面从一座座房屋中摄取下来,记住他遇到的人们的那些面部表情,把他们的脸分成祖母的和仆人的各种类型。

这一切暂时汇聚在玛尔芬卡周围。她是画面的中心。别洛沃多娃的形象退居第二位,孤零零地站着。

他机械地在大街上缓缓行走,在心中加工自己的新素材。所有人物形象在他头脑里变得清晰起来,他在那里见到了他们,一个个如活的一般。

"倘若在这梦一般静止的背景上加上一个热烈的爱情画面,那会如何!"他幻想道,"什么样的生活会蓦地出现在这个画框里!什么样的色彩……但到哪里去搞到色彩和……热烈的爱情呢?……"

"热烈的爱情！"他满腔热情重复道。"啊，倘若她那火热的激情流泻到我身上，将画家吞噬，那就让我盲目地沉溺其中，让自己这两道平行的目光，这两条寻根问底的视线隐没！必须使我不用双眸去注视别人的皮肤，而是用自己的神经、骨骼和骨髓去经受爱的火焰，然后——用胆汁、鲜血和汗水去描绘爱的场景，描绘这人生的地狱。索菲娅热烈的爱情……不，不！"他冷静思索着，"她是'超然于世界和热烈的爱情'之上的。玛尔芬卡的热烈爱情！"他笑了起来。

两个形象变得暗淡，他痛苦地低下头，淡漠地朝两旁打量。

"是的，长篇小说将出自她们俩，"他思忖，"看来，长篇是真实的，但呆板而微不足道，一个带有贵族的细节，另一个带有小市民的细节。那边是一幅色彩鲜明的图画，大理石石棺中淡雅的睡意蒙眬，天鹅绒上金丝绣花，棺木上纹章显赫；而这边画的是一幅温暖的夏日之梦，绿荫浓浓，鲜花朵朵，天空晴朗，但终究是场梦，一场酣睡不醒的梦！"

他记起此行的目的，加快了脚步，朝周遭望了望，想找个人打听一下，列昂季·科兹洛夫老师在哪儿住。可街上阒无一人，毫无生机。最后他决定走进一座小木屋。

台阶上有股强烈的气味朝他袭来，使他手忙脚乱，陷入窘境：那里原来有三扇门，不知其中哪一扇应尽快打开。一扇门里传来响动，于是他走进一间不大的前厅。

"谁在那里？"一个上年纪的妇人惊讶地问，她怀抱着一只茶炊，显然是打算去把它放好的。

"您是否能告诉我，这里有位教师列昂季·科兹洛夫住哪儿？"赖斯基问。

她继续吃惊地凝视着他。

"谁在那儿？"另一个房间里传来声音，同时响起拖着鞋走路的嚓嚓声，并出现一个人，五十上下，穿件色彩花哨的长袍，手里拿着条蓝手帕。

"瞧，他打听一个什么教师！"傻头傻脑的婆子说。

穿长袍的先生也惊讶地盯着赖斯基。

"哪个教师？这里没住教师……"他说，继续十分惊异地盯着来访者。

"对不起，我是外来人，只是今儿早上刚到，谁也不认识：我偶然来到这条街，于是想问问……"

"可否请您到屋里坐坐？"主人热情地邀请他进去。

赖斯基跟随他进到一间小客厅，那里放着几把普通的、表面磨损的皮椅子，一把同样的长沙发椅，镜子下方摆着张铺绿呢面的小牌桌。

"请坐！"他邀请道。"请问您想打听哪个教师？"入座后，他继续道。

"列昂季·科兹洛夫。"

"有个科兹洛夫商人，在市场上做买卖……"主人若有所思道。

"不，科兹洛夫是教古代语文的教师。"赖斯基重复道。

"教语文的……不，不清楚……您得上中学问问——它就在那边山上……"

"这我也知道。"赖斯基心想。

"对不起，"他说，"我以为谁都认识他，因为他早就在城里住了。"

"请问……他是否在厅长家教孩子们？他就住在那头——长得仪表堂堂……"

"不，不——此人并不仪表堂堂！"赖斯基一面讪笑着说，一面告辞。

来到街上，他遇见一个行人，便问他是否知道列昂季·科兹洛夫教师住在哪儿。

此人稍稍想了想，从头到脚把赖斯基打量了一番，接着扭过身子，用手指擤了把鼻涕，指着另一边说：

"这个，应该在那边，在桥那头的路口：那里住着个教师。"

算赖斯基有运气，路过的一个世袭兵[①]听到了这番话。

"嗨，你啊：这是花匠！"他说。

---

① 指1805—1865年俄国士兵的儿子出生后便记入服兵役的名册。

"我知道是花匠,可他也是教师啊,"那位反驳道,"老爷们都把孩子送他那儿……"

"他要找的并非此人。"文书反驳道,望着赖斯基。"请跟我走!"他补充道,并急忙朝前走去。

赖斯基跟着他穿街走巷,终于带路人把他领到一座房子跟前,从那里传来响亮而齐声的A字声。

"这是小学,你看,教师本人就坐在那里!"他指着窗子里的教员,补充道。

"根本不是此人!"赖斯基不满道,懊恼自己在家里忘了问问科兹洛夫的地址。

"那么山上还有座中学……"世袭兵说。

"那好吧,谢谢,我自己去找!"赖斯基道谢后走进小学,他认为这个教员大概知道列昂季住在哪儿。

他没错:教师手拿着书,同赖斯基一起来到街上,指点他如何穿过一条街,然后向右拐,再左拐。

"你在那里会碰上一个小花园,"他补充道,"科兹洛夫就住那里。"

"是啊,离进步还远着哪!"赖斯基心想,听着身后传来的童声,第五次穿过同样的街道,并且重又遇不上一个活人,"都是些什么样的人物,什么习俗,什么现象!全都适合写进长篇小说:所有这些特征、色调、环境——对画笔都是弥为珍贵的!列昂季怎么样:有变化,或者依旧是个不通世故、一根筋的学究?他也是个画家难得的人物!"

于是,他走进屋去。

五

列昂季属于那些钻进书堆里、除了书籍什么也不知晓的学者,靠过去和理想过日子,靠数字、假说、理论和体系过日子,而对真正的、发生在四周的日常生活却视而不见，不闻不问。

如今，这种好寻根究底的人正在这个世上绝迹，也可能已经绝迹。伊西特女神已摘下脸上的面纱①，她的祭司们也羞羞答答地扔掉假发、法衣、长襟常礼服，穿上燕尾服和大氅，混入了人群。

如今很难在什么地方遇见这样的学者：他们不刮胡子，披头散发，目光呆滞，永远若有所思的样子，说话三句不离科学，埋头于科学的聪明才智十分片面，有时也有健全的理智；他们笨拙，腼腆，见女人就逃，思想深邃，但心不在焉得滑稽可笑，令人感动的纯朴显得天真幼稚；他们是科学的受难者、骑士和牺牲品。而如今，学术上的书呆子已成了落后于时代的一种现象，因此谁也不会对此感到惊奇。

列昂季还是属于这类人，但稍微缓和些，这也是时代的使然。他与赖斯基生于同一个县城，在同一所大学里受的教育。

你在他孩提时代见到他，必定会说他是个学者，至少是个像学者这类的人物，如同诗人们那样，也是：nascuntur②。他常常头发蓬乱，目光四处乱看，总是在书籍或练习本里翻寻，仿佛他没有童年，没有那根顽皮撒欢的神经。

青年时代也曾拿他开过心。有个淘气鬼往他脸上涂烟炱，列昂季没想到，整天带着大黑脸进进出出，被大家当成一桩开心事，他还因此受到学监的训斥，为何把脸弄脏。

有谁给他难堪，或是揪他头发，侮辱他，他只是皱皱眉头，没有跳起来，扑过去，去追那个捣蛋鬼，待到他打定主意转过身子，漫不经心地四下张望时，那家伙已经跑得老远了，而他挠挠痛处，又沉思默想起来，直到受到新的难堪，或是午饭的钟声使他从想象

---

① 伊西特，原为埃及女神伊塞特（Iset），生殖女神、水和风女神。但对她的崇拜远远超出了埃及的范围。希腊神话中作"伊西达"，她的形象甚至影响到高卢、西班牙、布列塔尼，后来基督教的圣母、怀抱婴儿的马利亚的形象即起源于伊西达。她的全身雕像上蒙着面纱，谁也不敢摘去，因为它是笼罩在女神四周的神秘事物的象征。

② 拉丁文：天生的。作者在此是想表达：诗歌的天分是可以发展的，但不能创造。

中摆脱出来。

有人如果把早饭或中饭从他手中夺过来吃掉,他也不会计较,而是拿起书看得更认真,以便抑制一下食欲,或是使饿得发慌的他平静下来。

让他去弄一顿饭,去偷或是干脆去讨,较之让他去追踪小偷们还要费劲。但倘若他无意中搞错了,碰到吃的东西,不知是别人的还是他自己的,那他必定把它吃了。

然而不管同学们如何拿他的沉思默想和心不在焉寻开心,但他的热心肠,心地温和,和善,以及连学校里的男孩子们都感到吃惊的朴实和那纯真而高尚性格的完整性——所有这一切,都使他获得了一大群年轻人始终不渝的好感。他有理由让许多人不满——可从没有谁对他表示过。

同学们从淘气包时期长大后理解了他,对他加以尊敬和同情,因为除了性格,他在学识方面是个权威。他就像个德国死啃书本的老学究[①],懂得古代语言和新语言,虽然不会说一种语言,却熟悉各种文学,是个狂热的书痴。

他的实际知识广博,又不是死水一潭,不是造出来的,像一些死读书的教会学校学生那样,在头脑里造好一座墓地,在那里添上一种又一种知识,犹如建造一座又一座纪念碑,杂草丛生,寂静无声。

列昂季则相反,在知识里搏动着的是他自己的生活,虽说是过去的,但是鲜活的。他用开阔的目光观察过去。他逐字逐句地看,一字不漏。他给古老的高脚大酒杯加上盛宴,人们在宴席上用它来欢饮,他从一枚古币联想到放钱币的钱袋。

他与赖斯基一起经常沉浸于这一生活。赖斯基作为略识门径者,是为了满足短时间勃发的想象力,而科兹洛夫却是全身心地投入;此

---

① 此处原文为 Гелертер,源自德语 Gelehrter,意指这样一种人,他博览群书,但拥有的知识并不深,只是单纯的书本知识。

刻，赖斯基在他身上看到了瓦休科夫拉小提琴时那张同样如醉如痴的脸，听到了他关于古代日常生活那生动而充满灵感的叙述，或者相反，是赖斯基本人用自己的想象力使他心醉神迷——于是他们相互钟情于这根鲜活的神经，他们各自以自己的方式用它同知识结合起来。

列昂季陷入对希腊文和拉丁文的偏爱中，并且有时显得索然寡味，一副书呆子气，而这并非出于好出风头，而是因为这两种古老文字令他入迷，它便是体现招人喜爱的、弥足珍贵的古代生活的服饰和器皿，这由他研究并展现给他的古代生活，为当今生活和未来生活奠定了基础。

他喜爱它，这是我们的知识、我们发展的奠基者，但他爱得太过热烈，整个儿献给了它，于是现代生活便离他而去，躲藏起来。他在现代生活中仿佛是个陌生人，外人，显得可笑而笨拙。

列昂季是位古希腊和拉丁语言文学专家，无疑读了源自古典样式或是近似于它们的全部作品。他景仰高乃依，甚至感到对拉辛的痴迷，尽管他嘲笑说，他们好像参加化装舞会，只是为了自己的侯爵们才借用托加和塔尼卡[①]，但毕竟在他们的作品中充满了他所珍爱的古代英雄的名字和地名。在没有古代形式的新文学中，他只承认崇高的诗歌，而不喜欢庸俗的日常诗歌；他喜欢但丁、弥尔顿，竭力想读完克洛卜施托克[②]，但未能读完。莎士比亚令他惊奇，但不喜欢；他喜爱歌德，但并非小说家歌德，而是古典主义者歌德，较之《浮士德》，《罗马哀歌》和《意大利游记》更让他赏心悦目，他看不上威廉·迈斯特[③]，但熟悉《普

---

① 此处原文为 тога 和 туника，前者拉丁文为 toga，是古罗马男子的外衣，无袖长袍，通常以白羊毛制成。后者拉丁文为 tunica，是古罗马男子穿在外衣里面的紧身短袖长衬衫，一般为白色毛料或亚麻布料。

② 弗里德里希·克洛卜施托克（1724—1803），德国诗人，开"狂飙突进"和"浪漫主义"文学的先河。

③ 即长篇小说《威廉·迈斯特》，分《学习时代》（1796）和《漫游时代》（1829）两部，在歌德作品中的地位仅次于《浮士德》。

罗米修斯》和《塔索》①，并能背诵。

他去观赏拉斐尔的画作，但对佛兰德斯画派的威望不予重视，虽说他看丹尼斯②的画时，曾不由自主地露出过笑容。

他很贫穷，好像已经穷得不能再穷了。他住在一间贮藏室里，挤在炉子和劈柴中间，在油盏的光亮下工作，倘若不是同学们喜欢他，他都不知道上哪儿去搞到书，有时是内衣和外套。

他不接受礼物，因为他无力回赠。同学们找他补课，代写学位论文，为此送他些内衣、外套，偶尔还有钱，而经常是送书，因此他积累起来的书比木柴还多。

他四周的年轻人都生活沸腾，对未来制定了种种宏伟计划，唯独他没有幻想，既不想当统帅，也不想当作家，只说了一句话："我将在外省当个教师。"——把这质朴的职务看作自己的志向。

同学们，顺便还有赖斯基，竭力想激发他的自尊心，谈论创造性的、卓有成效的工作和教授的讲台。这当然是元帅杖，是他希望之冠。但他每每深深叹口气，作为对这些幻想的回答。

"是啊，非常美妙，"他说，深思着教授的使命，"用生动的语言影响几代人，传授自己掌握的知识和喜爱的一切！将会给自己提供多少工作、多少条件：图书馆，与同事们积极的探讨，可以出国，去德国，剑桥……爱丁堡，"他受到鼓舞，补充道，"还可以结识同仁，然后互相通信……哦，不，我能上哪儿！"他清醒过来，补充道，"教授还有其他兼职，他得出席会议，主持考试……做学术报告……我真昏了头，我哪行啊！不，我还是在外省当个教师吧！"他断然道，又埋头于书本上。

大伙或多或少对幻想大失所望。有人想打仗，消灭人类，刚回到

---

① 即歌德以希腊神话为题材的长诗《普罗米修斯》(1774)和描写艺术家同封建社会矛盾的叙事长诗《托夸多·塔索》(1789)。

② 即大卫·小丹尼斯(1610—1690)，杰出的佛兰德斯画家，以画风景画著称，作品技巧圆熟，笔触洗练，刻画精细，富有表现力。

村子,就与一帮像自己这样的人分手,各奔前程,而自己在职位上心灰意懒,沉浸在有关监护人义务的各种议论上,专心于打牌和吃喝上。

另一个人幻想在职务上谋个高位,可以在广阔的舞台上自由驰骋,在俱乐部里当个会员,谋得一席之地,在那里消磨自己的闲暇时间。

连赖斯基也幻想当个艺术家,并且始终"胸中怀着一团火",搞些音乐入门、片断、旋律、素描、重大构思之类的东西,但他的名气还不大,作品还没有为世人赏识。

只有列昂季一人达到了自己提出的目标,到外省当了名教师。

分别的时刻来临,同学们一个接一个逐渐离去。列昂季惶然四顾,发现人去楼空,心里发怵,因为脱离实际,他不知该怎么办,不知到哪儿找个安身之处。

"你也走啊!"有人来告别,他沮丧道。

同他告别时很少有人不哭的,他本人也哭得喘不上气来,无论是揪耳朵、踢屁股、忍气吞声的或是无法忍受的嘲笑,还是他们恩赐的中饭和早餐,全不记得了。

终于,他该为自己操心了。但他该待在哪儿呢?赖斯基行动起来,教授们也积极参与,往彼得堡写信,为他在期望的城市里张罗所希望的职位。

在故乡,赖斯基靠祖母和一些熟人的帮助,在那里替他安排了住所,这些外部状况刚得到妥善解决,列昂季便着手自己的事业,以牛一般的勤恳和驴一样的耐心埋头于自己的,更准确说是别人的往昔生活中。

塔季扬娜·马尔科夫娜对归赖斯基所有的丰富藏书并不十分在意,书籍继续在尘土和老房子的灰烬中憔悴不堪。玛尔芬卡偶尔不加任何选择地从藏书中取走几本,例如斯威夫特的作品,《保尔与薇吉妮》[①],

---

[①] 《保尔与薇吉妮》为法国作家德·圣皮埃尔·贝纳丹(1737—1814)于1787年发表的长篇小说,是他唯一为世人公认的杰作。

或者夏多布里昂的作品，然后是拉辛，后来是让里伯爵夫人①的长篇小说，并且十分爱护书籍，如果不算珍爱的话，也同她喜爱自己的花儿和鸟儿一样。

老屋里的其他书籍有段时间由韦拉管理，也就是说她拿走自己喜欢的书，不管读完还是没读完，都重新放回原处。但这些书毕竟是被活手触动过了，无论如何还算完整无损，虽说有些旧，有些油污，遭老鼠咬啮。韦拉为此通过奶奶给赖斯基写了信，于是他便委托把藏书转交给列昂季照管。

见到三千册书，列昂季傻了眼——于是落满尘土、发了霉的旧书获得了新生、光明和利用，直到赖斯基从科兹洛夫的来信中得知，有个叫马克的家伙险些要完成老鼠的事业。

六

列昂季已经结了婚。有个在莫斯科经营官办店铺的管家，顺便为不住宿的走读大学生包饭，提供一卢布二十五戈比三菜和一卢布七十五戈比四菜的伙食。大学生们成群结队地聚集到那里。

吸引他们的，不仅是那些由公家配给的圆白菜、大米、面粉做成的菜汤、通心粉、发面煎饼等，也不仅是这伙食价格便宜，同样还因为有这位管家的女儿，她既支配父亲，也支配着这帮大学生。

在赖斯基和科兹洛夫上学那阵，她还很年轻，虽说也就十六七岁，却十分乖巧麻利，总像小鸟似的飞来飞去，眼明手快。

她鼻子长得标致，小嘴妩媚动人，下颏很可爱。尤其她的侧面轮廓端庄，线条端正而又优美。头发浅棕红色，后脑勺上颜色略深些，

---

① 让里伯爵夫人（1746—1830），法国女作家。她的作品以心理描写细腻见长，如《克莱尔蒙小姐》（1802）等。

但越往上越浅，两根上半部盘在头顶的大辫子呈金黄和浅红色，因此她头上，额上，以及多多少少在眉毛上，同样稍稍有点浅棕红色，好像经常阳光灿烂似的。

鼻子周围和脸颊上长有雀斑，甚至冬天也不完全消退。从这些小雀斑下透出火焰般鲜艳的绯红脸色。不过小雀斑使这团火变得并不显眼，还让脸庞增添些暗影，倘若没有这层暗影，她这张脸便会显得太过明亮和张扬。

这张脸还有一个特点：当她毫无笑意和不想笑的时候，脸上也经常挂着微笑。但这笑容仿佛凝固在她脸上，并且比眼泪更适合于她，虽说谁也未必见过她泪痕满面。

大学生们全钟情于她，但是轮流地或几个人同时爱着她。她牵着他们所有人的鼻子走，把一个人的爱情告诉另一个人，并取笑第一个人，然后又同第一个人一起取笑第二个人。有几个因她而彼此不和。

有人猜到她的心思，送她巴黎皮鞋和耳环，她便开始对他较为亲热：跟他说悄悄话，跑到花园去，请他晚上到自己家喝茶。

另一些人知道后，便纷纷效仿：有人以感谢伙食为名送她衣料，有人撒个谎给她带来糖果，于是乌列尼卡开始同几乎所有人都大献殷勤。

这时她的天分得以施展。倘若有谁因为她与别人要好而吃醋，她便像嘲笑一件无法容忍的事情那样开始嘲笑此人，同时她也会显出很严厉的样子，斥责向女人献殷勤的人，骂他们勾引没有经验的姑娘，然后将她们抛弃。

她指摘和讥笑女友和熟人，当她们迷上谁时，还绘声绘色地告诉大家，说是今儿个天蒙蒙亮，有人遇见丽莎同文牍员一起翻过篱笆到花园里去，或是地主老爷乘着四轮轿式马车去哪个太太家（她还能说出太太的名字、父名和姓），而且直到深夜才离去。

她教导那些情敌们，当有人问起她的情况，问起他们昨天何时在何处，去了什么地方，说了些什么悄悄话，为何到黑漆漆的林荫道上或是亭子里去，这个或那个人为何晚上去她那里，等等，都该怎么说——全教了。

列昂季自然压根儿就没想过去她那儿：他待在住所里，吃着房东单调的伙食，也就是白菜汤和大米粥，至于如此阔绰地吃一卢布二十五戈比或一卢布七十五戈比的包饭，吃什么通心粉或猪排——他根本就不允许自己。他也没有什么衣服穿：一件文官制服、两条裤子，其中一条是夏天穿的南京土布——这就是他的全部家当。

不过赖斯基带他到那里去过三次。列昂季并没留意乌里扬娜·安德烈耶夫娜，而是贪婪地吃，出声地吧嗒嘴，一面想着别的事，然后畏畏缩缩地回家去，跟谁也不说一句话，除了邻居，也就是赖斯基。

他长得并不帅：瘦瘦的，一副沉思默想的样子，五官也不端正，仿佛很不协调，脸庞既不红润，也不白皙，像是一张没有特色的脸。

只是当他与赖斯基陷入长谈，或是听有关古代和异国生活的讲课、阅读古典作家作品时，他的眸子中才会突然露出生气，这对眸子才是聪颖和兴致勃勃的。

但乌列尼卡哪能发现这种美呢？她只注意到有时他文官制服上的纽扣掉了，有时裤子破了或是蹩脚的靴子坏了。更令她觉得奇怪的是，他一次也没有专注地看过她一眼，而是好像在看一堵墙、一块桌布似的。

来她这里的人还从没有发生过这种事。甚至连并不敏感的年轻小伙子，他们的目光也首先停留在她身上。

而此人既不看她，也不朝给他上菜换盘子的厨娘乌斯季尼娅看一眼。

但乌斯季尼娅从某种意义上同样引人注目。她是客人们经常注目和消遣的对象。这是个很难看的婆娘，长着这样一张脸，仿佛曾经因什么事情受过强烈惊吓，于是便永远落下了这副吃惊的模样。但列昂季连这也不曾理会。

乌列尼卡已经不止一次对他的外貌和心不在焉龇牙咧嘴，但同学们，尤其是赖斯基向她说了那么多有关他的长处，使得她也只限于带着嘲笑的神色在一旁观察,当她忍不住时,便跑到另一间屋子哈哈大笑起来。

"你们这个科兹洛夫真可笑!"她说。

"他心肠非常好!"有人夸奖道。

"他非常聪明,知识渊博:在希腊文方面,只有教授和大教堂里的大司祭比他更精通!"另一个说,"要让他当科研助理[①]哪。"

"一个道德高尚的人!"第三人热情补充道。

有一次——这已是第五次或第六次他同赖斯基一起去吃饭——他因为心不在焉吃饭时坐的时间比所有同学都长;大家都走了,留下他一人,若有所思地嚼着大米做的最后一道甜食。

他没有发现乌里扬娜·安德烈耶夫娜又把另一盆满满的米饭移到他跟前。他继续机械地用匙子将它送入口中。

她悄悄地换上第三个盆子,再偷偷地添上米饭,而自己则从另一间屋门后观察他怎么吃,并用手帕捂着嘴免得笑出声来。他全吃了。

"心眼好!"她想,"不打狗!要是他什么东西也不会送,那算什么心眼好啊!真聪明!"她继续分析他,"吃了第三盆米饭都没察觉!都看不见四周的人都在笑他!一个道德高尚的人!……"

她边思忖边琢磨着这个形容词,用手指搔搔自己头顶,漫不经心地望一眼自己指甲,打了个哈欠。

"他身上好像连件衬衣都没有:没见过!品行好!"她推断道。

他一直在吃。

"嗨,光知道吃,也不看看!"她思忖,再也忍不住了,开始哈哈大笑。

他听到笑声,明白过来,不知所措,开始找制帽。

"别着急,吃完吧,"她说,"还想要些什么?"

[①] 原文为 адъюнкт,源自拉丁文 adjunct us,西欧许多国家和十月革命前俄国从事科学见习的人员。

"不……不……我回家……"他不好意思道，没看她，从一个角落跑到另一个角落，寻找制帽。

而乌列尼卡早就从窗台上抓起它，戴在了自己头上。

"它在哪儿？你们中哪个同学拿走了吧。"她说。

"不可能……"列昂季说，心不在焉的目光东张西望，"我把它忘在自己家了，否则不可能……"

"到处瞅，就是不朝我看一眼，一头笨熊！"她心想。

"没有别的什么帽子吗？"他问，"离这儿不远，我怎么也能走到。"

"您去哪儿？还早哪，我们去花园吧！也许能找到制帽，"她招呼道，"是否有谁把它弄到那边亭子里去了？"

他机械地跟着她走去，当他们顺小路走了十来步，他偶尔朝她看了一眼，发现了自己的制帽。除了制帽，他还是什么也没留意……

"哈！"他乐了，"是您……"

这时他才望了她一眼，随后看了看制帽，又瞟她一眼，突然停下，如同乌斯季尼娅那样一脸吃惊的模样，甚至微张着嘴，惊惶的双眸盯着她，仿佛头一回见到她似的。她笑了起来。

"好不容易好好看了我一眼！"她心想，将制帽给他戴上。

"干吗站着？同我一起走啊。"她说。

"我该回去了！"他答道，可是没动窝。

"该上哪儿？您来得及回家的——我不放您。"

她重又迅速地从他头上摘下制帽；他机械地用双手抱住自己脑袋，仿佛为了证实制帽又没了，并懒洋洋跟着她走，不时怯生生地、惊奇地瞥她一眼。

"你为何不到我们这里来用餐？明天来吧。"她说。

"太贵！"他答道。

"贵！难道您……那么穷？"她好奇地问。

"是的，我很……"他垂头答道。

他为自己的贫穷感到羞愧，接着又突然为自己卑琐的相貌觉得惭愧,这相貌不知怎么搞的会在他性格中错误地产生自惭形秽的本能。

"我很穷,"他说,"难道赖斯基没对您说过,我有时连房租也付不起:您看见吗?"

他给她看褪色的文官制服袖子,有的地方都油渍麻花的。

她心不在焉地看一眼磨损的袖子,好像此事与她毫无关系,随后又瞥一眼他相当瘦弱的身子、瘦骨嶙峋的双手、凸起的前额和毫无血色的脸颊。只是此刻,这个列昂季才看清她脸上早已隐含的笑意。

"您是在嘲笑我?"他惊异地问。嘲笑贫穷使他觉得很不自然。

"我没想,"她淡漠道,"破制服有什么稀奇的?我见得难道还少吗!"

他将信将疑地望了她一眼,她确实没有笑,也不想笑,只是脸上挂着笑意。

"看看,扣子都掉了。等等,别走开,在这里等着我!"她说着,急忙跑回家,两分钟后回来,带着针线、顶针和纽扣。

"站直,别动!"她说,一只手抓起他制服的衣襟,另一只手开始灵巧利落地在列昂季的鼻子旁走针引线。

她的脸颊贴近他脸颊,他得屏住呼吸,以免往她脸上呼气。这种紧张状态使他很累,甚至都出汗了。他目不转睛地盯着她。

"啊,她的侧面轮廓是纯罗马人的!"他惊异地想。

两分钟过后她缝完了,接着将脸颊紧贴在他胸口上,靠近心脏,把线咬断。列昂季说不出话来,不知所措地站在原地,拿惊讶的目光望着她。

这猫一般麻利的动作,这几乎触及他鼻子的纤手,这最后紧贴胸口的脸颊,令他着迷。

他仿佛陶醉了。一缕沁人心脾的某些花卉的芳香朝他袭来,暖暖的,充满温馨。

"这是怎么回事,这怎么啦?……她看来很善良,"他得出结论,"倘若她只是在取笑我,便不会给我缝扣子。她是从哪儿弄来扣子的?是我们中的谁掉的！"

"您干吗站着？说声 merci[①]吻下手吧！唉，什么人哪！"她颐指气使道，并把自己的手紧贴在他嘴唇上，又以缝扣子时的那种麻利劲儿把手挪开，结果让他的吻落了空。

列昂季又望了她一眼，然后已经永生不忘。他身上蓦地燃起一股强烈、深刻而又持久的激情。

"您明天来吃午饭。"她说。

"太贵！"他天真地回答道。不过他还是向赖斯基借了点钱去了。接着又去了。

这给同学们发现了，赖斯基也开始更经常地邀请他。列昂季明白他们在开他的玩笑，便不再去了，想立刻结束此事。

"我们走！"赖斯基叫他。

"不，鲍里斯，我不去，"他推辞道，"我去干什么？你们全都讨人喜欢，长得精神，能说会道，可我！我对她算是什么？你看，她总是嘲笑我！"

"是的，也许，她不会再嘲笑你……"赖斯基犹豫不决道，"当她再同你熟悉一点……"

"算了，随它去！"列昂季从头到脚打量自己一番，苦笑道。

但是他还是去了，而且常去。她没有同他一起顺林荫道散步，没有躲进亭子里，他呢，沉默寡言，不给她送东西，但也不争风吃醋，不吵嘴打架，别人在干什么，他都无所谓，原因很简单：她在干什么，别人在干什么，四周发生什么事情，他都不闻不问，看不见也发现不了。

当她站立或坐在他跟前时，他只见到她那纯种罗马人的侧面轮廓，感觉到从她身上散发出的暖意及飘逸出的某些花卉的芳香，并常常摸几下她给缝上的扣子。

他听得见她跟他说的话，听不见她跟别人说的话，并且只相信从

[①] 法语：谢谢。

她那里听到和看到的。

她也不需要在他面前撒谎、虚情假意、装模作样。同他在一起，她表现得坦率、平常，和她一人独处时一模一样。

他就这样对她的每个眼神、每句话都信以为真，缄默无言，大口吃着，仔细听着，只是有时用一种奇怪的仿佛吃惊的目光盯着她，默默注视着她敏捷的动作、机灵的话语、响亮的笑声，如同正在读一部他尚不熟悉的新书一样，注视着她那张不露声色、永远面含讥笑的脸庞。

"你在她身上见到了什么？"同学们纠缠不休。

他觉得不好意思，走了，自己也不知道拿他们怎么办。所有人在毕业前，原来都得到些东西：有的是枚小戒指，有的是只装烟丝的绣花荷包，至于那些不露痕迹的柔情蜜意的表示，姑且不说了。有些人觉得惊讶，有些较为多愁善感者直掉眼泪，而大部分人既自嘲又互相嘲笑。

只有列昂季继续一本正经、若有所思地看着她，并且突然宣称，如果她同意，只要他谋到一个职位并安顿好，便娶她为妻。同学们对此把他大大取笑了一番，她亦如此。

她称他为未婚夫，并且笑着答应到了想出嫁的时候，便给他写信。他对此认真接受。他们从此别过。

后来她情况如何，谁也不清楚。只知道她父亲去世，她离开莫斯科不知去向，又拖着瘦弱的病体回来，住在穷苦的姨妈家，后来当她康复，给列昂季写了封信，问他是否还记得她，及自己原先的打算。

他作了肯定的回答，并于五年后大学毕业来到莫斯科，娶她为妻后回到了当地。

他像爱空气和阳光一样爱自己的妻子。此外，他专心致力于对古代人生活的研究，探索他们的思想和艺术，并且居然能够发现和喜爱她身上的某种古代的光华和色彩、某种古希腊罗马的形式。

有时，她突然在他身旁闪现，带着绣品坐在对面，无意间他从书本后面被某种光亮所惊动，那道光在她那侧面轮廓上，那红褐色的鬓角上或是白皙的前额上闪耀。

她后脑勺和脖颈的线条令他吃惊。她的头部使他觉得犹如古希腊罗马浅浮雕上和岩石上的罗马女人头像：有着精细而纯真的侧面轮廓，有着同样石雕般的头发、凝视的目光和凝固在脸部线条上那矜持的笑容。

七

列昂季没有认出赖斯基，当那位突然出现在他书房时。

"劳驾，打听一下，我有幸在同谁说话……"

不过鲍里斯·帕夫洛维奇刚开口，列昂季便扑到了他的怀里。

"老婆！乌列尼卡！快来看啊，谁来了！"他朝花园里的妻子喊道。

她急忙冲了过来，亲吻赖斯基。

"您长得多健壮，并且……比以前好看多了！"她说，高兴得双眸闪闪发光。

她朝赖斯基的脸庞和服装瞟了一眼，然后调皮而大胆地盯着他的眼睛。

"您令这儿所有人都神魂颠倒，我是头一个……还记得吗？……"她开始道，并用眼神把回忆说完。

赖斯基有些不好意思，瞥了列昂季一眼，看他如何，可他无所谓。随后赖斯基朝她打量了一下，并不掩饰自己的惊讶。当他发现岁月竟对她如此宽厚，更令他吃惊：三十出头的她看上去如果已经不是原先的那个姑娘，那也是个容光焕发、发育成熟、姿容秀美的少妇。

她的姿态、眼神、整个体形都透出机敏。眸子里依旧火花四射，脸上还是那样的红晕和有雀斑，目光还是那样的兴高采烈、无忧无虑，脾性还是少女那样的爱笑爱闹！

"您怎么……毫无变化，"他说，"还是那样的……"

"我的红头发的克娄巴特拉①!"列昂季说,"她怎么会有变化:没有孩子,很少烦恼……"

"您没忘了我,还记得?"她问。

"当然记得!"列昂季替他回答道,"倘若你把她忘了,那么吃米饭的事人家也忘不了……不过乌列尼卡说的是真话,你长得很健壮,都认不出你了:长起小胡子,蓄着大胡子!噢,奶奶怎么样?我想,她简直高兴坏了吧!不过,不会高兴过我。是啊,乌丽娅,你也高兴高兴吧——干吗老盯着他什么也不说啊?"

"我该说什么呀?"

"就说:salve,amico……②"

"喏,你说你的:我没有你也会问好的,不用你教!"

"她都不知道该对自己丈夫的最好朋友说些什么!你该记得,是他让我跟你认识的;晚上我们跟他一起坐着看书……"

"是啊,倘若不是你,"赖斯基打断道,"罗马诗人和历史学家对我来说还不是就像中国诗人一样。从我们的伊万·伊万诺维奇③那里,我们得知的东西并不多……"

"在中学里,"科兹洛夫继续道,不听他的,"他保护我免受爱吵架的同学们的欺负,而自己也经常揪我头发……一共两次……"

"有过这种事吗?"妻子问,"您真的打过他?"

"大概是吧,闹着玩……"

"噢,不,鲍里斯,可疼啦!"列昂季说,"不然我是记不住的,而且还记得为什么事。一次是我无意中在你的图画背面摘录了一段不知从哪儿来的词句,是为你抄的:你大发脾气!另一次……我错吃了

---

① 克娄巴特拉(公元前69—前30),埃及末代女王,以智慧、美貌和不贞洁著称,亦称埃及艳后。
② 意大利语:欢迎,朋友。
③ 在冈察洛夫的手稿中此处为伊万·米哈伊洛维奇,也即当时莫斯科大学拉丁文学教授斯涅吉廖夫,冈氏在回忆录中对他颇有微词。

你的什么东西……"

"是不是米饭?"妻子问。

"瞧,她连这种吃米饭的日子也不给我,"列昂季说,"她让人相信,我不知不觉吃了三盆,而且因为这一盆又一盆的米饭而爱上了她。其实,我是什么,难道是个怪物不成!"

"不,你是我'聪明、善良、品德高尚'的男人。"她说,脸上挂着自己凝滞的笑容,拍了拍丈夫的脑门,接着替他理了理领带,整了整衬衣领子,又狡黠地望了赖斯基一眼。

从她投向他的目光中,他看出对往事的回忆令她高兴,她不但没将它们埋在记忆里,还用眼神向他传情。但他对她身上发生的事情装出一副什么也没发现的样子。

他默默地观察她,并开始在他头脑里出现一幅新的画面和两个新的典型人物:她和列昂季。

"依旧是她,依旧忠于自己,一点没变。"他心想,"而列昂季是否清楚,是否发觉呢?不,他好像依旧非常熟悉别人的生活而看不清自己的生活。他们彼此如何生活呢……我得看看,观察一下……"

"说到米饭,顺便说说,你同我们一起吃饭,好吗?"列昂季问。

"这怎么可以!"妻子过问道,"你请他吃我们这种饭!要知道你们已经不是大学生:鲍里斯·帕夫洛维奇在彼得堡变得娇生惯养,我想……"

"你都吃些什么?"列昂季问。

"什么都吃。"赖斯基答道。

"如果什么都吃,那么你将吃得饱饱的。就这样,我真高兴。嘿,鲍里斯……真的,我无法表达!"

他开始收拾桌上的纸和书。

"奶奶可千万不要等……"赖斯基犹豫道。

"嗨,您的奶奶啊!"乌里扬娜·安德烈耶夫娜不满道。

"怎么啦?"

"我不喜欢她!"

223

"为什么?"

"太喜欢发号施令……还喜欢指摘……"

"对,她是个独断专行的人……这是她统治农奴养成的习惯。老脾气!"

"倘若听从她的话,"乌里扬娜·安德烈耶夫娜继续道,"那你就一直待在原地,别扭头,别往右看,也别往左看,也不敢同谁说话——一个指摘别人的行家!可自己却同季特·尼孔内奇难舍难分:他不分昼夜都在那里……"

赖斯基笑了起来。

"您怎么啦,她简直是个圣人!"他说。

"哼,她倒是个圣人:这不好,那不好。只有两个孙女是心肝宝贝!可谁知道她们将来会怎么样?玛尔芬卡只是养养金丝雀,莳弄下花卉,而另一位像个宅神①似的待在角落里,从她那里你别想问出一句话。她将来怎么样——我们看着吧!"

"就是韦罗奇卡?我还没见到她,她到伏尔加河对岸做客去了……"

"可谁知道她在那边干什么呢?"

"不,我爱奶奶,如同爱母亲,"赖斯基说,"我在生活中摆脱过许多人,而她对我始终有威望。她聪颖,正直,公正,与众不同:她身上有某种力量。她是位杰出女性。她身上闪烁着某种东西……"

"因此您信任她,如果她……"

乌里扬娜·安德烈耶夫娜将赖斯基领到窗口,此刻她丈夫正在收拾,将乱摊在桌上的纸张藏进抽屉里,将书籍放到书架上。

"因此您信任她,如果她对您说……"

"我全信。"赖斯基说。

"您别信,不是真情,"她说,"我知道,她开始向您叨叨些无稽

---

① 斯拉夫人和其他一些民族信仰中的宅中精灵,家园守护神,如果人们不守规矩,宅神便施加惩罚。

之谈……有关查理先生的……"

"这个查理先生是谁?"

"是个法国人,教师,我丈夫的同事:他们坐在那里,一起看书到深夜……这我有什么过错?可满城风雨天知道都在说些什么……好像我……好像我们……"

赖斯基默不作声。

"您可别信——这全是些蠢话,什么也没有……"她用某种冷漠而有魅力的不自然眼神望着赖斯基,这么说。

"这关我什么事?"赖斯基说,竭力想要离开她,"我不想听……"

"什么时候再上我们家来?"她问。

"不知道是否有机会……"

"请常来……您常常喜欢……"

"您总还记得过去的那些蠢事!"赖斯基边说边离开她,"要知道那时我们几乎还是孩子……"

"是啊,是孩子才好哪,我还没忘你怎么抓破我的手……"

"得了吧!"赖斯基说,继续往后退。

"是的,是的。那是谁深夜守候在栅栏旁的?……"

"要是真有此事,我真是个大傻瓜了!哦不,不可能!"

"是啊,您现在变聪明了,我想,同样也'品德高尚'了……淘气鬼!"她用动听的温柔嗓音补充道。

"够了,够了!"他阻止她,显得挺尴尬。

"是啊,我的时光正在逝去……"她叹息道,一瞬间笑容从她脸上消失,"剩下的不多了……这算什么,男人们多幸福:他们能爱得长久……"

"爱!"赖斯基几乎自言自语嘲讽道。

"如今您已经不爱我了——不是吗?"她说。

"正是:既不爱您,也不爱谁!"他说,"我的时光已经过去。您瞧,都长出白发了!您何必再提爱情——您有丈夫,我有自己的事业……

如今我面临的只有一桩事业:艺术和劳动。我的一生将为它服务……"

他陷入沉思,玛尔芬卡纯洁无瑕,带着一股青春的清新气息在他脑海中闪现。吸引着他回家去,去到她和祖母身边,但与老同学会面的喜悦使他止步。

"嗨,亏他们想得出:劳动!"乌里扬娜·安德烈耶夫娜懊恼道,"您有身份地位,人又年轻英俊,就该享受生活,而他们只配劳动!这算什么,真的,快同列昂季一模一样了:他埋头书本,什么也不想知道。那就随他去!可您为何也来这一套?……让我们去花园……您记得我们的小花园吗?……"

"对,对,我们去花园!"列昂季接茬道,"我们就在那里用餐。乌列尼卡,快去,有什么都拿来。鲍里斯,我们走,说会儿话……对啦……"他突然想起来,"为这些藏书……你将拿我怎么办啊?"

"什么藏书?你在信中都给我写了些什么?我一点儿也不明白!哪个马克把书给撕了……"

"嗨,鲍里斯·帕夫洛维奇,你无法想象他把我搞得多痛苦,这个马克——你看吧!"

他拿来三本书页被撕破的书给赖斯基看。

"瞧,他把伏尔泰搞成什么样儿了:多卷本的 *Dictionnaire philosophique*①变得多薄……瞧,这是你的狄德罗,而你瞧,这是培根的译本,那是马基亚维利……"

"这关我什么事?"赖斯基不耐烦道,推开书,"你就像奶奶:她拿些什么账本来招人厌烦,你又拿些书来纠缠!难道我来是为了你们将我整死啊?"

"哪能啊,鲍里斯,我又不知道在那边她拿账本来纠缠你,可是要知道这是你最宝贵的财富啊!这是书,是书……你看啊!"

---

① 《哲学词典》系法国作家、启蒙运动哲学家伏尔泰(1694—1778)作于1764—1769年的一部哲学著作。

他自豪地指给他看书房四周这些一排排直抵天花板的书架，以及那些码放整齐的书籍。

"瞧，只是这个书架上，几乎所有的书全给损坏了：该死的马克！而其他的全完好无损！你看啊！我编的一本目录册：为它搞了半年。你看！……"

他炫耀地把一本厚厚的手写硬书皮簿册给他看。

"全是我亲手誊写的！"他说道，把目录册举到赖斯基眼前。

"放下吧，我对你说！"赖斯基不耐烦道。

"你坐到安乐椅上，依次念，而我呢爬上梯子把书取出来给你看。它们全都按编号……"列昂季说。

"亏你想得出！放下吧，我想吃东西了。"

"那就吃过饭吧，其实现在我们也来不及。"

"听着，你想拥有这样的藏书吗？"赖斯基问。

"我？拥有这样的图书？"

仿佛阳光突然照在他脸上：他容光焕发，高兴得张开大嘴，甚至连额上的头发都微微抖动起来。

"拥有这样的藏书，"他说，"要知道这里有三千册书：差不多全部！光回忆录有多少！都给我？"他直摇头，"我要发疯啦！"

"你说，你爱我吗，"赖斯基问，"像从前那样？"

"当然！你把我从贫困中救出来，揪我头发总共才两次……"

"那你就收下这些书，并且永远归你所有，世代相传，但有一个条件……"

"让我，收下这些书！"列昂季一会儿看看书，一会儿看一眼赖斯基，然后挥下手，叹了口气。

"别开玩笑，鲍里斯。我眼冒金星……不，vode retro……[①]别诱

[①] 拉丁文：去吧……此句源自《圣经·马太福音》第四章"耶稣禁食三退魔诱"，第十节。

惑我……"

"我不是闹着玩。"

"既然有人给,你就拿着!"妻子听到最后几句话赶忙补充道。

"瞧,她总是这样!"列昂季抱怨道,"逢年过节商人们带着小赠品,考试前家长们带着小礼品上门,我这边把他们打发走,她那边在院子里把东西收下。受贿的女人!看样子极像塔克文尼耶娃·卢克列齐娅①,可她贪图享受,那可不一样!……"

"同你的卢克列齐娅一起滚吧!"她不客气道,"你把我同谁没比过?我既是克娄巴特拉,又是什么波斯图米娅,又是拉维尼娅②,又是科尔涅丽娅③,还是马特罗娜④……你最好收下书,既然给你!鲍里斯·帕夫洛维奇送给我……"

"你敢要!"列昂季下命令似的叫喊道。"可我们拿什么送他?难道让我把你送人吗?"他温情地搂住她,补充道。

"送吧:我这就走——您收下我吧!"她说,突然像一团火似的用目光炯炯有神地盯着赖斯基。

"喏,倘若你不收下,那我就把书赠给中学;把目录册交给我!今天我就给校长送去……"赖斯基说着便想把书籍目录从列昂季手中拿过去。

"得了吧,这意味着中学里将见不到一本书……你不了解校长吧?"列昂季激动地站起身,双手紧攥着目录册,"他同书籍毫无关系,

---

① 据古罗马传说,古罗马皇帝骄傲的塔克文是位暴君,其子塔昆涅斯对国王亲属塔克文·科拉廷之妻卢克列齐娅施暴后,美丽贞淑的卢克列齐娅揭露其罪行后,愤而自杀。此故事在奥维德(公元前43—公元18)的《岁时记》曾有记述。莎士比亚据此于1594年创作了《鲁克丽丝受辱记》。

② 希腊神话中特洛伊战争的英雄埃涅阿斯之妻。

③ 古罗马护民官格拉古兄弟:提比利乌斯·格拉古(公元前162—前133)、盖尤斯·格拉古(公元前153—前121)的母亲。

④ 指古罗马自由民出身的已婚妇女。广义上指受尊敬的妇女。当时关于马特罗娜是否该用大写曾有过争议,冈察洛夫坚持用大写。

如同我跟香水香膏无缘一样……把书一点点拿光,撕烂——比马克还不如!"

"那你就收下!"

"这样一份宝贵财富怎么突然间就送人了!把它卖给好人、可靠的人——这样……唉,我的天哪!我从没想过要发财,而眼下要是能拿出五千卢布的话……我不能,我不能收:你是个好挥霍的主,是个浪子——或者不是,不,你是个瞎眼孩子,不学无术……"

"十分感谢……"

"不,不,不然的话,"列昂季说,不知所措,"你是个艺术家:你需要绘画、雕像、音乐。书籍对你有什么用?你不知道你这里有什么样的瑰宝啊!吃完饭我来向你展示……"

"啊!吃完饭代替咖啡,你想用书籍来折磨我呀,送中学吧!"

"嗨,嗨,等等:你想要什么条件把藏书给我?是否想从我的薪俸里扣,我把家当全卖了,把自己和老婆作抵押……"

"请吧,只是别把我作抵押……"她过问道,"要抵押或出卖我自己会,如果我想!"

赖斯基望了望列昂季,列昂季望了望赖斯基。

"伶牙俐齿,说话都不用现找词!"科兹洛夫说。"什么条件?说吧!"他对赖斯基说。

"条件是你永不向我再提到书,不管马克把它们撕毁多少……"

"你以为,如今我还会让马克走近书架一步?"

"他才不会向你请示呢,自己就会走近,"妻子说,"他怕什么,这个丑八怪?"

"对,这倒是:得装上几把结实的锁,"列昂季说,"还是你行:瞧,"他对赖斯基说,"她爱我,上帝保佑,但愿妻子都像她那样爱丈夫……"

他搂住她双肩,她垂下眼睛,赖斯基也一样;她的笑容从脸上消失。

"如果不是她,你可见不到我身上一颗纽扣了,"列昂季继续道,"我吃饭,安安稳稳睡觉,虽说财产不多,但事业进行得很好,我的能力就这些，但足够了！"

她渐渐抬起双眸，更直勾勾地盯着他们俩，因为最后一句说的是实话。

"不过糟糕的是，"列昂季继续道，"她对书毫无兴趣。法语说得很流利，可给她一本书，多一半看不懂；俄语直到现在还写得错误百出。见到希腊文印刷品，她会说，这样的花纹在印花布上会挺好看，她还会把书放颠倒，用拉丁文她分不清书名。Opera Horatii[①]，她能译成《贺拉斯歌剧》！……"

"喂，别再跟我提及书：按这样的条件我才不把藏书交给中学的。"赖斯基作结论道，"而现在拿饭来，或是我回奶奶家。我想吃东西。"

八

"请说说，你就打算这样过一辈子？"吃过中饭，当他们俩留在亭子里时，赖斯基问。

"是啊，不然能怎么样？我还能干什么？"列昂季惊讶地问。

"你就什么也不想，哪儿也吸引不了你？头脑就不请求自由和广阔的空间？在这个小天地里你不觉得逼仄？要知道在你眼前，近处是这道篱笆墙，远处是这些圆顶、教堂、房舍……而鼻子底下……"

"鼻子底下——你看是什么！"列昂季指指书，"还少吗？书籍，学生们……另外还有妻子，"他笑了起来，"还有精神世界……还需什么更多的？"

"书籍！难道这也算生活？旧书完成了自己的事儿；人们冲向前，寻求完善自我，澄清概念，驱除迷雾，在社会问题上、法律上、道德上规范得更明确；最后，整顿社会经济……可他只顾看书，而不

---

① 拉丁文：贺拉斯作品集。

顾生活！"

"但凡这些书中没有的，生活中也不会有或不需要！"列昂季激动地断言，"我们的所有纲领，无论是社会生活的，还是个人生活的，都已过去：为我们提供了一切范例。你得善于发现自己的形式，而它是现成的。只要你不退却——便会明白该做什么。你在后面便将发现政治秩序和社会秩序的形式典范。对你个人也如此：你是谁？是统帅，作家，参政员，领事；还是奴隶，教书匠，祭司？你看吧，他们在这些书籍中全是活生生的。你学习他们的生活并活着吧，你记住他们的错误并避免吧，你学习他们的美德并若有可能模仿吧。但很难！他们面容严肃，身材伟岸，性格完整，不为琐事所左右！要加入到这些庄严的形式中也很难，其难度如同穿上他们的铠甲，举起他们的宝剑和斧钺一般！要建树他们的功勋也难！让我们来想出一种自己的新生活吧！这就是为何我从未曾想离开自己的一隅去到任何地方：我对当今的这些伟人们并不信任……"

他谈得热情洋溢，他本人的面部表情变得像他所议论的英雄们那样充满豪情。

"那么，依你看，那边的生活已告结束，而这里的一切并非生活？你不相信发展与进步？"

"怎么不相信，我信！所有这些当代人所散布的乱七八糟的东西和各种各样的琐事都将消失：这一切全是准备工作，是尚未被认识的材料的汇杂和混合。这些历史的一鳞半爪被命运之手汇拢起来，糅合到一起，重又成为一个巨物，并从这一巨物中又将渐渐形成巨人们的身躯，又将开始一个平稳、严整的生活，最后形成第二个古代。怎么会不相信进步呢！我们迷了路，落在了伟大典范们的后面，丧失了他们日常生活的许多秘密。当今我们的事业，是要渐渐地重新爬上迷失的道路，并且……达到思想上、科学上、道德上和你那个'社会经济'上的那种牢靠，那种尽善尽美……以及高尚品德上和大概还有放荡行为上的严整。卑鄙、猥琐、下贱全将变得黯淡；人将康复并重新用两条铁腿站立起来……瞧，这就是进步！"

"列昂季，你还是那个老大学生！你始终在为过时的生活操心，却不考虑一下自己，你究竟是谁？"

"谁？"科兹洛夫重复道，"拉丁文和希腊文教师。我同样在为这些过时的人们操心，正如你为自己从未存在过的理想人物和形象操心一样。而你是谁？要知道你是个艺术家、画家吗？我喜爱某些典范，你为何吃惊呢？是否画家们早已不再从古代源泉中汲取……"

"是的，我是个画家！"赖斯基叹息道，"我的艺术在这里，"他指指头和胸，"这里面有形象、声响、形式、激情和创作的渴望，不过你看，我几乎还没开始……"

"是什么在妨碍？要知道你画了幅大型绘画：你写信说你正准备拿它去展览……"

"去它的吧，大型绘画！"赖斯基懊恼道，"我差点把它给扔了。一幅大型绘画必须献出毕生精力，但从那稍纵即逝、一去不复返的生动形象中，你却表达不出哪怕百分之一。我有时画些肖像……"

"现在你在搞什么？"

"有一种艺术：它只能满足当代艺术家，那就是语言艺术，诗歌——它是无限的。绘画、诗歌都向那里延伸，而且诗歌中还有两者所无法提供的东西……"

"你怎么，在写诗？"

"不……"赖斯基懊恼道，"诗歌，这是幼儿的咿呀儿语。你可以用它歌唱爱情、欢宴、鲜花、夜莺……充满抒情味的痛苦，同样的欢乐——再没别的了……"

"那讽刺呢？"列昂季反驳道，"瞧，等一等，我们来回忆罗马老人们的……"

他走向书柜，赖斯基拦住他。

"老老实实坐着。"他说，"对，用诗歌有时能成功地鞭挞痛处。讽刺是条鞭子：一鞭子便伤人，但什么也没向你说清楚，不能提供活生生的形象,不能揭示生活的深度和它隐秘的动机,不能替代镜子……不,只有长篇小说能够包罗生活和表现人!"

"那么你在写长篇小说……关于什么?"

赖斯基挥下手。

"连我自己也不清楚!"他说。

"只是别写那些琐事和乱七八糟的东西,拜托了,没有长篇小说它们都已经到处显眼了。在当代文学中,人们将各种各样的虫豸,各种各样的农夫和农妇,统统往长篇小说里塞……你啊,还是从历史中选取对象吧,你有丰富的想象力,笔头又快。你记得吗,你曾写过有关古罗斯的东西?……不然便会老惦记着当代生活!……一窝蚂蚁,老鼠的喧嚣:这算是艺术事业吗……这是报纸文学!"

"你啊,旧教徒一个!你待在这里多落后!关于报纸你安静些吧——这是阿基米德的杠杆①:它们能将世界翻个个儿……"

"哼,将世界翻个个儿!你们这帮拿破仑和帕默斯顿②们……"

"这是现代的提坦神③:恺撒和安东尼……"赖斯基说。

"够了,够了!"列昂季冷笑着阻止道,"除了提坦女神④,全是古代大人物们的不肖子孙。你读读吧,查理先生有本小册子,*Napoléon le petit*⑤,雨果的。小拿破仑是当代的恺撒,摆出一副真诚

---

① 阿基米德(约公元前287—约前212),古希腊学者,作有关于静力学和流体静力学的奠基性著作。有关杠杆的理论,他有句名言:"给我一个支点,我能撬动地球。"
② 帕默斯顿(1784—1865),曾任英国首相,辉格党头子。主张"实力均衡"的外交政策。其政府曾参与镇压太平天国起义。
③ 希腊神话中的巨神,在近代,"Титан"一词被赋予了许多新的含意,常被译成大力神、巨擘、泰斗等。
④ 希腊神话中天神乌刺诺斯和地神该亚有六儿六女,儿为提坦神,女为提坦女神:她们与提坦神一起被宙斯打入了冥界。
⑤ 《小拿破仑》,系法国作家雨果作于1852年的政治小册子,揭露小拿破仑1848年当选法国总统,曾发誓保卫共和国,三年后即发动反革命政变。小拿破仑即拿破仑三世,夏尔·路易·拿破仑·波拿巴(1808—1873),1852—1870年为法兰西皇帝,推行波拿巴主义和沙文主义。

的姿态：像这位身穿燕尾服的雷古卢斯①一样，在广场上起誓拯救祖国，可后来……"

"可你的提坦神——真正的恺撒，又如何：想做的也不是同样的事吗？"

"是想过，没让他做！"

"嗨，我们又开始争论没完没了的老话题，"赖斯基说，"当你骑上自己的马，就别想再追上你：我们暂且放下。我再回到自己的问题上：难道除了这里的这种生活和工作你哪儿也不想去？"

科兹洛夫否定地摇摇头。

"得了吧，列昂季；你为自己的时代什么也没做，你只往后退，像只虾似的。我们撇下罗马人和希腊人不谈——他们已经完成了自己的事业。我们也得干番事业，我们要把这些（他指着四周沉睡的街道、花园和房舍）唤醒。我们要把这些宽阔的墓地变成人们的居住区，从停滞中将休眠的人心振奋！"

"这怎么干呢？"

"我将描绘这种生活，像镜子那样反映它，而你嘛……"

"我……同样做点什么：我准备让几代人上大学……"科兹洛夫畏葸道，又打住了，怀疑这是否是功绩。"你以为，"他继续道，"我走进教室，又从那儿回家，于是便忘了吗？来杯伏特加，晚上打打牌，或者在省长家的晚会上缩头缩脑，不，绝对不！瞧，我的柏拉图学园，"他指着亭子说，"瞧这柱廊，这台阶，要是下雨，就在书房里：年轻人聚集到我这里，将我团团围住。我同他们一起观看古代建筑、房屋、器具的图画——我亲自画的，我给他们讲解，就像常给你讲解那样：我把自己知道的与他们分享。我事先打量，谁年岁大些，就给他们挑选索福克勒斯和阿里斯托芬。当然，不是全讲，没必要全讲，裸体多

---

① 罗马统帅（？—约公元前248），公元前256年曾为迦太基人所俘，曾发誓回罗马后与迦太基人缔结和约，但获释后即背信弃义。

的地方我便不吭声……我像别人讲解优秀诗人那样,给他们讲解这种完美的生活——难道如今这已经谁也不需要了吗?"他说,探询地望着赖斯基。

"不错,但这一切并非真正的生活,"赖斯基说,"如今不能这样生活。曾经有过的许多都已消亡,许多你的希腊人和罗马人未曾见过的都已诞生。需要当代生活的范例,需要把你和你周围的所有人加以人化。这是我们每个人的任务……"

"嗨,这我无法承担:倘若我能从书本中提供古代生活范例,我就心满意足了。至于我自己,我将暗自为自己活着。我过着安宁而俭朴的生活,我吃的,正如你见到的,是面条……有什么办法?……"他陷入沉思。

"'暗自为自己活着',这不是生活,而是一种消极状态:需要话语、事业和奋斗。而你却想如小绵羊似的活着!"

"我已经对你说过,我做自己的事情,并且什么也不想知道,我谁也不招惹,谁也别招惹我!"

"你使我想起表妹索菲娅:她同样不想了解生活,因而她是个华丽的木偶!生活无所不触及,它也将触及你!那时对生活毫无准备的你将怎么办?"

"它怎么会触及我?我是那么个小人物,它不会发现我。倘若我有了书,尽管不是我的……(他怯生生瞥一眼赖斯基)。但你把它们留下,完全归我使用了。我的需求并不大,我并不觉得寂寞无聊;我有妻子,她爱我……"

赖斯基望着一旁。

"我也爱她……"列昂季轻声补充道。"你看,你看啊,"他说,指着站在台阶上的妻子,她正全神贯注地望着街道,侧对着他们,"侧影,她的侧影:你看啊,这一绺从后面分开的卷发,你看这凝视的目光。看哪,看哪:后脑勺的线条,前额的轮廓,落在脖颈上的发辫!怎么,那不是罗马人的头像吗?"

他对妻子看得出神,一股暗怀的感动之情,如一道缓缓的光线掠过他脸庞,凝结在他那沉思的双眸中。甚至脸颊上泛起一片红晕。

显然,有滋养他思想的书籍为伴,他那火热的心灵找到了栖息之所,连他自己也不清楚,是什么把他与生命与书籍那么紧密联系在一起,他也不曾料想倘若失去书籍,生活依旧,但若夺去这活生生的"罗马人的头颅",他的整个生活便将瘫痪。

"幸福的孩子!"赖斯基思忖,"他睡在自己学术的梦中,感觉不到其身旁这个他所钟爱的罗马人头像充满黑暗,心灵空虚,不知道他无力向她一人传授《古代美德范例》!"

九

日落时赖斯基已经回到家,玛尔芬卡在台阶上迎接他。

"您这是掉哪儿啦,哥?奶奶可生您的气哩!"她说,"简直不理人。"

"我在列昂季家。"他平淡地答道。

"我知道是这样;我已经劝过,劝过奶奶,可她不想听,甚至跟季特·尼孔内奇也不说话。他现在在我们家,波林娜·卡尔波夫娜也在。尼尔·安德烈伊奇、公爵夫人、瓦西里·安德烈伊奇派人来祝贺您到来……"

"他们有什么事?"

"他们每天都派人来打听您的到来。"

"很必要吗?"

"走吧,去见奶奶:她会收拾您的!"玛尔芬卡吓唬道,"您很怕吗?心跳吗?"

赖斯基冷冷一笑。

"她很生气。我们准备了多少菜啊!"

"我们将吃晚饭了。"赖斯基说。

"真的：您要吃晚饭？奶奶，奶奶！"她高兴道，跑进房间，"哥回来了，要吃晚饭！"

但祖母板着脸坐着，不看赖斯基怎么进来，怎么同季特·尼孔内奇拥抱，波林娜·卡尔波夫娜怎么装腔作势鞠躬行礼，四十五岁的妇人，打扮得花枝招展，身穿薄纱连衣裙，脖子袒露，胸脯上的扣子也不扣严，拿条镶花边薄手帕，摆弄着一把小扇子，时而合上，时而卖弄风情地扇几下，虽说天气已经并不炎热。

"多棒的小伙子！多健壮！可认不出您了！"季特·尼孔内奇说，洋溢着慈祥愉快的神色。

"非常，非常帅气！"波林娜·卡尔波夫娜几乎暗自拖长声调说，上次赖斯基在祖母怂恿下去她那里时，她曾赏过他一个吻。

"您没变，季特·尼孔内奇！"赖斯基打量着他说，"几乎不显老，那么精神矍铄，精力充沛，还是那么善良亲切。"

季特·尼孔内奇稍稍往后抬起一条腿，并足致礼。

"谢天谢地：只是风湿和胃不完全……人老了。"

他瞥一眼女士们，不好意思地打住了。

"喏，谢天谢地，您和我们的客人顺顺利利到家了……"他继续道，"可塔季扬娜·马尔科夫娜替您担着心：怕沟壑，怕强盗……您长久光临吗？"

"噢，可不，过夏天吧，"克里茨卡娅说，"这里的大自然，清新的空气！这里有那么多人对您感兴趣……"

他在一旁瞟了她一眼，什么也没说。

"首席代表家所有人将会多高兴啊！副省长多么想见您啊！……附近的地主们将特意进城来……"她喋喋不休道。

"他们与我并不熟，想干什么？……"

"您的趣事他们听得可多了。"她说，大胆地望着他，"您还记得我吗？"

祖母发现波林娜·卡尔波夫娜在以目传情，便把脸扭向一旁。

"不……我承认……忘了……"

"是啊，在京城里所有印象全是过眼烟云！"她娇慵无力道。"您这身旅行服装真漂亮！"她打量他一番后说。

"真的，我还穿着出门服装呢。"赖斯基说，"该把那边行李箱里的所有外衣和内衣都掏出来……得叫叶戈尔来。"

叶戈尔进来，赖斯基便把行李箱钥匙交给他。

"你把它里面所有东西都取出来，放到我房间里，"他说，"而把行李箱随便搬到顶间阁楼里。我给您，奶奶，还有你们，可爱的妹妹们，带来些小玩意儿留作纪念……应该把它们拿这儿来……"

玛尔芬卡高兴得满脸通红。

"奶奶，您把我安置在哪儿啊？"他问。

"房子是你的：你随便住。"她冷冷道。

"别生气了，奶奶，我下次不会了……"他笑着说。

"你笑，你笑，鲍里斯·帕夫洛维奇，瞧，我当着客人们的面要说，你行事太差劲了：还没来得及露一面，便从家里一去不回了。这是对奶奶的不尊重……"

"怎么不尊重？要知道我将开始同您在一起生活，每天都在一起。我是顺便去了趟老朋友家，聊了聊……"

"当然，奶奶，哥可不是故意的：列昂季·伊万诺维奇是那么善良……"

"闭上嘴，小姐，别人又没问你：还轮不到你来教训奶奶！她知道该说什么！"

玛尔芬卡红着脸讪笑着坐到角落里。

"乌里扬娜·安德烈耶夫娜会好好款待你：我哪会接待京城来的派头十足的公子哥哪！"祖母继续道。"她那里都请你吃些什么呀，摆上什么浇汁肉丁了吗？"塔季扬娜·马尔科夫娜问，部分是出于好奇。

"有面条,"赖斯基回忆道,"圆白菜鸡蛋馅儿饼……土豆烤牛肉。"

别列日科娃讥讽地大笑起来。

"面条加牛肉!"

"对,还有煎锅盛的米饭:很可口。"赖斯基说。

"这么些稀罕东西,我想,你在彼得堡很久没品尝了吧。"

"怎么会很久呢?我经常同艺术家们在一起吃饭。"

"这饭菜倒是可口,"季特·尼孔内奇宽厚道,"不过胃受不了。"

"您也这么说!那好吧,"祖母说,开心起来,"明儿,玛尔芬卡,我们就叫人准备内脏,给他们做肉冻、胡萝卜大馅饼,你不想再来只鹅……"

"呸,"波林娜·卡尔波夫娜说,"'他们'会吃这样不精致的饭菜吗?"

"好啊,"赖斯基说,"尤其是如果先用米饭将鹅填满……"

"这道菜不易消化!"季特·尼孔内奇说,"最好是清米汤、肉饼、雏鸡和果子冻……这才是一顿真正的午饭……"

"不,我喜欢米饭,尤其是大麦或是双粒小麦做的!"赖斯基说,"我还喜欢乡下的肉冻。您吩咐他们准备吧,我好久没吃了……"

"哥,蘑菇您喜欢吗?"玛尔芬卡说,"我们这里多的是。"

"怎么不喜欢?晚饭时可不可以?……"

"玛尔芬卡,你去吩咐彼得……"祖母说。

"不必,老太太,不必!"季特·尼孔内奇皱起眉头说,"不好消化……"

"你要吃晚饭,不是闹着玩吧?"塔季扬娜·马尔科夫娜问,她心软了。

"一点不开玩笑。"赖斯基说,"倘若我'庄园'的地窖里有香槟酒的话,请让他们晚饭时拿上一瓶:我跟季特·尼孔内奇干一杯,为您的健康。是这样吗,季特·尼孔内奇?"

"对,我要祝贺您到来,尽管晚上吃蘑菇、喝香槟……不易消化。"

"又担心自己!玛尔芬卡,你吩咐把香槟放在冰里……"祖母说。

"随便，ce que femme veut……①"瓦图京客气地作结尾道，脚跟啪的一碰，又缩进椅子底下。

"晚饭像个晚饭样，而中饭也该在家里；瞧你把奶奶伤心的！到家头一天就往外跑。"

"嗨，塔季扬娜·马尔科夫娜，"克里茨卡娅开腔道，"这是我们的小市民方式，可是在京城里头……"

祖母双目炯炯。

"这可不是些小市民，波林娜·卡尔波夫娜！"塔季扬娜·马尔科夫娜指着挂在墙上的赖斯基以及韦拉和玛尔芬卡双亲的画像，恼火道。"这不是衙门里的小官吏。"她补上一句，暗示克里茨卡娅死去的丈夫。

"鲍里斯·帕夫洛维奇想在午饭前做户外活动，也许跑远了，因而使自己有点可能赶不回来……"季特·尼孔内奇开始替他辩护。

"你带着自己的户外活动闭嘴吧！"塔季扬娜·马尔科夫娜温厚地朝他喊叫，"我等了他两星期，没离开过窗子，多少顿饭白白浪费了！今天我们做了各种菜肴，他突然来了又不知去向！这难道行吗？人家会怎么说：他到别人家吃面条和米饭，好像祖母没什么供他吃的。"

季特·尼孔内奇随和地微微一笑，稍稍点下头，便不再吭声。

"奶奶，我们订个合同吧，"赖斯基说，"让我们互相都有充分自由，我们也就不会太苛求了！您做您想做的，而我将干我想要干的事……我今天没吃您的午饭，晚饭我补上，再喝点葡萄酒，一晚上我待到天亮，至少今天是这样。至于明天我跑哪儿去，在哪儿吃饭，在何处过夜——我不知道！"

"好，太好啦！"克里茨卡娅像孩子般活泼地叫道。

"这算怎么回事？你难道是茨冈人？"祖母吃惊道。

"赖斯基先生是诗人，而诗人们便像风儿一样自由自在！"波林

---

① 法语：女人想做什么……

娜·卡尔波夫娜说，又暗送秋波，矮勒皮鞋尖轻轻动弹，千方百计想引起赖斯基的注意。

但她越费尽心思，他越冷淡。她的在场早已令他厌恶。只有玛尔芬卡望着她，暗地里偷着乐。祖母对她的话毫不理睬。

"有自己的两所房子，有地，有农民，有那么多银器和玻璃器皿——可他偏要无所事事闲逛……像个鬼似的，像无家可归的马尔库什卡！"

"又是马尔库什卡！该见见他，跟他认识认识！"

"不行，你别让奶奶伤心，别这么做！"祖母下命令似的说，"你在哪儿见到他，就跑开！"

"为什么？"

"他会让你误入歧途！"

"毫无意义，但很有趣：也许他是个引人注目的人物。对吗，季特·尼孔内奇？"

瓦图京冷冷一笑。

"他，可以说，对大家是个谜。"他回答说，"也许，他年轻时就偏离了正道……不过好像他很有才干，见多识广：本可以是个有用之人……"

"粗鲁，没有教快（养）！"克里茨卡娅望着一旁庄重地说。发音有些不准。

"是啊，他有才干：你用三百卢布买他的才干吧！他给您吗？"塔季扬娜·马尔科夫娜问。

"我……没问过！"季特·尼孔内奇说，"不过，他对我……还算客气。"

"遇见时他没有揍您，没有冲您开枪？他差点儿开枪打尼尔·安德烈维奇。"她对赖斯基说。

"他的狗把我的拖地长后襟都撕破了！"克里茨卡娅抱怨道。

"他再没有'毫不客气地'到您府上吃饭吗？"祖母又问瓦图京。

"没有，您不乐意我接待他，我便拒绝了。"瓦图京说。"不过，有天夜间他狩猎后来到我家,要求给点吃的:他几昼夜没吃东西了。"季特·尼孔内奇对赖斯基说,"我供他吃,我们很高兴地度过了一段时光……"

"很高兴!"祖母反驳道,"听着都觉得恶心!他若是这时候来我家,我给他吃呢!不,鲍里斯·帕夫洛维奇:你住着,就像大家那样过日子,跟我们一起待在家里,吃吃东西,散散步,别同不三不四的人来往,看看我如何管理庄园,也可以数落数落,倘若有什么地方不那么……"

"这一切,奶奶,太无聊:我们想怎样就怎样生活吧……"

"随便到哪儿就吃面条、米饭?不回家?……就这样,是吗?太好啦:瞧,我就回自己的小村庄诺沃谢洛沃,或者到伏尔加河对岸的安娜·伊万诺夫娜·图申娜那里去做客,她早就让我去,我把所有的钥匙带走,也不吩咐准备饭,而你突然间回来吃饭:将说什么?"

"我什么也不说!"

"这不会让你吃惊,伤心?"

"完全不。"

"你在哪儿安身?"

"我上带饭店的旅馆。"

"上小旅馆!"祖母惊骇道。连季特·尼孔内奇也做了个吃惊的动作。

"谁会允许您去住小旅馆?"他反对道,"我的房舍、厨房、仆人和我本人,都将为您效劳——我将不胜荣幸……"

"莫非你常去光顾小旅馆?"祖母严厉地问道。

"我经常在小旅馆吃饭。"

"你玩不玩台球,或是抽烟?"

"我既好玩台球,也好抽烟。得拿点雪茄烟来。我请您抽上等雪茄,季特·尼孔内奇。"

"十分感谢:我不抽烟。尼古丁对肺部和胃部都十分有害:它的沉淀物会起作用,并强制性加速消化。同时……女士们也不高兴。"

"一个怪人,非同一般!"祖母说。

"不,奶奶,您才是个非同一般的女人。"

"我有什么非同一般的?"

"当然:你在家吃饭,不到外边去,不想睡的时候你睡觉——为何这样限制自己呢?"

"为的是让奶奶满意。"

"哦,奶奶,您独断专行,自私自利!让您满意了,别人就不满意;别人满意,您又不满意:这种极端难道就摆脱不了?您为何就不想让孙儿也满意呢?"

"你们听听:祖母要让孙儿满意!我可是从小就对你宠爱有加的啊!"

"如果您很老了,我把您全包了!"

"难道我没让你满意?我几乎一星期没睡在等谁啊?我操心准备你喜欢的东西,忙碌地张罗,油漆,收拾房间,挂新的玻璃窗扇,购买绸窗帘……"

"您这全是为让自己满意,而不是我!"

"为自己!"她惊讶地重复道。

"是啊,这些操心事儿令您高兴,它们使您不感到寂寞,您得承认,没有这些事您是否无事可做?您想用吃饭来炫耀,像是个善良能干、殷勤好客的女主人。就是马尔库什卡来了,您也会为他做所有好吃的……"

"真的,真的,哥,她一定会做的,"玛尔芬卡说,"奶奶心肠非常好,只是假装……"

"你闭上嘴,没人问你!"塔季扬娜·马尔科夫娜又制止她,"总是说得比奶奶还多!她在你跟前成了这样的人:她很温和,突然就变了!亏她想得出:招待马尔库什卡!"

"对啊,对啊,这么说,您做您喜欢的事情。可是瞧,我想到想

243

做我喜欢的事情，这就妨碍了您的安排，触犯了您的专制。是这样吗，奶奶？喏，您吻我一下，让我们彼此听其自然……"

"多古怪的一个人！季特·尼孔内奇，您听听，他都说了些什么！"祖母推开赖斯基，对瓦图京说。

"听得真高兴：非常，非常有头脑——每句话我都留神听！"克里茨卡娅说，她一直在捕捉赖斯基的目光，但无济于事。

季特·尼孔内奇垂下眼睛，接着友善地冲赖斯基笑笑。

"我还没有昏聩！"祖母生气地回答客人们的责备。

"显然鲍里斯·帕夫洛维奇读过许多好的新书……"瓦图京模棱两可道，"表达技巧非常好！但是，老太太，茶炊端来了，我怕……煤气味……"

"我们去门廊，上小花园喝茶去！"塔季扬娜·马尔科夫娜说。

"那里不会很潮湿吧？"瓦图京说。

当天晚上祖母和赖斯基缔结了如果不是和约，也算是停火协定。

祖母确信孙子爱她和尊敬她：为了确信这一点，其实只需很少的一点。

赖斯基打开手提箱，取出一件件礼物：他给奶奶带来几普特上等茶叶，她的最大嗜好就是喝茶，然后是新发明的带小机器的咖啡壶和一件深褐色绸子上衣。给妹妹们的是刻有她们花体首字母的手镯。给季特·尼孔内奇的是麂皮背心和裤子，那是奶奶请他买的，还有一块海上塞耳朵防进水用的绳絮，那是他请求买的。

祖母深受感动，掉下了眼泪。

"你还记得我这个老太婆啊！"她说，在他身旁坐下，抚摸着他的肩头。

"我该惦记谁：您是我唯一的亲人，奶奶！"

"怎么会这样，"她说，"你把账单撕了，信也不回一封，庄园扔了，可这时却记得我喜欢有时一清早独自把咖啡喝个够，便给我带了个咖啡壶来，也没忘记我爱喝茶，给我带茶叶来，还有衣裳！淘气的孩子，真会浪费！唉，鲍留什卡，鲍留什卡，喏，你还不是个怪人！"

玛尔芬卡高兴得满脸绯红，她的脸颊在人们细看和议论礼物的那段时间里，始终是红扑扑的。

她像小孩子那样，高兴得忘了向赖斯基道谢。

"你还没道谢呢——真是好样的！喜出望外啦！"塔季扬娜·马尔科夫娜说。

玛尔芬卡难为情地坐下了。赖斯基笑了起来。

"我坐在一旁，多傻啊！"她说。

她走上前去拥抱他。

季特·尼孔内奇有点不好意思，慌慌张张地咔一声碰脚跟，致礼道谢。

赖斯基也一样，跟着奶奶进到了自己的房间，注视她如何差点亲自为他铺床，如何放下窗帘，免得清晨的阳光惊扰了他，如何关心地询问几点钟将他叫醒，清晨准备什么——茶还是咖啡，黄油还是鸡蛋，凝乳还是果酱，使他相信，祖母做这些事并非全是使自己满意，尤其当她用手试了试绒毛褥子是否柔软，亲自把枕头垫高些，并且吩咐在小桌上放个盛满水的长颈玻璃瓶，然后来探察了三次，看他睡得如何，是否有什么神情不安，还需要些什么。

季特·尼孔内奇和克里茨卡娅离去。后者感到她难以一人独自回家。她说她没有吩咐来人接她，希望有人送送她。她瞥一眼赖斯基。季特·尼孔内奇立刻自告奋勇，让祖母极为不满。

"让叶戈尔卡送她吧！"她小声道，"原本就该在家里待着的，谁请她了！"

"多谢您，多谢……"波林娜·卡尔波夫娜顺便对赖斯基说。

"为什么？"他惊讶地问。

"为令人愉快的、机智的谈话——虽说不是同我谈，但我从中受益匪浅……"

"谈话更重实际问题，"他说，"关于米饭、鹅，后来又同奶奶争吵起来……"

"您别说啦,我知道……"她温情道,"我看到两次目光,两次只是……属于我的目光,是的,您承认吗?噢,我等待着什么,我希望……"

她说着离去了。赖斯基对玛尔芬卡以目光相问,这是怎么回事?

"什么两次目光。"他说。

玛尔芬卡笑了起来。

"她在我们家经常这样!"她说。

"她在那里同你悄声说些什么?别听她的!"祖母说,"她仍旧在梦想取胜哪。"

赖斯基把堆得像小山似的柔软的枕头一个接一个扔掉,并从沙发上取来一只硬靠垫,然后又把祖母打发来替他脱衣的叶戈尔卡撵走。但祖母又按自己那套改过来:吩咐把枕头都放回原处,让叶戈尔返回赖斯基的寝室。

"多么固执的独断专行之人!"赖斯基说,忍着性子看叶戈尔卡如何给他脱靴,解衣服扣子,甚至还想脱袜子。赖斯基陷入无数个柔软的枕头中。

过半小时,祖母往屋子里看了他一眼。

"您有什么事?"他问。

"我来看看,你的蜡烛是否还点着:你为何不灭掉?"她说。

他笑了起来。

"想抽烟,但把雪茄忘在您桌子上了。"他说。

她取来雪茄。

"给,快抽吧,否则我不睡,我怕。"她说。

"哦,那我就不抽了。"

"抽吧,对你说哪!"她命令道。

但他灭了蜡烛。

"多任性:甚至连奶奶的话也不听!怪人!"塔季扬娜·马尔科夫娜思忖着,躺下睡觉。

赖斯基度过了这一天,他好久没有这样生活过了,睡得那么沉那么舒畅,使他觉得自从离开这个住所,他没有好好睡过觉。

十

赖斯基已经度过好几个这样的白天和夜晚,他面临的是还要在这个屋顶下,在菜园、花圃、古老荒芜的果园和小树林间,在充满生机、舒适的新房子和褪了色、灰泥部分剥落的老房子中间,在田野里,在伏尔加河陡峭的河岸上,在祖母和两个女孩子中间,在列昂季和季特·尼孔内奇中间,度过更多的日日夜夜。

他不由自主地浸润在他四周的氛围之中,周遭的大自然、人们、他们的言谈、整个的格调以及这循环不息的生活,对他所产生的强烈印象,令他挥之不去。

他在每一步上都开始与他们格格不入,但是暂时他还没有因这种不谐调而觉得痛苦,而是宽厚地莞尔一笑,屈从于这一生活的纯朴和温和,一如睡觉时屈从于祖母的专制,沉没在无数个柔软的枕头中。

倘若他打哈欠,那么暂且还并非出于无聊,而是因为消化不良或是由于极度疲惫。

他的日子过得还不错:这里谁也不奢望显得比别人更优秀些,高尚些,聪明些,有道德些,然后,实际上,他们还是比想象的要高尚,有道德,也不见得不聪明。在那里,在一大堆有着发达智力的人中间,人们拼命挣扎,想变得单纯些也不能够;在这里,人们不必考虑这点,人人纯朴单纯,谁也不必用尽全力假装朴实单纯。

祖母依然忙忙碌碌,喜欢颐指气使,发号施令,采取行动,她需要起作用。她一辈子都在干事,倘若无事可做,那她也要想出事情来。

她依然没有想要去深入了解比"庄园"的围墙、果园、菜园更远些的生活,以及县城以外的生活。整个世界就局限于此。

她用世代相传的故事语言说话，用谚语和古代智慧的现成格言滔滔不绝，为此她与赖斯基争论，生活表面上的整个例行方式，就是按照她倒背如流的那些规矩执行的。

但是，当赖斯基稍为聚精会神地仔细观察，便发现在那些按现成规矩不知为何行不通的情况下，祖母身上会突然显现出自身的力量，她会独出心裁地采取行动。

透过任何时候、任何地方都不合适的陈腐智慧，她身上会冒出一股自身思想、观点和概念的清泉，合理而富有实际意义。只是当她动用自身力量时，本人仿佛有些胆怯，并且提心吊胆地以某种过去的实例来为它们寻找支撑。

赖斯基喜欢生活方式的这种单一，这种固定而窄小的框框，人在其中安身，并反反复复生活上五六十年，而不曾发觉它们，且一直期待着明天、后天、明年会发生什么别的尚未有过的、好奇而令人高兴的事。

"他们这是在怎样过日子？"他心想，见到无论是祖母还是玛尔芬卡，还是列昂季，哪儿都不想去，他们也不看生活的底部，不看里面都躺着什么，也不由这条大江之流带向前去，去到河口，以便停下来思索一下，什么是海洋，涓涓细流会流向何方？不！祖母会说："听天由命！"

说起她所熟悉的人们，祖母头头是道，她能准确说出昨天干过什么，明天将干什么，从不出错；她视野的尽头：一头是田野，另一头是伏尔加河和它的群山峻岭，再一头是县城，另一头则是通往世界的大道，可这与她毫无关系。

她希望冬天结束，让春天快些来临，让大河在此前奔流不息，让夏天炎热，五谷丰登，让粮价贵，糖价便宜，如果可能，让商人把它白白给人，像酒、咖啡其他东西一样。

她喜欢省长偶尔顺路来登门拜访她，彼得堡来的头面人物或著名人士能光临她家；在教堂做过日祷后是副省长太太来到她跟前打招呼，而不是她走到她跟前；她喜欢当她乘坐马车在县城驶过时，任何遇到她的人不向她鞠躬致意都不过去，无论是乘车还是步行；当她出现在店铺里，商人们个个忙得疲惫不堪，把其他顾客全撇下；她喜欢任何人从不说她的坏话；家里人人都听她的，以至马车夫们晚上从不抽烟斗，特别是在干草棚里；塔拉斯卡不喝得烂醉，即使在他们这样做而没让她知道的时候也如此。

她喜欢每天都有人顺便去看她，她过命名日那天所有人，从高级僧正①、省长开始，到衙门里最低的文书、办事员之类，都能光临，三天里全城都在谈及她那丰盛的早餐，即使省长或是文书不领她的盛情都不要紧，但如果这一天查理先生（如今她已对他无法忍受），或是波林娜·卡尔波夫娜不来，她会非常生气。

这天，她多半也暗自希望甚至马尔库什也顺路进来尝尝大馅饼。

在赖斯基到来之前，她的生活便处于这种简单而牢固的基础上，她并未想到，这里会有什么事并非如此，会像赖斯基所说，她在某种"与矛盾的斗争"中生活了一辈子。

倘若不定什么时候发生了矛盾，产生某种不一致，那她无论如何决不会将它归咎于自己，而是归咎于别人，归咎于与她有关系的人，倘若没有别人，那就归咎于命运。而当赖斯基出现并将这种人和命运结合在自己身上时，她感到吃惊，将矛盾和分歧归咎于孙子的不听话和他的古怪脾气。

她激烈自卫，起初用传说、格言和谚语，但当这一毫无生气的力量与生气勃勃的分析力初次接触，便化为了灰尘，这时她抓住自己天赋的逻辑。

赖斯基等待的就是这一招，他知道，眼下她陷于两股火焰之中，处于新与旧、老传统与新思维之间——这时她必须或同意他，或放

---

① 高级僧正（архиерей），为东正教最高级神职人员，是主教、大主教、总主教的总称。

弃老规矩。

但祖母从不让他凯旋,她不喜欢服输,并专横地依仗她的权威、亲属关系和自己的年岁,而并非智慧来结束争论。

赖斯基在逻辑方面并不退让,但出于对她的好感偃旗息鼓,笑着在她面前跪下,吻她的手。

他觉得奇怪,这一切怎么会在她身上同时存在,祖母怎么会不理会新旧概念的永久矛盾,而与生活和睦相处,将这一切熬煮在一起,本人还是么精神矍铄、生气勃勃,不知寂寞无聊,热爱生活,信教,无论对什么都从不冷淡,每一天对她仿佛都是一朵初绽的、翌日期待它结果的鲜花。

祖母、玛尔芬卡,甚至列昂季——他可是善于独立思考、博览群书的学者——全都在生活中找到了自己的支点,他们站在这支点上并且很幸福。

祖母仿佛按重量买来似的为自己谋得了生活的智慧,并以此为满足,不想知道同她无关的东西和她没有亲眼见过的东西,也不关心那里是否还有无别的什么。

因此,对他那"费解的"、在她看来有时是乖戾的言辞、"茨冈式"的行为和争论,她瞪大了眼睛。

"古怪的独出心裁的人。"她说,并对他不听她的话、不照她的指示去办感到吃惊。难道能按另一种方式生活?季特·尼孔内奇赞赏她,尼尔·安德烈伊奇赞许地评价她,全城也都尊敬她,只有马尔库什卡见到她时龇牙咧嘴,但他是个不可救药的人。

而这里是她孙子,是自己人,是小时候抚养过的,居然"不再听话",敢自我辩解,进行反驳,还同她争论,指责她,说她不该这样生活,没有做需要做的事情!

可她似乎对整个生活了如指掌:无论商人还是仆人都骗不了她,县城里各种各样人她都看透,在自己的生活中,在托她照管的两个女孩、农民和熟人们的生活中,她没有出过任何差错,她知道走道该踩哪儿,该说什么话,该如何支配自己的和别人的财产!总之,怎么玩牌她心中有谱!

可他不听并且还要指摘她!

她从观察和经验中得出明智的结论,任何人在生活中都赋予一条相对应的线,顺着这条线就能够也应该获得一定的意义和利益,任何人都有可能(相对地)成为重要人物或富人,而谁错过时间和良机,轻视命运所赋予的手段,那只好怨自己。

"对任何人,"她说,"命运都赏赐某种礼物:比如,有的给予许多智慧或'机灵'和本领(对此她理解为天分、才能),但财富便不给了。"她立刻举了个例子:或是建筑师,或是医生,或是农夫斯捷普卡。一个十足的傻瓜,数数不能数到三,不会往脑门上画十字,勉强知道哪儿是右,哪儿是左,既不会扶犁,也不上果园,可他做个器皿、茶碗、勺子或是十字架、儿童小船、小玩具——好像铜铸似的!集市上得卖多少钱啊!另一个挺帅,像画儿一样,但是个一个劲地叨叨的傻瓜!再瞧,那个巴拉金,没有一个聪明姑娘愿意跟他的,人倒是漂亮极了!别错过机会,他会很幸福的。"傻人自有傻福!"为了加强说服力,她引用了一句谚语,并得出结论傻子也有富的!"不过也有这样一些人,命运既没有赋予他们'机敏',也没有给予财富,但给了他们勤劳,以此便能致富!不过谁当个懒汉,打打哈欠,将命运的赠予白白浪费掉——那是他自己的过错!因此,世上有许多沉沦堕落之人,他们游手好闲,十足的酒鬼,胳膊肘撕得破破烂烂,一只脚趿拉着拖鞋,另一只脚穿着套鞋,红红的鼻子,嘴唇龟裂,伏特加酒气熏人!"

有一回,听到这样的议论,尤其是对酒鬼惟妙惟肖的描述,赖斯基哈哈大笑。在祖母眼里,酒鬼是最令人厌恶、沉沦堕落的生物,以至尽管她没有在赖斯基身上发现一星半点的对酒的嗜好,但当他想喝上一杯,而并非一小盅葡萄酒或伏特加时,她总是忐忑不安地盯着他。

"你这么喝好吗,不太多了点?"她蹙眉摇头说。

对酒鬼和酗酒，她有着生理上的极度厌恶。

"好吧，好吧，你笑吧！"她说，"但这是真的！"

"要知道，奶奶，一个人因为别人的过错也会毁灭的，"赖斯基反驳道，想仔细研究她生活观的发展情况，"人们之间有各种怨仇、嗜好和贪欲。当一个人被别人下绊、诓骗、盗窃、杀害时，他有什么过错？……这种事情还少吗！"

"有过错，有过错！"她坚持道，不听他的庇护，"谁如果不走运，陷入困境、学坏，穷困潦倒，万不得已时随随便便受了欺侮，名声被败坏，又不思改正，振作起来，这就是说——是他自己的过错。他不是过去有过什么罪孽，便是现在有，不是行为放荡，便是犯有重大错误！怨仇、嗜好和贪欲！……都是同一个敌人在守候着我们所有人！……上帝有时惩罚我们，但假如人们顺从收敛并重新走上正道，他也会宽恕我们。但谁总是绊一下，便跌倒，躺在污泥里，那便不会被宽恕，因为他战胜不了自我，无法克制酒瘾、牌瘾，或是偷了东西，又不交出赃物，或者高傲自大，欺人太甚，作恶多端，卑鄙下流，当骗子、叛徒……罪恶还少吗：不管什么罪总是有的！要是愿意，他还会重新爬到路上来的。倘若只是身体虚弱，没有力气，就是说，没有信仰；待到有了信仰，也就有了力量。是啊，是啊，是这样的，你别说了，别说了，你笑吧，可是别说话！"见他想反驳，她补充道，"一个人是否可能因为别人想毁害他而倒下？别漫不经心，留意自己的身体健康：跌倒了，便站起来，并看看身后有无人在耍花招？如果没有，那就祈祷上帝，你就会恢复健康的。你看阿列克谢·彼得罗维奇曾受到三位省长的驱逐，领地也被监护，甚至谁也不给贷款，即使他沦为乞丐；可现在他等到了，熬过来了，后悔了——多大的罪孽啊——也出人头地了……"

"嗯，好吧，奶奶，但您记得吗，有个好惹是生非的家伙，是市警察局长还是县警察局长：下令揭您的房顶，违反规定派人在您家里宿营，拆毁栅栏，无恶不作！"

"是啊,是真的:他可凶啦,一个卑鄙小人,我的对头,我很不喜欢他!结果如何?新省长上任,了解到他的种种诈骗勾当,便把他打发了!他跑掉了,变成个酒鬼,自己农奴出身的婆娘摆布他,他都不敢说个不字。他死了——没一个人可怜他!"

"喏,您瞧!您都做了些什么:您这不是过错?"

"我!"祖母说,"我挨整不无原因。命运不会平白无故惩罚……"

"的确!这是怎么回事?"

"怎么回事?"她重复道,"想了解奶奶的过错,你还年轻。既然这样,那好吧,我说说:当时实行包税制①,我想了个主意,吩咐托人酿啤酒,而在家里酿伏特加,量不多,供客人和仆人们喝,但毕竟是禁止的;我没去修桥……他从我这里什么也没得到,便恼羞成怒,你要明白!谁倘若遭不幸,那就是说,自作自受,理应如此。快请求宽恕,否则便将完蛋,变得越发糟糕……并且……"

"并且以后'红红的鼻子,嘴唇龟裂,一只脚趿拉着拖鞋,另一只脚穿着套鞋!'"赖斯基笑着把话说完,"哎,奶奶,我不想做的事情会强迫我做吗?或是我如果对自己说,我一定会这样做,我有毅力……"

"任何时候都别说'一定',"塔季扬娜·马尔科夫娜赶忙打断道,"千万不要!"

"因为什么?瞧,这可真新鲜!"赖斯基说,"玛尔芬卡!我一定要画幅你的肖像,一定要写部长篇小说,一定要认识马尔库什卡,一定要和你们过一个夏天,一定要开导你们三位,奶奶、你和……韦罗奇卡。"

玛尔芬卡笑了起来,而塔季扬娜·马尔科夫娜透过眼镜望着他。

"看样子你疯了。向奶奶学学过日子吧。你太过自信。为这个'一定'

---

① 封建主义国家和俄国曾把某些捐税的征收权交私人承包,国家向其收取一定数额的款项,谓之包税制。俄国于1863年取消包税制。

命运不定什么时候会让你明白的！别说这个词！而要经常补充说'想要''上帝保佑我们生气勃勃，身体健康……'否则命运将为你太过自信而惩罚你：结果永远不会按你的意愿……"

"奶奶，您关于命运的这种概念，好像古希腊人的天命论：就像某种个性论，似乎至上的命运此刻正站着倾听……"

"对啊，对啊，"祖母边说边好像谨慎地四面顾盼着，"是有谁正站着倾听哪！你只要一不小心，忘了可能会摔倒——你准摔倒。你拼命期望得到什么，命运便会让你失望，从你手中夺走你伸手拿到的东西！在你最意料不到的地方，你会挨耳光……"

"那幸福何时有呢？难道总是挨耳光吗？"

"不，并非总是：当你谦恭期待着，没有把握，不放肆，它就保佑你。最主要的是，你别仰起头，鼻孔朝天，有点儿害怕：就行了。命运喜欢小心谨慎，因此人们说：'上帝保护小心谨慎的人。'不过做得过火：谁过分畏缩不前，它同样不喜欢并在暗中守候着。谁怕水，一辈子躲着河流，不坐小舟，命运便在暗中等待：待到有一天他坐上船，便扑通一下跌入水中。"

赖斯基笑了起来。

"哦，命运是个淘气包！"她继续道，"当你在小钱包里找一枚十卢比的银币，摸到的尽是二十戈比的硬币，直到最后才出来十戈比的银币。你等某个人：来的人全不是你要等的那位，而那扇门好像在笑，碰得砰砰响了又响，而你的血液沸腾又沸腾。一件东西掉了，你找遍整个屋子，可它就在你鼻子底下——原来如此！"

"那么听命吧！"赖斯基说，"就这样过一辈子，在生活琐事中不知所措！奶奶，按您的看法是有个什么人在故意开这些玩笑，那是为什么，有什么目的呢？不，我对开导您已经感到无望……您可变多了！"

"为了什么目的？"她重复道，"那是为了让人别睡得太死，别忘乎所以，而要记住他头顶上有某个人在；为了让他别死气沉沉，得四面张望，想一想，多操点心。命运教他忍耐，使他变得性格刚强，做事麻利灵活，用锐利的目光辨认一切，别无所事事，去做上帝给每个人安排的事情……"

"也就是说，您以为，有个无形的城市警察分局长[①]附在人身上，以便将他唤醒？"

"你开玩笑吧，可开玩笑倒也说得有理。"祖母说。

"生活多么随遇而安啊！"赖斯基若有所思道。

"什么？"

"我在想，"他不知是对玛尔芬卡说还是在自言自语，"你想信仰什么便信仰吧：信仰神，数学，或是哲学，生活将会屈从一切。你，玛尔芬卡，在哪儿上过学？"

"在 m-me Meyer[②]的寄宿学校。"

"每人付一千两百卢布纸币，"祖母说，"两人都在那里待了五年。"

"你记得托勒密[③]的宇宙体系吗？"

"托勒密……此人曾经当过国王[④]……"玛尔芬卡说，稍稍有些脸红，因为她记不得体系什么的。

"对，国王兼学者[⑤]：你知道，过去人们认为地球是世界的中心，一切围绕地球转，后来伽利略、哥白尼发现，一切都是围绕太阳转的，而现在人们发现太阳围绕着另一个太阳转。几个世纪过去，物理界的各种现象支配着这些理论中的任何一种。生活也是如此：人们曾把它归入宿命，后来又归为理性，归为偶然——它适合一切。奶奶有什么宅神……"

---

① 原文为"квартальный надзиратель"，为1782—19世纪中叶俄罗斯帝国城市警察分局负责人，负责一定街区的社会治安秩序。

② 法语：梅耶夫人。

③ 托勒密（约90—约160），古希腊天文学家，创立以地球为中心的宇宙体系。提出行星环绕静止的地球运行的理论。

④⑤ 没有资料表明天文学家托勒密当过国王。历史上另一位托勒密为古埃及国王，公元前305—前283在位。冈察洛夫显然搞错了。

"不是宅神，而是上帝与命运。"她说。

"可见，是两种，瞧，都六十岁的人啦，带着所有细小现象，躺在这理论上。还十分投合！可你还在遭罪，绞尽脑汁……为了什么？"

他内心里在自己和祖母之间作着对照。

"我要尽力设法成为一个人道而善良的人，"他沉思道，"这奶奶从不考虑，无论是人道还是善良。我多疑，对人们冷淡无情，只对自己想象中的作品充满热情，奶奶对亲人感情深厚，并相信一切。我看出哪里有欺骗，知道一切皆虚幻，却什么都无法摆脱，我对什么都不能容忍，而奶奶无论对任何事任何人都不怀疑有欺骗，除了商人，而且她的慈爱、宽厚与善良是以对善与爱的热忱信任为基础的。倘若我……还显得故作宽容的话，那也是出于对原则的冷静意识，而奶奶的原则全在于感情，在于同情，在于她的天性！我什么也不做，而她一辈子都在从事劳动……"

十一

他思索起来，目光从祖母身上移向玛尔芬卡，并满怀温情地将它停留在她身上。

"为什么？"他想，"是否我不完全相信奶奶的命运：这里人人都信；是否我不依顺，不向这温和的日常生活投降，不当这平淡无奇的长篇小说的主人公，命运也会赐予我运气、成功和幸福。我是否真的不结婚？……"

他伸了个懒腰，打了个哈欠，望着玛尔芬卡，欣赏着她娇嫩白皙的前额和脸颊、双臂那柔软细腻和健康的肤色。

无论他怎样仔细看她，试探她，从哪一边绕着她走，他见到的玛尔芬卡总是个鲜艳纯真、有着淡黄头发、身体健康、渐显丰满、生气勃勃、性情愉快的姑娘。

她勤奋，喜欢做针线活，刺绣，画画。如果她坐着刺绣，便埋着头全神贯注，一声不响，能够坐很久；坐在钢琴旁，她一定把预定的曲子整个弹完；她看书，把整本书看完，并且把她看过的说个没完，如果她喜欢这本书的话。她唱歌，莳弄花卉，喂养家禽，喜欢做家务，爱吃甜食。

她有个小柜子，那里老是藏着葡萄干、黑李子和糖果。她给大家倒茶，总是照看着全家。

她喜欢空气，晒黑也没关系；她像蜥蜴那样喜欢炎热。

她的愿望全围着她日常生活的圈子转：她喜欢复活节一周内天气干燥，喜欢圣诞节节期①和严寒，让雪橇吱吱作响，鼻子冻得刺痛。她十分喜欢滑冰、跳舞、人群、过节、宾客盈门和出门拜访。她喜欢衣着、装饰品和桌子上、小架子上的小摆设。

但是，尽管她酷爱跳舞，却迫不及待等待夏天这水果飘香的季节，喜欢樱桃结得多，西瓜长得大，苹果挂满枝，哪家果园都比不上。

家里老是能听到见到玛尔芬卡的嗓音和身影。她一会儿笑，一会儿大声说话。她有着一副低沉洪亮、清晰悦耳的好嗓子，在果园里便能听到她在楼上引吭高歌，过一会儿你又能听见她在院子另一头的说话声，或是响彻整个果园的笑声。

还在童年时，每当她得知农夫家的一头牛或一匹马倒毙了，她便爬上祖母的膝头恳求要马和牛。小木屋破旧了或院子里要盖什么，她就向祖母要木料。

农妇的儿子死了，母亲放下活儿，坐在角落里，像死人似的，玛尔芬卡就天天上她家，坐上一两个小时，望着她，带着哭肿的眼睛回家。

倘若有农夫病得很重，她会偎依在医生伊万·波格丹诺夫身旁，并亲自跳上他的轻便马车，送他去村子。

---

① 12月25日至1月6日，共十二天。为纪念基督诞生和受洗而规定。圣诞节节期又适逢庆祝新年，因而此期间人们常唱歌、化装、跳舞。

她不断向祖母要东西:粗麻布、白棉布、糖、茶叶、肥皂。她将旧衣服给村姑们,吩咐她们把自己收拾得干干净净。她带好吃的东西给瞎眼老人吃,或是给些钱。她认识所有农妇,甚至知道孩子们的名字,替他们买矮靿童鞋,缝补衬衣,几乎为所有的新生婴儿施洗礼。

如果遇上婚礼,玛尔芬卡更是出手大方,连祖母也很难限制她。她赠内衣、靴子,琢磨出一种奇异的萨拉凡①,花去自己的全部零用钱,此后又节省了很久。

她与祖母一样,只是不喜欢酒鬼,有一次有个农夫喝得烂醉,想当着她的面打老婆,她甚至抡起小阳伞要打他。

她在村里走过,孩子们都为她而欣喜若狂:他们一见到她,便成群结队跟在她后面奔跑,她分给他们蜜糖饼干和核桃,还把另一些孩子领回自己屋里,给他们洗干净,同他们一起玩耍。

村子里的狗全认识她,喜欢她;她有心爱的母牛和绵羊。

她从不沉思默想,看什么都乐观,敏锐。

房间里没人时,她觉得冷清,便上有人的地方去。倘若聊天有一会儿停顿,她便觉得难堪,她会打哈欠,走开,或是自己说起来。

在平常日子,她穿家常毛织的或旧麻布的衣服,戴普通领子,而到了星期天,她一定打扮得漂漂亮亮,冬天穿毛料或丝绸衣服,夏天穿薄纱裙,她举止稍显庄重,特别在日祷前,她不随便坐下,不做家务活,不画画,除非在做完日祷后弹会儿钢琴。

"幸福的孩子!"赖斯基心想,一面欣赏着她,"你是否在奶奶的'命运之神'庇护下变得充满生机,对生活或弹琴,或歌唱?你试试将这个梦唤醒……将会怎样?……"

"走,玛尔芬卡,我们去散步。"赖斯基来后不久,有一天他说,"让我看看你的和韦罗奇卡的房间,然后再看看家产,跟仆人们认识认识。我还没有仔细看过呢。"

---

① 俄罗斯民间妇女服装,为一种套在衬衣外面的无袖长衣。

他做什么事也没有比这更让她高兴的了。她兴冲冲地跑在前面，替他开门，让他留意每个细小东西，絮叨着，蹦跳着，歌唱着。

在她的房间里，一切都舒适，精致，令人心旷神怡。摆在窗台上的鲜花，鸟笼里的小鸟儿，床头上的小神龛，许多各式各样的小盒子，精制的小匣子，里面藏起各种小玩意儿，布头，细绳，丝线，绣品；她用丝线和毛线在十字布①上刺绣，绣得很好。

抽屉里放着一些香囊，两个长在一起的核桃，蜡烛头，纸夹里夹着许多花儿，窗台上放着在伏尔加河沙滩上拣来的彩石和小贝壳。

一只放衣服的柜子占了一面墙，一切都井井有条，一切都收拾得干干净净，安排得整整齐齐，墙上挂得满满当当。一张小床，但堆满了枕头，大花纹绸子棉被镶着细纱穗子。

墙上挂着从老房子拿来的英国和法国版画，画着家庭生活场景：有的是一个在壁炉旁沉睡的老头和读《圣经》的老妪，有的是坐在桌旁的母亲和一群孩子，有的是丹尼斯画作的临摹，最后是一只狗头和许多从画册上剪下来的动物画，甚至几张时装画。

她打开柜子，从那里逸出一股甜丝丝的气味。

"您想吃杏仁吗？"她问。

"不，不想。"

"那葡萄干呢？这是无核小葡萄干，甜着哪。"

她咬开核桃，又拿了两粒葡萄干放进嘴里。

"我们去韦拉房间，我想看看。"赖斯基说。

"得去取老房子的钥匙。"

赖斯基在院子里等候。雅科夫送来钥匙，于是玛尔芬卡同哥哥一起登上楼梯，穿过宽大的前厅和走廊，来到二层，停在韦拉房间的门前。

赖斯基已经在心里描绘这间屋子：想象里面的家具、陈设、版画、

---

① 经稠浆浆过的网状棉织物，可用作绣花花样模板或底布，有时亦用作服装衬布。

小物件，不知为何完全不是玛尔芬卡的那样，而是按另一种方式。

他怀着好奇心跨过门槛，四下打量房间，并且大失所望：那里什么也没有！

"瞧，奶奶说过，"他思忖，"命运捉弄人，你等待一个人，不回头张望，不感到可疑，就会上当受骗。"

一张带大幔帐的床，一条薄薄的棉被和一个枕头。然后是沙发，铺在地上的地毯，沙发前一张圆桌，窗户旁一张小写字台，铺着漆布，但上面没有书写的迹象，还有一面古色古香的不太大的镜子和一个衣柜。

全在这里了。没有版画，没有书籍，也没有任何可以了解女主人兴趣爱好的小物件。

"她的东西都放哪儿了？"

"她没有什么东西。"

"怎么会没有什么东西？墨水、纸张呢？……"

"这些全锁在桌子里，钥匙在她身上。"

赖斯基先走近一扇窗户，又走近另一扇。窗外一边是田野、村庄，另一边是果园、悬崖和新屋。

"哥，我们走吧：这里一副空荡无人的样子，"玛尔芬卡说，"她一个人多害怕：要是我早吓死啦！可她还不喜欢别人上她这儿来。多大的胆子哟！夜间她一个人大概也会上墓地去的，就是那儿，您看见吗？"

她从窗口指给他看那一大堆密密麻麻簇立在小山冈上的十字架，小山冈离农民家院子并不太远。

"你不去吗？"他问。

"我白天去过那里，那也是同阿加菲娅或是村里的小男孩一起去的。不然便是参加葬礼，如果有农夫去世的话。我们这儿，谢天谢地，很少死人。"

赖斯基再瞥一眼空荡荡的房间，竭力回忆起小韦拉的模样，但只记得一个瘦瘦黑黑的小姑娘,一对深褐色的眼睛,白白的牙齿和经常弄得脏兮兮的小手。

"她现在什么样?玛尔芬卡和奶奶都说她很漂亮:我们看吧!"他心想,而眼下暂且跟着玛尔芬卡走去。

十二

他们进到另一个院子,那里是各种杂用房①、仓库、仆人们住的下房、地窖、马厩。

院子里一片忙碌,厨房里炉火噼啪作响,仆人们在下房里吃午饭,车棚里塔拉斯在轻便马车旁忙活,普罗霍尔在给几匹马饮水。

下房里的饭桌旁传来谈话声。粗野的谈话声、粗鲁的笑声飞到赖斯基和玛尔芬卡的耳畔,仆人们从窗口刚发现老爷和小姐,各种混杂声突然间全停息下来。

但友善交谈中的只言片语还是得以传到他们耳朵里。

"干什么,莫季卡:要知道你快死了!"不知是叶戈尔卡还是瓦西卡在说。

"得啦你,别作孽!"沉静又笃信上帝的雅科夫制止道。

"真的,伙计们,记住我的话,"第一个嗓音继续道,"谁胸部凹陷,头发从烟灰色变成红色,眼睛朝额头上翻,那他一定快死了……别了,莫季卡:我们给你钉口棺材,并往你头上放根劈柴……"

"不,等等,我还要把你痛揍一顿……"也许是莫季卡的声音反驳道。

"都奄奄一息了,还拌嘴啊!马特廖娜·法捷耶夫娜,亲他一下,你看,他可是个美男子:比死人更棒的人你哪儿找去!……脸颊上都

---

① 指住房以外的厨房、车房、储存室、洗衣房、花房、独立的洗澡房等附属房屋。

有了黄斑：别了，莫佳……"

"别再埋怨了！"雅科夫厉声制止道。

女仆们也为病人抱不平，责难那个好恶作剧的人。

蓦地，这场谈话被从另一头传来的谁的号叫声打断。马林娜从另一个下房的门里冲了出来，几乎脚不蹬地飞快穿过院子。一根劈柴在她身后紧随着飞来，显然冲她而来，但幸亏她灵巧，劈柴从一旁飞了过去。但她披头散发，手里拿把梳子，放声大哭。

"这是怎么啦？"赖斯基没来得及问，她已经来到他们身边。

"这算什么，老爷！"她站在他们面前，指着她逃出来的那扇门，大声呼叫，一脸哭相，难看极了，"这算怎么回事，小姐！"见到玛尔芬卡便对她说，"这日子没法过！"

这时，见到从厨房里朝她张望的一张张仆人的脸，她突然破涕为笑，露出一排闪闪发亮的白牙，接着又很快以哭相替代笑容。

"我去告诉女主人：他打我！"她说着跑进屋去。

"怎么回事？"赖斯基问大伙。

叶戈尔卡咧着嘴笑，别的女人同样嬉皮笑脸，另一些低头不吭声。

"怎么回事？"赖斯基朝玛尔芬卡重复道。

屋里传来不时为塔季扬娜·马尔科夫娜的申斥声打断的马林娜的诉怨。

赖斯基进屋。

"你瞧瞧，她的丈夫把她打成这样！"祖母对赖斯基说，"该着，不要脸的东西，该着！"

"无缘无故啊，太太，全没根据的事。天晓得是什么使他两眼发花，该死的，让他消失得无影无踪！我进灌木丛去砍枯枝，在那里遇见伯爵的园丁：他说，来，我帮你，并将一捆枯枝拖到便门口，可萨韦利却以为……"

"撒谎，你撒谎，不要脸的东西！"女主人厉声道，"不会平白无故的，不会的！"

"让我下地狱！让我活不到天亮……"

"别赌咒发誓！那星期你请求去做彻夜祈祷，可有人见到你在集镇上与医士在一起……"

"不是我，太太，让我死在此地……"

"那雅科夫怎么会见到你？他是不会撒谎的！"

"不是我，太太，也许是鬼变成了我的模样……"

"从我眼前滚开！叫萨韦利来见我！"祖母结束道，"鲍里斯·帕夫雷奇，你是主人，你来将他们审查明白！"

"我什么也不明白！"他说。

萨韦利在院子里遇上马林娜。一下低沉的打击声传到赖斯基耳畔，仿佛拳头打在背上或是脖颈上，接着又传来尖叫声、哭泣声。

马林娜挣脱开，迅速跑过院子，躲进了下房，一阵哈哈大笑在那里迎接她，她也在这哄笑声中把梳子往凌乱的头发上一插，用围裙擦干泪水，还以哈哈大笑。然后疼痛又让她记起了自己。

"恶魔，该死的，让他咽气！"她说，一会儿哭，一会儿用哈哈大笑来回答仆人们那不怀好意的哄笑。

萨韦利双目低垂，不好意思、心事重重地跨过门槛，站到角落里。

"你怎么老消停不了啊，萨韦利？"祖母开始训斥他，"非要闯祸不可吗？要知道你这样不定什么时候动手就打，就是把她打死，也没什么用处。"

"恶人不得善终！"萨韦利盯着地上，阴沉道。

他脸色苍白，额头上聚起粗大的皱纹。

"哼，随你的便，我不会阻止你，我不想在家里发生刑事案件。什么东西偶然落到手边，抢起就打，这是开玩笑啊！我可是对你说过：别娶她，可你不听，我行我素——于是！"

"这真像是……"他低着头轻声道。

"这是最后一次！"祖母说，"倘若下回再发生，我便将她打发到诺沃谢洛沃去。"

"拿她有什么办法？"萨韦利轻声问。

"可你打架管什么用？她会停止不干坏事吗？"

"毕竟……惩戒……"萨韦利说，两眼望地。

"走吧，别再出这种事，听见吗？"

他皱着眉头，先是朝女主人，后是朝赖斯基慢慢扫了一眼，于是慢慢转过身子，若有所思地穿过院子，打开门，侧身跨过自己屋子的门槛。当萨韦利在院子里走过时，叶戈尔卡咧着嘴笑，用手指在后面指着他让仆人们看，并把马林娜推到窗前，让她看自己丈夫。

"真讨厌，你这个死鬼！"

她恼火地冲他挥下手，然后张大嘴笑了笑，露出一口牙齿。

"这是怎么回事，奶奶？"赖斯基问。

祖母向他解释这件事的来龙去脉。马林娜还是十六岁小姑娘时，便从村子里挑来当女仆。她的麻利能干超过所有人，也完全出乎祖母的意料。

没有她不会的活儿；别人要花一小时的活，她用不了五分钟。

别人还刚听到指示，挠挠头，抓抓背，而她已经到了院子的另一头，把活干完回来了，总是又快又好。

无论叫她给小姐们穿衣服，熨衣服，到什么地方跑一趟，收拾屋子，做什么准备，买东西，还是到厨房帮忙：她全身就像蕴蓄着一道闪电，手脚利索，眼观八方。她目光敏锐，什么都能发现，什么都能猜到和设想到，并且立刻便办到了。

她永远在走动，在干什么，当她无事可做歇着时，那双手还保持着各种姿态，据此可见她刚才做了什么或打算做什么。

她手脚干净：什么也不偷，不藏，不据为己有，她不自私，也不贪婪，不偷偷吃东西。她甚至吃得不多，总是边干边吃；她洗盘子，便吃些从主人餐桌上撤下来的残杯冷炙，啃条黄瓜什么的，或是站着喝两勺菜汤，撕块面包，便又重新奔走忙碌去了。

塔季扬娜·马尔科夫娜起先不识她的价值，让她在屋里当丫头，后来依韦罗奇卡请求,给她当了女仆。这个差使马林娜要干的活儿很少,而她继续为家里所有人干所有的活。韦罗奇卡不知怎么喜欢上她,她也喜欢韦罗奇卡,而且能根据她的眼神猜到她需要什么,喜欢什么,不喜欢什么。

不过……尽管如此,祖母还是把她从宫中女官降为宫女,后来又让她去干粗活,洗碗碟,洗衣服,擦地板,等等。

只是因为她麻利能干,她还留在老房子里,并继续获得韦拉的信任,让她去完成自己的特殊委托。

马林娜失去女主人的宠爱,是因为她在尼基塔身上,后来在彼得,再后来在捷连季等人身上,尝到了"爱情及其烦恼"。

仆人们中的小伙儿,村子里身材魁梧的年轻人,她那垂青的目光都曾在他们身上停留。她的爱是无边无垠的。

倘若她在莫斯科,在彼得堡,或是其他城市和环境里,那么丢掉饭碗和职位的危险和担忧,就会对她的喜好产生某种约束力。但在这里,处在一个农奴宫女基本生活有保障的状态,对她的约束力便不存在。

她不会被赶走,不会没有一片面包,如果有朝一日,那些多多少少同她有点沾亲带故关系的亲属知道了一切,那她也可以习惯于忍受羞辱。

马林娜长得并不很漂亮,但她身上有某种吸引人、刺激人的东西,说不清究竟是什么使许多人为她倾倒:不知是这对黄灰色狡黠而恬不知耻的眼睛那往物体上迅速滑过、哪儿亦不停留的目光,还是肩膀和大腿那神经质的颤动,以及全身、脸颊、嘴唇、双臂的灵巧和善变;不知是她那轻快如飞的步履和她那开朗粲然、仿佛有谁在黑暗中举灯、蓦地令整个脸庞和皓齿生辉的笑容,还是她那大笑过后的泪珠、甚或需要时汹涌而出的泪雨——天晓得是什么。

谁只要与她说句话,朝她瞥上一眼,她便会对他飞媚眼,甚至有人只不过与她偶遇,亦会折返回来,随她而行。

她甚至对自己的梳妆打扮并不十分关心,尤其当她被贬去干粗活那阵:身上穿的衣服又肥又大,挽着袖子,脖颈和手臂因劳作和日晒变得粗糙,但很快晒黑处又显出柔软白皙的皮肤。

她身材很好:她不束紧身胸衣不穿钟式裙,当她轻盈如飞般穿过院子时,那柳腰在脏兮兮的裙子下款款摆动。

萨韦利的情况与别人一样:他蹙眉朝她望了一两下,虽说他并不帅气,却博得了她的关照,像别人那样恰如其分。后来,他去向女主人请求准许娶马林娜为妻。

"你疯啦!"塔季扬娜·马尔科夫娜惊讶道。

"我缴赎金。"萨韦利对此回答道。

"我不要赎金,可你了解她:你的日子将怎么过?"

"这是我的事。"萨韦利说。

别列日科娃给他两周期限,两周后他走进屋子,站在角落里。

"你怎么啦?"

"请您允许举行婚礼。"回答道。

"要知道她是不会消停的!"

"会消停的,不会再有事了!"

"那你看着办吧,别抱怨我!我给鲍里斯·帕夫洛维奇去信,马林娜不是我的,是他的,随他便。"

祖母写了信,赖斯基什么亦不回答,于是萨韦利结了婚。

马林娜不想有所改变,并对婚姻有着自己莫名其妙的理解。没过两星期,萨韦利就在自己家里遇上一名来做客的驻防军军士,他很快从屋里溜出来,翻过栅栏跑了。

萨韦利脸色煞白,疑惑地瞥一眼妻子;她赌咒发誓耗尽全部储备,都无济于事。他低下头,稍稍思索一下,额上现出一道道深深的皱纹,然后锁上门,慢慢卷起袖子,从挂在钉子上的缰绳里取下一根旧缰绳,开始慢悠悠然而沉重地朝她没头没脑地抽了起来。

马林娜表现出本性赋予她的全部灵巧,蛇一般腾跃曲折,从一个角落扑向另一个角落，跳到长凳上、桌子上，往窗口和炉子旁蹿，甚至想钻进炉子里，但缰绳始终紧随着她，触及她的皮肉，直至最终马林娜意外地蹿到了门旁。

她拔下门环上的挂钩，遍体鳞伤，披头散发，号哭着，冲到院子里。

仆人们惊恐地注视着这顿毒打，女主人听到号哭声，不安地来到阳台上：丈夫怒火的牺牲品站在她面前，如赖斯基如今所见的那样号哭着，诉着苦。

但这顿教训毫无结果。马林娜依然如故，她又遭毒打，并跑到女主人那里，或避开丈夫，在顶间和板棚里躲藏了三天，直到丈夫的怒气消了。

她像猫那样不易死，挨了一顿顿毒打很快便恢复元气，还同仆人们一起嘻嘻哈哈不知羞耻地取笑丈夫的妒忌，取笑他想改造她的努力和无数次的殴打。

但萨韦利却变了，他变瘦了，很少在下房里和仆人们中间露面，变得好沉思默想。

对妻子，起初他还蹙额看她一眼，后来几乎就完全不瞧她，但始终清楚何时她在何处，在干什么。

对此，她本人亦不能不惊叹：难道是她不灵巧，是她不是开溜的行家里手，像黑影那样从一道门溜到另一道门，从小胡同溜到镇上，从果园溜进树林子——不，他全看得见，全知道，如同靠的是嗅觉，而且说来就来，还几乎总是带着缰绳！这成了仆人们取乐逗笑的事儿。

萨韦利垂头丧气，向上帝祈祷，默然坐着，像个落落寡合的人，待在自己的小贮藏室里，不时沉重地咯咯几声。

同时他又陷入奇怪的矛盾之中：集市上，他为妻子花掉所有的钱，给她买衣服、头巾、矮靿皮鞋、各种耳环。在复活节周，他默默地把她领到秋千游艺场下，买了那么些东西，又默默地往她手里塞满核桃、蜜糖饼干、黑荬果、渍梨，让她招待所有仆人。

"你会说些什么？"塔季扬娜·马尔科夫娜把这些详情细节全都

告诉了孙儿后问。

"太迷人了！"他说，"这是一出完整的戏剧！"

很快在他脑海里出现一个民间戏剧的轮廓。这个愁眉苦脸、性格内向的农夫，怎么可能成为一个完整、独特、强有力的人物呢？在这淫荡的旋涡中，炽烈的爱情如何固守呢？

他惊叹不已，并保证更深入弄清这性格的源头。连马林娜亦在艺术描写中冲他微笑。他在她身上看到的不单是个放荡的女仆，类似农夫中那些痛苦无望的酒鬼，而且是个无私的献身者，一个"享乐之母"……

"拿他们怎么办？"祖母问，"你拿定主意了吗？不把他们发配了？……"

"啊，别，您别碰，别打搅！"他吃惊道，"您会把我这出生动自然的戏剧搞坏的……"

"咳，真没想到：别碰！他会把她打死的。"

"那有什么！我们这里没有生气，根本没有戏剧：酒鬼们像野蛮人那样在斗殴中杀人！而如今不知哪辈子出现了真正人的趣味，编出了一出戏，可您，却要打搅！……看上帝面上，您别管！咱们看看，如何解决……用鲜血还是……"

"我就将这么做，"塔季扬娜·马尔科夫娜说，"我想请神甫同萨韦利谈谈；不过顺便说一句，鲍留什卡，也该申斥你。祸事临头反倒高兴！"

"奶奶，您说我们这里像马林娜这样的人只是一个，还是……"

祖母朝仆人那边生气地挥下手。

"全一样！"祖母十分厌恶道，"马特廖莎同叶戈尔卡形影不离，马什卡——你记得吗，照看孩子们的那个小丫头？——在普罗霍尔的板棚里一直居留着。阿库林娜同尼基特卡，坦卡同瓦西卡……只有瓦西里莎和雅科夫还算正派！不过那些人全是遮遮掩掩的，还有点儿羞羞答答：可马林娜！……"

她唾了口唾沫，赖斯基笑了起来。

"我这就走,一定写出个概要……"他说,"谢天谢地,强烈的情欲!萨韦利,我倒要请教!"

"又是'一定'!"祖母说。

他生气勃勃地跳起来,正想跑回自己房间,祖母和他都瞧见了波林娜·卡尔波夫娜·克里茨卡娅,她走上台阶,已经把门打开。躲避和拒绝已不可能:迟了。

"瞧你说的'一定'!"塔季扬娜·马尔科夫娜悄声道,"你瞧!如今她又来闲逛了,你别想甩掉她!真见鬼!她与马林娜半斤八两!依你看这是什么:亦是一出戏?"

"不,这好像……是件可笑的事!"赖斯基说,并不由自主地开始注视这一幕。

"Bonjur, bonjur①!"波林娜·卡尔波夫娜娇声怪气发音不准地道,"您在家,我多高兴;您不愿探望我,我又亲自来啦。您好,塔季扬娜·马尔科夫娜!"

"您好,波林娜·卡尔波夫娜!"祖母赶忙道,突然换了一副亲热的口气,"欢迎光临!请这儿坐,坐沙发!瓦西里莎,咖啡,准备早饭!"

"别,merci,我喝过了。"

"得了吧,哪能呢,现在还早:离吃中饭远着呢。"

"不啦,我什么也不想吃,谢谢您。"

"不行,离您那儿太远……"

于是奶奶坚持让人端来咖啡。赖斯基好奇地注视着香粉扑得脸白白的太太,她一头卷发,戴顶带玫瑰色绦带的女帽,胸部袒露得厉害,穿一双五岁孩子的皮鞋,看得他血涌上了头。手套崭新,黄颜色,明矾鞣革,但都开了线,因为它们比手还小。

她身后跟着个刚毕业的武备中学②学生,嘴上带着刚冒出的细茸

---

① 法语:您好,您好。
② 俄国于1732—1917年设立的不公开招生的中等军事学校,主要招收军官子弟。

毛。他手上提着波林娜·卡尔波夫娜的披肩、阳伞和扇子。他伸长脖子站在她身后,几乎连气也不喘一下。

"瞧,请允许向您介绍:Michel①·拉明,放假来这里……塔季扬娜·马尔科夫娜已经与他认识过了。"

年轻人晃了晃整个身子代替鞠躬,满脸通红,重又在原地呆然不动。

"Dites quelque chose, Michel!②"克里茨卡娅低声道。

但米歇尔脸更红了,留在原地没动。

"Asseyez-vous dons③."她说,自己坐下。

"今天真热:très *cheux*④!"她继续道,"我的扇子在哪儿?把它递过来,Michel!"

她开始扇风,眼望着赖斯基。

"您不想拜访我!"她重复道。

"我哪儿也没去。"赖斯基说。

"别说了,别自我辩解;我知道原因:您害怕……"

"怕什么?"

"Ah, le monde est si méchant!⑤"

"鬼知道是什么呢!"赖斯基聚精会神地看着她想道。

"是这样?我猜中了?"她说,"初次见面我就发现,que nous nous entendons⑥!这两道目光您记得吗? Voilà, voilà, tenez⑦就是这种目光!噢,我猜到了……"

他笑了起来。

---

① 法语:米歇尔。
② 法语:您说点什么,米歇尔。
③ 法语:坐下吧。
④ 原文为法语,但她说的是洋泾浜法语,意为太热了,其中斜体的 cheux,应为 cheud。
⑤ 法语:唉,上流社会人言可畏。
⑥ 法语:我们相互理解。
⑦ 法语:瞧,瞧。

"是的，是的；对吗？ Oh, nous nous convenons[①]！至于我，我会蔑视上流社会和它的看法。不对吗，这值得蔑视吗？凡有真诚和心上人的地方，人们便会相互理解，有时不用言辞，就凭这样一种目光……"

"喝咖啡，波林娜·卡尔波夫娜！"塔季扬娜·马尔科夫娜打断她，把杯子移向她。"你别听她的！"她斜眼瞟着克里茨卡娅半裸的胸部，小声说，"全是胡扯，不知羞耻的女人！拿着您的杯子，"她朝年轻人转过身补充道，"瞧，这是白面包！"

"Débarassez-vous de tout cela.[②]"克里茨卡娅对他说，从他手中拿过阳伞。

"说真的，我已经喝过……"武备中学学生低声自语道，但还是端起杯子，挑了个大些的白面包，一口咬下了半个，如同刀切似的，脸又涨得通红。

波林娜·卡尔波夫娜是个寡妇。每当忆及"不幸的夫妻生活"便叹气，虽然大家都说她丈夫是个善良谦和的人，从不干涉她的事情。可她称他为"暴君"，说她的青春虚度，没有享受过爱情和幸福，并且相信"她的时刻即将到来，她将爱上一个人，她将合乎理想地恋爱"。

塔季扬娜·马尔科夫娜把她与马林娜相比，并不完全对。波林娜·卡尔波夫娜性格温和；她并不寻求所谓的"堕落"，也没有道义和良心上的不忠实。

她同样不多愁善感，倘若她唉声叹气，抬眼望天，温柔的话儿滔滔不绝，那也是假装的，是她卖弄风情的一种手段。

但她十分想有个人永远爱她，想人人在城里，在家里，在教堂里都知道和谈论这件事，也就是人人都知道有个人在为她而"痛苦"，哭泣，睡不着觉，吃不下饭，哪怕这并不是真的。

城里人人都已经知道，眼下她正竭力引诱那些新手，外来的大学

---

① 法语：噢，我们互相多合适。
② 法语：把这一切全放下吧。

生，准尉，年轻的小官吏们。

她对他们温顺体贴，供养他们，给他们吃好东西，刺激他们的自尊心。他们拼命吃喝，抽烟，然后离去。而她便放出话去，说某某为她而"痛苦不堪"。

"Pauvre garçon[①]！"她怜悯道。

如今一个外地青年、从学校的板凳直接来度假的 Michel·拉明就是她的座上客。他身子挺直，制服簇新，扣子总是扣上，满脸通红，回答问题用沙哑胆怯的嗓音说**是**，或是**不**。

他的双手那么大，十指又长又红，除了麂皮手套，什么手套也戴不了。武备中学学生的食欲和贵族学校学生的羞怯令他苦恼。

波林娜·卡尔波夫娜开始时也曾用糖果款待他，但他一下子便吃掉了三俄镑。眼下他陪着女主人，带着披肩、斗篷、扇子到处转。

"Je veux former le jeune homme, ce pauvre enfant[②]！"她就这样正式解释自己同他的关系。

"您今天打算做什么？我在您这儿吃饭：ce projet vous souritil？[③]"她对赖斯基说。

祖母心里一紧，但她没有表现出来，甚至还显得很高兴。

"欢迎。玛尔芬卡，玛尔芬卡！"

玛尔芬卡进来。克里茨卡娅高兴地同她问好，年轻人又满脸通红。玛尔芬卡瞥一眼波林娜·卡尔波夫娜那身打扮，想笑，但忍住了。而见到那位随从，她脸上的笑容便绽开了。

"玛尔法·瓦西里耶夫娜！"年轻人突然用男低音说，"您的山羊进菜园子了，我看见的！可别让它钻进果园里！"

"太感谢啦，我马上吩咐把它赶出来。这是马什卡，"玛尔芬卡说，"它在找我，我要给它小面包。"

---

① 法语：可怜的小男孩。
② 法语：我想把这个可怜的孩子调教成为上流社会的年轻人。
③ 法语：您喜欢这个打算吗？

祖母在她耳畔小声说，让她去为不速之客准备午饭，于是玛尔芬卡走了。

"城里大家都在议论您，对您至今没上谁家表示不满，既没去省长和高级僧正那里，也没去过贵族代表家。"克里茨卡娅对赖斯基说。

"我也对他说过！"塔季扬娜·马尔科夫娜说，"可现如今奶奶们的话大伙不再听了。这不好，鲍里斯·帕夫洛维奇。你哪怕去趟尼尔·安德烈伊奇家吧：你得尊敬老人。不然他饶不了你。我已经吩咐把马车冲洗干净……"

"我谁家也不去，奶奶。"赖斯基打着哈欠说。

"上我那里去吗？"克里茨卡娅问。

他望了她一眼，有礼貌地默不作声。

"您别强迫自己：de grâce, faites ce qu'il vous plaira.①现在我了解了您的思维方式，我确信（她在这三个字上加重语气），您是愿意的……只是上流社会……人言可畏……"

他笑了起来。

"哦，是的——是的。我看出来了，我猜到了！噢，我们将会幸福！Enfin②！……"她好像悄声自语，但又让他听得见。

"难道她将经常来折磨我？"赖斯基思忖道，惊骇地望着她，"上哪儿去避开她呢？把她写进长篇小说也不合适：太滑稽可笑！谁也不会相信……"

十三

日子一天天过去，炎热的太阳静静升起，穿过那扩展在伏尔加河

---

① 法语：噢，劳驾，您愿意怎样，就怎样。
② 法语：终于。

及其两岸地区的蔚蓝色天空。中午时分，雪状的朵朵白云缓缓爬过，有时，聚成堆，稍稍发暗成天蓝色，往田野和果园洒落下愉快的雨滴，使空气变得凉爽，并继续往前飘去，给寥廓天地以寂静和温暖的夜晚。

倘若乌云驀地在县城和马林诺夫卡（人们如此称呼赖斯基的小村子）上空停留，并且变成一场持续不断的热带大雷雨的时候，一切都显得羞怯，窘迫，全家如临大敌，采取防御态势。塔季扬娜·马尔科夫娜犹如狂风暴雨中的一位船长。

"熄火，堵烟囱，关窗，锁门！"听见她的命令声，"来啊，瓦西里莎，看看烟囱是否冒烟？哪儿有无穿堂风？玛尔芬卡，离开窗子！"

当狂风摇撼树木使它们往地上倾斜，刮起一股股尘柱在田野上旋转飞扬，当闪电灼烧空气，惊雷似哈哈大笑着在天宇中沉重掠过，祖母不合眼，不解衣，从一个房间到另一间屋子四处巡视，看玛尔芬卡和韦罗奇卡在干什么，为她们也为自己祈祷祝福，直到乌云耗尽全部火焰和噼啪声，变得暗淡并向远处消逝，她才安静下来。

清晨，喜滋滋的太阳重又升起，在挂在叶上的每滴水珠上、每个水洼里闪耀，朝每扇窗扉上探望，叩击窗玻璃，将阳光射进其乐融融的寓所的每道缝隙里。

在马林诺夫卡，生活便如同这些单调的花纹延续着。赖斯基几乎感觉不到他在过日子。

他完成了玛尔芬卡的肖像，修改完娜塔莎的手稿，打算嗣后将它增添进长篇小说中，但这要待到整部长篇在他头脑里酝酿成熟，创作的"目的和必要性"涌现，所有人物形成各自的形态，像活人那般呼之欲出，具有生命的鲜明色彩，并使一切与这"必要性和目的"彼此紧密相连，以至任何人读过长篇小说都将说，它是必需的，在文学上是不可或缺的。

他决心用各种片断来写它，勾勒出令他心醉神迷的人物，描绘出吸引他或令他吃惊的情景，凡是能吸引他的感觉、印象、情感和炽烈的爱情，尤其是炽烈的爱情之处，他都要把自己放进去。

"啊，愿上帝保佑，炽烈的爱情！"受寂寞无聊折磨的他，有时祈祷道。

他在自己的马林诺夫卡已经感到无聊，想离去到别处寻找"生活"，在充满激情的气息下高兴得喘不过气来，或是照样找不到任何同自己的理想相调和的东西，因荒谬而痛苦，为冷漠地对待世上的一切而受煎熬。

这一切经常在他身上重复着，此刻好像仍在重复：对此，他既期待又害怕。但是，这段时间同那些质朴的人们在一起，他身上还没有摆脱对他们的好感。太阳柔和的光芒，祖母慈祥的目光，仆人们殷勤周到的侍候，玛尔芬卡萌生着的温情，特别是后者，暂且都令他心情愉快。

每天早晨，他都愉快地等待着身穿薄麻布短上衣、没戴假领和袖套、目光惺忪、还没完全从睡梦中清醒过来的玛尔芬卡，她踮起脚尖，一只手搭在他肩上，交换一吻，并请他喝茶，盯着他的眼睛，猜想他的愿望，并急忙去将它们完成。然后她戴上宽边草帽，或在他身旁，或挽着他胳臂漫步在田野上、果园里——而这时他的血液流得快了，暂时不再感到寂寞。

他还喜欢与祖母打交道：把自己交给她管教，笑嘻嘻地听着看着她如何教他智慧和秩序，提防恶习与诱惑，竭力把他"茨冈式"的生活观念引向自己可信赖的日常智慧上来。

他也喜欢季特·尼孔内奇这个上世纪的遗迹，此君待人接物始终彬彬有礼，语气温文尔雅，风度优雅谦逊，宽恕人们的一切，从不委屈抱怨，极为爱惜自己宝贵的健康，人人爱他，他也爱大家。

有时，当他情绪极好的时候，就连怪异的波林娜·卡尔波夫娜都会引他开怀大笑。她能把他诱到自己家里吃饭，并且深信"他或是对她有所好感，但掩盖着，或是 sur le point de l'être①，但抗拒着并

---

① 法语：近似于如此。

稍稍有所提防，mais que tôt ou tard cela finira par là et comme elle sera contente, heureuse！ etc.①"

他陶醉于这平静的生活，时而在长篇小说中写下点什么：面容，场景，人物，记下祖母、玛尔芬卡、列昂季和他的妻子、萨韦利和马林娜，然后去眺望一下伏尔加河与它的河水，谛听周遭的寂静无声，注视这些散布在沿河两岸沉睡中的村落，捕捉在这沉默的海洋中某些只有他一人能听到的音响，去演奏它们，歌唱他们，倾听他所创作的旋律并从中得到享受，把它们记录在纸上，藏进皮包里，以便"将来"再进行加工——要知道以后他有的是时间，只是没有事业。

他也去观看那幅由别洛沃多娃描述过的图景，她描述得如此真实，以至按她的说法，使她"晚上都睡不好觉"：农夫那迟钝的沉思，他那粗笨缓慢而又沉重的劳作——他如何拽着皮纤绳拉着内河木驳船，或是隐没在庄稼地的犁沟里，缓慢地蹒跚着，全身大汗淋漓，仿佛木犁和马匹全由他双手扛着——或是那怀孕的农妇，冒着晒坏皮肤的酷热，在黑麦田里挥镰收割。

他画这些晒黑的脸庞、他们的小木屋、器具，捕捉环境和气氛，也就是顺便画些素描，藏进皮包里，直至等到"适当的时候"。

"哦，如果我画出这一自然风光，这些人，我用它将表现什么呢：意义何在，创作的关键何在？"

"就在创作本身！"艺术家的本能说。于是他放下画笔，来到伏尔加河上思考什么是创作，倘若它是创作，并且当它本身是创作时，为何它本身便有了意义。

然后困难在他面前增加：文化修养的渐进性，性格的完全和完整性，它们间的联系，而随后，透过艺术形式又冒出了分析，使他冷静下来……

---

① 法语：但这一切迟早都会结束，到那时她将会多么满足和幸福！等等。

"Une mer à boire.①"他叹息道,将纸放进皮包,叫玛尔芬卡去花园。

他向自己保证,一有合适机会便把问题彻底解释清楚,不是有关玛尔芬卡究竟怎么样,这已十分明显,而是她以后将怎么样,看她听了解释后有何反应,然后再决定对她的态度:是否能继续发展,或是已经走到了自己的赫耳库勒斯石柱跟前?②

而倘若"万一"在她身上被他突然发现了金矿,带有很高品位——这样的意外在女人们身上并不罕见——那么当然,他就将在此筑起自己家的祭坛,并把自己贡献给可爱的人让她发展:她和艺术将是他的偶像。到那时,这些片断、草稿、场景——所有的一切便将被利用。他将集中精力,他的生活将会充实而明确。

但是,对玛尔芬卡的尝试暂时尚无进展,要不是她那么美好,他早已为这种毫无结果的对她的试探工作,而觉得不耐烦了。

不管他如何触及她的智慧、自尊心和心灵的方方面面,他还是未能把她从儿时小姑娘的观念和温馨之家的感情中解脱出来,未能使她摆脱祖母传授的那些陈规旧习和逻辑的束缚。

她还是个小女孩,甚至一次也没有显示出她是个大姑娘。按她健康的身体和所受的普通而几乎无理性的教育,她是决不会答应当"圣女"的。

但是,她毕竟将来是个女人,她将是个什么样的女人呢?她应该成为什么样的女人呢?

他在思想上观察自己,仿佛这是不由自主、自然而然地做的,他事先并不知晓(他心想:这如同大家所做的那样,是必然的,只不过这些人没有发现,或是不承认这一与生俱来的人的特点——有些人,只是好像如此;而另一些人,本来便如此并显得尽可能更好些。一些人,生性渺小庸俗,只是在外表上,也就是说,装得生性深沉严肃、真诚

---

① 法语:任务艰巨。

② 意即走到了尽头。源自希腊神话,直布罗陀海峡两岸上有两座山岩,为赫耳库勒斯建立的两根石柱,表示那里乃是世界的尽头。

坦率，可内心里其实，也就是说，在下功夫改善自我），他在缜密思考，这次相见他将会是个什么角色：是否应该是原本的他？是否应该是他恰恰应该做的人？做她的兄长，做她青春的温情保护人和指导者，还是做她事实上的未来丈夫？

他刚停留在这最后一个角色上，便深深叹了口气，他事先便预见到，或是他，或是她，婚礼前都无法在理性高度上坚持，诗意将消失，或者化为一场小市民喜剧的细雨飘洒！于是他打了个寒战，又打了个哈欠，已经感觉到无聊的征兆。

如此焦躁不安，毫无目的，又令她不安——这很不道德。怎么办：如何与她相处？

只当她的兄长是不可能的，应该回避：她太可爱，太亲热，太温柔，她的轻触令人融化，激动，精神振作。他只是她第三代的表哥，也就是说不是亲哥，同这样的妹妹亲近太危险……

同时他已陶醉于她爱抚的愉悦中，而他所回报的爱抚也并非兄长的爱抚，而是更充满温情，某个情欲的蛇妖已经潜入亲吻之中……

"尝试一下，"他心想，"一次谈话，我就将是她丈夫，或是……迪奥根涅斯①打着灯笼寻找'人'，而我却寻找女人：这就是我寻找的关键！倘若我在她身上找不到，便会害怕再也找不到，我自然不会熄灭灯笼，而去继续寻找……可是天哪！我在哪儿结束我那漫漫远行呢？"

他打了个哈欠。

"我离开此地，去写长篇小说：写萎靡不振的梦景，写萎靡不振的生活图景……"

他又打了个更厉害的哈欠。

"玛尔芬卡，你说，"有一天黄昏，他与她一起坐在金合欢下面的草土墩上，"你在这里不寂寞，不厌烦吗：奶奶，季特·尼孔内奇，果园，

---

① 迪奥根涅斯·拉埃梯乌斯（约公元前404—前323），古希腊哲学家。

花卉，歌曲，有快乐结局的图书？……"

"不，"她说，对这些问题感到吃惊，"我还需要什么？"

"有时候你不觉得这很……单调，鄙俗，无聊吗？"

"鄙俗，无聊！"她若有所思地重复道，"不！难道这里很无聊？"

"玛尔芬卡，花卉，歌曲，这全是孩子气的事情，可你已经是个大姑娘。"他朝她双肩和胸部迅速瞥了一眼，"难道你从来没想过别的什么正经事？难道你再没有什么更多的事情要做？"

她垂下双眸，沉思起来。使她感到有些难为情和不自在的，是人家还把她看作孩子。

"要知道我早已不是孩子：我做条连衣裙要十四俄尺，跟奶奶的一样——不，还要多，奶奶不穿宽摆裙子，"这时她来得及心想，"但是天哪！我头脑里尽瞎想些什么？我将对他说些什么？但愿韦罗奇卡快些回来帮我……"

她不知该怎么做才不致是个孩子，才能让大伙把她看作大人，尊敬她，怕她。她不安地环顾四周，手指使劲撕扯着围裙边，望着自己的双脚。

许多事情在她脑海里掠过，冒出各种想法，出现各种问题，但是那么模糊，那么苍白，使她来不及细听，它们便消失了，因而也无法说出口。

"听着，哥，"她回答道，"您别因为我喜欢鸟儿花儿，便以为我是个孩子：我也做事情的。奶奶常常叫我记收支账。我知道种了多少黑麦、燕麦，什么时候成熟，什么时候把粮食送走，往哪儿送。我知道农夫盖间木屋，得多少木材……"她大着胆子望他一眼。"我会照看地里的活儿，可奶奶不让。还有什么？"她补充道，聚精会神地盯着他，看他目中是否有些许变化。

"是啊，这一切当然很好，将来你也可以成为奶奶这样的人物。难道你想成为这样的人？"

"啊，上帝保佑：我哪行啊！"

"那你不想成为另一种人?"

"为什么?要是我成为另一种人,就不会待在这里了……"

"是这样,说得在理,玛尔芬卡:为何待在这里呢!你听说过莫斯科、彼得堡、巴黎、伦敦吗,难道你不想到处转转?"

"我去干吗?"

"什么干吗!你看书,书上说别的妇女是怎么生活的:哪怕埃杰沃尔特小姐家的这个叶连娜。难道没吸引你,你不想体验一下这样的另一种生活?……"

她若有所思地慢慢摇摇头。

"不,"她说,"不了解的东西便不想。瞧,韦罗奇卡,总是落落寡合,像石头人似的坐着,在这里像个外人!她倒是该到什么地方去走走,她不是这里的人。而我,嗨,我在这里多好:在田野里,有鲜花鸟儿相伴,呼吸有多轻松!熟人们相聚时有多快乐!……不,不,我是这里的人,我整个儿就来自这沙土、这草木!我哪儿也不想去。我一个人在彼得堡、在国外干什么?我会忧郁而死的……"

"你不会是一个人。"

"同谁在一起?奶奶从不离开村子。"

"你何必要同奶奶?同我在一起……同丈夫在一起。你会同我一起走吗?"

她否定地摇摇头。

"因为什么?"

"我怕您同我在一起会寂寞……"

"你对我会习惯的。"

"不,我不会习惯的……瞧您在这里已经两星期……可我还是怕您。"

"怕什么?我好像就是个普通人嘛:与你在一起坐坐,散散步,画画儿……"

"不,您不是普通人。有时在您眼睛中有这样一种东西……不,我对您不习惯……"

"可是你要知道,永远同奶奶在一起,寸步不离,是很烦闷的……"

"可是我自己无法想象,没有她我将干什么?"

她不安地朝两旁望了望,又因没有什么可回答的而惊惶。

"哎,我的天哪!他会把我当成小傻瓜的……我该对他说些什么……才最有头脑?上帝啊,帮帮我!"她暗自祈祷道。

但她头脑里什么"聪明话"亦没有出现,苦恼得直绞自己手指。

"你内心没有因什么而苦恼吗?你心里什么也不想吗?……"他紧追不休。

她深深叹了口气。

"奶奶盼咐晚饭要做好——这就是我心里想的;可我如何对他说这个呀!……"她心想。

"怎么没有?我是成年人,不是小女孩!"她沉默一下,带着忧伤的自大神气说。

"啊!还是有罪过:那就谢天谢地!可我已经对你绝望了呢!快说说,说说,是什么?"

他靠近她,握住她的手。

"是什么!"她沉思地重复道,没有把手挪开,"是良心?"

"良心!啊哟!这罪过可大了!"

他笑了起来,然后突然想到,在这天真幼稚的话后面别是隐藏着什么大事,她那么恭顺谦逊别是假装的?

"你的良心里会有什么呢?相信我,让我们一起来搞清楚。让我来效点劳,是否会对你有用?"

"我心里想的,人人都有……"

"比如说?"

"请您听听瓦西里神甫有关该如何生活和行事的布道!可我们是如何生活的:是否做到了哪怕他叮嘱的一半?"她庄重道,"哪怕这样生活上一天也好……而且连这也做不到!摈弃自我,做众人的仆人,把一切献给穷人，爱众人胜过爱自己，甚至爱那些得罪过我们的人，别生气，爱劳动，别过分考虑衣着和琐事，别说空话……很多，很多！都记不过来！我想起来就慌神：多极了。要做到这些，一辈子也不够！您瞧奶奶：世上有比她更聪明、更慈祥的人吗！可就连她……也有罪过……"玛尔芬卡悄声道，"没来由地发火，对安娜·彼得罗夫娜·托克耶娃不能容让，甚至过复活节时也不同她亲吻！波林娜·卡尔波夫娜她也不喜欢。经常对下人们发怒；并非总是宽恕他们；当农妇们哭穷时，她认为她们是在装假……太看重钱……"玛尔芬卡更小声说，"做错了什么事情，她从不承认；高傲的奶奶！在这里她比谁都优秀：我同韦罗奇卡算什么！该成为什么样的人，才……"

"像你这样的就成。"赖斯基说。

"不……"她沉思地摇摇头，"有许多东西我不明白，因此我不知道有时该怎么做。您瞧韦罗奇卡知道，倘若她不做，那是她不想做，而我却不会……"

"因此你常为此而苦恼？"

"不是：有时有人说起这一点，奶奶便责骂……我就哭，等事情过去，我又变得高高兴兴的，而且瓦西里神甫所说的一切，不关我的事！瞧，这多不好！"

"你就没有别的烦恼了吗，幸运儿？"

"好像不少！这您难道从没考虑过？"她惊讶道。

"没有，亲爱的：要知道我并没有听说过瓦西里神甫。"

"那您是怎样生活的：要知道您心中不也该有些什么吗？"

"瞧，眼下我心中有的就是你！"

"我！奶奶会关心我的，只要她活着……"

"那她去世怎么办？"

"奶奶？千万别！"她画个十字，急忙补充道。

"这是必然要发生的……"

"上帝保佑您：这是什么想法，您何苦说这种话！……"

她竭力不听他的。

"难道你以为她将永远活下去？……"

"别再说了，求求您：我不想听！"

"好吧，那万一呢？"

"到那时，我和韦罗奇卡也会死的，因为没有奶奶……"

她沉重地叹了口气。

"正因为如此就该想到，不能靠鸟儿花儿和所有这些小玩意儿过一辈子。需要有别的兴趣、别的关系和心上人……"

"我该怎么办？"她几乎绝望道。

"该爱一个人，一个男人……"他沉默一会儿说，把嘴唇贴到她前额上。

"嫁人？是的，您对我说过，奶奶也经常有所暗示，但是……"

"但是……什么？"

"哪儿能找到他呢？"她羞怯道。

"难道你谁也不喜欢？没在年轻人中间发现……"

"这里的年轻人实在是好样的！你瞧，博奇科夫有三个儿子：一些男人们夜里全聚到他们家，同他们一样又喝酒又打牌。大清早全都两眼通红。切切宁的儿子来度假，从一开始便声称要找个有十万陪嫁的，而自己却比莫季卡还不如，小个子，罗圈腿，没完没了地抽烟！不，不……就尼古拉·安德烈伊奇还像个样儿，性格开朗，心地善良，就是……"

"就是什么？"

"太年轻：才二十三岁！"

"什么人？"

"维肯季耶夫：他们的庄园在伏尔加河那边，离这儿不远。他们的村子叫科尔钦诺，只有一百个农奴。他们在喀山还有三百个农奴。他的母亲叫我和韦罗奇卡去做客，但奶奶不让单独去。有一回我们只去过一天……她只有尼古拉·安德烈伊奇一个儿子，再没有生过孩子。

他曾在喀山念书，上大学，眼下根据特别任命在省长那里服务。"

她说这些话生气勃勃，语速很快，一脸高兴。

"啊！你喜欢的原来是他：维肯季耶夫！"他说，握紧她的手往自己腰部拉，他正襟危坐，欣赏玛尔芬卡如何无忧无虑地接受和回报他的爱抚，几乎毫无觉察，好像什么感觉也没有。

"兴许一丝感情的闪现，一次热情的握手，将会把她从童年的梦幻中突然唤醒，使她睁开双眸，于是她蓦地进入生命的另一个时期……"

可是她像只小鸟似的无忧无虑、叽叽喳喳地说着话。

"得了吧：维肯季耶夫！"她若有所思道，好像自己问自己，她是否喜欢他。

"现在天黑了，不然你准是脸红了！"赖斯基望着她的脸，握着她手逗引她。

"根本没有！我干吗脸红啊？瞧，有两星期根本没见到他，我也不需要……"

"你说，你喜欢他吗？"

她缄默无言。

"怎么：我猜对了？"

"得了吧！我只是说，他在这里比所有人都强：大伙儿全这么说……省长很喜欢他，从不派他去侦讯，说是：'干吗让他在那里弄脏，去审理杀人和偷盗——使德行变坏！就让他待在我身边吧！'他现在在省长手下，当他不在我们这里时，他就在那里吃饭，跳舞，玩牌……"

"总之，他在当差！"赖斯基说。

"他已经有了枚小十字勋章！那么小！"玛尔芬卡高兴地补充道。

"他常在这儿吗？"

"很经常：瞧，眼下不知为何不露面了。是否到科尔钦诺看 maman 去了？该骂他一顿，不说一声就走了。奶奶会说他的：他怕奶奶……

他在这里时,不老老实实待着,跑啊,唱啊。嗨,他有多淘气!而且他有多能吃!前不久,他吃了好大一煎锅蘑菇!喝茶的时候吃了多少白面包!不管给什么,全吃光。奶奶非常喜爱他这一点。我同样喜……"

"你爱他?"赖斯基弯下身子,盯着她双眸问道。

"不,不!"她直摇头,"不,我不爱,只是他……招人喜欢!在这里比谁都强:表现很好,不上小饭馆,不玩台球,什么酒都不沾……"

"招人喜欢!"赖斯基抚平她的鬓发,重复道,"你也招人喜欢!多可惜,我老了,玛尔芬卡;若是我爱上你该多好!"他把她稍稍拉向自己,轻声补充道。

"您老什么呀:还不老!"她宽厚道,任由他爱抚,"瞧,您只是有几根白胡子罢了,不然的话您有时是很帅的……当您笑或兴趣盎然说些什么的时候。可是当您郁郁不乐或是用一种特别的眼神看人的时候……那时您像是有八十岁……"

"果真你不觉得我又老又可怕吗?"

"完全不觉得。"

"你乐意……吻我吗?"

"很乐意。"

"那就吻吧。"

她稍稍欠起身子,膝盖靠着他的腿,响亮地亲了他一下便想坐下,但他抓住了她。

她试图挣脱开,这样站着别扭,最后她坐了下来,挣得满脸通红,并动手把滑落的一条辫子盘好。

他相反,满脸煞白地坐着,头往后仰,后脑勺靠在树上,双眼紧闭,几乎无意识地紧握着她的手。

她想欠欠身子坐得舒服些,但他紧紧抓住她,使她只得用一只手扶着他肩膀。

"松开手,您太吃力,"她说,"要知道我胖,您瞧这手——您摸呀!"

"不，不吃力……"他轻声道，重又把她脑袋贴在自己脸上，就这样一动不动地待着。

"你这样觉得好吗？"

"好，只是觉得热，我脸颊和耳朵都发烫，您看：我想都红了吧！我血液多：您用手指按一下手，马上会出现个白印，然后消失。"

他不作声，始终闭着眼睛坐着。而她继续说着头脑里想到的一切，朝四周张望，脚尖在沙土上划着。

"把大胡子剃了吧！"她说，"这样您会更帅气。留大胡子——这种荒诞的时髦谁想出来的？仿效农夫们！难道在彼得堡人们都留着大胡子走来走去？"

他机械地点点头。

"您会剃掉的，是吗？不然尼尔·安德烈伊奇看见了会生气的。如今他不能见到大胡子：说是只有革命党人才蓄它。"

"你所想的我都会去做，"他温柔道，"只是为何你爱维肯季耶夫？"

"又来了！您就是这样：您谈起来的，可现在却想出什么我爱他。我会爱他！他连想都不敢想！爱他——这怎么可能！奶奶又会说什么？"她补充道，漫不经心地抚弄着赖斯基的胡子，并未料想到她的手指像蛇似的在他神经上慢慢爬过，激起他身上的慌乱，燃起血液中的烈焰，欲火几乎使他理智模糊。手指的每个动作都令他陶醉。

"爱我，玛尔芬卡：我的朋友，妹妹！……"他紧紧搂住她的纤腰，喃喃道。

"哦，疼，哥，您松手，真的，我喘不上气来！"她说，不由自主地倒在他怀里。

他又把她脸颊贴紧自己的面庞，悄声说：

"你觉得好吗？"

"腿不舒服。"

他放开她，她伸伸腿，在他身边坐下。

"你为何喜爱花鸟、小猫？"

"那我去喜爱谁呢？"

"我，喜爱我！"

"要知道我是喜爱你的。"

"不是这种喜爱，是另一种！"他说，把她的手放在肩上。

"您瞧一颗星星，又一颗星星，第三颗星星：那么多！"玛尔芬卡望着天空说，"难道这是真的，那里，在星星上也有人居住？也许是同我们不一样的人……啊，闪电！不，这是伏尔加河对岸的反光在闪耀；我怕大雷雨……韦罗奇卡会打开窗户坐着看雷雨，而我总是躲在床上，放下帷幔，如果闪电很亮，我就拿大枕头放在头上，堵住耳朵，什么也不看，不听……您瞧一颗星星飞逝而去！快吃晚饭了！"她沉默一下补充道，"要是您不在，我们早就吃过晚饭了，而在十一点钟睡觉；没有客人时，我们睡得早。"

他不作声，把脸颊靠在她肩上。

"您睡着了？"她问。

他否定地摇摇头。

"那您是在打瞌睡：您瞧眼睛都闭上了。我也是，一躺下立刻就睡着，有时甚至连袜子都来不及脱，便躺倒。韦罗奇卡很久也不睡：奶奶责骂她，叫她夜猫子。在彼得堡大家睡得早吗？"

他默不作声。

"哥！"

他还是缄默无言。

"您怎么不吭声？"

他稍稍动弹一下，又变成了哑巴，向往着永久幸福的可能性，把这幸福握在手中不愿放跑。

她打了个哈欠，打得流出了眼泪。

"天真热！"她说，"有时我求奶奶想在小亭子里睡，她不让。甚至在房间里她也吩咐关上小窗。"

他不说话。

"总是不吭声：叫人如何习惯于他？"她心想，又无忧无虑地把头靠向他的脑袋，疲惫的目光漫不经心地掠过天空，掠过在枝丫间闪烁的星星，望着黑压压的森林，聆听树叶的喧哗，思索着，因无所事事而观察着赖斯基的左侧身子如何在她手臂下微微跳动。

"多怪！"她思忖，"为何他的身子这样跳动？而我的呢？"她把手放在自己腰部，"不，不跳！"

接着她想欠起身子，但感到他搂得很紧。她开始不好意思。

"松松手，哥！"她好像害羞似的悄声道，"该回家了！"

他始终舍不得放开她，好像要跟她永别似的。

"我疼，松松手……"玛尔芬卡说，愈来愈感到烦闷，徒劳地想挣脱开，"哎哟，多不舒服！"

终于她弯腰从他手下钻了出来。

他沉重地叹口气。

"您怎么啦？"她那孩童般平静的嗓音在他头上响起。

他瞥一眼她和自己四周，又叹息一声，仿佛醒了过来。

"您怎么啦？"她重复道，"您真怪！"

他突然清醒过来，惊讶地望一眼玛尔芬卡，奇怪她怎么在此，又环顾四周，急忙从长凳上站起身，发出绝望的一声："唉！"

她把一只手放在他肩上，另一只手理着他散乱的头发，想重新坐到他身旁。

"别，我们从这儿走吧，玛尔芬卡！"他推开她，激动道。

"您真怪：不像您本人！头不疼吧？"

她用手触摸一下他额头。

"别靠近我，别爱抚我！亲爱的妹妹！"他边说边吻她的手。

"您那么亲热，怎么能不爱抚呢！您那么善良，那么爱我们。赠给房子、花园，可我干吗要像木头人似的！……"

"你就成个木头人吧！永远别像今天这样回报我的爱抚……"

"为什么？"

"就这样：我有时常会发作疾病……因此得离开我。"

"不要给您喝点什么？奶奶那里有霍夫曼氏滴剂。我跑回去取：您想喝吗？"

"不，不必。但是看上帝面上，倘若什么时候我过分亲热，或是别人，譬如这位维肯季耶夫，也这样的话……"

"他敢！"玛尔芬卡惊讶道，"我们玩捉迷藏时，他都不敢抓我手，而总是抓袖子！您都想哪儿啦：维肯季耶夫！我会允许他！"

"无论他，还是我，世上谁也不给……记住这一点，玛尔芬卡：爱你喜欢的人，但要将此深藏自己心间，别放任自己和他，直至……奶奶和瓦西里神甫许可。记住他的布道……"

她默默听着，沉思地在他身旁走着，为他的突然发病觉得奇怪，记起一小时前他说的另一番话，不明白他在想什么。

"瞧您，您刚才还说……什么……"她开始道。

"我错了：我刚才所言并非指你。是的，玛尔芬卡，你是对的：想要得不到的东西，想要过上书本上所描写的那些小姐们的生活，都是一种罪过。千万不要改变你，成为另一种人！爱花鸟吧，做家务事吧，在书籍和自己的生活中去寻找快乐吧……"

"爱鸟儿……这不蠢吗，您不会笑话吗，您这是说的真话吗？"她怯生生地问。

"不，不，你是珍珠，是纯洁的安琪儿……你光明，纯洁无瑕，晶莹清澈……"

"晶莹清澈？"她笑道，"一眼看透！"

"你……你……"

狂喜之下他不知怎么称赞她。

"你全身就是一道灿烂的阳光！"他说，"谁想往你心灵中抛掷欺诈的种子，便让他受诅咒吧！再见！永远别再靠近我，倘若我走近你，你就离开！"

他朝悬崖走去。

"您去哪儿？我们回去吃晚饭吧！快要就寝啦……"

"我既不想吃晚饭，也不想睡觉。"

"您又不吃饭走掉，您看着办吧，奶奶……"

她话没说完，赖斯基已经从悬崖上纵身，消失在灌木丛中。

"天哪！"他想，内心颤抖着，"半小时前我还正直、纯洁、高傲；半小时后这个圣洁的男孩就会变成可怜虫，'正直高傲'的人会变成最大的恶棍！高傲的灵魂会让位于万能的肉体；血液和神经将会把哲学、道德和修养嘲笑！但是精神坚持住了，血液和神经并没有获胜；人格和信誉获救了……"

"靠什么？"他俯身在车辙上方问自己，"首先……是靠我意志的力量，靠意识到不像话……"他挺起身子开始说，"不，不，应该是现在才意识到——这发生在一切之后，而首先靠的是什么呢？是保护天使在暗中保护我免遭危险？是奶奶的命运之神在保护她？或是……什么？"无论如何，多亏这谜一般的"或是"，使他得以保持名声，依然是个正派人。这个"或是"是否隐匿在她那神圣而羞怯的无忧无愁中，隐匿在对瓦西里神甫布道的顺从中，或是，最终隐匿在淑静的脾性中——所有这一切都在她身上，而不是在他身上……

"哦，多糟糕！多糟糕！"他反复道，跨过车辙，穿过伏尔加河沿岸沙地上的灌木丛。

玛尔芬卡久久望着他的背影，随后静静地、若有所思地回家去，机械地摘下灌木上的树叶，不时抚摸着自己的脸颊和耳朵。

"多滚烫啊，我想全红了！"她喃喃道，"他为何吩咐我别走近他，要知道他又不是外人？而他自己却那么亲热……瞧，脸颊烧得慌！"

她把手时而贴在一边，时而贴在另一边脸颊上。

祖母开始叨叨赖斯基不吃晚饭离开。她们俩和季特·尼孔内奇默默吃完饭便散了。

通常把一切都告诉祖母的玛尔芬卡犹豫起来，是否向她讲，或是不提表哥永远不让她亲热这件事，最后她什么也没说便去睡了。她不止一次打算讲,但不知从何开始。关于"哥哥"的突然发病,她同样什么也没说,早早就躺下了,但无法很快入睡:脸颊和双耳还是滚烫。

最终,在床上毫无睡意地白白躺了一小时,她起来了,用腌过黄瓜的盐汤擦了擦脸,平常脸晒黑时她就是这么做的,然后画了十字,这才入睡。

十四

赖斯基从低岸上山,来到科兹洛夫家门前。间窗里亮着灯,他走到篱笆门前,突然发现有个人翻过篱笆,从小巷进到小花园。

赖斯基在篱笆的阴影中等候,直至此人完全跳过去。他犹豫不决,不知怎么办才好,因为他搞不清这是窃贼还是乌里扬娜·安德烈耶夫娜的追求者——那个 mr 查理,同时也是怕引起惊慌。

但他以为有必要跟踪陌生人:为此他效法此人样子,悄悄地爬过篱笆。

此人蹑手蹑脚地走近窗户,赖斯基跟着他,停在几步外。陌生人在列昂季窗前微微欠起身子,突然竭尽全力敲打窗玻璃。

"这不是窃贼……这,应该是马克!"赖斯基心想,而且没错。

"哲学家!开窗!你听见吗,普拉东?"那声音说,"快打开!"

"从台阶上绕过来!"窗子里边响起科兹洛夫低沉的嗓音。

"我哪能上台阶,把狗弄醒吗?快打开!"

"哎,等等;真是的,什么人哪!"列昂季说,把窗户打开。

马克爬进屋子。

"跟着你爬过来的还有谁?你把谁领来了?"科兹洛夫从窗边躲开,惊恐地问。

"我谁也没领——你有什么幻觉吧……嗨,是有人爬了过来……"赖斯基这时跳进了屋子。

"鲍里斯，是你？"列昂季惊讶道，"你们怎么会聚一起的？"

马克匆匆瞥一眼赖斯基，便转向列昂季。

"快给我另一条裤子，有葡萄酒吗？"他说。

"这怎么回事，你从哪儿来？"列昂季惊讶道，这时才发现马克的下半身几乎全沾着泥，靴子和裤子全湿透了。

"嗨，快点儿，什么也别说！"马克不耐烦道。

"葡萄酒没了；查理在我们这里吃饭，全喝了，伏特加，我想，会有的……"

"咳，你的衣服放在哪儿？"

"妻子睡了，我不知道放哪儿：得问阿夫多季娅……"

"废物！我自己找。"

他拿起蜡烛，躲进另一间屋。

"瞧，什么人哪！"列昂季对赖斯基说。十分钟过后马克拿了条裤子回来。

"您这是在哪儿弄得这么湿？"列昂季问。

"我乘渔船过伏尔加河，在一个小岛旁，那个傻瓜渔夫因为看不清陷在水藻里了：只好下水把小船拽出来。"

他没注意赖斯基，换过裤子便坐在大安乐椅上，曲起双腿，因此膝盖与脸一般平。他把大胡子搭在膝盖上。

赖斯基默然望着他。马克二十七岁，身体结实，像是钢铁铸的，而且身材匀称。他并非淡黄发男子，而是脸色苍白，头发浅褐色，浓密的长发披在耳朵和后脑勺上，露出凸起的大脑门。唇髭和大胡子稀疏，比头上的发色淡。

坦率而又仿佛很粗鲁的脸庞朝前突起。脸庞的线条并不十分端正，但相当粗犷，比起胖脸，这张脸庞算是瘦削的。不时在脸上闪过的笑容，不知是显出懊丧，还是嘲笑，但绝非快乐。

他的双臂很长，手很大，匀称有力。一对灰眼睛，那目光或是大胆、挑衅性的，或大多冷淡、对一切都漫不经心的。

他蜷成一团坐着,一动不动:双腿双手全不颤动,像是呆住了,双眼看一切都很平静或冷冰冰的。

但在这呆板底下隐藏着机警、灵敏和不安,这样的神态有时在躺着的、看上去平静而又漠然的狗身上便能见到。前爪搭在一起,萎靡不振的脑袋安静地靠在前爪上,脊背弯曲成一个笨重而又懒洋洋的环形:完全入睡了,只是一只眼睑始终颤动着,眼睑下微微露出一只乌黑的眼睛。而附近有谁动弹,有风儿吹过,门砰的作响,出现个陌生脸庞——这些无忧无虑、零散的肢体一瞬间便会收紧,整个身子充满激情和活力,吠叫着跃起……

他眯缝着眼睛坐了一会儿,突然睁开双眸,朝向赖斯基。

"您也许,从彼得堡带来了上等雪茄:给我一支。"他不拘礼节道。

赖斯基递给他雪茄烟盒。

"列昂季!你还没有给我们相互介绍呢!"赖斯基责怪他。

"还介绍什么:你们俩走一条道来的,都知道谁是谁!"列昂季答道。

"你怎么说出这样聪明的话来,还是学者哪!"马克说。

"这位便是那个……马克……我给你写信……提过的:你记得……"科兹洛夫开始道。

"打住!我来自我介绍!"马克说,从安乐椅上跃下,以一副彬彬有礼的姿势站着,在赖斯基面前并足致礼,"鄙人有幸做自我介绍:马克·沃洛霍夫,十五品官[①],在警察监督下的一名小官吏,本城一个失去自由的公民!"

接着他咬去雪茄烟头,点上烟抽起来,又回到安乐椅上缩成一团。

"您在此干什么?"赖斯基问。

"我想,同您干的一样……"

"难道您……喜爱艺术:也许,是个艺术家?"

[①] 这是马克·沃洛霍夫的玩笑话,在官阶表上一共只有十四品。

"而您……是艺术家？"

"那还用说！"列昂季插嘴道，"我对你说过：他是画家、音乐家……眼下正在写长篇小说：瞧，老兄，正好将你也放那儿去烤烤。你怎么样，还差得远吗？"他对赖斯基说。

赖斯基对他做了个别作声的手势。

"是的，我是个艺术家，"马克回答赖斯基的问题，"只不过是另类。我这样的艺术家，商人们称作'画家'。我想，您奶奶对您说过我的作品吧！"

"她不能听有关您的事。"

"嗨，您瞧！我只是翻过栅栏在她那里总共摘了几百个苹果！"

"苹果是我的：我允许您，想摘多少都……"

"谢谢，不必；我习惯于生活中做任何事都不经允许，同样我将擅自摘苹果：这样更甜！"

"我很想见到您：我曾经从各方面听人谈起您……"赖斯基说。

"他们都对您讲了些什么？"

"好话很少……"

"他们可能对您说我是个土匪、恶棍，本地的祸害！"

"差不多……"

"听到这些评语后，您为何还那么迫切地想见我？您也该加入这个大合唱：我还撕了您的书。我想，就是他讲的吧……"

"是啊，是啊。瞧他在场：我很高兴他自己说了出来！"列昂季插嘴道，"这样一开始就该给你介绍……"

"那些书您想怎么办请便，我允许！"赖斯基说。

"又来了！谁求您允许啦？眼下我不打算拿书和撕书：列昂季，你可以睡安稳觉了。"

"要知道他本质上是个心肠很好的人！"列昂季说马克，"你有点不舒服，他保姆似的便来了，跑药房去买药……他什么不懂？全知道！就是什么也不做，也不让任何人安宁：十足的一个顽童……"

"全是瞎扯，科兹洛夫！"马克打断道。

"其实，并非人人都骂您，"赖斯基插嘴道，"瓦图京的反应，或者，至少他是竭力对你作出好的评价。"

"真的！这位甜言蜜语的侯爵！好像我曾给他留过什么纪念品：晚上不止一次把他卧室的窗子打开，将他吵醒。要知道，他总是病怏怏的，可自从他四十年前来到这里，谁也不记得他生过病。我向他借钱从来不还。他还能怎样？夸奖我！"

"瞧你是个什么样的艺术家！"赖斯基高兴道。

"可您什么样？现在您说说！"马克邀请道。

"我……马马虎虎，一个蹩脚艺术家：我爱美并崇拜美；我爱艺术，爱画画、弹琴……想写一部大作，一部长篇小说……"

"是的，是的，我看出来：你是个同我们一样的艺术家……"

"一样？"

"要知道我们全都是艺术家：一帮人雕塑，画画，叮叮当当乱弹钢琴和写作——如同您和类似您的一些人。另一帮人上午去厅里，上衙门；第三帮人坐在自己铺子里，并且下下跳棋；第四帮人靠地产过日子，并且玩玩别的把戏——到处是艺术！"

"您没有兴致加入哪一帮？"赖斯基笑着问。

"试过，可是不会。而您为何来此？"他也问道。

"自己也不清楚，"赖斯基说，"我反正去哪儿都一样……偶然得到祖母来信，她让我来这里，我就来了。"

马克想着自己的心事，不再过多理会赖斯基，而赖斯基则相反，盯着他，研究他的脸部表情，注意他的举动，努力求助于想象力，通常这能使他从这个新人身上画出一张又一张肖像。

"谢天谢地！"他想，"看来并非我一人那么闲着无事，没有明确目标，拿不定主意。瞧，我们有某种相似之处：徘徊游荡，不顺从命运，无所事事（虽说我也画画并想写部长篇小说），从他脸上可以看出，他对任何事任何人都不满意……他这是怎么回事？同我一样是不协调的牺牲品？永远处在斗争之中，处在两股火焰之中？一方面，想象力迷惑他，把一切：人与自然、整个生命、各种现象、所有事物看作理想；而另一方面，冷静的分析又破坏一切，不让忘乎所以，不让有所寄托：由此而产生永远的不满、冷漠……他不知是这种，还是另一种？……"

他瞥一眼打着盹的马克，列昂季也困得睁不开眼睛。

"该回家了。"赖斯基说，"再见，列昂季！"

"我把他安置在哪儿？"科兹洛夫指着马克问。

"把他留在这里。"

"是啊，把山羊留在菜园里！那藏书呢？如果有可能把他连安乐椅一起搬走，移到一间黑屋子里，把门锁上！"科兹洛夫设想道，但立刻将此否定。"你以后也不会同他算账了！"他说，"并且，你瞧，他半夜醒来，连屋顶都会拆掉的！"

听到最后那句话，马克突然笑了起来，并且霍地站起来。

"我与您一起走。"他对赖斯基说，戴上制帽，一眨眼便从窗口跃出，但他在吹灭列昂季手中的蜡烛前，还说了句："你该睡了：别整宿坐着。瞧你脸色又黄了，双眼都深陷下去！"

赖斯基紧跟着仿效他，虽说不那么灵巧，双双顺着原路，穿过小花园，爬过篱笆，来到街上。

"听着，"马克说，"我想吃东西：列昂季那里什么也没有。您能否帮我围攻一家小饭馆？"

"好吧，不过这不必围攻也能办到……"

"不，现在晚了，这样他们不会让进的——尤其是当他们知道我在这里时：必须通过战斗拿下。我们得高喊：'着火了！'他们一开门，我们便进去。"

"然后又被轰出来。"

"不，这已经无济于事：不让我进还有可能，而当我进去了，那就撵不走了！"

"围攻!深更半夜吵吵闹闹——这怎么行?"赖斯基说。

"啊!你怕警察:省长会怎么做,尼尔·安德烈伊奇会说些什么,交往密切的人们和女士们如何接受?"马克笑道,"喏,再会,想吃东西就得独自去冲击……"

"您等等,我另有个想法,比这更有趣。我奶奶——我对您说过,她不能听到您的名字,不久前还打赌说,无论如何并且永远不会款待您……"

"那又如何?"

"我们去她那里吃晚饭,顺便就在我屋里过夜!我不清楚她会做什么说什么,我只知道这很好笑。"

"想法不错:我们走。只不过您是否肯定我们在她那里能搞到吃的?我饿得够呛。"

"在塔季扬娜·马尔科夫娜家里我们会搞不到吃的?大概可以喂饱一连士兵。"

他们默默上路。马克边走边抽雪茄,把鼻子扎入大胡子里面,望着脚,啐口唾沫。

他们来到马林诺夫卡,继续默默地在栅栏旁行走,在黑暗中几乎摸索着经过大门,走到用树枝编的篱笆跟前,想翻过它进到菜园里。

"您瞧那边稍远些:从果园或是从悬崖上过来更好些。"马克说,"那边有树,发现不了。而这里看来会把狗惊动的,而且还绕远了!我总是走那边的……"

"您到过……这里,进过果园?干什么?"

"我去摘苹果!您瞧去年我就在那边摘的,从靠近老房子的田野上。今年八月我希望,倘若……您允许……"

"很高兴:只是可别让塔季扬娜·马尔科夫娜抓住!"

"不会,她抓不住的。瞧,我们是否要逮住某个人?您看啊,有个人像我们那样翻过篱笆了!嗳,嗳,站住,你别躲。是谁在那里?站住!赖斯基,快过来帮忙!"

他朝前扑了十来步,抓住了一个人。

"您的眼睛真像猫:我什么也没看见!"赖斯基说,急忙朝声音跑去。

马克已经抓住某个人——此人在他手里挣扎,最终倒在地上,紧靠着篱笆。

"您去抓,逮住那边那个:还有一个想翻过篱笆钻到菜园里!"马克又叫喊起来。

赖斯基又发现一个身影,已翻过篱笆,并伸直双腿想跳进菜园。他紧紧抓住她的双手。

"谁在那里?你是谁?为什么?说话!"他问。

"老爷!松手,别毁了我!"一个女人的声音小声哀求道。

"是你,马林娜!"赖斯基从声音中得知,便说,"你干吗在这里?"

"小声些,老爷,别叫我名字:萨韦利知道了,会痛揍我的!"

"唔,走吧,快走……不,等等!凑巧碰上了:你能不能往我屋里送点什么晚饭?"

"什么都行,老爷:只是别毁了我,求求您!"

"别怕,我不会毁你的!厨房里有些什么?"

"什么都有:怎么会没呢!完整的一桌晚饭!您不在谁也不想吃,吃得很少。有冻鲟鱼肉,火鸡,我全藏入冰窖里……"

"那就拿来。有葡萄酒吗?"

"餐柜里还剩一瓶,果子露酒在玛尔法·瓦西里耶夫娜房间里……"

"怎么拿:叫醒她?"

"不,玛尔法·瓦西里耶夫娜不会醒的:她睡得很死!放了我,老爷——我丈夫会听见的……"

"哦,跑吧,'真妃儿'①,小心,别碰上他!"

"不,现在他什么也抓不到了,即使遇上,我就说是您吩咐的……"

---

① 真妃儿为普希金的长诗《茨冈》(1824) 中的女主人公。

她放声大笑,双目似母猫般闪闪发光,把腿抬得高高的,跃过篱笆,裙子挂着树枝。她猛力将它挣脱开,重又笑起来,猫一样弓着腰,从两行圆白菜中间飞跑而去。

而此刻,马克还一直在追问那个躲藏在篱笆下的人。他将陌生人从那里拽出来,让他站直了,仔细打量他,此人躲躲闪闪,不让认出自己。

"萨韦利·伊里奇!"他用谄媚的声音说,"没这档子事……您别打人,不然我就还击了……"

"你的脸我有点面熟!"马克说,"天真黑!"

"嗨,这不是萨韦利·伊里奇,哦,谢天谢地!"陌生人抖落身上的泥土,高兴道,"我,老爷,是园丁!您瞧从那边……"

他指指远处的果园。

"你到这里干什么?"

"对……我来听听大教堂的钟如何敲响……不是来干闲事的……我们的钟停了……"

"去你的吧!"马克说,把他推开。

此人跳过水沟,消失在黑暗中。

赖斯基同时返回到大门前:他竭力想打开便门,但又不想敲门,以免吵醒奶奶。

他听到院子里有谁的脚步声。

"马林娜,马林娜!"他小声叫道,以为她给他送来晚饭,"开门!"

里面有人将门闩拉开;赖斯基用脚推了下便门,它便开了。他面前站着萨韦利:他扑向赖斯基,抓住他的胸口……

"哦,等等,亲爱的,我来替马林娜同你清账!"他恶狠狠说,"看来,他偷偷溜进便门:可我还像傻瓜似的在那里守着,在篱笆旁!……"

他用背顶着便门,不让来访者离开。

"是我,萨韦利!"赖斯基说,"放开。"

"这是谁?看样子是老爷!"萨韦利困惑莫解道,停住不动了。

"请问您怎么叫马林娜!"他慢吞吞地说,"莫非您见到她了?"

"是啊,我还在傍晚时就请她给我留晚饭,"他撒了个对应受谴责的妻子有利的谎话,"还请她给我开便门。她已经听见我来了……你让客人随我进去,把门关上,去睡吧。"

"是!"他慢条斯理道。然后久久站在原地,望着赖斯基和马克的背影。"原来是这么回事!"他慢吞吞地说,静悄悄地走回家去。

路上,他遇见马林娜。

"你这该死的,干什么哪,不睡觉?"她说,一扭大腿,灵巧地从他身边溜过去,"半夜还游逛!你哪怕给马儿编编马鬃呢,幸亏家神不在!只会在主人面前让我出丑!……"她唠叨着,精灵般从他身旁飞跑而过,双手托着盘子、菜肴、餐巾和面包,高举过头,但没有一只碟子发出叮当声,没有一只匙子和杯子在她手中颤动。

萨韦利不瞧她一眼,默默地用缰绳对她威胁一下,作为回答。

十五

马克确实饿急了:刀叉就动了五六下鲟鱼就没了;不过赖斯基也没有落在他后面。马林娜来收拾,带走的是一副火鸡骨架。

"要有什么甜食就好了!"鲍里斯·帕夫洛维奇说。

"甜点心没留,"马林娜答道,"有蜜饯,不过地窖钥匙在瓦西里莎那里。"

"干吗要甜食!"马克应声道,"不能做点热糖酒[①]?有罗姆酒吗?"

赖斯基探询地瞥一眼马林娜。

"应该有:小姐给了厨子一瓶,让他明天做'布丁'。我到餐柜去

---

① 将罗姆酒或白兰地与糖一起点燃融化后再添水果、香料而成。

瞧瞧……"

"有糖吗？"

"在小姐房间里，我去取。"马林娜说着便消失了。

"还要柠檬！"马克在她身后叫道。

马林娜拿来罗姆酒、柠檬和糖，热糖酒开始炽烈地燃烧起来。他们吹灭蜡烛，蓝色火焰那阴森森的光亮照耀房间。马克间或用匙子搅拌一下罗姆酒；在两把叉子上融化的糖咝咝响着，滴进茶碗里。马克不时尝尝，看热糖酒是否准备停当，再用匙子搅拌。

"那么……"赖斯基沉默一会儿说，又打住了。

"那么？"马克探询地重复道。

"你在这个县城很久了？"

"两年……"

"想必很寂寞吧。"

"我努力排遣……"

"请原谅……我……"

"请吧，不必说客套话！直截了当地问。您有什么可道歉的？"

"是因为，我不信任您……"

"不信任什么？"

"您的这些排遣……您所扮演的这个角色……或是请原谅……"

"又'原谅'？"

"或是别人归咎于您的那个角色。"

"我没有任何角色：瞧，别人就给我安了个角色。"

他倒了杯热糖酒，一饮而尽。

"喝吧：酒烧好了！"他说，斟了一杯往赖斯基那边移。赖斯基慢慢喝了，并无乐趣，只是为了陪交谈者喝。

"是人们凭空捏造的，"赖斯基开始道，"那么，这不是您真正的角色？"

"您怎么这样？我对您说，我没有角色：难道没有角色就不能过

301

日子?……"

"可是要知道,我们有某种做事的要求,而您好像无所谓……"

"那您做什么?"

"我……对您说过,我是个画家……"

"那请把您的艺术样品给我见识见识……"

"现在手头什么也没有;瞧,不过是件小玩意儿,还没完全画完……"

他从沙发上起身,从玛尔芬卡画像上摘去遮布,点上蜡烛。

"唔,很像!"马克说,"好!……'他有才华!'"马克的头脑里闪过一个想法,"很好……是的……头部大了,双肩稍宽了些……"

"他的眼光挺准!"赖斯基心想。

"最好的是天空中和衬托部分这明亮的底色。由此整个身体显得飘逸、轻盈、清澈;您抓住了玛尔芬卡人体的秘密。这轻盈的色调与她脸部和头发的色彩相得益彰……"

"他具有鉴赏力和理解力!"赖斯基又想,"莫非他是个画家,但深藏不露?"

"您熟悉玛尔芬卡?"他问。

"熟悉。"

"那韦拉呢?"

"韦拉我也熟悉。"

"您在哪儿见过她们?这里您并不常来。"

"在教堂。"

"教堂?那人家怎么说您连教堂都不看一眼?"

"其实我记不清在哪里见过:在村子里,在田野上遇见过……"

他又喝下一杯热糖酒。

"不想来一杯?"他补充道,给赖斯基斟上。

"不,我几乎不喝酒:这只是为了同伴们。就这样还直冲我脑袋。"

"我也一样,不过没关系:干了。倘若不冲脑袋,也就不需要喝了。"

"那何必呢,如果不想喝的话?"

"这话也对,喏,那就我替您喝!"

他喝下那杯酒。

"他别是个酒鬼?"赖斯基心想,怯生生地望着他又兴致勃勃喝下另一杯。

"您很奇怪地看着我喝酒,"马克说,猜到他的心思,"这是因为无聊和无所事事……没事可干!"

他又倒了一杯,但把杯子放在自己近旁,并且要支雪茄。赖斯基把烟盒递给他。

"他眼睛都红了,"他想,"我没必要强邀他来——显然奶奶说得对:他好像有点儿……"

"游手好闲!要知道这是……"

"万恶之源,您想说,"马克打断道,"您将此写进自己的长篇小说中,去卖钱吧……又新鲜又深奥……"

"我想说,"赖斯基继续道,"是否游手好闲之徒全取决于我们……"

"当您方才爬过篱笆去找列昂季时,"马克又打断道,"我想您不坏,可原来您在尼尔·安德烈伊奇的团队里服务,做道德说教……"

"您瞧,我当面向您道歉是对的,说话得谨慎……"赖斯基说。

"为什么?用不着。您想到什么就说,我想到什么就答,您也别妨碍我。要知道我没有得到您允许便借尼尔·安德烈伊奇骂您——有什么不好?"

"您朝他开枪是真的吗?"赖斯基好奇地问。

"胡扯,我是在那里,在城外朝鸽子射击,为的是退出枪弹:我打猎归来。而他在那里散步:看到我射击便开始叫唤,要我停止,说这是罪孽,诸如此类的蠢话。如果光这么一件事,我叫声他傻瓜,事情也就完了,可他跺脚,用手指威胁我,手杖敲得咚咚响,说是:'小子,我要让你进监狱;我要把你发配到天涯海角;我要在二十四小时内把你磨成齑粉;我要使你屈服,把你流放到永久居留地!'我让他消耗尽这些温柔话儿的全部词汇,冷静地听着,然后举枪瞄准了他。"

303

"他怎么样?"

"哦,他开始蹲下,扔掉手杖、胶皮套鞋,然后坐在地上,请求饶恕。而我朝天开了一枪,放下了枪——再没有别的。"

"这是……消遣?"赖斯基带着温和的嘲讽问道。

"不是,"马克一本正经答道,"这是件正经事,是给老小子上一课。"

"后来怎么样?"

"没什么:他跑省长那里控告,谎报我向他射击但没打中。如果我是城里的安分公民,现在就监禁在看守所了。因为我不受法律保护,有特殊记录,省长问清事情经过后便劝尼尔·安德烈伊奇不要声张,'别将任何事故传到彼得堡':他像怕火那样害怕此事。"

"他好像在夸耀自己的大胆!"赖斯基思忖,望着他,"他莫非是外省低级的吹牛大王?"

"我不想对您做道德说教,"他大声道,"至于说游手好闲,我只是觉得奇怪,以您的聪明才智、文化程度和能力……"

"您怎么知道我的聪明才智、文化程度和能力?"

"我看见……"

"您看见了什么?看见我会爬过栅栏,朝笨蛋们开枪,吃得很多,喝酒……您看见!……"

他又喝了一杯。赖斯基不安地看着这种豪饮,心想这一切会如何收场。他心中懊悔自己戏弄奶奶的企图。

"您皱眉头;别怕,"马克说,"我不会杀人烧房子的。今天我尤其要喝,因为我又累又冻僵了。我不是酒鬼。"

他把瓶里剩下的罗姆酒倒在茶碗里,又点上火。然后将两只胳膊肘放在桌上,漫不经心地盯着赖斯基。

在他原本就有的放肆举止中,开始显露出通常因贪杯而产生的狂放不羁,这常常使得没喝醉的交谈者感到很尴尬。

谈话也采取不拘礼貌的方式。尽管对方作过保证,赖斯基还是忐忑不安,觉得这越过了界限。

"也许，您同样聪明……"马克说，不知是认真还是讽刺，并且放肆地盯着赖斯基，"我还不清楚，也许并不聪明，而是有某种能力，甚至才能，这我看到了，所以我比您更有权问，您为何什么事也不做？"

"我……毕竟……"

"画了一幅肖像？"他打断道，"那您是肖像画家，是吗？"

"是的，我有时画画……"

"哦，有时**画画**——这不是事业。有时我也做点什么。"

他又搅了下新的热糖酒，并喝了一大口。赖斯基既希望又害怕让他继续说，免得酒性完全发作。

"您说，"他还是开口道，"我有才华；另一些人也说，甚至在我身上发现好多才能。也许我骨子里是个艺术家，一个真诚的艺术家，但是我不打算走这条生活道路……"

"为什么？"

"怎么对您说：我们没有这种舞台，因此也没有这种准备……"

"您瞧，"马克说，"人们教过您，不能径直坐在钢琴旁并开始演奏。您画的肖像上肩是歪的，头部大了，还应该学会手中握笔。"

"是啊，如果您想，就有人教，正如我的监护人所说的'为的是在社会上有令人喜爱的才能'，能在纪念册上画幅画，在沙龙里唱首浪漫曲。这本事我很快便达到了。待到我长大，知道志向意味什么，便想掌握一门艺术，别无他求。但有人指点我，它由怎样的黑手掌握着。外来的歌手们举行音乐会，人们高傲地看待他们。图画教员待着没有工资。奶奶得知我选择了一条什么样的生活道路，吃惊得两手举起轻轻一拍。您瞧我的祖先们：历史上留下英名，身穿制服，肩披绶带，胸挂星形勋章——喏，就是他们督促我当少年侍从，拿骠骑兵制服诱惑我。我还是个孩子，受到诱惑，当了骠骑兵。"

"那后来呢？彼得堡那里有美术学院……"

"后来……"

"后来怎么啦？"马克打断他并笑了起来。

"众所周知……晚了：受彼得堡生活的熏陶之后还有什么美术学院！"赖斯基懊恼道，从角落到角落走来走去，"您看，我有庄园，有亲属，有上流社会……应当把这一切归还给穷人，带着十字架上路……正如我的一位朋友、一个画家所说。我像孩儿断奶似的被迫离开了艺术……"他叹口气，"但是我会回去并达到目的的！"他坚定道，"岁月并未离去，我还不老……"

马克又笑了起来。

"不，"他说，"您做不到：您哪成啊？"

"为什么不成？您怎么知道？"赖斯基急躁地朝他走近几步，"您瞧，我有意志和耐性……"

"我看到了，我看到了：您脸发红，双目放光——全因为一杯酒：您再喝一杯不知会如何！可能会立刻写点什么或是画上几笔。您喝吧，不想吗？"

"您怎么知道？您不相信我的意向？……"

"怎么不相信：人们说，空言无益。不，您什么也做不成，除了已经搞成的那些，也就是很少的那些，您将一事无成。这样的人我们这里多的是，过去有，现在也有：全销声匿迹了，或是堕落为酒鬼。我还奇怪您不喝酒；我们的画家通常是以此而告终的。这全是些倒霉蛋！"

他笑着移给他一杯酒，自己干了一杯。

"他冷酷，凶恶，没良心！"赖斯基做出结论。同时，马克最后的结论让他吃惊。"这样的人我们这里多的是！"他小声说并陷入沉思，"难道我也在那些人之列：带着有才华的印记，但粗陋，肮脏，将才华埋没于浊酒中……'一只脚穿套鞋，另一只穿拖鞋'，"祖母生动的比喻在他脑海中闪过，"难道我……是个失败者？而这种坚忍不拔的精神，这始终如一的目标又有什么意义？他不怀好意！"

"您看吧，并非全是这样的人……"他激烈反驳道，"您看吧，我一定……"

他打住了,记起祖母对他傲慢的"一定"所做的明智比喻。

"您亲眼瞧见的,我没有将才华沉溺于酒中……"他补充道。

"是的,您不喝酒:这是真的,这是好转,是进步!上流社会,手套,舞会和香水,把您从喝酒中拯救出来。不过醉意常常各不相同:有人两杯就头晕,有人……您别是钟情于谁了?"

赖斯基脸微红了。

"怎么样,我好像猜中了?"

"您怎么知道?"

"那是因为这同样是画家的天性:它并不回避任何人道的东西——nihil humanum①……等等!有人喜欢酒,有人喜欢女人,有人爱玩牌,而画家什么都要。"

"酒,女人,纸牌!"赖斯基恶狠狠地重复道,"人们何时才不把女人当作某种麻醉必需品,不把她们同酒和纸牌放在一起啊!为何认为我钟情了?"稍作沉默后,他问。

"方才您自己说的,您爱美,崇拜它……"

"哦,是这样:我崇拜——您看……"

"您准是钟情于玛尔芬卡了:您画她的像并非平白无故的!画家如同医生和神甫们,无代价的事是从不干的。看来,也并不反对……迷恋小姑娘,来点风流韵事,甚至演戏……"

他放肆地盯着赖斯基,并且恶毒地笑了起来。

"先生!"赖斯基怒冲冲道,"谁给您权利这么想这么问……"

突然他记起同玛尔芬卡在果园里的情景,便停下来,狠狠抓挠自己浓密的头发。

"小声些,奶奶会听见的!"马克不太客气道。

"听着!……"赖斯基皱起眉头又开始道。

"……如果我至今还没有把您扔出窗外,"马克替他把话说完,"那

---

① 拉丁文:任何人道的东西。

您得感谢您是在我家中！难道还想继续？哈哈哈！"

赖斯基在屋子里走来走去。

"不，您得感谢您喝醉了！"他平静道，坐到安乐椅上，沉思起来。

他对自己的客人突然感到无聊，恰如清醒者同醉鬼在一起时那样。

"您在想什么？"马克问。

"猜吧，您是料事能手。"

"您后悔把我叫到自己家。"

"差不多……"赖斯基犹豫不决道。仅剩的一点礼貌妨碍他把话全挑明。

"大胆些说——像我那样：把您对我的想法全说出来。您方才还对我感兴趣，可眼下……"

"眼下，我承认，兴趣不大。"

"我令您讨厌了？"

"不是讨厌，而是不再使我感兴趣，不再新鲜。我见到您也了解您啦。"

"请说说，我究竟怎么样？"

"您究竟怎么样？"赖斯基重复道，停在他跟前，同样毫不客气地望着他，像马克刚才盯着他那样毫无礼貌，"您并不是个谜：季特·尼孔内奇说您'年轻时学坏了'，而我认为您实在是没有得到任何教育，否则不会学坏——您因此才什么事也做不成……我实话实说，并不因此而请求原谅；您不喜欢这样；况且我是以您为榜样……"

"劳驾，劳驾，请继续，毫无保留！"马克说，振奋起来，"我对您的评价有所提高：我本以为您平平常常，优柔寡断，是位甜腻腻、彬彬有礼的先生，像那边所有人那样……可您身上有酒精……太好啦！请继续讲！"

赖斯基漫不经心地缄默不语。

"教育究竟怎么样？"马克说，"拿您所有亲戚、熟人来说，他们受过良好教育，脸洗得干干净净，头梳得平平整整，不喝酒，穿着整洁，c belles manières①……但他们干的活并不比我的多，您同意吗？而您本人也受过良好教育——瞧您也不喝酒：可除了画过一幅玛尔芬卡的肖像和拟了一份长篇小说的提纲之外……"

赖斯基做了个不耐烦的动作，而马克以笑声结束了自己这番漂亮话。这笑声刺激了赖斯基的神经。他想以实话实说对马克的直言不讳。

"是的，您说得对：无论他们，还是我，都没受过干活的训练，因为我们生活有保障……"他说。

"怎么没受过训练？为了当军官教你们骑马，为了任文官教你们一笔漂亮的书法。而在大学里，又传授法律，又传授希腊和古罗马的智慧，还有治理国家的学问，什么没有？但一切化为乌有。嗯，继续说，我怎么回事？"

"您说，"赖斯基说，"我们的艺术家们不再喝酒，您公正地看到了这种进步，这也就是教养。你们这类艺术家还没有变好……依旧如我说的那样……"

"这是些什么样的艺术家——您说吧，只是请直截了当！"

"这些艺术家 sans façons②，他们初次相识便喝得酩酊大醉，深夜敲玻璃，围攻小饭馆，毒死太太们的爱犬，朝人们开枪，到处借钱……"

"而且不还！"马克补充道，"好！一篇非常好的特写：您可以把它写进长篇小说中……"

"我也许会写的。"

"关于钱 A propos③：为充实您的特写并使它真实可信，请借我一百卢布。我……永远不会还您的，除非将来您处在我的地位，而我处于您的地位……"

"这算什么，开玩笑吗？"

"什么开玩笑！租给我房子的那个种菜人纠缠不休；他可是供养

---

① 法语：风度优雅。
② 法语：不拘礼仪。
③ 法语：顺便说说。

着我。他身无分文。我们俩都陷入了困境……"

赖斯基耸耸肩,然后在衣服里翻了一阵,终于找到了钱夹子,从那里取出几张纸币,将它们放在桌上。

"这里只有八十卢布:您故意少算给我。"马克数了数说。

"更多的没有:钱都藏在奶奶那里,明天派人送来。"

"您可别忘了。暂且我也够了。那么以后怎么办:'只借不还'吗?"马克说,把纸币藏进口袋里。

"游手好闲的浪荡子,厌恶劳动和各种秩序,"赖斯基继续道,"居无定所的生活,生活阔绰,花别人的钱——只要他们有一天脱离常规,这就是他们保存下的一切。他们常常粗野肮脏;他们中间有的是纨绔子弟,他们厚颜无耻,破衣烂衫,还以此为豪……"

马克笑了起来。

"一针见血,正中要害:好,好!"他说。

"是啊,倘若像我这样的艺术家有很多的话,"赖斯基说,"那么像您那样的画家就更多:不可胜数!"

"您再说几句,就完全偿还我了,"马克说,"但是您得补充一句:不可胜数的画家被打发进乌合之群中……"

他又笑起来。赖斯基也随他微微一笑。

"怎么,此话不对?"赖斯基添上一句,"您老实说!您说的话有一句我同意,说我属于那些画家,您称作……什么?"

"失败者。"

"哦,很好,说得好,很恰当。"

"本地产品:请别见怪!"马克鞠躬道,"您乐意让我同意您的特写是忠实准确的:倘若我甚至像您那样不好意思、心胸狭窄,倘若我不愿同意,也只能被迫去做。因此我祝贺您,表面上看特写是忠实准确的——近乎完美……"

"您既然同意却又……"

"依然如故?"马克把话说完,"这让您觉得奇怪?要知道您在镜中见到自己同样很不错，甚至欣然同意接受失败者的外号，不是照样什么也不做吗？"

"但我是想……做的，我会去做的！"赖斯基激动地道。

"我也极其想做，但是——我想——我不会去做的。"马克说。

赖斯基耸耸肩。

"为什么？"

"舞台，'演技场'，对我来说没有……正如您所说的。"

"您有什么目标吗？"

"您先告诉我，为何我会这样？"马克问，"您的特写做得这么好：锁就在您面前，您就配把钥匙吧。您在这篇特写下还见到了什么？这时，我也许会告诉您为何我将什么也不做。"

赖斯基在房间里踱步，思考这个新问题。

"为何您会这样？"他思索着重复道，停在马克面前，"我想是因为：您天性是个热情活泼的男孩。母亲、保姆对您太溺爱。"

马克微微一笑。

"所有这些溺爱使您专横霸道：当伯伯叔叔们、阿姨保姆们去世了，别人开始限制您的疯狂意志，您就不喜欢；您做出怪诞行为，被人从一个地方驱逐。于是您开始向社会报复：理智、安逸、他人的富裕好像是罪恶和淫逸，秩序是对立的，人们令人讨厌……并且使劲打扰安分守己者的安宁！……"

马克摇头。

"这些画家中有人干脆沉溺于打牌，喝酒，"赖斯基继续道，"另一些人寻找角色。他们中有堂吉诃德：他们心怀各种无法实现的理想，有时还真诚地去追求它；把自己想象成先知和圣徒，到弱智的人群中，到小饭馆中去布道。这比干活轻松。对政权粗鲁地胡说八道，从一处迁徙到另一处。他们成了众人的累赘，到处令人厌烦。他们的结局各不相同，视他们的性格而定：各有各的口味，瞧您就喜欢恭顺……"

"但我还没死：我才刚开始，您得了吧！"马克打断道。

"有些人为他们的理想被关进了疯人院……"

"这并非发疯的证明。"

"您瞧那个第一个产生水蒸气动力想法的人,同样为此被关进了疯人院。"马克说。

"啊!那么您也是啰!您也有表现自己和追求理想的要求啰!"

"是啊,正是如此!"马克以一副滑稽可笑而又傲慢的神情承认道。

"什么理想?"

"您多不虚心!猜吧!"马克打着哈欠说,把头放在枕头上,闭上了眼睛。"想睡觉了!"他补充道。

"您在这儿,在我的床上睡吧:我睡沙发,"赖斯基邀请道,"您是客人……"

"那我比鞑靼人还不如……"马克在睡梦中喃喃道,"您睡床上,而我……我全一样……"

"他怎么这样?"赖斯基心想,也打了个哈欠,"像只小鸟似的飘忽不定,或是像条没有主人、无家可归的狗,也就是毫无目的到处乱窜!这是个无所事事被人遗忘的浪子,迷途的羔羊,还是……"

"再见,倒霉蛋!"马克说。

"再见,俄国的卡尔·摩尔![①]"赖斯基嘲笑地答道,并沉思起来。

当他从沉思中清醒过来,马克已经入睡,像个又累又冻的人吃饱喝足后那样,做着甜蜜的梦。

赖斯基走到窗前,撩开窗帷,望着黑夜的星空。

什么地方有人在敲梆子,从那里传来懒洋洋的长声:"注意啰!"只有狗那低沉的吠声弥漫在小城上空。但寂静无声、黑暗和不露声色的安谧还是压倒着一切。

房间里,在马克没有喝完罗姆酒的茶碗里,蓝幽幽的小火苗闪着

---

① 德国诗人、剧作家席勒的剧作《强盗》(1782)的主人公,恩格斯称他是"一个敢于向全社会公开宣战、胸襟豁达的青年人"。

微光,偶尔突然冒出火焰,一瞬间照亮屋子,又暗燃着,时刻准备熄灭。

有人轻轻敲门。

"谁在那里?"赖斯基轻声问。

"是我,鲍留什卡,快开门!你在那里干什么?"听到塔季扬娜·马尔科夫娜惊慌不安的嗓音。

赖斯基拉开门闩,门开了,祖母幽灵般一身白衣出现在门槛上。

"我的天哪!这是什么火光?"望着闪烁的火苗,她惊慌道。

赖斯基报以笑声。

"你这里究竟是什么?我在窗口见到光亮,很害怕,心想,你睡了……茶碗里是什么在燃烧?"

"罗姆酒。"

"你夜里喝热糖酒了!"祖母惊恐地小声道,惊讶地望望他和茶碗。

"对不起,奶奶,我有时喜欢喝上两口……"

"可睡在这里的是谁?"祖母突然见到躺着的马克,重又惊恐地问。

"轻点,奶奶,别吵醒他:这是马克。"

"马克!没派人去叫警察吗?你在哪儿把他弄来的?你怎么同他在一起鬼混?"她惊恐地小声道,"夜里同马克一起喝热糖酒!你是怎么回事,鲍里斯·帕夫洛维奇?"

"我在列昂季的家里遇见他。"他说,对她的惊骇感到满足,"我们俩都想吃点东西:他去叫小饭馆……"

"叫小饭馆!竟然犹如此荒唐的事!"

"我便将他领到自己家——我们就一起吃晚饭……"

"你为何不叫醒我!谁给你们端吃的?都端了些什么?"

"鲟鱼肉、火鸡:全是马林娜找来的!"

"全是冷的!干吗不叫醒我!家里有肉、雏鸡……唉,鲍留什卡,你尽让我丢脸!"

"就这样我们都吃饱了。"

"有馅饼吗?"她忽然想起来,"要知道它没剩下啊!你们都吃什

313

么啦?"

"没吃什么:马克做了热糖酒。我们便饱了。"

"饱了! 吃晚饭没有热菜,没有馅饼! 我现在就让人送果酱来……"

"不,不,不必了! 如果您愿意,我把马克叫醒,问问……"

"去你的吧:我穿着短上衣哪!"塔季扬娜·马尔科夫娜惊慌地劝阻道,躲进过道里,"上帝保佑他:让他睡吧! 他怎么这样睡啊:蜷着身子,像只小狗!"她斜眼瞥一下马克说,"真丢人,鲍里斯·帕夫洛维奇,真丢人:家里难道没有羽毛褥子? 你啊,我的天哪! 你把那讨厌的火灭了吧! 没有馅饼!"

赖斯基吹灭蓝幽幽的小火苗,拥抱一下祖母。她替他画了个十字,又朝马克瞟了一眼,踮起脚回自己的房间。

他已经躺下睡觉,又有人敲门。

"又是谁在那里?"赖斯基问,把门打开。

马林娜先在桌上放上一瓶果酱,随后抱来一条绒毛褥子和两个枕头。

"女主人派我拿来的:您不尝些果酱?"她说,"这是绒毛褥子:如果马克·伊万内奇醒来,就让他躺到褥子上睡吧!"

赖斯基再次由衷而真诚地笑了起来,同时也被祖母的慈善,她心地的温柔,她始终不渝的殷勤好客,她受良心支配的朴实的美德,感动得几乎流下了眼泪。

十六

清晨,窗户的一下轻微的响声将赖斯基唤醒。这是马克跳出了小窗户。

"他不喜欢正当途径!……"赖斯基心想,望着马克如何悄悄溜过花圃、果园,钻进悬崖旁的密林中。

鲍里斯睡不着，他穿着薄薄的晨衣来到果园，想追上马克，但见他已经远远沿下边顺伏尔加河岸边走去。

赖斯基在悬崖上站了一会儿：时候还早；太阳尚未从山后出来，但它的光芒已将层林的树梢染得金黄，远处，洒满露珠的田野泛着亮光，晨风徐徐吹来，散发出柔柔的凉意。空气迅即暖和起来，可望是个温热的白天。

赖斯基顺果园漫步。那边生活已经开始；鸟儿友好歌唱，往四周忙碌，寻觅早餐；蜜蜂、熊蜂在鲜花旁嗡嗡飞舞。

远处的田野上传来母牛的哞哞叫声，羊群经过田野扬起朵朵尘云；村子里门扉吱呀作响，听得见大车的辚辚声；黑麦地里鹌鹑在啼啭。

院子里同样开始了一天的忙碌。普罗霍尔在板棚里饮马刷马，库兹马或斯捷潘在劈柴，马特廖娜端着一洗衣盆面粉进厨房，马林娜小心翼翼地手捧熨好的小姐的几条裙子，离自己身子远远的，已经四次飞快穿过院子。

叶戈尔卡在院子一角的水井旁梳洗打扮；他一边洗脸，扑腾水，擤鼻涕，吐痰，一边朝马林娜咧着嘴笑。雅科夫站在台阶上，面对耸立在集镇房屋之上的教堂十字架画十字。

院子里，下房旁，人们脚下，盛有剩粥之类东西的洗衣槽边，鸡啊鸭啊挤挤插插，一群狗厚颜无耻地到处乱跑，空着肚子、没来由地朝每个行人吠叫，有时甚至朝自己空叫，最终互相叫个不停。

"跟昨天一个样，明天还将老样子！"赖斯基轻声道。

他在院子中央站立一会儿，懒洋洋地环顾四周，搔一搔痒，打了个哈欠，并且突然感觉到在彼得堡曾经折磨过他的病状。

他开始觉得无聊。他面前可能是漫长的一天，依旧是昨天和前天的印象及感受。四周依旧是现出天真笑容的大自然，依旧是那大森林，那沉思默想的伏尔加河，那吹拂着他的空气。

只要他醒来，所有那些表象犹如一道岿然不动的侧幕立在他面前；活动着的是那些脸庞和各种各样的人物。

他们的那股离心力既吸引他,又令他反感:他珍惜列昂季,喜欢他,被他吸引,但一上他那儿,便想离开。

列昂季好像一尊雕像,最终整个儿成为为他所雕琢的形象,他预见到自己的任务,并永远变得石头般呆板冷酷。赖斯基找到了另一种东西,可以使他不致僵化,听不见和感觉不到自己。

他去见祖母,在她屋里,在皮沙发上,在格栅窗后面,他发现还有生活的某种有节拍的跳动,还有他的某种工作,破坏旧时代。

生活在她和他之间必定成了争论的关键,有时经过一番相当艰难的智力较量和感情冲动,靠辩证法才得以解决。依靠这辩证法,赖斯基获得了对这种日常生活习俗独到的观察结果,或是对生活具体真实的印象,或是注意到在朴素的信仰影响下和愚昧的迷信管束下,生活是如何被打发的。

但是,某些东西还是让他激动不已:懊恼,笑声,有时流露出的感动。可是只要争论一结束,兴趣便消失。它们对于赖斯基同样只是日常生活的一些单纯的形式,既不知去哪儿也不知为什么。

玛尔芬卡对他而言,从昨天晚上起最终成了他的妹妹:她已不可能成为别的什么人,并且作为妹妹,他感觉不到兄妹间的温情。

他已经不认为需要改造她:另一种教育,另一种观点,甚至进一步的发展,必将破坏这一现实的严格明确性,尽管,也许这将毁掉她的天真烂漫,带走她的童年、所有孩子气的观念和农妇般的闲逛,但又有什么可替代的?

要赋予她热烈的爱情,广博的感情,某种深远而艰难的目标,是不可能的:这不符合她的性格!倘若自以为是决定让她去莫斯科,出席贵族会议的舞会,从库兹涅茨桥捎来衣服,随后以此在外省小官吏们面前炫耀直至耄耋之年,这样反倒会引起混乱,产生困惑和许许多多的问题。

季特·尼孔内奇和其他一些人他太熟悉了,如同那些古老的皮长沙发、橱柜、萨克森瓷碗和波西米亚玻璃器皿,早已看惯,习以为常了。

剩下的有马克,还有韦拉,犹如模糊不清的斑点。

马克他已见过,无论此人如何躲进迪奥根①的大木桶里,赖斯基都得以抓住他脸部的主要特征。

接下去就该对他彻底了解,那就是同他一起喝得烂醉如泥,借钱给他,然后听他讲令人乏味的故事,说他如何在团里对长官说话粗鲁,或是如何殴打犹太人,在小饭馆吃饭不付钱,举起造反大旗反对县城或地方自治局的警察,如何为此而被开除出团,或是被送至某城受监督。

赖斯基垂头丧气地在院子里走着,并不理会仆人们的鞠躬行礼,也不回答狗儿亲切的摇头摆尾;碰到一群鸭子并差点踩着它们。

"这是什么样的生活方式,"他沉思着,"将目光停留在非同寻常的人身上,接受形象,一瞬间热情迸发,然后变冷,感到无聊,强制或做作地在自己身上重温周期性的对生活的爱好,犹如平日的食欲!善于发现生活的奥秘——只不过是延长这些周期的奥秘,或者莫如说并非奥秘,而是一种不由自主、无意识的天赋。生活不知为何应该闭上眼睛、堵上耳朵——这才活得长久,老而弥坚。那些人是对的,他们有的头脑中没有恶毒念头,有的心无远虑,有的嗅觉不灵,有的如在雾中行走却不失幻想!如何把握所描摹对象的色彩,倘若你从未用平常的目光望过他们,未见过绿荫并非青翠碧绿,天空并非蔚蓝如洗,马克并非令人神往的英雄,而是个渺小的自由主义者,玛尔芬卡是个糖娃娃,而韦拉……"

"韦拉究竟什么样?"他给自己提问,并打了个哈欠。

他耸耸肩,仿佛背上冷得打战,皱起眉头,将双手插进兜里,顺菜园、果园踱步,没去留意清晨的色彩和轻柔地抚摸着他神经的炽热空气,也不去眺望伏尔加河,只有隐隐的无聊折磨着他。他惊恐地见

---

① 迪奥根(公元前约404—前约323),古希腊哲学家。据传不住房子,而住桶里,以此鄙视文明,鄙视常见的、传统的生活习俗。

到前面漫长而又无目的的日子。

他头脑里冒出原先"写无聊"的想法:"要知道生活是多方面的、多种多样的,"他思忖道,"如果如草原般辽阔光秃的无聊存在于生活本身,恰似大自然中存在无边无际的沙漠和毫无遮盖、贫瘠的荒漠,那么作为生活的一个方面,无聊可能亦应该成为思索、分析、写作或绘画的对象。好吧,走,往我的长篇小说中插入无聊那广阔暗淡的一页:这些涌上我心头的寒意、厌恶和愤恨,将成为色彩和情调……画面将是真实可信的……"

正当赖斯基想去坐下着手写自己有关"无聊"的笔记,却见老房子的门没上锁。他只是刚来时同玛尔芬卡一起对它匆匆张望了一下,看了看韦拉的房间。眼下他想好好看看,仔细些,于是走进外屋,登上楼梯。

他已不像上回那般提心吊胆、心情紧张,而是萎靡不振地进入带柱廊的昏暗大厅和陈设有雕像、青铜座钟、洛可可式橱柜的客厅,并且什么也不看,勉强来到楼上的房间前;他记起哪里是儿童室和他的卧室,哪里放着他的床,哪里坐着他母亲。

有关她的爱抚、耳语那模糊的回忆,开始懒洋洋地朝他逼近,他记起她如何将他的十个小手指放在琴键上,竭力让它们弹出短小的儿歌,后来她如何亲自弹了很久,把他忘了,而他听着,安静地依偎在她膝上,然后又领他到拐角上的一间屋子,眺望伏尔加河和扎沃尔日耶。

他朝自己原先的卧室张望了一下,还打量了另外两三间屋子,走近拐角上的房间,想看看伏尔加河。他沉浸于自我,轻轻地、沉思地用脚推开房门,往里瞧一眼,并且……愣住了。

房间里有个活生生的人。

一个二十二岁、也许二十三岁的姑娘侧向他倚窗站着,一条手臂靠在窗台上,紧张而好奇地望着远处的伏尔加河岸。白皙的、甚至苍白的脸庞,乌黑的头发,温柔而忧郁的目光,长长的睫毛——瞧,这映入他眼帘的一切将他迷住。

姑娘一动不动、紧张地望着远处,仿佛目送着某人。随后她的脸庞现出淡漠的神色;她用目光将四周飞快地扫视一下,又瞥一眼院子,回过身来——见到了他,猛地战栗了一下。

她脸上隐约现出十分惊讶,继而变成困惑莫解,随后如道阴影似的,甚至好像露出不满,但一切烟消云散,变成严厉的等待。

"韦拉妹妹!"赖斯基说。

她的脸色变得和悦些,目光停留在他身上,怀着矜持的好奇和谦和的温雅。

他走上前去,抓起她的手,吻了一下。她稍稍往后挪动一下,脸往旁边微微一扭,于是他的双唇触及的是脸颊,而非小嘴。

他们俩面对面在窗边坐下。

"我多么盼望见到你啊:您上伏尔加河对岸做客去了!"他说,急切地等待回答,为的是听到她的声音。

"声音,声音!"想象力首先要求道,再加上这耀眼的形象。

"我昨天才从马林娜那里得知您在这里。"她答道。

她的嗓音不像玛尔芬卡那么清脆动听:它纯真,充满活力,但低沉,夹杂有胸腔的低音,尽管她大声说话。

"奶奶想派人去叫您,但我请求别让您知道我的到来。您何时回来的?谁也没告诉我。"

"我昨天晚饭后回来的:奶奶和妹妹都还不知道。只有马林娜一人见到了我。"

她坐着,背靠椅子,一只胳膊肘放在窗台上,没有直接望着赖斯基,当轮到她时,好像偶尔顺便瞥上他一眼。

而他却用克制已久的强烈好奇心望着她。她的一举一动都离不开他渴求的目光。

这新的美貌,或者最好说是一种新的美貌,既不像别洛沃多娃也不像玛尔芬卡的美貌,已经照例给他以很大的影响。

她身上没有索菲娅那样线条的严厉、前额的洁白、美丽的光辉、性格的率直和冰冷的光泽；也没有玛尔芬卡那样儿童般天使的清新气息；但在她的目光中，在她头部的突然扭动中，在她动作的持重优雅中，在她整个体态无法遏止、不知不觉流露出的某种神韵中，有着某种神秘，隐约显出无法立刻说明白的迷人魅力。

天鹅绒般乌黑的眸子，深不可测的目光。脸庞洁白无光泽，双眸旁及脸颊上一道淡淡的暗影。头发乌黑，带栗色光泽，浓密地覆盖在前额上和洁白得令人目眩、带蓝色细静脉的鬓角上。

她拿起马林娜送来的一堆白裙子，扔进另一间屋子，并非因为羞怯，更多是出于懊恼，接着又麻利地从椅子上收拾起兴许是前天晚上扔在那儿的小包袱，并将小桌移至窗前。这统共才两三分钟，又重新在他对面的椅子上坐下，轻轻松松，随随便便，仿佛没有他似的。

"我已吩咐煮咖啡，您想与我一起喝吗？"她问，"那边屋子要上咖啡还早着呢：玛尔芬卡起得晚。"

"行，行，很乐意。"赖斯基说，继续研究她的面部表情、动作，每一个目光和笑容。

她的目光时而诱人，像是要吸入自己眼睛深处，时而敏锐，有洞察力。他还发现有时在同一瞬间她脸上出现的两种神色，发现她笑时微微颤动的下巴，然后是她不十分苗条但很匀称的身材和迈步时令人心动的体态，最后是像猫那样轻盈无声的步履。

"一个多么温柔娇美、难以捉摸的人儿！"赖斯基思忖道，"与她的妹妹多么不同：那个是光芒、温暖和光明；这个是一切——闪光和神秘，犹如夜晚——充满黑暗和闪耀的星点，充满神奇和迷人的魅力！……"

他怀着一个画家的爱好，醉心于这新的、出乎意外的印象。无论是索菲娅，还是玛尔芬卡，仿佛全都施展魔法似的，远远离去，寂寞和无聊也好似未曾有过：他又重沐温暖，大自然又披上盛装，一派生机盎然。

他已忙不迭将迪奥根的灯笼点燃,用它将这个突然出现在他面前的新人照亮。

"我想,您已经把我忘了吧,韦拉?"他问。

他自己听出,他的声音不经意间变得温柔,目不转睛地盯着她。

"没有,"她边说边倒咖啡,"我全记得。"

"全记得,但不是我吧?"

"也有您。"

"关于我您都记得些什么?"

"一切。"

"说实在的,对你们姐妹俩我记得的不是很多:只记得玛尔芬卡总是啼哭,而您没有;您很调皮,偷偷胡闹,悄悄吃醋栗,独自跑进果园,跑到这里的屋子里。"

她微笑作答。

"您喜欢甜的吗?"她问,准备往茶碗里放糖。

"她多么沉静而且……落落大方,一点也不腼腆!"他心想。

"是的。韦拉,您说,您有时还记起我吗?"

"十分经常:奶奶总是在我们耳畔叨叨您。"

"奶奶!那您自己呢?"

"可您想我们吗?"她问,匆匆瞥了他一眼,便专注地望着咖啡如何流进茶碗里。

他默不作声,她把茶碗端给他,又把面包移过去。自己则开始用小匙喝起咖啡来,有时把小块小块的面包块放进小匙里。

他想把脑子里翻腾着的所有问题都向她提出,但那么杂乱无章,使他不知从何开始。

"我已经在您房间里待过……请原谅我的冒失……"他说。

"这里什么也没有。"她说,注意地环顾四周,仿佛在用眼睛询问,她是否留下过什么东西。

"是啊,什么也……这是本什么书?"他问,想去拿从她手下露出的那本书。

她把书移开，放到自己身后的架子上。他笑了起来。

"您藏起来，如同您常常把醋栗藏进小嘴中那样！给我看看！"

她用脑袋做了个否定的表示。

"瞧，原来您读的是那些不能给人看的书！"他开玩笑道。

她把书藏进柜子里，坐在他对面，双臂抱胸，心不在焉地望望两旁，有时瞥一眼窗户，仿佛忘了他在场。直到他用问题唤起她的注意力，她才朝他投去平淡的一瞥。

"还想要咖啡吗？"她问。

"是的，劳驾。听着，韦拉，我有许多话想对您讲……"

他站起身在屋子里走动，难以开始同她进行持续不断的长谈。

他记得同玛尔芬卡起先也谈不起来。不过那次是因为她那孩子气的羞怯，而这次却不是。韦拉并不腼腆：这一眼便能看出，倒是好像很冷淡，仿佛对他完全不感兴趣。

"这意味着什么：是她没有学会，难道她还害怕和不好意思，由于天生无知，或是使计谋，装样子？"他心想，竭力猜测她，"要知道对于她我毕竟很新鲜。别是她脑子里在想：'糟糕，可别给他留下傻乎乎的印象，顺从他，张着大嘴，盯着他！'不，不可能，这对她来说太过细心，太矫揉造作：不符合农村那一套！不过无论如何，不管怎么样——她不是玛尔芬卡。我的天哪，她多美好！瞧，这样的美貌掩藏起来干什么！"

他想尽快把她问个一清二楚，触动她的心弦，促使她推心置腹地表白。然而他越着急，越激动，她便越发冷淡。而他却抛出一个又一个的问题。

"我的藏书曾由您掌管？"他问。

"是啊，后来列昂季·伊万诺维奇接了过去。我很高兴，免得操心。"

"我希望他没把所有书都接过去吧？您一定替自己留了些？"

"没有，全都……好像玛尔芬卡拿了几本。"

"那您呢？……难道您不需要？"

"不是。我读过自己所喜欢的书，都放回去了。"

"您都喜欢什么书？"

她缄默不语。

"韦拉？"

"很多；都是些什么，现在我都忘了。"她说，望着窗外。

"那里有些历史巨著。诗歌……您读过吗？"

"有一些，是的。"

"哪一些？"

"真的,不记得了！"她勉强补充道,仿佛被这些问题搞得很疲惫。

"您喜欢音乐吗？"他问。

听到这个新问题，她用疑惑的目光看了他一眼。

"'我喜欢吗'指的是什么？是我喜欢弹奏，还是喜欢听？"

"两者都有。"

"不，我不弹，而是听……这里哪有音乐？"

"您一般都喜欢什么？"

她又疑问地望他一眼。

"喜欢做家务还是缝纫，您刺绣吗？"

"不，我不会。您瞧，玛尔芬卡喜欢，而且也会。"

赖斯基看她一眼，在屋子里踱了几步，停在她跟前。

"听着，韦拉，您……怕我吗？"他问。

她不明白他的问题，瞪大双眼望着他，那神态近乎天真无邪得与她聪颖而锐利的目光截然不同。

"您为何不说出来而要隐瞒呢？"他说，"也许您以为我会……取笑您，或是不经意地对待您……总之，您也许怕见生人；您觉得难为情，有些胆怯……"

她惊讶地望着他，那神色令人难受，使他顿时明白她并没有不好意思、怕见生人和胆怯。

323

问题很愚蠢。他觉得更为懊丧。

"玛尔芬卡可是害怕的，"他说，想改口，"连她自己也不知为什么……"

"可我不知道有什么可害怕的，因此，我可能谁都不怕。"她笑着说。

"那您到底喜欢什么呢？"他突然又提问道，"书不会让您入迷；您说过您不做家务……总有什么让您喜爱的：花儿，也许您喜欢……"

"花儿？是的，我喜欢那边花园里的鲜花，而不是屋子里需要照料的花儿。"

"那总的来说，大自然呢？"

"是的，这是个美好的地方，伏尔加河，悬崖——您瞧这片森林和果园——我都十分喜爱！"她说，怀着显而易见的快乐心情，将目光停留在窗前那一大片地方。

"是什么使您如此依恋这个美好的地方？"

她不作声，继续喜滋滋地将温柔的目光停留在每棵树木、每座山冈上，并且最终落在伏尔加河上。

"一切。"她冷静道。

"是啊，这非常美，不过这还太少：一处景色，一道河岸，山峦，森林——会令人感到寂寞无聊的，倘若这里没有住上什么活生生的人，来召唤和分享这份喜悦的话。"

"是的，这很对：会寂寞无聊的！"她也承认道。

"那么，您在这里该有个什么人，能引起您共鸣，同您交流思想的？"

她不吭声，仿佛没听见他所说的。

"韦拉？"

"啊？我不是独自一人生活，您是知道的！"细听他的问题后，她说，"有奶奶，玛尔芬卡……"

"难道您与她们能引起共鸣，交流思想？"

她瞥了他一眼，双眸中似有问题：为何不能？

"不，"他开始道，"是否有什么人，您能同他在那里，在悬崖边上，或是坐在这灌木林的绿荫中——那里有长椅——早晨坐，或是晚上坐，或是整晚坐，不知时间，不住声地聊，或是半天不作声，只感到幸福——相互理解，不仅理解所说的话，而且知道对方为何沉默，让他能在您那深邃的目光中看出您的内心，读懂您心灵的絮语……就这样！"

她睫毛下垂，仿佛在沉思中睡着了。

"您是否有这样心心相印的人，"他继续道，探求地望着她，"他无影无踪地待在您身旁，虽说他远在天边，但您却感到他近在咫尺，感到他身上有您生活的一部分，而您本人仿佛也留有一部分别人的心、别人的思想，肩上担着别人的命运，而且您感到并非只用您的双目在眺望这山峦和森林，只用自己的双耳在谛听这喧闹声，在贪婪地吸入这温暖漆黑之夜的空气，而是两人一起……"

她瞥了他一眼，做了个动作，一瞬间，随着这飞快的一瞥，从她脸上，从这笑容中，从这灵活的动作中，有道仿佛突如其来的光亮闪现。赖斯基停顿一下，但闪光消失，她神情呆板地听着。

"只有那时，"他继续道，竭力想弄清她脸色的含义，"各方面才有了意义，这真是太美了，太幸福了。我的天哪，何等幸福！您在这里是否有这样心心相印的人——这是另一颗心，另一副头脑，另一个生命，您是否与他交换他的所得，心心相印，交流思想？……有吗？"

"有！"她带着胸音说。

"有！谁是这幸福之人？"他怀着羡慕，几分惊讶，甚至醋意问道。

她沉默片刻。

"嗯……我在那里做客的神甫妻子，他们想必对您说起过她！"韦拉答道，站起身，抖掉围裙上的面包碎屑。

"神甫妻子！"赖斯基不相信地重复道。

"是啊，她是我心心相印的人：她在我家做客时，我们经常久久地欣赏伏尔加河，而且正如您猜想的，坐在那里的长椅上，有说不完的话……您不再喝点咖啡？我让人来收拾……"

"神甫妻子!"他若有所思地重复道,没听见也没发现她笑了,笑时她的下巴微微战栗着。

他脸上挂着疑云,困惑莫解,一脸无端的忧伤。他分析自己,终于明白他询问韦拉是否有某个人因她而生气勃勃光临这穷乡僻壤并在此居住过,并非出于兴趣,部分是为了考验她,部分似乎是向她做自我介绍,表现自己的观点,感情……

他应该承认,他暗自希望在她身上找到如玛尔芬卡那样生机勃勃、充满青春活力、极其丰富的生活,承认他本人暂且无意识地希求开始这种生活,为她而居住在这里,成为她心心相印的人。

总之,与别洛沃多娃和玛尔芬卡相见时的那些意愿和渴望,眼下又迸发出来,只是更强烈,更无法遏制,因为韦拉的美更诱人,更神秘莫测,因为她身上所有迷人的魅力,并非如那两位及许多别的女性那样立刻表现出来,而是隐藏着的,更激发想象力,而且这还刚刚开了个头。

以后,继续下去还将如何:她是谁,她怎么样?狡猾的卖弄风情的女子,乖巧的女演员,深沉机灵的女模特,还是这种女人,她们任意玩弄和践踏人的生命,逼迫别人过悲惨生活,或是给别人那样的幸福,比他未曾得到过的更好,更热烈,更真实。

"您还要咖啡吗?"她又问。

"不,不要。那奶奶,玛尔芬卡呢,您爱她们吗?"他若有所思地转到新问题上。

"不爱她们,我该爱谁啊?"

"我呢?"他突然道,改用开玩笑的腔调。

"大概我也会爱上您的,"她说,用高兴的目光望着他,"如果……您博得爱的话。"

"原来如此!要知道我是您哥哥:您本来就该爱我。"

"我谁也不欠,什么也不欠。"

"爱说大话的家伙!'我谁也不感激,对谁也不低三下四,谁也不怕:我傲得很!……'这么说,怎么样?"

"不,不是这样!"

"她还没长大,没摆脱生活的老生常谈。外省啊!"赖斯基生气地思忖道,在屋子里走动。

"请问,怎么才能获得这份幸福?"他讽刺地问。

"什么幸福?"

"获得您爱情的幸福。"

"爱情,据说它是无偿给予的,就这样。要知道它是盲目的!……我不知道,不过……"

"可有时它也会自觉到来,"赖斯基说,"通过信任、尊重、友谊。我想从友谊开始,以信任结束。为了获得您的关注,我该做些什么,亲爱的妹妹?"

"别注意我。"她沉默一会儿说。

"怎么,别注意您,不……"

"别像现在那样把眼睛瞪得那么大!"她暗示道,"我不在时,别进我房间,别追问我喜欢什么,不喜欢什么……"

"傲慢!妹妹,您倒说说,您……对不起,恕我直言不讳:您别是在炫示这种傲慢?"

她默不作声。

"您别是想夸耀性格的独立?也许您竭力追求 selfgovernment[①],想炫耀摆脱当地权威、奶奶、尼尔·安德烈耶维奇的束缚,对吗?"

"您好像开始'博得我的信任和友谊'了!"她笑着说,然后变得严肃起来,显得疲惫或是烦闷。"我不完全明白您所说的。"她补充道。

"我说这番话,是因为奶奶对我说过。"他辩白道,"您很高傲。"

"奶奶?怎么这样,真是的!到处有人向她请教!我根本不高傲。因为什么,她对您说这个?"

---

① 英语:独立自主。

"因为我把这一切:两座房子、果园、菜园全赠给了您和玛尔芬卡。她说您不会接受的。真的吗?"

"这是您的,还是我的,对我都一样,只要我待在这里就行。"

"可她不想留在此地:她想回诺沃谢洛沃……"

"哦?"她用胸音生硬地问道,好像很吃惊。

"哦,我已经全安排妥当:还往哪儿搬?玛尔芬卡接受了礼物,不过要您也接受。奶奶有些犹豫,没有最终下决心,好像等待您怎么说。那您会怎么说呢?您会接受的,对吗?如同妹妹接受哥哥的礼物?"

"是的,我会接受的。"她急忙道,"不,为何要接受:我出钱买。您卖给我:我有钱。我付给您五万。"

"不,我不愿这样。"

她停下,思考着,把目光投向伏尔加河、悬崖和果园。

"行,随您便——只要让我们留在这里,一切我都同意。"

"那我就吩咐写文据?"

"好吧……谢谢。"她说,走到他身旁,把双手伸给他。他抓住她的手,握一握并亲吻了她的脸颊。而她还他以紧紧握手和一个空吻。

"看来您确实喜欢这个地方和老房子?"

"是的,非常……"

"听着,韦拉:在这里,在老房子里,给我一间屋子——我们一起看书,学习……您愿意学吗?"

"学什么?"她惊讶地问。

"您瞧:我想同玛尔芬卡一起通过实践学些文学史和艺术史。您别吓着,"发现她脸上现出某种愁云,他急忙补上一句,"全部课程将为阅读和交谈……我们将阅读所有东西,老的新的,自己的别人的——互相交换印象,进行争论……这使我感兴趣,可能也会吸引您。您喜欢艺术吗?"

她用手捂着嘴轻轻打了个哈欠:他发现了。

"看来,不必教她,也无法教:她或是已经全知道,或是不想知道!"

他暗自决定道。

"那您……在这里停留长久吗？"她问，不回答他的问题。

"不知道：这取决于情况和……您。"

"我？"她重复道，望着一旁若有所思。

"我们去那边，去那个楼。我给您看自己的纪念册，画稿……我们说会儿话……"他建议道。

"好的，您先走，我就去：我得把自己的东西取出来，我还没归置……"

他拖延着。她扶着门，等他离去。

"我的天哪，她多么可人！美得令人心疼！"他心想，往自己的楼走去，对着她的窗户顾盼。

"韦拉·瓦西里耶夫娜来了！"他在前厅兴奋地对雅科夫说。

"奶奶，韦拉来了！"经过祖母书房，他敲下门大声叫嚷。

"玛尔芬卡！"在通往玛尔芬卡房间的楼梯口他叫喊道，"韦罗奇卡来了！"

叫喊声，喧闹声，惊叫声，钥匙的叮当声，茶炊的咝咝声，奔忙声——这一切都是对他带来消息的回应。

他急忙打开自己的画夹、画稿，拿到客厅里，在桌上铺开，急切等待韦拉将祖母和玛尔芬卡的拥抱、亲热、问长问短应付过去，跑到他这里，继续已经开始，但他又不愿预料结局的谈话。他对自己的麻利劲儿也觉得吃惊，对这样心急慌忙感到不好意思，仿佛他确实"想博得关注、信任和友谊……"

"别忙，"他心想，"我将证明，你在我面前就像个小姑娘，没什么了不起！……"

他急切地等待着。但韦拉没有到来。他打算把她引到有关艺术的深奥的交谈中，并由此再扯到美和感情等。

"神甫的妻子并没有向她揭示一切！"他想，"她并不了解智慧和情感的所有方面：她做不到，没有工夫！我们看吧，到时候，您是否能支配自己……"

但她一直没来。他十分懊丧,收起画稿刚想拿回楼上自己屋里,门敞开了,站在他面前的竟是……波林娜·卡尔波夫娜,她像裹着一团云彩似的穿件薄纱短上衣,脖颈上、胸口上、小腹上、双肩上、带花穗和勿忘草的透明小帽上,都系着天蓝色蝴蝶结。身后依旧跟着那个武备中学学生,拿着扇子和折椅。

"我的天哪!"赖斯基痛苦道。

"Bonjur[①]!"她说,"没料想到吧?我明白,我明白!Du courage[②]!我全明白。我同米歇尔去了小树林,便顺路来看您。Michel! Saluez donc monsieur et mettez tout cela de côté[③]!您这是什么?啊哈,纪念册,画稿,您的缪斯的作品!因为它们,我预先便欣喜若狂啦:看上帝分上,快让我看看,让我看看!往这边坐,靠近些,靠近些……"

她将沙发和几把圈椅用自己的裙子遮住。

赖斯基感到可怕,真想把画夹和纪念册放在她那里。他站着,不知是应该自己突然离去,而把她留在这里呢,还是屈从自己的命运把画稿给她看。

"别不好意思,大胆些!"她说。"Michel, allez vous promener un peu au le jardin[④]!您坐啊,往这儿,坐近些!"待到年轻人离去,她继续道。

赖斯基突然神经质地哈哈大笑起来,并在她身旁坐下。

"这就好!我明白,您料到我会……"她小声补充道。

赖斯基终于快活起来。"这个女人至少在天真地演一出喜剧,不掩掩盖盖,不故弄玄虚,像那个女……"他心想。

---

① 法语:您好。
② 法语:大胆些。
③ 法语:米歇尔!快问好并把所有这些东西随便找个地方放下。
④ 法语:米歇尔,您到花园去溜达一会儿。

"哎，这多可爱！ charmant, ce paysage①！"克里茨卡娅边看画边说。"Qu'est-ce que c'est que cette belle figure②？"她问，停在用水彩颜料画的别洛沃多娃的肖像前。"Ah, que c'est beau③！这是您的情人是吗？您承认吧。"

"是的。"

"我知道——oh, vous êtes terrible, allez④！"她用扇子轻轻敲一下他的肩，补充道。

他笑了起来。

"N'est-ce pas⑤？许多女人都思慕您吧？承认吧。这里还会有多少啊！"

她把狡黠的目光停留在他身上。

"Monstre⑥！"她戏谑道。

"天哪！多么令人厌恶的女人：得揍她一顿！"他咬牙切齿地思忖道，再次怒火中烧。

"我对您有个请求，mr Boris⑦……我希望，我已经可以这么称呼您……Faites mon portrait.⑧"

他默不作声。

"Ma figure y prête, j'espère？⑨"

他缄默不语。

"您不吭声，这事就算定了：我何时能来啊？该怎么穿着？说吧，

---

① 法语：多迷人的风景。
② 法语：这个美丽的女人是谁？
③ 法语：哎，多美啊！
④ 法语：哦，您是个危险人物。
⑤ 法语：不对吗？
⑥ 法语：丑八怪。
⑦ 法语：鲍里斯先生。
⑧ 法语：您画幅我的肖像。
⑨ 法语：我这张脸真该请人画在画布上，对吗？

331

我服从您的旨意——我整个儿是您恭顺的奴婢……"她发音不准地小声道,温情地望着他,好像要把头靠向他的肩膀。

"看上帝面上,放了我吧:我想透透新鲜空气!……"他厌烦道,站起身,把双腿从她裙子里摆脱出来。

"啊,您处于激动状态中:这很自然——是的,是的,我就是想让您激动,而且达到了目的!"她说,得意扬扬地摇着扇子,"何时画像?"

他默默地从裙子里抽出双脚。

"您被俘了,摆脱不了的!"她轻佻地逗引道,不放他走。

"放了我,不然我要喊啦!"

此刻,门轻轻开了,韦拉出现在门槛上。在他们发现她之前,她已经站了好几分钟。最终是克里茨卡娅先见到她。

"韦拉·瓦西里耶夫娜:您回来啦,嗨,真幸运! Vous nous manquez①!瞧,您的cousin当了俘虏,不是吗,像头狮子掉进了罗网!您好吗,我亲爱的,怎么恢复了,胖了……"

于是克里茨卡娅过去与韦拉亲吻。韦拉望着这一幕不作声,只是因为笑,下巴战栗着。

"我等了您很长时间!"赖斯基干巴巴对她说。

"我耽搁了好些时间,这样倒挺好。"韦拉同克里茨卡娅打过招呼,有礼貌地讽刺道,"波林娜·卡尔波夫娜正巧赶上……"

"N'est-ce pas?②"克里茨卡娅肯定道。

"她想必比我更懂行:我很糊涂,没有鉴赏力。"韦拉继续道,拿起两三张画,漫不经心地每张都瞥了一眼,然后放下,走到镜子前,仔细照了照。

"我今天多苍白!头有点疼:这晚上睡得不好。我要去休息了。

---

① 法语:您不在我们寂寞死了。
② 法语:可不是吗?

再见，cousin！"她补充道，溜出了门。

她的脚步声在门外已听不见，只有梯级的轧轧声让人得知她顺楼梯上楼，进了玛尔芬卡的房间。

"现在又是我们俩了！"波林娜·卡尔波夫娜说，拿裙子遮住沙发和半张圆桌，"来看吧！坐过来，靠近些！……"

赖斯基不作声，双手一把便将所有画稿和本子扒成一堆，塞进最大的画夹里，重重地把画夹合上，头也不回，气冲冲迈着大步走了出去。

十七

赖斯基决心用冷淡回报韦拉，不把任何注意力转到她身上，但他还是生了三天气。遇见她时顺便对她说上两句，并且三言两语中都透着懊恼。

他把自己锁在屋里，写长篇小说提纲，也已经把笔记"论无聊之毒害"归入其中。感受着这并非最新的痛苦，他对此加以心理分析，从中提取材料。

他想离开此地，去更远更偏僻的什么地方，哪怕是祖母的诺沃谢洛沃，以便独自静静深思自己长篇小说的结构，抓住生活这张错综复杂的网，给整个描述一个点，理解它，使它成为艺术创作。

这里的一切都妨碍他。你瞧，远处传来玛尔芬卡的歌声："你是我心爱的人，我多么爱你！"——她唱得嘹亮，清纯，歌声在菜园和果园的寂静中自由飘荡，但歌声中听不到任何的爱意；接着便听到她如何漫不经心地中止歌唱，用她歌唱时同样的音调，从窗口吩咐马特廖娜收起菜畦里的莴苣，随后过一分钟，她已经在邻家的孩子堆里，响亮地嬉笑了。

瞧，有几辆农家大车驶进了院子，装载着燕麦和面粉；四轮大车的轧轧声，仆人们的说话声，门的砰啪声——全都在打搅。

远处，从窗口看得见黑麦一片金黄，荞麦呈白色，罂粟花和三叶草姹紫嫣红，田野五彩缤纷，诱人夺目，使人无法集中思想于书稿上。

赖斯基斗争许久，以免四处张望，最后还是违背自己意愿朝韦拉的窗户瞥了一眼：那里寂静无声，见不到她本人，唯独淡紫色的窗帘在风中徐徐摆动。

昨天，她在塔季扬娜·马尔科夫娜的书房里一直坐到天黑：大家都在那里，有玛尔芬卡和季特·尼孔诺维奇。玛尔芬卡干活，斟茶，最后弹钢琴。韦拉默不作声，要是有人问她什么，她才回答，但自己并不开口。

她没喝茶，晚饭时她用叉子拨拨两三盘菜，又些什么东西送进嘴里，随后吃了勺果酱，吃过饭立刻离开去睡觉。

赖斯基越是很少注意她，她越是同他更为亲热，尽管她并没按祖母的要求亲吻他，不是叫他哥哥，而是称他表哥，并且依然不转而改为以"你"相称，而他已经改了，于是祖母强令她改过来。可是只要他稍为对她瞪大眼睛，敢于探问她，她就变得很敏感，小心谨慎，并回自己屋去。

赖斯基懊恼自己生她的气。只要韦拉一发现他出现，他便想摆出一副完全难于接近、随便散漫、冷漠无情的架势，忘了她就在他近旁——其目的倒并非在她面前故意卖弄，而是真的对她持这种态度。

令他苦恼的是，他越是竭尽全力这么做，就越是强烈地流露出对她的一举一动、一言一行细小而不懈的观察。有时他坚持了两分钟，但好奇心渐渐刺激他，于是紧皱眉头投去迅速的半瞥；一切便销声匿迹。接着，他已经无法将目光从她身上移开。

她带来了那么多的变化，随着她的到来仿佛各种景物蒙上了另一种光辉；普通屋子变成了某座神庙，而韦拉，不管她如何往角落里躲藏，却始终占着首要地位，犹如一尊被放置在高高台座上、受灯光和月光照耀的雕像。

她如果行走在果园小道上，而他坐在自己屋里的窗帘后面写作，他本可坐着，头也不抬地写作；可他，虽然十分不愿意表露出对她的关注，还是轻轻地，像个顽童，偷偷撩起窗帘的一角，注视她怎样行走，神色如何，在看什么，猜测她的心思。而她当然也已发现帘子的一角给掀了起来，并猜到为什么掀起。

倘若他自己顺院子或果园走过，本该穿过去直到那头，不朝上瞥一眼；可他开始耍手段，朝她窗户对面的方向张望，好像无意中回头，遇见了她的目光，有时内心深处还对他的手段暗自窃笑。或者他去问马林娜有关她的情况，她在哪儿，在做什么，而如果见不到她，他就到处乱跑，寻找，像是找一枚丢失的佩针一样，但见到她时，却又开始装出一副漫不经心的样子。

有时他两三天不说话，也不同韦拉见面，但他任何时候都知道她在哪儿，在做什么。一般说，他的天分和能力集中在一件使他闲不着的事情上，便变得非常敏锐，达到令人难以置信的精细，而如今，在这默默观察韦拉的时刻，它们便达到了未卜先知的境地。

他在墙后仿佛听到她的声音，并且无意识地猜到和预见到她的言行。他在几天里研究她的习惯、兴趣和某些爱好，但这些暂时只属于她外在的和家庭的生活。

他得以确定她对祖母、对玛尔芬卡的态度，她在这个小天地中的地位，以及她对日常生活和生活方式的态度。

但是韦拉本人的道德面貌对他而言仍然不予关注。

交谈中，她对他丰富的想象力并不感兴趣，对他的玩笑报以淡然一笑，倘若他得以最终使她大笑起来，她的下巴便会笑得直打战。

她会从大笑转为漫不经心的沉默，或是干脆沉思默想，忘了他在场，然后当他用手势或问题将她唤醒过来，她会因沉思而几乎战栗起来。

她不喜欢人家到她的老房子去。甚至祖母也不去那里惊扰她，而对玛尔芬卡，她会毫不客气地将之撵走，不过玛尔芬卡自己也怕上她那儿去。

而当赖斯基在那里遇上她时,很明显,她等着他离去,倘若他想要在她身边待着,出于礼貌她坐上十分钟便走。

显然,她没有任何所依恋的人和事,虽说这在一个姑娘家并不正常;但表面上看像是这样,而洞察自己的心灵她又不允许。说起祖母和玛尔芬卡,她很平静,几乎很淡漠。

经常在做的事情她没有。她读书和刺绣一样,顺便看看,关于读过的内容也很少说,她不弹钢琴,有时弹上几个不确定、不连贯的和弦,对某些和弦谛听很久,或是有人给玛尔芬卡带来许多乐谱,她拿起乐谱,时而这本,时而那本。"你就弹这本。"她说。"现在弹这本,然后弹这本。"她谛听着,凝视着窗外,不再回到弹奏的音乐上来。赖斯基发现,祖母常常喜欢给玛尔芬卡以责备和警告,却怀着某种小心谨慎回避韦拉,不知是体谅她,还是不希望这些苗头会产生不良后果。

但是也有一些情况,连赖斯基渐渐也无法观察清楚,究竟怎么回事:韦拉突然被某种狂热活动所支配,这时她充满令人惊叹的敏捷,显露出她身上怎么也料想不到的许多细小能力——在家务上,在梳妆打扮上,在各种不同琐事上。

譬如有一天,她花一个半小时,用一块薄纱做了两顶精美的包发帽,一顶给祖母,另一顶给克里茨卡娅,她做它们时充满热情,精神振奋,动作极为麻利,但随后过了五分钟,她便忘了这件事,又变得无所事事。

有时她仿佛在祖母的双眸中看到了责备的目光,于是一阵强烈的工作冲动支配着她。她动手帮玛尔芬卡做家务,在五至十分钟内,一阵风似的什么都干完了,又拿起什么便迅速做,一放下便忘,又着手另一件事,又像开始那样突然做完。

祖母有时埋怨客人应付不过来,抱怨韦拉怕见生人,不肯帮忙。

韦拉愁眉苦脸,显然为不能克制自己心里不痛快,末了突然出现在客人们中间,脸色显得那么高兴,双眸微微闪着那么亲热的光芒,表现得那么聪颖、优雅,使祖母张皇失措,大吃一惊。

整个晚上,有时是整个白天,她都如此精神,而翌日便猝然中止,又陷入沉思——谁也不知她心里想些什么,心情如何。

瞧,这就是赖斯基暂时能观察到的一切,也就是其他人所见到和了解到的一切。但他的正面材料越少,他的想象力便越是步调一致地工作,结合分析,挑选出开启这扇矜持孤僻心扉的钥匙。

自打赖斯基有了新的使命——韦拉,他同祖母的争论便少了,也冷淡了,对玛尔芬卡也差不多很少关心了,尤其是果园之夜以后,当时他曾期望她由一个天真无邪、眼界狭小的小姑娘变成个女人,但她没给他任何希望。

其实,他们三人,也就是赖斯基、祖母和玛尔芬卡,几乎形影不离。早茶后,他在塔季扬娜·马尔科夫娜的书房里得待上一小时,中饭后也是这样,每逢恶劣天气,晚上也如此。

韦拉待的时间不长,同祖母、妹妹问过好,便回老房子,也听不到她在那里干什么。有时她根本就不过来,而是打发马林娜给她那里送咖啡。

祖母微微皱起眉头,小声自言自语:"任性的丫头,怕见生人!"但并不坚持自己的意见。

除了美貌,对世上的一切漠不关心的赖斯基,对韦拉已经完全屈服,何处找不着她,那里的人便受冷淡,他对各种丑陋的东西粗鲁甚至残酷。

他不仅坚持要求外部世界的美,形色的美,而且对精神世界的看法,也不像它现在那样,表面粗野严酷,充满矛盾,也不把它看作创世伊始未完成的一项工作,而是看作一个和谐的整体,看作一个现成的、已经很盛大的、由他自己所创造的理想体系,拥有在他头脑里完成的情感和渴望,激情、生命和情调。

他没有足够的耐心沉浸在嘈杂忙碌中,淹没在粗活中,默默忍受着痛苦,花费精力去准备那个兴高采烈时刻的来临,那时,人类将感受到,他们做好了一切准备,将达到自己的极盛,待到极盛来临,它

337

便犹如一条大河,犹如一道准确无误、经久不衰的生命之流,驶入永恒。

现实和自己理想之美时时处处的不谐调,使他感到极受委屈,为自己和整个世界而痛苦。

他相信合乎理想、十分完美的进步,相信无论是形式还是心灵的完美,这是一种较之唯物主义者所相信的只图实惠的进步更为强劲的完美;但进步那乌龟爬似的步伐令他痛苦,使他陷入深深的忧郁之中,甚至他所亲近的人那些不像话的小小擦痕,他都无法忍受。

于是,所有人在他看来都像是福音书上的棺柩,积满尘土和尸骨。祖母老年人的美,也就是她的性格、智慧方式、整个儿古板脾气、善良等之美,开始失去光泽。某些地方,她的眸中闪烁着缺乏理性的固执,某些地方是利己主义;他觉得她的封建习气像是本能的专横霸道,在灰心丧气的时刻,他甚至不想以年老和缺乏教养而原谅她。

季特·尼孔诺维奇是个风烛残年、毫无用处的老地主,列昂季是个知识肤浅的书呆子,他的老婆是个淫荡的蠢妇,马利诺夫卡的仆人们全是一帮贪得无厌、不懂人事的野人。

这整个小天地,这有着众多木屋、农夫、牲畜、家禽的产业,已经失去快乐幸福的安乐窝色彩,简直就是个牲口棚,如果……不是韦拉,他早就从这里离开了!

就在这样一个感到忧郁的时刻,他抽着雪茄,躺卧在塔季扬娜·马尔科夫娜房间里的卧榻式沙发上,从来无事不坐下的祖母,握着铅笔正在检查萨韦利送来的某些账册。

她面前的小纸片上,放着一小堆燕麦和黑麦。玛尔芬卡用针在挑一小块缝在棉布上的花边,那么聚精会神,双唇紧闭,鼻子和前额旁出现了皱纹。韦拉如往常一样不在。

赖斯基偶然瞥一眼玛尔芬卡,笑了起来。她脸红了,询问地望着他。

"你做出一副多么可笑的小脸蛋啊。"他说。

"喏,谢天谢地,红太阳露出了笑脸!"塔季扬娜·马尔科夫娜说,"要不看着厌烦。"

他叹口气。

"干吗叹气啊:活在世上,怎么,不痛快?"

"是不痛快,奶奶。您难道很轻松?"

"别怨天尤人了!看来,你其实是想铤而走险。"

"哪怕铤而走险也好,生活中总不能死水一潭吧,不然——真得完蛋!"

"天啊,宽恕他:他自己都不知道说了些什么!唉,鲍留什卡,你可别说不祥之言招灾惹祸!木棒敲脑袋,滋味不好受。是的,是的,"她沉默一会儿,轻声叹息着补充道,"骄傲自大——这可是一个人命中注定的。现在它轮到你了:看来学问是必需的。命运将会让你明白事理,记住我的话吧!"

"用什么明白事理,奶奶:用木桩子吗?我不怕。我一无所有,谁也不得罪,还怕它干什么?"

"可是你要知道:人各有命!有的人该着受罪一辈子,扛着它,拽着它,像纤夫的背带似的。你瞧,基里尔·基里雷奇……"祖母立刻使用自己喜欢的方法,"他很富有,很健康,总是嘻嘻嘻,嘻嘻嘻的,可突然老婆走了:从此便垂头丧气,都六年了,像个幽灵似的……而叶戈尔·伊里奇……"

"我没有妻子,那么就不会有危险……"

"你会娶的!……"

"干什么:让她跑走啊?"

"不是所有妻子都会跑的:怎么样,我给你去提亲?"

"不,谢谢;您还是为我找个别的木桩吧。"

"命运会替你找的!唉,得啦,好自为之吧,别招灾惹祸啦!你听着,最好还是同我一起进城去拜访。他们老是不让我得安宁,好像是我不放你走似的。副省长夫人,尼尔·安德烈耶维奇,公爵夫人:就上她那儿!噢,还有那个不要脸的波林娜·卡尔波夫娜家,也该顺路去一下,免得她嘟囔!然后上包税商……"

"这是干什么?"

"以后我再说。"

"玛尔芬卡,奶奶干吗带我去包税商那儿——你是否知道?"

"他有个打算出嫁的女儿,您记得吗,奶奶有一次提起过?想必是想为您向她求婚……"

"瞧,她立马便猜着了!有人问你了吗,到处抢话!你的舌头也真快:难道我自己不会说?"

"嗨,原来如此!很好……"赖斯基打个哈欠说,"我去拜访,只是您也得同我一起顺便去趟马克家:该回拜他。"

塔季扬娜·马尔科夫娜沉默不语。

"奶奶,您怎么不作声:我们去吗?"

"废话少说:你不该同他鬼混在一起——没什么好处,他只会把你引入歧途!他都对你说了些什么?"

"他几乎没说什么:我们用过晚餐便睡了。"

"他没请求借钱?"

"提了。"

"是啊,果真如此:你得小心,别给!"

"可我已经给了。"

"给了!"她怜惜地叫道。

"您正好提到钱:他请求一百卢布,可我只有八十。我的钱在哪儿?请给我,得给他寄去……"

"鲍里斯·帕夫洛维奇!我不是对你讲过,他只会做一件事,就是借钱!我的天哪!何时还呢?"

"他说了不还的。"

她激动起来,身子微微动弹,使得座椅也移动起来。

"这算怎么回事,不管怎么说,他还是我行我素!"她说,"太糟糕!"

"给我钱。"

"你难道交租子哪?"

"他没吃的!"

"那你就着手养活他?没说的!茨冈人和流浪汉们总是吃别人的:那你不供他们吃啊!八十卢布啊!"

塔季扬娜·马尔科夫娜皱起眉头。

"没钱!"她简短道,"我不给:哪怕不自愿,你也得听奶奶的!"

"瞧这专横霸道!"赖斯基说。

"怎么着,吩咐套马车?"祖母沉默一会儿问。

"干什么?"

"不去拜访吗?"

"您不按我的意愿做,那我也不会按您的旨意做。"

"你把自己同我比!什么时候鸡蛋教训起母鸡来!罪过啊,罪过,老爷!你是怪人,非同一般:固执己见!"

"不是我,您才是非同一般的女人!"

"怎么非同一般,老爷,请说?"

"怎么非同一般?我想结识谁您不准许,我想支配的钱您横加干涉,我不想去的地方您要带我去,可我想去的地方您不去。喏,马克那里您不想去,我也不勉强您,可您也别来勉强我。"

"我带你去的是好人家。"

"依我看,他们并不好。"

"怎么,马尔库什卡①倒是好的?"

"是的,我喜欢他。他头脑灵活自由,有独立意志,为人幽默……"

"那就去见他吧!"她懊丧地补充道,"怎么样,你同我一起上马梅金家吗?"

"这个马梅金是怎么回事?"

"包税商啊,他有个要出嫁的女儿。"玛尔芬卡插话道,"您去吧,

---

① 马克的小名。

哥:这星期他们家有个盛大的晚会,他们将邀请我们,"她轻声补充道,"奶奶要是不去,我们就去不了,可是会让我们同您一起去的……"

"你让奶奶也高兴高兴,去吧!"塔季扬娜·马尔科夫娜补充道。

"那您也得让我高兴,就别让我去了。"

"怪人,非同寻常!我让他快乐,可他却不给我快乐。"

"要知道在这快乐后面隐藏着要让我结婚的意图——是这样吗?"

"哦,就算是这样:那有什么不好?——我是想给你幸福!"

"您怎么知道娶了某个马梅金的女儿,对我来说便是幸福?"

"她是个美人,在莫斯科收费最贵的寄宿学校受过教育。光是那些钻石就价值八万卢布……结婚对你有利……你将得到丰厚的嫁妆,住大宅子,全城人都会常来看你,所有人都将在你面前卑躬屈膝,你可以接济自己的亲属朋友……而且你在彼得堡也将使自己风光露脸……"祖母几乎在暗自幻想。

"可我并不想让人卑躬屈膝,这太卑鄙了!奶奶!我想,您爱我,您所期望的是某些更好、更明智的东西……"

"你怎么啦,难道你果真要木桩子吗?我希望你幸福,可你……"

"幸福当然好:可不明不白拿人家的钱财、钻石,另外再添上个什么戈连杜哈·帕拉莫诺夫娜!"

"不,不是戈连杜哈,而是富有而漂亮的新娘!听见了吗,非同一般的怪人!"

"怂恿别人去娶一个你不了解、不想要的人为妻:非同一般的怪女人!"

"喏,鲍留什卡,我没想到你会变成这样一个怪僻的人!"

"怪僻的人不是我,奶奶,而是您……"

"啊!"玛尔芬卡几乎极其可怕地惊叫起来,"您怎么敢这么说奶奶!"

"可她就是这么说我的。"

"她比您年长,她是您奶奶!"

"哦,奶奶,"他突然对她说道,"倘若我劝您出嫁,您会怎么样?"

"玛尔芬卡!快给他画十字:你坐得离他近些。"祖母生气道。

玛尔芬卡笑了起来。

"说实在的……"赖斯基开玩笑道。

"你开玩笑,可我在跟你说正经事,愿你幸福。"

"我也是愿您幸福。瞧,大伙见到您也有这样的时候:您感到寂寞,发牢骚;有时我还偶然发现您在掉眼泪。'自己一辈子孤单一人,连说几句话的人也没有,'您抱怨道,'孙女们都东跑西颠的,我劳累不堪,劳碌了一辈子——哪怕让我去见上帝也好啊!待到女孩子们一出嫁,就剩下我孤苦伶仃,孑然一身!'等等。可是这里,在您身边就坐着一个可敬的人,他会吻您的手,替您巡视田野,挽着手陪您上果园,与您玩纸牌……说实在的,奶奶,您还要怎样……"

"够了,鲍里斯·帕夫洛维奇,别再胡说八道,"祖母伤心地叹息道,"你比我年轻,人又聪明,别胡说八道了。"

她透过眼镜望着他。

"可是季特·尼孔内奇倒是在您身旁那么卑躬屈膝,就差没为您祈祷——永远跪倒在您脚下了!您只要给个手势——他便将幸福得要死!"

玛尔芬卡笑个不停。祖母稍稍有点脸红。

"原来如此:新郎你都找好啦!"她漫不经心道。

"那有什么,"赖斯基继续开玩笑,"您过着小家庭生活,又有钱,而他没有家室,孤单单的……瞧,多合适……"

"原来是因为我既有房子又有钱,所以就该嫁人:难道我的房子归他当养老院?再说房子并非我的,而是你的。况且他本人并不穷……"

"可是这像什么,不就像您为了钱而让我结婚吗?"

"你可能会喜欢那个姑娘的,而她同样也会喜欢上你:她可招人喜欢……"

343

"您同季特·尼孔内奇同样会互相喜欢,您同样招人喜欢……"

"你别拿季特·尼孔内奇纠缠不清!"塔季扬娜·马尔科夫娜暴躁地打断道,"我是想让你幸福。"

"我也是想让您幸福!"

"闲扯,真的,闲扯:听着都让人厌烦!你不想满足奶奶的愿望——那就随你便!"

"那您为何不想满足我的愿望呢?我还没见过马梅金的女儿,也不知道她怎么样,可季特·尼孔内奇是喜欢您的,而您自己看他时也有点儿亲热劲儿……"

"还有哪,"玛尔芬卡打断道,"我告诉您,哥:每当季特·尼孔内奇得病,奶奶就亲自……"

"你,女士,干吗,"祖母生气地呵斥道,"小丫头也来取笑奶奶!没大没小的,看我不揪你耳朵,用草鞋扇你!他不再听话,不再服从:同马尔库什卡鬼混在一起,这可是最坏的事情!我不再关心他,而你等着吧,我会制服你!而你,鲍里斯·帕夫雷奇,你结不结婚——我无所谓,只是别再纠缠,别胡说八道。我也不会吩咐接待季特·尼孔内奇……"

"可怜的季特·尼孔内奇!"赖斯基可笑地叹着气道,调皮地瞥一眼玛尔芬卡。

"哦,您瞧,奶奶,您终于说到正事上,说到实情上了:'结不结婚——随你的便!'早就该这样了!那么,您的婚礼和我的婚礼就推迟到不确定的时间吧。"

"正事,实情!"祖母嘟囔道,"咱们瞧吧,看你如何过日子!"

"按自己的意愿,奶奶。"

"这行吗?"

"那怎么办:难道按别人的意愿?"

"像人们那样活着。"

"什么样的人们?难道这里有这样的人们?"

这时，瓦西里莎进来禀报客人到："科尔钦诺的小少爷……"

"这是尼古拉·安德烈耶维奇·维肯季耶夫：有请！'什么样的人们？'哪怕是这样的人也好啊：天哪，天地如此之大啊！"别列日科娃说。

玛尔芬卡脸微微红了，整了整衣服和三角头巾，匆匆往镜中瞥了一眼。赖斯基悄悄用手指指着吓唬她：她脸更红了。

"您干什么哟，哥……您……又……"她开始道，但没有说下去。

瓦西里莎走后又急匆匆回来。

"还来了这个……在这儿过夜的人，"她对赖斯基说，"他打听您！"

"别又是马尔库什卡？"祖母惊惧地问。

"就是他！"瓦西里莎肯定道。

"瞧，这样的人才是人！"赖斯基说着急忙往自己屋里跑。

"多高兴啊，跑得多快！可找到人啦！可别忘了把钱要回来！他是否想吃东西？我派人送去……"祖母在他身后叫嚷。

十八

从房间里走进来，或是更确切地说，跳进来一个年轻人，中等个儿，生气勃勃，精神焕发，身材俊美健壮，二十三岁，一头深褐色、近乎深棕色的头发，绯红色脸颊，灰蓝色敏锐的双眸，挂着笑容，露出一排结实的皓齿。他手捧一束矢车菊和一件用手帕仔细包着的东西。他把这两样东西和帽子一起放在了椅子上。

"您好，塔季扬娜·马尔科夫娜，您好，玛尔法·瓦西里耶夫娜！"他说着吻老太太的手，接着去吻玛尔芬卡的手，但玛尔芬卡急忙把自己的手缩回，结果他及时给了个飞吻。"还是不让——您这个人呀！……"他说，"瞧，我给您带来的……"

"您怎么不知去向：根本见不到您，"别列日科娃惊讶地甚至严厉

345

地问,"难道是开玩笑? 差不多有三个星期了!"

"我怎么也脱不开身,省长哪儿也不让去;吩咐将办公厅的公文案卷整理就绪……"维肯季耶夫急匆匆说,有几个词甚至没说完。

"胡扯,胡扯! 别听他的,奶奶:他什么公文案卷都没有……他自己说的!"玛尔芬卡干预道。

"真的,向上帝保证,咳,您这个人呀:公文案卷堆积如山哪! 我们要来个新的办公厅主任——我们给公文案卷盖印,编目……我盖了五百页的公文案卷。甚至彻夜坐着……真的,向上帝保证……"

"别对天起誓! 您这是什么习惯,为点小事便对天起誓:多罪过啊!"别列日科娃严厉制止他。

"怎么为点小事呢:您看,玛尔法·瓦西里耶夫娜她不相信! 可我,真的,向上帝保证……"

"又来了!"

"是真的吗,塔季扬娜·马尔科夫娜,是真的吗,玛尔法·瓦西里耶夫娜:鲍里斯·帕夫洛维奇来了? 我刚才遇见一个人,顺过道走过,难道这就是他? 我是特意来……"

"您瞧见吗,奶奶?"玛尔芬卡打断道,"他是来看望表哥的,要不然他多久也不会露面的! 怎么样?"

"咳,玛尔法·瓦西里耶夫娜,您这个人呀! 我刚一脱身,就跑来了! 我向省长求啊,求啊——他就是不放:说是不把公文案卷搞定就不放我走! 我说,我没在妈妈身边:想去一趟科尔钦诺,与她共进午餐——即使这样他也只是昨天才放我走,真的,向上帝保证……"

"妈妈身体好吗? 怎么样,她身上的癣好了吗?"

"好了,十分感谢! 妈妈向您致意,请您别忘了她的命名日……"

"十分感谢! 只是我不知道,是否打定了主意,人老了,并且害怕过伏尔加河。而我们的两个女孩子……"

"奶奶,没有您,我们也不去,"玛尔芬卡说,"我同样怕过伏尔加河。"

"这么胆小,不害臊吗?"维肯季耶夫说,"您怕什么?我乘我们的快艇来接您……我的桨手全是歌手……"

"我怎么也不同您一起去,您在小艇上一刻也坐不安宁……您这纸袋里是什么东西在动弹啊?"她突然问,"您看啊,奶奶……哎哟,别是蛇吧?"

"这是我给您捎来的活鲤鱼,塔季扬娜·马尔科夫娜:刚才我自个儿钓的。来您家,我在那边的小河里,在苔草丛里,见到伊万·马特维伊奇坐在小船上。我请求上他那儿,他把船靠过来,抓住我,我坐上不到一刻钟——瞧,钓到一条什么样的!而这是给您的,玛尔法·瓦西里耶夫娜,亲爱的,您瞧,我在那里的黑麦田里采的矢车菊……"

"不应该,您曾答应过,我不在您不采摘的——可如今,瞧,您有两个多星期没来了,矢车菊全枯萎了:瞧,多糟糕!"

"那我们现在去摘新鲜的!"

"且慢!"别列日科娃制止道,"您为何不能待一会儿呢?刚一来,您瞧,脑门还没有冷下来,您的两脚就痒痒,想要走啊?早饭您想吃什么:咖啡,还是松肉?而你,玛尔芬卡,去问问,那个……马尔库什卡……不想吃点什么?只是自己别露面,让叶戈尔卡去问……"

"不,不,我什么也不想吃,"维肯季耶夫急忙道,"我来此之前,吃过整只大馅饼……"

"您看,奶奶,他就这么个人!"玛尔芬卡说,"吃大馅饼!"

说完,她便亲自去完成祖母的委托,然后她返回,说是什么也不需要,客人打算马上离开。

"这里不能让您吃个够!"塔季扬娜·马尔科夫娜责怪道,"您为何要吃过早饭来呢?"

维肯季耶夫缠住玛尔芬卡。

"替我说说情!"他说。

"别靠近,别靠近,别碰我!"玛尔芬卡生气道。

他不坐着,也不站着不动,而是一会儿往祖母那儿靠,一会儿向

347

玛尔芬卡那边跑,尽力设法同她们俩说话。他的脸几乎立刻显出严肃的表情,而突然间又满脸笑容,露出雪白结实的牙齿,在他急急忙忙说话时,或是嬉笑时,有时牙齿上会突然冒出气泡。

"要知道我吃大馅饼,是因为它偶然落在手边,顺手就能拿到。库兹马开柜子,我正巧从边上走过——见到大馅饼,又只是一个……"

"您可怜它孤零零无依靠,于是便把它吃了?"祖母替他说完。三个人全笑了。

"有无果酱,玛尔法·瓦西里耶夫娜:我想吃点……"

"叫人拿来——怎么会没有呢?松肉您不要了吧?有昨天的烤肉,雏鸡……"

"雏鸡就行……"

"别给他,奶奶:干吗宠他?不值得……"但说着便想亲自出屋去取。

"别,别,玛尔法·瓦西里耶夫娜,真的不用,您只要别离开:我最好吃午饭。塔季扬娜·马尔科夫娜,我能在您这里用午饭吗?"

"不,不行。"玛尔芬卡说。

"你别开这样的玩笑,"祖母制止她,"看来,他会跑掉的。显然您很久没来了,"她转向维肯季耶夫,"连吃顿中饭都开始询问是否允许!"

"太感谢了!……玛尔法·瓦西里耶夫娜!您去哪儿?您等一等,等一等,我同您一起去!……"

"不必,不必,我不愿意!"她说,"我让人去煎您的野鲤鱼,午饭就没有别的给您吃了。"

她用两根手指去抓鱼头,而当鱼儿啪啪地来回甩尾巴时,她惊叫起来:"哎哟,哎哟!"将鱼丢在地板上,顺走廊跑了。

他跟着她跑,过一会儿两人已经在什么地方哈哈大笑,又过一会儿上面传来钢琴欢快的华尔兹乐曲,塔季扬娜·马尔科夫娜的头上响起脚的踢踏声,后来有人像是从楼梯上滚了下来,接着飞跑着穿过院子，冲进果园，先是玛尔芬卡，维肯季耶夫紧随其后，果园里传来他们的说话声、歌声和笑声。

祖母朝窗外瞥了一眼，摇了摇头。院子里，母鸡，公鸡，鸭子嘎嘎惊叫着往两边乱窜；狗吠叫着跟在奔跑的人后面欢蹦乱跳；下房里探出仆人们的、女人们的和马车夫的脑袋，四处张望；果园里花卉和灌木微微摆动，恰似活的生灵，但没有一个花畦或花坛上留下凹陷的鞋后跟或女人纤足的痕迹，两三只花盆连花一起翻倒在地；细树枝被手一抓，树梢摆动，吓得鸟儿一个不剩全都飞进了小树林。

一刻钟过后，两人又都什么事也没发生过似的，安安静静地坐在祖母身旁，快活地望着周遭和对方：他在擦脸上的汗珠，她用手绢儿扇着自己的前额和两颊。

"两个好样儿的：成什么样子！"祖母责怪道。

"这全怪他，"玛尔芬卡抱怨道，"他追我！您叫他在原地待着的。"

"不，不是我，塔季扬娜·马尔科夫娜：她让我去果园，而自己先跑了，我想追，可她……"

"他是男人，而你不害臊，你已经不是小姑娘了！"祖母责备道。

"您瞧，我为您受委屈！"玛尔芬卡说。

"没什么，玛尔法·瓦西里耶夫娜，老奶奶们总是有点唠叨——这是她们的神圣职责……"

祖母听见了。

"什么，什么，先生？"塔季扬娜·马尔科夫娜半认真地制止他，"您过来，为这些屁话我得替您妈妈揪耳朵罚您，何况她不在这里！"

"好吧，好吧，塔季扬娜·马尔科夫娜，咳，您揪吧，请吧！您只是吓唬一下，从来不揪的……"

他跳着跑近老妇人，把头低下。

"揪吧，奶奶，使劲儿，让它红上一个礼拜！"玛尔芬卡教唆道。

"哎，您来揪吧！"他对她说，把头挪过去。

"当您在我面前犯了错，我就揪。"

"再等一等,我得向尼尔·安德烈耶维奇去诉诉苦,把您今天说过的话转述……还是他特别宠爱的人哪!"塔季扬娜·马尔科夫娜说道。

维肯季耶夫站在房间中央,显出一副傲慢的神色,将胡子陷在领结里,皱起眉头,向上竖起一根手指,用有气无力的嗓音开腔道:"年轻人!你的话使老人们的威望受到了动摇!……"

兴许,这太像尼尔·安德烈耶维奇了,玛尔芬卡大笑不止,而祖母皱了皱眉头,蓦地也温厚地笑了起来,并开始拍打他肩膀。

"老兄,你这么一个活宝,长得像谁啊,学得那么惟妙惟肖?"她亲切道,"你爸爸,愿他升天,是那么的严肃,从不轻率说话,教你妈也不敢露笑脸。"

"哦,玛尔法·瓦西里耶夫娜,"维肯季耶夫说,"我给您带来了一首新的抒情情诗,还有一本杂志和一部出色的中篇……全然忘了……"

"它们在哪儿?"

"我留在了伊万·马特维伊奇的小船上,全因为这条鲤鱼!它在我手中挣扎——我便将书和乐谱忘了……我现在跑去——也许他还待在小河上——把它们取来……"

他跑了几步,又回转身。

"我搞到一副女用马鞍,玛尔法·瓦西里耶夫娜:您可以骑马了;伯爵的驯马师一个月就能把您教会——您愿意,我现在便去取来……"

"哦,您多可爱,您多善良!"玛尔芬卡得意忘形道,"那会多开心……啊,奶奶!"

"谁允许你如此淘气?"祖母厉声道,"您这是怎么啦,精神是否正常:让姑娘家去骑马!"

"可是玛丽亚·瓦西里耶夫娜,还有安娜·尼古拉耶娃——她们怎么能骑啊?……"

"那您就把马鞍给她们哪!别把这些花里胡哨的玩意儿弄到这里

来:只要我活着,就不允许!这样的话,看来,离违背教规便不远了,还会抽上烟吧。"

玛尔芬卡绷着脸,维肯季耶夫不知所措地站了一会儿,时而搔搔后脑勺,时而搔搔眉毛,接着又不像别人那样去抚平头发,而是把头发弄得乱蓬蓬的,解开西装背心又扣上,把制帽轻轻抛起又接住,跳出屋子,说了声:"我去取乐谱和书——马上回来……"便消失了。

玛尔芬卡也想走,但祖母把她拦住。

"听着,小心肝,过来,我有话对你说。"她亲切地开口道,又稍稍拖延了一下,好像没拿定主意似的。

玛尔芬卡走近她,祖母理了理她在果园里奔跑时弄得有点凌乱的头发,像母亲那样怜爱地望着她,欣赏着她。

"奶奶,您怎么啦?"玛尔芬卡突然问,惊讶地瞥一眼老妇人,等待这开场白之后要说的话。

"你是我的好姑娘,尊重奶奶的每句话……不比韦罗奇卡……"

"韦罗奇卡也尊敬您:您用不着对她……"

"哎,你为她说情!尊敬,这没错,可她只顾自己,并不相信我:奶奶嘛,老了,糊涂了,而你们嘛,年轻——明事理,学得多,什么都知道,什么都读过。好像她不会出错……不是什么都在书上写着的!"

别列日科娃若有所思地叹口气。

"您想对我说什么哪?"玛尔芬卡好奇地问。

"你听着:你是个大姑娘了,早就该当新娘啦,于是你得稍稍谨慎些……"

"这怎么谨慎些,奶奶?"

"等一等,别打断我。瞧你蹦蹦跳跳,奔啊跑啊的,像个孩子,还跟一帮小娃娃打交道……"

"难道我一直在奔啊跑啊?要知道我在干活,缝纫,刺绣,倒茶,管家务……"

"又打断我！我知道你是个聪明孩子，你是我的宝贝，愿你身体健康，又听奶奶的话！"老太太重复着自己心爱的调调。

"那您为什么还责骂我呢？"

"等一等，让我说话！我哪能责骂啊？我只是说说而已，让你稳重些……"

"怎么，跑都不能跑：这难道也违背教规？可表哥说……"

"他说什么？"

"他说，我太……听话了，奶奶不在，寸步都……"

"你可别听他的：他在那边什么英国女人、波兰女人，看得多了！那些女人还是姑娘时便独自上大街乱逛，同男人们书信来往，骑马。怎么，你哥也想让你这样？你先别忙，我来跟他说……"

"不，奶奶，您别说——他会生气的，如果知道我告诉您……"

"你做得好，一直这么做吧！你哥他要说，别管他！你看看：他想搞乱女孩子的心！"

"难道我是个小孩子？"玛尔芬卡委屈道，"我做条连衣裙要十四俄尺……您自己说的，我该当新娘了！"

"没错，你长大了，可你还是一颗童心，愿上帝保佑，永远保持这颗童心！但也不妨再聪明些。"

"那为什么，奶奶：难道我笨？哥说我单纯可爱……说我又漂亮又聪颖，说我……"

她打住了。

"唔，还说什么？"

"说我'自然'……"

塔季扬娜·马尔科夫娜默不作声，显然是在向自己解释这词的含义。但不知为何她并不喜欢这个词。

"你哥在说蠢话。"她说。

"要知道他极聪明，奶奶。"

"那是，他比城里所有人都聪明。而他的祖母很笨：他想教导我！"

不,你要不通过他而努力变聪明些,靠自己的聪颖生活。"

"天哪,难道我有这么笨吗?"

"不,不,你也许比许多聪明人都要聪明……"祖母朝韦拉住的老房子方向瞥了一眼,"不过你的聪明还在硬壳里,是到开窍的时候了……"

"为了什么,奶奶?"

"孙女,哪怕为了学会听懂你哥的话,并且好好回答他。他当然不希望你不好;他从小就正派,爱你们姐妹俩;你看,把田庄都给了你们,他就是爱胡扯,废话太多……"

"他说的并非全是废话:有时他的话说得又聪明又好……"

"波林娜·卡尔波夫娜也并不傻:同样会说话。我不是拿鲍留什卡同这头母羊比,而只是想说,他们都很俏皮,很聪明!你也应该有这样的聪明,以便知道什么时候你哥在说俏皮话,什么时候在说有头脑的话。对俏皮话你付诸一笑,以俏皮话作答,而有头脑的话你得铭记在心。俏皮话虚假,用漂亮的言辞和笑声打扮修饰,像蛇那样往耳朵里钻,一心想偷偷走近聪明人,让他黯然失色,一旦神志不清,于是便心神大乱。双眼望着,却看不见,或者看到的并非那……"

"奶奶,为何您要责骂我?"玛尔芬卡急不可耐地问。

她甚至流出了眼泪。

"您说:同孩子们一起奔跑玩耍不好——那我就不再……"

"你千万别!跑跑跳跳,享受空气——对身体有益。你像小鸟一样高兴,愿上帝保佑你永远这样,去爱孩子吧,唱吧,玩吧……"

"那您为何责骂?"

"不是责骂,而只是说:你要知道限度和时刻。瞧你方才同尼古拉·安德烈耶维奇一起奔跑……"玛尔芬卡突然脸红了,走开坐到角落里。祖母凝视着她,又开始讲,声调更低更慢。

"这没关系:尼古拉·安德烈伊奇是个非常好的人,很善良——也是个顽童,像你一样爱玩爱闹,而你是我的乖孩子,说话行事守本

353

分。你们俩无论跑哪儿,打算干什么,我知道,他都不会对你说轻佻话,而你也不会去听的……"

"你让他别再来了!"玛尔芬卡生气道,"现在我同他一句话也不说……"

"这不好:无论是他,还是旁人,天知道会怎么想。你只要稍为谨慎一些,别在院子里和果园里奔跑,免得人们指摘道:'瞧,该出嫁的姑娘,还像男孩那样不干正事,还和外人在一起……'"

玛尔芬卡涨红了脸。

"你别难为情:没必要!我只是告诉你,别做傻事,仅仅为了大家也该谨慎些!嗨,生什么气啊:过来,让我亲亲你!"

别列日科娃亲了下玛尔芬卡,又理了理她的头发,一直欣赏着她,还亲热地抓住她的耳朵。

"尼古拉·安德烈耶维奇快来了,"玛尔芬卡说,"可我不知道,眼下如何同他相处。他要是叫我去果园,我不去,上田野——我也不去,也不再奔跑。这我全能做到。但如果他逗我笑——那我可忍不住,奶奶,我会笑的,随你的便!或者他要唱歌,请我伴奏:我该对他怎么说?"

奶奶正想回答,这时维肯季耶夫回来了,走进屋子,一身汗,一身土,双手捧着书和乐谱。他把它们一一放在玛尔芬卡跟前的小桌上。

"那么现在……"他用手帕擦脑门和掸去衣服上的尘土,急急忙忙地说,"请把小手给我!我跑得多快啊——那些狗在小巷子里追我,差点儿没吃了我……"

他想握住玛尔芬卡的手,但她把手藏到身后,然后从椅子上站起身来,行了个请安礼,十分庄重地严肃道:

"Je vous remercie,mr 维肯季耶夫:vous êtes bien aimable[①]."

他朝她瞪着眼睛,接着又瞪着祖母,然后又瞪着她,把头发抓得

[①] 法语:谢谢您,维肯季耶夫先生,您太客气了。

乱蓬蓬的，匆匆朝窗外瞥了一眼，突然一屁股坐下，又霍地跳了起来。

"玛尔法·瓦西里耶夫娜，"他说，"我们上大厅，去凉台吧——瞧：有对年轻人马上要乘马车过来……"

"不，"她傲然道，"merci，我不去：一个姑娘家到凉台上探头探脑看热闹，并不雅观……"

"那我们去分析新的抒情情诗……"

"不，谢谢：待会儿我一个人试试，或是在奶奶身边……"

"我们去小树林——在那边坐坐：我给您念新的中篇小说。"

他拿起书。

"这怎么可以！"玛尔芬卡瞥一眼祖母厉声道，"难道我是个孩子？……"

"这是怎么回事，塔季扬娜·马尔科夫娜？"不知所措的维肯季耶夫说，"玛尔法·瓦西里耶夫娜弄得我六神无主！"

维肯季耶夫凝视着她们俩，然后突然来到屋子中央，做出一副愉快的表情，身子略往前倾，双臂曲成圆形，帽子夹在腋下。

"Mille pardons, mademoiselle, de vous avoir dérangée①."他边说边使劲儿戴手套，但因为天热，大手潮乎乎的套不进去。

"Sacrebleu! ça n'entre pas-oh, mille pardons, mademoiselle②..."

"得了吧您，调皮鬼，把果酱给他拿来，玛尔芬卡！"

"Oh！Madame, je suis bien reconnaissant. Mademoiselle, je vous prie, restez de grâce③！"他冲过去，恭恭敬敬地向前伸出双手，想挡住正向门口走去的玛尔芬卡的路，"Vraiment, je ne puis pas：j'ai des visites à faire... Ah, diable ça n'entre pas！④..."

玛尔芬卡克制自己，咬着嘴唇，但笑声还是突然爆发出来。

---

① 法语：万分抱歉，女士，给您添麻烦了。
② 法语：真糟糕！戴不进去——哦，请原谅，女士。
③ 法语：哦！女士，我对您表示感谢。请您，小姐，劳驾，别去了。
④ 法语：但是，我真的不行：我该去做一些拜访……啊，见鬼，套不进去！

"奶奶，瞧他什么样，"她抱怨道，"现在他又模仿查理先生：叫人怎么忍得住啊！"

"怎么样，像吗？"维肯季耶夫问。

"得啦，你们两个天生的傻孩子！"塔季扬娜·马尔科夫娜说，她笑逐颜开，脸上的皱纹变成了条条光芒，"走吧，随你们的便吧，去做你们想做的吧！"

十九

玛尔芬卡和维肯季耶夫的身上，仿佛喷上了活命水。她抓起乐谱和书，他抓起帽子，两人刚要朝房门冲去，突然外面，可通行马车的道路那边响起谁的刺耳嗓音，传遍整座房子。

"塔季扬娜·马尔科夫娜！本地高贵显赫的女领主！请宽恕粗鲁胆怯的寻访者，他出现在你眼前，想亲吻你双脚的尘土！请在你殷勤好客的屋檐之下，接受一名朝圣者，他从远方风尘仆仆而来，让他尝尝你的伙食，避避正午的炎热！这座住所里受上帝庇护的女主人是否在家……这儿谁也没有！"

临街餐室的窗外露出颗脑袋。他们三人，塔季扬娜·马尔科夫娜，玛尔芬卡和维肯季耶夫，都以自己的不同姿势呆住了。

"我的天哪，奥片金！"祖母几乎恐惧地叫道。"不在家，不在家！全家一整天都上伏尔加河对岸去了！"她小声对维肯季耶夫授意道。

"不在家，全家一整天都上伏尔加河对岸去了！"维肯季耶夫冲餐室窗户大声重复道。

"啊！向我们多情而充满希望的尼古拉·安德烈耶维奇，科尔钦诺和许多村子的统治者致敬！"嗓音说，"让你的舌头粘在喉咙上，因为你说了谎话！无论是马车夫，还是装饰华贵的马车都在家，那么女主人也在此地，或是就在附近。我们来瞧一瞧，找一找，或者等一等,暂且从村子和牧场,再从花园进到富丽堂皇的大房子。"

"怎么办,塔季扬娜·马尔科夫娜?"维肯季耶夫急匆匆小声问,"奥片金上了台阶,往这里走来。"

"毫无办法,"祖母忧愁道,"只能让他进来。想必饿得够呛,可怜的人!这大热天的,他慢慢腾腾地能去哪儿?我躲开他也整整一个月了!今儿天黑前你是撑不走他的!"

"没关系,塔季扬娜·马尔科夫娜,他很快就会喝醉,然后便去干草棚睡大觉。此后您让库兹马用大车把他拉回家……"

"大妈,大妈!"奥片金用温和但嘶哑的嗓音说道,已经跨进了书房,"那个跑得飞快的小子为何要使我伤心害怕!把手,把另一只手给我!玛尔法·瓦西里耶夫娜!美丽的拉结①,把手,把手……"

"行了,阿基姆·阿基梅奇,别碰她!坐吧,坐吧——喏,你够了!怎么样,累了吧——不想喝点咖啡?"

"很久没见你啦,我们的红太阳:想得慌!"奥片金说,用方格棉布手帕擦着脑门。"我走啊,走啊——天热得灼人,我又渴又饿,筋疲力尽,而这时突然听到:'上伏尔加河对岸去了!'我吓坏了,大妈,真的吓坏了:这个不定什么人,"他向维肯季耶夫扑去,"为此得让你娶个麻脸新娘!"他又转向玛尔芬卡,"您是个美人儿,花园的小鸟儿,花坛的蝴蝶儿!您得把他这个毫无怜悯心的坏蛋从明眸中赶走——哎哟,哎哟,天哪,天哪!大妈,干吗上咖啡:我这副德行不配!瞧,倘若那个天仙般的安琪儿用雪白的小手肯赏赐端上一杯……"

"伏特加?"维肯季耶夫急忙打断道。

"伏特加!"奥片金滑稽地模仿道,"有一个月没见那玩意儿了,它是什么味都忘了。真的,大妈!"他对祖母说,"昨天在戈罗什金家,

---

① 拉结,亦译"辣黑耳"。《圣经》人物,拉班的次女,以色列人圣祖雅各的爱妻,见《旧约圣经·创世记》。

大伙儿强迫我喝,我扔下他们,没戴帽子便跑了!"

"那你想喝什么?阿基姆·阿基梅奇?"

"瞧,倘若安琪儿的小手给我来一小杯马德拉葡萄酒①的话……"

"玛尔芬卡,去吩咐把昨天刚开的一瓶意大利人酿的马德拉葡萄酒拿来……"

"不,不,等一等,小天使,别飞走!"玛尔芬卡刚走向门口,他将她拦住,"不必要意大利人酿的,美酒喂驴,白搭!我都感觉不出什么是水,什么是意大利人酿的马德拉葡萄酒——全一个味!它值十卢布一瓶:我这副德行不配!您就赏赐,大妈,从瓦特鲁希恩,从瓦特鲁希恩那儿——沽两个半卢布的酒吧!"

"这哪是马德拉酒:是他私酿的。"维肯季耶夫说。

"那就很好,那就很好:也就是说,它符合国家要求,正巧也合口味,城里人也放心。就譬如,现在是战争,同敌人开战:家家大门紧闭。没有行人,没有飞鸟,你既得不到龙涎香香水,也得不到短小的衣服、书本和布尔冈红酒——请你喝最后一杯酒!可是在那个受神保佑的城市里,马德拉酒之泉在瓦特鲁希恩那里没有干涸!瓦特鲁希恩万岁!太太,塔季扬娜·马尔科夫娜,请伸出手!"

他抓住老太太的手,从她手中掉出个银卢布并顺地板滚动,那是祖母打算为马德拉酒付给瓦特鲁希恩的。

"看你,天哪,真烦人:安安静静坐着吧!"祖母埋怨道,"玛尔芬卡,派人去趟瓦特鲁希恩那里,哦,等等,还有这钱,让买两瓶:我想一瓶太少……"

"英明,你嘴里说出的话真英明:请伸出手……"奥片金说。

"这段时间你在哪儿,阿基姆·阿基梅奇,你都在干什么,不幸的人?"

---

① 因葡萄牙马德拉群岛而得名。用葡萄碎渣发酵后加酒精精酿成的烈性葡萄酒。俄国产的马德拉酒,其酒精的含量为百分之二十左右。

"在哪儿！"奥片金叹口气重复道，"我无处可去，像天上的鸟儿到处飘荡！在戈罗什金家待了三天，此前在彼斯托夫家，再往前就记不清了。"

他叹口气，又挥了下手。

"干吗不待在家里？"

"嗨，大妈，我倒是心甘情愿，可是你自己知道：她可没有极大的耐心。"

"我知道，我知道，那不同样是你自己的错：不全是妻子的吧？"

"嗨，有时是我不对：这不错，千真万确！本来要是不吭声，大概也就过去了，可那时气恨难忍，便干起来！你自己给评评理：你坐在角落里，一声不吭，她说：'干吗像段原木似的坐着，不干活？'你手中拿起活计，她说：'别碰，别瞎忙活，人家又没让你干！'你躺下，她说：'你干吗懒洋洋躺着？'你拿起一块食物放嘴里，她说：'就知道吃！'你刚开口说话，她说：'你最好闭上嘴！'你拿起书，她夺下书往地上一扔！瞧我过的日子——就像在上帝面前似的！只有在衙门里，在好心肠的人们中间，我才感到光明。"

酒送来了。玛尔芬卡倒了一杯，递给奥片金。

他贪婪地用一只颤抖的手把酒杯小心翼翼紧贴在下嘴唇上，而为了不洒出一滴酒，将另一只手像托盘似的托着酒杯，一口就把一杯酒喝进了嘴里，然后擦擦嘴唇，朝玛尔芬卡的小手探过身子，但她走开，坐到自己的角落里。

奥片金用一席话诉说了自己的生活经历。从来没有人愿意亦不需要去搞清在他的家庭纠纷中谁对谁错，是他还是他妻子。

最初是因他酗酒而使她无法忍受呢，还是她的性格而使他去酗酒呢？问题是在于，他在家里如同一个陌生人，回家只是去过夜，有时则几天不露面。

他让妻子上衙门替他取薪俸，让她抚养着两个孩子，而他自己从衙门直接去某处吃中饭，在那里待到傍晚，或是深夜，翌日又像没事人似的去上班,一支笔吱吱作响,头脑清醒,直到下午三点。他就以此谋生,过着自己的日子。

县城里,大家全同他处熟了,除了过分拘礼的人家,几乎到处都接待他,因他不得罪人的脾性,因他家庭的不和,以及外省人的乐善好客。祖母只是在等候"高贵客人",也即城里举足轻重些的人物时,才不接待他。

因为她无法忍受他酗酒,她原本是从不允许他上自己家的,但他又很不幸,同时,当他待在屋子里令人难堪时,她便会毫不客气地让人把他领进干草棚,或是干脆打发回家。

完全将他拒之门外,一般不合外省人的脾性,尤其是不合塔季扬娜·马尔科夫娜的性格,无论一个酒鬼在她屋里如何令她不舒服,他的诉怨和长吁短叹如何使她受压抑。

赖斯基还记得,奥片金常常带着文件从衙门到他父亲家里来。

那时他既不秃顶,也不是酒糟鼻子。他是个从教会学校毕业的既谦逊又文静的人,出于爱情而脱离宗教界,与一个陪审员的女儿结了婚,姑娘既不愿当助祭之妻,甚至也不愿当牧师之妻。

但是,赖斯基认为没必要想起这位老相识,因为他同祖母一样不喜欢酒鬼,不过他从一旁观察他,并当场用铅笔画出了他的漫画像。

奥片金吃午饭,暂且还未喝醉,继续说着恭维话赞扬祖母,称韦罗奇卡和玛尔芬卡是美妙的小鸽子,后来他醉了,唉声叹气,哧哧喘气,吃完中饭便到干草棚呼呼大睡。

他喝兑罗姆酒的茶,晚饭时又喝马德拉葡萄酒,等所有客人离去,韦拉和玛尔芬卡也回自己房间,奥片金依旧折磨着别列日科娃,说一些城里过去的生活,提到许多除了他谁都记不住的老人,讲昔日好时光时的各种事件,最后说起自己的家庭不幸,同时不停地咕噜咕噜喝兑罗姆酒的茶,或是请求来一杯马德拉酒。

为人宽容的老太太下不了决心提醒他时间已晚,而是等待他自己明白。但他就是想不到。

她离开了好几次,最后完全离开,时而让马林娜,时而派雅科夫来吹灭蜡烛,除了留一支,又关上护窗板:但全不起作用。

他同雅科夫聊天,同马林娜闲扯。

"嗨,怎么样,马林努什卡:快叫我干亲家了吧?我一直等着呢,该喝喜酒了吧……"

"您喝够了吧:都喝得烂醉了!女主人想睡了,她说,您该回家了……"马林娜边收拾碗碟边嘟囔道。

"你在指责我,罪人。塔季扬娜·马尔科夫娜不会赶客人走的:客人是神圣的重要人物……塔季扬娜·马尔科夫娜!"他拼命喊叫起来,"请把小手伸给鄙人……"

"嚷嚷什么,这多丢人现眼:您把小姐们都吵醒了!"女主人派来制止他的瓦西里莎对他说。

"上天的小鸽子!"他用甜蜜的嗓音开始道,"她们是把小脑袋藏在翅膀底下睡觉的!马林努什卡!来吧,让我拥抱你……"

"您哪,等着吧,告诉您:等您回到家,您老婆知道该怎么收拾您……"

"可恨,真可恨,你这是像在屠杀婴儿①,马林努什卡!"

他开始啜泣哽咽。

"来一杯马德拉酒:我要从你可爱的小手中把它喝了!"他啜泣着说。

"没有:您看,瓶子是空的!全涌到自己脑门上了!"

"那就来杯罗姆酒,好嫂子:你还一次也没有给我端过……"

"又来了!我上餐具柜取罗姆酒!钥匙在小姐那儿……"

"给我,机灵鬼!"奥片金又扯着嗓门嚷嚷。

很快,塔季扬娜·马尔科夫娜戴着睡帽,身穿斗篷式女外套从卧室里出来。

---

① 此处指耶稣诞生,希律王大杀婴儿的故事,见《圣经·马太福音》。

"这怎么啦,阿基姆·阿基梅奇,你脑子健全吗?"她厉声道。

"大妈,大妈!"奥片金号叫起来,跪倒在地,抓住她的双腿,"把小脚丫给我,恩人哪,求求您啦……"

"该回家了:这里可不是小酒馆——这多丢人!以后我再不吩咐接待……"

"大妈,小酒馆!小酒馆!谁说是小酒馆?这是智慧和美德的殿堂。我是个老实人,大妈:是还是不是?你只要说一声——老实还是不老实?我欺骗过,刺伤过,撒过许多谎,诋毁过,说过亲朋好友的坏话?辱骂过,恶语伤人过?从来没有!"他傲然道,使劲儿挺着身子,"我是否破坏过忠于沙皇和祖国的誓言?非法勒索过,歪曲过法律含义,侵犯过刑罚利益?从来没有!大妈,我是连只苍蝇也不得罪的啊:我像条爬行着的蠕虫是无害的啊……"

"行啦,起来吧,起来并回家去!我累了,想睡觉……"

"上帝将赐福于您,遵守教规的人!"

"雅科夫,让库兹马送阿基姆·阿基梅奇回家!"祖母吩咐道,"你亲自伴送他,免得碰伤他!喏,再见,上帝保佑你:别嚷嚷,走吧,别吵醒姑娘们!"

"大妈,给我手,给我手!小鸽子们,上天的小鸽子……"

别列日科娃离去,对这种事毫不在意,它每月都将重复一次,而且总会出现同样的一幕。雅科夫开始叫奥片金,在马林娜帮助下竭力把他从地板上拽起来。

"喂!严守教规的雅各①!"奥片金继续道,"快把不体面的约雅金②搂入自己怀中抱紧,且用自己笃信宗教的双手拿杯牙买加甜酒来……"

---

① 《圣经》中人物,亦译"雅各伯"。以色列人三大圣祖之一,《旧约圣经·创世记》有详细记述。其中第三十二章记载:雅各同天使搏斗,伤了腿,走路一瘸一拐的。

② 约雅金为犹太国王,以醉心放荡不羁的娱乐著称。此时南北分裂,诸王一代不如一代,最后导致灭亡。见《旧约圣经·列王记》。

"我们走吧,您别吵吵嚷嚷:又要把女主人闹醒了,该回家了!"

"喏,喏……喏……"奥片金反复道,好不容易挣扎着从地板上爬起来,"咱们走。咱们走。干吗回家,为的是让那条毒蛇把我辱骂到天亮?不,咱们去你那里,下人待的地方:我告诉你雅各如何同天使搏斗……"

雅科夫喜欢讲"神的故事",也爱喝酒,因此便动摇了。

"那好吧,去我那里,待在这里可不合适。"他说。

奥片金在雅科夫的外厅里待了两小时。雅科夫痴呆呆又全神贯注地听了些创世记的片断;甚至还在下房里拿了瓶啤酒来,想让交谈者多讲点。最终,奥片金喝完啤酒,开始一刻不停地丢失故事线索,甚至混乱到这种程度,说参孙①一口吞下条鲸鱼,并让它在腹中待了三天。

"怎么……对不起,"雅科夫若有所思地打断他,"谁吞下谁?"

"对你说:是人吞下鱼,是参孙,哦,不是——是约纳②!"

"是啊,要知道鲸可是条极大的鱼:据说伏尔加河都容不下……"

"要不怎么说是神奇的事呢?"

"人吞下的别是别的什么鱼吧?"雅科夫表示怀疑。

但奥片金已经打起了呼噜。

"他吞了,天哪,真的,他吞了!"他在半睡半醒中不连贯地喃喃道。

"可是谁吞谁:嘿,你啊,我的天哪,您说不说?"雅科夫追问道。

"用你虔诚的双手拿杯……"奥片金勉强可辨地说着,便睡着了。

"嗨,现在什么也追问不出来了!咱们走吧。"

他拼命推客人,但那位发出鼾声。雅科夫找来库兹马,两人花了四小时才得以把奥片金送回县城另一头的家。在那里,把他交到厨娘手里,他们在第二天中午前才返回。

---

① 《圣经》神话中的古犹太力士,他的长发中蕴有非凡的力量。

② 《圣经》中的预言家。《旧约圣经·约纳》第二章记载:"上主安排了一条大鱼,吞了约纳;约纳在鱼腹里,三天三夜。"

雅科夫和库兹马在城郊集镇上一家殷勤好客的小酒馆里待了一上午。当他们从小酒馆里一出来，库兹马一脸极其认真的表情，并且离家越近，他对四周的观察便越加警觉和仔细，看是否有什么混乱，屋子四周是否有什么多余的东西乱放着，动了动大门上的锁，看是否完好无损。而雅科夫的目光始终在四周寻觅，看远处是否显露出教堂的十字架，以便朝它画十字。

二十

赖斯基的耐心被韦拉的冷漠碰得粉碎，他变得垂头丧气，又因隐隐作痛、徒然的忧闷而苦恼。因为无聊，他试着用铅笔描绘各种农村场景，在纪念册里将他从家里和悬崖上见到的几乎所有伏尔加河的景色画出轮廓，在自己的笔记本里做札记，甚至还记下了奥片金，可是放下笔，却问自己："为何要记他？要知道他并不适合写进长篇小说：那里不需要他这样的角色。奥片金是个老朽退化的外省人典型，是无人知道他靠什么活下来的一个食客：那里有什么招人喜欢的东西？这算什么长篇小说！而这些小说家是如何写作的？他们怎么能做到融会贯通，浑然一体，以至什么也无法改动，一切都无可挑剔呢？可是我好像在镜中见到的只是自己？这多愚蠢！我不会！我是个失败者！"

他开始回想自己在美术学院的功课，回想他们画半身胸像的画室。最后他执拗地使自己回想起别洛沃多娃，取出她的水彩画像，竭力回忆起同她的最后一次谈话，并以给阿亚诺夫写了许多信而告结束，这些信在某种意义上就是文学作品，要求他将有关索菲娅的情况都作详细通报：她在哪儿，在别墅，还是在乡下？他是否去她家拜访过？她是否想起过他？米拉里伯爵是否常去那里——等等，等等，一切的一切。

他希望用这一切摆脱萦绕不去的对韦拉的想法。

发出五六封信后，他又陷入自己的病痛——烦闷中。这并非一个人因他所不喜爱的、职责强加于他的事业而经受的烦闷，这种烦闷的尽头是能预见到的。

这同样并非某人在偶然情况下落到头上的烦闷：如在病中，在令人疲惫不堪的旅途上，在检疫站；这种烦闷依旧能见到尽头。

要是他能有事情做就好了：有事干便不会烦闷。

"但我们，俄罗斯人，没事干，"赖斯基说，"只有事情的泡影。如果有的话，那也是在做工的人范围内，在适于干粗活或是用笨法的工作上，因而适用于用手、肩膀和脊背的活儿；即使这种活儿也干不好，干得马马虎虎，勉勉强强；所以干活的人犹如干活的牲口，一切都是在棍子下干的，只想着干完自己的活儿，好尽快获得肉体的安宁。谁也感觉不到自己像人那样在干活，谁也没有将人的有意识的能力倾注在自己的劳动中，而是像匹马似的始终拉着自己装载的大车，一鞭子抽来，甩甩尾巴。倘若鞭子停止呼啸，力量也就停止运动，大车也就在停下鞭子的地方戛然而止。他周围的整座楼，以及整座城市和辽阔帝国里的所有城市，都以这消极活动运动着。而不在工人范围内的更上层，那里是我们的事业，每个人干着所谓的事业，是否会像吃美味佳肴那样充满乐趣，高兴得馋涎欲滴呢？要知道只有干这样的事业才不会有烦闷！可是我们全因为烦闷而去寻欢作乐，却不干事业。"

"可是没有事业，只有泡影！"被忧郁所支配，他恶狠狠道，这忧郁有时使生性温和的他变得狂暴不安。

大家培养了他——为什么——谁也不知道。所有女亲属有意让他进军界，男亲属则希望他当文职，而出身本身自然而然还提出了第三个意向：农业。我们很容易同时去追逐三只兔子，但赶上的却是泡影。

家庭里就出了他一个乖戾的人，一只兔子也没赶上，却臆造出自己的泡影——艺术！

他在追求自己的理想途中，曾经受过多少嘲笑、耸肩和冰冷严厉的目光！倘若他成了胜利者，肩负起自己使命，并向"一本正经的人们"

证实,他们竭力追求的是泡影,而他追求的是事业——他将是正确的。

可是他同样没干事业,并且他的事业在他们的事业面前,乃是所有泡影中最无足轻重的。马克,这个厚颜无耻、自作聪明的家伙倒是对的,他如此勇敢地蔑视一切泡影,并寻找……更新的泡影!

"我也没有事业,我不会像艺术家们所做的那样去干事业,像他们那样专心于使命,为它而死!"他绝望地得出答案,"眼前是什么样的瑰宝:时而是风俗画的绘画作品,丹尼斯①,奥斯塔德②——可用于绘画;时而是日常生活和习俗——可用于写作:所有这些奥片金们,以及……那里……那里……"

他望着院子,所有人都在忙碌每天要干的事,他见到乌莉塔如何收拾地窖和酒窖。他开始观察起乌莉塔来。

乌莉塔像个地精③:始终栖息在地下王国,栖息在地窖和酒窖里,因而她全身浸透着地窖的潮气。

她的衣服潮乎乎的,鼻子和脸颊时常冻僵,头发蓬乱,胡乱包着一块皱皱巴巴的布头巾。腰系一块脏兮兮的围裙,卷着袖子。

你经常可以见到她或是像从坟墓中钻出来似的,从地窖里爬出来,提着瓦罐、瓦盆、洗衣盆,或者双手用手指夹着许多瓶子,或是下到地窖和酒窖里,把食品、酒、水果和蔬菜贮藏起来。

太阳底下几乎见不到她,她始终隐藏在自己冷窖的黑暗中:在地窖深处只见她那带青紫色绯红的脸庞,其余的全同家庭洞穴的昏暗融成一片。

她不曾料想到,较之家里的什么人,赖斯基对她更为关心,甚至超过住在村子里的她的亲属,他们好几个月也不来看望她。

他把她画下来,给玛尔芬卡和韦拉看:玛尔芬卡高兴得两手举起

---

① 大卫·小丹尼斯(1610—1690),杰出的法兰德斯画家。
② 荷兰兄弟画家:安德里恩·凡·奥斯塔德(1610—1685),伊萨克·凡·奥斯塔德(1621—1649)。
③ 亦译"守护神",西欧神话中守护地下财宝的侏儒,形象丑陋。

轻轻一拍，而韦拉则赞许地点了下头。

仆人们中的主角毕竟还是叶戈尔卡：这是他们活生生的脉搏。他不干自己的活儿，说实在的，他也没有自己的活儿，"和我们一样，"赖斯基执拗地在心里补充道，"但他一刻不停在瞎忙活别人的事情。"你看，他在架车辕，他有的是力气：他矮壮结实，肌肉强健，手臂长长的像头猩猩，但身材虽好却个子不高。他时而动手帮忙往干草棚上堆干草：抛了三抱，他便会扔下草叉，开始饶舌，影响别人。

不过，他的主要志向和热情是招惹女仆丫头们，抚摸她们，同她们开各种玩笑。他嘲弄她们，跟在她们身后吹口哨，从角落后面伸出长臂抓她们的肩头或是脖颈，吓得可怜的丫头魂飞魄散，都不知道梳子掉了，辫子披散在背上。

"见鬼，捣蛋鬼！"丫头叫道，随着她的叫喊声还传来某个老婆子的嘟囔声。

但他控制不住：他朝走过去的丫头给马车夫或是雅科夫，或是此刻正好在近旁的谁使眼色，又吹起口哨，咻咻地笑起来，或是开始做出下流表情，使得丫头没命地飞跑，而他在身后龇牙咧嘴，或是吹口哨。

像叶戈尔卡这样的捣蛋鬼，看来应该激起全体女仆们对他的某种憎恨了吧？可这恰恰没有。

他只是在这些丫头中引起暂时的惊慌不满，随后她们便会偷偷溜到他那儿，只要对某个丫头叫一声玛丽亚·彼得罗夫娜，或是佩拉格娅·谢尔盖耶夫娜，并且亲切友好地同她说会儿话。

星期天，当他带着吉他坐在大门旁，她们便成群聚在他身旁，他亲热地，但经常是嘲弄地同她们开玩笑逗乐。只有当他唱起过分淫秽的小调，或是突然做出使她们的羞耻心难以忍受的表情时，她们才急忙离他而去。

不过，你看，总是有这个或那个女人单独地、分开地同他在一起，在某个角落里同他亲热拥抱，晚间，尤其是在冬天，谁有兴致，便能见到女人的身影如何跑着穿过院子，见到与马车夫小屋并排的他小贮藏室的门如何关上并打开。

无论是叶戈尔卡,还是俊俏的小丫头们,都不曾料想到,赖斯基会比仆人中的任何人都更清楚地看到他们的调情和这种家常激情的所有把戏。

赖斯基将目光从院子转向屋子,他无数次见到在那里,在那间与祖母书房紧挨着的小小里屋里,一幅始终不变的图像:沉默寡言、永远喃喃自语的瓦西里莎,有着一对眍进去的眼睛,坐在窗前她一辈子待着的老地方,坐在那把有着高高靠背、坐垫深深塌陷下去的皮椅子上,望着那堆劈柴和那群在垃圾堆里觅食的母鸡。

她并不因这么长久地坐着,因窗外这幅千篇一律的景色而感到疲惫。她甚至很不乐意同自己的座椅分开,每当她去给女主人端咖啡,将她的衣服收进柜子之后,她便急急忙忙回到椅子上,织自己的袜子,沉思地望着窗外那堆劈柴,那群母鸡,并低声细语。

对她来说,离家外出是遭罪;她只去教堂,但也是怯生生、羞答答地穿过街道,仿佛害怕人们的目光。当人们问她为何不上街走走,她说她喜欢"看家"。

她好像很胖,因老坐着和离群索居而身子发福,有时她抱怨气喘。她和雅科夫都是严格的守斋者,而且都笃信上帝。

遇到有外人来访,而雅科夫和叶戈尔卡都不在前厅,这几乎是常有的事,于是瓦西里莎便去开门,过后她从来无法说出来人是谁。她也始终报不出来人的姓名,虽说她从小在县城长大,每一个男孩的脸她都熟悉。

如果来了位医生或神甫,她会说是医生或神甫,但记不住名字。

"就是这个……"她开始道。

"究竟是谁?"塔季扬娜·马尔科夫娜问。

"就是那个差点儿没把玛尔法·瓦西里耶夫娜摔死的那个人。"而这已经是十五年前的事了,当时客人从手中把小玛尔芬卡给摔了。

"那是谁啊?"

"就是吃过中饭不要咖啡，却要喝茶的那个"，或是"就是在客厅里烟斗烧着了沙发的那个"，或是"在受难节吃荤食的那个"，等等。

她是个影子，悄无声息地在自己的角落里"看家"，用编针织袜子。在她面前，隔着油漆过的松木桌子，有个八九岁的小姑娘坐在高高的木凳子上，同样在织袜子，把它举得高高的，使得编针一刻不停地在她头上显露。

这样的小姑娘在别列日科娃家是永不绝迹的。如果小女孩长大了，就用她干别的更重一点的活儿，而从村子里另挑个小女孩到她的位置上，跑腿当差，干些小差使。

她的职责是当塔季扬娜·马尔科夫娜待在自己房间里时，她得紧靠门旁的角落里站着，织袜子，腋下夹个线团，但得站得笔直，不许动弹，呼吸轻微，并且双目尽可能不离开女主人，为的是倘若女主人用手指朝她一指，她得立刻奔上前去，递上手帕，关门或是开门，或是让她去叫什么人。

"擦擦鼻子！"有时听到这声吩咐，小女孩便用围裙或手指擦下鼻子，继续编织。

而当别列日科娃离开屋子或是乘车外出时，小姑娘便上瓦西里莎那里，爬上高高的木凳，默默地紧盯着瓦西里莎，用手指吃力地握住长长的钢针，继续织袜子。线团经常从胳肢窝底下掉落下来，满屋子滚动。

"干吗发呆啊，捡起来！"响起低语声。

有时公猫谢尔科来到她们的窗台上，在两只果子露酒瓶子中间晒太阳；如果瓦西里莎离开房间，小姑娘便无法拒绝自己同公猫玩耍的乐趣，开始嬉闹，小姑娘笑啊，公猫同线团玩啊；这时经常是线团与公猫一起落到地板上，有时是凳子同小女孩一起翻倒在地。

赖斯基眼下遇上的那个小姑娘叫帕舒特卡。

她的头发被剪得短短的，穿着由旧裙子改做的连衣裙，但是穿在她身上分不清前后；脚上穿的一双矮靿皮鞋太大，与她年龄不相称。

她那狡猾的、微微向上翘的小鼻子上经常拖着鼻涕。试着给过她手帕，但她总是用它们卷成类似洋娃娃的东西，甚至用炭画上哪儿是眼睛，哪儿是鼻子。她的洋娃娃给收走了，于是她依旧拖着鼻涕，远远望去，亮晶晶的，像颗闪耀的星点。赖斯基朝她们瞥了一眼。帕舒特卡从袜子后面朝他迅速瞥了一眼，她笑了，因为他有时亲切地抚摩她一下，有时给她一勺果酱或是一个苹果，但在瓦西里莎严厉的目光下立刻垂下眼睛。而瓦西里莎见到他，不再嘀嘀咕咕，埋头织她的袜子。

他朝祖母那边张望一下：她不在，于是他拿起制帽，走出家门，经过集镇，并不知不觉来到县城，继续好奇地打量每个行人，研究房屋和街道。

那边有些地方有人在走动。商人，也就是戴礼帽、蓄大胡子、挺着大肚子、脚蹬皮靴的买卖人，看着工人们如何哼哼着，把一袋袋粮食往谷仓里垛起来；那边一些不明身份的人聚在小酒馆门口，而那边驶来一辆又长又深的大车，满载着许多身材魁梧、体格健壮的农夫，他们头戴变成棕黄色的无檐帽，身穿打有蓝色补丁的衬衫和褐色粗呢上衣，脚上有的穿草鞋，有的蹬大皮靴，都留着大胡子，有棕红色、灰色和各种不同毛色的，有楔形，铲形，分成两撇的和山羊胡子的。

大车走起来一颠一颠的，发出隆隆声；车上的农夫们也一颠一颠的；有的双手抓住车帮直挺挺坐着，有的躺着，脑袋枕着别人的身子，有的用手抱着胳膊肘，躺在深处，两条腿则挂在大车的车帮上。

一个大个子农夫站着赶车，穿件长得拖地的褐色粗呢大衣，无檐帽低扣在耳朵上，缰绳在脑袋旁慢悠悠摇晃。

他的脸庞因风吹日晒和尘土变得漆黑，双眼掩在帽子底下，只有唇髭和大胡子，像坚硬的淡金黄色山羊毛似的，在深色的长袍上显得分外突出。

驾车的马高大健壮，两肋旁挂满一绺绺皮条，它筋疲力尽，疾驰而来。

驾车人驰近小酒馆，跳下，抖净灰尘，进门，而塞了一把干草的马儿已独自来到栅栏边,打着响鼻,开始吃起来。

赖斯基继续在城里遇见了一些人,显然都是没事或怀着"事业的泡影"在溜达的。商人们在自己的铺子里因无所事事而懒洋洋的;一个文官乘坐轻便马车驶过;一位神职人员拄着长长的手杖傲然走过。

而那边空荡荡的街道上,有个纵酒作乐的年轻人,穿件红衬衣,歪戴着帽子,走在路中央,酒后脚步踉跄翻起一团尘土,扬起双臂,独自吼着小曲,时而朝稀少的行人威吓着挥动拳头。

赖斯基悄悄来到科兹洛夫家,得知他在学校里,便打听他妻子。替他开便门的老婆子,在一旁望了他一眼,然后往围裙上擤了擤鼻涕,又用手指擦了下鼻子,便进屋去了,没有再出来。

赖斯基又敲了敲门,一条狗吠叫起来,出来个小姑娘,张开嘴望了他一眼,也离去了。赖斯基从小巷里绕过去,听到篱笆墙后科兹洛夫家的花园里有说话声:一个人说着带巴黎口音的法语,另一个是女人的嗓音。传来笑声,甚至好像还有接吻声……

"可怜的列昂季!"赖斯基小声道,"或者看来是愚蠢、脑筋迟钝的列昂季!"

他站在那里,犹豫不决——进还是不进!

"可是要知道我是列昂季的朋友——老同学——眼看这颗诚实慈爱的心为自己心爱的人而受到报偿,我却忍着!难道我能漠不关心?……可是怎么办:当他那么相信,那么崇拜这'罗马侧面像'的纯洁无瑕,当他那么甜蜜地沉睡于家庭幸福的怀抱之中时,我却要让他睁开眼睛,从梦幻中将他唤醒——这多缺德!怎么办?进退两难!"他思索着,在小巷子里徘徊,"难道就这样:冲进去,敲警钟,惊扰这不能容忍的 tête-à-tête[①]?……"

他刚走到门前,顿时又改变主意,转过身子。

"这是个偶然事件,是件丢脸的事,"他想,"把老同学的羞辱宣

[①] 法语:亲密相会。

扬出去，不，不！不能这样！嗨，有个好主意，"他突然决定道，"单给乌里扬娜·安德烈耶夫娜一个教训：给她当头一棒，把她所不了解的纯洁观念和习俗往她身上泼！她在欺骗善良而多情的丈夫，因害怕而隐瞒真相：我若做了，她便会因羞愧而收敛。是的，在粗俗的心灵中唤起廉耻和良知——这是我的职责和功绩——对她，更对列昂季！"

这显然使他振奋不已。

"已经不是泡影，而是真正正直的甚至神圣的事业！"他思忖道。

随后实现这件事情的过程吸引了他。他深刻而严肃地思考了他所面临的职责：如何毫不声张，毫无喧闹和争吵，温和而理智地说服这个女人爱护丈夫，走上另一条诚实正派的道路，开始改正过去……

他在小巷里徘徊了半个小时，等候查理先生离去，以便不失时机给她"当头一棒"，或是使用老熟人的影响……"这将马上解决。"他推断道。

他想了想，决定把这强烈吸引他的新任务推迟到合适的时机，加快脚步去找马克，对他进行回访，虽说这不仅对马克是多余的，甚至从赖斯基那方面来说也不很慎重。

赖斯基无意把自己的造访看作回访：他只是想寻找某种消遣，为的是不感到隐忍的无聊，同时也为了不把心思集中在韦拉身上。

他正确推断道，命运把他带向一个狭窄的环境，这环境又不由得使他长久保持着某种单一的印象，而且因为韦拉"毫无道理的不成熟"，不习惯与人交往，或是最终出于他并不清楚的原因，她不但不急于与他亲近，而且始终十分疏远，因此他决心不让自己的好奇心和想象力得以发展，而且让她明白她除了是个可怜、渺小、庸俗的农村姑娘，什么也不是。由此他抓住任何机会，为自己敏感的感受力提供别的精神上的养分。

他从许多歪斜的小屋旁经过，出了县城，穿行在两道树枝编的障子间，障子两边展现出两块菜园，见到种菜人的窝棚，抻直的满是窟窿的旧长衣，或是支在棍子上的帽子——用来轰麻雀。

"这里有个种菜人叶夫列姆住在哪儿?"他隔着障子问一个在两个菜畦间翻地的农妇。

她没有放下活儿,默默用胳膊肘指了指远处孤零零坐落在田野上的一间木屋。随后,当赖斯基离开她走了四十来步时,她用手挡住眼睛避着阳光,在后面大声问道:

"你是否要买黄瓜?瞧,我们这儿有,又嫩又绿!"

"不,"赖斯基回答道,"我什么也不买。"

"那你找叶夫列姆干吗?"

"我的一个熟人马克住在他那里,你知道不?"

"没什么:叶夫列姆家好像租住着一个教会的人或是城里来的小官,天晓得!"

赖斯基走近小木屋,刚翻过篱笆,两条杂种狗便狂吠着朝他冲了过来。小木屋门口出现个抱着婴儿的农妇,健壮,年轻,光脚,裸露的双臂晒得黝黑。

"嗤嗤,去,该死的,真可恶!"她制止两条狗。"您找谁?"她问正朝四处打量的赖斯基,他觉得纳闷,除了农夫一家,这里还能容得下谁。

小木屋四周既没有院子,也没有围墙。两扇窗户朝向菜园,另两扇朝向田野。小木屋几乎整个儿塞满了,放满了铁铲、丁字镐、耙子和一大堆篮筐,角落里乱堆满了板条、木桶和各种破烂。

两匹马立在遮阳篷下,一头母猪和一窝猪崽哼哼着,抱窝的母鸡带着群小鸡慢行着。稍远处,停着几辆独轮手推车和一辆大车。

"马克·沃洛霍夫住在这儿的什么地方?"赖斯基问。

农妇默默地指了指大车。赖斯基往那儿张望:车上除了大粗席,什么也没见到。

"难道他就住在大车上?"他问。

"那是他的房间。"农妇说,指着一扇朝田野开的窗子,"此刻他正在睡觉。"

373

"他这时候还睡觉?"

"他天亮才回来,可能喝醉了,瞧,还睡着。"

赖斯基走到大车跟前。

"您啥事找他?"

"是这样:想看看他!"

"您别打扰他!"

"为什么?"

"他脾气可暴了,最好让他睡觉!我男人又不在家,我一个人同他在一起很可怕。让他睡吧!"

"难道他欺负你?"

"不,说这话罪过:他干吗欺负?只是人很怪:我有些怕他!"

农妇开始摇婴儿,而赖斯基好奇地朝席子底下看了一眼。

"真是个笨女人!接待客人都不会!"突然粗席下面传来声音,接着席子稍稍抬起,从它下面露出马克头发蓬乱的脑袋。

农妇立马躲起来。

"您好,"马克说,"您怎么跑这儿来了?"

他从大车上爬下来,开始伸懒腰。

"可能是回访吧?"

"不,是这样:因为无聊来散散步……"

"因为无聊?怎么回事:家里有两个美人,可您无聊得跑出来;还是个艺术家!别是同爱神相处得不融洽吧?"

他嘲笑地向赖斯基眨眨眼睛。

"不是有美人儿吗,韦拉,韦拉长得怎么样?"

"您怎么知道她,她们跟您有什么关系?"赖斯基冷淡地说。

"这倒是实话,"马克答道,"得,别生气:请进我的沙龙。"

"您最好告诉我,为何睡在大车上:或是在扮演第欧根尼的角色?"

"是啊,迫不得已。"马克说。

他们穿过过道屋,穿过房东住人的木屋,走进后面的屋子,里面有张马克的床。床上有条薄的旧床垫,一条更薄的棉被和一个小枕头。搁板上和桌子上放着二十多本书,床上挂着两支枪,唯一的一把椅子上凌乱地堆着几件内衣和外衣。

"瞧我的沙龙:坐床上吧,我座椅子,"马克邀请道,"脱了常礼服:这里地狱般闷热。不必拘礼,这里没女士:脱下,这算什么。您不想来点什么?不过,我这里什么也没有。您如果不想,那么给我来支雪茄。但是有牛奶、鸡蛋……"

"不,谢谢,我吃过早饭,现在快到吃中饭时间了。"

"没错,您可是住在奶奶家。哦,她怎么样:没有把您撵走,因为您让我过夜?"

"没有,她责备我为何没吃甜食就躺下睡了,也不要绒毛褥子。"

"同时也责骂了我?"

"照例,不过……"

"您别说了,我知道——她不是存心,而是照例。她是个非常好的老太太:比这里所有人都强,麻利,有性格,那阵她头脑里思想很健全。如今嘛,我思忖,心有点儿变软了!"

"原来如此:竟有这样的人,会使您产生好感!"赖斯基说。

"是的,尤其在一件事上:她对省长无法容忍,我也一样。"

"为什么?"

"您奶奶,我不知道为什么,而我是因为:他是省长。警察我和她也都不喜欢,对我们作威作福。强迫她修桥,对我嘛,更为关心:打听我住哪儿,离城里远吗,经常上谁家里。"

两人都缄默不语。

"瞧,我们都没有更多的话要说的了!"马克说,"您为何来?"

"咳,无聊呗。"

"你恋爱了。"

赖斯基不作声。

"您爱上韦拉了,"马克继续道,"一个可爱的姑娘。您同她是八

375

杆子打不着的表哥,您要同她开始浪漫关系那就太容易了……"

赖斯基做了个懊丧的手势,马克冷冷一笑。

"她怎么啦?对京城里纨绔子弟的生活不感兴趣?她一个微不足道的外省小姐怎么敢!嗨,那有什么,用老一套技巧:表面冷若冰霜而内心热情似火,一副漫不经心的样子,高傲地耸耸肩,轻蔑地微微一笑——这就能起作用!在她面前卖弄一番,这是你的拿手功夫……"

"怎么是我的拿手功夫?"

"我见过。"

"得了,卖弄古怪行为和骄纵不羁,不是您的拿手功夫吗?"

"可能,"马克冷淡道,"如果这管用,我倒要想法儿……"

"是啊,我想,您是会毫不犹豫的!"赖斯基说。

"这对。"马克说,"我做事会直截了当,并以此来结束!可您做同样的事,却要让自己和她相信,您是在爬高,并把她也拉了上去——您就是这样的不切实际者!您就卖弄吧,卖弄吧!也许能成功。不然您唉声叹气折磨自己,睡不着觉,守候着一只白皙的小手撩起雪青色的帘幔……一周又一周地等候着她亲昵的目光……"

赖斯基突然警惕地瞥了他一眼。

"怎么,看来没错!"

马克说的正中要害。赖斯基甚至无法流露出懊恼,因为这样便意味着承认确实如此了。

"我倒是高兴恋爱,但不可能,年岁不行啦,"赖斯基说,假装打了个哈欠,"再说也治不了无聊啊。"

"试试啊。"马克逗弄他,"想打赌吗,过一星期您就会像小猫一样坠入情网,过两星期,多则一个月,您就会干蠢事,并且不知如何从这里离开。"

"如果我接受打赌并且赢了,您付我什么?"赖斯基几乎轻蔑地回答道。

"您看,我给两条裤腿或是一支枪。我只有两条裤腿:曾经有三条,可裁缝拿回一条抵债了……我试试您的常礼服。哈！正合身！"马克穿上赖斯基的单外衣说，并坐到床上，"您试试我的外衣！"

"干什么？"

"就这样，想看看您是否合身。来罢，穿上吧：喏，您干吗站着？"

赖斯基故作宽容地穿上穿旧了的、油渍麻花的外衣。

"怎么样，合身吗？"

"啊，没关系，还能穿！"

"那您就这么穿着吧。自己的外衣您不会穿很久的，而我得把它穿上一两年。不过，不管您是否高兴，我是不会再把它脱下的——除非您从我这儿偷走。"

赖斯基耸耸肩。

"喂，怎么样，打赌吗？"马克问。

"您干吗这样纠缠不休，对这个……对不起……馊主意？"

"没关系，没关系，不必道歉——打赌吗？"

"赌得不公平：您可是一无所有。"

"这您不用担心：我是不必付的。"

"多么自信！"

"真的，不必付。喏，这么办，倘若我的预言应验，您付我三百卢布……我顺便也赢笔钱！"

"真蠢！"赖斯基几乎暗自道，拿起制帽和手杖。

"对，从今天起，过两星期您将钟情于她，过一个月您将哼哼叽叽，像幽灵一样徘徊游荡，看来还会上演一出戏，如果您不怕省长和尼尔·安德烈耶维奇的话，那便是出悲剧，并以鄙俗行为收场……"

"您怎么知道？"

"所有像您这样的人，都以鄙俗行为收场。我知道，我见过。"

"哦，可是如果不是我，而是她坠入情网和哼哼叽叽呢？"

"韦拉！她钟情于您？"

"是啊，韦拉，钟情于我！"

"那么……我就付您两倍的赌注。"

"您疯啦!"赖斯基说,转身离去,没有朝他看一眼。

"过一个月我口袋里便有三百卢布了!"马克在他身后喊道。

二十一

赖斯基生气地回家去。

"这个美人,她现在在哪儿?"他恶狠狠想,"也许坐在她心爱的长椅上,打着哈欠,往两旁瞧呢——去看看!"

他研究过她的习惯,几乎确切地知道她这时或别的时候在何处。他登上悬崖,从那里来到果园,见到她确实带着书坐在自己的长椅上。

她没看书,而是时而望着伏尔加河,时而望着灌木丛。见到赖斯基,她变个姿势,拿起书,然后静静地站起身,顺小路往老屋方向走去。

他向她做了个手势让她等等,但她或是没发现,或是装作没看见,甚至好像加快了步子,经过院子消失在老屋的大门里。他十分恼火。

"那个蠢货还以为我爱上她了呢:她甚至连最起码的礼节都不知道,一个在小丫头这种人堆里长大的城郊没见过世面的美人儿!一个浪漫故事正在某个府邸里等着她呢……"

他恶狠狠地吃着午饭,皱着眉头望着大家,一次也没朝韦拉看一眼,甚至对她说的"今儿天气真热"也没接茬。

他觉得,他已经憎恨她,或是轻视她:对此他本人还没有拿定主意,只是意识到他脑子里模糊地出现某种对她的敌意。

这种感觉在两天后变得更为强烈,那天他腋下夹着歌德、拜伦、海涅的作品和一部英国长篇小说,到老房子来找她,并把那些书与她的书并排放在她窗台上。

她惊奇地望着他把书摊开在桌上,自己也毫无拘束地落座。

"您这是想干什么?"她好奇地问。

"您瞧，"他指着书回答说，"'我们将驾着诗歌的翅膀飞翔'①，我们将阅读，幻想，随着诗歌飞驰而去……"

她开怀大笑起来。

"女仆就要来了，我们要裁剪女短上衣。"她说，"这儿桌上，椅子上，我们将要摊满夏布，并在计算尺寸时同它一起'飞驰而去'……"

"咳，韦拉：拉倒吧，没有你大伙在女仆的房间也能做……"

"不，不：奶奶那么不满意我的懒惰。当她唠唠叨叨时，我好歹还能忍受，可当她不作声、斜眼看我、遗憾地叹气——那可无法容忍……瞧，娜塔莎来了。再见，cousin。过来吧，娜塔莎，放桌上：全在这里了吗？"

她急忙把书统统搬到椅子上，将桌子移至屋子中央，从抽屉柜里取出尺子，用她固有的神经质的麻利劲儿量布和计算起幅面来。当她受乐意干活或是必须干活的情绪所支配时，甚至对赖斯基都不看一眼，也不跟他说句话，好像他并不存在似的。

他几乎咬牙切齿地离开了她，把书留在那里。可是当他绕过老房子回到自己房间时，却发现书已经在他的桌子上。

"真利索！那么以后就别再光临！"他恶狠狠地低语道，"不过，这是怎么回事：她怎么这样？这甚至太有意思了。她是在跟我开玩笑，逗着玩？"

马克建议打赌，更使他大动肝火，吃午饭时坐在韦拉对面，他几乎不朝她看，偶然抬起眼睛，她那"令人痛苦的"美貌，犹如一道闪电令他目眩。

她曾朴实温和，甚至友好地望了他两次。但她发现的是他那凶巴巴的目光，看到的是他气愤恼怒，而这恼怒的对象便是她。

她朝空盘子低下头，若有所思地盯着它。接着她抬起头，瞥了他一眼：那目光冷漠而忧伤。

---

① 此句出自歌德（1797—1856）的诗篇 *Auf Flugeln des Gesanges*。

"今天我想同玛尔芬卡一起去趟割草场，"祖母对赖斯基说，"主人，你不赏光去看看自己的牧场？"

他望着窗外，否定地摇摇头。

"商人们要来搞承包：付七百纸卢布，可我开价一千。"

对此谁也没说什么。

"老爷，你干吗不吭声？雅科夫，"她对站在她椅子后面的雅科夫说，"商人们想明天来：他们一到，你就领他们去见鲍里斯·帕夫洛维奇……"

"遵命。"

"把他们赶走！"赖斯基冷淡地道。

"遵命！"雅科夫重复道。

"原来如此：是谁允许把商人们赶出去的！倘若所有地主都像你，怎么办！"

他望着窗外，缄默不语。

"你怎么不吭声，鲍里斯·帕夫洛维奇：你哪怕稍稍尝一下！哪怕至少吃一点！把烤肉端给他，雅科夫，还有蘑菇，你看，多好的蘑菇！"

"我不想吃！"赖斯基朝雅科夫挥下手，不耐烦道。

大家又开始默不作声。

"萨韦利又殴打马林娜了。"祖母说。

赖斯基勉强看得出地微微耸耸肩。

"你得制止他，鲍里斯·帕夫洛维奇！"

"我何必当警察？"他不乐意道，"就让他们哪怕互相宰杀吧！"

"千万不要，免得出事！难道你想编个什么悲剧啊？"

"我哪顾得上啊！"他漫不经心地埋怨道，"自己的麻烦就多得数不清……"

"怎么：活在世上很艰难吗？"祖母嘲笑地继续道，"通宵辗转反侧睡不着觉，这是开玩笑啊！"

他瞥一眼韦拉：她给自己往水里倒了些红酒，一饮而尽，站起身，亲了下祖母的手,便离去了。他从桌旁站起来,也离开回自己房间。

很快祖母便带着玛尔芬卡和匆匆赶来的维肯季耶夫去巡视牧场,而全家则沉入午后的睡梦中。有的进了干草棚,有的直挺挺地躺在外屋和板棚里;其他人趁女主人不在,去了集镇,于是家里一片死一般的寂静。门和窗子都大敞四开着,果园里一片树叶都不动。

赖斯基的心里还装着韦拉。

"现在她在何处,一个人在干吗?为何她不同奶奶一起去,为何奶奶甚至都不叫她?"他给自己提了许多问题。

尽管他答应过自己不去关心她,不去注意她,对待她如同对待一个"可怜的小丫头",却无法不去想她。

他故意去想自己在彼得堡的交往,想友人,想画家,想美术学院,想别洛沃多娃——在记忆中逐一回想两三件事情,两三张面孔,可出现的第四张面孔,便是韦拉。他拿起纸和铅笔,画上两三笔,出现的便是她的前额、鼻子和双唇。他想从窗口看果园和田野,却在望着她的窗户:"白皙的小手是否撩起雪青色的窗帘",如同马克所说的那样。他怎么知道的?恰如有人无意中见到并告诉了他!

赖斯基心里勃然大怒,想诅咒这个挥之不去的韦拉形象,可是嘴唇不听使唤,舌头念叨她的名字,膝盖弯曲,他闭上双眼,喃喃道:

"韦拉,韦拉,从没有一个美女那么刻薄地刺痛过我,我是你卑微的奴仆……"

"无稽之谈,荒谬,多愁善感!"神志清醒过来后,他会说。

"我去她那里,得向她解释。她在哪儿?要知道这只是好奇心——别的什么也不是:不是爱情,实际上!……"他决定道。

他拿起制帽,跑遍整座房子,门碰得砰砰响,朝所有的角落看上一眼。韦拉不在,无论她的房间里,老房子里,或是田野里和菜园里都没见到她。他甚至望了望后院,但那里只有乌利塔在洗只什么桶,还有普罗霍尔仰面躺在板棚里,盖着羊皮袄,张着嘴,一脸天真。

他从果园边缘绕过去,认为找韦拉用不着到人来人往的地方,而应该到密林深处，到悬崖，到河岸的斜坡那些她经常去散步的地方。可是哪儿也没有她，他便转回家，想向人打听她的去处，却突然见到她就坐在离老房子十俄丈远的果园里。

"嗨！"他说，"你在这里啊，可我还到处找你，所有角落都……"

"我就在这里等您……"她回答道。

仿佛蓦地冬天里朝他吹来一股和煦的南风。

"你在等我！"他使劲说，用惊奇、热情如火的目光望着她，"这可能吗？"

"怎么不可能？要知道您也在找我……"

"是啊，我想向你解释。"

"我也想同您说清楚。"

"你想对我说什么？"

"而您想对我说什么？"

"你先说，我再……"

"不，您说吧，然后我……"

"好吧，"他想了想说，并在她身旁坐下，"我是想问你，您为何躲着我？"

"可我想问您为何跟踪我？"

赖斯基的希望突然破灭。

"仅仅如此？"他说。

"暂时仅此而已：看您说些什么？"

"可我并没有跟踪你：我尽量躲开，甚至很少说话……"

"跟踪有各种方法，cousin：您选择了一种对我最不适当的……"

"哪有的事，我几乎不同你说话……"

"不错，您很少同我说话，不直接看我，可您皱着眉头朝我投来恶狠狠的瞥视——这同样是一种跟踪。但是如果仅此而已，也就罢了……"

"还有什么？"

"还有——您悄悄跟踪观察我:您比所有人更早地起床,等我醒来,看我拉开窗帘,打开窗子。然后只要我上奶奶这边来,您就选择另一个观察点,看我去哪儿,选哪条小路上果园,读什么书,您清楚我对谁说过的每句话……然后您来与我相见……"

"很少的几次。"他说。

"是啊,一星期也就两三次:这并不经常,也不会令人厌烦,相反——如果并非故意,这显得很自然。可是这一切都是有预谋的:在您的每道目光和步子中,我发现了一条:您想一个劲儿让我不得安宁,您想干预我的每个眼神、每句话,甚至我的思想……请问,您有什么权利?"

在这番毫不拘束的话语中,他对她思想的大胆和独立大为吃惊。站在他面前的,不是他想象中的那个初次见面曾胆怯地躲避他,害怕在智力、见解、文化程度上都同他相差甚远、而有伤自尊心的小姑娘。这是张新面孔,是个新韦拉!

"倘若你这么觉得……"他犹豫不决道,尚未从惊讶中清醒过来。

"别说谎话!"她打断道,"既然您可以做到注意我的一举一动,那么,也请允许我对这样的观察感到尴尬:坦率地对您说吧——这使我很苦恼。这是某种不自由,是樊笼。谢天谢地,我并非土耳其巴夏[①]的俘虏。"

"你想要什么:我该做什么?……"

"这就是眼下我想同您谈的。您先说说,您想让我做什么?"

"不,你说。"他坚持道,她智慧和性格上这新的和出乎意料的方面,将她那早已光彩夺目的美丽容貌,投上了一道可怕的光辉,整个儿使他不知所措,又完全被折服。

他已经感觉到,这种美的享受正在变成一种痛苦。

[①] 音译,一译帕夏。19世纪中叶前为维齐尔和各省总督的称谓。后为土耳其军事将领的称谓。

"我想要什么？"她重复道，"想要自由！"

他怀着新的惊讶望了她一眼。

"自由！"他重复道，"我是自由的最先创导者和维护者，因此……"

"因此，您不让一个可怜的姑娘自由呼吸……"

"嘿，韦拉，为何对我作如此不好的推断呢？我们之间有误解：我们彼此还不理解——解释清楚了，也许我们将会是朋友。"

她突然以审视的目光望了他一眼。

"这可能吗？"她说，"我倒乐意是我错了。"

"瞧，我的手，就这样：你想让我是表哥，还是朋友，你挑个牺牲者吧。"

"我不需要牺牲者，"她说，"您没有回答我的问题：您想要我怎样？"

"什么'我想要你怎样'，我不明白你想说什么。"

"您为何跟踪我，用那么古怪的目光看我？您需要什么？"

"我什么也不需要：不过你自己该明白，男人不用热望的、爱恋的目光看你惊人的美貌，还能用什么别的目光呢……"

她不让他把话说完，突然面红耳赤，猛地站起身。

"您怎么敢这样说话？"她说，把他从头看到脚。而他惊讶地瞪大眼睛望着她。

"上帝保佑，你怎么啦，韦拉：我说了什么吗？"

"您，高尚，头脑发达，'自由骑士'，说真的，不觉得害臊……"

"说美貌令人崇拜，说我崇拜你：是那么恶劣的行径吗？"

"您甚至不明白，我把这看作多大的侮辱！如果我身边有警惕的丈夫，有关心备至的父亲和严厉的兄长，您还胆敢用这样'热望'的目光看我吗？不，您将不会来追逐我，不会成天无缘无故对我摆架子，生我的气，不会像个密探似的窥探我，不会蓄意侵犯我的安宁和自由！您说说，我给过您什么口实用与众不同的另一种方式看待我，而您看待任何别的有着良好保护的女人，好像并不是这样的。"

"美丽的容貌令人倾倒：这是她的权利……"

"美丽的容貌，"她打断道，"同样有受尊重和自由的权利……"

"又是自由！"

"是的，又是！又是！'美丽，美丽！'您总是想着我的美丽！喏，很好，美丽：那又怎么样？难道这是挂在墙头上、每个行人都可以采摘的苹果？"

"怎么啦！"全然不知所措的赖斯基惊讶道，"你究竟想要我做什么？"

"什么也不要：我没有您便在这里生活，您走了——我还将同样生活……"

"你让我走，好吧，我打算……"

"您是在自己家里：我会尊重'您的权利'，而且也不可能这么要求……"

"哦，您想要什么，我全照办，您说吧，别生气！"他请求道，抓住她的双手，"在你面前，我很抱歉：我是个画家，我生性敏感，也许我过分鲜明地屈从于印象，表现出自己的兴趣——当然也是因为我对于你并不完全是个外人。要是我是个外人，我自然会克制的。我扑上前去有些盲目，碰了钉子——喏，倒也不是灾祸！你给我上了很好的一课。我们和好吧：把自己的愿望告诉我，我将不容违背地去实现它们……我们将是朋友？真的，我不该受这些责备，这样的威吓……也许，你不完全了解我……"

她向他伸出手。

"我也失去自制，发无名火。我看出来，首先，您顶极聪明，"她说，"其次，您好像善良而公正：这证明便是刚才您的认错……我们看吧——看您对我是否会宽宏大量，慷慨豁达……"

"会的，会的，对我提出自己的要求吧，你便会看到……"他又充满激情道。

她把伸给他的手悄悄抽回来。

"不，"她半认真地说，"就凭这兴高采烈的言语，我看出我们离友谊还很远。"

"嗨,这些女人以及她们的友谊!"赖斯基懊丧道,"犹如过命名日送来的圆柱形大面包!"

"瞧这懊丧样也不是好兆头!"

她站起身。

"不,不,别走;同你在一起我感觉真好!"他拦住她说,"我们还没有解释清楚呢。说吧,你喜欢什么,不喜欢什么——为了获得你的友情,我将做一切……"

"我,一开始就对您说过,该怎样获得友情:您记得吗?别监视我,使我得到安宁,甚至别看我一眼:到时候我自己会上您屋里去,我们约定时间一起看书,散步,但是您什么也别做……"

"韦拉,你是要求我对你完全别动心吗?"

"是。"

"别注意你的美貌,看你就像看个老太婆……"

"是。"

"可是你凭什么权利这样要求呢?"

"凭自由的权利!"

"但是,倘若我从远处默默地倾慕你,你既不会发现,对此也一无所知……这你就无法禁止吧。这与你有何关系呢?"

"您不害羞吗,cousin!维特和夏绿蒂①的时代已经过去。难道这可能吗?再说,我一发现迷恋的目光和爱慕的窥探,我会重新感到厌烦和憎恶……"

"你绝非卖弄风情的女人——你哪怕给点希望,说上一句:坚定不移的激情能使疑虑冰释,随着时间的推延相互间的感情会悄然潜入心房……"

他慢吞吞地说着这番话,等待着,看她是否会冒出个某个给予希

---

① 维特和夏绿蒂是歌德的长篇小说《少年维特之烦恼》(1774)中的男女主人公。

望的暗示,哪怕是某种无人知晓的手势……

"这对,"她说,"我憎恨卖弄风情,并且不明白,这种女人,当她既不打算,也不可能对激起的感情做出回答时,为何还要去招蜂引蝶,这多无聊……"

"而你……不会?"

"不会。"

"你怎么知道:也许到时候……"

"您别期待,cousin,这种时候不会到来。"

"她怎么啦,仿佛同别洛沃多娃商量好似的:定的是一个调子!"他心想。

"你不自由,在恋爱了?"他吃惊地问。

她眉头紧锁,目不转睛地望着伏尔加河。

"喏,我何以不能恋爱:那有什么,罪过吗,不能吗,丢脸吗……你不允许吗,哥?"她讥讽道。

"我!"

"'自由骑士'!"她更为讥讽地重复道。

"别讥笑,韦拉:是的,我是自由当之无愧的骑士!不许恋爱!我带给你的恰恰是提倡这种自由!你公开恋爱吧,当着众人的面,别遮遮掩掩:不用怕奶奶和任何人!旧世界正在土崩瓦解,生活的新苗已一片嫩绿——生活正张开自己的双臂,向众人召唤。要知道:你年轻,很久没离开这里去过别处,而自由的气息已经吹拂着你,你已经产生自己权利的意识和健康的思想。倘若自由的朝霞为众人而升,难道唯独女人仍然是奴隶吗?你在恋爱吗?勇敢地说吧……热烈的爱情,这是幸福。让别人去嫉妒吧!"

"为何我要说出是否在恋爱呢?这同任何人无关。我知道,我是自由的,谁也没有权利要求我回答……"

"那奶奶呢?你不怕她?你看玛尔芬卡……"

"我谁也不怕,"她轻声道,"连奶奶也知道这一点,并尊重我的自由。您也效仿她的榜样吧……这是我的愿望！我想说的就是这一点。"

她从长椅上站起来。

"是的，韦拉，现在我对你有了些了解，我答应你：这是我的手，"他说，"从今以后，你将听不到我的声音，见不到我在家里：我将当个'聪明人'，"他补充道，"我将做到'公正'，将'尊重你的自由'，并作为骑士将'宽厚豁达'，将真正是个强人！我是 grand coeur[①]！"

两人都笑了起来。

"哦，谢天谢地。"她说，把手伸给他，他把它紧贴在唇上。

她把手抽回。

"我们看看再说。"她补充道，"不过，倘若我不再……哦，没什么，看看再说……"

"别，把你刚才的话说完，不然我会冥思苦想的！"

"倘若我在这里不再感到自由的话，那么无论我如何喜欢这美好的地方（她深情地望了望自己的周围），到那时……我也将从这儿离去！"她断然道。

"去哪儿？"他吃惊地问。

"这世界很大。再见，cousin。"

她走了。他注视着她的背影；她在草地上悄然掠过，几乎脚不着地，只有肩膀和身体的线条随着她的每一步，做着动人的运动；肘部紧贴腰肢，头部在花丛中、灌木丛中时隐时现，最后在果园栅栏后闪现了一下，消失在老房子的大门里。

"不可思议！"赖斯基目送着她，惊讶地自言自语道，"我还打算使她成熟，用有关独立、爱情和她所不解的另一种生活等新观念刺激她的头脑和心灵……可她已经是个有自由思想的女子！请问，向她灌输这种思想的是谁呢？"

---

① 法语：宽厚豁达的人。

"她可真厉害！我得去告诉奶奶！"他叫道，在她身后威吓着，然后自己笑了起来，朝自己房间走去。

二十二

翌日，赖斯基感到自己愉快而自由，摆脱了所有愤恨，摆脱了所有对韦拉爱的追求，甚至在自己身上找不到任何爱情萌芽的迹象。

"就这样，留下了一个印象：犹如我常有的那样！如今全过去了！"他心想。

他嘲笑自己显然为强烈的情欲所驱使的危险的痴迷，责备自己对韦拉固执的跟踪，并感到羞愧，甚至连马克这个旁观者，也发现了他脸上那丝阴影和言语举止上那神经质的易怒，并且一眼便探测出他的那股激情。

"当他现在见到我，他必输无疑，"他说，"如果他事先预料到这是场愚蠢的打赌，把三百卢布用作自己的开销，那该多好！"

他多么想再次单独见到韦拉，唯一的目的是想"宽厚豁达"地承认，他有多愚蠢，违背了自己的原则，以便消除最初的不良印象，正当地取得朋友的地位——征服她那颗高傲的心，赢得信任。

但同时，他依然想突然为她做出许多难以执行的牺牲，成为她必不可少的人，做她思想、愿望、良心的忏悔者，向她显示自己的全部力量、品性和智慧。

但是，他只是忘了，她对他的所有要求是什么也别做，别表现，她从他那里什么也不需要得到。而他却一直以为，倘若她对他有所了解，定会亲自选择他为指导者，不仅是智慧和良心，而且是心灵的指导者。

在第二天和第三天，一个新的、出乎意外的、令人吃惊的韦拉，他的远房表妹和未来的朋友，虽说并非像不久前那么刺激，但毕竟引起了他极大的兴趣。

在他身上散发出一种新的、纯真的、从未体验过的感情——对女人的友情：他品尝着这种，按他的话说，"过命名日吃的大面包"，并不顾及她的美貌，并不顾及粗鲁本性的任何情感活动和任何爱情上的多愁善感。

这是一种使人振作、头脑清醒、充满理智的感情：在这样的彼此亲近中——无论是他，还是她，都没有任何损失，他们相互了解，互相补充，以细腻、理智、充满相互尊重和信任的依恋相爱，两个人都是赢家。

"这可真妙，"他思忖道，"她真聪明，将我的印象移植到一片永久的土壤里。我真想立刻见到她：仅仅为了将这一切告诉她，让她安心！"

但他不敢往前迈出一步，甚至当她从他窗子旁经过时，他认认真真地从窗口转过身去，躲在窗间墙后。当他们俩去喝茶时，他默默地、挂着友好的笑容同她握手，像同玛尔芬卡握手一样；当韦拉喝完茶，拿起小阳伞，立刻消失在果园里时，他一动不动，连头也不扭一下，并且一整天都不知道她在哪里，在做什么。

但他依然没有获得韦拉加在他身上的那种安宁：他本该离开一整天，去拜访，到伏尔加河对岸做客，去上一礼拜，或是去打猎，把她忘掉。可他哪儿也不想去：他成天待在自己屋里，以便不遇上她，但他又很高兴知道，她这时也在家里。而他应该达到的，是对此全都一样。

但这也不错，也是个胜利，毕竟他觉得自己平静了许多。他已经向新的感情方向发展，尽管新韦拉在他脑子里挥之不去，但这种新的感情静静地、细心地激励着他，使他得到安抚，不像炽烈的情欲那样，用愚蠢的想法和感情使他备受折磨，精神痛苦。

当她问他一个简单问题时，他稍稍瞥她一眼，友好地回答她，然后继续自己同玛尔芬卡和祖母的谈话，或是缄默不语，画画，写他长篇小说中的札记。

"要知道这可比任何情欲更美好！"他想，"这些平静的关系，是一种信赖，并非目不转睛地盯着美人儿，而是朝有理智、有道德的姑娘心灵深处探视！"

他期待她的只是一条：抛掉自己的矜持，在他面前信赖地敞开一切，显露她的本色，同时忘却他在这里，忘却他曾在不久前妨碍过她的生活，是她的眼中钉。

三天来，赖斯基照料着这"新的感情"，祖母望着他，怎么也喜欢不够。

"呵，阳光灿烂，天放晴了！"她说，"可以进城拜访了。"

"上帝保佑，奶奶：我可没工夫！"他亲热道。

"那我们去看看春播作物长得如何。"

"不，不。"他强调道，甚至吻了下她的手。

"你有点儿对我表示亲热：别是想偷些钱给马尔库什卡？我不给！"

他笑了起来，离开了她，心里想着韦拉。他始终没有找到机会向她解释他的"新感情"，告诉她这种感情给他带来了多少幸福和快乐。

当她一个人在的时候，机会出现过好几次：每当他远远看见她，但是为了不惊跑她对他真诚转变所产生的信任，别毁了自己这座新天堂，他几乎屏住气息，不敢动弹。

最终，在跟她谈过话以后的第四天或是第五天，他清晨五点起了床。太阳还在遥远的地平线上，果园里飘来有益健康的清新空气，花儿散发出强烈的芳香，露珠在草地上闪烁。

他很快穿上衣服，来到果园，穿过几条林荫小径，突然碰上了韦拉。因意外和害怕，他哆嗦起来。

"不是故意的，真的，不是故意的！"他吓得叫喊起来，于是两个人全笑了起来。

她摘了朵花，抛向他，然后亲热地把手伸给他，吻了下他的头，作为对他吻手的回礼。

"不是故意的,韦拉,"他强调道,"你看见的,是吗?"

"我看见了,"她答道,想起他吓得那样,又笑了起来,"您可爱,善良……"

"宽厚豁达……"他提示道。

"宽厚豁达还谈不上,我们再看看吧。"她说,挽起他的胳膊,"我们去散会儿步:多美的早晨!今天会很热的。"

他如登天堂。

"是啊,是啊,美丽的早晨!"他承认道,心想还说些什么,但千万别扯到她和她的美丽,可又找不到什么话茬,于是恨不得重弹他心爱的调子。

"我昨天收到一封彼得堡来信……"他说,不知该说些什么。

"谁的?"她机械地问。

"几个画家的;可是始终没有阿亚诺夫的:他不回信。我不知道别洛沃多娃表妹的情况:她在哪里度夏,如何……"

"她……她很美吧?"韦拉问。

"是的……脸部线条端正,容光焕发,非常漂亮……"他索然寡味道,侧脸望一眼韦拉,迷恋地哆嗦一下。别洛沃多娃的美貌在他记忆中熄灭了。

"还收到过什么:萨韦利好像从邮局捎回一个邮包?"她问。

"是的,收到些彼得堡寄来的新书……有麦考莱[①]的,还有基佐[②]的 *Memoires*……"

她默默听着。

"想读读吗?"

"回头把麦考莱的捎来吧。"

"'捎来',"他思忖,"为何不说'带来'?"

---

① 托·麦考莱(1800—1859),英国历史学家。
② 弗·基佐(1787—1874)的《回忆录》,他是法国历史学家。

他们默然走着。

"那基佐的呢？"他问。

"不要基佐的，太枯燥。"

"你怎么知道？"

"我读过他的《文明史》……"

"你觉得枯燥！你在哪里拿到的？"

他们继续前行。

"您穿的是谁的外套：这不是您的？"望着外套，她突然惊讶地问。

"嘿，是马克的……"

"为何它在您身上：难道他在此地？"她惊慌不安地问。

"不，不，"他笑着答道，"你怕什么？全家都怕他，像怕火那样。"

他告诉她，外套是怎样落到他身上的。她捎带着听着。然后他们默默走遍了果园的主要小道：她望着田野，他朝两边张望。但他违背意愿，暴露出不耐烦。他想说出一切。

"我觉得，您头脑里有什么想法，"她说，"但您不想说……"

"我想倒是想，但我怕又惹麻烦。"

"难道又是关于美什么的？"

"不，不，正相反——我想说，对崇拜这愚蠢的追求，如何使我苦恼不堪——真难为情：我都有白发了！"

"我真高兴，如果这话当真！"

"你还有怀疑！是你使我醒悟过来：这是闪光，是瞬间的感受。但是，你是多么的……这以后再说。我想说，我对你是一种什么感觉，并且好像这次不会出错。你为我打开了通往你心灵的一道特殊的门扉，使我在你的友情中见到了幸福无比。这友情能给我平淡无奇的生活增添光彩，赋予如此柔和如此温馨的色调……我甚至觉得，人们不再相信男女之间的友谊，认为那是不存在的，但是我信。你相信这样的友谊是可能的吗，韦拉？"

"为什么不呢，如果这样的两个朋友决心彼此公正相待的话？"

"也就是——怎样?"

"也就是相互尊重自由,不互相束缚对方的自由:只是我认为,这很难做到。某一方起了贪财之心……有人亮出了爪子……而您自己会要这样的友谊吗?"

"那你就瞧着吧:你吩咐并考虑吧,在自己的朋友中你将得到一个怎样的奴仆?"

"这就失去了公正:无论奴仆还是君主,都不需要。友谊喜爱平等。"

"说得好,韦拉!你这智慧是从哪里来的?"

"多么可笑的话!"

"哦,是分寸吗?"

"上帝的和风不只在芬兰的沼泽地上吹拂,它也会吹到我们的角落。"

"哦,那么眼下我面临的一个任务是:不留意你的美貌,而是更强调友谊?"他笑道,"好吧,我要想办法……"

"是啊,这将会多么幸福,"她温情道,"活着,别限制别人的意志,不监视别人,别打听他心中的秘密,他为何高兴,为何悲伤,若有所思?永远和他在一起,珍视他的安宁,甚至尊重他的隐秘……"

"她在向我口授提纲,如何对待她!"他思忖。

"也就是别互相见面,不了解、不打听对方的生活……"他说,"这是某种新的前所未闻的友谊:这样的友谊是没有的,韦拉,这是你臆造的!"

他看一眼她,她也用古怪的,按他的表达是用"美人鱼的眼神"回望了一下:那眸子仿佛玻璃似的,没有任何表情。一道急促的光芒在双眸中一闪便消失了。

"奇怪,这透明的眼神我似乎很熟悉!"他心想,"所有女人常有这种眼神,当她们欺骗人时!她在麻痹我……这意味着什么?其实她是否已经爱上了谁?她只是嘴上说说,'别限制别人的意志'。可是未必……这里有谁被她爱上了呢?……"

"您在想什么哪?"她问。

"没想什么,没想什么,请继续!"

"我说完了。"

"很好,韦拉,我将提高自己,倘若我无法顺利做到不留意你,忘了你住在老房子里,那么我便假装……"

"干吗假装啊:您只要真诚地拒绝我,不是在口头上,而是在内心里。"

"你太残酷无情!"

"您得说服自己,我的安静,我的余暇,我的房间,我的……'美貌'和爱情……倘若已有或者将有爱情的话……这全是我的事,想把这个或那个占为己有——那就意味着……"

她打住了。

"什么?"

"蓄意侵犯别人的财产或是个性……"

"噢噢噢,原来如此:也就是偷窃或是殴打。哎哟,韦拉!你这些超法律的概念是从哪里来的?喏,你总不能给友谊打上这样严厉的印记吧?我可以侵犯它,因为这是我的,对吗?我将竭尽全力!给我两周期限,这将是一场试验:如果我做成了,我就去你那儿,作为兄弟和朋友,我们将按你的纲领生活。如果……喏,如果这是爱情——那我就离开!"

她的眸子里又有什么闪了一下。他望了一眼,但是晚了:她已垂下目光,当她抬起时,眸中已什么也没有。

"好一个耀眼的夜空!"他小声道。

"阿门!"她说,把手伸给他,"我们去奶奶那里喝茶。瞧,她打开窗子,立刻就要喊……"

"就一句话,韦拉:你说,你怎么会这样?"

"怎样?"

"聪明,内向,果断……"

"再有,您再补充啊!"她说,笑得下巴直哆嗦,"什么叫聪明?"

"聪明……就是靠智慧、观察和经验所获得的并应用于生活的真理的总和……"赖斯基下定义道,"是思想与生活的和谐一致!"

"我几乎没有任何经验,"她若有所思道,"而这些思想和真理我更是无从得到……"

"嗨,可是你有天生敏锐的眼睛和善于独立思考的头脑……"

"好吧,对一个女孩子来说,这是可以允许拥有的呢,或是也许是可耻的,有伤大雅的呢?……"

"这些正确的思想和这种成熟的语言,是从哪里来的?"赖斯基听着并问道。

"您觉得奇怪吧,您那可怜巴巴的表妹身上,突然会冒出一丁点儿乡巴佬的智慧!您很想见到我这样的傻姑娘吧?对吗?您觉得懊丧吗?……"

"哦,没有,我从你那里得到极大的快乐。你生气,不许稍微提到美,但是,你想不想知道,我为何懂得美,并把它看得那么崇高吗?美是艺术的目的和动力,而我是个艺术家:让我彻底说了吧……"

"您说吧。"她说。

"在女人那崇高纯洁的美中,"她允许他无拘无束地畅谈,使他很高兴,便热情洋溢地开始道,"必定包含有智慧,比如在你身上。愚笨的美,不是美。你看看头脑迟钝的美人,仔细端详她脸上的每根线条,她的笑容,眼神——她的美貌便一点点变得异常丑陋。想象力可以一时间被吸引,但智慧和感情并不以这样的美为满足:她的地位只是当个小妾。充满智慧的美,是一种非凡的力量,它能推动世界,创造历史,安排命运;它或明显或隐秘地参与每个事件。美貌和优雅是智慧的某种体现。因此蠢女人从来不可能是美人,长得也并不好看,但聪明的女人经常闪烁着美的光辉。我所指的美并非物质:它并非只是撩起火热的情欲。它首先是唤醒人身上高尚的特性,活跃思想,振奋精神,使天才的创作力十分旺盛,美本身如果处于自己品格的高峰,不为琐事而丧失自己的光芒,玷污自己的纯洁……"

他若有所思地停了下来。

"这一切都非新东西;但真理需要旧调重弹。是的,美是普遍的幸福!"他像呓语似的轻声道,"这同样是智慧,但并非人们创造的。人们只是捕捉到美的特征,尽力设法在艺术中创造它的形象,所有人都在竭力追求美,有的自觉,有的盲目而愚蠢,但都在追求美……渴望得到美!它在这里,也在那里!"他望着天空,补充道,"如果男人可以损害尊严,曲解智慧,情绪低落,行为粗鲁,撒谎,道德败坏,那么女人也可以歪曲美,像各种多余的时髦衣服那样改变它,把它弄脏……或是,聪明地利用它,成为她所处的那个圈子里的太阳,向众人灌输善……这是女人的智慧!……你要明白,韦拉,我想说什么,你是个女人!……并且……为这种崇拜,莫非你将举起女人的手,把男人和画家都加以残酷折磨!……"

"您的这篇赞颂美的颂辞,cousin,非常富于表现力,"韦拉含笑听完后说,"您把它写下来寄给别洛沃多娃。您说她'高于世界'。也许,在她的美中有着智慧。我身上可没有。倘若按您的话说,智慧在于同这些规矩和真理一起生活,那么我……"

"怎样?"

"我不是个聪明姑娘!不是!我没有这种橄榄油!"

她眸中闪烁着某种忧郁的神色,那双眼睛一瞬间抬向天空,又迅速垂下。她战栗一下,便匆匆离去。

"她倘若不是个聪颖姑娘,便是个难以琢磨的女人!她身上有一股不知从哪里吹来的别的气息,而不是本地的!……究竟从哪儿吹来的,我能知道吗?像漆黑的夜晚,深奥莫测!难道她年轻的生命已经蒙上了阴影?……"赖斯基目送着她,战战兢兢道。